d

Jetzt auf allen Bestsellerlisten!

*Geschichten vom Lesen,
Schreiben und Büchermachen*

*Ausgewählt von
Daniel Keel und Daniel Kampa*

Diogenes

Nachweis am
Schluss des Bandes
Umschlagzeichnung von
Jean-Jacques Sempé

Originalausgabe
Alle Rechte vorbehalten
Copyright © 2012
Diogenes Verlag AG Zürich
www.diogenes.ch
80/12/4/1
ISBN 978 3 257 06845 0

»Erzählen ist das einzige Spiel, das zu spielen sich lohnt.«
Federico Fellini

»Jede Art zu schreiben ist erlaubt, nur nicht die langweilige.«
Voltaire

Inhalt

Leser

Patrick Süskind	*Amnesie in litteris* 13
John Irving	*Die Vorleserin* 21
Bernhard Schlink	*Der Vorleser* 27
Barbara Vine	*Die Frau mit dem Buch* 33
Amélie Nothomb	*Der Mann mit dem Buch* 44
Ray Bradbury	*Qualvolle Teilung* 55
Henry David Thoreau	*Lesen* 63
Georges Simenon	*Über Lektüre* 69
Joachim Ringelnatz	*Der Bücherfreund* 74
Jaroslav Hašek	*Unter Bibliophilen* 77
Kurt Tucholsky	*Wo lesen wir unsere Bücher?* 81
Donna Leon	*Wunderbare Wörterwelt* 84
Erich Hackl	*Alle Bücher meines Lebens* 88
Paulo Coelho	*Von Büchern und Bibliotheken* 101
Joseph Roth	*Geschenk an meinen Onkel* 104

Literaten

Anton Čechov	*Psst!* 111
Friedrich Dürrenmatt	*Nächtliches Gespräch mit einem verachteten Menschen* 116

F. Scott Fitzgerald	*Nachmittag eines Schriftstellers* 139
Carson McCullers	*Wer hat den Wind gesehen?* 149
Raymond Chandler	*Ein Schriftstellerpaar* 188
Philippe Djian	*Sechshundert Seiten* 211
Patricia Highsmith	*Der Mann, der seine Bücher im Kopf schrieb* 225
Ray Bradbury	*Der wunderbare Tod des Dudley Stone* 235
Leon de Winter	*Der Schmetterlingsfänger* 255
Gottfried Keller	*Die Vermehrung der Skribenten* 264
Hans Werner Kettenbach	*Ein bisschen Plagiat* 275
Petros Markaris	*Kaffee Frappé* 288
Connie Palmen	*Das ungeschriebene Buch* 300
Saki	*Mark* 304
Bernhard Schlink	*Das Haus im Wald* 312
Hartmut Lange	*Verstörung* 355
Yael Hedaya	*Inspiration* 370
W. Somerset Maugham	*Der verkaufte Brief* 379
Meir Shalev	*Eine Lektion in Literatur* 381
Andrea De Carlo	*Zwei Exemplare derselben Gattung* 385
Muriel Spark	*Der letzte Schliff* 398
Benedict Wells	*Das erste Telefonbuch* 441
René Goscinny	*Im Rampenlicht* 446
Doris Dörrie	*Warum schreiben?* 451

Literaturbetrieb
Robert Walser — *Die Buchhandlung* 459
George Orwell — *Erinnerungen an eine Buchhandlung* 462
Loriot — *Literatur* 471
Anthony McCarten — *Bücherleidenschaft* 472
Hugo Loetscher — *Ein Waisenhaus für Bücher* 503
Honoré de Balzac — *Verlorene Illusionen* 508
Adam Davies — *Unverlangt eingesandte Manuskripte* 517
Arnon Grünberg — *46 verkaufte Exemplare* 520
Urs Widmer — *Das Manuskript* 525
John Irving — *Tagebuch einer Schriftstellerin* 533
Jakob Arjouni — *»Das ist die Hölle!«* 554
Jessica Durlacher — *Gute oder gewinnträchtige Bücher* 563
Otto Jägersberg — *Blut im Literaturverlies* 567
Martin Suter — *Buchpremiere* 574
Viktorija Tokarjewa — *Aus dem Leben der Millionäre* 595
Sławomir Mrożek — *Brief nach Schweden* 646
Loriot — *Literaturkritik* 648

Leselaster
Miguel Cervantes — *Don Quixotes Bibliothek* 653
Gustave Flaubert — *Bibliomanie* 669
Evelyn Waugh — *Der Mann, der Dickens liebte* 688
G. K. Chesterton — *Der Fluch des Buches* 708
Roland Topor — *Lesesucht* 729

Ingrid Noll	*Der Autogrammsammler* 732
Henry Slesar	*Bücherliebe* 752
Hermann Harry Schmitz	*Das verliehene Buch* 765
Ray Bradbury	*Fahrenheit 451* 770

Nachweis 818

Leser

Patrick Süskind

Amnesie in litteris

... Wie war die Frage? Achsoja: Welches Buch mich beeindruckt, geprägt, gestempelt, gebeutelt, gar ›auf ein Gleis gesetzt‹ oder ›aus der Bahn geworfen‹ hätte.

Aber das klingt ja nach Schockerlebnis oder traumatischer Erfahrung, und diese pflegt der Geschädigte sich allenfalls in Angstträumen zu vergegenwärtigen, nicht aber bei wachem Bewusstsein, geschweige denn schriftlich und vor aller Öffentlichkeit, worauf, so scheint mir, bereits ein österreichischer Psychologe, dessen Name mir momentan entfallen ist, in einem sehr lesenswerten Aufsatz, an dessen Titel ich mich nicht mehr mit Bestimmtheit erinnern kann, der aber in einem Bändchen unter der Sammelüberschrift ›Ich und Du‹ oder ›Es und Wir‹ oder ›Selbst Ich‹ oder so ähnlich erschienen ist (ob neuerdings bei Rowohlt, Fischer, dtv oder Suhrkamp wiederaufgelegt, wüsste ich nicht mehr zu sagen, wohl aber, dass der Umschlag grün-weiß oder hellblau-gelblich, wenn nicht gar graublau-grünlich war), zu Recht hingewiesen hat.

Nun, vielleicht ist die Frage ja gar nicht nach neuro-traumatischen Leseerfahrungen gerichtet, sondern meint eher jenes aufrüttelnde Kunsterlebnis, wie es in dem berühmten Gedicht ›Schöner Apollo‹ ... nein, es hieß, glaube ich, nicht ›Schöner Apollo‹, es hieß irgendwie anders, der Titel hatte etwas Archaisches, ›Junger Torso‹ oder ›Uralter schöner Apoll‹ oder so ähnlich hieß es, aber das tut nichts zur Sache... – wie es also in diesem berühmten Gedicht von... von... – ich kann mich im Augenblick nicht auf seinen Namen besinnen, aber es war wirklich ein sehr berühmter Dichter mit Kuhaugen und einem Schnauzbart, und er hat diesem dicken französischen Bildhauer (wie hieß er schon gleich?) eine Wohnung in der Rue de Varenne besorgt – Wohnung ist kein Ausdruck, ein Palazzo ist das, mit einem Park, den man in zehn Minuten nicht durchmessen kann! (Man fragt sich beiläufig, wovon die Leute das damals alles bezahlt haben) – wie es jedenfalls seinen Ausdruck in diesem herrlichen Gedicht findet, das ich in seiner Gänze nicht mehr zitieren könnte, dessen letzte Zeile mir jedoch als ein ständiger moralischer Imperativ ganz unauslöschlich im Gedächtnis eingegraben steht, sie lautet nämlich: »Du musst dein Leben ändern.« Wie verhält es sich also mit jenen Büchern, von denen ich sagen könnte, ihre Lektüre habe mein Leben geändert? Um dieses Problem zu erhellen, trete ich (es ist nur wenige Tage her) an mein Bücherregal und lasse den Blick an den Bücherrücken entlangwandern. Wie immer bei solchen Gelegenheiten – wenn nämlich von einer Spezies allzu viele Exemplare auf einem Fleck versammelt sind und sich das Auge in der Masse verliert – wird mir zunächst schwindlig, und um dem Schwindel Einhalt zu gebieten, greife ich aufs Geratewohl in die Masse hinein, picke mir ein Buch heraus, wende mich damit ab wie mit einer Beute, schlage es auf, blättere darin und lese mich fest.

Bald merke ich, dass ich einen guten Griff getan habe, einen sehr guten sogar. Das ist ein Text von geschliffener

Prosa und klarster Gedankenführung, gespickt mit interessantesten, nie gekannten Informationen und voll der wunderbarsten Überraschungen – leider will mir im Moment, da ich dies schreibe, der Titel des Buches nicht mehr einfallen, ebenso wenig wie der Name des Autors oder der Inhalt, aber das tut, wie man gleich sehen wird, nichts zur Sache, oder vielmehr: trägt im Gegenteil zu ihrer Erhellung bei. Es ist, wie gesagt, ein hervorragendes Buch, was ich da in Händen halte, jeder Satz ein Gewinn, und ich stolpere lesend zu meinem Stuhl, lasse mich lesend nieder, vergesse lesend, weshalb ich überhaupt lese, bin nur noch konzentrierte Begierde auf das Köstliche und völlig Neue, das ich hier Seite um Seite entdecke. Gelegentliche Unterstreichungen im Text oder mit Bleistift an den Rand hingekritzelte Ausrufezeichen – Spuren eines lesenden Vorgängers, die ich in Büchern ansonsten nicht eben schätze – stören mich in diesem Falle nicht, denn so spannend läuft die Erzählung dahin, so munter perlt die Prosa, dass ich die Bleistiftspuren gar nicht mehr wahrnehme, und wenn ich es doch einmal tue, dann nur in zustimmendem Sinne, denn es erweist sich, dass mein lesender Vorgänger – ich habe nicht den geringsten Schimmer einer Ahnung, wer es sein könnte –, es erweist sich, sage ich, dass jener seine Unterstreichungen und Exklamationen just an jenen Stellen angebracht hat, die auch mich am stärksten begeistern. Und so lese ich, von der überragenden Qualität des Textes und der spirituellen Kumpanei mit meinem unbekannten Vorgänger doppelt beflügelt, weiter, tauche immer tiefer in die erdichtete Welt, folge mit immer größerem Erstaunen den herrlichen Pfaden, auf denen der Autor mich führt…

Bis ich an eine Stelle komme, die wohl den Höhepunkt der Erzählung bildet und die mir ein lautes »Ah!« entlockt. »Ah, wie gut gedacht! Wie gut gesagt!« Und ich schließe für einen Moment die Augen, um dem Gelesenen nachzusinnen, das mir gleichsam eine Schneise in das Wirrwarr meines Bewusstseins geschlagen hat, mir völlig neue Perspektiven eröffnet, neue Erkenntnisse und Assoziationen zuströmen lässt, ja mir tatsächlich jenen Stachel des »Du musst dein Leben ändern!« einsticht. Und automatisch fast greift meine Hand zum Bleistift, und »du musst dir das anstreichen«, denke ich, »ein ›Sehr gut‹ wirst du an den Rand schreiben und ein dickes Rufzeichen dahintersetzen und mit ein paar Stichworten die Gedankenflut notieren, die die Passage in dir ausgelöst hat, deinem Gedächtnis zur Stütze und als dokumentierte Reverenz an den Autor, der dich so großartig erleuchtet hat!«

Aber ach! Als ich den Bleistift auf die Seite niedersenke, um mein »Sehr gut!« hinzukritzeln, da steht dort schon ein »Sehr gut!«, und auch das stichworthafte Resümee, das ich notieren will, hat mein lesender Vorgänger bereits verzeichnet, und er hat es in einer Handschrift getan, die mir wohlvertraut ist, nämlich in meiner eigenen, denn der Vorgänger war niemand anders als ich selbst. Ich hatte das Buch längst gelesen.

Da fasst mich ein namenloser Jammer an. Die alte Krankheit hat mich wieder: *Amnesie in litteris*, der vollständige literarische Gedächtnisschwund. Und eine Welle der Resignation über die Vergeblichkeit allen Strebens nach Erkenntnis, allen Strebens schlechthin überschwemmt mich. Wozu denn lesen, wozu denn etwa dieses Buch noch einmal lesen, wenn ich doch weiß, dass nach kürzester Zeit nicht einmal mehr der Schatten einer Erinnerung davon zurückbleibt? Wozu denn überhaupt noch etwas tun, wenn alles zu nichts zerfällt? Wozu denn leben, wenn man ohnehin stirbt? Und ich klappe das schöne Büchlein zu, stehe auf und schleiche wie ein Geschlagener, wie ein Geprügelter zum Regal zurück und versenke es in der Reihe der anonym und massenhaft und vergessen dastehenden anderen Bände.

Am Ende des Bordes bleibt der Blick hängen. Was steht da? Achja: drei Biographien über Alexander den Großen. Die habe ich einst alle gelesen. Was weiß ich über Alexander den Großen? Nichts. Am Ende des nächsten Bordes stehen mehrere Konvolute über den Dreißigjährigen Krieg, darunter fünfhundert Seiten Veronica Wedgwood und tausend Seiten Wallenstein von Golo Mann. Das habe ich alles brav gelesen. Was weiß ich über den Dreißigjährigen Krieg? Nichts. Die Regalreihe darunter ist von vorn bis hinten vollgestopft mit Büchern über Ludwig II. von Bayern und seine Zeit. Die habe ich nicht nur gelesen, die habe ich durchgeackert, über ein Jahr lang, und anschließend drei Drehbücher darüber geschrieben, ich war beinahe eine Art Ludwig-II.-Experte. Was weiß ich jetzt noch über Ludwig II. und seine Zeit? Nichts. Absolut nichts. Nun gut, denke ich mir, bei Ludwig II. lässt sich diese Totalamnesie vielleicht noch verschmerzen. Aber wie verhält es sich mit den Büchern, die dort drüben stehen, neben dem Schreibtisch, in der feineren, der literarischen Abteilung? Was ist mir im Gedächtnis geblieben von der fünfzehnbändigen Andersch-Kassette? Nichts. Was von den Bölls, Walsers und Koeppens? Nichts. Von den zehn Bänden Handke? Weniger als nichts. Was weiß ich noch von *Tristram Shandy,* was von Rousseaus *Bekenntnissen,* von Seumes *Spaziergang?* Nichts, nichts, nichts. – Aber da! Shakespeares Komödien! Letztes Jahr erst sämtlichst gelesen. Da muss doch etwas hängengeblieben sein, eine undeutliche Ahnung, ein Titel, ein einziger Titel einer einzigen Komödie von Shakespeare! Nichts. – Aber um Himmels willen, Goethe wenigstens, Goethe, da, hier zum Beispiel, das weiße Bändchen: *Die Wahlverwandtschaften,* das habe ich mindestens dreimal gelesen – und keinen Schimmer mehr davon. Alles wie weggeblasen. Ja gibt es denn kein Buch mehr auf der Welt, an das ich mich erinnere? Die beiden roten Bände dort, die dicken mit den roten Stofffähnchen, die muss ich doch noch kennen, die kommen mir vertraut vor wie alte Möbel, die habe ich gelesen, gelebt habe ich in diesen Bänden, wochenlang, vor gar nicht allzu langer Zeit, was ist denn das, wie heißt denn das? *Die Dämonen.* Soso. Aha. Interessant. – Und der Autor? F. M. Dostojewskij. Hm. Tja. Mir scheint, ich erinnere mich vage: Das Ganze spielt, glaube ich, im 19. Jahrhundert, und im zweiten Band erschießt sich jemand mit einer Pistole. Mehr wüsste ich darüber nicht zu sagen.

Ich sinke auf meinen Schreibtischstuhl nieder. Es ist eine Schande, es ist ein Skandal. Seit dreißig Jahren kann ich lesen, habe, wenn nicht viel, so doch einiges gelesen, und alles, was mir davon bleibt, ist die sehr ungefähre Erinnerung, dass im zweiten Band eines tausend Seiten starken Romans sich irgendjemand mit einer Pistole erschießt. Dreißig Jahre umsonst gelesen! Tausende von Stunden meiner Kindheit, meiner Jugend und Mannesjahre lesend zugebracht und nichts davon zurückbehalten als ein großes Vergessen. Und nicht, dass dieses Übel nachließe, im Gegenteil, es verschlimmert sich. Wenn ich heute ein Buch lese, vergesse ich den Anfang, ehe ich zum Schluss gekommen bin. Manchmal reicht meine Gedächtniskraft nicht einmal mehr hin, die Lektüre einer Seite festzuhalten. Und so hangle ich mich von Absatz zu Absatz, von einem Satz zum nächsten, und bald wird es so weit sein, dass ich nur noch einzelne Wörter mit Bewusstsein erfassen kann, die aus der Dunkelheit eines immer unbekannten Textes herbeiströmen, für den Moment des Gelesenwerdens wie Sternschnuppen aufstrahlen, um alsbald wieder im dunklen Lethestrom vollständigen Vergessens zu versinken. Bei literarischen Diskussionen kann ich schon lange nicht mehr den Mund aufmachen, ohne mich grässlich zu blamieren, indem ich Mörike mit Hofmannsthal verwechsle, Rilke mit Hölderlin, Beckett mit Joyce, Italo Calvino mit Italo Svevo, Baudelaire mit Chopin, George Sand mit Madame de Staël usw. Wenn ich ein Zitat suche, das mir undeutlich vorschwebt, verbringe ich Tage mit Nachschlagen, weil ich den Autor vergessen habe und weil ich mich während des Nachschlagens in unbekannten Texten wildfremder Autoren verliere, bis ich schließlich vergessen habe, was ich ursprünglich suchte. Wie könnte ich mir bei einer solch chaotischen Geistesverfassung erlauben, die Frage zu beantworten, welches einzelne Buch mein Leben verändert hätte? Keines? Alle? Irgendwelche? – Ich weiß es nicht.

Aber vielleicht – so denke ich, um mich zu trösten –, vielleicht ist es beim Lesen (wie im Leben) mit den Weichenstellungen und abrupten Änderungen gar nicht so weit her. Vielleicht ist Lesen eher ein imprägnativer Akt, bei dem das Bewusstsein zwar gründlichst durchsogen wird, aber auf so unmerklich-osmotische Weise, dass es des Prozesses nicht gewahr wird. Der an Amnesie in litteris leidende Leser änderte sich also sehr wohl durch Lektüre, merkte es aber nicht, weil sich beim Lesen auch jene kritischen Instanzen seines Hirns mit veränderten, die ihm sagen könnten, *dass* er sich ändert. Und für jemanden, der selber schreibt, wäre die Krankheit womöglich sogar ein Segen, ja beinahe eine notwendige Bedingung, bewahrte sie ihn doch vor der lähmenden Ehrfurcht, die jedes große literarische Werk einflößt, und verschaffte sie ihm doch ein völlig unkompliziertes Verhältnis zum Plagiat, ohne das nichts Originales entstehen kann. Ich weiß, das ist ein aus der Not geborener, ein unwürdiger und fauler Trost, und ich versuche, mich seiner zu entschlagen: Du darfst dich nicht in diese fürchterliche Amnesie ergeben, denke ich, du musst dich mit aller Macht gegen die Strömung des Letheflusses stemmen, darfst nicht mehr in einem Text Hals über Kopf versinken, sondern musst mit klarem, kritischem Bewusstsein darüberstehen, musst exzerpieren, memorieren, musst Gedächtnistraining treiben – mit einem Wort: Du musst – und hier zitiere ich aus einem berühmten Gedicht, dessen Autor und Titel mir im Augenblick entfallen sind, dessen letzte Zeile aber als ein ständiger moralischer Imperativ unauslöschlich in mein Gedächtnis eingegraben steht: »Du musst«, so heißt es dort, »du musst... du musst...«

Zu dumm! Jetzt habe ich den genauen Wortlaut vergessen. Aber das macht nichts, denn der Sinn ist mir noch durchaus präsent. Es war so irgendetwas wie: »Du musst dein Leben ändern!«

John Irving

Die Vorleserin

Bitte lassen Sie mich die Bücher besorgen! Es ginge mir dann besser!« Sie lachte nervös und strich sich das feuchte Haar aus der Stirn.

Wallingford nannte ihr folgsam die Titel.

»Ihr Arzt hat das empfohlen? Haben Sie denn Kinder?«

»Es gibt da einen kleinen Jungen, der wie ein Sohn für mich ist, oder vielmehr, ich will, dass er mehr wie ein Sohn für mich ist«, erklärte Patrick. »Aber er ist noch zu jung, als dass ich ihm *Klein Stuart* oder *Wilbur und Charlotte* vorlesen könnte. Ich will die Bücher einfach haben, damit ich mir vorstellen kann, wie ich sie ihm in ein paar Jahren vorlese.«

»Ich habe meinem Enkel erst vor ein paar Wochen *Wilbur und Charlotte* vorgelesen«, sagte die Frau. »Und ich habe wieder geweint – ich weine jedes Mal.«

»An das Buch kann ich mich nicht so gut erinnern, bloß daran, dass meine Mutter geweint hat«, gab Wallingford zu.

»Ich heiße Sarah Williams.« In ihrer Stimme lag ein untypisches Zögern, als sie ihren Namen sagte und die Hand ausstreckte.

Patrick gab ihr die Hand, und ihrer beider Hände berührten das schaumige Gebrodel im Heißwasserbecken. In diesem Augenblick schaltete sich die Whirlpooldüse ab, und das Wasser im Becken wurde sofort klar und still. Das kam ein wenig überraschend und war ein allzu offensichtliches Omen, das erneut nervöses Gelächter bei Sarah Williams hervorrief, die aufstand und aus dem Becken stieg.

Wallingford bewunderte die Art und Weise, wie Frauen in einem nassen Badeanzug aus dem Wasser steigen und dabei mit dem Daumen oder einem anderen Finger automatisch den Badeanzug hinten herunterziehen.

Als sie stand, wirkte ihr kleiner Bauch beinahe flach – er war nur ganz leicht gewölbt. Aufgrund seiner Erinnerung an Mrs. Clausens Schwangerschaft vermutete Wallingford, dass Sarah Williams höchstens im zweiten, allenfalls im dritten Monat schwanger war. Wenn sie ihm nicht gesagt hätte, dass sie ein Kind erwartete, hätte er es nie vermutet. Und vielleicht war die leichte Wölbung ja immer da, auch wenn Sarah kein Kind erwartete.

»Ich bringe Ihnen die Bücher auf Ihr Zimmer.« Sarah wickelte sich in ein Handtuch. »Wie ist Ihre Zimmernummer?«

Er sagte sie ihr, dankbar für die Gelegenheit, die Dinge weiter vor sich herschieben zu können; aber während er darauf wartete, dass sie ihm die Kinderbücher brachte, würde er dennoch entscheiden müssen, ob er noch heute Abend oder erst am Sonntagmorgen nach New York zurückflog.

Vielleicht hatte Mary ihn noch nicht ausfindig gemacht; so gewönne er noch etwas Zeit. Vielleicht würde er ja sogar feststellen, dass er die Willenskraft besaß, das Einschalten des Fernsehers wenigstens so lange hinauszuzögern, bis Sarah Williams auf sein Zimmer kam. Vielleicht würde sie sich mit ihm zusammen die Nachrichten ansehen; offenbar stimmten sie ja darin überein, dass die Berichterstattung unerträglich sein würde. Es ist immer besser, man schaut sich eine schlechte Nachrichtensendung nicht allein an – von einem Super Bowl ganz zu schweigen.

Doch sobald er auf sein Zimmer zurückgekehrt war, brachte er keinerlei Widerstandskraft mehr auf. Er zog seine nasse Badehose aus, behielt jedoch den Bademantel an, holte – während er bemerkte, dass die Nachrichtenanzeige an seinem Telefon blinkte – die Fernbedienung des Fernsehers aus der Schublade, in der er sie versteckt hatte, und schaltete das Gerät ein.

Er zappte durch die Kanäle, bis er den Nachrichtensender fand, wo er sich ansah, wie das, was er hätte voraussagen können (John F. Kennedys Umfeld in Tribeca), zum Leben erwachte. Da waren die schlichten Metalltüren des Lofts, das John in der North Moore 20 gekauft hatte. Das Wohnhaus der Kennedys, das einem alten Lagerhaus gegenüberlag, war bereits in einen Schrein verwandelt worden.

JFK jrs. Nachbarn – und vermutlich auch völlig Fremde, die sich als Nachbarn ausgaben – hatten Kerzen aufgestellt und Blumen niedergelegt; paradoxerweise hatten sie offenbar auch Karten mit Genesungswünschen zurückgelassen. Zwar fand es Patrick wirklich schrecklich, dass das junge Paar und Mrs. Kennedys Schwester aller Wahrscheinlichkeit nach ums Leben gekommen waren, aber er verabscheute die Leute, die in Tribeca in ihrem eingebildeten Leid badeten; sie machten das Fernsehen in seiner schlimmsten Spielart erst möglich.

Doch so widerwärtig Wallingford die Sendung auch fand, er verstand sie zugleich. Prominenten gegenüber konnten die Medien nur zwei Haltungen einnehmen: sie verehren oder auf sie eindreschen. Und da Trauer die höchste Form der Verehrung war, stellte man den Tod von Prominenten verständlicherweise über alles; außerdem erlaubte ihr Tod den Medien, sie zugleich zu verehren und auf sie einzudreschen. Das war eine unschlagbare Kombination.

Wallingford schaltete den Fernseher aus und legte die Fernbedienung in die Schublade zurück; er würde bald selbst im Fernsehen und Teil des Spektakels sein. Als er sich telefonisch wegen der Nachrichtenanzeige erkundigte, war er erleichtert – nur das Hotel selbst hatte angerufen, um nachzufragen, wann er abreise.

Er gab Bescheid, dass er am anderen Morgen abreisen werde. Dann streckte er sich in dem halbdunklen Zimmer auf dem Bett aus. (Die Vorhänge waren vom Vorabend noch zugezogen; die Zimmermädchen hatten das Zimmer nicht angerührt, weil er das BITTE-NICHT-STÖREN-Schild vor die Tür gehängt hatte.) Er lag da und wartete auf Sarah Williams, eine Sympathisantin, und auf die wunderbaren Bücher für Kinder und weltmüde Erwachsene von E. B. White.

Was er von Sarah Williams wollte, war nicht Sex, obwohl er mit seiner einen Hand zärtlich ihre Hängebrüste berührte. Auch Sarah wollte keinen Sex mit Wallingford. Mag sein, dass sie ihn bemuttern wollte, möglicherweise weil ihre Kinder weit weg wohnten und selbst Kinder hatten. Wahrscheinlich aber begriff Sarah Williams, dass Patrick Wallingford das Bemuttertwerden brauchte, und hatte – zusätzlich zu dem schlechten Gewissen, weil sie ihn in aller Öffentlichkeit beschimpft hatte – auch noch Schuldgefühle, weil sie so wenig Zeit mit ihren Enkeln verbrachte.

Da gab es ferner das Problem, dass sie schwanger war und glaubte, die Angst wegen der Sterblichkeit ihrer Kinder nicht noch einmal ertragen zu können; überdies wollte sie nicht, dass ihre erwachsenen Töchter erfuhren, dass sie Sex hatte.

Sie erzählte Wallingford, sie sei außerordentliche Professorin für Englisch am Smith College. Sie hörte sich eindeutig nach Englischlehrerin an, als sie Patrick mit klarer, lebhafter Stimme zuerst aus *Klein Stuart* und dann aus *Wilbur und Charlotte* vorlas, »weil das die Reihenfolge ist, in der sie geschrieben worden sind«.

Den Kopf auf Patricks Kissen, lag sie auf ihrer linken Seite. Als einziges Licht in dem abgedunkelten Zimmer brannte die Nachttischlampe; obwohl es heller Tag war, hielten sie sämtliche Vorhänge geschlossen.

Professor Williams las über die Mittagszeit aus *Klein Stuart*. Wallingford lag nackt neben ihr, seine Brust in ständiger Berührung mit ihrem Rücken, seine Oberschenkel an ihren Hintern geschmiegt, in der rechten Hand mal die eine, mal die andere ihrer Brüste. Zwischen ihnen eingeklemmt und für sie beide spürbar war der Stumpf von Patricks linkem Unterarm. Er spürte ihn an seinem nackten Bauch; sie spürte ihn an ihrem Kreuz.

Der Schluss von *Klein Stuart*, fand Wallingford, dürfte für Erwachsene zufriedenstellender sein als für Kinder – Kinder stellen höhere Ansprüche an Schlüsse.

Trotzdem sei es »ein jugendfrischer Schluss«, sagte Sarah, »voll vom Optimismus junger Erwachsener«.

Sie hörte sich wirklich wie eine Englischlehrerin an. Patrick hätte den Schluss von *Klein Stuart* als eine Art zweiten Beginn bezeichnet. Man hat das Gefühl, ein neues Abenteuer warte auf Stuart, während er sich abermals auf die Reise macht.

»Es ist ein Buch für Jungs«, sagte Sarah.

Mäusen gefiele es vielleicht auch, vermutete Patrick.

Sie hatten beide keine Lust auf Sex; doch wenn einer von ihnen entschlossen gewesen wäre, mit dem anderen zu schlafen, hätten sie es getan. Aber Wallingford ließ sich lieber vorlesen, wie ein kleiner Junge, und Sarah Williams hatte (im Augenblick) eher mütterliche als erotische Empfindungen. Und außerdem, wie viele nackte Erwachsene – Fremde in einem verdunkelten Hotelzimmer am helllichten Tag – lasen einander schon E. B. White vor? Selbst Wallingford hätte eingestanden, dass er an der Ungewöhnlichkeit der Situation Gefallen fand. Sie war jedenfalls ungewöhnlicher, als miteinander zu schlafen.

Bernhard Schlink

Der Vorleser

Warum macht es mich so traurig, wenn ich an damals denke? Ist es die Sehnsucht nach vergangenem Glück – und glücklich war ich in den nächsten Wochen, in denen ich wirklich wie blöd gearbeitet und die Klasse geschafft habe und wir uns geliebt haben, als zähle sonst nichts auf der Welt. Ist es das Wissen, was danach kam und dass danach nur ans Licht kam, was schon da war?

Warum? Warum wird uns, was schön war, im Rückblick dadurch brüchig, dass es hässliche Wahrheiten verbarg? Warum vergällt es die Erinnerung an glückliche Ehejahre, wenn sich herausstellt, dass der andere die ganzen Jahre einen Geliebten hatte? Weil man in einer solchen Lage nicht glücklich sein kann? Aber man war glücklich! Manchmal hält die Erinnerung dem Glück schon dann die Treue nicht, wenn das Ende schmerzlich war. Weil Glück nur stimmt, wenn es ewig hält? Weil schmerzlich nur enden kann, was schmerzlich gewesen ist, unbewusst und unerkannt? Aber was ist unbewusster und unerkannter Schmerz?

Ich denke an damals zurück und sehe mich vor mir. Ich trug die eleganten Anzüge auf, die ein reicher Onkel hinterlassen hatte und die an mich gelangt waren, zusammen mit mehreren Paaren zweifarbiger Schuhe, schwarz und braun, schwarz und weiß, Wild- und glattes Leder. Ich hatte zu lange Arme und zu lange Beine, nicht für die Anzüge, die meine Mutter herausgelassen hatte, aber für die Koordination meiner Bewegungen. Meine Brille war ein billiges Kassenmodell und mein Haar ein zauser Mop, ich konnte machen, was ich wollte. In der Schule war ich nicht gut und nicht schlecht; ich glaube, viele Lehrer haben mich nicht recht wahrgenommen und auch nicht die Schüler, die in der Klasse den Ton angaben. Ich mochte nicht, wie ich aussah, wie ich mich anzog und bewegte, was ich zustande brachte und was ich galt. Aber wie viel Energie war in mir, wie viel Vertrauen, eines Tages schön und klug, überlegen und bewundert zu sein, wie viel Erwartung, mit der ich neuen Menschen und Situationen begegnet bin.

Ist es das, was mich traurig macht? Der Eifer und Glaube, der mich damals erfüllte und dem Leben ein Versprechen entnahm, das es nie und nimmer halten konnte? Manchmal sehe ich in den Gesichtern von Kindern und Teenagern denselben Eifer und Glauben, und ich sehe ihn mit derselben Traurigkeit, mit der ich an mich zurückdenke. Ist diese Traurigkeit die Traurigkeit schlechthin? Ist sie es, die uns befällt, wenn schöne Erinnerungen im Rückblick brüchig werden, weil das erinnerte Glück nicht nur aus der Situation, sondern aus einem Versprechen lebte, das nicht gehalten wurde?

Sie – ich sollte anfangen, sie Hanna zu nennen, wie ich auch damals anfing, sie Hanna zu nennen – sie freilich lebte nicht aus einem Versprechen, sondern aus der Situation und nur aus ihr.

Ich fragte sie nach ihrer Vergangenheit, und es war, als krame sie, was sie mir antwortete, aus einer verstaubten Truhe hervor. Sie war in Siebenbürgen aufgewachsen, mit siebzehn nach Berlin gekommen, Arbeiterin bei Siemens geworden und mit einundzwanzig zu den Soldaten geraten. Seit der Krieg zu Ende war, hatte sie sich mit allen möglichen Jobs durchgeschlagen. An ihrem Beruf als Straßenbahnschaffnerin, den sie seit ein paar Jahren hatte, mochte sie die Uniform und die Bewegung, den Wechsel der Bilder und das Rollen unter den Füßen. Sonst mochte sie ihn nicht. Sie hatte keine Familie. Sie war sechsunddreißig. Das alles erzählte sie, als sei es nicht ihr Leben, sondern das Leben eines anderen, den sie nicht gut kennt und der sie nichts angeht. Was ich genauer wissen wollte, wusste sie oft nicht mehr, und sie verstand auch nicht, warum mich interessierte, was aus ihren Eltern geworden war, ob sie Geschwister gehabt, wie sie in Berlin gelebt und was sie bei den Soldaten gemacht hatte. »Was du alles wissen willst, Jungchen!«

Ebenso war es mit der Zukunft. Natürlich schmiedete ich keine Pläne für Heirat und Familie. Aber ich nahm an der Beziehung von Julien Sorel zu Madame de Rênal mehr Anteil als an der zu Mathilde de la Mole. Ich sah Felix Krull am Ende gern in den Armen der Mutter statt der Tochter. Meine Schwester, die Germanistik studierte, berichtete beim Essen von dem Streit, ob Herr von Goethe und Frau von Stein eine Liebesbeziehung hatten, und ich verteidigte es zur Verblüffung der Familie mit Nachdruck. Ich stellte mir vor, wie unsere Beziehung in fünf oder zehn Jahren aussehen könne. Ich fragte Hanna, wie sie es sich vorstellte. Sie mochte nicht einmal bis Ostern denken, wo ich mit ihr in den Ferien mit dem Fahrrad wegfahren wollte. Wir könnten als Mutter und Sohn ein gemeinsames Zimmer nehmen und die ganze Nacht zusammenbleiben.

Seltsam, dass mir die Vorstellung und der Vorschlag nicht peinlich waren. Bei einer Reise mit meiner Mutter hätte ich um das eigene Zimmer gekämpft. Von meiner Mutter zum Arzt oder beim Kauf eines neuen Mantels begleitet oder von einer Reise abgeholt zu werden erschien mir meinem Alter nicht mehr gemäß. Wenn sie mit mir unterwegs war und wir Schulkameraden begegneten, hatte ich Angst, für ein Muttersöhnchen gehalten zu werden. Aber mich mit Hanna zu zeigen, die, obschon zehn Jahre jünger als meine Mutter, meine Mutter hätte sein können, machte mir nichts aus. Es machte mich stolz.

Wenn ich heute eine Frau von sechsunddreißig sehe, finde ich sie jung. Aber wenn ich heute einen Jungen von fünfzehn sehe, sehe ich ein Kind. Ich staune, wie viel Sicherheit Hanna mir gegeben hat. Mein Erfolg in der Schule ließ meine Lehrer aufmerken und gab mir die Sicherheit ihres Respekts. Die Mädchen, denen ich begegnete, merkten und mochten, dass ich keine Angst vor ihnen hatte. Ich fühlte mich in meinem Körper wohl.

Die Erinnerung, die die ersten Begegnungen mit Hanna hell ausleuchtet und genau festhält, lässt die Wochen zwischen unserem Gespräch und dem Ende des Schuljahrs ineinander verschwimmen. Ein Grund dafür ist die Regelhaftigkeit, mit der wir uns trafen und mit der die Treffen abliefen. Ein anderer Grund ist, dass ich davor noch nie so volle Tage gehabt hatte, mein Leben noch nie so schnell und dicht gewesen war. Wenn ich mich an das Arbeiten in jenen Wochen erinnere, ist mir, als hätte ich mich an den Schreibtisch gesetzt und wäre an ihm sitzen geblieben, bis alles aufgeholt war, was ich während der Gelbsucht versäumt hatte, alle Vokabeln gelernt, alle Texte gelesen, alle mathematischen Beweise geführt und chemischen Verbindungen geknüpft. Über die Weimarer Republik und das Dritte Reich hatte ich schon im Krankenbett gelesen. Auch unsere Treffen sind mir in der Erinnerung ein einziges langes Treffen. Seit unserem Gespräch waren sie immer am Nachmittag: wenn sie Spätschicht hatte, von drei bis halb fünf, sonst um halb sechs. Um sieben wurde zu Abend gegessen, und zunächst drängte Hanna mich, pünktlich zu Hause zu sein. Aber nach einer Weile blieb es nicht bei den eineinhalb Stunden, und ich fing an, Ausreden zu erfinden und das Abendessen auszulassen.

Das lag am Vorlesen. Am Tag nach unserem Gespräch wollte Hanna wissen, was ich in der Schule lernte. Ich erzählte von Homers Epen, Ciceros Reden und Hemingways Geschichte vom alten Mann und seinem Kampf mit dem Fisch und dem Meer. Sie wollte hören, wie Griechisch und Latein klingen, und ich las ihr aus der *Odyssee* und den Reden gegen Catilina vor.

»Lernst du auch Deutsch?«

»Wie meinst du das?«

»Lernst du nur fremde Sprachen, oder gibt es auch bei der eigenen Sprache noch was zu lernen?«

»Wir lesen Texte.« Während ich krank war, hatte die Klasse *Emilia Galotti* und *Kabale und Liebe* gelesen, und demnächst sollte darüber eine Arbeit geschrieben werden. Also musste ich beide Stücke lesen, und ich tat es, wenn alles andere erledigt war. Dann war es spät, und ich war müde, und was ich las, wusste ich am nächsten Tag schon nicht mehr und musste ich noch mal lesen.

»Lies es mir vor!«

»Lies selbst, ich bring's dir mit.«

»Du hast so eine schöne Stimme, Jungchen, ich mag dir lieber zuhören als selbst lesen.«

»Ach, ich weiß nicht.«

Aber als ich am nächsten Tag kam und sie küssen wollte, entzog sie sich. »Zuerst musst du mir vorlesen.«

Sie meinte es ernst. Ich musste ihr eine halbe Stunde lang *Emilia Galotti* vorlesen, ehe sie mich unter die Dusche und ins Bett nahm. Jetzt war auch ich über das Duschen froh. Die Lust, mit der ich gekommen war, war über dem Vorlesen vergangen. Ein Stück so vorzulesen, dass die verschiedenen Akteure einigermaßen erkennbar und lebendig werden, verlangt einige Konzentration. Unter der Dusche wuchs die Lust wieder. Vorlesen, duschen, lieben und noch ein bisschen beieinanderliegen – das wurde das Ritual unserer Treffen.

Sie war eine aufmerksame Zuhörerin. Ihr Lachen, ihr verächtliches Schnauben und ihre empörten oder beifälligen Ausrufe ließen keinen Zweifel, dass sie der Handlung gespannt folgte und dass sie Emilia wie Luise für dumme Gören hielt. Die Ungeduld, mit der sie mich manchmal bat weiterzulesen, kam aus der Hoffnung, die Torheit müsse sich endlich legen. »Das darf doch nicht wahr sein!« Manchmal drängte es mich selbst weiterzulesen. Als die Tage länger wurden, las ich länger, um in der Dämmerung mit ihr im Bett zu sein. Wenn sie auf mir eingeschlafen war, im Hof die Säge schwieg, die Amsel sang und von den Farben der Dinge in der Küche nur noch hellere und dunklere Grautöne blieben, war ich vollkommen glücklich.

Barbara Vine

Die Frau mit dem Buch

Ich sehe Isabel vor mir. So deutlich, dass ich nur die Augen zu schließen brauche, um ein Bild von ihr auf den dunklen Schirm meiner gesenkten Lider zu projizieren. Kein verschwommenes, halb aus Worten, halb aus der Erinnerung zusammengebautes, sondern ein richtiges Bild, wie ein Farbfoto. Sie sitzt auf dem hohen Barhocker, den schlanken, geschmeidigen Körper seitwärts gedreht, so dass ich ihre schmale Taille sehen kann. Den Kopf hat sie mir zugewandt und mustert mich forschend. Das Haar ist dunkelbraun, lang und glänzend, die Ponyfransen gehen bis zu den Brauen, die aussehen wie mit einem weichen Pinsel aufgemalt. Sie streicht mit zwei Fingern eine Ponysträhne zurück, dann sieht sie weg und schaut ziemlich unvermittelt wieder in ihr Buch.

Demnach war Isabel ... ja, was? So seltsam das klingt – ich könnte nicht sagen, ob sie gut aussah oder nicht. Hübsch war sie nicht, und attraktiv, das Wort, von dem Ivo behauptete, es sei mein Lieblingswort, passt auch nicht auf sie. Sie hatte eine phantastische Figur und wunderschöne Hände und Füße. Der Mund war groß, ihre vollen Lippen, Ober- und Unterlippe – was ich nie vorher und nie nachher gesehen habe – waren gleich groß und leuchtend rot auch ohne Lippenstift. Sie trug nie Make-up.

Ihre Haut war sehr hell und hatte einen leichten Schimmer. Das Bemerkenswerteste an ihr waren die Augen, klare, unermesslich tiefe, verschattete, haselnussbraune Augen, die Lider vorgewölbt und zart violett. Ich glaube, es war das erste und einzige Mal, dass ich bei einem Menschen zuallererst die Augenfarbe registriert habe. Das dunkle Haar, die fedrigen Ponyfransen umrahmten ein langgezogenes Gesicht mit hohen Wangenknochen. Als unsere Augen sich trafen, sah ich, dass sie müde aussah, trotzdem blieb sie in dieser unbequemen Stellung sitzen und las ein Buch, das sie mit beiden Händen festhalten musste.

Sie hatte mich nur eine Sekunde angesehen, aber ich konnte den Blick nicht von ihr wenden. Ich studierte sie genau. Sie war sehr schlicht gekleidet – kurzer schwarzer Rock, weiße Bluse, ein Blazer aus einem edlen schwarzweißen Stoff, Tweed vielleicht. An einem Handgelenk trug sie ein goldenes Armband. Auch die Schuhe waren schwarz und hatten einen kleinen Absatz. Ich sah, wie sie eine Zigarette herausnahm, sie anzündete, die Packung und das Streichholzbriefchen wieder in die Blazertasche steckte.

Wir saßen knapp drei Meter voneinander entfernt und von den anderen Gästen getrennt, denn wir waren im Nichtraucherbereich. Ich hoffte, der Barkeeper würde sie bitten, nicht mehr zu rauchen, denn dann würde ich ihre Stimme hören. Aber der Barkeeper war irgendwo untergetaucht. Die rauchgeschwängerte Düsternis hinter den gelbmarmorierten Säulen war so undurchdringlich, dass es war, als säßen wir hier ganz allein, sie und ich.

Schon deshalb kam es mir fast ungehörig vor, sie nicht anzusprechen. Ich wusste, dass Amerikaner sehr gesellig sind, auch wenn ich noch nie in Amerika gewesen war, denn amerikanische Touristen waren mir schon genug über den Weg gelaufen. Wenn man mit Amerikanern im Zug saß, wurde man sofort gefragt, woher man kam, was man machte und wo man studiert hatte. Wahrscheinlich erwartete sie geradezu, dass ich sie ansprach, sie würde das nicht als Anmache betrachten, sondern als eine ganz selbstverständliche, entgegenkommende Geste. Weil ich nichts gesagt hatte, hielt sie mich vermutlich für einen dieser typischen fischblütig-zugeknöpften Briten.

Ich hätte so gern mit ihr gesprochen. Ich war gespannt auf ihre Stimme, ihr Lachen, ihren Akzent, freute mich auf den Anblick ihrer schönen, gepflegten amerikanischen Zähne. Aber ich war ja wirklich ein zugeknöpfter Brite, das lag an meiner Erziehung, im englischen Mittelstand ist man eben so. Ich hätte mir nichts dabei gedacht, jemanden aufzureißen, wenn ich in einer entsprechenden Pinte gesessen hätte, in die man eigens deswegen geht. Aber eine Frau in einem fremden Land, die in ein Buch vertieft ist? Vielleicht war sie ja verabredet, mit einem dieser großen, breitschultrigen Amerikaner womöglich, die alle aussehen wie Mittelstürmer in einer norwegischen Football-Mannschaft. Außerdem ging es mir nicht ums Aufreißen. Ich war einsam, ich suchte jemanden zur Gesellschaft, und ohne etwas über sie zu wissen außer dem, was ich sah, wünschte ich mir dazu sie.

Ein Hotelangestellter kam in die Bar, sah sich um, trat zu ihr an die Theke und sagte sehr leise etwas zu ihr, ich bekam nur das Wort ›Anruf‹ mit. Sie rutschte wortlos von ihrem Barhocker und folgte ihm. Die Zigarette nahm sie mit.

Aber das Buch nicht, das ließ sie aufgeschlagen auf der Theke liegen.

Demnach wollte sie wiederkommen. Plötzlich war der Barkeeper wieder da, und ich bestellte noch ein Coors. Wer mochte sie angerufen haben? Der Zweimeter-Footballtyp, um ihr abzusagen? Ich hatte auf die Uhr gesehen, als sie ging, da war es zwanzig nach sechs gewesen. Der Barkeeper griff sich ihren Aschenbecher, besah sich naserümpfend die Asche und das abgebrannte Streichholz und ging damit weg. Um 18 Uhr 25 und um 18 Uhr 32 sah ich wieder auf die Uhr. Es war ein sehr langes Gespräch.

Um Viertel vor sieben war klar, dass sie nicht wiederkommen würde. Das Buch hatte sie vergessen. Er hatte nur angerufen, um ihr einen neuen Treffpunkt zu nennen, und da war sie jetzt. Außer mir war kein Mensch weit und breit zu sehen. Der Barkeeper war wieder entschwunden. Meine Zimmernummer kannte er schon, um die Rechnung brauchte ich mich nicht zu kümmern. Ich ging an die Theke und griff mir das Buch. Es war Saltykow-Schtschedrins *Die Herren Golowljow*. Nicht gerade ein Bestseller, unbestritten aber eine intellektuelle Herausforderung. So ein Buch liest man nicht zum Vergnügen, sondern nur für irgendeinen Kurs. Ich selbst kannte es nicht, obgleich es wie Sergius in der blau gebundenen »Russen«-Sammlung stand.

Statt *Die Herren Golowljow* an der Rezeption abzugeben, nahm ich das Buch mit nach oben. Vielleicht hatte sie ihren Namen hineingeschrieben, manche Leute machen so was. Sie offenbar nicht. Auf dem hinteren Einband klebte das Etikett einer Buchhandlung in Los Angeles. Bedeutete das, dass sie in Los Angeles wohnte?

Nach einer Stunde fiel mir ein, dass ich ja irgendwo essen musste. Allein. Keine erfreuliche Aussicht. Die Frau am Eingang zum Hotelrestaurant fragte mich sofort, ob ich reserviert hätte, und als ich sagte, nein, auf die Idee sei ich als Hotelgast gar nicht gekommen, klappte sie ihr Buch triumphierend zu und sagte, es sei alles besetzt. Draußen fand ich ein kleines, wenig verlockendes Lokal, wo man mich gleich mit der Mitteilung empfing, dass dort um halb zehn dichtgemacht wurde.

Beim Essen musste ich ständig an sie denken. Wenn sie nun gar nicht im Goncharof wohnte? Es konnte doch sein, dass sie nur in die Bar gekommen war, um auf ihren Begleiter zu warten. Ich wusste nicht, wie sie hieß, ich konnte nicht an der Rezeption nach ihr fragen. Ich konnte allenfalls ihr Buch in ganz Juneau herumschleppen. Und mich nach ihr erkundigen. Nach wem erkundigen?

Inzwischen war ich wie besessen von ihr. Nicht sexuell, so verrückt das auch klingt. Damals wollte ich mich nur mit ihr unterhalten, irgendwo bei einem Drink mit ihr zusammensitzen und reden. Ich stellte mir vor, wie wir auf einer Terrasse mit Blick aufs Meer zusammen frühstücken, an den langen hellen Abenden auf einem Balkon Champagner trinken würden. Von Ivo her war ich so an Schampus gewöhnt, dass ich, wenn vom Trinken die Rede war, meist nur Champagner im Sinn hatte.

Als der Abend zu Ende ging, hatte ich noch immer Champagner im Sinn, aber Kognak im Glas. Der Red Dog Saloon, der auf den ersten Blick so authentisch und pioniermäßig ausgesehen hatte, war eine ziemlich fade moderne Touristenpinte, gerade gut genug, um einen Kummer hinunterzuspülen. Auf dem Rückweg ins Goncharof sah ich alles doppelt: zwei Freitreppen, zweimal acht Säulen, in meinem Zimmer zweimal *Die Herren Golowljow*. Ich fiel angezogen aufs Bett und schlief sofort ein. Drei Stunden später, als ich mit rasendem Durst aufwachte, hatte ich noch immer das Buch in der Hand. Ich muss wohl irgendwann darauf gelegen haben und hatte dabei den Einband geknickt.

Der nächste Morgen war erstaunlicherweise nicht allzu schlimm. Vielleicht war es sehr guter Kognak gewesen. Natürlich hatte ich keinen Frühstückszettel für den Zimmerservice herausgehängt, also musste ich nach unten.

Sie saß im Restaurant und hatte wieder ein Buch in der Hand. Ich wartete nicht, wie es dort üblich ist, bis mir ein Platz zugewiesen wurde, sondern ging wieder nach oben und holte *Die Herren Golowljow*. Im Aufzug hatte ich plötzlich furchtbare Angst, sie könnte vielleicht schon wieder weg sein, ich hatte nicht gesehen, wie weit sie mit ihrem Frühstück war, aber sie saß noch da, las selbstvergessen und schenkte sich, fast ohne hinzusehen, gerade Kaffee nach.

Ich fasste mir ein Herz und sagte zu der Bedienung, dass ich da drüben am Fenster sitzen wollte, es war der Tisch neben ihr, aber immer noch gute zwei Meter weit weg. Sie sah mich nicht an. Die Bedienung nahm meine Bestellung auf und kam gleich mit Kaffee, ich brauchte gar nichts zu sagen. Eine sympathische Sitte dort drüben. Diesmal war ich fest entschlossen, mich nicht von komplizierten Erwägungen bremsen zu lassen, ich ging zu ihrem Tisch und sprach sie an.

»Entschuldigen Sie, das haben Sie gestern Abend in der Bar liegenlassen.«

Im Rückblick finde ich es erstaunlich, vielleicht traurig und irgendwie bedauerlich, dass das meine ersten Worte an sie waren. »Entschuldigen Sie, das haben Sie gestern Abend in der Bar liegenlassen.« Auch was ich zuletzt zu ihr gesagt habe, auf dem Flughafen von Juneau, weiß ich noch: »Wenn ich dich nicht wiedersehe, sterbe ich.« Aber so leicht stirbt es sich nicht, das habe ich inzwischen begriffen. Wer sterben will, muss mehr Mut haben als ich. Und mehr Energie.

Damals dachte ich nicht ans Sterben, ich dachte nicht an Ivo oder an Einsamkeit und Langeweile. Ich streckte ihr *Die Herren Golowljow* mit dem geknickten Einband hin.

»Entschuldigen Sie, das haben Sie gestern Abend in der Bar liegenlassen.«

Sie blickte auf, und dieser Blick war entschieden skeptisch.

»Das mit dem Umschlag tut mir leid«, sagte ich. »Vorher war es nicht so.«

Ganz allmählich fing sie an zu lächeln. Ich hatte richtig vermutet – ihre Zähne waren makellos, was ich aber über ihrem Lächeln gar nicht richtig zur Kenntnis nahm.

»Ich hätte es an der Rezeption abgegeben«, sagte ich, »aber ich wusste nicht, wie Sie heißen.«

Deutlicher kann man kaum mit dem Zaunpfahl winken, aber sie reagierte nicht. Sie sagte mir nicht, wie sie hieß, und fragte auch nicht nach meinem Namen. Ich dachte schon, sie würde überhaupt nichts sagen. Konnte sie am Ende überhaupt nicht sprechen? Gab es das denn, dass eine Frau so beharrlich schwieg? Sie streckte die Hand nach dem Buch aus, sah das Buch an, sah mich an. Ich fuhr fast ein bisschen zusammen, als ich ihre Stimme hörte, weil sie mich so lange hatte warten lassen. Eine sehr leise, sehr englische Stimme, das heißt, der amerikanische Akzent war schon da, aber er war so leicht, wie wir snobistischen Briten das bei allen Amerikanern gern hätten.

»Ich dachte, ich hätte es da liegenlassen, wo ich gestern Abend gegessen habe«, sagte sie. »Danke«, setzte sie so nachdrücklich hinzu, als hätte ich ihr Brillantenarmband gefunden und zurückgebracht. »Vielen herzlichen Dank.«

»Aber wie ich sehe, hatten Sie ja zum Glück noch ein Buch mit.« Ich kann mich nicht erinnern, je etwas Blödsinnigeres von mir gegeben zu haben, aber irgendetwas musste ich sagen, sie war offenbar schon wieder drauf und dran, sich in ihr Buch zu vertiefen. »Viel mehr tun als lesen kann man hier ja nicht«, sagte ich. »Jedenfalls nicht, wenn man allein ist.«

Sie klappte das Buch zu – es war Primo Levis *Das periodische System* – und legte es zusammen mit dem anderen ordentlich ausgerichtet zwischen das Körbchen mit den kleinen Marmeladengläsern und die Kaffeekanne.

»Sind Sie denn allein?«

Es klang, als könne sie sich das bei einem wie mir nicht vorstellen, die wie gepinselten Augenbrauen hoben sich, die Mundwinkel gingen ein bisschen nach oben. Ja, wollte ich gerade sagen, zwei Wochen werde ich allein sein, da kam die Bedienung mit meinem Frühstück und rettete mich. Rettete mich mit einer Frage, die mir sonst bestimmt eher peinlich gewesen wäre. Ob sie für mich hier decken sollte, wollte sie wissen. Ich wäre ihr am liebsten um den Hals gefallen. Aber ich sagte nichts, sondern wartete mit angehaltenem Atem auf die Antwort der Frau am Tisch.

»Natürlich«, sagte sie. »Setzen Sie sich doch.«

Ich nannte meinen Namen zuerst. Irgendwie hatte ich den Eindruck, dass sie mit ihrem Namen nicht herausrücken wollte, dass sie einen Augenblick zögerte, aber nachdem ich ihr gesagt hatte, wie ich hieß, war es wohl nicht mehr zu umgehen.

»Isabel Winwood.«

Und dann sah ich den Trauring. Vielleicht ist es gar kein Trauring, sagte ich mir, nur ein ganz gewöhnlicher, den sie zufällig am Ringfinger der linken Hand trägt. Sie sieht nur wegen der tiefliegenden Augen so mitgenommen aus, dachte ich, sie hat ja keine einzige Falte im Gesicht. Die vollen weichen Lippen faszinierten mich, aber ich konnte es mir nicht leisten, sie stumm anzustaunen, dazu war die Zeit zu kostbar, ich musste etwas sagen, musste Konversation machen. Ich erzählte, dass ich vor zwei Tagen angekommen war, erzählte von der Kreuzfahrt, an der ich teilnehmen wollte – von Ivo mochte ich nichts sagen –, sprach von Juneau, vom Wetter. Sie hörte zu, hin und wieder lächelte sie. Damals konnte ich noch nicht wissen, dass sie normalerweise nur dann sprach, wenn sie etwas zu sagen hatte.

Sie ließ mich weiterreden, verzweifelt nach neuen Themen suchen, die irgendwie mit Alaska zusammenhingen, allmählich ging mir der Stoff aus, warum fragt sie nicht, woher ich komme, was ich mache und wo ich studiert habe, dachte ich, da griff sie nach *Die Herren Golowljow*, schlug das Buch auf und las offenbar da weiter, wo sie gestern Abend aufgehört hatte. Daraufhin hielt ich natürlich den Mund.

Sie sah auf und lächelte. »Haben Sie es gelesen?«
»Nein.« Mir war fast die Luft weggeblieben. Und dann hatte ich eine Eingebung. »Aber den Levi kenne ich.«

Und plötzlich war alles ganz einfach. Wir sprachen über Primo Levi, seine ernsten Romane und die leichteren Kurzgeschichten, seine KZ-Haft, seinen Selbstmord. Ich erzählte ihr von meinem Studium, sie fragte, was ich gelesen und was ich geschrieben hatte, und nachdem wir zusammen drei Kannen Kaffee geleert hatten, fasste ich Mut und fragte, was sie heute Vormittag vorhabe und ob wir zusammen etwas unternehmen könnten.

Und dann erkundeten wir Juneau, Isabel und ich. Das Wetter war weiterhin warm und sonnig, um die Mittagszeit hatte es wieder dreißig Grad. Sehr ungewöhnlich, sagte Isabel, sie kannte Juneau, war schon ein paarmal da gewesen. Wir gingen zu den Gräbern von Dick Harris und Joe Juneau und an die Stelle, wo Häuptling Kowee verbrannt worden ist. Wir gingen ins Alaska State Museum, und als ich sie fragte, ob sie mit mir essen würde, sagte sie ja, natürlich, als wäre das ganz selbstverständlich, als fände sie es erstaunlich, dass ich gefragt hatte.

Nachmittags hatte sie etwas anderes vor, sagte aber nicht, was. Das Geheimnis, das sie umgab, machte sie nur noch reizvoller. Ich ließ sie gehen und dachte, ich hätte sie verloren. Es war der schönste Vormittag, den ich je erlebt hatte, fand ich, vielleicht vor allem deshalb, weil alles ganz locker, ganz entspannt gewesen war. Ich hatte mich geben können, wie ich war. Wir passten so gut zusammen, interessierten uns für die gleichen Dinge, konnten über dasselbe lachen oder traurig sein, hatten in vielem dieselbe Einstellung. Unwillkürlich musste ich daran denken, wie schwer es seit fast einem Jahr mit Ivo war, der mich angeblich liebte und gleichzeitig auf mich herabsah und mir das in Wort und Tat bewusst machte, der mich zunehmend behandelte wie einen Analphabeten, weil ich so wenig Ahnung von den Naturwissenschaften hatte.

Als ich einmal in den Weihnachtsferien mit einer Grippe im Bett lag, war mir der Lesestoff ausgegangen, und ich hatte mich mit einem Stoß von Somerset-Maugham-Romanen behelfen müssen, die meiner Großmutter gehört hatten. Ivo hatte immer mehr Ähnlichkeit mit Maughams Romanfiguren bekommen, die unentwegt darüber jammern, was für ein schweres Los es doch ist, in hilfloser Liebe zu einem Menschen entbrannt zu sein, der dieser Liebe nicht würdig ist. Wie sich der arme unwürdige Gegenstand ihrer Liebe fühlt, darüber schreibt Maugham nicht viel. Ich hätte da einspringen können. Fürs Selbstwertgefühl ist so was nicht gerade förderlich.

Isabel und ich hatten das gleiche Niveau, wir hatten die gleichen Bücher gelesen.

Amélie Nothomb
Der Mann mit dem Buch

Nach der Lektüre des Romans fragte ich mich beunruhigt, inwiefern diese *Platzpatronen* harmloser seien als echte Kugeln. Ich konnte nicht sagen, ob ich den Roman mochte. Genauso wenig hätte ich entscheiden können, ob ich lieber einen Curare-Pfeil zwischen die Augen bekäme oder mit einer Wunde am Bein zwischen Haien schwämme.

Ich konzentrierte mich auf die positiven Punkte. So hatte ich eine tiefe Erleichterung empfunden, als ich das Buch beendet hatte. Ja, ich hatte beim Lesen gelitten, aber nicht aus literarischen Gründen. Übrigens fand ich es sympathisch, dass kein Foto der Autorin auf dem Umschlag war, wo einen heute doch immer gleich der Schriftsteller in Großaufnahme vom Cover anspringt. Dieses Detail freute mich umso mehr, als ich ja das entzückende Gesicht von Mademoiselle Malèze kannte, das durchaus als Verkaufsargument geeignet gewesen wäre. Der Klappentext verriet weder das Alter der Autorin, noch behauptete er, dass es sich bei ihr um das vielversprechendste Talent ihrer Generation handelte. Das erlaubte den Schluss, dass es diesem Buch nicht an Qualitäten mangelte.

In der Rubrik »Vom selben Autor« erfuhr ich, dass das Buch kein Erstling war. Es gab schon vier frühere: *Ohne Betäubung, In vivo, Einbrüche* und *Endstadium*. Da befiel mich die Verzweiflung eines Ritters, der glaubt, die Prüfung siegreich bestanden zu haben, und von der Dame seines Herzens gleich noch vier vom gleichen Kaliber aufgebrummt kriegt.

Ich bestellte sie beim Buchhändler meines Viertels und fieberte unserem nächsten Treffen entgegen. Sollte ich das Buch zwecks Widmung mitnehmen? War das eine gute Idee? Wünschte ich mir, wenn ich Schriftsteller wäre, dass Menschen sich mir gegenüber so verhielten? Würde sie das als unpassende Handlung, Vertraulichkeit, Eingriff in ihre Privatsphäre empfinden? Ich raufte mir die Haare angesichts dieser Benimmfragen, die nun das bisschen gesellschaftlichen Raum, in dem ich mich bewegte, vollkommen besetzten.

Als der Tag gekommen war, steckte ich die *Platzpatronen* in meinen Rucksack, ohne mich für ein Vorgehen entschieden zu haben. Aliénor... dieser Vorname hatte sich so prächtig kristallisiert, dass er in meinen Ohren wie ein Diamant klang. Allerdings müsste ich vermeiden, sie so zu nennen, und das erschien mir so schwierig wie die Aufgabe, einer Harfenistin nicht zu danken, die Debussy spielt, wenn man gerade das dringende Bedürfnis nach dieser Art von Schönheit verspürt.

Aliénor empfing mich mit einer Höflichkeit, die schmerzte. Die bekloppte Freundin in der Ecke aß einen Topf dampfenden Pürees. »Das wärmt«, sagte sie mit einer Hasenschartenstimme. Ich nickte und fing an zu arbeiten. Das Abdichten erwies sich als schwieriger als gedacht. Die Schriftstellerin half mir dabei, und ich gestand ihr beschämt, dass ich ohne sie aufgeben, sie dem kalten Luftzug überlassen und mit einem Kollegen hätte wiederkommen müssen.

»Sehen Sie, so hässlich ist es doch gar nicht«, sagte ich, als wir fertig waren.

»Der Himmel verdient Besseres, als durch Plastik gesehen zu werden«, antwortete sie. »Wann machen Sie es ab?«

»Sachte, sachte! Wir haben die Plane doch gerade erst angebracht. Vor Ende April würde ich an Ihrer Stelle die Finger davon lassen.«

Aus der großen Tasche, in der sich die Plastikplane befunden hatte, holte ich das kleinste Modell eines Elektroheizstrahlers hervor.

»Jetzt ist der Innenraum isoliert, da lohnt es sich auch zu heizen. Dieses Gerät hat einen viel geringeren Verbrauch als ein Heizlüfter.«

»Ich habe Sie um nichts gebeten.«

»Sie müssen ihn ja nicht benutzen. Aber Sie können mich auch nicht zwingen, ihn den ganzen Tag mit mir herumzuschleppen. Ich lasse ihn hier und nehme ihn Ende April zusammen mit der Plane wieder mit.«

Sie zog ihre Halbhandschuhe aus und strich über seine Oberfläche, als wäre er ein Haustier, das ich ihr dalassen wollte. Dabei erblickte ich eine scheußliche Wunde an einer ihrer Hände. Ich konnte einen Aufschrei nicht unterdrücken.

»Das ist nichts«, sagte sie. »Die Wärmflasche ist geplatzt, als ich schlief. Ich kann froh sein, dass es mir nur die Hand verbrannt hat.«

»Haben Sie das einem Arzt gezeigt?«

»Nicht nötig. Es ist nur wegen der Blasen so auffällig.«

Sie zog ihre Halbhandschuhe wieder über. Es war so kalt in der Wohnung, dass ich das Gefühl hatte, man könnte die Luft in Blöcke schneiden. Bei der Vorstellung, dieses Mädchen in dem eisigen Gefängnis zurückzulassen, zog sich mein Herz zusammen.

»Können Sie hier überhaupt schreiben?«, stammelte ich.

»Aliénor! Eine Frage an dich!«

Verdutzt sah die Blöde mich an. Aber weniger verdutzt als ich sie. Wie! Das war die Schriftstellerin?

»Können Sie hier überhaupt schreiben?«, wiederholte ich und betrachtete mit Grauen die Püreereste um ihren Mund.

»Ich mag das«, sagte die Hasenscharte.

Um meinen Schreck zu verbergen, holte ich das Buch aus dem Rucksack.

»Schau«, sagte die Hübsche, »der Herr hat dein Buch mitgebracht. Möchtest du es signieren?«

Die Kreatur gab ein freudiges Grunzen von sich, das ich für Zustimmung hielt. Ich hätte das Buch lieber der Hübschen gegeben, damit sie es ihr weiterreichte, fasste mir aber ein Herz und hielt es der Hässlichen hin, zusammen mit meinem Füller. Sie starrte ihn eine ganze Weile lang an.

»Das ist der Füller von dem Herrn, den musst du ihm wieder zurückgeben«, erklärte die, deren Vornamen ich nicht kannte.

›Aliénor‹, dachte ich. Seit ich wusste, wessen Name das war, hatte er sich verändert. Ich hörte jetzt »Alien« darin. Ja, sie ähnelte dem Ding in dem Film. Wahrscheinlich flößte sie mir deshalb solche Furcht ein.

»Nebenan ist ein Café«, sagte ich zu der Hübschen. »Wollen wir etwas trinken gehen?«

Sie erklärte der Bekloppten, dass sie jetzt mit dem Herrn auf einen Kaffee gehen wolle, und schlug ihr vor, während der Zeit eine Widmung zu schreiben, die ihrer würdig sei. Ich fragte mich, was sie damit meinte und was dieses Zombiewesen mit Würde zu tun haben könnte.

In dem Lokal begann sie gleich zu sprechen, sie hatte wohl die Fragezeichen in meinen Augen gelesen.

»Ich weiß. Es ist kaum zu glauben, dass eine solche Schriftstellerin geistig behindert ist. Protestieren Sie nicht, das Wort ist verpönt, aber ich finde es angemessen und nicht herabwürdigend. Aliénor ist sehr langsam. Und da sie für die geringsten Dinge so viel Zeit braucht, hat sie ihre besondere Begabung entwickelt. Ihre Sprache ist frei von Automatismen, von denen unsere strotzt.«

»Das ist es nicht, was mich am meisten wundert. Aber Aliénor wirkt so sanft und nett, und ihr Buch ist so brutal.«

»Ihrer Meinung nach schreibt also ein netter Autor nette Bücher?«

Ich fühlte mich wie der König der Trottel und ließ sie reden.

»In einem Punkt haben Sie recht«, fuhr sie fort, »Aliénor ist sanft und nett. Und sie ist es wirklich, ohne Berechnung. Würde ich mich nicht um sie kümmern, würde der Verlag sie ausnehmen.«

»Sie sind ihre Agentin?«

»In gewisser Weise, auch wenn das in keinem Vertrag steht. Ich habe Aliénor vor fünf Jahren kennengelernt, als ihr erster Roman erschienen war. Ich war von ihrem Stil so hingerissen, dass ich zum Salon du Livre ging, um mir das Buch signieren zu lassen. Im Klappentext war zu lesen, Aliénor

Malèze sei authentisch und einzigartig und durch ›ihr Anderssein eine Bereicherung für unsere Gesellschaft‹. Als ich sie am Verlagsstand sah, traf es mich wie ein Schlag. Eine solche Unschuld sprang einfach ins Auge. Statt das Buch, das ich ihr entgegenhielt, zu nehmen und das kommerzielle Lächeln eines Menschen aufzusetzen, der etwas zu verkaufen hat, bohrte sie hingebungsvoll in der Nase, ohne sich um die missbilligenden Blicke der Vorübergehenden zu kümmern. Sofort kam eine Dame herbeigeeilt, bohrte ihr die Faust ins Kreuz und drückte ihr den Stift in die Hand. Mir war gleich klar, dass sie Schutz braucht.«

»Auf *Platzpatronen* steht nicht, dass sie ... anders ist.«

»Darauf habe ich seit ihrem zweiten Buch geachtet. Ihre Behinderung als Verkaufsargument zu benutzen, fand ich abscheulich, umso mehr, als man sie sehr gut lesen kann, ohne um diese Besonderheit zu wissen. Als ich erreicht hatte, dass ihr Problem nicht mehr im Klappentext erwähnt wurde, wollte der Verlag ihr Foto auf den Umschlag drucken. Das wäre auf das Gleiche hinausgelaufen, Aliénors Gesicht sagt alles. Ich habe gegen dieses Vorhaben gekämpft.«

»Mit Erfolg offenbar.«

»Ja. Das Schwierigste war, mit ihr in Kontakt zu treten. Nicht dass sie ihre Adresse geheim gehalten hätte – sie kannte sie gar nicht! Also war ich gezwungen, ihr zu folgen. Und so kam ich hinter das Geheimnis: Ihr Verleger hatte sie allein mit einem Tonbandgerät in ein winziges Studio gesperrt. Eine Art Gefängniswärterin kam abends vorbei und hörte das Band ab, auf das Aliénor ihren nächsten Roman diktieren sollte. Wenn sie fand, dass die Gefangene gut gearbeitet hatte, ließ sie ihr viel zu essen da. Wenn nicht, dann nichts. Aliénor isst gern. Dabei begriff sie die Erpressung gar nicht.«

»Das ist wirklich abscheulich.«

»Am schlimmsten ist, dass ich es nicht verhindern konnte. Nach langem Suchen habe ich ihre Eltern aufgespürt, denen diese Verlagsgeier versichert hatten, ihre Tochter würde in Paris in Saus und Braus leben. Ich habe ihnen die Wahrheit gesagt. Sie waren bestürzt, haben mir aber gestanden, dass sie nicht mehr die Kraft hätten, sich um sie zu kümmern. Ich sagte, ich sei bereit, Aliénor bei mir aufzunehmen und auf sie aufzupassen. Glücklicherweise waren sie nicht so penibel. Ich hauste damals in einem unglaublichen Loch in der Goutte-d'Or – im Vergleich dazu ist unsere jetzige Wohnung, die wir von Aliénors Tantiemen gekauft haben, ein Palast. Und Sie nehmen Anstoß daran, dass wir keine Heizung haben! In der Goutte-d'Or hatten wir nicht nur keine Heizung, sondern noch nicht einmal fließend Wasser.«

»Und der Verleger hat sich nicht eingemischt?«

»Doch, natürlich. Aber die Eltern haben mir die Vormundschaft für ihre Tochter übertragen, was uns beide schützt. Ich sehe sie trotzdem nicht als mein Mündel, zumal sie drei Jahre älter ist als ich. In Wahrheit liebe ich sie, als wäre sie meine Schwester, selbst wenn es nicht immer leicht ist, mit ihr zu leben.«

»Anfangs dachte ich, Sie sind die Schriftstellerin.«

»Das ist lustig. Bevor ich Aliénor kennenlernte, glaubte ich wie jeder andere, schreiben zu können. Aliénors klare Prosa macht Lust darauf, selbst zu schreiben, es kommt einem so leicht vor. Seit sie mir ihre Texte diktiert, kann ich ermessen, wie weit ich von einer Schriftstellerin entfernt bin.«

»Sie diktiert Ihnen?«

»Ja. Mit der Hand zu schreiben fällt ihr sehr schwer. Und vor einer Tastatur ist sie wie gelähmt.«

»Ist Ihnen das nicht zu mühsam?«

»Das ist mein liebster Part. Solange ich ihre Texte bloß las, war mir ihre Kunst nicht voll bewusst. Eigentlich sollte jeder Leser die Texte abschreiben, die er liebt – es gibt nichts Besseres, wenn man verstehen will, warum sie so großartig sind. Zu schnelles Lesen hindert an der Erkenntnis, was hinter der Einfachheit steckt.«

»Sie spricht so merkwürdig, ich kann sie sehr schlecht verstehen.«

»Das gehört zu ihrer Behinderung. Man gewöhnt sich aber an ihre Aussprache.«

»Woran leidet sie genau?«

»An einer sehr seltenen Form von Autismus, der Pneux-Krankheit. Ein Doktor Pneux hat diese Behinderung beschrieben, die allgemein als ›freundlicher Autismus‹ bezeichnet wird. Ein Problem der Pneux-Kranken ist, dass sie sich nie wehren – sie erkennen einen Angriff einfach nicht als solchen.«

Ich stutzte.

»Aber in ihrem Buch…«

»Ja. Das liegt daran, dass Aliénor Schriftstellerin ist: Im Schreiben kann sie formulieren, was sie im Alltag nicht sieht. Andere Pneux-Kranke haben dieses Talent leider nicht.«

»Dann kommt ihr Talent also gar nicht von ihrem Problem.«

»Doch. Ihr Talent ist eine Art Immunabwehr, die sie ohne die Krankheit nicht entwickelt hätte. Mir widerstrebt die Theorie vom notwendigen Übel, aber man muss schon zugeben, dass Aliénor ohne ihre Behinderung nicht zu diesem Schreibstil gefunden hätte.«

»Und was gehört sonst noch zu Ihrer Rolle, außer dass Sie aufschreiben, was sie Ihnen diktiert?«

»Ich bin die Schnittstelle zwischen Aliénor und der Welt. Das ist eine ziemlich umfangreiche Aufgabe: Ich verhandle mit den Verlagen, ich achte auf ihre körperliche und geistige Gesundheit, ich kaufe ihr Essen, Kleidung, Bücher, ich wähle ihre Musik aus, gehe mit ihr ins Kino, koche für sie, helfe ihr dabei, sich zu waschen...«

»Kann sie das nicht selbst?«

»Für sie ist Schmutz ein amüsantes Phänomen, sie sieht nicht ein, warum sie sich waschen sollte.«

»Ich finde Sie sehr tapfer«, sagte ich, als ich mir besagte Säuberung vorstellte.

»Ich habe Aliénor viel zu verdanken. Ich lebe auf ihre Kosten.«

»Angesichts dessen, was Sie für sie tun, ist das nur gerecht.«

»Ohne Aliénor würde ich einem gewöhnlichen, langweiligen Beruf nachgehen. Dank ihr habe ich ein Leben, das diese Bezeichnung verdient; ich stehe zutiefst in ihrer Schuld.«

Ich war wie versteinert von ihrem Bericht. Ich hätte ein solches Los wohl nicht ertragen. Und sie genoss es!

Ich fürchtete, sie könnte eine Art Heilige sein. Heilige üben eine erotische Anziehung auf mich aus, was nur daher kommt, dass sie mich irritieren. Das war es nicht, was ich für diese Frau empfinden wollte!

»Wie heißen Sie?«, fragte ich unvermittelt, um von so viel Seelengröße wegzukommen.

Sie lächelte wie jemand, der eine verdammt gute Karte im Ärmel hat. »Astrolabe.«

Wären wir essen gewesen, hätte ich mich verschluckt.

»Das ist ja ein Männername!«, rief ich.

»Oh! Endlich jemand, der das weiß!«

»Astrolabius war der Sohn von Heloïse und Pierre Abaelard!«

»Stellt die EDF nur Gelehrte ein?«

»Wie sind Ihre Eltern denn auf die Idee gekommen, Sie so zu nennen?«

»Sie glauben wenigstens nicht von mir, dass ich mir ein Pseudonym zugelegt habe, um mich in Szene zu setzen.«

So war es. Ich wusste nur allzu gut, was für abwegige Namen Eltern ihren Kindern manchmal geben.

»Meine Mutter hieß Heloïse«, fuhr sie fort, »und mein Vater Pierre, wie Abaelard. Bis dahin ist alles halb so wild. Kurz nach meiner Zeugung wurde mein Vater zu einem fanatischen Anhänger Fidel Castros und verließ meine Mutter, um nach Kuba zu gehen. Mama tat so, als wäre Castrist für sie dasselbe wie Kastrat – Abaelard wurde ja nach der Geburt seines Sohnes Astrolabius entmannt –, und nannte mich Astrolabe, damit mein Vater, falls er zurückkommen sollte, gleich wüsste, was sie von ihm hielt. Er kam aber nie zurück.«

»Wer seinem Kind aus Rache einen bestimmten Namen gibt, macht ihm damit kein Geschenk.«

»Da bin ich ganz Ihrer Meinung. Trotzdem liebe ich meinen Namen.«

»Sie haben recht. Er ist wunderschön.«

Ich hätte mir gewünscht, dass sie meine Neugier teilte. Sie fragte mich aber nicht, wie ich hieß. Also fing ich selbst damit an. Nachdem ich ihr erklärt hatte, wer Zoilos war, schloss ich:

»Wir haben also etwas gemeinsam: einen hochtrabenden Namen, den unsere Eltern uns aus schuldhafter Gedankenlosigkeit gegeben haben.«

»So kann man die Dinge auch sehen«, sagte sie wie jemand, der ein Gespräch beenden möchte. »Aliénor wird jetzt wohl schon mit der Widmung fertig sein. Sie können ja mitkommen, um sich Ihr Buch zu holen. Ich denke, ich habe genug von Ihrer wertvollen Zeit in Anspruch genommen.«

Nach dieser kalten Dusche begleitete ich sie nach Hause. Was hatte ich falsch gemacht? Gerettet hat mich Aliénor. Sie streckte mir das Buch mit freudiger, triumphierender Miene entgegen, und ich las folgende Widmung: »Für den Herrn, Küsschen, Aliénor.«

»Sie mag Sie«, bemerkte Astrolabe besänftigt.

Ich stand bei ihr wieder in Gnaden. Da ich mir ihre Gunst nicht gleich wieder verscherzen wollte, verabschiedete ich mich und beschloss, aus Dankbarkeit Aliénor Malèzes Werk mit größter Aufmerksamkeit zu lesen.

Ray Bradbury

Qualvolle Teilung

Du hast das Schloss *auswechseln* lassen!«
Er klang fassungslos, stand da und starrte auf den Türknauf, an dem seine eine Hand herumspielte, während die andere den alten Schlüssel umklammert hielt.

Sie ließ den Knauf auf der Innenseite los und ging davon.

»Ich wollte nicht, dass irgendwelche Fremden hereinkommen können.«

»Fremde!«, rief er aus. Noch einmal rüttelte er am Türknauf, dann steckte er seufzend den Schlüssel ein und schloss die Tür. »Ja, du hast wohl recht, genau das sind wir füreinander: Fremde.«

Sie setzte sich nicht, sondern blieb mitten im Zimmer stehen und sah ihn an.

»Kommen wir *zur Sache*«, meinte sie.

»Sieht aus, als hättest du das bereits getan. Mein lieber Schwan!« Er schaute verstört auf die Bücher, die unglaublich ordentlich am Boden aufeinandergestapelt waren, fein säuberlich in zwei Hälften getrennt. »Hättest du nicht auf mich warten können?«

»Ich wollte Zeit sparen«, erwiderte sie mit einem knappen Kopfnicken, erst nach links, dann nach rechts. »Das da sind meine, die dort deine.«

»Mal sehen.«

»Nur zu. Aber du kannst nachsehen, solange du willst: Das da sind meine, die dort deine.«

»O nein, so einfach ist das nicht!« Er trat zu den Büchern und fing an, sie umzupacken, nahm bald welche vom einen Haufen, dann wieder vom anderen. »Wir gehen sie noch einmal durch.«

»Du bringst alles wieder durcheinander!«, sagte sie. »Ich hab Stunden gebraucht, um sie auszusortieren.«

»Na, dann nehmen wir uns eben noch ein paar Stunden Zeit«, entgegnete er schnaufend, während er bereits vor den Stapeln kniete: »*Die Psychoanalyse nach Freud!* Siehst du? Was hat die denn auf meiner Seite zu tun? Ich hasse Freud!«

»Ich dachte, so würde ich's los.«

»Wenn du's loswerden willst, spende es für einen guten Zweck. Und versuch nicht, den schwachsinnigen Kram irgendeinem Fremden anzudrehen, in diesem Fall deinem früheren Mann. Machen wir doch drei Haufen draus, einen für dich, einen für mich und einen für die Heilsarmee.«

»Den für die Heilsarmee nimmst aber du und rufst dort an.«

»Warum kannst du nicht gleich selbst anrufen? Ich hab weiß Gott keine Lust, den Plunder erst mit ans andere Ende der Stadt zu schleppen. Es wär doch viel einfacher –«

»Ja, ja, schon gut, red du nur, aber hör auf, mit den Büchern rumzumachen. Geh meine durch und dann deine, und sag mir, wenn du Einwände hast –«

»Sieh da, mein Thurber auf deiner Seite, was hat der denn da zu suchen?«

»Den hast du mir vor zehn Jahren zu Weihnachten geschenkt, hast du das vergessen?«

»Oh«, sagte er. »Stimmt. Na gut – und wie kommt Willa Cather da rüber?«

»Die hab ich vor zwölf Jahren von dir zum Geburtstag bekommen.«

»Ich scheine dich ganz schön verwöhnt zu haben.«

»Das kann man wohl sagen, aber es ist lange her. Wenn du mich immer noch so verwöhnen würdest, säßen wir vielleicht jetzt nicht hier, um die verflixten Bücher aufzuteilen.«

Er wurde rot, wandte sich ab und begann, ruhig und vorsichtig, mit der Schuhspitze gegen die Stapel zu stoßen.

»Karen Horney, gut, die hat mich eh nur gelangweilt. Jung, der gefällt mir besser, hat mir schon immer besser gefallen, aber du kannst ihn behalten.«

»Tausend Dank.«

»Für dich war der Verstand ja immer wichtiger als das Gefühl.«

»Einer, der für alle Fälle immer eine Matratze mit sich rumschleppt, sollte besser nicht von Verstand und Gefühlen reden. Einer, der ständig Knutschflecken am Hals hat –«

»Das haben wir doch alles schon x-mal durchgekaut.«

Er kniete erneut nieder und ließ die Hände über die Stapel gleiten. »Hier das *Narrenschiff* von Katherine Anne Porter, wie um alles in der Welt hast du's bloß geschafft, dich da durchzukämpfen? Das gehört dir. John Colliers Erzählungen! Du weißt, an denen hänge ich! Die kommen auf meinen Haufen!«

»Moment!«, rief sie.

»Auf *meinen*.« Er zog das Buch heraus und schleuderte es über den Boden.

»Nicht! Du machst es kaputt.«

»Es gehört jetzt mir.« Er gab ihm noch einen Stoß.

»Nur gut, dass du nicht die Stadtbibliothek leitest«, sagte sie.

»Da ist Gogol, langweilig, Saul Bellow, langweilig, John Updike, ganz netter Stil, aber einfallslos. Langweilig, Frank O'Connor? Okay, aber du kannst ihn behalten. Henry James? Langweilig, Tolstoi, bin nie mit den Namen klargekommen, nicht langweilig, nur verwirrend, behalt ihn. Aldous Huxley? Moment mal! Du weißt genau, seine Essays gefallen mir besser als seine Romane!«

»Du kannst die Kassette doch nicht auseinanderreißen!«

»Und ob ich das kann! Wir werden das Kind genau in der Mitte teilen. Du kriegst seine Romane, ich seine Gedanken.«

Er packte drei der Bücher und ruckte sie über den Teppich. Sie ging hinüber und begann, die Stapel durchzusehen, die sie für ihn zusammengestellt hatte.

»Was machst du da?«, wollte er wissen.

»Ich schau nur noch mal nach, ob ich dir auch die richtigen gegeben hab. Hier, John Cheever, den nehm ich mir zurück.«

»Mein Gott! Was soll denn das? Ich nehme *dies*, du schnappst dir *das*? Leg den Cheever zurück. Hier ist Puškin. Langweilig, Robbe-Grillet, dasselbe auf Französisch. Knut Hamsun? Skandinavischer Langweiler.«

»Die Kritiken kannst du dir sparen. Ich komme mir ja vor, als wär ich gerade in Literatur durchs Examen gefallen. Du meinst also, du könntest dir alle guten Bücher nehmen und mir den Blödsinn lassen?«

»Mag sein. Diese ganzen modernen Schreiberlinge, die einer beim anderen Nabelschau halten, sich die Fifth Avenue entlangglobhudeln und unterwegs die ganze Zeit Platzpatronen verschießen!«

»Charlie Dickens hältst du wohl nicht für 'nen Blindgänger?«

»Dickens!? Einen wie den hatten wir in diesem *Jahrhundert* noch nicht!«

»Na, Gott sei Dank! Du wirst feststellen, dass ich dir sämtliche Romane von Thomas Love Peacock gegeben hab. Asimovs Science-fiction. Kafka? Nicht der Rede wert.«

»So, wer von uns ist nun der Bücherverbrenner?« Er beugte sich wild entschlossen hinab, untersuchte zuerst ihre, dann seine Stöße. »Peacock ist, bei Gott, einer der größten Humoristen aller Zeiten. Kafka? Verrückt, brillant. Asimov? Ein Genie!«

»Hört! Hört! Mein Gott.« Sie setzte sich, legte die Hände in den Schoß, beugte sich vor und nickte den Literaturbergen zu. »Ich glaube, mir wird jetzt allmählich klar, wo alles anfing, in die Brüche zu gehen. Die Bücher, die du liest, sind für mich nichts als Schrott. Die Bücher, die ich lese, für dich nur Plunder. Alles Müll. Warum haben wir das nicht schon vor zehn Jahren erkannt?«

»Man erkennt vieles nicht, wenn man –«, er zögerte, »– einander liebt.«

Nun war es ausgesprochen. Sie rutschte unbehaglich in ihrem Sessel nach hinten, faltete die Hände und stellte die Füße ordentlich nebeneinander. Als sie ihn ansah, war in ihren Augen ein merkwürdiges Leuchten.

Er blickte zur Seite und begann, im Zimmer umherzuschleichen. »Ach, verflucht noch mal«, brummte er, während er den Fuß in den einen Haufen stieß, und dann hinüberging, um das Gleiche beim anderen zu tun, ganz ruhig, ganz gelassen. »Es ist mir doch scheißegal, was auf meinem Stoß und was auf deinem liegt, das interessiert mich doch überhaupt nicht, Hauptsache –«

»Kriegst du die, bis auf 'n paar, in deinem Auto unter?«, fragte sie ganz ruhig und sah ihn dabei immer noch an.

»Ich denke schon.«

»Soll ich dir beim Raustragen helfen?«

»Nein.« Und wieder Schweigen, eine ganze Weile. »Ich schaff's schon.«

»Bist du sicher?«

»Völlig.«

Nach einem tiefen Seufzer trug er ein paar Bücher hinüber zur Tür.

»Ich hab ein paar Kisten im Auto. Die bring ich hoch.«

»Willst du nicht erst noch den Rest durchsehen, damit du sicher bist, dass es die Richtigen sind?«

»Ach was«, meinte er. »Du kennst meinen Geschmack. Sieht so aus, als hättest du's schon richtig gemacht. Es ist, als hätte man zwei Blatt Papier fein säuberlich voneinander gelöst, und da sind sie nun, ich kann es nicht glauben.«

Er hörte auf damit, die Bücher neben der Tür zu stapeln, blieb einfach stehen und schaute erst auf die Bücherfestung auf der einen Seite, dann auf die Literaturburgen und -türme gegenüber, und dann auf seine Frau, die da festgeklemmt in dem Tal dazwischen saß. Es schien ein ganzes Stück Wegs zu sein, das Tal hinab, quer durchs Zimmer, bis zu ihr.

In diesem Augenblick kamen zwei Katzen, beide schwarz, die eine groß, die andere klein, aus der Küche hereingeschlüpft, prallten von den Möbeln zurück und flitzten, ohne das geringste Geräusch zu verursachen, wieder hinaus.

Ihm zuckte die Hand. Sein rechter Fuß wandte sich in Richtung Tür.

»O nein, das wirst du nicht tun!«, rief sie sofort energisch. »Du lässt die Finger von den Katzen. Maude und Maudlin bleiben bei mir.«

»Aber –«, setzte er an.

»Nichts da«, sagte sie.

Es folgte ein langes Schweigen. Schließlich ließ er die Schultern sinken.

»Verdammt noch mal«, sagte er, ganz ruhig. »Ich will überhaupt keines von den blöden Büchern. Du kannst sie alle behalten.«

»Und in ein paar Tagen überlegst du's dir anders und kommst sie holen.«

»Ich will die Bücher nicht. Ich will nur dich.«

»Das ist das Schreckliche an der ganzen Sache«, sagte sie, ohne sich von der Stelle zu rühren. »Ich weiß es, aber es ist unmöglich.«

»Natürlich. Ich bin gleich wieder da. Ich hol die Kisten hoch.« Er öffnete die Tür und starrte wieder das neue Schloss an, als könne er's nicht glauben. Er zog den alten Schlüssel aus der Tasche und legte ihn auf den Beistelltisch neben der Tür. »Den werd ich nicht mehr brauchen.«

»Nicht mehr, nein«, bestätigte sie so leise, dass er es kaum hörte.

»Wenn ich zurück bin, klopfe ich.« Er ging los und

wandte sich noch einmal um. »Du weißt ja, über das eigentliche Problem müssen wir auch noch reden, das haben wir bis jetzt mit keinem Wort berührt.«

»Was meinst du?« Sie blickte auf.

Er zögerte, trat über die Schwelle und sagte: »Wer bekommt die Kinder?«

Ehe sie etwas erwidern konnte, hatte sich die Tür hinter ihm geschlossen.

Henry David Thoreau

Lesen

Kein Wunder, dass Alexander die *Ilias* in einem kostbaren Behälter auf seinen Zügen mit sich führte. Ein geschriebenes Wort ist die köstlichste Reliquie. Es ist mehr als irgendein anderes Kunstwerk, etwas uns selbst innerlich und zugleich der ganzen Welt Angehörendes. Es ist das Kunstwerk, das dem Leben am nächsten steht. Es kann in alle Sprachen übertragen und nicht nur gelesen, sondern von allen menschlichen Lippen geatmet werden. Es wird nicht auf Leinwand oder in Marmor dargestellt, sondern aus dem Lebensodem selbst herausgemeißelt. Das Symbol des Gedankens eines antiken Menschen wird zur Sprache des modernen. Zweitausend Sommer haben den Denkmälern der griechischen Literatur, wie ihren Marmorstatuen, nur einen reiferen, herbstlich-goldenen Ton zu geben vermocht; in alle Länder haben sie ihre heitere himmlische Atmosphäre getragen, um sie gegen die zernagende Zeit zu schützen. Bücher sind der aufgespeicherte Reichtum der Welt und ein schickliches Erbteil von Generationen und Völkern. Bücher, die ältesten und besten, stehen natürlicher- und rechtlicherweise auf dem Bücherbrett jedes bescheidenen Hauses. Sie haben selbst zu ihren Gunsten nichts zu sagen, und doch wird auch der praktische Sinn des Lesers, den sie erleuchten und stärken, sie nicht zurückweisen. Ihre Autoren sind von natürlichem, unwiderstehlichem Adel in jeder Gesellschaft, und mehr als Könige und Kaiser beeinflussen sie dieselbe. Wenn der unbelesene und wahrscheinlich das, was er nicht versteht, geringschätzende Kaufmann durch Unternehmungsgeist und Fleiß sich die ersehnte Muße und Unabhängigkeit erworben hat, so strebt er unabweislich schließlich den höheren, aber noch unzugänglichen Kreisen des Genies und Geistes zu, ist sich der Unvollkommenheit seiner Bildung und der Leere und Unzulänglichkeit all seiner Reichtümer bewusst und zeigt auch weiterhin seinen gesunden Verstand durch die Mühe, welche er sich gibt, seinen Kindern jene geistige Bildung angedeihen zu lassen, deren Mangel er selbst so bitter empfindet; und so erst wird er zum Gründer einer Familie.

Ich bin der Ansicht, dass wir, nachdem wir die Buchstaben gelernt haben, nur das Beste lesen sollten, was in der Literatur vorhanden ist, statt dass wir ewig unser Abc und einsilbige Wörter in der vierten und fünften Klasse wiederholen und unser Leben lang auf der niedrigsten und vordersten Schulbank sitzen bleiben. Die meisten Menschen geben sich zufrieden, indem sie *ein* gutes Buch, die Bibel, lesen oder sich vorlesen lassen und vielleicht auch von dessen Weisheit überzeugt sind; den Rest ihres Lebens hindurch aber vegetieren sie und verschwenden ihre geistigen Fähigkeiten an das, was man leichte Lektüre nennt. In unserm Lesezirkel sind mehrere Bände eines Werkes mit dem Titel *Little Reading*, von dem ich glaubte, er beziehe sich auf eine Stadt jenes Namens, in der ich noch nicht gewesen war. Es gibt Leute, die wie Wasserraben und Strauße selbst nach dem reichlichsten Mittagsmahl von Fleisch und Gemüsen noch alles Mögliche verdauen können, weil sie nicht sehen können, dass etwas zu Verlust geht. Wenn andere die Maschinen sind, welche dieses Futter produzieren, so sind sie die Maschinen, welche es konsumieren. Sie lesen zum tausendsten Mal die Geschichte von Zebulon und Sophronia, die einander liebten, wie nie zuvor geliebt wurde; aber keinen geebneten Pfad fand ihre treue Liebe – doch lief sie dahin, stolperte, stand auf und lief wieder dahin! Sie lesen, wie ein armer Unglücklicher bis zur Turmspitze hinaufstieg, der beileibe nicht höher als bis zum Glockenstuhl hätte steigen sollen; und nachdem er ihn überflüssigerweise da hinaufgebracht hat, läutet der glückliche Romanschreiber die Glocke, damit alle Welt zusammenläuft und sieht – ach Gott –, wie der Held wieder herunterkommt. Meiner Ansicht nach würden all diese strebsamen Helden der gesamten Romanschriftstellerei am besten in Wetterfahnenmännchen verwandelt, wie man früher die Helden unter die Sternbilder versetzte. Da könnten sie sich herumdrehen, bis sie rostig wären, statt dass sie unten die Menschen mit ihren Streichen plagen. Das nächste Mal rühre ich mich nicht, wenn der Romanschreiber an der Glocke läutet, und wenn das Rathaus niederbrennen sollte. »*Der Sprung des Zehenspitzenhupfers*, eine Romanze aus dem Mittelalter, von dem berühmten Verfasser von *Tüpfel-Toll-Tann*, erscheint in monatlichen Lieferungen! Kolossaler Erfolg! Kommt nur nicht alle zu gleicher Zeit!« Das alles lesen sie mit heraustretenden Augen und wacher, gespannter Neugier, unermüdlich kröpfen sie es hinein, gerade wie der kleine vierjährige Abc-Schütze seine 10-Pfennig-Goldschnitt-Ausgabe vom Aschenbrödel – ohne irgendwelchen Fortschritt, soviel ich ersehen kann, weder in der Aussprache, dem Vortrag oder der Betonung noch in der Gewandtheit, die Moral herauszuholen oder hineinzulegen. Die Resultate sind Kurzsichtigkeit, Hemmung der vitalen Zirkulation und ein allgemeines Schwinden und Sich-Ablösen der intellektuellen Fähigkeiten. Diese Sorte Pfefferkuchen wird alltäglich in jedem Backofen und eifriger gebacken als reines Weizen- oder Roggenbrot; sie findet auch einen viel sichereren Absatz.

Die besten Bücher werden noch nicht einmal von denen gelesen, welche man ›ernste Leser‹ nennt. Wie hoch steht denn unsere Kultur in Concord? Man findet in hiesiger Stadt mit sehr wenig Ausnahmen keinen Geschmack an den besten oder sehr guten Werken selbst der englischen Literatur, deren Worte jedermann lesen und buchstabieren kann. Selbst die akademisch und, wie man sagt, höher gebildeten Männer hier und anderswo sind wenig oder gar nicht mit den englischen Klassikern bekannt; und was die überlieferte Weisheit des Menschengeschlechtes betrifft, die alten Klassiker und Bibeln, welche allen zugänglich sind, die davon wissen wollen, so werden nur die allerschwächsten Anstrengungen gemacht, sich mit ihnen bekannt zu machen.

Der Mensch, jeder Mensch geht ein gutes Stück von seinem Weg ab, um einen Silberdollar aufzuheben; hier aber sind goldene Worte, welche die weisesten Männer des Altertums gesprochen und deren Wert die Weisen aller folgenden Zeitalter uns bestätigt haben, und doch lernen wir nichts weiter lesen als die Fibeln und das Lesebuch; und wenn wir der Schule ade gesagt haben, dann erbauen wir uns an der ›leichten Lektüre‹, den Geschichten für Anfänger und Knaben; so hält sich unser Lesen, unser Sprechen und unser Denken auf einem sehr niedrigen, Pygmäen und Zwergen entsprechenden Niveau.

Ich suche die Bekanntschaft weiserer Männer zu machen, als sie hier in Concord zu finden sind, Männer, deren Namen hier kaum bekannt sind. Oder soll ich den Namen Platos hören und nie sein Buch lesen? Als ob Plato mein Landsmann wäre und ich ihn nie zu sehen bekäme – mein nächster Nachbar, und ich nie mit ihm reden, nie der Weisheit seiner Worte lauschen dürfte. Wie steht es aber in Wirklichkeit? Seine Dialoge, die das enthalten, was unsterblich in ihm war, liegen auf dem nächsten Bücherbrett, und doch habe ich sie nie gelesen.

Wir sind ungebildet, gemein und unwissend; in diesem Punkt muss ich gestehen, keinen großen Unterschied gelten lassen zu können zwischen der Unwissenheit meiner Landsleute, welche überhaupt nicht lesen können, und der Unwissenheit desjenigen, der nur lesen gelernt hat, was für Kinder und Schwachsinnige passt. Wir sollten so gut sein wie die Helden des Altertums, den Anfang aber dazu machen, indem wir erst erfahren, wie gut jene waren. Wir sind ein verkrüppeltes Geschlecht von Zwergen, und unser geistiger Gedankenflug reicht nicht viel höher als die Spalten der Tageszeitung.

Nicht alle Bücher sind so stumpf wie ihre Leser. Es sind darin vielleicht Worte, die genau auf unsere Verfassung passen, welche, wenn wir sie nur hören und verstehen könnten, unserm Leben segenbringender wären als der Morgen und der Frühling, welche uns die Dinge mit ganz anderen Augen ansehen ließen. Wie mancher Mensch hat eine neue Ära in seinem Leben von dem Lesen eines Buches an zu datieren! Vielleicht existiert für uns das Buch, das unsere Wunder erklärt und uns neue offenbart. Das jetzt Unaussprechliche finden wir vielleicht irgendwo ausgesprochen. Die gleichen Fragen, die uns beunruhigen und verwirren, haben seinerzeit alle vernünftigen Menschen beschäftigt; keiner wurde übergangen, und jeder hat sie nach seiner Fähigkeit in Worten oder durch sein Leben beantwortet.

Georges Simenon
Über Lektüre

Man hat mich häufig gefragt, welche Bücher ich gelesen, welche mich geprägt haben, und vielleicht habe ich darauf nicht immer dasselbe geantwortet. Denn man kann mit einigen Worten nicht streng wahrheitsgetreu antworten.

Auch würde bei einem Blick in meine Bibliothek ein falscher Eindruck von meiner Lektüre entstehen. Bei jedem Umzug habe ich ein Viertel, manchmal sogar die Hälfte meiner Bücher verkauft. An deren Stelle schaffe ich immer wieder neue an, und heute habe ich nur noch Werke, die ich für meine Kinder aufbewahre.

So glaube ich zum Beispiel nie gesagt zu haben, dass die Comtesse de Ségur oder Jules Verne je zu meiner Lektüre gehört haben, die ich aber, wie alle Kinder meiner Generation, gelesen habe. In welchem Alter? Sehr früh gewiss. Wahrscheinlich zwischen acht und dreizehn Jahren, denn mit zwölf las ich Alexandre Dumas Vater und bald schon... Paul de Kock. Auch einige *Fantomas*, nicht viele, doch mit einer gewissen Verschämtheit, als sei dies nicht standesgemäß, und mit dreizehn oder vierzehn, nach Fenimore Cooper und Walter Scott, die Russen, von Puschkin bis Gorki über Tolstoi, Dostojewski und vor allem Gogol, der mir am besten gefiel. Turgenjew mochte ich nie. Balzac anfangs, dazwischen, nachher, in immer kleineren Dosen. Ich hatte immer bestimmte Perioden.

Auguste Comte mit sechzehn oder siebzehn (die Autoren, die ich in der Schule las, lasse ich weg), und Dickens zur selben Zeit wie Shakespeare.

Von meinen Freunden war ich als Einziger gegen Anatole France und gegen alle jene gelbeingebundenen Romane, die heute einen weißen Einband haben. Descartes, Pascal und vor allem Montaigne, der mindestens zehn Jahre lang auf meinem Nachttisch lag, hatten mir mehr zu sagen.

Ich verabscheute Barrès und Bourget, die ich in eine Reihe stellte mit Georges Ohnet oder Jules Claretie.

Nach Maeterlinck war ich zwei Jahre lang verrückt.

Und noch verrückter nach Conrad und Stevenson.

Mit dreiundzwanzig oder vierundzwanzig habe ich in Paris auf einen Schlag die ganze Sammlung Budé gekauft, Griechen und Lateiner, allerdings auf Französisch, denn ich habe nur ein Jahr lang Latein gehabt, bevor ich den wissenschaftlichen Zweig wählte. Alles gierig verschlungen.

Etwas später entdeckte ich Faulkner, Dreiser, Sherwood Anderson (der mir sehr gut gefallen hat), und dann schließlich Dos Passos und ... den *Zauberberg*. Unter allen Amerikanern galt meine größte Sympathie Mark Twain und dem Zöllner mit dem Wal.

Ich las – und liebte – *Swann*, *Im Schatten junger Mädchenblüte* mit zweiundzwanzig, zur selben Zeit, als ich die erste Freud-Übersetzung entdeckte.

Jahrelang verschlang ich ein bis drei Bücher am Tag, von Goethe (*Dichtung und Wahrheit* ist mein Lieblingswerk) bis zu den Briefen Napoleons.

Mit siebenundzwanzig beschloss ich dann plötzlich, keine Romane mehr zu lesen, nur noch einige ausländische und die klassischen Romane. Erst als ich 1944 krank wurde, las ich der Reihe nach zunächst den ganzen Proust, dann den ganzen Balzac und schließlich den ganzen Stendhal (den ich bewundere, aber gegen den ich mich sträube, während Proust mich immer begeistert, Claudel zuweilen).

Ich habe bestimmt einige vergessen, doch nicht viele, zumindest keine, die zählen. Wenn ich zusammenfasse, so habe ich wohl am meisten für die Russen geschwärmt, dann für die Engländer, die Amerikaner. Die Franzosen kommen erst am Schluss. Warum? Ich weiß es nicht. Vielleicht, weil sie mehr Moralisten sind als Erzähler. Vielleicht auch, weil besonders bei Balzac die meisten Konflikte durch das Geld ausgelöst werden. Da bin ich eher für die Seele Melvilles, auch wenn sie protestantisch ist.

Die Bibel und die Evangelien, das Bürgerliche Gesetzbuch und das Strafgesetzbuch habe ich immer wieder gelesen. Ich lese sie auch heute noch in kleinen Auszügen.

Versucht, Gide zu lesen, dessen Freund ich werden sollte. Konnte nicht. Habe es ihm nie gesagt.

Ich habe, weniger für meine Romane als aus Neugier, fast alles gelesen, was über die Kriminologie geschrieben worden ist, und lese auch weiterhin Werke und Zeitschriften über dieses Thema. Der Psychiatrie gehört meine Leidenschaft und, als Folge davon, der Medizin.

Maigret wollte Arzt werden. Und ich? Als ich jung war, habe ich nicht daran gedacht. Später ja. Doch ohne Bedauern. Und wie zufällig waren und sind die meisten meiner Freunde Ärzte.

Weil es wegen der Blutgruppen einen Berührungspunkt gab, bin ich jetzt beim Studium der menschlichen Rassen gelandet. Meine Annäherungsweise lässt sich dabei nie vorhersehen, und mein Buchhändler staunt immer über meine Bestellungen, auf die von den vorangegangenen nicht zu schließen war.

Tatsächlich weiß ich nichts. Ich promeniere im Wissen der anderen und versuche dabei, mir zu meinem persönlichen Gebrauch eine Art Gleichgewicht herzustellen.

Genauso wie ich in keiner Sportart gut bin, weil ich sie fast alle ein wenig betrieben habe, so dass ich keine richtig beherrsche, denn ich habe alles nur als Amateur angefasst.

In all diesen Werken suche ich im Grunde nach kleinen Hinweisen, die es mir ermöglichen, den Menschen ein wenig besser zu verstehen.

Und der Mensch von heute ist ziemlich verdrossen. Er, der ein so großes Bedürfnis hat zu *sein*, existiert immer weniger, je mehr das Wissen über die Welt zunimmt. Das unendlich Große der kosmischen Räume auf der einen Seite, das unendlich Kleine auf der anderen.

So ist er gefangen zwischen zwei Unendlichkeiten, über die er alles weiß, außer dem Wesentlichen, das heißt, er weiß also nichts und betrachtet unzählige Welten, in denen seine Stellung immer lächerlicher erscheint.

Das Bedürfnis zu sein! Wichtig zu sein! Nicht nur unser Individuum, die ganze Spezies. Hier für etwas da zu sein. Nicht aus Zufall oder durch einen Unglücksfall. Auch nicht, um nur eine zeitweilige Form des Lebens zu sein.

Ich frage mich, ob Wissenschaftler gut daran getan haben, ihre Entdeckungen der großen Öffentlichkeit bekannt zu machen. Ich frage mich sogar, ob sie selbst sie immer verkraften können.

Man nimmt es hin, an einer Grippe, an einem schmerzhaften Krebs, durch einen Autounfall zu sterben. Aber man lehnt sich auf gegen die Vorstellung, durch eine chemische Explosion oder ein Naturereignis von der Erde weggefegt oder mitsamt der Erde selbst vernichtet zu werden.

Der Komet von Haley (1910 glaube ich) hat Dutzende von Selbstmorden ausgelöst.

Wenn ich einmal einen Psychiater treffe, muss ich ihn fragen – und ich glaube, ich weiß schon, was er antworten wird –, ob die neuesten Entdeckungen nicht mehr als alles andere Ursache dafür sind, dass sich die Heilanstalten füllen.

Ich hätte besser daran getan, meinen Roman zu schreiben.

Joachim Ringelnatz

Der Bücherfreund

Ob ich Biblio- was bin?
Phile? »Freund von Büchern« meinen Sie?
Na, und ob ich das bin!
Ha! und wie!

Mir sind Bücher, was den andern Leuten
Weiber, Tanz, Gesellschaft, Kartenspiel,
Turnsport, Wein, und weiß ich was, bedeuten.
Meine Bücher – – – wie beliebt? Wie viel?
Was, zum Henker, kümmert mich die Zahl.
Bitte, doch mich auszureden lassen.
Jedenfalls: viel mehr, als mein Regal
Halb imstande ist zu fassen.

Unterhaltung? Ja, bei Gott, das geben
Sie mir reichlich. Morgens zwölfmal nur
Nüchtern zwanzig Brockhausbände heben – – –
Hei! das gibt den Muskeln die Latur.

Oh, ich musste meine Bücherei,
Wenn ich je verreiste, stets vermissen.
Ob ein Stuhl zu hoch, zu niedrig sei,
Sechzig Bücher sind wie sechzig Kissen.

Ja natürlich auch vom künstlerischen
Standpunkt. Denn ich weiß die Rücken
So nach Gold und Lederton zu mischen,
Dass sie wie ein Bild die Stube schmücken.

Äußerlich? Mein Bester, Sie vergessen
Meine ungeheure Leidenschaft,
Pflanzen fürs Herbarium zu pressen.
Bücher lasten, Bücher haben Kraft.

Junger Freund, Sie sind recht unerfahren,
Und Sie fragen etwas reichlich frei.
Auch bei andern Menschen als Barbaren
Gehen schließlich Bücher mal entzwei.

Wie? – ich jemals auch in Büchern lese??
Oh, Sie unerhörter Ese – – –
Nein, pardon! – Doch positus, ich säße
Auf dem Lokus, und Sie harrten
Draußen meiner Rückkehr, ach dann nur
Ja nicht länger auf mich warten.
Denn der Lokus ist bei mir ein Garten,
Den man abseits ohne Zeit und Uhr
Düngt und erntet dann Literatur.

Bücher – Nein, ich bitte Sie inständig:
Nicht mehr fragen! Lass dich doch belehren!
Bücher, auch wenn sie nicht eigenhändig
Handsigniert sind, soll man hoch verehren.
Bücher werden, wenn man will, lebendig.
Über Bücher kann man ganz befehlen.
Und wer Bücher kauft, der kauft sich Seelen.
Und die Seelen können sich nicht wehren.

Jaroslav Hašek

Unter Bibliophilen

Das Allerschlimmste, was jemandem zustoßen kann, ist, in die Hände einer Literaturfreundin zu fallen, die in ihrem Salon Bibliophile versammelt und Literaturabende veranstaltet, bei denen Tee gereicht wird und wo auf jeden Literaturfreund zwei Stückchen Kuchen entfallen.

Es ist wahr, dass ich diese Literaturabende bei Frau Herzan nicht besuchen musste, aber ich wollte der Einladung meines Freundes Folge leisten, dem ich weisgemacht hatte, zu Hause eine originelle, in Menschenhaut gebundene persische Ausgabe der Gedichte von Hafis zu haben. Mein Freund verbreitete das unter Bibliophilen und Literaturfreunden. Das genügte, dass ihre Mäzenin, Frau Herzan, den Wunsch äußerte, mich kennenzulernen.

Im Salon blickten mich zwölf aufrichtige Gesichter an, aus denen die gesamte Weltliteratur auf mich sah. Mein Kommen wurde lebhaft begrüßt, und ein Besucher mit den in Menschenhaut gebundenen Gedichten von Hafis hatte wohl Anspruch auf vier Stückchen Kuchen.

Ich nahm mir also aus der Schüssel vier Stückchen Kuchen, und für das Fräulein mit Brille neben mir blieb nicht ein einziges übrig. Das betrübte sie so, dass sie über Goethes *Wahlverwandtschaften* zu sprechen begann.

Neben mir saß irgendein Literaturhistoriker und wandte

sich an mich mit der Frage: »Belieben Sie den ganzen Goethe zu kennen?«

»Vom Scheitel bis zur Sohle«, erwiderte ich ernst, »er trägt gelbe Schnürschuhe und einen braunen Filzhut, ist Akzisenaufseher und wohnt in der Karmelitergasse.«

Die Bibliophilen blickten mich traurig und vorwurfsvoll an. Um die allgemeine Verlegenheit zu maskieren, fragte mich die Gastgeberin: »Haben Sie Interesse für Literatur?«

»Gnädige Frau«, erwiderte ich, »es gab Zeiten, da ich viel las. Ich habe *Die drei Musketiere, Die Maske der Liebe,* den *Hund von Baskerville* und andere Romane gelesen. Bei den Nachbarn hob man für mich die Romanbeilage der *Politika* auf, und jedes Mal am Wochenende hab ich dann alle sechs Fortsetzungen auf einmal gelesen. Das Lesen hat mich immer sehr interessiert, und so konnte ich es zum Beispiel gar nicht erwarten, ob die Gräfin Leona den Zwerg Richard heiratet, der ihretwegen den eigenen Vater ermordete, der wiederum ihren Verlobten aus Eifersucht erschossen hatte. Ja, ein Buch kann wirklich Wunder wirken. Als es mir sehr schlecht ging, las ich den *Jüngling von Messina.* Mit neunzehn Jahren wurde jener junge Mann Räuber. Er hieß Lorenzo. Ja, damals las ich noch. Heute aber lese ich nicht viel. Es interessiert mich nicht mehr.«

Die Literaturfreunde wurden blass. Ein baumlanger Mensch mit durchdringendem Blick fragte mich kurz und streng wie ein Untersuchungsrichter: »Interessieren Sie sich für Zola?«

»Ich weiß über ihn sehr wenig«, erwiderte ich, »ich hörte über ihn nur, dass er während des Deutsch-Französischen Kriegs bei der Belagerung von Paris gefallen ist.«

»Kennen Sie Maupassant?«, fragte mich jener Mann recht wütend.

»Ich hab von ihm *Die Sibirischen Erzählungen* gelesen.«

»Da irren Sie sich«, rief das Fräulein mit der Brille neben mir aufgebracht aus. »*Die Sibirischen Erzählungen* sind von Korolenko und Sieroszewski. Maupassant ist doch Franzose.«

»Ich dachte, er ist Holländer«, sagte ich ruhig. »Ist er aber Franzose, so hat er vielleicht *Die Sibirischen Erzählungen* ins Französische übersetzt.«

»Aber Tolstoi kennen Sie?«, fragte die Gastgeberin.

»Ich habe sein Begräbnis im Kino gesehen. Aber ein Chemiker wie Tolstoi, der das Radium entdeckte, hat ein würdigeres Begräbnis verdient.«

Für einen Augenblick verstummten alle. Der Literaturhistoriker mir gegenüber blickte mich mit blutunterlaufenen Augen an und fragte ironisch: »Aber die tschechische Literatur kennen Sie doch bestimmt durch und durch?«

»Ich habe zu Hause das *Dschungelbuch*, das wird Ihnen vielleicht genügen«, sagte ich mit Nachdruck.

»Aber das ist doch ein Engländer, dieser Kipling«, sagte ein wortkarger Herr, der sein Gesicht in beiden Händen verbarg, als würde er weinen.

»Von Kipling habe ich nicht gesprochen«, rief ich beleidigt aus, »ich sprach doch über das *Dschungelbuch* von Tuček.«

Ich vernahm, wie sich zwei Herren so, dass ich es hören konnte, zuflüsterten, ich sei ein Rindvieh.

Ein blasser junger Mann mit langem Haar faltete die Hände und brachte mit zarter Stimme vor: »Sie erfassen nicht die Schönheiten der Literatur, gewiss verstehen Sie auch nicht den Stil, den brillanten Satzbau zu würdigen, nicht einmal Gedichte begeistern Sie. Kennen Sie von Liliencron jene Stelle, wo Sie in den Wolken die Schönheit der Natur erfühlen, erahnen: Wolkenschäfchen ziehen, fliegen, blaue Wölkchen fliegen und fliegen, über Berg und Tal, über Wälder grüne Streifen?«

Er erhob die Stimme, stützte sich auf die Schulter eines Literaturfreundes, der neben ihm saß, und fuhr fort: »Und *Das Feuer* von d'Annunzio? Wenn Sie die wunderschöne treffende Schilderung venezianischer Feste gelesen hätten, und dabei diese Liebesgeschichte...«

Er betrachtete den Auerstrumpf, fuhr sich mit der Hand über die Stirn und wartete, was ich dazu sagen würde.

»Ich habe Sie nicht genau verstanden, warum hat denn der d'Annunzio bei diesen Festen Feuer gelegt? Wie viel Jahre hat er dafür gefasst?«

»D'Annunzio ist der berühmteste italienische Dichter«, erklärte mir das Fräulein mit der Brille unermüdlich.

»Das ist merkwürdig«, bemerkte ich unschuldig.

»Was ist daran Merkwürdiges«, brüllte im wahrsten Sinn des Wortes ein Herr, der bisher den Mund nicht aufgemacht hatte, »kennen Sie überhaupt irgendeinen italienischen Dichter?«

Ich erwiderte würdevoll: »Gewiss. *Robinson Crusoe.*« Bei diesen Worten blickte ich um mich.

Zwölf Literaturfreunde und Bibliophile wurden in diesem Augenblick grau, und zwölf vorzeitig ergraute Literaturfreunde und Bibliophile warfen mich durch das Parterrefenster auf die Straße hinaus.

Kurt Tucholsky

Wo lesen wir unsere Bücher?

Wo –? Im Fahren. Denn in dieser Position, sitzendbewegt, will der Mensch sich verzaubern lassen, besonders wenn er die Umgebung so genau kennt wie der Fahrgast der Linie 57 morgens um halb neun. Da liest er die Zeitung. Wenn er aber zurückfährt, dann liest er ein Buch. Das hat er in der Mappe. (Enten werden mit Schwimmhäuten geboren – manche Völkerschaften mit Mappe.) Liest der Mensch in der Untergrundbahn? Ja. Was? Bücher. Kann er dort dicke und schwere Bücher lesen? Manche können es. Wie schwere Bücher? So schwer, wie sie sie tragen können. Es geht mitunter sehr philosophisch in den Bahnen zu. Im Autobus nicht so – der ist mehr für die leichtere Lektüre eingerichtet. Manche Menschen lesen auch auf der Straße... wie die Tiere. Die Bücher, die der Mensch nicht im Fahren liest, liest er im Bett. (Folgt eine längere Exkursion über Liebe und Bücher, Bücher und Frauen – im Bett, außerhalb des Bettes... gestrichen.) Also im Bett. Sehr ungesund. Doch – sehr ungesund, weil der schiefe Winkel, in dem die Augen auf das Buch fallen... fragen Sie Ihren Augenarzt. Fragen Sie ihn lieber nicht; er wird Ihnen die abendliche Lektüre verbieten, und Sie werden nicht davon lassen – sehr ungesund. Im Bett soll man nur leichte und unterhaltende Lektüre zu sich nehmen sowie spannende und beruhigende, ferner ganz schwere, wissenschaftliche und frivole sowie mittelschwere und jede sonstige, andere Arten aber nicht.

Dann lesen die Leute ihre Bücher nach dem Sonntagsessen – man kann in etwa zwei bis zweieinhalb Stunden bequem vierhundert Seiten verschlafen.

Manche Menschen lesen Bücher in einem Boot oder auf ihrem eigenen Bauch, auf einer grünen Wiese. Besonders um diese Jahreszeit.

Manche Menschen lesen, wenn sie Knaben sind, ihre Bücher unter der Schulbank.

Manche Menschen lesen überhaupt keine Bücher, sondern kritisieren sie.

Manche Menschen lesen die Bücher am Strand, davon kommen die Bücher in die Hoffnung. Nach etwa ein bis zwei Wochen schwellen sie ganz dick an – nun werden sie wohl ein Broschürchen gebären, denkt man – aber es ist nichts damit, es ist nur der Sand, mit dem sie sich vollgesogen haben. Das raschelt so schön, wenn man umblättert...

Manche Menschen lesen ihre Bücher in... also das muss nun einmal ernsthaft besprochen werden.

Ich bin ja dagegen. Aber ich weiß, dass viele Männer es tun. Sie rauchen dabei und lesen. Das ist nicht gut. Hört auf einen alten Mann – es ist nicht gut. Erstens, weil es nicht gut ist, und dann auch nicht hygienisch, und es ist auch wider die Würde des Dichters, der das Buch geschrieben hat und überhaupt. Gewiss kann man sich Bücher vorstellen, die man *nur* dort lesen sollte, *Völkische Beobachter* und dergleichen. Denn sie sind hinterher unbrauchbar: so nass werden sie. Man soll in der Badewanne eben keine Bücher lesen. (Aufatmen des gebildeten Publikums.)

Merke: Es gibt nur sehr wenige Situationen jedes menschlichen Lebens, in denen man keine Bücher lesen kann, könnte, sollte... Wo aber werden diese Bücher hergestellt? Das ist ein anderes Kapitel.

Donna Leon
Wunderbare Wörterwelt

Ich hatte das Glück, in einer Familie aufzuwachsen, in der viel gelesen wurde. Die Erfahrung, dass Erwachsene sich stundenlang in ein Buch vertiefen können, machte ich schon frühzeitig am Beispiel meiner Eltern.

Sie lasen jedoch keineswegs nur für sich, sondern haben meinem Bruder und mir auch sehr viel vorgelesen; und so gehören zu meinen ersten Erinnerungen *Die drei Ziegen*, *Rotkäppchen* sowie ein Buch über eine Puff-Puff-Eisenbahn, dessen Titel mir heute, fast sechzig Jahre später, entfallen ist. Natürlich galt mein Interesse zunächst den Bildern, aber mit der Zeit fing ich an, Wörter und Geschichten spannender zu finden, auch wenn ich nicht mehr so recht nachvollziehen kann, wie es dazu kam.

Woran ich mich hingegen sehr gut erinnere, ist ein Buch mit Wortspielen, dessen schönstes ich noch immer auswendig weiß. Auf Englisch bezeichnet man Wolle, ja eigentlich alle angerauhten Materialien oft als *fuzzy*, abgeleitet von *fuzz*, jenen kleinen Flusen oder Fusselknötchen an Pullovern und Decken, die schon lange getragen beziehungsweise benutzt worden sind. Da Kinder eine Vorliebe für Reime haben – vor allem, wenn sie ulkig klingen –, wird dieses *fuzzy* gern mit dem fast gleichlautenden *wuzzy* gekoppelt. Und schon hat man einen lautmalerisch treffenden

Begriff für das flauschige Fell eines Teddybären. Nun denken Sie sich einen Teddy mit Namen Fuzzy Wuzzy, der jedoch, weil man ihn viele Jahre lang geherzt und geknuddelt, sein Fell gekrault, gestreichelt und darauf herumgekaut hat, am Ende ganz abgegriffen, blank und kahl aussieht. Wie in diesem Vers, den ich noch von meiner Mutter her im Ohr habe:

> *Fuzzy Wuzzy was a bear.*
> *Fuzzy Wuzzy had no hair.*
> *Fuzzy Wuzzy wasn't fuzzy,*
> *Wuzzy?**

Ich weiß noch genau, welch freudige Erregung mich durchfuhr, als ich die wundersame Entdeckung machte, dass ein und dasselbe Wort zwei verschiedene Bedeutungen haben kann. Auf einmal offenbarte sich mir die Sprache als ein Spielzeug, das alle anderen übertrumpfte. Fahrräder konnten sich nur in eine Richtung, nämlich vorwärts, bewegen. Bälle rollten immer bergab. Aufziehfiguren blieben stehen, sobald ihr Mechanismus abgelaufen war. Die Sprache dagegen bot unzählige Möglichkeiten, ja war vielleicht gar so etwas wie ein Perpetuum mobile des Zeitvertreibs. Denn mit dem nötigen Grips konnte man mit Wörtern beliebig

---

* Letztes *Wuzzy* = phonetisch wiedergegebene Dialektform von *Was he?* Ein lautmalerisches Wortspiel, das sich im Deutschen leider nicht nachbilden lässt. Ungefähre Linearübersetzung des Kinderreims:
Kuschelpuschel war ein Teddybär.
Kuschelpuschel hatte keine Haare mehr.
Kuschelpuschel war also gar nicht kuschelig,
oder?

jonglieren und ihnen die verschiedensten Bedeutungen zuweisen. Ganz abgesehen davon, dass es längst nicht so viele Spielsachen oder Fahrräder gab wie Wörter.

Als ich dann selber lesen lernte, ging mir auf, dass die Sprache auch für allerlei Tricks gut ist. Zum Beispiel in Form von Worträtseln wie dem folgenden (das sich, schriftlich festgehalten, selbst entlarvt, weil es auf jener unerhörten Eigenart des Englischen basiert: einer Aussprache, die keinen Regeln oder Normen gehorcht).

What's black and white and read all over?
[Was ist schwarz und weiß und wird überall gelesen?
Antwort: Die Zeitung]

Wenn man diese Rätselfrage, die, wie gesagt, nur mündlich funktioniert, auf Englisch stellt, wird das Wörtchen *read* wegen seiner unmittelbaren Nähe zu *black* und *white* und weil es genauso klingt wie *red* [rot] fälschlicherweise immer für die Farbe gehalten, statt für die Vergangenheitsform des Verbs *to read* [lesen]. Muttersprachler kann man mit solchen Tricks aufs Glatteis führen, alle anderen scheitern kläglich.

So machte ich schon als Kind Bekanntschaft mit der wunderbaren Falschmünzerei meiner Sprache, deren schriftlicher Wortschatz mit seinem Klang Verwirrung stiftet, während der mündliche sich seine Bedeutung scheinbar nach Belieben wählen darf. Als Muttersprachlerin kann diese Unberechenbarkeit mich nicht schrecken; ich finde sie sogar sehr reizvoll. Ganz im Sinne der angelsächsischen Tradition, die, wie mir scheint, generell eine Neigung zu derlei Sprachscherzen und Kalauern hat.

Rund sechzig Jahre sind vergangen, seit ich so begeistert die Mehrdeutigkeit von Fuzzy Wuzzy entdeckte, und inzwischen verdiene ich mir mit Wortspielereien den Lebensunterhalt. Es wäre übertrieben zu behaupten, Fuzzy Wuzzy habe meinen Lebensweg vorherbestimmt, aber er war immerhin dabei – blank und kahl –, als ich den ersten Schritt tat.

Erich Hackl
Alle Bücher meines Lebens

1. Das schlüpfrige Eis

»Seitdem ich selber zu den Leuten gehöre, die Bücher schreiben, lese ich keine mehr.« Hans Siemsen hat das gesagt, und ich bemühe mich, seinen Rat zu beherzigen.

Aber manchmal werde ich meinem Vorsatz untreu. Es gibt Bücher, mit denen lässt sich schlecht nach Autofahrern werfen. Oder sie verstopfen den Abfluss. Oder man kann sich mit ihnen partout nicht den Mund abwischen. Solche Bücher lese ich dann. Und lese sie aufs Neue.

Dazu gehört ein in braunes Kunstleder gebundenes Bändchen, das als Frontispiz Schloss Sanssouci bei Potsdam zeigt. *An American in Germany. Revised Edition by E. E. Pattou* steht auf dem Titelblatt. Erschienen ist das Buch bei D. C. Heath and Company, und zwar gleich in Boston, New York, Chicago, London, Atlanta, Dallas und San Francisco. Das lob ich mir, erinnert die geballte Aufzählung von Heath' Niederlassungen doch an das kosmopolitische Wirkungsfeld des Steyrer Laternenanzünders, der seinem Geschäft in Tinsting, Schwaming und Peking nachging.

An American in Germany ist, um es kurz zu machen, ein Sprachführer. Ich blättere gern darin, denn ich will mein Deutsch verbessern. Zudem findet man in seinen dreiundfünfzig Konversationsstunden (*or:* Plaudereien) noch echte, aus dem prallen Leben gegriffene Dialoge, nicht das langweilige Gestammel und Geräuspere unserer Bühnen. Plauderei drei zum Beispiel, »Das Zimmermädchen« überschrieben, beginnt so:

»Was suchen Sie, Fräulein Brown?«

»Ach, Trude, ich habe meinen Kneifer verlegt. Hoffentlich kommt er bald zum Vorschein. Ich kann ihn sehr schwer entbehren.«

»Er muss irgendwo im Zimmer sein. – Er liegt ja hier auf der Kommode unter Ihrem Schal.«

»Wie vergesslich (*or:* dumm) von mir! Und nun, wo ist mein Rock? Ich habe ihn gestern Abend am Nagel im Korridor aufgehängt.«

Auch der Rock am Nagel im Korridor findet sich, so wie sich Fräulein Brown und Herr Schmidt finden. Deren Geplänkel beginnt etwas anzüglich:

»Haben Sie Duzen gern?«

»Duzen? Was heißt Duzen?«

»Duzen heißt, eine Person mit du, dir, dich anreden.«

»Ich finde die Sitte ganz reizend. Schade, dass es die bei uns nicht gibt!«

»Gefällt Ihnen die S-Methode?«

»Die hat meine Schwester versucht. Sie hat sie sehr wenig praktisch gefunden. Man lernt viele nutzlose Wörter und vernachlässigt das Notwendigste.«

»Es gibt gewisse Methoden, die nichts als (*or:* lauter) Zeitverschwendung sind.«

»Die deutsche Wortstellung macht mir außerordentlich viel Mühe.«

»Nach und nach wird sie Ihnen leichter werden.«

»Das kann ich kaum glauben. Ich beneide Sie, Herr Schmidt, dass Sie Französisch ebenso gut wie Deutsch können.«

»Leider ist meine Kenntnis des Französischen sehr eingerostet.«

»Das Eis war schlüpfrig«, heißt es an anderer Stelle, und weiter hinten: »Ach, bei diesem schwülen Wetter fühle ich mich gerade wie gerädert.« Was tun? Schnell zu Herrn von Schilgen, ruft E. E. Pattou, Abendbrot essen. Herr von Schilgen ist ein sehr aufmerksamer Gastgeber:

»Trinken Sie heute Abend kein Bier, Herr Brown? Sie nehmen nicht sehr schnell deutsche Gewohnheiten an, wenn Sie noch nicht Bier trinken gelernt haben. Wir halten es für sehr gesund.«

»Ich finde das Münchner Bier ganz vortrefflich. Heute Abend aber bin ich todmüde. Deshalb trinke ich lieber etwas Rotwein. Sie, Herr von Schilgen, sind selbst kein richtiger Deutscher. Ich habe schon in der letzten Zeit gemerkt, dass Sie sehr wenig Bier trinken.«

»Die Wahrheit zu sagen, trinke ich Bier recht gern. Leider vertrage ich es aber nicht mehr so gut, seitdem ich die Blinddarmentzündung gehabt habe.«

In derart anregender Gesellschaft verfliegt die Zeit im Nu. Fräulein Brown bestellt einen Teller Zwieback, bestellt etwas Butterbrot, bestellt eine Portion Nudelsuppe, bestellt einen Teller Brezeln und kauft ein Blatt Löschpapier. Herr Brown ordert Bier, ordert Wein, ordert Schlagrahm, ordert ein reines Glas und fährt zu den Passionsspielen nach Oberammergau. Das nackte Leben quillt aus jeder Unterhaltung, unverfälscht äußert es sich, in geballter Dramatik. Gern würde ich weiterhin am Leben der Protagonisten teilhaben, doch auf Seite 202 geht es bereits heimwärts, auf dem Dampfer Columbus, in einer Kajüte erster Klasse. Man lernt schnell noch Vokabeln wie Einwanderungsquote für Deutsche, Decksteward, Seekrankheit, drahtlose Telegraphie – dann ist auch schon Land in Sicht.

»Schauen Sie nur! Die Freiheitsstatue ist schon sichtbar und jetzt auch die Wolkenkratzer von Neuyork.«

Und was sagt Mr. Brown angesichts der heimatlichen Küste?

»Mir ist bange vor dem Zollamt. Bei uns ist man jetzt so streng.«

2. Pe e te fia uo ma a'u?

Es war immer das Fernweh. Die erste Auslandsreise unternahm ich, zu Fuß und in Begleitung zweier Freunde, wohlausgerüstet mit Proviant, Taschenmesser und Rucksack, nach Sarning. Eine weite Strecke, sicher drei Kilometer lang. Später begannen die Expeditionen nach Christkindl, zum Schuster, der einem alten Südtiroler Adelsgeschlecht entstammte, die Ahnentafel hing in seiner Werkstatt neben der Tür. Meine dritte Weltreise scheiterte kläglich. Dabei hatte ich mir einen genauen Plan gezeichnet. Ich wollte einen Tunnel graben, zuerst senkrecht hinab, unter der Steyr hindurch, um dann in einem Bogen dem glühenden Erdkern auszuweichen. Ein Freund, der geschickter war als ich, wollte mir beim Ausschachten helfen, alles andere wäre ein Kinderspiel. Wir begannen, hinter dem Zwetschgenbaum zu graben, kamen aber langsamer als geplant vorwärts. Auch störte meine Mutter, die zeternd aus dem Haus gelaufen kam und die knietiefe Grube, Resultat eines arbeitsamen Nachmittags, mitleidlos zuschüttete.

Jahre später bekam meine Unrast Richtung und Ziel. In meinem frühen künstlerischen Schaffen von Paul Gauguin beeinflusst, erwarb ich die *Kurze Anleitung zum Verständnis der Samoanischen Sprache von Dr. B. Funk*, 1893 bei Ernst Siegfried Mittler und Sohn, Berlin, Kochstraße 68–70, erschienen. Ich darf behaupten, mir das Samoanische dank dieses bedeutenden Werkes binnen kurzem angeeignet zu haben. Dass ich meine Sprachkenntnisse, ehe sie zugunsten neuer Vorhaben allmählich schwanden und letztlich versiegten, nie praktisch anwenden konnte, lag an der Uneinsichtigkeit der Eltern, die sich meinen Reiseplänen hartnäckig verschlossen, nicht aber an Dr. Funks Buch, das ich bisweilen hervorhole, wehmütig gestimmt, da es auf seinen 82 Seiten, zwischen fleckigen Leinendeckeln, einen Teil meines Lebens birgt.

Die *Kurze Anleitung* ist ein Sprachführer für deutsche Kolonialherren, und das ersieht man schon daran, dass Dialoge fehlen. Funk wollte ja nicht mehr, als den »Verkehr der Deutschen in Samoa mit den Eingeborenen« erleichtern, eine Ein-Weg-Konversation sozusagen zwischen Herr und G'scher, in der es im Imperativ munter vorangeht:

Soia te pisa! (Lass das Lärmen!)
Fa'alologo le gutu! (Halt's Maul!)
Sole e, tatala le pusa! (Heda, Bursche, öffne die Kiste!)
Sau vave! (Komm sofort, schnell!)

Soia e te taufe'ini! (Lass das Kneifen!)
Isa! Isaisa! (Pfui!)
Ou a ma! (Schäme dich!)
Ich hätte mich dieser rüden Töne natürlich nie befleißigt. Das Lavalava um die Hüften geschlungen, eine Sei hinters Ohr gesteckt, die Tauvae ums Fußgelenk, so wäre ich durch Apia geschritten und hätte dann den Weg nach Waitele eingeschlagen, hätte Kawa getrunken und mir eine Popo gepflückt, eine reife Kokosnuss nämlich. Und wäre mir eine hübsche Siula begegnet, meiner Seel', ich hätte sie gleich gefragt: *Pe e te fia uo ma a'u?*

Und sie hätte geantwortet: Ioe, und ihre Nase an der meinen gerieben.

3. Briefsteller der Liebe

Ich weiß es noch wie heute. Den *Ratgeber für Verliebte* habe ich mir in Huehuetenango gekauft, in einer Papierhandlung auf dem Hauptplatz, heute vor dreizehn Jahren, und am Abend darauf ging ich zum Jahrmarkt, wo ich Augenzeuge war, wie einem Mädchen, da es seinen Eltern nicht gehorcht hatte, von einem Illusionisten der Kopf abgeschnitten und dann wieder anmontiert wurde.

Natürlich war ich liebeskrank, als ich den *Ratgeber* erstand, sah aber dem adretten jungen Mann durchaus nicht ähnlich, der auf dem Buchumschlag zu sehen ist, wie er gerade einen Liebesbrief abfasst, unterhalb eines großen Herzens, in dem derselbe Herr gerade Vorkehrungen trifft, eine schmachtende Dame mit grellroten Lippen und ebensolchen Fingernägeln zu küssen. *El Consejero de los Enamorados. Cartas Amorosas* ist 1964 in einer Auflage von 2000 Stück in Mexiko-Stadt, in der Calle Real de Romita N° 14, erschienen. Später habe ich mir vom selben Verlag, El Libro Español, ein weiteres Traktat beschafft, *Como Enamorar a las Mujeres, Wie man die Liebe der Frauen gewinnt.* Das Paar auf dem Umschlag dieses Kleinods, das zwischen Rosenranken und einer blassen Mondsichel inbrünstig Händchen hält, ist gegenüber jenem des *Ratgebers* deutlich gealtert, was vielleicht an der Intensität seines Liebeslebens liegt.

Wie auch immer – beide Werke, die bequem in jede Hosentasche passen, waren mir unerlässliche Führer durch den Dschungel menschlicher Triebe. Der *Consejero* enthält neben einer Reihe von Musterbriefen noch Vorschläge für Widmungen, Zitate berühmter Persönlichkeiten zum Thema Frauen und *Piropos*, poetische Komplimente also, die man der Umworbenen ins Ohr raunt. »Wäre ich der Heilige Petrus, dann kämen Sie nie in den Himmel. Sie müssten immer an der Pforte warten.« Oder: »Leihen Sie mir Ihre Augen, damit ich in den Himmel sehe.« Am verblüffendsten: »Mit diesem Körper richten Sie größeren Schaden an als selbst der Kommunismus.«

Nun aber zu den Liebesbriefen. Unvergessliche, Angebetete, Einzige, Mein Himmel, Püppchen, Mein Herz, Mein Alles, Meine Taube, Mein Leben. So heben sie an. »An Dich denke ich, während ein Mondstrahl keck durch das Fenster meines Zimmers springt. Mit seinem unendlich hellen Schein streichelt und küsst er jede Ecke.« Oder: »Wenn ich Dich an mein Herz schließen könnte, würde ich die Geheimnisse meiner Leidenschaft in Dein Ohr flüstern, und ich bin sicher, Du würdest Dich meiner erbarmen und mich ins göttliche Licht tauchen, das von Dir ausstrahlt.«

Beherzt hielt ich mich an diese Vorlagen, wechselte aber, mangels greifbarer Erfolge, zum anderen Büchlein über. *Como Enamorar a las Mujeres* trägt folgenden Untertitel: »Praktische und gesunde Ratschläge, die dem Manne die Eroberung der Frau erleichtern«. Hier fand ich wichtige Hinweise, mit deren Hilfe ich gewisse Mängel meiner bisherigen Briefe korrigieren konnte. So verwendete ich von Stund an nur mehr glatte und unlinierte Bögen, die ich von Fettflecken, Speiseresten und Eselsohren freihielt. Zum Zeichen meiner guten Erziehung schrieb ich auch nicht mehr mit Bleistift, sondern mit der Feder, wie es der anonyme Verfasser empfahl. Da sich der Erfolg trotzdem nicht einstellte, griff ich den Vorschlag auf, das Herz meiner Angebeteten durch Erregung öffentlichen Ärgernisses zu erweichen. »Eine Gitarre ist das beste Mittel, um eine Frau zu erobern. Wenn man zum Klang der Saiten auch noch singt, wird sogar die dümmste Frau gerührt und der Liebe anheimgeführt.« An dieser Stelle verwies der Autor auf das Buch *Método de Guitarra sin Maestro* (*Gitarrespielen selbst gelernt*), das im selben Verlag erschienen war und das ich mir sogleich aus Mexiko schicken ließ. Ich muss gestehen, dass mir auch das Studium dieses Werks nicht den angestrebten Erfolg brachte, so dass ich einer weiteren Empfehlung des Verfassers folgte und mich im Rezitieren von Liebesgedichten versuchte. Aber auch das will gekonnt sein. Deshalb kaufte ich mir *Declamador sin Maestro* (*Deklamieren selbst gelernt*), detto bei El Libro Español erschienen.

Mit einer Schilderung der fragwürdigen Ergebnisse meiner Bemühungen möchte ich die Leser nicht langweilen.

Nur so viel: Außer den schon genannten Broschüren besitze ich inzwischen noch vier andere Produkte des Verlags, nämlich *Declaraciones amorosas* (*Liebeserklärungen*), *El Nuevo Arte de Amar* (*Die Neue Kunst des Liebens*), *Amor Mágico* (*Magische Liebe*) und *Piropos y Requiebros* (*Piropos und andere Artigkeiten*). Soeben bin ich auf der letzten Seite der *Piropos* angelangt. »Ende«, steht da. Und: »Bestellen Sie das Buch *Der Ratgeber für Verliebte*. In diesem Verlag.«

4. Der Zipfel der Fußballwurst

Immer wieder werde ich – in eher mitleidigem Ton, wie ich gestehen muss – nach dem Beginn meiner literarischen Laufbahn gefragt. Wahrheitsgemäß erzähle ich dann von den Sommerferien des Jahres 1962, als ich in Alleinverantwortung die erste und einzige Ausgabe einer Sportzeitung vorbereitete. Sachkundig berichtete ich darin vom New Yorker Fußballturnier, bei dem sich meine liebsten Spieler, Hamerl, Hörmayer und Horak vom Wiener Sportclub, hervorragend schlugen. Der Geist war noch rege, das Leben – und der größte Teil der Ferien – lag vor mir, kein Schatten fiel über meine achtjährige Existenz, im Gegenteil: Schon frühmorgens loderte die Sonne hinter den Rollos des Wohnzimmers, das mir als Redaktionsstube diente. Als meine Mutter das Ergebnis meiner Arbeit sah, sprach sie, besorgt, jenen schicksalsschweren Satz: Du wirst uns doch kein Schriftsteller werden. Und als ich, unkundig, wie ich war, fragte, was denn das sei, ein Schriftsteller, skizzierte sie mir dessen Berufsbild folgendermaßen: Das ist einer, der schläft am Tag und schreibt in der Nacht.

Die heruntergelassenen Rollos vor Augen, die den Raum in dämmriges Gelb tauchten, vom Ergebnis meiner journalistischen Tätigkeit zugleich erregt und befriedigt, zutiefst beeindruckt von der unerhörten, fast frevlerischen Umkehr von Tag und Nacht, schwor ich mir im selben Moment, das anzupeilen, was meiner Mutter nicht geheuer erschien.

Daran habe ich mich seither gehalten, auch wenn es immer wieder Augenblicke gab, in denen ich versucht war, meiner zweiten großen Leidenschaft, dem runden Leder, nachzugeben. Heute, wo mein Tagesablauf dem eines Buchhalters oder Kanzleirats verdammt ähnlich ist, verwünsche ich meine vorschnelle Entscheidung, denn ich bin der Überzeugung, es mit jedem Spitzenspieler aufnehmen zu können – ja, ich glaube sogar, dass mein Spielverständnis und meine Schnelligkeit im Lauf der Jahre zugenommen haben. Und war ich früher ein kluger Einfädler, so bin ich jetzt überdies eiskalt im Abschluss. Tag für Tag sitze ich schlaff und träge an meinem Schreibtisch und warte vergeblich auf einen zündenden Einfall, doch jeden Dienstagabend wachse ich über mich hinaus, laufe wie ein Fohlen meinen Gegenspielern – Finanzbeamten, Versicherungsagenten, dem Miteigentümer einer Pizza-Abfütterungsanlage – davon und schlenze zu guter Letzt die Kugel gelassen ins Netz.

Die Symbiose von Spiel und Arbeit, Fußball und Literatur ist mir leider nicht gelungen. Dabei war ich ihr als Leser in den Jahren meiner Kindheit und Jugend so nahe. Vorausschicken muss ich, dass ich zu allem zu spät kam. Aufgewachsen in einer doppelten Provinz, geographisch wie kulturell von Neuigkeiten abgeschnitten, bin ich der Gegenwart immer hinterhergelaufen, ohne dass sich der Abstand maßgeblich verringert hätte. Ich war der Dackel, der die Wurst der Aktualität vor sich hängen sieht und nach ihr schnappt, ohne je auch nur den Zipfel zu erreichen, da sie sich im gleichen Tempo wie er voranbewegt.

Die Wurzel allen Übels lag im Keller meines Elternhauses. Dort stapelten sich alte Zeitungen, auf die mein Vater wohl abonniert gewesen war. Doch als ich mein Herz für Periodika entdeckte, flatterten nur mehr die *Oberösterreichische Landwirtschaftszeitung* und die *Neue Illustrierte Wochenschau* ins Haus. In Ersterer konnte man Anzeigen für neue Melkmaschinen, in der anderen Reiseberichte wie *Mit dem Steyr-Traktor durch Australien* finden. Nichts, keine Spur von Fußball. Also hielt ich mich an den Schatz im Keller, der freilich nur mehr historisches Interesse verdiente.

Ich studierte Matchberichte, die längst schon dem Vergessen anheimgefallen waren, schwärmte für Mittelstürmer, die seit Jahren einem neuen Beruf als Wirtshauspächter oder Sportartikelhändler nachgingen, erwärmte mich für Legionäre, die zum Zeitpunkt meiner Lektüre unbedankt in ihre Heimat zurückgekehrt waren oder eine traurige Karriere als Invalidenrentner gestartet hatten. Als ich noch das Pensum der Mittelläufer bestaunte, hatte sich bereits das 4-2-4-System durchgesetzt, und während mich die technischen Einlagen von Dipl. Ing. Hanappi, dem rechten Laufer von Rapid, begeisterten, werkte der längst in seinem Architektenbüro.

Als Leser von Büchern hätte ich meinen Rückstand natürlich aufholen können. Ich weiß bis heute nicht, weshalb ich auch da immer ein paar Jahre zu spät kam. Mit glühenden Ohren verschlang ich Karl Bruckners Roman *Die Spatzenelf*, der in karger Sozialromantik das Schicksal Wiener Gassenbuben der Nachkriegszeit schildert. Eine tolle Mannschaft, diese Elf um den stämmigen Mittelläufer (na eben!) Schurl und den zarten Mittelstürmer Franz. Da sie, aus Not, mit einem Fetzenball ihr Auslangen finden mussten, legte ich meine Lederwuchtel beiseite und drang in meine Mutter, mir aus alten Strümpfen doch auch so einen Fetzenball zusammenzudrehen.

Dann wurde ich auf eine Buchreihe aufmerksam, die sich schlicht »Europacup« nannte (*Oiropakäb*, sagten die österreichischen Reporter). Natürlich wünschte ich mir zu Weihnachten nicht den neuesten Band, sondern die älteste Ausgabe, die alle Spiele seit Anfang des Bewerbs berücksichtigte. Ich verlor mich in den fünfziger Jahren, schwärmte für Di Stefano Puskas Gento, wo doch längst Eusebio Torres Simões die Zuschauer verzauberte. Um es Stan Matthews nachzumachen, trug ich Hosen, die mir vier Nummern zu groß waren, und spielte mit heruntergerollten Stutzen wie Omar Sivori, während sich meine Freunde schon die Haare wachsen ließen, um George Best gleichzusehen.

Noch weiter zurück warf mich die *Geschichte des Fußballsports in Österreich*, die 1951 veröffentlicht worden war, aber erst zehn Jahre später in meine Hände geriet. Dieses Lebenswerk von Leo Schidrowitz, Propagandareferent des ÖFB, katapultierte mich, eine fehlgesteuerte Zeitmaschine, in die Blütezeit des österreichischen Wunderteams, das Deutschland 1931/32 mit 6:0 und 5:0 vom Platz fegte, in die

Schlachten um den Mitropa-Cup der zwanziger Jahre, ja in die graue Urzeit des First Vienna Football Club. Ich erfuhr, dass der Schienbeinschützer vom Nottingham-Internationalen S. W. Widdowson 1874 eingeführt und dass die Schiedsrichterpfeife 1878 erstmals verwendet wurde. Dass ein gewisser Brodie aus Liverpool 1890 die Tornetze patentieren ließ und dass die frühe Existenz des Fußballspiels durch William Shakespeare belegt ist, dessen Dromio in der *Komödie der Irrungen* metrisch klagt: »Bin ich ein Fußball, dass ihr mich treibt und stoßt?«

Im Bestreben, mich lesend wieder der Gegenwart anzunähern, verhedderte ich mich in den Fallstricken jener Jahre, die Schidrowitz nobel als »tragisches Zwischenspiel« bezeichnete. Da war die Rede von Machenschaften im »Altreich«, weil der Meistertitel schon wieder nach Wien gegangen war, da mussten Schmaus und Pesser plötzlich für Deutschland Tore schießen, da nahm die Austria, zwei Monate nach ihrer Umbenennung in Ostmark, wieder ihren alten Namen an, da schnitten Rapid-Anhänger nach einem Spiel gegen Schalke die Autoreifen von Gauleiter v. Schirach auf. Weshalb wurde dann immer noch die ungarische Nationalmannschaft, und nicht die deutsche, als Österreichs »Erbfeind« tituliert?

Über solche Fragen kämpfte ich mich chronologisch wieder nach vorn. 1964 war ich über den Verlauf der Weltmeisterschaft von 1954 bestens informiert. 1966 war ich noch mit der WM 1962 beschäftigt. Und 1972 wäre ich so weit gewesen, die Ereignisse von achtundsechzig zu verarbeiten. Aber da stand schon die nächste Fußballweltmeisterschaft vor der Tür.

Paulo Coelho

Von Büchern und Bibliotheken

Tatsächlich besitze ich gar nicht so viele Bücher: Vor ein paar Jahren habe ich, weil ich versuchen wollte, ein Maximum an Qualität mit einem Minimum an Dingen im Leben zu vereinbaren, einige Entscheidungen getroffen. Das soll nicht etwa heißen, dass ich mich für ein klösterliches Leben entschieden habe; ganz im Gegenteil. Aber der Verzicht auf viele Gegenstände gibt uns große Freiheit. Einige meiner Freunde (und Freundinnen) beklagen sich darüber, dass sie, weil sie zu viele Kleidungsstücke haben, Stunden mit der Auswahl ihrer Garderobe verbringen. Da ich meine auf Schwarz als Grundfarbe beschränkt habe, muss ich mich mit diesem Problem nicht herumschlagen.

Aber ich will nicht über Mode sprechen, sondern über Bücher. Um mich auf das Wesentliche zu konzentrieren, beschloss ich, in meiner Bibliothek nur vierhundert Bücher zu behalten – einige aus sentimentalen Gründen, andere, weil ich sie immer wieder lese. Diese Entscheidung habe ich aus verschiedenen Gründen getroffen, und einer davon ist, dass es mich immer traurig stimmt, wie Bibliotheken, die sorgfältig ein ganzes Leben lang aufgebaut wurden, am Ende respektlos nach Gewicht verkauft werden. Außerdem: Warum soll ich all diese Bände im Haus verwahren? Um meinen Freunden zu zeigen, dass ich gebildet bin? Als

Wandschmuck? Die Bücher, die ich gekauft habe, sind in einer öffentlichen Bibliothek unendlich viel nützlicher als bei mir zu Hause.

Früher konnte ich sagen, ich brauche sie, weil ich darin etwas nachschlagen möchte. Aber heute brauche ich, wenn ich eine Information benötige, nur den Computer anzuschalten, ein Passwort einzugeben, und vor mir erscheint alles, was ich brauche. Im Internet, der größten Bibliothek der Welt.

Selbstverständlich kaufe ich immer noch Bücher – es gibt kein elektronisches Medium, das sie ersetzen könnte. Aber sobald ich das Buch ausgelesen habe, lasse ich es reisen, verschenke es oder gebe es einer öffentlichen Bibliothek. Nicht weil ich Wälder retten oder großzügig sein will: Ich glaube nur, dass ein Buch einen eigenen Weg hat und nicht dazu verdammt sein sollte, reglos in einem Regal zu stehen.

Als Schriftsteller, der von Autorenrechten lebt, könnte dies ein Argument gegen mich selber sein – denn je mehr meiner Bücher gekauft werden, desto mehr Geld verdiene ich. Allerdings wäre das dem Leser gegenüber ungerecht, vor allem in Ländern, in denen die Regierungsprogramme zur Förderung des Buchverkaufs zumeist nicht den zwei wichtigsten Auswahlkriterien folgen: der Freude am Lesen und der Qualität des Textes.

Lassen wir also unsere Bücher reisen, von anderen Händen berührt und anderen Augen genossen werden. Ich erinnere mich vage an ein Gedicht von Jorge Luis Borges, das von Büchern spricht, die nie wieder aufgeschlagen werden.

Wo ich jetzt bin? In einer kleinen Stadt in den französischen Pyrenäen. Ich sitze in einem Café, genieße die Aircondition, denn die Hitze draußen ist unerträglich. Die Gesamtausgabe der Werke von Borges steht bei mir zu Hause, ein paar Kilometer von dem Ort entfernt, an dem ich jetzt schreibe. Borges ist ein Autor, den ich immer wieder lese. Aber warum nicht den Test machen?!

Ich gehe über die Straße und fünf Minuten bis zu einem anderen Café, in dem Computer stehen und das den sympathischen und widersprüchlichen Namen Cyber-Café trägt. Ich begrüße den Besitzer, bitte um ein eiskaltes Mineralwasser, öffne die Seite einer Suchmaschine, gebe ein paar Wörter des einzigen Verses ein, an den ich mich erinnere, füge den Namen des Autors hinzu. In weniger als einer Minute erscheint vor mir das ganze Gedicht, das ich so, wie es dasteht, wiedergebe:

Es gibt eine Zeile von Verlaine, an die ich mich nie erinnern werde.
Es gibt einen Spiegel, der mich bereits zum letzten Mal gesehen hat.
Es gibt eine bis ans Ende der Zeit geschlossene Tür.
Unter den Büchern meiner Bibliothek
Gibt es eines, das ich nie wieder aufschlagen werde.

Ich glaube wirklich, dass ich viele der Bücher, die ich verschenkt habe, nie wieder aufschlagen würde, weil ständig etwas Neues, Interessantes publiziert wird und ich wahnsinnig gern lese. Ich finde es großartig, dass Leute Bibliotheken haben, denn Kinder finden aus Neugier zu den Büchern. Aber ich finde es auch großartig, wenn ich bei Signierstunden Lesern mit zerlesenen Exemplaren begegne, die zigmal verliehen wurden: Das bedeutet, dass dieses Buch ebenso auf Reisen ist wie der Geist seines Autors, als dieser es schrieb.

Joseph Roth
Geschenk an meinen Onkel

Mein Onkel Auerbach ist Kolonialwarenhändler. Sein Laden, dessen schmale Tür und dessen kleines Schaufenster die rätselhafte und beinahe unheimliche Tiefe des Magazins nicht ahnen lassen, befindet sich in einer der alten, schönen Gassen der inneren Stadt. Die Tür hat noch einen mechanischen Glockenzug, wahrscheinlich aus der Zeit des alten Auerbach, des Vaters meines Onkels – und seit meiner Jugend verbinde ich mit dem Gedanken an meinen Onkel, seinen Laden, seine Familie und selbst an seine alte Köchin den schmetternden und dennoch sanften, sozusagen goldenen Alarm der Glocke an der Geschäftstür. In meiner Jugend, als mir noch die Namen exotischer Inseln und Städte eine vage Vorstellung vermittelten und Begriffe einer Art romantischer Geographie waren, hörte ich den beharrlichen, starken und geheimnisvollen Klang der Glocke, wenn man die Namen ferner Ortschaften und Inseln aussprach, Jamaika, Honduras, Costa Rica, Sumatra, Borneo und Guatemala. Diese Namen kamen nämlich im Laden meines Onkels und in seinen Gesprächen fast immer vor. Sie bezeichneten bestimmte Sorten von Tee, Kaffee und Rum, standen gedruckt in blauen, roten und goldenen Buchstaben auf den papiernen Binden bauchiger, breiter und schlanker, eleganter Flaschen und auf den kleinen Würfelpäckchen mit den kreuzförmig gebundenen zarten rotweiß-grünen und schwarzgelben Schnürchen, deren Enden durch eine einzige Bleiplombe zusammengehalten waren.

Mein Onkel ist ein sparsamer Mann. Ja, in Zeiten, in denen es mir sehr schlecht ging, war ich geneigt, ihn einen Geizigen zu nennen oder sogar einen »Geizkragen«. Niemals bekam ich von ihm ein Päckchen Schokoladepulver, als ich jung war, und später niemals eine Flasche Rum. Niemals kaufte er mir ein Buch – wie andere Onkel es manchmal zu tun pflegen –, sondern er schenkte mir zu den üblichen Gelegenheiten alte und reizvolle, aber zerlesene Bücher mit schütter gewordenen Blättern, Bücher, mit denen kein Staat zu machen war und die ich nicht herzeigen konnte.

Sie stammten aus seiner Jugend und aus seiner Bibliothek. Es waren, wie ich erst heute weiß, schöne Bücher, vergessene Titel, vergessene Autoren, veraltete Reisebeschreibungen. Sie handelten von jenen wilden Völkern, deren Söhne heute in den Music-Halls ihre kupfer- und bronzefarbene Mondänität darbieten oder auf Kongressen unterdrückter Minoritäten ihre nationalen Rechte verteidigen. Keineswegs aktuelle Bücher! Sie vermitteln mir falsche Begriffe von fernen Ländern und Völkern. Der Onkel Auerbach hatte die gleichen.

In seinem Zimmer, bei ihm zu Hause, habe ich nie andere Bücher gesehen. Er besaß nicht einmal die Werke der klassischen Autoren, die in den bürgerlichen Häusern aller meiner Verwandten die wichtige Rolle von Möbelgegenständen spielen, von unberührbaren, leicht zerbrechlichen, zum kulturellen Komfort gehörenden. Der Onkel Auerbach las nicht mehr, aber er kaufte auch keine Bücher mehr – seitdem er angefangen hatte, mir eines seiner alten Werke nach dem andern zu schenken. Er besaß noch viele, und ich wuchs schneller, als er gedacht hatte. Bald fand ich mich in dem Alter, in dem man nach Auerbachs Meinung keine Reisebücher mehr zu lesen hat. Der Rest liegt bei ihm und wird von den Kindern der kommenden Motoren- und Aviatiker-Generation wohl nicht mehr gelesen werden.

Der Onkel Auerbach liest prinzipiell nicht in Büchern. Er liebt nichts »Belletristisches«. Ja, selbst wenn er die Zeitung in die Hand nimmt, behütet er seinen Blick vor dem sogenannten »Feuilleton« – und der traditionelle »Strich«, der es von der Politik trennt, bildet die Grenze seiner Interessen und seiner Neugier. »Du schreibst jetzt in der Zeitung?«, fragte er mich einmal. »Ja«, sagte ich. »Wie viel Leitartikel schreibst du in der Woche?« – »Gar keinen.« – »Du schreibst am Ende unter dem Strich?« – »Ja, manchmal.« – »Dann werde ich die Tante fragen, ob du einen guten Stil hast!« Und Schluss! Nie mehr sprach er ein Wort über meinen Beruf mit mir. Nur einmal, als eine Kritik über eines meiner Bücher durch einen Zufall in dem Blickfeld meines Onkels über dem Strich erschien, sagte er mir bitter: »Ich habe eine Besprechung deines Romans gelesen. Man druckt jetzt *alles* in den Zeitungen!« –

Nie hat mein Onkel das Meer gesehen. Ich hielt ihn lange Zeit für eine prinzipiell kontinentale Natur. Aber einmal, in seinem Laden, fünf Minuten vor Geschäftsschluss – ich war eingetreten, um eine Flasche Cognac zu kaufen –, sagte mein Onkel: »Das Personal verschwindet heutzutage eine Stunde vor dem Chef! Und die Kunden kommen alle vor

Torschluss!« Und er ging selbst eine alte Leiter hinauf und kam mit zwei Flaschen zurück. »Möchtest du nicht lieber eine Flasche Rum?«, fragte er. »Ich habe noch zufällig einen alten Jamaika – aber einen, wie du ihn nicht mehr bekommst. Man sagt sonst immer: Jamaika! Und hat keine Ahnung! Jamaika! Es ist ein guter Rum!«

»Und ein schöner Name!«, sagte ich leichtfertig. Zu meiner größten Verwunderung ging Auerbach darauf ein: »Ein schöner Name!«, wiederholte er und ging in die Ecke und holte die Schlüssel und schloss die Tür ab. Dann verließen wir den Laden durch die Flurtür. »Beinah wäre ich nach Jamaika selbst gekommen!«, sagte er, als wir in die Straße traten und in den Regen und mein Onkel den Schirm aufspannte. Und während wir durch den abendlichen Regen gingen, erzählte Auerbach, dass er in seiner Jugend zur See hatte gehen wollen, um die Herkunftsorte all der Waren kennenzulernen, die im väterlichen Laden aufgestapelt lagen. Aber der Vater starb, ein Bruder wurde Rechtsanwalt, die Mutter lebte noch und musste erhalten werden. So verzichtete mein Onkel auf das weite Meer und die Inseln. Ich erinnerte mich an die Reisebeschreibungen, die er mir geschenkt hatte, erwähnte sie aber nicht. Es wurde mir auf einmal klar, weshalb mein Onkel manchmal, wenn er die Brille ablegte, einen so blauen Glanz in den kleinen Augen erzeugte; weshalb ein Fernrohr, das nie benutzt wurde, auf seinem Schreibtisch lag und ein kleiner Kompass an seiner Uhrkette hing. Und von nun an dachte ich beim Anblick seines schönen, weißen Backenbarts an zwei Segel und auch an Möwen ...

Jedes Jahr zu Weihnachten schenkte ich ihm eine Kleinigkeit: eine überflüssige Dose, einen Aschenbecher, eine Füllfeder, ein Notizbuch, eine Brieftasche. Er gab mir immer ein winziges Musterfläschchen Alkohol, das ich in der Westentasche mitnehmen konnte. Seitdem ich seine Geschichte kannte, brachte ich ihm einen Atlas, einen Kompass, ein kleines Stundenglas. Schließlich kenne ich keine seemännischen Gegenstände und Symbole mehr. Ich bin entschlossen, ihm in diesem Jahr *Bücher* zu schenken – und weil es einen Wagemut bedeutet, ihm ein Interesse an »Belletristik« zuzumuten, will ich ihm Folgendes sagen:

»Lieber Onkel, ich weiß, dass Sie keine Bücher lesen. Trotzdem gebe ich Ihnen einige. Ein Mann hat sie geschrieben namens *Joseph Conrad*. Er war ein Pole von Geburt. Er wurde im tiefsten Kontinent geboren, nämlich in Wollynien, zwischen dem fünfundzwanzigsten und dem dreißigsten Längengrad östlich von Greenwich, und seine Muttersprache war die polnische, die zu den kontinentalsten Sprachen der Welt gehört. Aber er ging mit sechzehn Jahren nach Marseille, bestieg ein Schiff, wurde ein Matrose und fuhr durch die Meere und wurde einer der größten Meister der ozeanischen Sprachen: der englischen. Und dies sind seine Bücher. Sie sind bewegt wie das Meer und ruhig wie das Meer und tief wie das Meer. Sie sind nicht mehr jung, lieber Onkel. Sie werden den Ozean nicht mehr kennenlernen, die Schiffskarten sind zu teuer. Lesen Sie den Ozean!« –

Und Auerbach wird zum Kasten gehen und mir ein winziges Fläschchen Cognac für die Westentasche schenken. –

Literaten

Anton Čechov

Psst!

Ivan Egorovič Krasnuchin, ein mittelmäßiger Zeitungsschreiber, kehrt spät in der Nacht heim; er macht einen finsteren, ernsten und ungewöhnlich konzentrierten Eindruck. Er steckt eine Miene auf, als erwarte er eine Haussuchung oder als denke er an Selbstmord. Nachdem er einige Male in seinem Zimmer auf und ab gegangen ist, bleibt er stehen, zerwühlt sich das Haar und sagt im Ton eines Laertes, der sich anschickt, seine Schwester zu rächen:

»Zerschlagen, seelisch zermürbt, im Herzen beklemmende Schwermut – so soll man sich hinsetzen und schreiben! Und das nennt sich Leben! Weshalb hat noch niemand den qualvollen Zwiespalt beschrieben, von dem ein Schriftsteller beseelt ist, wenn er traurig ist, aber die Menge erheitern soll, oder wenn er fröhlich ist, aber auf Bestellung Tränen vergießen muss? Ich soll frivol sein, gelassen-kühl oder scharfsinnig, aber man stelle sich vor, dass mich Schwermut bedrückt oder dass ich, angenommen, krank bin, mein Kind im Sterben liegt oder meine Frau gerade entbindet!«

So spricht er, droht dabei mit der Faust und rollt die Augen... Darauf geht er ins Schlafzimmer und weckt seine Frau.

»Nadja«, sagt er, »ich setze mich noch an den Schreibtisch... Pass bitte auf, dass mich niemand stört. Ich kann nicht schreiben, wenn Kinder heulen oder Köchinnen schnarchen... Sorg auch dafür, dass Tee da ist und... ein Beefsteak, vielleicht... Du weißt, ich kann ohne Tee nicht schreiben... Tee – das ist das Einzige, was mich bei der Arbeit erquickt.«

In sein Zimmer zurückgekehrt, legt er Rock, Weste und Stiefel ab. Er entkleidet sich langsam, dann verleiht er seinem Gesicht den Ausdruck der gekränkten Unschuld und setzt sich an den Schreibtisch.

Auf dem Tisch steht nichts Zufälliges oder Alltägliches, aber alles, selbst die geringste Kleinigkeit, trägt den Charakter der Wohlüberlegtheit und eines strengen Programms. Da sieht man kleine Büsten und Bilder großer Schriftsteller, einen Packen von Rohmanuskripten, einen Band Belinskij mit einer eingeknickten Seite, eine Hirnschale anstelle eines Aschenbechers, ein Zeitungsblatt, das nachlässig, aber so zusammengefaltet ist, dass eine mit Blaustift unterstrichene Stelle sichtbar wird, die in großen Lettern die Randbemerkung trägt: ›Gemein!‹ Da liegen auch etwa ein Dutzend frisch angespitzter Bleistifte sowie Federhalter mit neuen Federn, die augenscheinlich deshalb dort hingelegt wurden, damit der freie, schöpferische Flug des Geistes auch nicht einen Augenblick durch äußere Ursachen und Zufälligkeiten wie etwa eine verdorbene Feder unterbrochen werde...

Krasnuchin lehnt sich mit geschlossenen Augen in den Sessel zurück und macht sich daran, ein Thema auszubrüten. Er hört, wie seine Frau mit den Pantoffeln schlurft und Späne für den Samowar schnitzt. Sie ist noch nicht ganz wach, was man daran merkt, dass ihr immerzu der Samowardeckel und das Messer aus der Hand fallen. Bald ertönt das Summen des Samowars und das Zischen des bratenden Fleisches. Die Gattin schnitzt immer noch Späne und rasselt mit den Ofenklappen, Schiebern und Heizungstüren. Plötzlich fährt Krasnuchin zusammen, reißt erschreckt die Augen auf und schnuppert.

»Mein Gott, Kohlendunst!«, stöhnt er und verzieht das Gesicht zu einer Leidensmiene. »Kohlendunst! Diese unausstehliche Frau hat sich das Ziel gesetzt, mich zu vergiften! Nun sage mir einer um Gottes willen, wie kann ich unter solchen Umständen schreiben?«

Er eilt in die Küche und erhebt dort ein theatralisches Wehgeschrei. Als ihm ein wenig später seine Frau, vorsichtig auf Zehenspitzen schleichend, ein Glas Tee bringt, sitzt er wieder mit geschlossenen Augen im Sessel und ist in sein Thema vertieft. Er rührt sich nicht, trommelt leicht mit zwei Fingern an seine Stirn und gibt sich den Anschein, als bemerke er die Anwesenheit seiner Frau nicht... Auf seinem Gesicht zeigt sich wie vorher der Ausdruck gekränkter Unschuld.

Bevor er die Überschrift schreibt, kokettiert er lange mit sich selbst, wie ein Mädchen, dem man einen teuren Fächer geschenkt hat; er paradiert und ziert sich... Bald presst er die Hände an die Schläfen, bald krümmt er sich und zieht, als hätte er Schmerzen, die Beine unter den Sessel, bald blinzelt er genießerisch mit den Augen wie ein Kater auf dem Sofa... Endlich streckt er, nicht ohne Zaudern, die Hand nach dem Tintenfass aus und schreibt mit einer Miene, als unterzeichne er ein Todesurteil, die Überschrift hin...

»Mama, Wasser!«, hört er die Stimme seines Sohnes.

»Pst!«, sagt die Mutter. »Papa schreibt! Pst...«

Papa schreibt sehr schnell, ohne zu verbessern oder zu stocken, und lässt sich kaum Zeit, die Blätter umzuwenden. Die Büsten und Porträts der berühmten Schriftsteller schauen auf seine schnell dahineilende Feder, sie rühren sich nicht und scheinen zu denken: Sieh mal an, Bruder, bist aber in Trab gekommen!

»Pst!«, kratzt die Feder.

»Pst!«, lassen die Schriftsteller vernehmen, wenn sie durch einen Stoß mit dem Knie samt dem Tisch erzittern.

Plötzlich richtet sich Krasnuchin gerade auf, legt die Feder hin und horcht... Er hört ein gleichmäßiges, eintöniges Flüstern... Das ist der Mieter Foma Nikolaevič, der im Nebenzimmer betet.

»Hören Sie!«, ruft Krasnuchin. »Können Sie nicht etwas leiser beten? Sie stören mich beim Schreiben!«

»Entschuldigen Sie!«, antwortet Foma Nikolaevič schüchtern.

»Pst!«

Als er fünf Seiten vollgeschrieben hat, reckt sich Krasnuchin und schaut auf die Uhr.

»Gott, schon drei Uhr!«, stöhnt er. »Die Leute schlafen, aber ich... ich allein muss arbeiten!«

Zerschlagen, erschöpft und den Kopf zur Seite geneigt, geht er ins Schlafzimmer, weckt seine Frau und sagt mit matter Stimme:

»Nadja, gib mir noch Tee! Ich bin ganz entkräftet!«

Er schreibt noch bis vier, und er hätte gern noch bis sechs geschrieben, wenn ihm nicht der Stoff ausgegangen wäre. Das Kokettieren und die Ziererei vor sich selbst und vor den unbelebten Gegenständen, fern von indiskreten, beobachtenden Blicken, der Despotismus und die Tyrannei gegenüber dem kleinen Ameisenhaufen, den ihm das Schicksal in seine Gewalt gegeben hat, bilden die Würze seines Daseins. Und wie wenig ähnelt doch dieser häusliche Despot dem kleinen, demütigen, wortkargen, talentlosen Menschlein, dem wir gewöhnlich in den Redaktionen begegnen!

»Ich bin so erschöpft, dass ich kaum werde einschlafen können…«, sagt er, als er sich schlafen legt. »Unsere Arbeit, diese verwünschte, undankbare Sträflingsarbeit, ermüdet nicht so sehr den Körper als vielmehr die Seele… Ich müsste Bromkalium einnehmen… Ach, weiß Gott, hätte ich keine Familie, ich würde diese Arbeit hinschmeißen… Auf Bestellung schreiben! Das ist schrecklich!«

Er schläft bis zwölf oder ein Uhr mittags einen festen und gesunden Schlaf… Ach, wie würde er erst schlafen, was für Träume würde er haben, wie sich entfalten, wenn er ein berühmter Schriftsteller, ein Redakteur oder auch nur ein Verleger wäre!

»Er hat die ganze Nacht geschrieben«, flüstert seine Frau und macht ein erschrockenes Gesicht. »Pst!«

Niemand getraut sich zu sprechen, zu gehen oder gar Lärm zu machen. Sein Schlaf ist ein Heiligtum, für dessen Schändung der Schuldige teuer bezahlen muss!

»Pst!«, tönt es durch die Wohnung. »Pst!«

Friedrich Dürrenmatt

*Nächtliches Gespräch mit einem
verachteten Menschen*

Ein Kurs für Zeitgenossen

Die Stimmen

Der Mann
Der andere

Eine Fensterscheibe klirrt.

DER MANN *ruhig und laut* Kommen Sie bitte herein.

Stille.

DER MANN Kommen Sie herein. Es hat keinen Sinn, auf dem Fenstersims sitzen zu bleiben in dieser unangenehmen Höhe, wenn Sie schon heraufgeklettert sind. Ich kann Sie ja sehen. Der Himmel da draußen hinter Ihrem Rücken ist immer noch heller in seiner Dunkelheit als die Finsternis dieses Zimmers

Ein Gegenstand fällt auf den Boden.

DER MANN Sie haben die Taschenlampe fallen lassen.
DER ANDERE Verflixt.
DER MANN Es hat keinen Sinn, nach ihr auf dem Boden zu suchen. Ich mache Licht.

Ein Schalter knackt.

DER ANDERE Vielen Dank, Herr.
DER MANN So. Da sind Sie. Die Situation ist gleich sympathischer, wenn man sich sieht. Sie sind ja ein älterer Mann!
DER ANDERE Haben Sie einen jungen erwartet?
DER MANN Allerdings. Ich habe dergleichen erwartet. Nehmen Sie auch die Taschenlampe wieder zu sich. Sie liegt rechts vom Stuhl.
DER ANDERE Verzeihung.

Eine Vase zersplittert.

DER ANDERE Verflixt noch mal. Jetzt habe ich eine chinesische Vase umgeworfen.
DER MANN Den griechischen Weinkrug.
DER ANDERE Kaputt. Es tut mir leid.
DER MANN Macht nichts. Ich werde kaum noch Gelegenheit haben, ihn zu vermissen.
DER ANDERE Es ist schließlich nicht mein Metier, Fassaden zu klettern und einzubrechen. Was jetzt von einem verlangt wird, soll doch der Teufel – meine Ungeschicklichkeit tut mir wirklich leid, Herr!
DER MANN Das kann vorkommen.

DER ANDERE Ich glaubte –

DER MANN Sie waren der Meinung, ich schliefe im andern Zimmer. Ich verstehe. Sie konnten wirklich nicht wissen, dass ich um diese Zeit noch im Finstern an meinem Schreibtisch sitze.

DER ANDERE Normale Menschen liegen um diese Zeit im Bett.

DER MANN Wenn normale Zeiten sind.

DER ANDERE Ihre Frau?

DER MANN Machen Sie sich keine Sorgen. Meine Frau ist gestorben.

DER ANDERE Haben Sie Kinder?

DER MANN Mein Sohn ist in irgendeinem Konzentrationslager.

DER ANDERE Die Tochter?

DER MANN Ich habe keine Tochter.

DER ANDERE Sie schreiben Bücher? Ihr Zimmer ist voll davon.

DER MANN Ich bin Schriftsteller.

DER ANDERE Liest jemand die Bücher, die Sie schreiben?

DER MANN Man liest sie überall, wo sie verboten sind.

DER ANDERE Und wo sie nicht verboten sind?

DER MANN Hasst man sie.

DER ANDERE Beschäftigen Sie einen Sekretär oder eine Sekretärin?

DER MANN In Ihren Kreisen müssen über das Einkommen der Schriftsteller die wildesten Gerüchte zirkulieren.

DER ANDERE So befindet sich demnach zurzeit außer Ihnen niemand in der Wohnung?

DER MANN Ich bin allein.

DER ANDERE Das ist gut. Wir brauchen absolute Ruhe. Das müssen Sie begreifen.
DER MANN Sicher.
DER ANDERE Es ist klug, keine Schwierigkeiten zu machen.
DER MANN Sie sind gekommen, mich zu töten?
DER ANDERE Ich habe diesen Auftrag.
DER MANN Sie morden auf Bestellung?
DER ANDERE Mein Beruf.
DER MANN Ich habe es immer dunkel geahnt, dass es heute in diesem Staat auch Berufsmörder geben muss.
DER ANDERE Das war immer so, Herr. Ich bin der Henker dieses Staats. Seit fünfzig Jahren.

Stille.

DER MANN Ach so. Du bist der Henker.
DER ANDERE Haben Sie jemand anders erwartet?
DER MANN Nein. Eigentlich nicht.
DER ANDERE Sie tragen Ihr Schicksal mit Fassung.
DER MANN Du drückst dich reichlich gewählt aus.
DER ANDERE Ich habe es heute vor allem mit gebildeten Leuten zu tun.
DER MANN Es tut nur gut, wenn die Bildung wieder etwas Gefährliches wird. Willst du dich nicht setzen?
DER ANDERE Ich setze mich ein wenig auf die Schreibtischkante, wenn es Sie nicht geniert.
DER MANN Tu nur wie zu Hause. Darf ich dir einen Schnaps offerieren?
DER ANDERE Danke, aber erst für nachher. Vorher trinke ich nicht. Damit die Hand sicher bleibt.

DER MANN Das sehe ich ein. Nur musst du dich dann selbst servieren. Ich habe ihn extra für dich gekauft.

DER ANDERE Sie wussten, dass Sie zum Tode verurteilt worden sind?

DER MANN In diesem Staate ist alles zum Tode verurteilt, und es bleibt einem nichts anderes mehr übrig, als durchs Fenster in den unermesslichen Himmel zu starren und zu warten.

DER ANDERE Auf den Tod?

DER MANN Auf den Mörder. Auf wen sonst? Man kann in diesem verfluchten Staat alles berechnen, denn nur das Primitive ist wirklich übersichtlich. Die Dinge nehmen einen so logischen Verlauf, als wäre man in eine Hackmaschine geraten. Der Ministerpräsident hat mich angegriffen, man weiß, was dies bedeutet, die Reden Seiner Exzellenz pflegen unästhetische Folgen zu haben. Meine Freunde beschlossen zu leben und zogen sich zurück, da sich jeder zum Tode verurteilt, der mich besucht. Der Staat schloss mich in das Gefängnis seiner Ächtung ein. Aber einmal musste er die Mauern meiner Einsamkeit aufbrechen. Einmal musste er einen Menschen zu mir schicken, wenn auch nur, um mir den Tod zu geben. Auf diesen Menschen habe ich gewartet. Auf einen, der so denkt, wie meine wahren Mörder denken. Diesem Menschen wollte ich noch einmal – zum letzten Mal – sagen, wofür ich ein ganzes Leben lang gekämpft habe. Ich wollte ihm zeigen, was die Freiheit ist, ich wollte ihm beweisen, dass ein freier Mann nicht zittert. Und nun bist du gekommen.

DER ANDERE Der Henker.

DER MANN Mit dem zu reden es keinen Sinn hat.

DER ANDERE Sie verachten mich?

DER MANN Wer hätte dich je achten können, verächtlichster unter den Menschen.

DER ANDERE Einen Mörder hätten Sie geachtet?

DER MANN Ich hätte ihn wie einen Bruder geliebt, und ich hätte mit ihm wie mit einem Bruder gekämpft. Mein Geist hätte ihn besiegt in der Triumphstunde meines Todes. Aber nun ist ein Beamter zu mir durch das Fenster gestiegen, der tötet und einmal fürs Töten eine Pension beziehen wird, um satt wie eine Spinne auf seinem Sofa einzuschlafen. Willkommen, Henker!

DER ANDERE Bitte schön.

DER MANN Du wirst verlegen. Das ist verständlich, ein Henker kann nicht gut antworten: Es freut mich, Ihre Bekanntschaft zu machen.

DER ANDERE Sie fürchten sich?

DER MANN Nein. Wie denkst du, die Exekution auszuführen?

DER ANDERE Lautlos.

DER MANN Ich verstehe. Es muss Rücksicht auf die Familien genommen werden, die noch in diesem Hause wohnen.

DER ANDERE Ich habe ein Messer bei mir.

DER MANN Also gewissermaßen chirurgisch. Werde ich zu leiden haben?

DER ANDERE Es geht schnell. In Sekunden ist es vorbei.

DER MANN Du hast schon viele auf diese Weise getötet?

DER ANDERE Ja. Schon viele.

DER MANN Es freut mich, dass der Staat wenigstens einen

Fachmann schickt und keinen Anfänger. Habe ich noch etwas Bestimmtes zu tun?

DER ANDERE Wenn Sie sich entschließen könnten, den Kragen zu öffnen.

DER MANN Darf ich mir vorher noch eine Zigarette anzünden?

DER ANDERE Klar. Das ist Ehrensache. Das bewillige ich jedem. Es eilt auch gar nicht so mit dem andern.

DER MANN Eine Camel. Rauchst du auch eine?

DER ANDERE Erst nachher.

DER MANN Natürlich. Du machst alles erst nachher. Wegen der Hand. Dann lege ich sie zum Schnaps.

DER ANDERE Sie sind gütig.

DER MANN Zu einem Hund ist man immer gütig.

DER ANDERE Da haben Sie Feuer.

DER MANN Ich danke dir. So. Und nun ist auch der Kragen offen.

DER ANDERE Sie tun mir wirklich leid, Herr.

DER MANN Ich finde es auch etwas bedauerlich.

DER ANDERE Dabei dürfen Sie von Glück sagen, dass dies alles so ganz privat in dieser Nacht zu geschehen hat.

DER MANN Ich fühle mich auch ungemein bevorzugt.

DER ANDERE Sie sind eben ein Schriftsteller.

DER MANN Nun?

DER ANDERE Da werden Sie für die Freiheit sein.

DER MANN Nur.

DER ANDERE Dafür sind sie jetzt alle, die ich töten muss.

DER MANN Was versteht ein Henker schon von der Freiheit!

DER ANDERE Nichts, Herr.

DER MANN Eben.

DER ANDERE Sie haben Ihre Zigarette zertreten.

DER MANN Ich bin etwas nervös.

DER ANDERE Wollen Sie jetzt sterben?

DER MANN Noch eine Zigarette, wenn ich darf.

DER ANDERE Rauchen Sie nur. Die meisten rauchen vorher noch eine Zigarette und dann noch eine. Jetzt sind's amerikanische und englische. Früher französische und russische.

DER MANN Das kann ich mir denken. Zwei Zigaretten vor dem Tod und ein Gespräch mit dir, das möchte ich auch nicht missen.

DER ANDERE Obgleich Sie mich verachten.

DER MANN Man gewöhnt sich auch ans Verächtliche. Aber dann ist es höchste Zeit zum Sterben.

DER ANDERE Hier haben Sie noch einmal Feuer, Herr.

DER MANN Danke.

DER ANDERE Jeder hat eben doch ein wenig Furcht.

DER MANN Ja. Ein wenig.

DER ANDERE Und man trennt sich ungern vom Leben.

DER MANN Wenn es keine Gerechtigkeit mehr gibt, trennt man sich leicht davon. Aber von der Gerechtigkeit wirst du auch nichts verstehen.

DER ANDERE Auch nicht, Herr.

DER MANN Siehst du, ich habe nie im Geringsten das Gegenteil angenommen.

DER ANDERE Die Gerechtigkeit ist eine Sache von euch da draußen, denke ich. Wer soll auch klug werden daraus. Ihr habt ja immer wieder eine andere. Da lebe ich nun fünfzig Jahre im Gefängnis. Ich werde ja erst in der letzten Zeit auch nach draußen geschickt, und dies nur bei

Nacht. Hin und wieder lese ich eine Zeitung. Hin und wieder drehe ich das Radio an. Dann vernehme ich vom rasenden Ablauf der Schicksale, vom unaufhörlichen Versinken und Aufsteigen der Mächtigen und Glänzenden, vom donnernden Vorbeigang ihrer Trosse, vom stummen Untergang der Schwachen, doch bei mir bleibt sich alles gleich. Immer die gleichen grauen Mauern, die gleiche rinselnde Feuchtigkeit, die gleiche schimmelnde Stelle oben an der Decke, die fast wie Europa aussieht im Atlas, der gleiche Gang durch den dunklen, langen Korridor in den Hof hinaus im fahlen Morgengrauen, die immer gleichen bleichen Gestalten in Hemd und Hose, die mir entgegengeführt werden, das immer gleiche Zögern, wenn sie mich erblicken, das immer gleiche Zuschlagen, bei Schuldigen und bei Unschuldigen: zuschlagen, zuschlagen wie ein Hammer, zuschlagen wie ein Beil, das man nicht fragt.

DER MANN Du bist eben ein Henker.

DER ANDERE Ich bin eben ein Henker.

DER MANN Was ist einem Henker schon wichtig?

DER ANDERE Die Art, wie einer stirbt, Herr.

DER MANN Die Art, wie einer krepiert, willst du sagen.

DER ANDERE Da sind gewaltige Unterschiede.

DER MANN Nenne mir diese Unterschiede.

DER ANDERE Es ist gewissermaßen die Kunst des Sterbens, nach der Sie fragen.

DER MANN Dies scheint die einzige Kunst zu sein, die wir heute lernen müssen.

DER ANDERE Ich weiß weder, ob man diese Kunst lehren kann, noch wie man sie lernt. Ich sehe nur, dass sie einige besitzen und viele nicht, dass Stümper in dieser Kunst zu mir kommen und große Meister. Sehen Sie, Herr, vielleicht wäre für mich alles leichter zu verstehen, wenn ich mehr von den Menschen wüsste, wie sie in ihrem Leben sind, was sie denn eigentlich unternehmen die ganze ungeheure Zeit über, bis sie zu mir kommen; was da heißt, heiraten, Kinder haben, Geschäfte machen, eine Ehre besitzen, eine Maschine handhaben, spielen und trinken, einen Pflug führen, Politik betreiben, sich für Ideen oder ein Vaterland aufopfern, nach Macht streben, und was man nur immer tut. Das werden gute Leute sein oder schlechte, gewöhnliche und kostspielige, so wie man eben versteht zu leben, wie es die Umstände ergeben, die Herkunft, die Religion, oder das Geld, das man gerade dazu hat, oder zu was einen der Hunger treibt. Daher weiß ich denn auch nicht die ganze Wahrheit vom Menschen, sondern nur meine Wahrheit.

DER MANN Zeig sie her, deine Henkerswahrheit.

DER ANDERE Zuerst habe ich mir das alles ganz einfach vorgestellt. Ich war ja auch nicht viel mehr denn ein dumpfes Tier, eine brutale Kraft mit der Aufgabe zu henken. Da habe ich mir gedacht: Alles, was man verlieren kann, ist das Leben, etwas anderes als das Leben gibt es nicht, der ist ein armer Teufel, der dieses Leben verliert. Aus diesem Grunde war ich ja auch ein Henker geworden, damals vor fünfzig Jahren, um mein Leben wiederzugewinnen, das ich, aufgewachsen wie ein rohes Stück Vieh, vor dem Gericht verloren hatte, und als Gegenleistung verlangte man eben, dass ich ein tüchtiger Henker werde. Das Leben wollte doch auch verdient sein. Ich wurde

Henker, wie einer da draußen bei euch Bäcker wird oder General: um zu leben. Und das Leben war das Gleiche wie Henken. War das nicht ehrlich gedacht?

DER MANN Gewiss.

DER ANDERE Nichts schien mir natürlicher, als dass ein Kerl sich wehrte, wenn er sterben musste, wenn sich zwischen ihm und mir ein wilder Kampf entspann, bis ich seinen Kopf auf dem Richtblock hatte. So starben die wilden Burschen aus den Wäldern, die im Jähzorn töteten oder einen Raubmord unternahmen, um ihrem Mädchen einen roten Rock zu kaufen. Ich verstand sie und ihre Leidenschaften, und ich liebte sie, war ich doch einer von ihnen. Da war Verbrechen in ihrem Handeln und Gerechtigkeit in meinem Henken, die Rechnung war klar und ging auf. Sie starben einen gesunden Tod.

DER MANN Ich verstehe dich.

DER ANDERE Und dann waren andere, die starben anders, obgleich es mir manchmal scheint, dass es doch ein gleiches Sterben war. Die behandelten mich mit Verachtung und starben stolz, Herr, hielten vorher prächtige Reden über die Freiheit und über die Gerechtigkeit, spotteten über die Regierung, griffen die Reichen an oder die Tyrannen, dass es einem kalt über den Rücken lief. Die, denke ich, starben so, weil sie sich im Recht glaubten und vielleicht auch recht hatten, und nun wollten sie zeigen, wie gleichgültig ihnen der Tod war. Auch hier war die Rechnung klar und einfach: Es war Krieg zwischen ihnen und mir. Sie starben im Zorn und in der Verachtung, und ich schlug im Zorn zu, die Gerechtigkeit lag bei beiden, meine ich. Die starben einen imposanten Tod.

DER MANN Brav umgekommen! Mögen heute viele so sterben!

DER ANDERE Ja, Herr, das ist eben das Merkwürdige: Heute stirbt man nicht mehr so.

DER MANN Wie das, Schurke! Gerade heute ist jeder ein Rebell, der durch deine Hand stirbt.

DER ANDERE Ich glaube auch, dass viele so sterben möchten.

DER MANN Es steht jedem frei zu sterben, wie er will.

DER ANDERE Nicht mehr bei diesem Tod, Herr. Da gehört durchaus Publikum dazu. Das war vorher noch so unter den vorigen Regierungen, da war die Hinrichtung ein Anlass, zu dem man feierlich erschien: Der Richter war da, der Staatsanwalt, der Verteidiger, ein Priester, einige Journalisten, Ärzte und andere Neugierige, alle in schwarzem Gehrock, wie zu einem Staatsakt, und manchmal war sogar noch ein Trommelwirbel dabei, um die Angelegenheit recht imposant zu machen. Da lohnt es sich für den Verurteilten noch, eine zündende Schmährede zu halten, der Staatsanwalt hat sich oft genug geärgert und auf die Lippen gebissen. Aber heute hat sich das geändert. Man stirbt allein mit mir. Nicht einmal ein Priester ist dabei, und es war ja auch vorher kein Gericht. Da man mich verachtet, spricht man auch nicht mehr, und das Sterben stimmt dann auch nicht, weil die Rechnung nicht aufgeht und der Verurteilte zu kurz kommt. So sterben sie denn, wie Tiere sterben, gleichgültig, und das ist doch auch nicht die rechte Kunst. Wenn es aber doch ein Gericht gegeben hat, weil dies der Staat bisweilen braucht, und wenn einmal doch der Staatsanwalt und der

Richter erscheinen, da ist der Verurteilte ein gebrochener Mann, der alles mit sich machen lässt. Das ist dann ein trauriger Tod. Es sind eben andere Zeiten gekommen, Herr.

DER MANN Andere Zeiten! Sogar der Henker nimmt dies wahr!

DER ANDERE Es wundert mich nur, was in der Welt heute denn eigentlich los ist.

DER MANN Der Henker ist los, mein Freund! Auch ich wollte sterben wie ein Held. Und nun bin ich mit dir allein.

DER ANDERE Allein mit mir in der Stille dieser Nacht.

DER MANN Auch mir bleibt nichts anderes übrig, als umzukommen, wie die Tiere umkommen.

DER ANDERE Es gibt ein anderes Sterben, Herr.

DER MANN So erzähle mir, wie man in unserer Zeit anders stirbt denn ein Tier.

DER ANDERE Indem man demütig stirbt, Herr.

DER MANN Deine Weisheit ist eines Henkers würdig! Man soll in dieser Zeit nicht demütig sein, Bube! Man soll auch nicht demütig sterben. Diese Tugend ist heute unanständig geworden. Man soll bis zum letzten Atemzug gegen die Verbrechen protestieren, die an der Menschheit begangen werden.

DER ANDERE Das ist die Sache der Lebenden, aber die Sache der Sterbenden ist eine andere.

DER MANN Die Sache der Sterbenden ist die gleiche. Da soll ich zu nächtlicher Stunde in diesem Zimmer, umgeben von meinen Büchern, von den Dingen meines Geistes, von dir, einem verächtlichen Menschen, noch vor dem ersten Morgengrauen getötet werden, ohne Anklage, ohne Gericht, ohne Verteidigung, ohne Urteil, ja ohne Priester, was doch sonst jedem Verbrecher zukommt, geheim, wie der Befehl heißt, ohne dass die Menschen es wissen dürfen, nicht einmal die, welche in diesem Hause schlafen. Und du verlangst Demut von mir! Du Narr, die Schmach der Zeit, die aus Mördern Staatsmänner und aus Henkern Richter macht, zwingt die Gerechten, wie Verbrecher zu sterben. Verbrecher kämpfen, hast du gesagt. Gut gesprochen, Henker! Ich werde mit dir kämpfen.

DER ANDERE Es ist sinnlos, mit mir zu kämpfen.
DER MANN Dass nur noch der Kampf mit dem Henker einen Sinn hat, macht diese Zeit so barbarisch.
DER ANDERE Sie treten zum Fenster.
DER MANN Mein Tod soll in dieser Nacht nicht versinken, wie ein Stein versinkt, lautlos, ohne Schrei. Mein Kampf soll gehört werden. Ich will durch dieses offene Fenster in die Straße hineinschreien, hinein in diese unterjochte Stadt! *Er schreit* Hört, ihr Leute, hier kämpft einer mit seinem Henker! Hier wird einer wie ein Tier abgeschlachtet! Leute, springt aus euren Betten! Kommt, und seht, in welchem Staat wir heute leben!

Stille.

DER MANN Du hinderst mich nicht?
DER ANDERE Nein.
DER MANN Ich schreie weiter.
DER ANDERE Bitte.
DER MANN *unsicher* Du willst nicht mit mir kämpfen?

DER ANDERE Der Kampf wird beginnen, wenn meine Arme dich umfangen.
DER MANN Ich sehe! Die Katze spielt mit einer Maus. Hilfe!

Stille.

DER ANDERE Es bleibt still auf der Straße.
DER MANN Als ob ich nicht geschrien hätte.
DER ANDERE Es kommt niemand.
DER MANN Niemand.
DER ANDERE Nicht einmal im Hause hört man etwas.
DER MANN Keinen Schritt.

Stille.

DER ANDERE Schreien Sie ruhig noch einmal.
DER MANN Es hat keinen Sinn.
DER ANDERE Jede Nacht schreit einer so wie Sie in die Straßen dieser Stadt hinein, und niemand hilft ihm.
DER MANN Man stirbt heute allein. Die Furcht ist zu groß.

Stille.

DER ANDERE Wollen Sie sich nicht wieder setzen?
DER MANN Es bleibt mir wohl nichts anderes übrig.
DER ANDERE Sie trinken Schnaps.
DER MANN Das tut gut. Da, Lumpenhund! *Er speit.*
DER ANDERE Sie sind verzweifelt
DER MANN Ich speie dir Schnaps ins Gesicht, und du bleibst ruhig. Es bringt dich nichts aus der Fassung.

DER ANDERE Ich muss diese Nacht auch nicht sterben, Herr.

DER MANN Der Henker bleibt ewig leben. Ich habe bis jetzt mit jenen Waffen gekämpft, die eines Mannes würdig sind, mit den Waffen des Geistes: Ich war ein Don Quijote, der mit einer guten Prosa gegen eine schlechte Bestie vorging. Lächerlich! Nun muss ich, schon erlegt und schon von ihren Pranken zerfetzt, mit meinen Zähnen zubeißen, ein ebenso zukunftsreiches Unternehmen. Welche Komödie! Ich kämpfe für die Freiheit und besitze nicht einmal eine Waffe, um den Henker in meiner Wohnung über den Haufen zu schießen. Darf ich noch eine Zigarette rauchen?

DER ANDERE Sie brauchen nicht zu fragen, Herr, wenn Sie doch mit mir kämpfen wollen.

Stille.

DER MANN *leise* Ich kann nicht mehr kämpfen.

DER ANDERE Das müssen Sie auch nicht.

DER MANN Ich bin müde.

DER ANDERE Das wird jeder einmal, Herr.

DER MANN Verzeih, dass ich dir den Schnaps ins Gesicht spie.

DER ANDERE Ich verstehe das.

DER MANN Du musst Geduld mit mir haben. Das Sterben ist eine gar zu schwere Kunst.

DER ANDERE Sie zittern, und das Streichholz bricht in Ihrer Hand immer wieder entzwei. Ich werde Ihnen Feuer geben.

DER MANN Wie die zwei vorigen Male.

DER ANDERE Genau so.

DER MANN Danke. Noch diese. Dann werde ich dir keine Schwierigkeiten mehr machen. Ich habe mich dir ergeben.

DER ANDERE Wie die Demütigen, Herr.

DER MANN Wie meinst du das?

DER ANDERE Nichts ist so schwer zu verstehen wie die Demütigen, Herr. Schon bis man sie nur erkennt, geht es lange. Zuerst habe ich sie immer verachtet, bis ich erkannte, dass sie die großen Meister des Sterbens sind. Wenn man wie ein gleichgültiges Tier stirbt, so ergibt man sich mir und lässt mich zuschlagen, ohne sich zu wehren. Das tun auch die Demütigen, und doch ist es anders. Es ist nicht ein Sich-Ergeben aus Müdigkeit. Zuerst dachte ich: Das kommt von der Angst. Aber gerade die Demütigen haben keine Angst. Endlich glaubte ich, herausgefunden zu haben: Die Demütigen waren die Verbrecher, die ihren Tod als eine Strafe hinnahmen. Merkwürdig war nur, dass auch Unschuldige so starben, Menschen, von denen ich genau wusste, dass mein Zuschlagen ungerecht befohlen war.

DER MANN Das verstehe ich nicht.

DER ANDERE Auch mich hat das verwirrt, Herr. Bei der Demut der Verbrecher war es mir klar, aber dass auch ein Unschuldiger so sterben konnte, begriff ich nicht, und doch starben sie ebenso, als geschähe kein Verbrechen an ihnen und als bestände ihr Tod zu Recht; ich fürchtete mich eine Zeitlang, wenn ich zuschlagen musste, und ich hasste mich geradezu, wenn ich es tat, so irrsinnig und unbegreiflich war dieser Tod. Mein Zuschlagen war sinnlos.

DER MANN *müde und traurig* Narren! Es waren Narren! Was nützt so ein Tod? Wenn man einmal vor dem Henker steht, ist es gleichgültig, welche Pose man annimmt. Die Partie ist verloren.

DER ANDERE Das glaube ich nicht.

DER MANN Du bist bescheiden, Henker. Doch heutzutage bist du der große Sieger.

DER ANDERE Ich kann Ihnen nur sagen, was ich von denen gelernt habe, die unschuldig starben und demütig, Herr.

DER MANN Ei! Du lernst auch noch von den Unschuldigen, die du tötest? Das nenne ich praktisch!

DER ANDERE Ich habe keinen ihrer Tode vergessen.

DER MANN Da musst du ein riesiges Gedächtnis haben.

DER ANDERE Ich denke an nichts anderes.

DER MANN Was lehrten dich die Unschuldigen und Demütigen?

DER ANDERE Was ich besiegen kann und was unbesiegbar ist.

DER MANN Deine Macht findet ein Ende?

Stille.

DER MANN Nun? Du zögerst? Wenn wir so auf den Hund gekommen sind, dass nur noch die Henker philosophieren, lass hören.

DER ANDERE Die Macht, Herr, die mir gegeben worden ist und die ich mit meinen Händen ausübe, der silberne Halbkreis des niederfallenden Beils, der Blitz des zustoßenden Messers in der Tiefe der Nacht oder die sanfte Schlinge, die ich um einen Hals lege, ist nur ein kleiner Teil der Macht derer, die auf dieser Erde den Menschen vergewaltigen. Alle Gewalttat ist sich gleich, und so ist meine Macht auch die der Mächtigen: Wenn ich töte, töten sie durch mich, sie sind oben, und ich bin unten. Ihre Vorwände sind verschieden, vom Geistigsten, Erhabensten bis zum Gemeinsten reichend; ich bin ohne Vorwand. Sie bewegen die Welt, ich bin die ruhende Achse, um die sich ihr fürchterliches Rad dreht. Sie herrschen, und auf dem Grund ihrer Schrecken liegt mein schweigendes Antlitz; in meinen geröteten Händen erhielt ihre Gewalt ihre letzte, endgültige Form, wie der Eiter sich in einer Beule sammelt. Ich bin da, weil alle Gewalttat böse ist, und so, wie ich hier im Schein der nächtlichen Lampe auf diesem Schreibtisch vor meinem Opfer sitze und unter dem Mantel aus altem Tuch ein Messer umklammere, verachtet man mich, denn die Schande ist von den Gewaltigen der Erde genommen und hinunter auf meine Schultern gesenkt, damit ich ihrer aller Schande trage. Mich fürchtet man, aber die Mächtigen werden nicht nur gefürchtet, sondern auch bewundert; beneidet genießen sie ihre Schätze, denn die Macht verführt, sodass man liebt, wo man hassen sollte. So schließen sich Helfer und Helfershelfer an die Gewaltigen, wie Hunde schnappen sie nach den Brocken der Macht, die der Gewaltige fallen lässt, sich ihrer zu bedienen. Der Obere lebt von der entlehnten Macht des Untern und umgekehrt, ein dunkles Gefüge von Gewalt und Furcht, von Gier und Schmach, das alle umspannt und endlich einen Henker gebiert, den man mehr fürchtet als mich: die Tyrannei, die immer neue Massen in die endlosen Reihen ihrer Schinderhütten treibt, sinnlos, weil sie nichts ändert, sondern nur vernichtet, denn eine Gewalttat bewirkt eine andere, eine Tyrannei eine andere, immer wieder, immer aufs Neue, wie die sinkenden Spiralen der Hölle!

DER MANN Schweig!

DER ANDERE Sie wollten, dass ich rede, Herr.

DER MANN *verzweifelt* Wer könnte dir entgehen!

DER ANDERE Ihren Leib kann ich nehmen, Herr, der ist der Gewalt verfallen, denn alles, was in Staub zerfällt, ist ihr unterworfen, aber wofür Sie gekämpft haben, darüber habe ich keine Macht, denn es gehört nicht dem Staub. Dies ist, was ich, ein Henker, ein verachteter Mensch, von den Unschuldigen lernte, die mein Beil fällte und die sich nicht wehrten: Dass einer in der Stunde seines ungerechten Todes den Stolz und die Angst, ja auch sein Recht ablegt, um zu sterben, wie Kinder sterben, ohne die Welt zu verfluchen, ist ein Sieg, der größer ist, als je ein Sieg eines Mächtigen war. Am leisen Hinsinken der Demütigen, an ihrem Frieden, der auch mich umschloss wie ein Gebet, an der Ungeheuerlichkeit ihres Sterbens, das jeder Vernunft widersprach, an diesen Dingen, die nichts sind vor der Welt als ein Gelächter, weniger noch, ein Achselzucken, offenbarte sich die Ohnmacht der Ungerechten, das Wesenlose des Todes und die Wirklichkeit des Wahren, über die ich nichts vermag, die kein Scherge ergreift und kein Gefängnis umschließt, von der ich nichts weiß, als dass sie ist, denn jeder Gewalttätige ist eingeschlossen in das dunkle, fensterlose Verlies seiner selbst. Wäre der Mensch nur Leib, Herr, es wäre einfach für die Mächtigen; sie könnten ihre Reiche erbauen, wie man Mauern baut, Quader an Quader gefügt zu einer Welt aus Stein. Doch wie sie auch bauen, wie riesenhaft nun auch ihre Paläste sind, wie übermächtig auch ihre Mittel, wie kühn ihre Pläne, wie schlau ihre Ränke, in die Leiber der Geschändeten, mit denen sie bauen, in dieses schwache Material ist das Wissen eingesenkt, wie die Welt sein soll, und die Erkenntnis, wie sie ist, die Erinnerung, wozu Gott den Menschen schuf, und der Glaube, dass diese Welt zerbrechen muss, damit sein Reich komme, als eine Sprengkraft, mächtiger denn jene der Atome, die den Menschen immer wieder umprägt, ein Sauerteig in seiner trägen Masse, der immer wieder die Zwingburgen der Gewalt sprengt, wie das sanfte Wasser die Felsen auseinanderzwängt und ihre Macht zu Sand zermahlt, der in einer Kinderhand zerrinnt.

DER MANN Binsenwahrheiten! Nichts als Binsenwahrheiten!

DER ANDERE Es geht heute nur um Binsenwahrheiten, Herr.

Stille.

DER MANN Die Zigarette ist zu Ende.
DER ANDERE Noch eine?
DER MANN Nein, nicht mehr.
DER ANDERE Schnaps?
DER MANN Auch nicht.
DER ANDERE Nun?

DER MANN Schließ das Fenster. Draußen fährt die erste Straßenbahn.

DER ANDERE Das Fenster ist zu, Herr.

DER MANN Ich wollte zu meinem Mörder erhabene Dinge sprechen, nun hat der Henker zu mir einfache Dinge gesprochen. Ich habe für ein besseres Leben auf dieser Erde gekämpft, dafür, dass man nicht ausgebeutet wird wie ein Tier, welches man vor den Pflug spannt: Da, geh, schaff Brot für die Reichen! Im Weitern, dass die Freiheit sei, damit wir nicht nur klug wie die Schlangen, sondern auch sanft wie die Tauben sein können, und endlich, dass man nicht krepiere in irgendeiner Schinderhütte, auf irgendeinem lehmigen Feld oder gar in deinen roten Händen; dass man diese Angst, diese unwürdige Angst nicht durchmachen muss, die man vor deinem Handwerk hat. Es war ein Kampf um Selbstverständlichkeiten, und es ist eine traurige Zeit, in der man um das Selbstverständliche kämpfen muss. Aber wenn es einmal so weit ist, dass dein riesiger Leib aus einem leeren Himmel in das Innere unseres Zimmers steigt, dann darf man wieder demütig sein, dann geht es um etwas, das nicht selbstverständlich ist: um die Vergebung unserer Sünden und um den Frieden unserer Seele. Das Weitere ist nicht unsere Sache, es ist aus unseren Händen genommen. Unser Kampf war ein guter Kampf, aber unser Unterliegen war ein noch besseres Unterliegen. Nichts ist verloren von dem, was wir taten. Immer aufs Neue wird der Kampf aufgenommen, immer wieder, irgendwo, von irgendwem und zu jeder Stunde. Geh, Henker, lösch die Lampe, der erste Strahl des Morgens wird deine Hände führen.

DER ANDERE Wie Sie es wünschen, Herr.
DER MANN Es ist gut.
DER ANDERE Sie stehen auf.
DER MANN Ich habe nichts mehr zu sagen. Es ist so weit. Nimm jetzt das Messer.
DER ANDERE Sind Sie wohl in meinem Arm, Herr?
DER MANN Sehr wohl. Stoß zu.

F. Scott Fitzgerald

Nachmittag eines Schriftstellers

Beim Erwachen fühlte er sich besser, als es seit Wochen der Fall gewesen war, was sich durch eine Negation bemerkbar machte: Er fühlte sich nicht krank. Eine Zeitlang lehnte er an dem Türrahmen zwischen Schlafzimmer und Bad, bis er sich davon überzeugt hatte, dass ihm nicht schwindelig war. Kein bisschen, nicht einmal, als er unter dem Bett nach einem Hausschuh suchte.

Es war ein schöner Aprilmorgen; er hatte keine Ahnung, wie spät es sein mochte, denn er hatte seine Uhr seit langem nicht mehr aufgezogen, doch als er durch die Wohnung in die Küche ging, sah er, dass seine Tochter gefrühstückt und das Haus verlassen hatte und dass die Post da war; es musste also nach neun Uhr sein.

»Ich glaube, heute gehe ich an die frische Luft«, sagte er zu dem Hausmädchen.

»Wird Ihnen guttun, ein herrlicher Tag.« Sie stammte aus New Orleans und hatte Züge und Kolorit einer Araberin.

»Ich möchte zwei Eier wie gestern und Toast, Orangensaft und Tee.«

Er hielt sich eine Weile in dem Teil der Wohnung auf, der das Reich seiner Tochter war, und las seine Post. Es war verdrießliche Post, nichts Aufheiterndes – hauptsächlich Rechnungen und die tägliche Reklame mit dem Schuljungen aus Oklahoma und seinem aufgeklappten Autogrammalbum. Sam Goldwyn würde womöglich einen Tanzfilm mit Spessiwitza drehen oder auch nicht – das würde sich erst herausstellen, wenn Mr. Goldwyn aus Europa zurückkam und möglicherweise ein halbes Dutzend neuer Einfälle mitbrachte. Paramount wollte die Genehmigung für die Verwendung eines Gedichts aus einem Buch des Schriftstellers, wobei man nicht wusste, ob es von ihm war oder ein Zitat. Vielleicht wollten sie einen Titel daraus machen. Anspruch auf diesen geistigen Besitz hatte er sowieso nicht mehr; die Stummfilmrechte hatte er schon vor Jahren verkauft, die Tonfilmrechte im vergangenen Jahr.

»Du hast einfach kein Glück beim Film«, sagte er sich. »Schuster, bleib bei deinem Leisten.«

Während des Frühstücks sah er aus dem Fenster zu den Studenten, die auf dem Collegegelände gegenüber von einem Kurs zum anderen wechselten.

»Vor zwanzig Jahren war ich einer von denen«, sagte er zu dem Hausmädchen. Sie lachte ihr Debütantinnenlachen.

»Bevor Sie aus dem Haus gehen, brauche ich einen Scheck«, sagte sie.

»Oh, ich gehe nicht so bald. Ich habe einige Stunden zu tun. Ich wollte später am Nachmittag gehen.«

»Nehmen Sie den Wagen?«

»Die alte Kiste? Auf keinen Fall; die würde ich für fünfzig Dollar verkaufen. Ich fahre oben in einem Doppeldeckerbus.«

Nach dem Frühstück legte er sich für eine Viertelstunde hin. Dann ging er in sein Studierzimmer und machte sich an die Arbeit.

Die Schwierigkeit bestand darin, dass die Geschichte für eine Zeitschrift, an der er schrieb, in der Mitte so dünn geworden war, dass sie Gefahr lief, sich in Luft aufzulösen. Die Handlung kam ihm vor wie eine endlose Treppe, er hatte keine Überraschung in der Hinterhand, und die Figuren, die zwei Tage zuvor so wacker ins Leben getreten waren, hätten nicht einmal mehr den Anforderungen einer Fortsetzungsschmonzette genügt.

›Ja, ich muss zweifellos an die frische Luft‹, dachte er. ›Ich würde am liebsten nach Shenandoah Valley fahren oder eine Schifffahrt nach Norfolk machen.‹

Beide Wünsche waren illusionär, denn ihre Umsetzung erforderte Zeit und Geld, beides Mangelware, und das wenige, das vorhanden war, musste für die Arbeit aufgespart werden. Er arbeitete sich durch das Manuskript, unterstrich gelungene Stellen mit Rotstift, und nachdem er sie auf ein eigenes Blatt übertragen hatte, zerriss er den Rest der Geschichte und warf die Schnipsel in den Papierkorb. Dann ging er im Zimmer auf und ab und rauchte und hielt ab und zu Selbstgespräche.

»Hm, hm, mal sehen…«

»Und als Nächstes – wäre das Beste…«

»Ja, hm, mal sehen…«

Nach einer Weile setzte er sich. ›Ich bin einfach ausgepumpt; ich hätte die letzten zwei Tage keinen Stift anrühren dürfen‹, dachte er sich.

Er las, was unter der Überschrift »Einfälle« in seinem Notizbuch stand, bis das Hausmädchen kam und sagte, seine Sekretärin sei am Telefon – seine Teilzeitsekretärin, seit er krank geworden war.

»Es gibt nichts zu tun«, sagte er. »Ich habe gerade alles zerrissen, was ich geschrieben hatte. Es war völlig unbrauchbar. Ich gehe heute Nachmittag raus.«

»Wird Ihnen guttun. Heute ist schönes Wetter.«

»Kommen Sie lieber morgen Nachmittag vorbei; es gibt einen Berg Post und Rechnungen zu erledigen.«

Er rasierte sich und ruhte sich vorsichtshalber für fünf Minuten aus, bevor er sich ankleidete. Es war aufregend, aus dem Haus zu gehen. Er hoffte, die Liftboys würden nicht sagen, sie freuten sich, ihn zu sehen, und er entschloss sich, den hinteren Aufzug zu nehmen, wo man ihn nicht kannte. Er zog seinen besten Anzug an, Jackett und Hose aus verschiedenem Stoff. Er hatte in sechs Jahren nur zwei Anzüge gekauft, doch von bester Qualität – allein das Jackett dieses einen Anzugs hatte einhundertzehn Dollar gekostet. Da er ein Ziel haben musste – es war nicht gut, ziellos herumzuwandern –, steckte er eine Tube Kurshampoo für den Besuch beim Barbier und ein Fläschchen Luminal ein.

›Der Neurotiker, wie er im Buche steht‹, dachte er, als er sich im Spiegel betrachtete. ›Abfallprodukt einer Idee, Schlacke eines Traums.‹

2

Er ging in die Küche und verabschiedete sich von dem Hausmädchen, als wäre er auf dem Weg nach Little America in der Antarktis. Im Krieg hatte er einmal aus reinem Bluff eine Lokomotive requiriert und sie von New York nach Washington dirigiert, so dass ihm keine unerlaubte Abwesenheit von der Truppe zur Last gelegt werden konnte. Nun wartete er gehorsam an der Straßenkreuzung, bis die Ampel umschaltete, während die jungen Leute unter nonchalanter Missachtung des Verkehrs an ihm vorbeieilten. An der Bushaltestelle im Schatten der Bäume war es grün und kühl, und ihm fielen Stonewall Jacksons letzte Worte ein: »Lasst uns den Fluss überqueren und im Schatten der Bäume rasten.« Die Bürgerkriegsgeneräle hatten offenbar ganz plötzlich bemerkt, wie müde sie waren – Lee, der bis zur Unkenntlichkeit geschrumpft war, Grant, der am Ende seines Lebens wie ein Besessener seine Memoiren schrieb.

Der Bus enttäuschte ihn nicht: Es war nur ein einziger Mitpassagier im Obergeschoss. Ganze Straßenzüge hindurch wischten die grünen Zweige an jedem einzelnen Busfenster entlang. Wahrscheinlich würde man sie zurückschneiden müssen, eigentlich schade. Es gab so viel zu sehen. Er versuchte, die Farbe einer Häuserzeile zu definieren, doch ihm fiel nur ein alter Abendumhang seiner Mutter ein, der voller Schattierungen gewesen war und sich doch keiner zuordnen ließ, ein bloßer Reflektor. Von irgendwo erklangen Kirchenglocken, die *Venite adoremus* spielten, und er wunderte sich, denn es waren noch acht Monate bis Weihnachten. Er mochte keine Glocken, obwohl es sehr bewegend gewesen war, als sie bei dem Begräbnis des Gouverneurs *Maryland, My Maryland* gespielt hatten.

Auf dem Footballspielfeld des Colleges arbeiteten Männer mit Walzen, und ihm kam der Titel für eine Erzählung in den Sinn: *Rasenmeister* oder aber *Das Gras wächst*, etwas über einen Mann, der jahrelang den Rasen walzt und sich abrackert, damit sein Sohn einst aufs College gehen und dort Football spielen kann. Doch der Sohn stirbt in jungen Jahren, und der Mann arbeitet auf dem Friedhof und legt Rasen über seinen Sohn statt unter dessen Füße. Es wäre ein Text, wie sie oft in Anthologien stehen, nichts für ihn – nichts als gefühlsduselige Antithetik, so konventionell wie eine Illustriertengeschichte und leicht zu schreiben. Viele Leute würden sie sicherlich für hervorragend halten, weil sie Tiefgang hätte, melancholisch wäre und nicht schwer zu verstehen.

Der Bus fuhr an einem Bahnhof aus hellem Stein und in griechischem Stil vorbei, den die blauen Kittel und roten Mützen der Gepäckträger vor dem Eingang belebten. Die Straße verengte sich, wo das Geschäftsviertel begann und auf einmal buntgekleidete Mädchen zu sehen waren, allesamt sehr hübsch – es kam ihm vor, als hätte er nie zuvor so hübsche Mädchen gesehen. Männer gab es auch, doch sie wirkten eher albern, ähnlich wie er, wenn er sich im Spiegel betrachtete, und es gab alte unscheinbare Frauen, und dann gab es auf einmal auch abstoßende Gesichter unter den Mädchen, doch insgesamt waren sie reizend, zwischen sechs und dreißig Jahre alt und bunt gekleidet, die Mienen frei von Plänen oder Sorgen und von bezaubernder Schwerelosigkeit, herausfordernd und heiter. Für einen Augenblick liebte er das Leben mit schmerzlicher Intensität, klammerte sich mit aller Kraft daran. Vielleicht war es ein Fehler gewesen, so früh nach draußen zu gehen.

Er verließ den Bus, hielt sich unterwegs überall vorsichtig am Geländer fest und ging so einen Häuserblock weit bis zum Barbier des Hotels. Er kam an einem Sportgeschäft vorbei und sah gleichgültig in die Auslage, bis sein Blick auf einen Baseballhandschuh fiel, dessen Handfläche sich schon dunkel verfärbt hatte. Nebenan war ein Herrenausstatter; vor dessen Auslage blieb er lange stehen und betrachtete die dunkelfarbenen Hemden und die mit Karo- und Schottenmuster. Vor zehn Jahren hatten er und ein paar Freunde an der Riviera im Sommer dunkelblaue Arbeiterhemden gekauft und damit offenbar diese Mode eingeleitet. Die karierten Hemden sahen hübsch aus, so schmuck wie Uniformen, und er wünschte, er wäre zwanzig und auf dem Weg zu einem Strandclub, herausgeputzt wie ein Sonnenuntergang bei Turner oder eine Morgendämmerung von Guido Reni.

Der Barbiersalon war groß, glitzernd und parfümiert. Es war mehrere Monate her, dass der Autor zuletzt hergekommen war, und er erfuhr, dass sein gewohnter Barbier mit Arthritis darniederlag; deshalb erklärte er dem Neuen, wie mit dem Haarpflegemittel zu verfahren sei, lehnte die angebotene Zeitung ab und saß verhältnismäßig zufrieden da und genoss das körperliche Wohlbefinden, während kräftige Finger seine Kopfhaut massierten und er sich einer angenehm diffusen Erinnerung an alle Barbiere überließ, die er je besucht hatte.

Er hatte einmal eine Geschichte über einen Barbier geschrieben. 1929 hatte der Inhaber seines Lieblingsbarbiersalons in der Stadt, in der er damals wohnte, mit den Finanztipps eines örtlichen Industriellen ein Vermögen von dreihunderttausend Dollar gemacht und dachte, er könne in Ruhestand gehen. Der Schriftsteller hatte keine derartigen Investitionen getätigt, sondern stand im Begriff, sich für einige Jahre nach Europa aufzumachen und all sein Erspartes mitzunehmen. Als er im Herbst jenes Jahres erfuhr, dass der Barbier sein ganzes Vermögen verloren hatte, ließ er sich dazu verleiten, eine Geschichte daraus zu machen: *Aufstieg und Fall eines Barbiers* – natürlich unter Verwischen aller Spuren. Dennoch bekam er später zu hören, dass die Geschichte am Ort des Geschehens wiedererkannt worden war und einiges Befremden bewirkt hatte.

Die Haarpflege war beendet. Als der Autor ins Hotelfoyer trat, hatte in der Cocktailbar gegenüber eine Kapelle zu spielen begonnen, und er blieb eine Zeitlang in der Tür stehen und hörte zu. Er hatte so lange nicht mehr getanzt, vielleicht zweimal in den letzten fünf Jahren, doch in einer Besprechung seines letzten Buchs war er als jemand dargestellt worden, der Nachtclubs liebte; in derselben Besprechung war er auch als unermüdlich bezeichnet worden. Etwas am Klang dieses Wortes in seinen Gedanken erschütterte ihn mit einem Mal, und er musste sich abwenden, weil er spürte, wie ihm Tränen der Schwäche in die Augen stiegen. Es war wie am Anfang vor fünfzehn Jahren, als man ihn »fataler Leichtfertigkeit« bezichtigt hatte, woraufhin er wie ein Galeerensklave an jedem Satz feilte, um diesem Klischee auf keinen Fall zu entsprechen.

»Ich werde wieder bitter«, sagte er sich. »Das ist gar nicht gut, gar nicht gut – ich muss nach Hause.«

Der Bus ließ lange auf sich warten, doch der Schriftsteller mochte keine Taxis, und er hoffte noch immer, dass er vom Obergeschoss aus auf der Fahrt durch den grünen Blätterbaldachin des Boulevards etwas Interessantes sehen würde.

Als der Bus schließlich kam, fiel es ihm nicht ganz leicht, die Stufen zu erklimmen, doch es war die Mühe wert. Das Erste, was er erblickte, waren ein Junge und ein Mädchen – Highschoolschüler –, die auf dem hohen Sockel der Lafayette-Statue saßen, völlig selbstvergessen und ganz ineinander versunken. Ihre Weltvergessenheit rührte ihn. Er wusste, dass er das beruflich verwerten konnte, und sei es nur als Kontrastbild zu der zunehmenden Abgeschiedenheit seines eigenen Lebens und der immer mühsameren Erfordernis, eine bereits gründlich ausgequetschte Vergangenheit immer wieder auszuquetschen. Er brauchte eine Aufforstung, das war ihm nur allzu bewusst, und er hoffte, dass sich dem Boden noch ein letzter Ertrag abringen ließ. Es war nie ein besonders fruchtbarer Boden gewesen, denn er hatte schon früh eine Schwäche dafür gehabt anzugeben, statt zuzuhören und zu beobachten.

Da war sein Apartmenthaus; er blickte hinauf zu den Fenstern seiner Wohnung im obersten Stock, bevor er das Haus betrat.

»Der Wohnsitz des erfolgreichen Schriftstellers«, sagte er sich. »Ich frage mich, welche imponierenden Bücher er da oben gerade aus dem Ärmel schüttelt. Muss toll sein, so ein Talent zu haben – sich einfach mit Stift und Papier hinzusetzen. Zu arbeiten, wann es einem passt, zu tun, was einem gerade gefällt.«

Sein Kind war noch nicht zu Hause, aber das Hausmädchen kam aus der Küche und sagte: »Hatten Sie einen netten Nachmittag?«

»Sehr nett«, antwortete er. »Ich war Rollschuh fahren und kegeln und habe mit Man Mountain Dean herumgealbert und mich danach im Türkischen Bad erholt. Irgendwelche Telegramme?«

»Nicht eines.«

»Seien Sie so nett, und bringen Sie mir ein Glas Milch, ja?«

Er ging durch das Esszimmer in sein Arbeitszimmer, für einen Augenblick geblendet vom Glanz seiner zweitausend Bücher im spätnachmittäglichen Sonnenschein. Er war richtig müde; er würde sich für zehn Minuten hinlegen und dann versuchen, in den zwei Stunden vor dem Abendessen auf eine Idee zu kommen.

Carson McCullers

Wer hat den Wind gesehen?

Den ganzen Nachmittag hatte Ken Harris vor dem leeren Blatt in seiner Schreibmaschine gesessen. Es war Winter; draußen schneite es. Der Schnee dämpfte den Straßenlärm, und die kleine Wohnung in Greenwich Village war so still, dass ihn das Ticken des Weckers störte. Er arbeitete im Schlafzimmer, da ihn der Raum mit den Sachen seiner Frau beruhigte, weil er sich hier weniger einsam fühlte. Den Drink vor dem Essen zum Appetitanregen – oder war es ein Augenöffner gewesen? – hatte er durch eine Büchse Chili con carne neutralisiert, die er allein in der Küche gegessen hatte.

Um vier Uhr steckte er den Wecker in den Wäschekorb und setzte sich dann wieder vor die Schreibmaschine. Das Papier war immer noch unbeschrieben, und das weiße leere Blatt leerte all seinen Verstand. Und doch hatte es einst eine Zeit gegeben (wie lange war das her?), da ein Lied an der Straßenecke, eine Stimme aus der Kinderzeit und der Rundblick der Erinnerung die Vergangenheit verdichteten, so dass Zufälliges und Tatsächliches in einen Roman, in eine Erzählung umgewandelt wurden – und es hatte einst eine Zeit gegeben, da das leere Blatt die Erinnerungen heraufbeschwor und sichtete und er die geisterhafte Schaffenskraft seiner Kunst verspürte. Kurz gesagt, eine Zeit, als er ein Schriftsteller war und fast jeden Tag schrieb. Er arbeitete angestrengt, brach langen Sätzen achtsam den Rücken, strich hässliche Ausdrücke durch und änderte Wörter, die sich wiederholten.

Jetzt saß er da, geduckt und irgendwie von Ängsten erfüllt, ein blonder Mann Ende der dreißig mit Ringen unter den austernblauen Augen und mit einem üppigen, blassen Mund. An den sengenden Wind seines Kinderlandes Texas dachte er, als er aus seinem Fenster auf den niedersinkenden New Yorker Schnee blickte. Dann plötzlich tat sich in seinem Gedächtnis ein Ventil auf, und er sprach die Worte laut vor sich hin, während er sie tippte:

Wer hat den Wind gesehen?
Weder ich noch du, mein Kind.
Doch wenn die Bäume sich neigen,
dann zieht er vorbei, der Wind.

Der Kinderreim schien ihm so unheilvoll, dass ihm, während er darüber nachsann, vor nervösem Schweiß die Handflächen feucht wurden. Er zerrte die Seite aus der Maschine, zerriss sie in viele Fetzen und ließ sie in den Papierkorb fallen. Es erleichterte ihn, dass er um sechs zu einer Gesellschaft gehen musste, und er war froh, die stumme Wohnung und den zerrissenen Vers hinter sich zu lassen und durch die kalten, aber trostvollen Straßen zu gehen.

In der Untergrundbahn herrschte das trübe Licht des ›Unter-Tag-Seins‹, und nach dem Schneeduft war die Luft dort fötal. Ken bemerkte einen Mann, der auf einer Bank lag, aber er stellte keine Vermutungen über die Geschichte des Fremdlings an, wie er es sonst vielleicht getan hätte. Er beobachtete die schwankenden Wagen des sich nähernden Expresszuges und schreckte vor dem stählernen Lufthauch zurück. Er sah, wie die Türen sich öffneten und sich schlossen – es war sein Zug –, und starrte verloren drein, als die Untergrundbahn geräuschvoll davonrasselte. Trauer fraß an ihm, während er auf die nächste wartete.

Rodgers Wohnung befand sich in einem Penthouse weit oben in der City, und die Party hatte schon angefangen. Es herrschte ein Durcheinander und Stimmengewirr, und es roch nach Gin und Appetitbissen. Während er neben Esther am Eingang zu den überfüllten Räumen stand, sagte er:

»Wenn ich neuerdings an eine große Party komme, muss ich an die letzte Gesellschaft des Duc de Guermantes denken.«

»Wie bitte?«, sagte Esther.

»Erinnern Sie sich nicht, wie Proust – das Ich, der Erzähler – in all die vertrauten Gesichter blickt und über die Veränderungen durch die Zeit nachgrübelt? Eine herrliche Stelle – ich lese sie jedes Jahr.«

Esther sah verwirrt aus. »Es ist so laut. Kommt Ihre Frau auch?«

Kens Gesicht zuckte ein wenig; er nahm von dem Martini, den das Mädchen herumreichte. »Sie kommt, sobald sie ihr Büro verlassen kann.«

»Marian arbeitet so angestrengt – all die Manuskripte, die sie lesen muss!«

»Wenn ich mich auf einer Party wie der hier befinde, ist's immer fast genau dasselbe. Und doch ist der furchtbare

Unterschied da. Als wäre die Tonart erniedrigt, verschoben. Der furchtbare Unterschied der Jahre, die vorbeiziehen, das Betrügerische, Grauenhafte der Zeit, Proust...«

Aber die Hausfrau hatte sich entfernt, und er stand allein in den überfüllten Gesellschaftsräumen. Er blickte auf Gesichter, die er in den letzten dreizehn Jahren bei Gesellschaften gesehen hatte – ja, sie waren alle gealtert. Esther war jetzt richtig dick, und ihr Samtkleid war zu eng; verkommen sah sie aus, fand er, und vom Whisky aufgeschwemmt. Es war eine Veränderung da... vor dreizehn Jahren, als er *The Night of Darkness* herausgebracht hatte, war Esther ganz versessen auf ihn und hätte ihn nie allein am Rande der Party stehenlassen. Damals war er der verwöhnte Liebling gewesen. Der verwöhnte Liebling der feilen Fortuna – hieß die feile Fortuna: Erfolg, Geld, Jugend? Er sah zwei junge Schriftsteller am Fenster stehen – und in zehn Jahren würde ihr Kapital an Jugend von der feilen Fortuna wieder eingefordert werden. Der Gedanke machte Ken Spaß, und er aß ein Schinkenbrötchen, das ihm angeboten wurde.

Dann sah er hinten im Zimmer jemand, den er sehr bewunderte. Es war Mabel Goodley, die Malerin und Bühnenbildnerin. Ihr blondes Haar war kurz und leuchtend, und ihre Brille glitzerte im Licht. Mabel hatte *The Night of Darkness* immer geliebt, und als er sein Guggenheim-Stipendium bekam, hatte sie eine Gesellschaft für ihn gegeben. Und, was wichtiger war: Sie hatte gefunden, sein zweites Buch sei besser als das erste – trotz aller dummen Kritiken. Er wollte auf Mabel zugehen, wurde aber von John Howards aufgehalten, einem Verleger, den er manchmal bei Gesellschaften traf.

»Hi«, rief Howards, »was schreiben Sie jetzt Schönes? Oder ist die Frage nicht erlaubt?«

Es war eine Redensart, die Ken verabscheute. Eine Menge Antworten waren möglich: Manchmal sagte er, dass er einen langen Roman beende, ein andermal, dass er absichtlich eine Pause einschalte. Eine gute Antwort gab es nicht, einerlei, was man sagte. Sein Magen krampfte sich zusammen, und er bemühte sich verzweifelt, unbekümmert auszusehen.

»Ich erinnere mich noch gut an das Aufsehen, das *The Doorless Room* damals in der literarischen Welt erregte: ein gutes Buch!«

Howards war groß; er trug einen braunen Tweedanzug. Ken blickte entgeistert zu ihm auf und wappnete sich gegen einen so unerwarteten Angriff. Doch die braunen Augen blickten merkwürdig unschuldig, und Ken konnte keine Bosheit in ihnen entdecken.

Eine Frau mit eng um den Hals geschlungenen Perlen sagte nach einer peinlichen Sekunde: »Aber Schatz, Mr. Harris hat gar nicht *The Doorless Room* geschrieben!«

»Oh«, sagte Howards hilflos.

Ken blickte auf die Perlen der Frau und hätte sie am liebsten erwürgt. »Es ist doch vollkommen gleichgültig.«

Der Verleger ließ sich nicht davon abbringen und wollte es wiedergutmachen. »Aber Sie heißen doch Ken Harris? Und Sie sind mit Marian Campbell verheiratet, die als Literaturredakteurin bei…«

Die Frau sagte schnell: »Ken Harris hat *The Night of Darkness* geschrieben, ein sehr gutes Buch.«

Harris fand, dass der Hals der Frau mit den Perlen und

dem schwarzen Kleid sehr schön aussähe. Sein Gesicht hellte sich auf – bis sie sagte: »Es war vor etwa zehn oder fünfzehn Jahren, nicht wahr?«

»Ich erinnere mich«, sagte der Verleger. »Ein sehr gutes Buch! Wie konnte ich's nur verwechseln! Und wann dürfen wir uns auf ein zweites Buch freuen?«

»Das zweite Buch ist schon erschienen«, sagte Ken. »Es ging sang- und klanglos unter. Ein Versager.« Er rechtfertigte sich: »Die Kritiker waren noch stumpfsinniger als üblich! Ich bin kein Bestsellerfabrikant!«

»Das war schade«, sagte der Verleger. »Manchmal ist's ein Berufsleiden.«

»Das zweite Buch war besser als *The Night of Darkness*. Manche Kritiker sagten, es sei unverständlich. Das Gleiche haben sie von Joyce gesagt.« Mit der Treue des Schriftstellers zu seiner jüngsten Schöpfung schloss er: »Es ist ein viel besseres Buch als das erste, und ich bin der Überzeugung, dass ich erst am Anfang meines eigentlichen Schaffens stehe.«

»Das ist die richtige Einstellung«, sagte der Verleger. »Hauptsache, dass man unablässig weiterschuftet. Woran arbeiten Sie jetzt gerade, falls die Frage erlaubt ist?«

Jäh stieg die Wut in ihm auf. »Das geht Sie nichts an!« Ken hatte nicht sehr laut gesprochen, doch die Worte waren vernehmbar, und im Cocktailzimmer bildete sich plötzlich ein Kreis aus Schweigen. »Das geht Sie einen verdammten Dreck an.«

Durch das ruhige Zimmer drang die Stimme der alten Mrs. Beckstein, die taub war und auf einem Eckstuhl saß. »Warum kaufen Sie so viele Steppdecken?«

Die unverheiratete Tochter, die immer bei ihrer Mutter

war und sie wie eine Fürstlichkeit oder ein heiliges Tier behütete und zwischen ihrer Mutter und der Welt vermittelte, erklärte laut: »Mrs. Brown hat gesagt...«

Das Geplätscher der Party hob wieder an, und Ken trat an den Tisch mit den Drinks, nahm sich noch einen Martini und tauchte ein Stückchen Blumenkohl in irgendeine Soße. Während er aß und trank, hatte er dem lauten Zimmer den Rücken gekehrt. Dann nahm er einen dritten Martini und bahnte sich einen Weg zu Mabel Goodley. Er setzte sich neben sie auf den Diwan, gab auf den Drink acht und tat zuerst etwas förmlich. »Was für ein anstrengender Tag es war!«, sagte er.

»Was hast du gemacht?«

»Auf dem Hintern gesessen.«

»Ein Schriftsteller, mit dem ich früher bekannt war, bekam Kreuzbeinerkrankung von zu langem Sitzen. Könnte dir so was passieren?«

»Nein«, erwiderte er. »Du bist der einzige ehrliche Mensch in dem Zimmer hier!«

Er hatte so vielerlei versucht, als es mit den leeren Seiten losging. Er hatte versucht, im Bett zu schreiben, und eine Zeitlang hatte er zuerst mit der Hand geschrieben, anstatt gleich mit der Maschine. Er hatte an Proust und sein mit Kork abgedichtetes Zimmer gedacht, und einen Monat lang hatte er Ohrenstöpsel benutzt, aber die Arbeit rückte deshalb nicht rascher voran, und der Gummi rief eine krankhafte Geschwulst hervor. Dann waren sie nach Brooklyn Heights gezogen, doch es hatte nichts genützt.

Als er erfuhr, dass Thomas Wolfe im Stehen geschrieben

und sein Manuskript oben auf den Eisschrank gelegt habe, da hatte er sogar das versucht. Doch er machte nur dauernd den Eisschrank auf und aß etwas. Er hatte versucht, in der Trunkenheit zu schreiben, wenn die Gedanken und die Bilder wunderbar waren, solange man sie niederschrieb; wenn man sie jedoch später überlas, veränderten sie sich auf traurige Art. Er hatte sehr früh am Morgen geschrieben, und wenn er stocknüchtern und todunglücklich war. Er hatte an Thoreau und *Walden* gedacht. Er hatte von praktischer Betätigung und von einer Apfelfarm geträumt. Wenn er lange Spaziergänge über die Heide machen könnte, würde vielleicht das Licht der Schaffenskraft wieder aufflammen – aber wo war die Heidelandschaft New Yorks?

Er tröstete sich mit den Schriftstellern, die keine Anerkennung gefunden hatten, sondern erst nach ihrem Tode berühmt wurden. Als er zwanzig war, erträumte er sich, mit dreißig zu sterben, und nach seinem Tode sollte sein Name hell erstrahlen. Als er fünfundzwanzig war und *The Night of Darkness* beendet hatte, erträumte er sich, als Berühmtheit zu sterben, ein Superschriftsteller, der mit fünfunddreißig Jahren ein Œuvre geschaffen hat und auf dem Sterbebett den Nobelpreis erhält. Doch jetzt, da er beinahe vierzig war und zwei Bücher veröffentlicht hatte, von denen eins ein Erfolg und das andere ein Versager war, sann er nicht mehr über seinen Tod nach.

»Ich möchte mal wissen, warum ich überhaupt noch schreibe«, sagte er. »Es ist ein Leben voller Enttäuschungen.«

Er hatte irgendwie erwartet, dass Mabel, seine Freundin, entgegnen würde, er sei der geborene Schriftsteller, und dass sie ihn vielleicht an seine Pflicht gegenüber seinem Talent erinnern oder vielleicht sogar das Wort »Genie« gebrauchen würde, jenes Zauberwort, das Ungemach und äußeres Versagen in schmerzlichen Ruhm verwandelt. Doch Mabels Antwort erschreckte ihn.

»Ich glaube, mit dem Schreiben ist es wie mit dem Theater. Wenn man einmal zu schreiben oder zu spielen begonnen hat, dann steckt es einem im Blut.«

Er verachtete Schauspieler: Sie waren eitel und affektiert und stets stellenlos. »Ich sehe die Schauspielkunst nicht als schöpferische, sondern nur als vermittelnde Kunst an. Der Schriftsteller dagegen muss ›den Phantomfelsen‹ behauen...«

Er sah seine Frau aus dem Vorflur kommen. Marian war groß und schlank und hatte gerade, kurze schwarze Haare; sie trug ein einfaches schwarzes Kleid – ein nach Büro aussehendes Kleid – ohne jeglichen Schmuck. Sie hatten vor dreizehn Jahren geheiratet – im gleichen Jahr, in dem *The Night of Darkness* erschienen war, und lange Zeit hatte er vor Liebe gezittert. Es gab Zeiten, da hatte er Marian mit dem ekstatischen Staunen des Liebenden erwartet und mit süßem Schauder, wenn er sie endlich sah. Es waren die Zeiten, in denen sie einander fast jede Nacht und oft auch am frühen Morgen in den Armen lagen. Im ersten Jahr war sie sogar hin und wieder während der Mittagspause vom Büro nach Hause gegangen, und sie hatten sich im hellen City-Tageslicht geliebt.

Endlich war ihr Verlangen zur Ruhe gekommen, und sein Körper musste nicht mehr vor Liebe erzittern. Er arbeitete an seinem zweiten Buch, und es ging nur schwer voran.

Dann hatte er das Guggenheim-Stipendium bekommen, und sie waren nach Mexiko gefahren, denn in Europa war Krieg. Sein Buch ließ er im Stich, und obwohl die frohe Erregung über den Erfolg noch anhielt, war er nicht zufrieden. Er wollte schreiben, schreiben, schreiben – aber Monat um Monat verstrich, und er schrieb nichts.

Marian sagte, er tränke zu viel und vertrödele die Zeit, und er warf ihr ein Glas Rum ins Gesicht. Dann kniete er vor ihr nieder und weinte. Er war zum ersten Mal in einem fremden Land, und die Zeit war von ganz absolutem Wert, weil es eben ein fremdes Land war. Er wollte vom Blau der Mittagshimmel schreiben, von den Schatten Mexikos, von der wasserklaren Bergluft. Aber ein Tag folgte dem andern, stets Tage von Wert, weil in einem fremden Land – und er schrieb nichts.

Sogar Spanisch lernte er nicht, und es ärgerte ihn, wenn Marian mit dem Koch und andern Mexikanern sprechen konnte. (Für Frauen war es leichter, sich eine fremde Sprache anzueignen, und außerdem konnte sie Französisch.) Und gerade weil das Leben in Mexiko so billig war, wurde es teuer. Er gab das Geld so leicht wie Trickgeld oder Theatergeld aus, und der Guggenheim-Scheck war meistens schon im Voraus verbraucht.

Doch er lebte in einem fremden Land, und über kurz oder lang mussten sich die Tage in Mexiko für ihn als Schriftsteller von wirklichem Wert erweisen.

Dann geschah nach acht Monaten etwas Seltsames: Fast ohne ihn vorher zu benachrichtigen, nahm Marian ein Flugzeug nach New York. Er musste sein Guggenheim-Jahr unterbrechen und ihr folgen. Und dann wollte sie nicht mit ihm zusammenleben und ihn nicht in ihre Wohnung lassen. Sie sagte, es sei so, als wollte man mit zwanzig römischen Kaisern, zu einem einzigen verbacken, zusammenleben, und das hätte sie satt. Marian erhielt eine Stelle als literarische Hilfsredakteurin bei einer Modezeitschrift, und er hauste in einer Wohnung ohne Warmwasser: Ihre Ehe war ein Reinfall, und sie lebten getrennt, obwohl er noch immer versuchte, ihr nachzulaufen. Die Guggenheim-Leute wollten sein Stipendium nicht erneuern, und bald war auch die Anzahlung auf das zweite Buch verbraucht.

In jene Zeit ungefähr fiel ein Morgen, den er niemals vergessen würde, obwohl nichts, rein gar nichts geschehen war. Es war ein sonniger Herbsttag, und der Himmel stand klar und grün über den Wolkenkratzern. Er war zum Frühstück in eine Cafeteria gegangen und saß am hellen Fenster. Die Leute auf der Straße gingen rasch vorbei, alle gingen irgendwohin. In der Cafeteria herrschte die übliche Frühstückshetze, das Klappern von Tabletts und der Lärm vieler Stimmen. Menschen kamen herein und aßen und gingen weg, und jeder schien so zuversichtlich und seines Ziels so gewiss zu sein.

Sie schienen ein Ziel als selbstverständlich vorauszusetzen, ein Ziel, das nicht nur die Routine ihres Berufslebens und ihrer Verabredungen war. Obwohl die meisten Leute allein kamen, schien doch jeder irgendwie ein Teil des andern zu sein, ein Teil der klaren herbstlichen Stadt, während er allein abgesondert schien, eine isolierte Ziffer im Muster der zielbewussten City.

Sonnenschein glasierte seine Marmelade, und er strich sie auf ein Stück Toast, aß es aber nicht. Der Kaffee hatte einen bläulichen Schimmer, und am Rande der Tasse entdeckte er eine blasse Spur von altem Lippenstift. Es war eine Stunde voller Trostlosigkeit, obwohl überhaupt nichts geschah.

Jetzt, viele Jahre später, bei der Cocktailparty, erinnerten ihn der Lärm und die Zuversicht der andern und seine eigene Isoliertheit an das Frühstück in der Cafeteria, und wegen des unaufhaltsamen Dahingleitens der Zeit war diese Stunde noch trostloser.

»Da ist Marian«, sagte Mabel. »Sie sieht müde aus und magerer!«

»Hätten die verdammten Guggenheim-Leute mein Stipendium erneuert, dann könnte ich Marian ein Jahr nach Europa führen«, sagte er. »Die verdammten Guggenheim-Leute! Schriftstellern geben sie überhaupt keine Stipendien mehr. Bloß Physikern – Menschen, die einen neuen Krieg vorbereiten.«

Der Krieg war für Ken eine Erlösung gewesen. Er war froh, das Buch im Stich zu lassen, dass er sich von seinem ›Phantomfelsen‹ ab- und den allgemeinen Erlebnissen zuwenden konnte – denn bestimmt war der Krieg das große Erlebnis seiner Generation. Er absolvierte die Offiziersschule, und als Marian ihn in seiner Uniform sah, weinte sie und liebte ihn – und von Scheidung war nicht wieder die Rede. Während seines letzten Urlaubs liebten sie sich so häufig wie während der ersten Monate ihrer Ehe.

In England regnete es jeden Tag, und einmal lud ihn ein Lord auf sein Schloss ein. Am D-Tag setzte er mit seinem Bataillon über den Kanal, und dann rückten sie dauernd vor, bis nach Schmitz. Im Keller einer in Trümmern liegenden Stadt sah er eine Katze, die das Gesicht eines Leichnams beschnupperte. Er fürchtete sich, doch es war nicht das nackte Entsetzen wie in der Cafeteria oder die Angst vor dem leeren Blatt auf der Schreibmaschine. Immer geschah irgendetwas: Im Schornstein eines Bauernhauses fand er drei westfälische Schinken, und bei einem Autounfall brach er sich einen Arm.

Der Krieg war das große Erlebnis seiner Generation: Für einen Schriftsteller besaß jeder Tag einen absoluten Wert, weil es eben Krieg war. Doch als der Krieg vorbei war, worüber konnte man da schreiben? Über die Katze und den Leichnam, über den Lord in England, den gebrochenen Arm?

In der Wohnung in Greenwich Village setzte er sich wieder hinter das Buch, das er so lange vernachlässigt hatte. Eine Zeitlang empfand er in jenem Jahr nach dem Krieg das Hochgefühl des Schriftstellers, wenn er etwas geschrieben hat. Eine Zeitlang – als die Stimme der Kindheit, als ein Lied an der Straßenecke, als alles sich zusammenfügte. In der seltsamen Glücksstimmung seiner einsamen Arbeit war die Welt eins geworden. Er schrieb über eine andere Zeit, einen anderen Ort. Er schrieb von seiner Jugend in der windigen, griesigen Stadt in Texas, die seine Vaterstadt war.

Er schrieb von der Auflehnung der Jugend und von der Sehnsucht nach strahlenden Städten, vom Heimweh nach einer Gegend, die er nie gesehen hatte. Während er *One Summer Evening* schrieb, lebte er in einer Wohnung in New York, doch sein eigentliches Leben spielte sich in Texas ab, und die Entfernung war eine schlimmere als nur eine räumliche: Es war die traurige Entfernung zwischen den mittleren Jahren und der Jugend. Solange er sein Buch schrieb, war er also aufgespalten zwischen zwei Wirklichkeiten: seinem New Yorker Alltagsleben und der Erinnerung an die Jugendakkorde in Texas.

Als das Buch veröffentlicht wurde und die Besprechungen nachlässig oder unfreundlich waren, wurde er gut damit fertig, wie er meinte – bis sich die Tage der Vereinsamung aneinanderreihten und das Entsetzen begann. Zu jener Zeit machte er seltsame Sachen. Einmal hatte er sich im Badezimmer eingeschlossen und stand da und hielt in der Hand eine Flasche mit Lysol, stand einfach da und hielt das Lysol und zitterte und war entsetzt. Eine halbe Stunde stand er so da, bis er nach großer Überwindung das Lysol langsam ins Klosett goss. Dann legte er sich aufs Bett und weinte, und erst spät am Nachmittag schlief er ein.

Ein andermal saß er am offenen Fenster und ließ ein Dutzend leere Seiten Papier die sechs Stockwerke hinunter auf die Straße flattern. Der Wind blies die Seiten vor sich her, während er eine nach der andern fallen ließ, und er empfand eine seltsame Genugtuung, als er ihnen nachsah, wie sie davonschwebten. Es war weniger die Sinnlosigkeit seiner Handlungen als vielmehr die sie begleitende ungeheure Gespanntheit, die Ken davon überzeugte, dass er krank war.

Marian schlug vor, er solle zu einem Psychiater gehen, und er erwiderte, Psychiater seien eine Avantgarde-Mode geistigen Kitzels geworden. Dann hatte er gelacht, aber Marian hatte nicht gelacht, und sein einsames Lachen endete mit einem Angstfrösteln. Schließlich war's Marian, die zum Psychiater ging, und Ken war auf beide neidisch – auf den Arzt, weil er der Schiedsrichter ihrer unglücklichen Ehe war, und auf Marian, weil sie ruhiger war und er haltloser wurde. In jenem Jahr schrieb er einige Fernsehstücke, verdiente ein paar tausend Dollar und kaufte Marian einen Leopardenmantel.

»Schreibst du noch Fernsehstücke?«, fragte Mabel.

»Nein«, sagte er. »Ich gebe mir die größte Mühe, mein neues Buch in Gang zu bekommen. Du bist der einzige ehrliche Mensch in dem Zimmer hier. Mit dir kann ich reden.«

Er begann, durch den Alkohol aufgelockert und geborgen in ihrer Freundschaft (denn schließlich gehörte Mabel zu seinen liebsten Menschen), von seinem Buch zu sprechen, das er schon so lange zu schreiben versuchte. »Selbstbetrug ist das Hauptthema, und der Held ist ein Kleinstadtanwalt namens Winkle. Der Schauplatz ist Texas – meine Vaterstadt –, und die meisten Szenen spielen sich in dem schmuddeligen Amtszimmer des Gerichtsgebäudes ab. Zu Beginn des Buches sieht sich Winkle der folgenden Situation gegenüber...« Ken entwickelte seine Fabel mit viel Begeisterung und erzählte von den verschiedenen Personen und von den mancherlei damit verknüpften Motivierungen.

Als Marian auf sie zutrat, sprach er noch immer, und er machte ihr ein Zeichen, ihn nicht zu unterbrechen, während er weitersprach und Mabel fest in die blauen Augen hinter den Brillengläsern blickte. Dann plötzlich überfiel ihn ein unheimliches Gefühl des Déjà-vu. Es war ihm, als hätte er Mabel den Inhalt des Buches schon einmal erzählt, an der gleichen Stelle und unter den gleichen Umständen. Sogar die Art, wie der Vorhang sich bewegte, war die gleiche. Nur füllten sich Mabels blaue Augen hinter den Brillengläsern mit Tränen, und er war froh, dass sie so aufgewühlt war. »Da sah sich Winkle also zur Scheidung gezwungen...« Seine Stimme schwankte. »Ich habe ein seltsames Gefühl, als hätte ich dir das schon mal erzählt.«

Mabel wartete einen Augenblick, und er schwieg. »Das stimmt, Ken«, sagte sie endlich. »Vor etwa fünf oder sechs Jahren und bei einer Gesellschaft, die der heutigen sehr glich.«

Er konnte das Mitleid nicht ertragen, das in ihren Augen stand, und auch nicht die Beschämung, die seinen eigenen Körper erzittern ließ. Er torkelte hoch und stolperte über seinen Drink.

Nach dem Getöse im Cocktailzimmer wirkte die kleine Terrasse vollkommen lautlos. Bis auf den Wind, der das Gefühl von Verlassenheit und Einsamkeit noch vertiefte. Um über seine Beschämung hinwegzukommen, sagte Ken laut etwas Zusammenhangloses: »Ach, was zum Kuckuck...«, und er lächelte vor hilfloser Angst. Aber seine Beschämung glomm noch nach, und er legte die kalte Hand auf seine heiße, pochende Stirn. Es schneite nicht mehr, doch der Wind jagte auf der weißen Terrasse flirrende Schneewirbel hoch.

Die Terrasse war etwa sechs Schritte lang, und Ken ging sehr langsam und beobachtete die unscharfen Fußstapfen seiner schmalen Schuhe. Warum beobachtete er die Fußstapfen so gespannt?

Und warum stand er hier allein auf der winterlichen Terrasse, über die das Licht aus dem Cocktailzimmer ein kränklich gelbes Rechteck auf den Schnee warf? Und die Fußstapfen? Am Ende der Terrasse befand sich in Gürtelhöhe ein kleines Geländer. Als er sich auf das Geländer stützte, wusste er gleich, dass es sehr wackelig war, und er spürte, dass er *gewusst hatte, wie wackelig es sein würde*, und doch stützte er sich noch länger darauf. Das Penthouse lag im fünfzehnten Stock, und die Lichter der City glommen herauf. Er dachte, wenn er dem morschen Geländer einen einzigen Stoß gäbe, würde er fallen, doch er blieb ruhig und fühlte sich irgendwie geborgen und zufrieden.

Als ihn eine Stimme von der Terrasse her anrief, empfand er es als eine unentschuldbare Störung. Es war Marian, und sie rief leise: »Oh! Oh!« Nach einem Weilchen fuhr sie fort: »Ken, komm her! Was machst du da drüben?« Ken richtete sich auf. Als er wieder im Gleichgewicht war, gab er dem Geländer einen leichten Stoß. Es brach nicht. »Das Geländer hier ist altersschwach. Wahrscheinlich vom Schnee. Ich möchte mal wissen, wie viele Menschen hier schon Selbstmord begangen haben.«

»*Wie viele?*«

»Warum nicht? Es ist ganz einfach!«

»Komm da zurück!«

Sehr bedächtig trat er in die Fußstapfen, die er vorhin gemacht hatte. »Der Schnee muss einen Zoll hoch liegen!« Er bückte sich und untersuchte mit seinem Mittelfinger die Stärke der Schneeschicht. »Nein, zwei Zoll!«

»Ich friere!« Marian legte ihre Hand auf seinen Rücken, öffnete die Tür und steuerte ihn in die Gesellschaft hinein. Das Zimmer war jetzt stiller, und die Leute gingen nach Hause. Im hellen Licht und nach der Dunkelheit draußen bemerkte Ken, wie müde Marian aussah. Ihre schwarzen Augen hatten einen vorwurfsvollen, zerquälten Blick. Ken konnte es nicht ertragen, sie anzusehen.

»Liebes, hast du wieder was mit deiner Stirnhöhle?«

Ihr Zeigefinger strich leicht über die Stirn und den Nasensattel. »Es macht mir solche Sorge, wenn du in diesen Zustand gerätst«, sagte sie.

»Zustand? Ich?«

»Komm, wir wollen uns anziehen und gehn!«

Doch er konnte den Ausdruck ihrer Augen nicht ertragen, und er hasste sie, weil sie angedeutet hatte, er sei betrunken. »Ich gehe nachher noch zu Jim Johnsons Party.«

Nach der Jagd auf die Mäntel und nach flüchtigem Abschied fuhr eine kleine Gruppe im Fahrstuhl nach unten und wartete dann auf dem Bürgersteig, um Taxis heranzupfeifen.

Sie besprachen ihr Fahrtziel, und Marian, der Verleger und Ken teilten sich das erste Taxi, das citywärts fuhr. Kens Beschämung hatte sich etwas gemildert, und im Taxi fing er an, über Mabel zu sprechen.

»Wie traurig mit Mabel!«, sagte er.

»Was meinst du?«, fragte Marian.

»Alles. Sie zerfällt offensichtlich. Geht der Zerrüttung entgegen, das arme Ding!«

Marian behagte das Thema nicht, und sie fragte Howards:

»Wollen wir durch den Park fahren? Es ist hübsch, wenn es schneit, und es geht auch schneller.«

»Ich fahre dann weiter zur Fifth und Fourteenth«, sagte Howards. Dem Fahrer rief er zu: »Bitte durch den Park!«

»Das Betrübliche ist eben, dass Mabel passé ist. Vor zehn Jahren war sie eine originelle Malerin und Bühnenbildnerin. Vielleicht ist's ein Versagen ihrer Phantasie, oder sie trinkt zu viel. Sie hat ihre Ehrlichkeit verloren und macht immer wieder das Gleiche. Sie wiederholt sich ständig.«

»Unsinn«, sagte Marian. »Sie wird von Jahr zu Jahr besser und verdient haufenweise Geld.« Sie fuhren durch den Park, und Ken blickte auf die Winterlandschaft. Der Schnee lag schwer auf den Parkbäumen, und hin und wieder, unter einem Windhauch, glitten Schneepolster von den Zweigen, obwohl die Bäume sich nicht neigten. Ken begann den alten Kinderreim vom Wind aufzusagen, und wieder riefen die Worte ein unheilvolles Echo hervor, und seine kalten Handflächen wurden feucht.

»An das Klimperliedchen hab ich seit Jahren nicht mehr gedacht«, sagte John Howards.

»Klimperliedchen? Es ist so aufwühlend wie Dostojewskij.«

»Ich erinnere mich, dass wir's im Kindergarten sangen. Und wenn ein Kind Geburtstag hatte, hing ein blaues oder rosa Band an seinem Stühlchen, und wir sangen alle *Happy Birthday!*«

John Howards kauerte eingezwängt vorne auf der Kante neben Marian. Es war schwierig, sich den großen, breitschultrigen Verleger vorzustellen, wie er vor vielen Jahren im Kindergarten gesungen hatte.

Ken fragte: »Wo stammen Sie her?«

»Aus Kalamazoo«, sagte Howards.

»Ich hab mich immer gefragt, ob es einen solchen Ort wirklich gibt.«

»Es hat ihn gegeben, und es gibt ihn noch«, sagte Howards. »Meine Familie siedelte dann, als ich zehn Jahre alt war, nach Detroit über.«

Wieder überfiel Ken ein befremdendes Gefühl, und er dachte, wie wenig sich manche Leute von der Kinderzeit bewahrt hätten, so dass die Erwähnung von Kindergartenstühlchen und von Familienumzug irgendwie absonderlich erscheint. Plötzlich hatte er einen Einfall für eine Geschichte, die von einem solchen Mann handelte – er würde sie *Der Mann im Tweedanzug* nennen –, und er sann stumm vor sich hin, während sich die Geschichte in seinem Geist unter einem kurzen Aufblitzen des alten Hochgefühls entfaltete, das er jetzt so selten hatte.

»Der Wettermann sagt, heute Nacht sinkt's unter null«, sagte Marian. »Sie können mich hier absetzen«, sagte Howards zum Fahrer, öffnete sein Portemonnaie und gab Marian etwas Geld. »Danke fürs Mitnehmen, und hier ist mein Anteil«, sagte er lächelnd. »Es war sehr nett, Sie wiederzusehen! Lassen Sie uns bald mal zusammen zu Mittag essen, und bringen Sie Ihren Mann mit, falls ihm etwas daran liegt!« Nachdem er aus dem Taxi gestolpert war, rief er Ken zu: »Ich freu mich auf Ihr nächstes Buch, Harris!«

»Idiot«, sagte Ken, als das Taxi weiterfuhr. »Ich setze dich zu Hause ab und bleibe dann noch einen Augenblick bei Jim Johnson!«

»Wer ist das? Warum musst du zu ihm?«

»'s ist ein Maler, den ich kenne, und ich bin eingeladen«, entgegnete Ken.

»Neuerdings machst du so viele Bekanntschaften«, sagte

sie. »Mal gehst du zu einer Gruppe, und dann wechselst du zu einer andern über.«

Ken wusste, dass die Bemerkung zutreffend war, aber er konnte es nicht ändern. In den letzten paar Jahren verkehrte er so lange in einem bestimmten Kreis – er und Marian hatten schon längst getrennte Bekanntenkreise –, bis er sich betrank oder einen Auftritt verursachte, so dass ihm die ganze Umgebung unangenehm wurde und er sich ärgerte und unerwünscht vorkam.

Dann wechselte er zu einer andern Gruppe über, und bei jedem Wechsel war es ein Kreis, der weniger solide als der voraufgegangene war und schäbigere Wohnungen und billigere Drinks hatte. Jetzt ging er mit Freuden überallhin, wo er nur eingeladen wurde – zu Fremden, wo eine Stimme ihm vielleicht etwas geben und die schwache Stütze Alkohol ihm die zerrissenen Nerven besänftigen konnte.

»Ken, warum lässt du dir nicht helfen? Ich kann nicht so weitermachen!«

»Aber was ist denn los?«

»Das weißt du doch«, sagte sie. Er konnte es spüren, wie nervös und steif sie im Taxi saß. »Willst du wirklich noch zu einer andern Party gehen? Siehst du denn nicht ein, dass du dich zugrunde richtest? Warum hast du dich gegen das Geländer auf der Terrasse gelehnt? Begreifst du nicht, dass du – krank bist? Komm mit heim!«

Die Worte beunruhigten ihn, aber er konnte den Gedanken nicht ertragen, heute Abend mit Marian heimzugehen. Er hatte ein Vorgefühl, dass etwas Schreckliches passieren könnte, wenn sie allein in der Wohnung wären, und sein Instinkt warnte ihn vor ungreifbarem Unheil.

Früher waren sie froh gewesen, wenn sie von einer Cocktailparty allein heimgehen konnten, um bei ein paar stillen Drinks über die Party zu sprechen, den Eisschrank zu plündern und sich schlafen zu legen, geborgen vor der Außenwelt. Dann war eines Abends nach einer Gesellschaft etwas geschehen: Er hatte eine Bewusstseinstrübung und sagte oder tat etwas, an das er sich nicht mehr erinnern konnte und auch nicht erinnern wollte; hinterher war nur die zertrümmerte Schreibmaschine da und einzelne Lichtbahnen beschämender Erinnerungen, denen er sich nicht stellen konnte, und der Gedanke an ihre furchtsamen Augen. Marian gab das Trinken auf und versuchte, ihn zu überreden, den Antialkoholikern beizutreten. Er ging mit ihr zu einer Versammlung und blieb sogar fünf Tage bei der Stange, bis das Grauen der nicht im Gedächtnis bewahrten Nacht etwas in die Ferne gerückt war.

Weil er von da an seinen Alkohol allein trinken musste, ärgerte er sich über ihre Milch und ihren ewigen Kaffee, und sie ärgerte sich über seine Drinks.

An dieser gespannten Lage, fand er, sei eigentlich der Psychiater schuld, und er fragte sich, ob er Marian wohl gar hypnotisiert habe. Jedenfalls waren ihre Abende von da an unerfreulich und steif. Jetzt spürte er es wieder, wie kerzengerade sie im Taxi saß, und er wollte sie, wie in den alten Zeiten, wenn sie von einer Party heimfuhren, umarmen und küssen. Aber ihr Körper widersetzte sich seiner Umarmung.

»Liebes, lass uns doch wieder wie früher sein! Lass uns heimgehen und friedlich schwatzen und die Party durchhecheln! Das hast du doch immer so gern getan! Wenn wir still für uns allein waren, hast du die paar Drinks so genossen. Trink mit mir, und sei lieb, wie in den alten Zeiten! Wenn du's tust, geb ich die andere Party auf! Bitte, Liebes! Du bist kein bisschen trunksüchtig. Und ich komme mir wie ein Saufbold vor, wenn du nicht mittrinkst – so unnatürlich komm ich mir dann vor. Und du bist kein bisschen trunksüchtig – ebenso wenig wie ich.«

»Ich mach dir eine heiße Suppe, und du kannst zu Bett gehn!« Ihre Stimme klang hoffnungslos – und, wie Ken fand, selbstgefällig. Dann sagte sie: »Ich hab mir solche Mühe gegeben, unsre Ehe zusammenzuhalten und dir zu helfen. Aber es ist genau so, als kämpfte man im Triebsand. So vieles hängt mit dem Trinken zusammen, und ich bin so müde.«

»Ich geh nur eine Minute zu der andern Party – komm doch mit!«

»Ich kann nicht.«

Das Taxi hielt, und Marian bezahlte das Fahrgeld. Als sie ausstiegen, fragte sie ihn: »Hast du genug Geld zum Weiterfahren? Falls du weiterfahren musst?«

»Natürlich!«

Jim Johnsons Wohnung lag weit drüben auf der Westseite, in einem Puerto-Rico-Viertel. Offene Mülleimer standen am Prellstein, und der Wind blies Papierfetzen über den verschneiten Bürgersteig. Als das Taxi hielt, war Ken so geistesabwesend, dass der Fahrer ihn rufen musste. Er blickte auf die Taxiuhr und öffnete seine Geldtasche: Er hatte keinen einzigen Dollarschein, nur noch fünfzig Cent, und die reichten nicht. »Ich hab kein Geld mehr, bloß die fünfzig Cent«, sagte Ken und reichte dem Fahrer das Geld. »Was soll ich nur machen?«

Der Fahrer blickte ihn an. »Nichts. Aussteigen. Da kann man nichts machen.«

Ken stieg aus. »Fünfzehn Cent zu wenig und kein Trinkgeld – es tut mir leid ...«

»Sie hätten das Geld von der Dame annehmen sollen!«

Die Party fand im obersten Stock eines Hauses ohne Fahrstuhl und ohne Warmwasser statt, und auf jedem Treppenabsatz lagerte ein anderer Küchengeruch. Das Zimmer oben war überfüllt und kalt, und auf dem Herd brannten blaue Gasflammen, um ein bisschen Wärme herzugeben. Da außer einer Studiocouch wenig Möbel vorhanden waren, saß die Mehrzahl der Gäste auf dem Fußboden. Reihen von ungerahmten Bildern lehnten gegen die Wand, und auf einer Staffelei stand ein Gemälde: eine violette Kehrichtablage mit zwei grünen Sonnen. Ken nahm auf dem Fußboden neben einem rotwangigen jungen Mann Platz, der eine saloppe braune Lederjacke trug.

»Irgendwie ist es immer beruhigend, in einem Maleratelier zu sitzen. Maler haben nicht die Probleme, die ein Schriftsteller hat. Wer hat je gehört, dass ein Maler nicht weitergekonnt hätte? Sie haben etwas, mit dem sie arbeiten können: Die Leinwand muss vorbereitet werden, die Pinsel und so weiter. Nirgends eine leere Seite – Maler sind nicht neurotisch wie so viele Schriftsteller.«

»Na, ich weiß nicht recht«, sagte der junge Mann. »Hat sich van Gogh etwa nicht sein eigenes Ohr abgeschnitten?«

»Trotzdem: der Geruch nach Farben und die Farben selbst und die ganze Tätigkeit, so etwas ist beruhigend. 's ist nicht dasselbe wie eine leere Seite oder ein stummes Zimmer. Maler können bei der Arbeit pfeifen oder sogar mit andern Leuten reden.«

»Ich hab mal einen Maler gekannt, der seine Frau umgebracht hat.«

Als jemand ihm Rumpunsch und Sherry anbot, nahm Ken Sherry, doch er schmeckte metallisch, als wären Münzen darin aufgelöst. »Sind Sie Maler?«

»Nein«, sagte der junge Mann. »Schriftsteller. Das heißt, ich schreibe.«

»Wie heißen Sie?«

»Mein Name kann Ihnen nichts sagen. Ich habe mein Buch noch nicht veröffentlicht.« Nach einer Pause fügte er hinzu: »Ich hatte eine Kurzgeschichte in *Bolder Accent* – es ist eine von den kleineren Zeitschriften – vielleicht haben Sie davon gehört?«

»Seit wann schreiben Sie?«

»Seit zehn Jahren. Natürlich muss ich außerdem Nebenbeschäftigungen übernehmen – fürs Essen und die Miete.«

»Was für Posten nehmen Sie dann?«

»Alles Mögliche. Ich hatte mal einen Posten im Leichenschauhaus. Da gab's fabelhafte Bezahlung, und ich hatte jeden Tag vier oder fünf Stunden Zeit für meine eigene Arbeit. Doch nach einem Jahr merkte ich, dass der Posten für meine Arbeiten nicht gut war. Mit all den Leichen – daher wechselte ich und begann, auf Coney Island Würstchen zu braten. Jetzt bin ich Nachtportier in einer wahren Bruchbude von Hotel. Aber ich kann den ganzen Nachmittag zu Hause arbeiten und nachts über mein Buch nachdenken – und überhaupt ereignet sich auf so einem Posten mancherlei von menschlichem Interesse. Stoff für zukünftige Geschichten.«

»Wieso glauben Sie, dass Sie Schriftsteller sind?«, fragte Ken.

Der Eifer im Gesicht des jungen Mannes erlosch, und als er die fünf Finger auf seine erhitzte Wange drückte, hinterließen sie weiße Male. »Einfach, weil ich's weiß. Ich habe so sehr gearbeitet, und ich glaube an meine Begabung.« Nach einer Pause fuhr er fort: »Wenn man nach zehn Jahren nichts als eine Erzählung in einer kleinen Zeitschrift vorzuweisen hat, dann ist das natürlich kein besonders glänzender Anfang. Aber bedenken Sie doch die Kämpfe, die fast jeder Schriftsteller hat, sogar die großen Genies. Ich habe Zeit und Energie, und wenn mein Roman endlich druckreif ist, dann wird die Welt das Talent erkennen.«

Der rückhaltlose Ernst des jungen Mannes widerte Ken an, denn er spürte darin etwas, das er selbst längst verloren hatte. »Talent«, sagte er bitter. »Ein kleines Talent mit einer einzigen Erzählung: Das ist das fragwürdigste Geschenk, das Gott einem geben kann. Immer weiter und weiter arbeiten und hoffen und glauben, bis die Jugend vergeudet ist: So etwas habe ich schon oft mit angesehen. Ein kleines Talent ist Gottes größter Fluch.«

»Aber woher wollen Sie wissen, dass ich ein kleines Talent habe – Sie können doch gar nicht wissen, ob's nicht groß ist? Sie wissen es nicht; Sie haben nie ein einziges Wort gelesen, das ich geschrieben habe!«, rief er unwillig.

»Ich habe nicht speziell an Sie gedacht. Ich habe nur theoretisch gesprochen.«

Das Zimmer roch sehr stark nach Gas, und der Rauch reichte in streifigen Schichten bis unter die Decke. Der Fußboden war kalt, und Ken griff nach einem Kissen in der

Nähe und setzte sich darauf. »Was für Sachen schreiben Sie?«

»Mein jetziges Buch handelt von einem Mann namens Brown – ich wollte ihm einen weitverbreiteten Namen geben, symbolisch für die ganze Menschheit. Er liebt seine Frau, und er muss sie umbringen, weil...«

»Sagen Sie nichts mehr! Ein Schriftsteller sollte nie im Voraus über sein Buch sprechen! Außerdem habe ich schon alles gehört.«

»Wie ist das möglich? Ich habe es Ihnen noch nie erzählt und noch nicht zu Ende erzählt...«

»Das Ende ist mir gleich«, sagte Ken. »Ich habe die ganze Sache vor sieben, acht Jahren hier in diesem Zimmer gehört.« Das erhitzte Gesicht wurde plötzlich bleich.

»Mr. Harris, wenn auch zwei von Ihren Büchern veröffentlicht wurden, so finde ich doch, dass Sie ein gemeiner Mensch sind.«

Seine Stimme schwoll an. »Nörgeln Sie nicht an mir herum!«

Der junge Mann stand auf, zerrte den Reißverschluss seiner Jacke hoch und stellte sich, ohne mit jemandem zu sprechen, verdrießlich in eine Ecke des Zimmers.

Nach einem Weilchen begann Ken sich zu fragen, weshalb er eigentlich hier sei. Er kannte keinen von der Gesellschaft, den Gastgeber ausgenommen, und das Bild von der Kehrichtablage und den zwei Sonnen irritierte ihn. In dem Zimmer voll fremder Menschen war keine Stimme, die ihm etwas gab, und der Sherry war seinem trockenen Mund zu scharf. Ohne sich von jemandem zu verabschieden, verließ Ken das Atelier und ging die Treppe hinunter und nach draußen.

Er erinnerte sich, dass er kein Geld hatte und daher zu Fuß gehen musste. Es schneite noch; der Wind pfiff schrill um die Straßenecken, und die Temperatur näherte sich dem Nullpunkt. Er war noch viele Häuserblocks von seiner Wohnung entfernt, als er an einer ihm bekannten Straßenecke einen Drugstore sah und an heißen Kaffee denken musste. Wenn er doch jetzt richtig heißen Kaffee trinken und die Hände um die Tasse legen könnte, dann würde es in seinem Gehirn klarer werden und er hätte die Kraft, nach Hause zu eilen und seiner Frau gegenüberzutreten und dem Etwas, das sich ereignen musste, sobald er zu Hause war. Dann widerfuhr ihm etwas, das zuerst ganz alltäglich, ja, sogar natürlich schien. Ein Mann mit hartem Filzhut wollte auf der menschenleeren Straße an ihm vorbeigehen, und als sie auf gleicher Höhe waren, sagte Ken: »Hallo! 's muss ungefähr null Grad sein, wie?«

Der Mann zauderte einen Augenblick.

»Moment mal«, sagte Ken. »Ich bin nämlich in einer Klemme. Ich habe mein Geld verloren – egal, wie –, und ich dachte gerade, ob Sie mir wohl etwas Kleingeld für eine Tasse Kaffee geben könnten?«

Als Ken die Worte geäußert hatte, begriff er auf einmal, dass die Lage alles andere als alltäglich war: Er und der Fremde wechselten jenen gewissen Blick voller Beschämung und Misstrauen, wie er sich zwischen Bettler und Angebetteltem ergibt. Der Fremde warf ihm rasch noch einen Blick zu, dann ging er hastig weiter.

»Warten Sie doch«, rief Ken. »Sie glauben, ich könnte ein Lump sein – das bin ich aber nicht. Ich bin Schriftsteller – ich bin kein Verbrecher.«

Der Fremde hastete auf die andere Straßenseite hinüber, und im Gehen schlug ihm die Aktentasche gegen die Knie.

Ken kam erst nach Mitternacht nach Hause.

Marian lag im Bett und hatte ein Glas Milch auf dem Nachttisch stehen. Er mischte sich einen Highball und trug ihn ins Schlafzimmer, obwohl er seine Drinks sonst meistens heimlich und in Eile hinunterkippte.

»Wo ist die Uhr?«

»Im Wäschekorb.«

Er fand die Uhr und stellte sie neben die Milch auf den Nachttisch. Marian warf ihm einen seltsamen Blick zu.

»Wie war deine Party?«

»Scheußlich!« Nach einer Weile fügte er hinzu: »Diese Stadt ist ein trostloses Nest: die Partys, die Menschen, die argwöhnischen Fremden.«

»Du bist's doch, der Partys immer so gern hat!«

»Nein. Nicht mehr.« Er setzte sich auf das Doppelbett neben Marian, und plötzlich stiegen ihm die Tränen in die Augen. »Liebes, was ist aus der Apfelfarm geworden?«

»Aus der Apfelfarm?«

»Aus *unsrer* Apfelfarm – erinnerst du dich nicht mehr?«

»Es ist so viele Jahre her – und so manches ist passiert.«

Doch obwohl der Traum längst vergessen war, tauchte er jetzt in aller Frische wieder auf. Er sah die Apfelblüten im Frühlingsregen vor sich, sah das graue alte Farmhaus. Er melkte in der Morgendämmerung, dann arbeitete er im Gemüsegarten mit dem grünen krausen Salat, dem staubfarbenen Sommermais, den Eierpflanzen und den weinroten Kohlköpfen, die im Tau irisierend schillerten.

Zum ländlichen Frühstück gab es Eierkuchen und Wurst

aus dem Fleisch selbstgezüchteter Schweine. Waren Morgenarbeit und Frühstück beendet, dann arbeitete er vier Stunden lang an seinem Roman; am Nachmittag war der Zaun auszubessern oder Holz zu hacken. Er sah die Farm bei jedem Wetter: eingeschneit – dann konnte er einen ganzen Kurzroman hintereinander schreiben; milde, liebliche, leuchtende Maientage; die grüne Sommerszeit, wo er eigene Forellen fischte; der blaue Oktober und die Äpfel. Der Traum war Leben – unbefleckt von der Wirklichkeit.

»Und an den Abenden«, sagte er und sah das Kaminfeuer und die emporzuckenden und zusammensinkenden Schatten auf den Wänden des Farmhauses, »an den Abenden wollten wir uns Shakespeare gründlich vornehmen und die Bibel von Anfang bis Ende lesen.«

Einen Augenblick ließ sich Marian in den Traum einspinnen. »Es war im ersten Jahr unserer Ehe«, sagte sie mit einer Stimme, die beleidigt oder verwundert klang. »Und nachdem wir die Apfelfarm in Schwung hatten, wollten wir ein Kind haben.«

»Ach ja, ich weiß«, sagte er, obwohl es ein Teil des Planes war, den er völlig vergessen hatte. Er sah einen unbestimmten kleinen Jungen von etwa sechs Jahren in blauen Drellhosen. Und dann verschwand das Kind, und er sah sich selbst, ganz deutlich, auf dem Pferd, oder eher auf einem Maultier, wie er das fertige Manuskript eines großartigen Romans im nächsten Dorf auf die Post brachte, um es dem Verleger zu schicken.

»Wir könnten fast umsonst leben – und gut leben. Ich würde alle Arbeit verrichten – körperliche Arbeit ist's, die sich heutzutage bezahlt macht – und würde alles selbst ziehen, was wir essen. Wir hätten eigene Schweine und eine Kuh und Hühner.« Nach einer Pause sagte er: »Und eine Alkoholrechnung gäbe es dann nicht. Ich könnte Apfelwein und Cider-Likör machen. Mit einer Obstpresse und so weiter.«

»Ich bin müde«, sagte Marian und fuhr sich mit der Hand über die Stirn.

»Da gibt's keine New Yorker Partys, und am Abend lesen wir die Bibel von Anfang bis Ende. Ich habe noch nie die Bibel von Anfang bis Ende gelesen. Du schon?«

»Nein«, sagte sie, »man braucht keine Apfelfarm zu haben, wenn man die Bibel lesen will.«

»Vielleicht muss ich aber eine Apfelfarm haben, um die Bibel lesen zu können – und auch, um gut zu schreiben.«

»Na, *tant pis!*« Die französische Redensart brachte ihn auf. Vor ihrer Heirat hatte sie ein Jahr lang an einer höheren Schule Französisch unterrichtet, und manchmal, wenn sie schlechte Laune hatte oder seinetwegen enttäuscht war, benutzte sie gerne eine französische Redensart, die er oft nicht verstand.

Er spürte zunehmende, verhaltene Spannung, die er um jeden Preis beseitigen wollte. Geduckt und elend saß er auf der Bettkante und starrte auf das Muster der Tapete. »Mit meinen Idealen ist nämlich etwas ganz Verrücktes geschehen. Als ich jung war, hab ich felsenfest geglaubt, dass ich ein großer Schriftsteller würde. Und dann verstrichen die Jahre, und ich nahm mir fest vor, ein guter Durchschnittsschriftsteller zu werden. Kannst du mir den fatalen Abstieg nachempfinden?«

»Nein, ich bin zu erschöpft«, antwortete sie nach einer Weile. »Ich habe im letzten Jahr auch an die Bibel gedacht. Eins von den allerersten Geboten lautet: *Du sollst keine andern Götter haben neben mir!* Aber du und andere Leute gleich dir haben sich einen Gott gemacht aus dieser – dieser Illusion. Ihr lehnt jede andere Verantwortung ab, Familie, Finanzen und sogar die Selbstachtung betreffend. Ihr lehnt alles ab, was euren seltsamen Gott stören könnte. Im Vergleich damit war das Goldene Kalb gar nichts!«

»Und nachdem ich mir vorgenommen hatte, ein guter Durchschnittsschriftsteller zu werden, musste ich meine Ideale noch weiter herunterschrauben: Ich schrieb Scripts fürs Fernsehen und versuchte, ein gerissener Schreiberling zu werden. Aber nicht mal das konnte ich durchführen. Kannst du dir mein Entsetzen vorstellen? Ich bin sogar gemein und neidisch geworden – das war ich früher nie! Solange ich glücklich war, war ich ein ganz guter Mensch… Das Letzte und Schlimmste wäre, alles aufzugeben und eine Stelle als Reklamedichter zu suchen. Kannst du dir vorstellen, wie es mir davor graut?«

»Ich habe schon oft gedacht, das wäre eine Lösung. Alles, Darling, was dir deine Selbstachtung wiedergeben kann.«

»Ja«, sagte er. »Aber lieber möcht ich eine Stelle in einem Leichenschauhaus annehmen oder Würstchen braten.«

Ihre Augen blickten voller Besorgnis. »Es ist spät. Geh zu Bett!«

»Auf der Apfelfarm würde ich tüchtig schaffen, körperliche Arbeiten verrichten und auch schreiben. Und es wäre friedlich und sicher. Warum können wir's nicht tun, Babylieb?«

Sie schnitt sich einen Niednagel ab und blickte Ken nicht einmal an.

»Vielleicht könnte ich von deiner Tante Rose Geld borgen – auf ganz legale Weise, wie von der Bank. Mit Hypotheken auf die Farm und die Ernten. Und ich würde ihr mein neues Buch widmen.«

»Borgen? Nicht von meiner Tante Rose.« Marian legte die Schere auf den Nachttisch. »Ich will jetzt schlafen.«

»Warum glaubst du nicht an mich – und an die Apfelfarm? Warum willst du sie nicht haben? Es würde so friedlich sein – und so sicher. Wir wären allein – weit fort. Warum willst du es nicht?«

Ihre schwarzen Augen standen weit offen, und er las einen Ausdruck in ihnen, den er erst ein einziges Mal gesehen hatte. Sehr entschieden sagte sie: »Weil ich um alles in der Welt nicht mit dir allein auf der verrückten Apfelfarm sein will – allein und ohne Ärzte und Freunde und Hilfe!« Aus der Besorgnis war jähes Entsetzen geworden, und ihre Augen loderten vor Angst. Ihre Hände zupften nervös am Betttuch.

Kens Stimme klang erschüttert. »Aber Baby, du wirst doch keine Angst vor mir haben? Ich würde dir nicht die kleinste Augenwimper krümmen! Ich würde nicht dulden, dass der Wind dich anbläst! Ich könnte keiner...«

Marian zog ihr Kissen zurecht, legte sich hin und drehte ihm den Rücken zu. »Meinetwegen. Gute Nacht!«

Eine Weile saß er verwirrt da, dann kniete er auf dem Fußboden vor Marians Bett, und seine Hand lag sanft auf ihrer Hüfte. Das dumpfe Drängen der Begierde wurde durch die

Berührung noch angefacht. »Komm! Ich zieh mich aus! Wollen uns liebhaben!« Er wartete, aber sie rührte sich nicht und gab keine Antwort.

»Komm, Babylieb!«

»Nein«, sagte sie. Doch sein Verlangen wuchs, und er vernahm ihre Worte nicht. Seine Hand zitterte, und die Fingernägel hoben sich schmuddelig von der weißen Bettdecke ab. »Nicht mehr!«, sagte sie. »Niemals wieder!«

»Bitte, Liebes! Dann haben wir's hinterher schön friedlich und können gut schlafen. Darling, Darling, du bist mein Ein und Alles. Du bist meine Sonne!«

Marian schob seine Hand weg und setzte sich unvermittelt rasch hoch. Ihre Angst war aufblitzendem Zorn gewichen, und an ihrer Schläfe zeichnete sich eine blaue Ader ab. »Deine Sonne?« Ihre Stimme sollte ironisch klingen, doch gelang es ihr nicht ganz. »Jedenfalls bin ich dein Portemonnaie!«

Das Beleidigende ihrer Worte kam ihm nur langsam zu Bewusstsein; dann schoss der Zorn so heftig wie eine Flamme in ihm hoch. »Ich... bin...«

»Du denkst, du wärst der Einzige, der enttäuscht wurde. Ich habe einen Schriftsteller geheiratet, von dem ich glaubte, er würde eine Berühmtheit werden. Ich habe dich mit Freuden unterstützt. Ich habe geglaubt, es würde sich bezahlt machen. Darum habe ich in einem Büro gearbeitet, während du zu Hause sitzen und deine ›Ideale‹ hinunterschrauben konntest. Mein Gott, was ist aus uns geworden!«

»Ich... ich...« Aber vor Wut konnte er noch immer kein Wort herausbringen.

»Vielleicht hätte man dir helfen können. Wenn du zu einem Arzt gegangen wärst, als die Störung bei dir einsetzte. Wir wissen's beide seit langem, dass du krank bist!«

Wieder sah er den Ausdruck, den er schon früher einmal gesehen hatte. Der Blick war das Einzige, was ihm damals von der grässlichen Bewusstseinstrübung noch im Gedächtnis geblieben war – die schwarzen, vor Angst lodernden Augen und die pochende Schläfenader. Er fing den Ausdruck auf – und nahm ihn selbst an, so dass sich ihre Blicke, vor Entsetzen funkelnd, begegneten.

Ken konnte es nicht länger aushalten; er riss die Schere vom Nachttisch, hob sie hoch und heftete den Blick auf die Schläfenader. »Krank«, sagte er endlich. »Du meinst: verrückt! Ich werde dich lehren, Angst zu haben, dass ich verrückt sein könnte! Ich werde dich lehren, von Portemonnaie zu reden! Ich werde dich lehren, mir zu sagen, ich sei verrückt!«

Marians Augenlider zitterten vor Aufregung, und sie machte einen matten Versuch, sich zu bewegen. Die Ader an ihrer Schläfe zuckte wild. »Dass du dich nicht rührst!« Dann, mit unendlicher Anstrengung, öffnete er die Hand, und die Schere fiel auf den Teppich. »Entschuldige«, sagte er. »Verzeih mir!«

Nach einem wirren Blick durchs ganze Zimmer gewahrte er die Schreibmaschine und ging darauf zu.

»Ich bringe die Schreibmaschine ins Wohnzimmer. Ich habe heute mein Pensum noch nicht geschafft. Bei solchen Dingen muss man sich Zwang auferlegen.«

Er setzte sich im Wohnzimmer an die Schreibmaschine und tippte, um ein Geräusch hervorzurufen, abwechselnd x und r. Nach einigen Zeilen hörte er damit auf und sagte mit leerer Stimme:

»So, die Geschichte sitzt endlich auf den Hinterbeinen!« Dann begann er zu schreiben: *Der faule braune Fuchs sprang über den listigen Hund.* Er schrieb es ein paarmal hintereinander, dann lehnte er sich an.

»Liebstes Herz«, sagte er sehr innig, »du weißt, wie sehr ich dich liebe. Du bist die einzige Frau, an die ich jemals gedacht habe. Du bist mein Leben. Verstehst du mich, mein liebstes Herz?«

Sie antwortete nicht, und die ganze Wohnung war still, bis auf das Gluckern in den Radiatoren.

»Verzeih mir«, sagte er. »Es tut mir so leid, dass ich die Schere aufhob! Du weißt, dass ich dich nicht mal kneifen könnte. Sag mir, dass du mir verzeihst! Bitte, bitte, sag's mir!«

Es kam noch immer keine Antwort.

»Ich will dir ein guter Mann sein. Ich will mir sogar eine Stelle bei einer Reklamefirma besorgen. Ich will ein Sonntagsdichter werden und nur übers Wochenende und an den Feiertagen schreiben. Ich will's, mein Darling, ich will's!«, rief er verzweifelt. »Obwohl ich viel lieber Würstchen im Leichenschauhaus verkaufen möchte.« War es der Schnee, der die Zimmer so still machte? Er schrieb:

Warum hab ich solche Angst?
Warum hab ich solche Angst?
Warum hab ich solche Angst?
Warum hab ich solche Angst?

Er stand auf, ging in die Küche und öffnete den Eisschrank. »Liebes, ich bringe dir was Feines zu essen! Was ist das für dunkles Zeug da auf der Untertasse in der Ecke hinten? Oh – Leber vom letzten Sonntagabend. Du isst so schrecklich gern Hühnerleber – oder möchtest du lieber etwas Kochendheißes haben? Vielleicht Suppe? Wie, Liebes?«

Kein Laut drang zu ihm.

»Du hast bestimmt keinen Bissen zu Abend gegessen. Du musst erledigt sein – all die scheußlichen Gesellschaften mit der Trinkerei und dem Herumstehen – ohne einen Happen zu essen! Wir wollen essen, und hinterher können wir uns liebhaben.«

Er stand still und lauschte. Dann ging er, in der Hand die fettig glänzende Leber, auf Zehenspitzen ins Schlafzimmer. Das Zimmer war leer. Das Badezimmer ebenfalls. Er stellte die Hühnerleber vorsichtig auf den weißen Kommodenläufer. Dann stand er auf der Schwelle, mit erhobenem Fuß, wie um zu gehen und ihn doch einige Augenblicke in der Luft haltend.

Danach öffnete er die Schränke, sogar die Besenkammer in der Küche, und schaute hinter Möbel und blinzelte spähend unters Bett. Marian war nirgends. Endlich bemerkte er, dass ihr Leopardenmantel und ihre Handtasche fehlten. Er keuchte, als er sich vors Telefon setzte.

»Heh, Doktor? Hier ist Ken Harris. Meine Frau ist verschwunden. Sie ist einfach aus der Wohnung gegangen, während ich an der Schreibmaschine saß. Ist sie bei Ihnen? Hat sie mit Ihnen telefoniert?« Er zeichnete Vierecke und Wellenlinien auf den Telefonblock. »Teufel noch eins, ja! Wir haben uns gestritten. Ich hab die Schere genommen –

nein, ich habe Marian nicht angerührt! Ich würde ihr nicht mal am kleinen Fingernagel weh tun. Nein, sie ist nicht verletzt – wie kommen Sie auf solche Gedanken?« Ken lauschte. »Ich will Ihnen mal was sagen: Ich weiß, dass Sie meine Frau hypnotisiert haben, dass Sie ihre Einstellung zu mir vergiftet haben. Wenn irgendwas zwischen meiner Frau und mir vorfällt, dann bringe ich Sie um! Dann komm ich in Ihr hochnäsiges Park-Avenue-Sprechzimmer und schlage Sie tot!«

Als er so allein in den leeren, stummen Zimmern war, empfand er eine unbestimmte Furcht, die ihn an die Gespensterfurcht seiner Kindheit erinnerte. Er saß auf dem Bett, hatte noch die Schuhe an und umschlang mit beiden Armen die Knie. Eine Zeile aus einem Gedicht fiel ihm ein. »Mein Lieb, mein Lieb, warum ließest du mich so allein?« Er schluchzte und biss durch den Hosenstoff in sein Knie.

Nach einer Weile rief er alle Wohnungen an, in denen sie hätte sein können, und beschuldigte ihre Freunde, sie hätten sich in seine Ehe eingemischt oder sie hielten Marian versteckt. Als er bei Mabel Goodley anrief, hatte er den kleinen Vorfall während der Party vergessen und sagte ihr, er wolle vorbeikommen, er müsse sie sprechen. Als sie erwiderte, es sei drei Uhr, und sie müsse am Morgen zeitig aufstehen, fragte er sie, wozu Freunde denn da seien, wenn nicht für solche Fälle. Er beschuldigte sie, Marian versteckt und sich in seine Ehe eingemischt zu haben, ja, mit dem gemeinen Psychiater unter einer Decke zu stecken.

Gegen Morgen hörte es auf zu schneien. Die erste Morgendämmerung war perlgrau, und der Tag versprach schön und sehr kalt zu werden. Bei Sonnenaufgang zog Ken seinen Mantel an und ging nach unten. Die Sonne besprenkelte den frischen Schnee mit Gold, und die Schatten waren von einem kühlen Lavendelblau. Mit allen Sinnen nahm er den eisigen Morgenglanz in sich auf und dachte dabei, dass er über solch einen Tag hätte schreiben sollen – denn das war's, worüber er eigentlich hatte schreiben *wollen*.

Mit blanken, irren Augen, eine geduckte, hagere Gestalt, so stapfte Ken langsam zur Untergrundbahn. Er dachte an die Räder des Zuges und an den stählernen Lufthauch und das Dröhnen. Er dachte, ob es wohl wahr sei, dass das Gehirn in der letzten Sterbeminute alle Bilder der Vergangenheit aufleuchten lässt: die Apfelbäume, die Geliebten, die Melodie verlorener Stimmen – alle lebendig verschmolzen im sterbenden Gehirn. Er ging sehr langsam, die Blicke auf seine einsamen Fußstapfen geheftet, in den unberührten Schnee hinein.

Ein Polizist zu Pferde ritt ganz in seiner Nähe dicht am Prellstein entlang. Der Atem des Pferdes stand deutlich in der stillen, kalten Luft, und seine Augen waren violett und gläsern.

»He, Wachtmeister, ich muss etwas melden! Meine Frau ist mit der Schere auf mich losgegangen, sie hat auf die blaue Ader gezielt! Dann ist sie aus der Wohnung gelaufen. Meine Frau ist sehr krank – verrückt! Man sollte ihr helfen, bevor irgendwas Schreckliches passiert. Sie hat keinen Happen Abendbrot gegessen, nicht mal die kleine Hühnerleber!«

Ken stapfte mühselig weiter, und der Polizist blickte ihm nach, wie er sich entfernte. Kens Weg war so wenig vorauszusehen wie der des unsichtbaren Windes; er dachte nur an seine Fußstapfen und an die Strecke, die vor ihm lag, unbegangen.

Raymond Chandler

Ein Schriftstellerpaar

Ganz gleich, wie betrunken er am Abend zuvor gewesen war, Hank Bruton stand immer sehr früh auf und lief dann mit nackten Füßen im Haus herum, bis der Kaffee kochte. Er schloss die Tür von Marions Zimmer, indem er einen Finger gegen die sich schließende Kante streckte, um sie zu bremsen, als sie auf den Rahmen traf, und die Klinke mit großer Behutsamkeit freigab, damit sie kein Geräusch machte. Es kam ihm ziemlich sonderbar vor, dass er imstande war, dies zu tun, und dass seine Hände vollkommen ruhig dabei blieben, wo die Muskeln seiner Beine und Schenkel zu gleicher Zeit doch so schlimm schmerzten und er immer noch mit den Zähnen mahlen musste und dies grässliche Gefühl in der Magengrube hatte. Auf seine Hände schien es sich nie im Geringsten auszuwirken, eine Eigentümlichkeit, die sonderbar war und angenehm, und im Übrigen konnte ihm das alles gestohlen bleiben.

Während der Kaffee kochte und Stille herrschte im Haus und auch unter den Bäumen draußen kein Laut zu vernehmen war, außer gelegentlich dem Ruf eines fernen Vogels oder dem noch ferneren Rauschen des Flusses, ging er zur Gazetür und blieb dort stehen und sah zu Phoebus hinaus, dem großen roten Kater, der auf dem Vorplatz saß und die Tür beobachtete. Phoebus wusste, es war noch nicht Essenszeit und Hank würde ihn nicht einlassen, und vermutlich wusste er auch, warum: Wenn er hineinkam, würde er anfangen zu schreien, und er konnte so gellend schreien wie ein Eisenbahnschaffner, und dann war Marions Morgenschlaf ruiniert. Nicht dass Hank Bruton sich um ihren Morgenschlaf sonderliche Sorgen machte. Er hatte nur gern den frühen Morgen für sich, still, ohne Stimmen – speziell ohne Marions Stimme.

Er sah auf den Kater nieder, und Phoebus gähnte und gab einen mürrischen Ton von sich, nicht allzu laut, nur eben laut genug, um zu zeigen, dass ihn keiner zum Narren halten konnte.

»Halt's Maul«, sagte Hank.

Phoebus setzte sich, streckte ein Hinterbein steil in die Luft und machte sich daran, sich das Fell zu putzen. Mitten in dieser Tätigkeit hielt er inne, das Bein immer noch in der Luft, und starrte Hank mit vorsätzlich beleidigendem Ausdruck an.

»Olle Kamellen«, sagte Hank. »Das machen Katzen schon seit zehntausend Jahren so.«

Trotzdem wirkte es. Vielleicht musste man absolut schamlos sein, um einen guten Komödianten abzugeben. Das war ein Gedanke. Er sollte ihn sich vielleicht notieren. Ach, hatte ja doch keinen Zweck. Wenn Hank Bruton etwas einfiel, hatte jemand das bestimmt schon längst getan. Er nahm den Cory von der Asbestplatte und wartete, dass er anfing zu brodeln. Dann goss er sich eine Tasse Tee ein, fügte etwas kaltes Wasser hinzu und trank sie herunter. In die nächste Tasse tat er Sahne und Zucker und schlürfte sie langsam. Das nervöse Gefühl in seinem Magen wurde besser, aber seine Beinmuskeln machten ihm immer noch höllisch zu schaffen.

Er drehte die Flamme unter der Asbestplatte sehr klein und stellte den Kaffeetopf wieder darauf. Er verließ das Haus durch die Vordertür, trat barfuß vom hölzernen Portikus in den Garten und schritt seitwärts über das taunasse Gras. Es war ein altes Haus ohne besondere Merkmale, aber es hatte viel Gras um sich herum, das dringend gemäht werden musste, und das Gras wieder war von einer Menge nicht sehr hoher Fichten umgeben, mit Ausnahme der Seite, die zum Fluss hin abfiel. Kein besonderes Haus, und verteufelt weit weg von überall, aber für fünfunddreißig Dollar im Monat war es schon ein Fund. Sie hielten doch besser dran fest. Wenn sie überhaupt etwas zustande brachten, dann bestimmt noch am ehesten hier.

Über den Wipfeln der Fichten konnte er den Halbkreis der niedrigen Berge sehen, die bis zur halben Höhe Nebel einhüllte. Da würde die Sonne bald Abhilfe schaffen. Die Luft war kalt, aber es war eine milde Kälte, die einem nicht gleich durch Mark und Bein ging. Hier ließ sich's schon leben, dachte Hank. Mehr als gut genug jedenfalls für ein Paar Möchtegern-Schriftsteller, die, was das Talent betraf, nicht eben auf Rosen gebettet waren, und sonst folglich auch nicht. Ein Mann sollte doch eigentlich imstande sein, hier zu leben, ohne sich jeden Abend sinnlos zu besaufen. Vermutlich konnte ein Mann das auch. Aber ein Mann wäre vermutlich gar nicht erst hergekommen. Auf dem Weg zum Fluss hinunter versuchte er sich zu erinnern, was am Abend zuvor denn eigentlich Ungewöhnliches geschehen war. Es fiel ihm nichts ein, aber er hatte eine Art unbestimmtes Gefühl, dass es eine Art Krise gegeben hatte. Vielleicht hatte er irgendwas über Marions zweiten Akt gesagt, aber er konnte sich nicht entsinnen, was es gewesen war. Schmeichelhaft war es sicher nicht gewesen. Was hatte es denn aber auch für einen Zweck, ihr Unehrlichkeiten zu sagen über ihr verdammtes Stück? Die ewige Flickerei machte es auch nicht besser. Ihr zu erzählen, es wäre gut, wenn es doch keinen Schuss Pulver wert war, brachte sie kein bisschen weiter. Schriftsteller müssen sich offen ins Auge sehen, und wenn das, was sie da sehen, nichts taugt, dann müssen sie das ebenso offen sagen.

Er blieb stehen und rieb sich die Magengrube. Er konnte das stahlgraue Wasser jetzt durch die Bäume schimmern sehen, und der Anblick tat ihm gut. Er schauderte ein bisschen zusammen, denn er wusste, wie kalt es sein würde, und wusste auch, dass ebendies es war, was ihm daran so gefiel. Für ein paar Sekunden brachte es einen um, aber es tötete nicht, und hinterher fühlte man sich wundervoll, wenn auch nicht lange genug.

Er erreichte das Ufer, warf das Handtuch und die Turnschuhe hin, die er in der Hand getragen hatte, und streifte sich das Hemd ab. Es war einsam hier unten. Das leise Rauschen des Wassers war der einsamste Laut in seiner Welt. Wie immer wünschte er sich, er hätte einen Hund, der ihm um die Beine tollte und bellte und mit ihm schwimmen ginge, aber neben Phoebus ging das nicht, der zu alt war und zu ruppig, um einen Hund in seiner Nähe zu dulden. Entweder würde er den Hund ganz elend zurichten, oder der Hund würde ihn in einem schwachen Moment erwischen und ihm das Genick brechen. Und dann müsste es auch ein sehr ungewöhnlicher Hund sein, wenn man ihn dazu bringen wollte, mit in dieses eisige Wasser zu gehen. Hank würde ihn hineinwerfen müssen. Und der Hund würde Angst bekommen und Schwierigkeiten mit der Strömung haben, und Hank würde ihn wieder herausziehen müssen. Es gab Zeiten, wo er alle seine Kräfte zusammenreißen musste, um selber wieder herauszukommen.

Er zog die Hose aus und sprang flach ins Wasser, gegen die Strömung. Eine wütende Riesenhand packte seine Brust und presste die Luft aus ihm heraus. Eine andere Riesenhand riss seine Beine in die falsche Richtung, und er schwamm stromab statt aufwärts, völlig außer Atem, und versuchte zu schreien, war aber nicht imstande, auch nur einen Laut von sich zu geben. Er drosch wild in die Wellen und brachte sich herum, und nach einem kurzen Augenblick konnte er sich sogar gegen die Strömung halten, und als er dann alle Kraft, die er hatte, ins Schwimmen legte, holte er ein wenig auf. Er gewann das Ufer, wenn er's auch nicht mehr ganz bis zu der Stelle schaffte, an der er hineingesprungen war. Das war ihm jetzt schon ein ganzes Jahr nicht mehr gelungen. Es musste der Whisky sein. Na schön, das war kein allzu hoher Preis dafür. Und wenn er's eines schönen Morgens überhaupt nicht mehr schaffte, sondern fortgerissen und gegen einen Stein geschleudert und bewusstlos wurde und ertrank.

»Na hör mal«, sagte er laut, immer noch ein bisschen außer Atem, »so fangen wir aber den Tag nicht an! So ganz bestimmt nicht!«

Er ging vorsichtig das steinige Ufer entlang, nahm sein Handtuch und rubbelte sich heftig die Haut, und langsam bekam sie ein warmes und ausgeruhtes und schlaffes Gefühl. Die Würmer in den Muskeln waren verschwunden. Der Solarplexus verhielt sich ruhig wie ein Eierpudding.

Er zog seine Sachen wieder an und die Turnschuhe und machte sich auf den Rückweg, den Hügel hinauf. Unterwegs begann er ein Thema aus einem Symphonie-Satz zu pfeifen. Dann versuchte er sich zu erinnern, woraus es war, und als es ihm einfiel, dachte er über den Komponisten nach, über das Leben, das er geführt hatte, seine Kämpfe, sein Elend, und jetzt war er tot und verfault, wie so viele Männer, die Hank Bruton bei der Army gekannt hatte.

Ganz wie ein lausiger Schriftsteller, dachte er. Nie die Sache selbst, immer nur das billige Gefühl, das sie auslöst.

2

Phoebus saß immer noch auf dem rückwärtigen Vorplatz, aber er schrie jetzt, als ginge es um Kopf und Kragen, und das bedeutete, dass Marion auf war. Sie stand in der Küche, in Straßenkleidung, über die sie eine lohbraune Kittelschürze gezogen hatte.

Hank sagte: »Warum hast du nicht gewartet, bis ich zurück war? Ich hätte dir den Kaffee raufgebracht.«

Sie antwortete ihm weder direkt, noch bekam er einen direkten Blick von ihr. Sie sah an ihm vorbei in eine Ecke, als hätte sie dort eine Spinnwebe entdeckt. »War's schön beim Schwimmen?«, fragte sie abwesend.

»Phantastisch. Aber kalt ist das Flüsschen, das muss man schon sagen.«

»Schön«, sagte Marion. »Phantastisch. Wundervoll. Unwahrscheinlich belebend. Selbst wenn's nach einer Weile doch verdammt eintönig wird. Füttere den verdammten Kater, ja?«

»Also, in drei Teufels Namen«, sagte Hank, »wieso ist denn der arme alte Phoebus auf einmal ein verdammter Kater? Ich dachte, er wäre unser Spitzenstar hier. Weil er sich prinzipiell nie besäuft.«

»›Sagte er mit gewinnendem Lächeln‹«, höhnte Marion.

Hank sah sie gedankenvoll an. Sie hatte kurzes schwarzes Haar, das straff an ihrem Kopf anlag. Ihre Augen waren von einem viel dunkleren Blau als die Hanks. Sie hatte einen kleinen hübschen Mund, den er als provozierend bezeichnet hatte, bevor ihm langsam aufging, dass er eher launisch und mutwillig war. Sie war ein sehr adrettes, sehr gut gebautes Mädchen, mehr vom fragilen Typ. Fragil wie eine Bergziege, dachte Hank.

»Ich bin der Dorothy-Parker-Typ – nur ohne ihren Verstand«, hatte sie Hank verkündet, als sie sich kennenlernten. Er fand das sehr bezaubernd damals. Keiner von ihnen beiden war sich im Klaren darüber, dass es sogar stimmte.

Hank machte die Gazetür auf, und Phoebus kam herein und zerriss mit seinem Dschungelgeheul die Atmosphäre. Hank öffnete eine Dose Katzenfutter, häufte eine Untertasse voll und setzte sie vor die Spüle auf den Boden. Ohne ein Wort stellte Marion ihre Kaffeetasse hin, nahm die Untertasse und tat die Hälfte des Futters wieder zurück. Sie machte die Gazetür auf und setzte die Untertasse draußen nieder. Phoebus stürzte sich auf die Untertasse, als wollte er ein Tor schießen. Marion knallte die Gazetür zu.

»Okay«, sagte Hank. »Nächstes Mal denke ich dran.«

»Nächstes Mal«, sagte Marion, »kannst du ihn füttern, wo du willst. Ich bin dann nicht mehr da.«

»Verstehe«, sagte Hank langsam. »War ich so schlimm?«

»Nicht schlimmer als sonst«, antwortete sie. »Und vielen Dank, dass du nicht ›wieder‹ gesagt hast. Als ich das letzte Mal weggegangen bin –«, sie brach ab; ihre Stimme schwankte ein wenig. Hank wollte auf sie zugehen, aber sie hatte sich sofort wieder gefasst. »Du kannst dir selber Frühstück machen. Ich muss fertigpacken. Das meiste habe ich heute Nacht schon gemacht.«

»Wir sollten doch sprechen darüber«, sagte Hank ruhig.

Sie drehte sich in der Tür um. »Ah ja, natürlich.« Ihre Stimme war so hart wie ein Stiefelabsatz. »Wir können ganz reizende zehn Minuten damit zubringen, wenn du dich beeilst.« Sie ging hinaus. Ihre Schritte raschelten auf der Treppe, als sie hinaufstieg.

›Sagte sie, indem sie sich in der Tür umdrehte‹, sann Hank und blickte ihr nach.

Er wandte sich abrupt um und ging aus dem Haus. Phoebus schnuffelte um die Untertasse herum nach den Futterbrocken, die er über den Rand geschoben hatte. Hank bückte sich und half sie ihm aufsammeln. Er kraulte Phoebus den eisernen alten Kopf. Phoebus unterbrach seine Mahlzeit und wartete starr, dass Hank seine Hand wegnahm. Als das geschehen war, machte er sich wieder an sein Futter.

Hank stieß die Schwingtür der Garage auf und untersuchte den Ford, ob er einen Platten hätte. Die Reifen waren völlig abgefahren, hielten aber noch die Luft. Der

Wagen war ziemlich staubig. Ich bin Schriftsteller, dachte Hank. Ich habe keine Zeit für so niedrige Dienste. Er ging um den Kühler herum in die dunkle Ecke, wo ein Stapel Säcke lag. Unter den Säcken steckte eine Korbflasche, halb voll Maiswhisky. Hank zog den fetten Korken aus dem Hals und hob die schwere Flasche in geübter Weise mit dem gewinkelten Arm. Er stand da mit der Flasche, ausbalanciert wie ein Gewichtheber. Dann tat er einen tiefen Zug, senkte die Flasche, verkorkte sie wieder und stellte sie zurück unter die Säcke.

Eigentlich habe ich kein bisschen davon nötig, sagte er zu sich selbst und glaubte es auch fast. Aber es wird ihr Befriedigung bereiten, wenn sie's mir anriecht. Marion ist ein Mädchen, das gerne recht behält.

Er stand mitten im Wohnzimmer, als sie die Treppe herunterkam. Sie hatte eine Zigarette im Mund. Sie zeigte ein sehr kühles Gesicht. Sie machte sogar einen richtig tüchtigen Eindruck, aber die Möbel im Wohnzimmer schlossen sich dieser Diagnose nicht an. Sie standen beide da und musterten sich gegenseitig, während Hank sich eine Pfeife stopfte und anzündete.

»Na, mal wieder einen gezwitschert?«, fragte Marion milde.

Er nickte und zündete sich die Pfeife an. Ihre Augen trafen sich wieder über dem Abgrund aus stiller Luft. Marion setzte sich langsam auf die Armlehne einer Korkbank. Es knarrte ein bisschen. Draußen vor dem Haus schwirrte jäher Vogelsang auf und ging dann in wütendes Zirpen über, was wohl Phoebus galt, der auf seinem Morgenspaziergang in die Nähe eines Nests gekommen war.

»Der Wagen ist in Ordnung«, sagte Hank. »Willst du den zehn Uhr fünf erreichen?«

»Zehn Uhr elf«, verbesserte ihn Marion. »Ja. Den will ich erreichen. Es hat keinen Sinn, noch groß zu sagen, dass es mir leidtut. Es tut mir nicht leid. Je weiter ich von hier wegkomme, desto besser wird's mir gefallen. Jede Meile ist ein Stück Erleichterung mehr.«

Hank sah sie mit leerem Blick an. »Ich will nichts von diesem Krempel hier«, sagte Marion und streifte mit einem flüchtigen Blick das altmodische, gebraucht gekaufte Mobiliar, das sie gerade noch hatten bezahlen können. »Ich will überhaupt nichts aus dem Haus hier. Nur meine Kleider. Meine Kleider, und weg.« Ihre Augen wanderten zu dem Arbeitstisch in der Ecke, einem massiven Ding aus rohem Holz mit zwei mal vier Zoll starken Beinen und einer Rupfendecke, die mit Reißnägeln auf den Brettern befestigt war, die seine Platte bildeten. Sie sah auf die alte Underwood und den Stoß weißen Papiers und die Bleistifte und den cremefarbenen, rot beschrifteten Karton, der das enthielt, was von Hanks Roman fertig geworden war.

»Ganz besonders will ich den da nicht«, sagte Marion und zeigte auf den Tisch. »Den kannst du dir aufheben. Wenn du das Buch fertig hast, können sie ein Bild von diesem eleganten Stück Neandertaler Chippendale auf den Schutzumschlag setzen statt deiner Fotografie. Weil man von dir dann wahrscheinlich kein besonders gutes Foto mehr zustande bringt. Es sei denn, man könnte deinen Atem fotografieren. Das gäbe ein wirklich lebensnahes Porträt von dir, wenn man das hinkriegte.« Sie strich sich rasch mit einer Hand über die Stirn. »Ich quatsche schon wieder Literatur«, murmelte sie und machte eine Bewegung, aus der man Verzweiflung hätte lesen können, wäre sie nicht so selbstbewusst gewesen.

»Ich könnte mit dem Whiskytrinken Schluss machen«, sagte Hank langsam, durch einen Stoß Qualm.

Sie sah ihn mit straffem Lächeln an. »Ah ja, sicher. Und was dann? Du bist kein Mann. Du bist nur ein körperlich vollkommenes Exemplar der Gattung alkoholischer Eunuch. Du bist ein Schwachkopf in Spitzen-Kondition. Du bist ein toter Mann mit absolut normalem Blutdruck.«

»Das solltest du dir notieren«, sagte Hank.

»Keine Bange. Werde ich.« Ihre Augen waren jetzt hart und glänzend. Es schien überhaupt kein Blau mehr in ihnen zu sein. »Und mach dir bloß um mich keine Gedanken, um Himmels willen. Ich finde schon Arbeit. In der Werbung, bei der Zeitung, egal was. Ich kann immer was kriegen. Ich könnte sogar das Stück schreiben, von dem ich geglaubt habe, ich krieg es hier zustande, in diesen unsagbar schönen Wäldern mit der unsagbaren schönen Stille rund um mich rum, wo mich nichts stört, was lauter ist als das ständige Gluckern einer Whiskyflasche.«

»Er stinkt«, sagte Hank.

Ihre Augen blitzten ihn an. »Wer?«

»Der Dialog. Außerdem ist er zu lang«, sagte Hank. »Und die Schauspieler reden heutzutage nicht mehr das Publikum an. Sie reden miteinander.«

»Ich rede mit dir«, sagte Marion.

»In Wirklichkeit nicht«, sagte Hank. »In Wirklichkeit durchaus nicht.«

Sie tat es mit einem Achselzucken ab. Hank war nicht

sicher, ob sie überhaupt mitbekam, was er sagte, ob sie verstand, dass er ihr, wie so oft schon, indirekt sagte, dass ausgetüftelte Szenen heutzutage kein Stück mehr ergaben. Jedenfalls keins, das auch aufgeführt wurde.

»Kein Mensch könnte hier ein Stück schreiben«, sagte Marion. »Nicht einmal Eugene O'Neill. Nicht einmal Tennessee Williams. Nicht einmal Sardou. Los, nenn mir doch mal jemanden, der hier ein Stück schreiben könnte. Egal wen. Nenn ihn mir, und ich nenne dich einen Lügner.«

Hank warf einen Blick auf seine Armbanduhr. »Du hast mich nicht geheiratet, um ein Stück zu schreiben«, sagte er milde. »So wenig, wie ich dich geheiratet habe, um einen Roman zu schreiben. Und dann hast du ja selber auch ganz schön den Ellbogen gewinkelt damals, erinnerst du dich? Zum Beispiel in der Nacht, wo du total blau warst und ich dich ausziehen und ins Bett bringen musste.«

»Musste?«

»Na schön«, sagte Hank. »Wollte.«

»Damals habe ich dich für einen ganz tollen Kerl gehalten, oder nicht?« Die romantische Erinnerung, falls es eine war, machte nicht mehr Eindruck auf sie, als ein Schritt auf den Fußboden macht. »Du hattest Witz und Phantasie und die Fröhlichkeit eines Freibeuters. Aber ich musste auch nicht zusehen, wie dir der Verstand absoff, und nachts wachliegen und dir zuhören, wie du das Haus aus den Fugen schnarchtest.« Ihre Stimme wurde ein bisschen atemlos. »Und was das Schlimmste von allem ist – oder fast das Schlimmste –«

»Wir sind Schriftsteller, wir müssen alles qualifizieren«, murmelte Hank in seine Pfeife.

»– du bist am Morgen dann nicht einmal reizbar. Du wachst nicht mit glasigen Augen auf und einem Kopf wie ein Fass. Du lächelst einfach und machst in aller Ruhe da weiter, wo du aufgehört hast. Was dich als den typischen ewigen Säufer kennzeichnet, der im Alkoholdunst geboren ist und darin lebt wie ein Salamander im Feuer.«

»Ich glaube, vielleicht solltest du den Roman schreiben und ich das Stück«, sagte Hank.

Ihre Stimme verschärfte sich, steigerte sich zur Hysterie. »Weißt du eigentlich, was aus Männern wie dir wird? Eines schönen Tages zerfliegen sie in tausend kleine Stücke, wie wenn eine Granate sie getroffen hätte. Jahre und Jahre lang ist überhaupt kein Anzeichen des Verfalls zu sehen. Sie betrinken sich jeden Abend, und jeden Morgen fangen sie wieder an, sich zu betrinken. Sie fühlen sich wundervoll. Es beeinträchtigt sie nicht im mindesten. Und dann kommt der Tag, wo alles auf einmal passiert, was bei einem normalen Menschen langsam passieren sollte, schrittweise, innerhalb vernünftiger Zeit. Diese Minute noch siehst du aus wie ein ganz gesunder Mann, und in der nächsten schon bist du ein verschrumpeltes Horrorwesen, das nach Whisky stinkt. Glaubst du etwa, ich habe Lust, darauf zu warten?«

Er zuckte leicht die Achseln, gab aber keine Antwort. Was sie gesagt hatte, schien überhaupt keine Bedeutung für ihn zu haben, ja er schien sich nicht einmal angesprochen zu fühlen. Es war wie ein monotones Geräusch in der Dunkelheit, jenseits der Bäume, die Rede eines unsichtbaren Fremden, den er nie zu sehen bekommen würde. Er sah wieder auf seine Armbanduhr, und sie drückte ihre Zigarette aus und stand auf.

»Ich hole den Wagen«, sagte Hank und ging aus dem Zimmer. Sie hatte ihren Text aufgesagt, das war die Hauptsache. Sie hatte in der Nacht wach gelegen und alles ausphantasiert und in Worte gebracht, und dann hatte sie's einstudiert und im Stillen geprobt, und jetzt hatte sie's vom Stapel gelassen, und die Szene war im Kasten. Sie hätte vielleicht ein bisschen besser ausfallen können, diese Szene, dachte er, wie sie auch durchaus kürzer hätte sein dürfen, aber zum Teufel damit, sie waren eben ein Schriftstellerpaar.

3

Er hob noch einmal die Flasche, bevor er den Ford rückwärts aus der Garage fuhr. Als er damit vor dem Haus anlangte, stand Marion an einer der Außenecken des Portikus und sah über die Bäume hinüber. Die Sonne lag auf den Hängen der Berge, und der Nebel war fort. Aber es war immer noch ein bisschen kalt in dieser Höhe. Marion trug einen kleinen Hut auf ihrem dunklen Haar, der ihr gar nicht stand, und ihre Lippen waren fest zusammengepresst um eine Zigarette, wie eine Kneifzange, die das Ende eines Bolzens hält. Hank ging ohne ein Wort ins Haus. Oben standen die beiden Reisekoffer, das Handköfferchen, die Hutschachtel und der kleine grüne Kabinenkoffer mit den gerundeten Messingecken. Er trug sie alle die Treppe hinunter und verstaute sie hinten im Wagen. Marion war bereits eingestiegen.

Hank setzte sich neben sie hinters Steuer und startete, und sie fuhren den Kiesweg hinunter zur Landstraße, die sich sechs Meilen am Fluss entlangwand und dann abbog und den Berghang hinunter zu der kleinen Stadt führte, die an der Eisenbahnlinie lag. Marion starrte auf den Fluss und sagte:

»Du kämpfst gerne mit ihm, nicht? Ist er gefährlich?«

»Nicht, wenn man ein gesundes Herz hat.«

»Warum kämpfst du nicht mal gegen etwas an, was sich lohnt?«

»O mein Gott«, sagte Hank.

Marion sah ihn scharf an, dann sah sie starr geradeaus durch die staubige Windschutzscheibe.

»In einem Jahr spätestens habe ich vergessen, dass du überhaupt je existiert hast«, sagte sie. »Es ist ja doch ein bisschen traurig. Aber ewig kann ein Mann wie du das Leben einer Frau ja doch nicht vergeuden, oder was glaubst du?«

Sie schluchzte. Er streckte die Hand aus und tätschelte ihr die Schulter. »Nimm's nicht so schwer«, sagte er. »Eines Tages packst du's alles in ein Buch.«

»Ich weiß nicht mal, wo ich hingehen soll«, schluchzte sie.

Er tätschelte ihr wieder die Schulter und sagte diesmal nichts. Keiner von ihnen sprach ein Wort, bis sie den Bahnhof erreichten. Hank trug das Gepäck hinüber und setzte es neben den Gleisen ab. Er wollte den Kabinenkoffer aufgeben, aber Marion sagte, das würde sie selber machen.

»Also dann«, sagte Hank. »Ich bleibe im Wagen sitzen, bis du abdampfst.« Er drückte ihren Arm, und sie wandte sich ab und ging von ihm weg. Er saß eine ziemlich lange Zeit im Wagen, bis der Zug kam. Er bekam langsam das Bedürfnis nach einem Schluck. Er dachte, Marion würde zu ihm hinsehen und wenigstens winken, wenn sie in den Zug stieg. Aber das tat sie nicht. Er hätte gar nicht zu warten brauchen. Er hätte schon längst wieder zu Hause sein und sich über die Flasche hermachen können. Es war eine leere Geste, das Warten hier. Noch schlimmer als das, es hatte nicht einmal Stil. Er sah dem Zug nach, bis er verschwunden war, und kein Muskel bewegte sich an ihm. Und auch das war nutzlos und ohne Stil.

4

Als er zum Haus zurückkam, war die Sonne heiß, und auch die schwache Brise, die über das Gras strich, war warm. Die Bäume flüsterten in der Hitze; sie sprachen zu ihm, sagten ihm, dass es ein herrlicher Tag sei. Er ging langsam ins Haus und stand da und wartete, dass die Stille ihn überwältigen würde. Aber das Haus wirkte nicht leerer als zuvor. Eine Fliege summte, und ein Vogel pochte in einem Baum. Er blickte aus dem Fenster, um zu sehen, was für ein Vogel es war. Er war Schriftsteller und hätte es eigentlich wissen müssen, aber er sah den Vogel nicht, und es war ihm sowieso schnurzegal.

»Wenn ich nur einen Hund hätte«, sagte er laut und wartete auf das trauervolle Echo. Er ging hinüber an den massiven Arbeitstisch, nahm den Deckel vom Karton und las die oberste Seite seines Skripts, ohne sie herauszunehmen.

»Abklatsch und Nachahmung«, sagte er düster. »Alles, was ich schreibe, klingt so, dass ein richtiger Schriftsteller es wegwerfen würde.«

Er verließ das Haus, um den Wagen in die Garage zurückzubringen, doch eigentlich tat er das nur, weil die Whiskyflasche dort war. Er trug die Korbflasche mit dem Maisschnaps ins Haus und stellte sie auf den Arbeitstisch. Er holte sich ein Glas und setzte es neben die Flasche. Dann setzte er sich selber davor und starrte sie an. Sie stand zur Verfügung, und aus diesem Grund vielleicht musste er jetzt nicht gleich zugreifen. Er fühlte sich leer, aber es war nicht die Leere, die man mit Schnaps ausfüllen konnte.

Ich liebe sie nicht einmal, dachte er. Und sie liebt mich auch nicht. Nichts von Tragödie, nicht einmal von richtigem Schmerz, nur flaue Leere. Die Leere eines Schriftstellers, der an nichts denken kann, was sich aufschreiben ließe, und das ist eine ziemlich grässliche, schmerzhafte Leere, aber aus irgendeinem Grund wird nie auch nur annähernd eine Tragödie daraus. Jesus, wir sind die nutzlosesten Leute auf der Welt. Es muss eine ganz schauderhafte Menge von uns geben, alle einsam, alle leer, alle arm, alle zermürbt von kleinen, gemeinen Sorgen, die keine Würde haben. Alle krampfhaft bemüht, festen Boden unter die Füße zu bekommen, wie Leute, die in einen Sumpf geraten sind, und dabei wissen wir die ganze Zeit, dass es im Grunde dreckseinerlei ist, ob wir es schaffen oder nicht. Wir sollten uns einmal irgendwo zu einer Versammlung treffen, an einem Ort wie Aspen, Colorado, an irgendeinem Ort, wo die Luft sehr klar ist und scharf und anregend und wir unser bisschen abgeleitete Intelligenz gegen den harten kleinen Verstand anderer prallen lassen können. Vielleicht hätten wir dann immerhin für ein Weilchen das Gefühl, wirklich Talent zu haben. Sämtliche Möchtegern-Schriftsteller der

Welt, die Burschen und Mädchen alle, die Bildung haben und Willenskraft und Sehnsüchte und Hoffnung und sonst nichts. Sie wissen alles, was man darüber wissen kann, wie man's schafft, nur dass sie's eben nicht schaffen können. Sie haben im Schweiß ihres Angesichts studiert und auf Deubel komm raus jeden imitiert, der es nur je zu was gebracht hat.

Was für ein reizendes Klübchen Nullen wir da sein würden, dachte er. Wir würden uns gegenseitig die Messer wetzen. Die Luft würde knistern vom Funkenregen unserer Träume. Aber der Haken ist, es hätte keine Dauer. Auf einmal wäre die schöne Versammlung wieder zu Ende, und wir müssten nach Hause zurück und uns vor dies verdammte Metallding setzen, das die Worte aufs Papier bringt. Tja, und da würden wir dann sitzen und warten – wie jemand, der in der Todeszelle wartet.

Er hob mit der gewohnten Gewichthebertechnik die Flasche und trank, ohne an das Glas zu denken, direkt aus dem Hals. Der Schnaps schmeckte warm und sauer, aber er tat ihm diesmal nicht besonders gut. Er musste weiter darüber nachdenken, wie das war, ein Schriftsteller ohne Talent zu sein. Nach einer ganzen Weile brachte er die Korbflasche in die Garage zurück und versteckte sie wieder unter dem Säckestapel. Phoebus kam um die Ecke, eine große, schmutzig aussehende Heuschrecke im Maul. Er gab ein Geräusch der Unzufriedenheit von sich. Hank bückte sich, zog Phoebus die Kinnbacken auseinander und ließ die Heuschrecke frei, die eines Beins verlustig gegangen, aber immer noch voll Wanderlust war. Phoebus blickte zu Hank auf und gab zu verstehen, dass er Hunger habe. Also ließ Hank ihn in die Küche.

»Setz dich irgendwo«, sagte Hank zu dem Kater. »Das Haus ist dein.« Er bot Phoebus etwas Futter an, aber er wusste, Phoebus wollte nichts, und er wollte auch wirklich nichts. Also ging Hank hinüber, setzte sich an den Arbeitstisch und spannte einen Bogen Papier in die Schreibmaschine. Nach einer Weile sprang Phoebus neben ihm auf den Tisch und sah aus dem Fenster.

»Man arbeitet nicht an dem Tag, wo die Frau einen verlassen hat, was, Phoebus? Man macht blau.«

Phoebus gähnte. Hank kraulte ihm dicht hinter einem Ohr den Kopf, und Phoebus schnurrte knirschend. Hank strich ihm mit den Fingern das Rückgrat hinunter, und Phoebus bäumte sich mit überraschender Kraft gegen die Hand auf.

»Du bist ein richtig zäher alter Knabe, was, Phoebus? Ich sollte eine Geschichte über dich schreiben.«

Langsam verging der Nachmittag. Schließlich neigte er sich der Dämmerung zu, und die Leere war immer noch da. Phoebus hatte sein Futter bekommen und sich auf der Korbbank zur Ruhe begeben. Hank saß auf dem Portikus und sah ein paar Mücken zu, die in einem Streif späten Sonnenlichts tanzten. Als eben die Zeit für die Moskitos kommen wollte, hörte er den Wagen kommen. Der Motor lief ziemlich rauh. Er klang nach dem Chevvy des alten Simpson. Und dann sah Hank ihn in der Ferne drüben auf der Landstraße heranzockeln, und er hatte recht. Er konnte ihn an dem kaputten Kotflügel erkennen. Und es überraschte ihn nicht einmal, als er in die Zufahrt einbog und schwerfällig die Kurve zog, bis er vor dem Eingang stand. Der alte Simpson saß reglos drin, die knotigen Hände auf dem

Steuer und die wässrigen Augen geradeaus gerichtet. Seine Kinnbacken bewegten sich, und er spuckte aus. Er sagte kein Wort. Er wandte nicht einmal den Kopf, als Marion aus dem Chevy stieg.

»Ich habe Mr. Simpson bezahlt«, sagte Marion.

Hank hob ihre Sachen aus dem Wagen, ohne dass der alte Simpson ihm half. Als alles draußen war, legte der alte Simpson den Gang ein und fuhr davon, ohne auch nur ein Wort gesagt oder einen von ihnen angesehen zu haben.

»Weswegen ist er denn so sauer?«, fragte Hank.

»Er ist nicht sauer. Er mag uns nur einfach nicht. Es tut mir leid, dass ich das Geld verplempert habe, Hank.« Ihr Gesicht wirkte niedergeschlagen. »Du bist vermutlich nicht überrascht, mich wieder hier zu sehen?«

»Ich war nicht ganz sicher.« Er schüttelte unbestimmt den Kopf. Sie fing hemmungslos an zu weinen, und er legte ihr den Arm um die Schultern.

»Mir fiel einfach kein einziger Ort ein, wo ich hinwollte«, flennte sie. »Es kam mir alles so sinnlos vor.« Sie stieß sich den Hut vom Kopf und lockerte sich das Haar. »So völlig ohne Sinn und Verstand überhaupt. Keine Höhepunkte, keine Tiefpunkte, bloß eine Unmasse schales Gefühl.«

Hank nickte und sah zu, wie sie sich die Augen wischte und krampfhaft ein steifes, ein wenig verwirrtes Lächeln auf ihr Gesicht brachte.

»Hemingway hätte gewusst, wohin«, sagte sie.

»Sicher. Er hätte nach Afrika gehen können und einen Löwen schießen.«

»Oder nach Pamplona, um einen Stier zu schießen.«

»Oder nach Venedig, um einen Bock zu schießen«, sagte

Hank, und sie grinsten beide. Er griff sich zwei von den Koffern und ging die Stufen hinauf.

»Wo ist Phoebus?«, rief sie hinter ihm her.

»An meinem Arbeitstisch«, sagte Hank. »Er schreibt eine Story. Bloß was ganz Kurzes – damit wir die Miete bezahlen können.«

Sie lief die Stufen hinauf und zog seinen Arm von der Tür weg. Er setzte mit einem Seufzer die Koffer ab und wandte sich ihr zu. Er wollte nett zu ihr sein, aber er wusste, dass nichts, was sie in der Vergangenheit gesagt hatten oder jetzt und in Zukunft noch sagen würden, irgendeine Bedeutung mehr hatte in Wirklichkeit. Es war alles nur noch Echo.

»Hank«, sagte sie verzweifelt. »Ich fühle mich grässlich. Was soll nun mit uns werden?«

»Nicht viel«, sagte Hank. »Warum sollte es auch? Wir können uns noch sechs Monate halten.«

»Ich meine nicht das Geld. Dein Roman – mein Stück. Was soll *damit* werden, Hank?«

Irgendetwas drehte sich ihm im Magen um, denn er kannte die Antwort, und Marion kannte die Antwort auch, und es hatte absolut keinen Sinn mehr, noch so zu tun, als wäre das ein ungelöstes Problem. Das Problem war nie, wie man etwas bekam, von dem man wusste, dass man es nicht bekommen konnte. Es bestand darin, sich nicht länger mehr so aufzuführen, als warte es nur hinter der Ecke, dass man es fand, als habe es sich hinter einem Busch oder unter einem Haufen welker Blätter versteckt, sei aber da, tatsächlich, wirklich. Es war nicht da, und es würde nie da sein. Warum also tat man weiter so, als wäre es anders?

»Mein Roman stinkt«, sagte er ruhig. »Und dein Stück auch.«

Sie schlug ihm mit aller Kraft ins Gesicht und lief ins Haus. Sie kam fast zu Fall, als sie die Treppe hinaufhetzte. Wenn er aufmerksam horchte, würde er jetzt gleich ihr Schluchzen hören. Er hatte keine Lust dazu, und so ging er die Stufen wieder hinab und zur Garage hinüber und zog die Korbflasche unter dem Säckestapel hervor. Er tat einen langen, tiefen Zug, senkte die Flasche vorsichtig, verkorkte sie und schob sie wieder unter die Säcke.

Er schloss die Garagentür und schob den hölzernen Riegel vor. Es war jetzt ganz dämmrig geworden, und unter den Bäumen lagen tiefe schwarze Schatten.

»Ich wünschte, ich hätte einen Hund«, sagte er in die Nacht. »Warum wünsche ich mir das eigentlich immerzu? Wahrscheinlich brauche ich jemanden, der mich bewundert.«

Drinnen im Haus lauschte er, aber er konnte kein Schluchzen hören. Er ging die Treppe halb hinauf und sah das Licht angehen, und so wusste er, dass wieder alles mit ihr stimmte. Als er in der Tür des Zimmers erschien, war sie gerade dabei, ihr Handköfferchen auszupacken. Sie pfiff sehr leise zwischen den Zähnen.

»Du hast wieder einen Schluck getrunken, oder?«, sagte sie, ohne aufzublicken.

»Bloß einen. Ich musste einen Trinkspruch ausbringen. Aufs Wohl eines gebrochenen Herzens!«

Sie streckte sich scharf in die Höhe und starrte ihn an unter dem aufgeplusterten dunklen Haar. »Das ist ja reizend«, sagte sie kalt. »Deines Herzens – oder meines?«

»Weder noch«, sagte Hank. »Es war nur ein Titel, der mir zufällig einfiel.«

»Ein Titel für was – eine Story?«

»Für den Roman, den ich nicht schreiben werde«, sagte Hank.

»Du bist betrunken«, sagte Marion.

»Ich habe nichts zum Lunch gehabt.«

»Tut mir leid, dass ich dich geschlagen habe, Hank.«

»Ist schon gut«, sagte Hank. »Ich hätt's selber getan, wenn ich drauf gekommen wäre.«

Er drehte sich auf dem Absatz um und ging die Treppe hinunter, behutsam, Schritt für Schritt, ohne das Geländer zu berühren, dann durch die Halle und zur Tür hinaus, die er leise hinter sich zufallen ließ, dann die Stufen hinunter, eine nach der andern, vorsichtig, festen Schritts, und dann um die Hausecke, und seine Schuhe knirschten im Kies, auf seiner endlosen, vorherbestimmten Reise zurück zu der Korbflasche unter dem Säckestapel.

Philippe Djian
Sechshundert Seiten

Wir lagen in unseren Liegestühlen, Edith und ich. Durch die Erdrutsche im Winter hatten wir gut drei Meter unseres Grundstückes verloren, und die kleine Hütte, in der ich mein Gartengerät abgestellt hatte, war mitsamt meinem Rasenmäher, einem 7-PS-Sabo, der mich vor ein paar Jahren ein Heidengeld gekostet hatte, vom Ozean verschlungen worden. Die Vorstellung, mich auf diesem Sektor erneut in Unkosten stürzen zu müssen, begeisterte mich zwar nicht sonderlich, aber ich war einem gewissen Druck seitens meiner Umgebung ausgesetzt, umso mehr, als sich der Typ nebenan gerade einen AS-Motor-Quattro mit 10 PS und drei Gängen zugelegt hatte, den er nun übertrieben zur Schau stellte.

Ediths Waden waren mit weißen Kratzern gestrichelt. Die Disteln waren über unsere Lieblingsecke hergefallen, ganz so, als wären beim Einsturz der Steilküste irgendwelche Eier aufgeplatzt und als hätten wir seitdem unter der Invasion einer Armee von kleinen, stacheligen Biestern zu leiden, die unser Grundstück enterten und sich unter unseren Liegestühlen hindurch zum Haus hin ausbreiteten. Wenn man sich über die Kante beugte, stach einem das Ausmaß des Phänomens ins Auge, ein Behang in Mauve und Silber, der bis zum Meeresufer wallte, gut dreißig Meter tief, und sich bis zur spanischen Grenze zu erstrecken schien.

Geoffroy S. Dazatte, der Typ, der sich den AS-Motor geleistet hatte, grinste mich an, wenn er mich sah. Ediths Waden waren das einzige Wölkchen am Himmel. Eigentlich hatte ich keine Lust, einen neuen Rasenmäher zu kaufen, aber die Luft war dermaßen lau, dass ich mir über meine Empfindungen nicht mehr so ganz im Klaren war. Dieses Gefühl von Schwäche befiel mich regelmäßig gegen sieben Uhr abends, wenn ich mich an Ediths Seite in meinem Liegestuhl postierte und im Licht einer stillen Sonne den Meeresdunst mit einigen Fingerbreit Glenfiddich mischte.

Dieser Spätnachmittag war nicht strahlender als all die anderen auch, die wir in dieser Woche hatten genießen dürfen. Es lag nichts in der Luft, nicht mehr als an den Tagen zuvor. Trotzdem zog ich einen ganzen Satz Reservierungen für die *Rencontres internationales de Piano* aus meiner Tasche. Und bevor sie mir um den Hals fiel, verkündete ich ihr, ich wolle diese Sache mit dem Rasenmäher in Ordnung bringen, sie habe recht, das sei dringender als der Lack meines Aston Martin. Ihr fiel die Zeitung aus den Händen.

In diesem Augenblick hörten wir ein dunkles Rufen, das vom Haus zu uns herüberschallte, ein entfernt menschliches Schreien. Edith warf mir einen angsterfüllten Blick zu. Eine Mutter erkennt stets die Stimmen ihrer Kinder. Ich auch, aber sie hatte ihre Sandalen anbehalten und kam schneller voran. Als ich in der Küche eintraf, kniete sie bereits vor dem Verwundeten. Maxime saß auf einem Stuhl und schnitt Grimassen. Blut war zu sehen, und ein Hosenbein war zerrissen, dann begegneten sich unsere Blicke.

»Mensch, ich sag dir, das sieht übel aus...!«, stieß er mit tonloser Stimme hervor.

Ganz so schlimm war die Sache auch wieder nicht. Die Zähne waren glatt eingedrungen, ohne das Fleisch zu zerfetzen, und er blutete auch nicht mehr. Edith hatte die Wunden sorgfältig desinfiziert, während ich mich in seinem Impfpass vergewisserte, dass der Schutz noch anhielt.

Ich setzte mich neben ihn, als sie ihm den Verband anlegte. Mit Hilfe einer Pinzette machte ich mich daran, die zahlreichen Stacheln zu entfernen, die in meinen Füßen staken.

»Hab ich dir nicht hundertmal gesagt, du sollst dich vor diesem Hund in Acht nehmen...? Und ich hab dir verboten, da drüben Skateboard zu fahren. Jetzt siehst du, was du davon hast... Und du hattest noch Glück, dass er dich überhaupt hat laufen lassen... Verdammt, Maxie, so'n Schnauzer, der beißt glatt 'nem Ochsen die Kehle durch...!«

»Eben. Ich hätte Lust, die Polizei zu rufen...«, erklärte Edith und blickte mich durchdringend an.

»Nein. Kommt nicht in Frage.«

Sie ging auf den Apparat zu.

»Hör zu, Edith... Ich weiß nicht, ob ich sehr erpicht darauf bin, eine Geldstrafe wegen unbefugten Betretens von Privatgelände zu zahlen. Ich wette, die fragen uns als Erstes, was unser Sohn bei unseren Nachbarn zu suchen hatte.«

Sie hielt den Hörer fest in der Hand. Ihr Gesicht war wie versteinert, aber sie zögerte, die Nummer zu wählen. Wahrscheinlich sagte sie sich, dass ich ausnahmsweise recht hatte.

Trotzdem, ich war auf der Hut, bereit, mich im nächsten Moment auf den Apparat zu stürzen. Erneut blickten wir uns an.

»Lou... die Kinder spielen da drüben, seit sie auf der Welt sind...!«, wimmerte sie beinahe.

»Meine Güte! Wann geht euch endlich in den Kopf, dass dieses Grundstück nun mal *eingezäunt* ist und dass ihr da nichts mehr verloren habt...?!«

Maxime humpelte auf seine Mutter zu und schlang seine Arme um ihre Taille. Ich wusste im Voraus, was sie mir entgegnen würde, mir war, als hagelten ihre Worte schon auf meine Brust: »Und wenn schon... Ist das ein Grund, unsere Kinder auffressen zu lassen...?!«

Mathias war zwar schon sechzehn, aber ich machte mir trotzdem Sorgen. Er kam oft nach Einbruch der Dunkelheit zurück, und ich war überzeugt, dass er dann diese Abkürzung quer über das Grundstück der Dazattes nahm, auch wenn er mir stets das Gegenteil versicherte. Nun denn, mit Gottes Hilfe würde ich diesem dämlichen Köter ordentlich eins überziehen, jedenfalls fest genug, um ihm den Spaß ein für allemal zu verderben, dazu brauchte ich keine Polizei. Ich schwang meinen Hockeyschläger einige Male durchs Zimmer. Edith wirkte ein bisschen beunruhigt, aber ihre Augen leuchteten. Es war zwar zwanzig Jahre her, dass ich mein Trikot an den Nagel gehängt hatte. Wenn ich auch Bobby Hull niemals gleichgekommen war, hatte ich mich doch in der Universitätsmannschaft achtbar geschlagen. Edith hatte keines meiner Spiele versäumt, und ich trug ihre Lieblingsnummer, die 4. Ich wusste nicht, was mir von meiner einstigen Geschicklichkeit geblieben war, aber einen Schnauzer im Flug zu erwischen, traute ich mir schon noch zu.

Ich zwinkerte Maxime zu – er konnte es nicht fassen, dass dieser behelmte Hüne sein Vater war – und küsste Edith auf den Mund, dann entschwand ich nach draußen. Der Tag ging zur Neige. Eine leichte Brise wehte vom Meer herauf, mein Rasen wogte sanft mit einem leisen Geräusch wie von zerknülltem Papier, und die Disteln raschelten und knisterten, je nachdem, wie der Wind sich drehte. Die Luft glitzerte, der Mond schien, es herrschte eine erhabene Ruhe, von den zarten Empfindungen, die mich wegen dieser Geschichte mit der Nummer 4 beschlichen, ganz zu schweigen. Aber ich durfte mich nicht gehenlassen.

Geduckt schlich ich den Weg entlang, der uns von den Dazattes trennte. Es brannte Licht bei ihnen. Hätte ich es mit einem normalen Typen zu tun gehabt, wäre ich zu ihm gegangen, um mit ihm zu reden, und wir hätten die Sache auf die eine oder andere Weise aus der Welt geschafft, aber Geoffroy S. Dazatte hatte keine Kinder, und er hasste mich. Ich hatte vor einigen Jahren einen Artikel über seinen letzten Roman geschrieben. Nun ja, über einen Schriftsteller etwas Gutes zu schreiben, bringt einem in diesem Metier überhaupt nichts ein, aber sagt man auch nur ein Wort, das er in den falschen Hals bekommen kann, dann macht man ihn sich todsicher zum Feind. Ich war für eine ganze Reihe von denen nur ein kleiner Mistkerl, ein Neidhammel, ein Kretin, ein gescheiterter Schreiberling. Für Dazatte war ich jedoch noch einiges mehr. Ich war ihm ein Greuel, jemand, den er am liebsten auf kleiner Flamme geröstet hätte.

Mein Grundstück endete auf halber Höhe, seines reichte bis zur Straße, ungefähr noch zwei Hektar weit. Als die Gemeinde einige Parzellen zum Verkauf anbot, hatte Dazatte zugegriffen. Es hatte schon immer Rasenmäher in meinem Leben gegeben, na ja, Sachen halt, die einem sämtliche Pläne über den Haufen werfen. Nun gut, ich war nicht da, um das Land neu zu verteilen. Ich warf einen raschen Blick in die Runde, dann setzte ich kühn über des Schriftstellers Hecke.

Das war wirklich ein wunderbarer Ort zum Skateboardfahren. Früher hatte hier ein kleiner geteerter Weg mitten durch die Pinien zur Steilküste hinabgeführt, und es gab immer noch, wenn man sich setzen wollte, einige Bänke aus Beton in Form von Ästen. Dazatte würde sie sicherlich früher oder später beseitigen. Ich war vielleicht einer der Letzten, der von diesen Bänken profitieren konnte, und ich wollte gerade eine ausprobieren, als ich ein Knurren vernahm.

Ich fuhr in die Höhe, triefend vor eiskaltem Schweiß. Sämtliche Härchen meines Körpers waren wie elektrisiert, und das Blut wich mir aus dem Gesicht. »Wo bist du, du dämliches…?! Komm raus, verdammter Sch…köter!«, ereiferte ich mich, an Leib und Seele zitternd. Wo steckte es nur, dieses verfluchte Viech? Statt gleich über mich herzufallen, knurrte der tumbe Hund von neuem, und da erblickte ich ihn. Die Kinnladen eines Krokodils, mochte man meinen, die Lefzen schienen von Wäscheklammern hochgezogen. Ich hob den Schläger über die Schulter. Es fehlte nur noch das Publikum, um die alte Nummer 4 wiederaufstehen zu lassen.

Als ich am nächsten Morgen vor die Tür ging, erkannte

ich den Wagen des Tierarztes. Ich stellte mich an die Hecke meines Nachbarn und sah den Schnauzer, er lag unter einem Sonnenschirm, in einem Weidenkorb und eingewickelt wie eine Mumie. Im nächsten Moment schoss Dazatte auf seine Freitreppe hinaus, als hätten seine Rockschöße Feuer gefangen.

»Was wollen Sie…?! Was starren Sie hier rein?!!« Er war derart aufgebracht, dass sich kleine rote Flecken auf seinem Gesicht und seinem Hals bildeten.

»Ich stehe hier auf einem öffentlichen Weg«, entgegnete ich. Dann drehte ich mich um und schlenderte auf meinen Wagen zu.

»Verdammt…! So kommen Sie mir nicht davon…!«, explodierte er. Er lief herbei und warf mir alles Mögliche an den Kopf, aber ich nahm keine Notiz von ihm. Er konnte noch so laut schreien, er wisse, dass ich das gewesen sei, er war nicht in der Lage, es zu beweisen. Es war ein schöner Tag.

Als ich losfuhr, sprang er in seinen Wagen und kurvte neben mich, mit heruntergelassenen Fenstern, um mich weiter zu beschimpfen. Ich wollte, seine Leser hätten ihn hören können, als er da fluchte wie ein Kutscher. Ich für mein Teil beschleunigte ein wenig.

Erneut tauchte der schwere Mercedes – ein nagelneuer 500 SE – neben mir auf. Trotz der Schlaglöcher und der relativ schmalen Fahrbahn lenkte er mit einer Hand und drohte mir mit geballter Faust, dabei schrie er sich die Lunge aus dem Hals. Hinter uns stieg eine dichte Staubsäule gen Himmel. Schließlich warf ich ihm einen sibyllinischen Blick zu. Bildete er sich etwa ein, ich säße am Steuer einer Schrottmühle? 1956 hatte Stirling Moss mit dem gleichen Modell die 24 Stunden von Le Mans bestritten. Ich setzte mich wieder vor ihn.

Die meisten Schriftsteller sind Choleriker. Folglich raste auch Geoffroy S. Dazatte mit krankhafter Wut hinter mir her. Er hupte wie ein Irrer und drangsalierte mich mit seinen Scheinwerfern, während ich ihn in den flirrenden Dunst meiner Staubwolke hüllte und ihm damit die Sicht nahm. Mir schien, er ließ es an der elementarsten Vorsicht fehlen. Für alle Fälle legte ich den Sitzgurt an, denn am Ende des Wegs erwartete uns ein Stoppschild.

Ich ließ mich gar nicht erst auf eine Diskussion ein. Ich angelte mir meine Polaroid aus dem Handschuhfach und stieg aus, um die erforderlichen Aufnahmen zu machen. Der Aufprall hatte ihn ernüchtert. Er war weiß wie eine Wand, vor allem des Staubes wegen.

»Sie wissen, wen Sie vor sich haben…?«, fragte ich ihn. »Ich schicke Ihnen meinen Versicherungsvertreter.«

Damit ließ ich ihn stehen. Er guckte ein wenig belämmert, aber ich empfand nicht das geringste Mitleid mit ihm. Solche Kindereien verdienten keine Beachtung und erst recht nicht, dass man ihren Urheber bedauerte, auch wenn er noch so baff war, dass ihn jemand derart geleimt hatte.

Ich hatte also eine Gratislackierung gewonnen – ich kannte einen Karosserieschlosser in Bayonne, der früher einmal bei Zagato in Italien gearbeitet hatte und mich sehr mochte. Plötzlich erschien mir der Kauf eines neuen Rasenmähers gar nicht mehr wie ein einziger Jammer. Den linken Arm auf der Fahrertür, kurvte ich in die Stadt hinab.

Auf dem Rückweg sah ich den Wagen des Hausarztes vor der Einfahrt der Dazattes. Dicke Wolken zogen dichtgedrängt am Himmel, aber ich sah darin kein böses Omen. Geoffroy S. Dazatte spürte mindestens ein-, zweimal im Jahr den Tod nahen, und zwar mit Vorliebe, wenn die Dinge nicht so liefen, wie er sich das vorstellte. Mit dem Unwetter, das sich in der Ferne zusammenbraute, war allerdings nicht zu scherzen. Es wehte nicht das geringste Lüftchen, und der Ozean wechselte die Farbe und ballte sich zusehends zusammen. Das rief unangenehme Erinnerungen in mir wach. Beim letzten Mal war eine ganze Ecke Steilküste in den Fluten versunken, und mit ihr meine Hütte und ein guter Teil meines Grundstücks.

»Sie haben meinen Mann umgebracht! Sie haben meinen Mann ummm-geee-bracht...!!« Diesmal war es Laurie-Laure Dazatte, die mit Volldampf über den Rasen auf mich zurauschte und ein Heidenspektakel veranstaltete. Sie war noch recht ansehnlich. Wenn sie ein Sonnenbad nahm, setzte ich manchmal meine Sonnenbrille auf und fing an, meine Hecke zu schneiden, und meine beiden Söhne drängelten neben mir, bis uns ihre Mutter zur Ordnung rief. Als ich sie so auf mich zustürzen sah, stellte ich eilends den Rasenmäher ab, um mich ihr zu widmen.

Ich erwischte ihre Handgelenke gerade noch rechtzeitig. Die Dazattes waren das schlimmste Paar von Hitzköpfen, das man sich auf Erden nur denken konnte, und sie waren meine Nachbarn. Es war nicht zu fassen. Bei einem Abenteuer mit einer Frau von ihrem Kaliber, stellte ich mir vor, da ging es bestimmt auf Leben und Tod.

»Hören Sie auf mit dem Stuss... Ich habe niemanden

umgebracht«, entgegnete ich ihr und starrte auf das giftige Licht, das in ihren Augen glomm, als ich ihre Arme zurückbog. Zum Glück war ihr der Arzt auf den Fersen und erlöste mich von ihr, nachdem er die Augen gen Himmel verdreht hatte. Jeder hier wusste, was er von den Dazattes zu halten hatte. Ich kannte weit und breit niemanden, der bereit gewesen wäre, mir meine Bude abzukaufen, und sei es für ein halbes Butterbrot. Nicht, solange die Dazattes keinen Steinwurf weit weg wohnten.

Edith fand mich beklommen vor. Ich erzählte ihr von der Sache mit dem Lack und dem noch frischen, hitzigen Gefecht Marke Laurie-Laure. Dann umarmte ich sie, um auf andere Gedanken zu kommen, ich stützte mein Kinn auf ihre Schulter und beobachtete reglos den Himmel, den rußigen Horizont und den mit bleiernem Schaum bedeckten Ozean. Ich wusste, was da im Anzug war. Ein dichtgedrängter Schwarm Möwen strich auf der Flucht landeinwärts über unser Dach.

Ich ging raus, um die Liegestühle und die Sonnenschirme in Sicherheit zu bringen, um alles zu vertäuen, was wegfliegen konnte, und den Wagen in die Garage zu fahren. Danach spielte ich mit Maxime ein wenig Mikado, aber ich achtete mehr auf das leichte Beben des Fußbodens – der Aufprall der Wellen pflanzte sich durch den Stein bis unter meine nackten Füße fort – als auf die Launen der Stäbchen. Mathias sah fern. Edith machte uns etwas zu essen und summte dabei *Die Ballade der Mary Sanders*. Das Licht draußen wurde wahrlich düster, und ein paar heftige Windstöße rammten das Haus. Doch wer außer mir scherte sich unter diesem Dach schon darum? Spürten sie denn nicht die unermessliche Gewalt der entfesselten Elemente, hatten sie nicht das Bild eines Hundes vor Augen, der seine Flöhe abschüttelt...?

Ich verzog mein Gesicht zu einem befriedigten Lächeln, als eine unserer Fensterscheiben barst und wir einträchtig mit großen Augen zusammenzuckten. Ich glaubte dennoch nicht, dass Anlass bestand, sich zu beunruhigen, nur eine etwas empfindliche Natur würde sich deswegen gleich in die Hosen machen... Mein Gott, und was sagten sie nun...?!

»Halb so schlimm. Keine Panik...!«, stieß ich hervor und schnellte von meinem Stuhl in die Höhe, die Haare standen mir zu Berge wegen des Luftzugs. Um uns herum tanzten die Vorhänge, kleinere Gegenstände wirbelten durch den Raum, andere schwankten oder kippten gar auf den Boden. »Ich glaube, es wird Zeit, die Fensterläden zu schließen.«

Fünf Minuten zuvor hätte ich mir mit einem solchen Vorschlag lediglich ein paar witzige Bemerkungen eingehandelt, jetzt war niemand dagegen. Durch das bedauerliche Vorhandensein der Scherben auf dem Boden in meinem Schwung gebremst, schritt ich gemächlich auf das Fenster zu, durch das der Minitornado hereinfegte.

In diesem Moment zerplatzte eine zweite Scheibe. Ich fand das merkwürdig. Blitzartig fing ich an, mir Gedanken zu machen.

Dann kam mir eine dritte entgegen. »Wie das...? Was soll das heißen...??!«, murmelte ich.

»Lou, was ist los...?«

Ediths angstvoller Zuruf rüttelte mich auf.
»Runter auf den Boden...!«, kreischte ich.
Ich stieß den Tisch um und brachte uns in Sicherheit.

»Lou...«, setzte sie an, dann biss sie sich auf die Lippen. Ich beruhigte sie, streichelte ihr über die Wange und wiederholte, wir bräuchten keine Polizei, das gäbe nur unnötige Komplikationen. Ich bat die Jungen, gut auf sie aufzupassen, denn ich liebte diese Frau mehr, als erlaubt war. Dann stahl ich mich mit meinem Schläger zur Tür hinaus.

Mein Rasen hatte die ideale Höhe, um einen Mann, der flach auf der Erde lag, zu verbergen. Wären nicht die Disteln gewesen, die mich beim Vorwärtskriechen zerstachen und meinen Jubel dämpften, ich hätte mir zu meiner bisherigen Nachlässigkeit gratulieren können. Der Wind heulte, der Ozean zerschellte an den Klippen, am Himmel schien nur noch ein schwaches graugrünes, quasi höllisches Licht, aber mich packte eine solche Wut, dass ich mich in meinem Element fühlte.

Ich bemerkte die beiden hinter der Hecke, und ein Fiepen entrang sich meiner Brust. Zum Glück herrschte ein solcher Lärm, dass ich hätte grölen können, ohne dass sie mich gehört hätten, zumal sie sich um das Gewehr stritten, sie zog am einen, er am andern Ende.

Ich schloss für einen kurzen Moment die Augen, übermannt von den heftigsten Empfindungen, die man sich vorstellen kann. Dann kroch ich weiter, über die Steine des Wegs hinweg, meinen Schläger ließ ich zurück, um das Schlimmste zu verhüten.

Laurie-Laure legte gerade an, als ich mich neben ihr aufrichtete, Geoffroy war erregt, er stampfte vor Ungeduld regelrecht mit den Füßen und wettete, sie werde es nicht schaffen, meine Fernsehantenne herunterzuholen. Ich wurde bleich vor Wut. Obwohl sie eine Frau war, verpasste ich ihr eine Gerade ans Kinn, und sie schlug der Länge nach ins Gras. Geoffroy erstarrte. Weniger vor Angst denn vor bitterer und schmerzlicher Überraschung klappte ihm der Kiefer herunter. Ich nutzte dies aus, um ihm an die Gurgel zu springen.

Beide Hände fest um seinen Hals geschlossen, schüttelte und rüttelte ich ihn, überhäufte ihn mit Beleidigungen, die von dem wütenden Wind verweht wurden, noch ehe sie ihn erreichten. Er verzog das Gesicht, rollte mit den Augen, hängte sich an meine Handgelenke, während ich ihn hin- und herriss. Das tat gut. Ich wurde nicht müde, ihn vor dieser finsteren Szenerie zu würgen. Von Zeit zu Zeit gönnte ich ihm ein wenig Luft, um das Vergnügen zu verlängern, dann legte ich von neuem los.

Bis sich plötzlich etwas Furchtbares ereignete. Ich ließ auf der Stelle von Geoffroy ab. Wir blickten uns an, als hätte uns eine Lanze durchbohrt, reglos, atemlos, die Augen tränend im Wind. Dann blickten wir erneut auf seine Hütte beziehungsweise auf das, was davon noch übrig war.

»Herrgott, nein, nicht...! Nicht meine Bibliothek...!!!«

Noch nie in meinem Leben hatte ich ein solch herzzerreißendes Heulen gehört. Er sank vor mir auf die Knie und krümmte sich auf dem Boden, drückte die Stirn ins Gras. Ich wusste nicht, was tun. Ich starrte einen Augenblick auf das schwarze Loch, das gerade die Hälfte seines Hauses und einen Teil des Felsens verschlungen hatte. Eine brennende Laterne schaukelte über dem Nichts, und ein Teppich flatterte im Wind. Ich hockte mich neben ihn, streckte zögernd eine Hand nach seiner Schulter aus.

»Kopf hoch...!«, schrie ich ihm ins Ohr. »Ich leihe Ihnen ein paar Bücher...!«

»Wieso Bücher...?«, zeterte er. »Mein Manuskript ist davongeflogen. Sechshundert handgeschriebene Seiten...!«

Ich musste zugeben, das war hart. Persönlich konnte ich mich nicht dazu aufraffen, einen Roman in Angriff zu nehmen, ich hatte keine Lust, bekloppt zu werden. Ich riss ihm das Gewehr aus der Hand, als er sich den Lauf in den Mund schob, und schleuderte es über Bord.

Und als es anfing zu regnen und er sich wieder auf den Boden legte, nötigte ich ihn aufzustehen und sprach beruhigend auf ihn ein, und gemeinsam kümmerten wir uns um seine Frau, jeder nahm sich einen Arm, um ihr beim Gehen zu helfen, und wir kehrten ihrem Haus den Rücken, und obendrein peitschten uns auch noch die Tropfen ins Gesicht, und halb erstickt hasteten wir zu mir, o Edith, die Dazattes bleiben heute zum Essen, und vielleicht, Liebling, bleiben sie auch über Nacht.

Patricia Highsmith
Der Mann, der seine Bücher im Kopf schrieb

Everett Taylor Cheever schrieb Bücher im Kopf, nie auf Papier. Als er mit zweiundsechzig starb, hatte er vierzehn Romane verfasst und einhundertsiebenundzwanzig Figuren geschaffen, die ihm alle, zumindest ihm, genau im Gedächtnis geblieben waren.

Gekommen war das so: Mit dreiundzwanzig hatte Cheever einen Roman mit dem Titel *Die ewige Herausforderung* geschrieben, der von vier Londoner Verlagen abgelehnt wurde. Cheever, damals stellvertretender Redakteur bei einer Zeitung in Brighton, zeigte sein Manuskript drei oder vier befreundeten Journalisten und Kritikern, die sich unisono fast ebenso abfällig dazu äußerten wie die Londoner Verleger: »Figuren konturlos… geschraubte Dialoge… Thema bleibt verschwommen… du willst meine ehrliche Meinung, und darum sage ich dir offen: Ich glaube nicht, dass das eine Chance hat, veröffentlicht zu werden, selbst wenn du noch einmal drübergehst… Vergiss es doch einfach und schreib was Neues.« Cheever hatte zwei Jahre lang seine gesamte Freizeit auf diesen Roman verwendet und darüber seine Freundin Louise Welldon, die er heiraten wollte, so sehr vernachlässigt, dass er sie beinahe verlor. Sie heirateten dann aber doch, wenige Wochen nach der Flut von negativen Reaktionen auf sein Buch. Allerdings vermisste er nun das Element des Triumphs, mit dem er seine Braut zu erobern und in den Hafen der Ehe zu führen geplant hatte.

Cheever besaß ein kleines Einkommen aus Wertpapieren und Louise ein etwas größeres. Cheever brauchte nicht zu arbeiten. Er hatte sich vorgenommen, die Stelle bei der Zeitung nach Erscheinen seines ersten Romans zu kündigen, um weitere Bücher zu schreiben wie auch Rezensionen, vielleicht auch eine eigene Literaturkolumne, zunächst für die Zeitung in Brighton, von wo er zur *Times* und zum *Guardian* aufsteigen könnte. Er versuchte sich als Literaturkritiker beim Brightoner *Beacon* zu bewerben, aber sie wollten ihm keine ständige Kolumne geben. Außerdem wollte Louise in London leben.

Sie kauften also ein Stadthaus am Cheyne Walk und richteten es mit den Möbeln und Teppichen ein, die sie von ihren Familien geschenkt bekommen hatten. Inzwischen dachte sich Cheever einen neuen Roman aus, der aber absolut perfekt geraten sollte, ehe er ein Wort davon zu Papier brachte. Er hielt damit so sehr hinter dem Berg, dass er Louise weder Titel noch Thema verriet und auch die Figuren nicht mit ihr besprach, obwohl er diese deutlich vor sich sah – ihre Herkunft, Beweggründe, Vorlieben und ihr Aussehen bis hin zur Farbe ihrer Augen. Sein nächstes Buch würde ein genau umrissenes Thema haben, Figuren mit messerscharfen Konturen und knappe, aussagekräftige Dialoge.

Stundenlang saß er in seinem Arbeitszimmer in dem Haus am Cheyne Walk, gleich nach dem Frühstück ging er hinauf und blieb bis zum Mittagessen, danach noch einmal bis zum Tee oder zum Abendessen, wie jeder andere Schriftsteller, nur dass er an seinem Schreibtisch kaum je etwas aufschrieb, außer gelegentlichen Notizen wie »1877+53« oder »1939–83«, um Alter oder Geburtsjahr einzelner Figuren zu bestimmen. Während er nachdachte, summte er gern leise vor sich hin. Um sich sein Buch, das er *Der Spielverderber* nannte (den Titel kannte niemand sonst auf der Welt), auszudenken und im Kopf zu schreiben, brauchte er vierzehn Monate. Inzwischen war Everett junior geboren worden. Cheever hatte seinen Roman so deutlich vor sich, dass die ganze erste Seite in seiner Vorstellung eingeprägt war, als sähe er sie gedruckt. Er wusste, dass es zwölf Kapitel geben würde, und kannte auch genau deren Inhalt. Ganze Dialogpassagen lernte er auswendig, um sie nach Belieben aus dem Gedächtnis abzurufen. Cheever war der Meinung, den Roman in weniger als einem Monat tippen zu können. Er besaß eine nagelneue Schreibmaschine, die ihm Louise zu seinem letzten Geburtstag geschenkt hatte.

»Jetzt bin ich fertig – endlich«, sagte Cheever eines Morgens mit ungewohnter Fröhlichkeit.

»Ach, wie herrlich, Schatz!«, sagte Louise. Taktvollerweise fragte sie ihn nie danach, wie er mit der Arbeit vorankam, da sie spürte, dass ihm das nicht gefallen würde.

Während Cheever in der *Times* blätterte und sich seine erste Pfeife stopfte, bevor er wieder zur Arbeit nach oben ging, schnitt Louise draußen im Garten drei gelbe Rosen ab, stellte sie in eine Vase und brachte sie in sein Zimmer. Dann zog sie sich sachte zurück.

Cheevers Arbeitszimmer, das zum Garten hinausging, war nett und gemütlich, mit einem großzügigen Schreibtisch, gutem Licht, griffbereiten Wörterbüchern und Nachschlagewerken, einem grünen Ledersofa, auf dem er ein kurzes Nickerchen halten konnte, wenn er wollte, und einem Blick auf den Garten. Cheever bemerkte die Rosen auf dem kleineren Rolltischchen neben dem Schreibtisch und lächelte dankbar. *Seite eins*, *Kapitel eins*, dachte Cheever. Das Buch wollte er Louise widmen. *Für meine Frau Louise.* Schlicht und klar. *Es war ein grauer Vormittag im Dezember, als Leonard…*

Er hielt inne und zündete sich eine neue Pfeife an. Er hatte ein Blatt Papier in die Schreibmaschine eingespannt, aber dies war die Titelseite, und bisher hatte er noch nichts getippt. Plötzlich, um Viertel nach zehn, wurde er sich des Gefühls von Langeweile bewusst – einer bedrückenden, ja lähmenden Langeweile. Er kannte das Buch doch, hatte es vollständig im Kopf, wozu sollte er es da noch schreiben?

Der Gedanke, nun wochenlang auf die Tasten einzuhämmern, um auf schätzungsweise zweihundertzweiundneunzig Seiten Wörter zu Papier zu bringen, die er bereits auswendig wusste, ließ ihn verzagen. Er warf sich auf das grüne Sofa und schlief bis elf Uhr. Er erwachte erfrischt und mit einer neuen Perspektive: Das Buch war schließlich schon fertig, und nicht nur das, es war auch überarbeitet und endredigiert. Warum nicht etwas Neues beginnen?

Schon seit fast vier Monaten trug Cheever die Idee für ein Buch über ein Waisenkind auf der Suche nach seinen Eltern mit sich herum. Er begann, sich um diese Idee herum einen Roman auszudenken. Den ganzen Tag saß er am Schreibtisch, summte vor sich hin, starrte auf die Papierblätter, die fast alle leer waren, und klopfte mit dem Radiergummiende eines gelben Bleistifts einen Takt. Er war mitten im Schöpfungsprozess.

Als er sich den Roman über das Waisenkind zu Ende ausgedacht hatte, war sein Sohn fünf Jahre alt.

»*Schreiben* kann ich meine Bücher später immer noch«, sagte Cheever zu Louise. »Die Hauptsache besteht ja in der Gedankenarbeit.«

Louise war enttäuscht, aber sie zeigte es nicht. »Dein Vater ist *Schriftsteller*«, sagte sie zu Everett junior. »Romancier. Romanciers müssen nicht zur Arbeit gehen wie andere Menschen. Sie können zu Hause arbeiten.«

Klein Everett ging in den Kindergarten, und die Kinder hatten ihn gefragt, was sein Vater von Beruf sei. Als Everett zwölf war, begriff er die Situation und empfand sie als höchst lächerlich, besonders als ihm seine Mutter mitteilte, sein Vater habe sechs Bücher geschrieben. Unsichtbare Bücher. Daraufhin änderte Louise ihre Haltung gegenüber Cheever: Ihre nachsichtige Toleranz wich Respekt und Bewunderung. Sie tat es ganz bewusst und vor allem, um Everett mit gutem Beispiel voranzugehen. Sie vertrat die höchst konventionelle Meinung, wenn ein Sohn die Achtung vor seinem Vater verliere, könne nicht nur sein eigener Charakter, sondern die gesamte Familie zu Schaden kommen.

Als Everett fünfzehn war, fand er das Tun des Vaters nicht mehr zum Lachen, sondern peinlich, und er schämte sich, wenn ihn seine Freunde besuchten.

»Romane?… Sind sie gut?… Zeigst du mir mal einen?«, fragte etwa Ronnie Phelps, ebenfalls fünfzehn und Everetts bewundertes Vorbild. Dass Everett Ronnie über die Weihnachtsferien zu sich nach Hause gelotst hatte, war ein phänomenaler Coup, und nun sorgte sich Everett, dass auch alles glattging.

»Er macht nicht viel Aufhebens davon«, antwortete Everett. »Bewahrt sie alle in seinem Zimmer auf, weißt du?«

»Sieben Bücher. Komisch, dass ich noch nie von ihm gehört habe. Bei welchem Verlag denn?«

Everett stand deshalb unter einer derartigen Anspannung, dass sich auch Ronnie nicht mehr recht wohl fühlte, schon nach drei Tagen abreiste und zu seiner Familie nach Kent fuhr. Everett verweigerte daraufhin das Essen, fast völlig jedenfalls, und schloss sich in seinem Zimmer ein, wo ihn die Mutter zweimal weinend antraf.

Cheever bemerkte von alldem nichts. Louise schirmte ihn gegen jede häusliche Unruhe und Störung ab. Doch da die Ferien noch fast einen Monat dauern würden und Everett in so schlechter Verfassung war, machte sie Cheever behutsam den Vorschlag, eine Kreuzfahrt zu unternehmen, und warum nicht zu den Kanarischen Inseln.

Zunächst bestürzte Cheever der Gedanke. Er mochte keine Ferien, brauchte keine und sagte es immer wieder. Doch nach vierundzwanzig Stunden gelangte er zu der Ansicht, eine Kreuzfahrt sei keine schlechte Idee. »Arbeiten kann ich ja trotzdem«, sagte er.

Auf dem Schiff saß Cheever stundenlang in seinem Liegestuhl, manchmal mit Bleistift, manchmal ohne, und arbeitete an seinem achten Roman. Er notierte sich während der zwölf Tage allerdings keine Zeile. Wenn er seufzte und die Augen schloss, wusste Louise, die neben ihm saß, dass er eine Pause einlegte. Gegen Ende des Tages schien er oft ein Buch in den Händen zu halten und darin zu blättern, und daran sah sie, dass er in früheren Werken schwelgte, die er ja auswendig kannte.

»Haha«, lachte Cheever still vor sich hin, wenn ihn eine Passage amüsierte. Dann wieder wandte er sich einer anderen Stelle zu, schien eine Weile zu lesen und murmelte: »Hm-mm. Nicht übel, nicht übel.«

Everett, dessen Stuhl auf der anderen Seite seiner Mutter stand, rappelte sich dann meist grummelnd auf und stakste davon, wenn sein Vater diese zufriedenen Grunzlaute ausstieß. Die Kreuzfahrt war kein durchschlagender Erfolg für Everett, da es keine anderen Passagiere seines Alters gab bis auf ein Mädchen, und Everett hatte seinen Eltern und dem freundlichen Steward bereits deutlich gesagt, er verspüre keinerlei Verlangen, die junge Dame kennenzulernen.

Als Everett nach Oxford kam, besserte sich die Lage insofern, als er gegenüber seinem Vater wieder eine amüsierte Haltung einnahm. Der habe ihn nämlich richtig populär gemacht an der Universität, erklärte Everett. »Nicht jeder hat einen lebenden Limerick zum Vater«, sagte er einmal zu seiner Mutter. »Soll ich mal einen aufsagen, den ich...«

»Bitte, Everett!«, unterbrach ihn seine Mutter eisig, so dass Everett schlagartig das Grinsen verging.

Mit Ende fünfzig zeigten sich bei Cheever die ersten Anzeichen der Herzkrankheit, an der er sterben sollte. Er schrieb weiterhin im Geiste, so regelmäßig wie gewohnt, aber sein Arzt riet ihm dazu, das Pensum etwas einzuschränken und zweimal täglich ein Nickerchen einzuschieben. Es war ein neuer Arzt, ein Herzspezialist, und Louise hatte ihm erklärt, worin Cheevers Arbeit bestand.

»Er denkt sich einen Roman aus«, sagte Louise. »Das ist natürlich genauso anstrengend, wie einen zu schreiben.«

»Natürlich«, pflichtete der Doktor bei.

Als für Cheever das Ende kam, war Everett achtunddreißig und selbst Vater zweier Teenager. Everett war Zoologe geworden. Er und seine Mutter standen mit fünf oder sechs anderen Verwandten in dem Krankenzimmer versammelt, in dem Cheever unter einem Sauerstoffzelt lag. Cheever murmelte vor sich hin, und Louise beugte sich zu ihm herab, um ihn zu verstehen.

»... Asche zu Asche«, sagte Cheever. »Bitte zurücktreten! ... Das Fotografieren ist nicht erlaubt ... ›Gleich neben Tennyson?‹« Dieser letzte Satz kam leise und mit hoher Stimme. »... ein Denkmal der menschlichen Vorstellungskraft ...«

Auch Everett hörte zu. Sein Vater schien irgendeine vorbereitete Rede zu halten. Eine *Laudatio*, dachte Everett.

»... einer kleinen Ecke, wo ein dankbares Volk seiner gedenken ... Achtung! ... Vorsicht!«

Plötzlich neigte sich Everett mit lautem Gelächter vor. »Er bestattet sich doch tatsächlich in der *Westminster Abbey*!«

»Everett!«, tadelte ihn seine Mutter. »Ruhe!«

»*Hahaha!*« Everetts innere Spannung entlud sich in einem Lachanfall, und er wankte aus dem Zimmer, um sich im Korridor auf eine Bank zu werfen, wo er in einem hoffnungslosen Versuch, sich zu beherrschen, die Lippen aufeinanderpresste. Noch komischer war das Ganze ja, weil mit Ausnahme seiner Mutter keiner der Anwesenden die Situation kapierte. Sie wussten zwar, dass sein Vater Bücher im Kopf schrieb, aber die Sache mit der Poets' Corner in der Westminster Abbey ging völlig an ihnen vorbei.

Nach einer Weile beruhigte sich Everett wieder und kehrte in das Zimmer zurück. Sein Vater summte vor sich hin, wie er es oft beim Arbeiten getan hatte. Arbeitete er immer noch? Everett sah seine Mutter sich dicht zu ihrem Mann vorbeugen, um ihn zu verstehen. Täuschte er sich, oder waren das tatsächlich einige Takte von Elgars *Pomp and Circumstance,* die da aus dem Sauerstoffzelt drangen?

Es war vorbei. Als sie aus dem Krankenzimmer hinausdefilierten, hatte Everett das Gefühl, sie könnten ebenso gut gleich zum Leichenschmaus ins Haus seiner Eltern weitermarschieren, aber nein – das Begräbnis hatte ja noch gar nicht stattgefunden. Sein Vater besaß wirklich eine außergewöhnliche Suggestionskraft.

Ungefähr acht Jahre später war Louise nach einem Grippeinfekt an Lungenentzündung erkrankt und lag im Sterben. Everett war bei ihr, in ihrem Schlafzimmer am Cheyne Walk. Sie sprach von seinem Vater und dass ihm nie der verdiente Ruhm und Respekt zuteil geworden sein.

»... erst ganz zum Schluss«, sagte Louise. »Immerhin liegt er im Poets' Corner begraben, Everett – das dürfen wir nicht vergessen.«

»Ja«, sagte Everett und war irgendwie beeindruckt, beinahe glaubte er es.

»Für die Ehefrauen ist dort ja leider nie Platz – sonst könnte ich bei ihm sein«, flüsterte sie.

Und Everett nahm davon Abstand, ihr zu sagen, dass sie sehr wohl bei ihm sein würde, im Familiengrab am Stadtrand von Brighton. Aber stimmte das wirklich? Konnten sie nicht doch ein Plätzchen im Poets' Corner für sie finden? *Brighton*, sagte Everett zu sich, während die Wirklichkeit zu bröckeln begann. *Brighton*, fing sich Everett wieder ein. »Da bin ich nicht so sicher«, sagte er. »Wir wollen sehen, ob es sich einrichten lässt, Mummy.«

Sie schloss die Augen, und ein sanftes Lächeln lag auf ihren Lippen, dasselbe zufriedene Lächeln wie bei seinem Vater, als er unter dem Sauerstoffzelt lag.

Ray Bradbury

Der wunderbare Tod des Dudley Stone

»Er lebt!«
»Er ist tot!«
»Zum Teufel, er lebt in Neuengland!«
»Er ist vor zwanzig Jahren gestorben!«
»Lass einen Hut rumgehen, ich zieh los und bring euch seinen Kopf!«

So lief die Unterhaltung an jenem Abend. Ein Fremder hatte mit seinem Gerede davon, dass Dudley Stone tot sei, den Anstoß dazu gegeben. Wir entgegneten sofort lautstark, dass er lebe. Und mussten wir's nicht wissen? Waren wir nicht schließlich als Einzige übrig geblieben von der Schar seiner Anhänger, die ihn in den zwanziger Jahren in Weihrauchschwaden gehüllt und seine Bücher im Schein lodernder intellektueller Brandopfer gelesen hatten?

Der Dudley Stone. Der großartige Stilist, der stolzeste aller Literaturlöwen. Sicherlich erinnern Sie sich noch an die Schwarzmalerei und die Weltuntergangsstimmung, daran, wie sich alle gegen den Kopf schlugen, als er seinen Verlegern folgende Mitteilung zukommen ließ:

Sehr geehrte Herren! Heute, im Alter von dreißig Jahren, trete ich von der Bühne ab, gebe ich das Schreiben auf, verbrenne alles, was mir teuer ist, werfe mein letztes Manu-

skript auf den Müll, rufe Ihnen meinen Gruß und mein Lebewohl zu. Ihr Dudley Stone

Was folgte, lag in der Größenordnung von Lawinen und Erdbeben.

»*Warum?*«, fragten wir uns jahrelang immer wieder.

In bester Groschenroman-Manier diskutierten wir die Frage, ob die Frauen ihn dahin gebracht hätten, seine literarische Zukunft wegzuwerfen. War es der Alkohol? Oder seine Wettleidenschaft – waren ihm die Pferde davongelaufen, hatten sie einen edlen Traber in seinen besten Jahren aus dem Rennen geworfen?

Ungefragt erklärten wir aller Welt, dass Faulkner, Hemingway, Steinbeck unter seinem Ruhm begraben lägen, wenn Stone heute noch schriebe. Umso trauriger, dass er – gerade im Begriff, sein bedeutendstes Werk zu verfassen – es sich eines schönen Tages anders überlegte und beschloss, sein künftiges Leben in einer kleinen Stadt zu verbringen, die wir ›Vergessenheit‹ nennen wollen, an einem Meer, für das der Name ›Vergangenheit‹ am besten passt.

»*Warum?*«

Diese Frage war für immer wach in denjenigen von uns, die in seinen bunten Werken das Aufleuchten der Genialität wahrgenommen hatten.

Als wir an einem Abend vor ein paar Wochen beisammensaßen, die Abtragungen der Jahre weggrübelten, feststellten, dass die Tränensäcke unter unseren Augen und der Mangel an Haaren auf unseren Schädeln deutlicher geworden waren, gerieten wir in Wut über den Durchschnittsbürger, der Dudley Stone ignorierte.

Thomas Wolfe, so murmelten wir, hatte immerhin schon gehörigen Erfolg gehabt, als es ihn packte und er über den Rand zur Ewigkeit hinabsprang. Zumindest die Kritiker fanden sich ein und starrten ihm nach bei seinem Sturz ins Dunkel, wie einem Meteor, der feurig auf seiner Bahn vorüberzieht. Doch wer erinnerte sich noch an Dudley Stone, an seine Leserzirkel, seine tobenden Fans in den zwanziger Jahren?

»Lass den Hut rumgehen«, sagte ich, »ich werde die dreihundert Meilen weit fahren, Dudley Stone am Schlafittchen packen und sagen: ›Also, Mr. Stone, warum haben Sie uns so hängenlassen? Warum haben Sie in fünfundzwanzig Jahren nicht ein einziges Buch geschrieben?‹«

Der Hut war mit Geldscheinen angefüllt; ich schickte ein Telegramm ab und setzte mich in den Zug.

Ich weiß nicht, was ich erwartet hatte. Vielleicht hatte ich damit gerechnet, einen vertrottelten, gebrechlichen Tattergreis anzutreffen, der durch den Bahnhof huschte, vom Seewind getrieben, ein kalkweißes Gespenst, das mich mit heiserer Stimme ansprechen würde, mit einer Stimme, die dem Raunen von Gras und Schilf im Nachtwind glich. Ich presste die Knie gequält zusammen, als der Zug in den Bahnhof hineindampfte. Ich stieg aus, hinaus in eine einsame Gegend, eine Meile vom Meer. Und wie ein heilloser Narr fragte ich mich, wie es so weit hatte kommen können.

Auf einer Anschlagtafel vor dem verrammelten Fahrkartenschalter entdeckte ich einen mehrere Zentimeter dicken Packen von Bekanntmachungen; seit unzähligen Jahren war einfach eine auf die andere geklebt oder genagelt worden. Als ich den Packen durchblätterte, anthropologische Schichten bedruckten Gewebes ablöste, fand ich, was ich suchte. Dudley Stone in den Gemeinderat! Dudley Stone, unser neuer Sheriff! Macht Dudley Stone zum Bürgermeister! Und weiter nach oben, durch all die Jahre hindurch, bewarb sich sein Foto, das kaum mehr zu erkennen war, ausgeblichen von Sonne und Regen, um immer verantwortungsvollere Positionen im Leben dieser Welt hier draußen am Meer. Ich stand da und las.

»He!«

Und plötzlich kam Dudley Stone hinter mir über den Bahnsteig herangestürzt. »Sie, Mr. Douglas!« Ich wirbelte herum und sah vor mir diesen Hünen von Mann, groß, aber nicht dick, mit Beinen, die ihn wie riesige Kolben voranschoben; am Revers eine leuchtende Blume, um den Hals eine bunte Krawatte. Er quetschte meine Hand und sah dabei auf mich herab wie Michelangelos Gott, der mit einer mächtigen Berührung Adam erschafft. Sein Gesicht war das der warmen und kalten Winde, der Nord- und Südwinde, wie sie auf alten Seekarten dargestellt sind. Es war das Gesicht, das in ägyptischen Reliefs, vor Leben glühend, die Sonne symbolisiert!

Meine Güte!, dachte ich. Und das ist der Mann, der seit gut zwanzig Jahren nichts mehr geschrieben hat. Unmöglich. Er ist so lebendig, so sündhaft lebendig. Ich kann seinen *Herzschlag* hören!

Ich muss mit weit aufgerissenen Augen dagestanden haben, um seinen Anblick in mein aufgewühltes Inneres eindringen zu lassen.

»Sie haben erwartet, ein klapperndes Gespenst vorzufinden«, lachte er. »Geben Sie's zu.«

»Ich –«

»Meine Frau wartet mit einem guten neuenglischen Essen auf uns, Bier ist auch genug da, helles und dunkles. Ich mag beide Sorten. Das helle hellt einen auf, belebt die müden Geister. Eine feine Sache. Das dunkle – es klingt schon so voll, so gesund!« Eine große goldene Uhr baumelte an einer glänzenden Kette auf seiner Weste. Er packte mich am Ellbogen und dirigierte mich voran, ein Zauberer auf dem Rückweg zu seiner Höhle, in seinen Händen ein Kaninchen, das Pech gehabt hat. »Schön, Sie zu sehen! Ich nehme an, Sie sind gekommen, um mir die gleiche Frage zu stellen wie all die anderen! Gut, diesmal werde ich alles erzählen!«

Mein Herz schlug höher. »Phantastisch!«

Hinter dem verlassenen Bahnhofsgebäude stand ein Ford mit offenem Verdeck, Modell T, Baujahr 1927. »Frische Luft. Wenn man in der Dämmerung fährt, so wie jetzt, trägt einem der Wind die Felder, das Gras, all die Blumen zu. Hoffentlich gehören Sie nicht zu denen, die ständig durchs Haus schleichen und alle Fenster schließen! Unser Haus ist wie der Gipfel eines Tafelbergs. Das Fegen überlassen wir dem Wind. Steigen Sie ein!«

Zehn Minuten später bogen wir von der Hauptstraße ab, auf einen Weg, der seit Jahren nicht ausgebessert worden war. Stone fuhr unbeirrt durch die Schlaglöcher und über die Hubbel, lächelte dabei ununterbrochen. Peng! Wir wurden kräftig durchgerüttelt auf den letzten Metern zu dem zweigeschossigen Haus, das unfertig wirkte, keinen Anstrich hatte. Stone ließ den Wagen ein letztes Mal aufkeuchen und dann in Totenstille verfallen.

»Wollen Sie die Wahrheit wissen?« Er wandte sich mir zu, sah mich an, hatte eine Hand nachdenklich auf meine Schulter gelegt. »Ich bin ermordet worden, von einem Mann mit einem Revolver, fast auf den Tag genau vor fünfundzwanzig Jahren.«

Ich starrte hinter ihm drein, als er aus dem Wagen sprang. Er war massiv wie ein Felsblock, hatte absolut nichts von einem Gespenst, und doch war mir klar, dass in dem, was er gesagt hatte, ehe er wie eine Kanonenkugel auf das Haus zuschoss, die Wahrheit steckte.

»Meine Frau, unser Haus, und da das Abendessen, das uns erwartet! Wie finden Sie die Aussicht? Im Wohnzimmer haben wir Fenster nach drei Seiten, Blick aufs Meer, die Küste entlang und auf die Wiesen. Drei Viertel des Jahres stehen bei uns alle Fenster sperrangelweit offen. Im Hochsommer weht der Duft von Limonen herein, und wenn's Dezember wird, riecht's irgendwie nach Antarktis, Salmiak und Eiscreme. Lena, ist es nicht *nett*, dass er hier ist?«

»Hoffentlich mögen Sie neuenglisches Essen«, sagte Lena, die überall gleichzeitig war, eine große, kräftig gebaute Frau, wie die aufgehende Sonne, ein strahlendes Gesicht, das wie eine Lampe auf den Tisch schien, während sie das schwere, praktische Geschirr austeilte, das auch dem Faustschlag eines Riesen standgehalten hätte. Das Besteck war so solide, dass selbst die Zähne eines Löwen es nicht verbogen hätten. Eine große Dampfwolke stieg auf, durch die wir Sünder freudig hinabschritten in die Hölle. Dreimal wurde die Platte zum Nachservieren herumgereicht, und ich fühlte, wie sich der Ballast in mir ansammelte, in der Brust, in der Kehle, und schließlich in den Ohren. Dudley Stone schenkte mir ein Gebräu ein, das er aus wilden dunklen Trauben gemacht hatte, aus Trauben, die, wie er sagte, um Gnade gebettelt hatten. Als die Weinflasche leer war, blies Stone zart über die grüne Glasöffnung, erzeugte mit einem einzigen Ton eine kleine, rhythmische Melodie.

»So, ich habe Sie lange genug warten lassen«, meinte er dann und schaute mich an, schaute auf mich aus der Distanz, die zwischen den Menschen entsteht, wenn sie miteinander trinken, und die einem ab und zu im Laufe eines Abends wie unmittelbare Nähe erscheint. »Ich erzähle Ihnen von meiner Ermordung. Sie sind der Erste, der das erfährt; glauben Sie mir. Kennen Sie John Oatis Kendall?«

»Ein unbedeutender Schriftsteller in den zwanziger Jahren, oder?«, antwortete ich. »Ein paar Bücher. Schon 1931 war er ausgebrannt. Ist letzte Woche gestorben.«

»Möge er in Frieden ruhen.« Mr. Stone verfiel für einen Moment in eine eigenartige Melancholie, aus der er wieder auftauchte, als er weiterredete.

»Ja. John Oatis Kendall, schon 1931 völlig ausgebrannt, dabei war er so ein begabter Schriftsteller.«

»Nicht so begabt wie Sie«, warf ich schnell ein.

»Warten Sie nur ab. Wir haben unsere Kindheit zusammen verlebt, John Oatis und ich; wo wir zur Welt kamen, berührte der Schatten einer Eiche am Morgen mein Geburtshaus und am Abend seines, wir haben unzählige Bäche gemeinsam durchschwommen, allen beiden ist uns von grünen Äpfeln und von Zigaretten schlecht geworden, wir haben beide dasselbe Schimmern in demselben blonden Haar desselben Mädchens gesehen, und als wir auf die zwanzig zugingen, sind wir losgezogen, um das Schicksal herauszufordern, und haben gemeinsam eins aufs Dach gekriegt. Wir waren beide nicht schlecht, und dann wurde *ich* im Lauf der Jahre besser und immer besser. Während sein erstes Buch eine gute Kritik bekam, waren es bei meinem sechs, erhielt ich eine schlechte Kritik, bekam er davon ein Dutzend. Wir waren wie zwei Freunde im gleichen Zug, nur dass das Publikum den Waggon des einen abgekuppelt hatte. Und John Oatis blieb zurück, auf dem Dienstwagen, schrie: ›Rette mich! Lass mich nicht zurück hier in der tiefsten Provinz; wir fahren auf demselben Gleis!‹ Und der Schaffner wandte ein: ›Schon richtig, nur nicht mehr im selben *Zug*!‹ Ich schrie: ›Ich glaube an dich, John, nur Mut, ich komme zurück und hole dich!‹ Und der Dienstwagen schwand dahin in der Ferne mit seinen roten und grünen Lampen wie Kirsch- und Zitronenlutscher, die im Dunkeln leuchten, während wir einander schreiend unsere Freundschaft beteuerten: ›John, mein Junge!‹, ›Dudley, alter Freund!‹ Und während John Oatis um Mitternacht auf ein dunkles Abstellgleis hinter einem alten Wellblechschuppen einbog, dampfte meine Lok, mit all den Fähnchen schwenkenden Fans und den Blaskapellen, voran in Richtung Morgengrauen.«

Dudley Stone machte eine Pause und bemerkte meinen völlig verwirrten Blick.

»Dies alles führte zu meiner Ermordung«, fuhr er fort. »Denn 1930 tauschte John Oatis Kendall ein paar alte Klamotten und einige abgegriffene Exemplare seiner Bücher gegen eine Pistole ein und kam heraus, in dieses Haus, in dieses Zimmer.«

»Er hatte wirklich vor, Sie zu töten?«

»Das ist gut: Er hatte es vor! Er hat's getan! Peng. Noch ein Glas Wein? Das tut gut.«

Mrs. Stone stellte einen kleinen Erdbeerkuchen auf den Tisch, während er meine zitternde Erregung genoss. Stone teilte den Kuchen in drei große Stücke und gab jedem von uns eines; dabei sah er mich wohlwollend an, mit den Augen eines Menschen, der erleichtert ist, endlich seine Geschichte erzählen zu können.

»Da hat er gesessen, John Oatis, auf dem Stuhl, auf dem Sie jetzt sitzen. Hinter ihm, draußen in der Räucherkammer, siebzehn Schinken; in unserem Weinkeller fünfhundert Flaschen vom Besten; draußen vor dem Fenster Felder und Wiesen, das Meer elegant mit Spitzenborten besetzt; über uns der Mond wie eine Schüssel frische Sahne, überall die ganze Palette des Frühlings, ja, und drüben über dem Tisch Lena, eine Weide im Wind, lachte über alles, was ich sagte oder vorzog, nicht zu sagen, wir beide genau dreißig, stellen Sie sich vor, dreißig Jahre, das Leben für uns ein prächtiges Karussell, unsere Finger griffen voll in die Saiten, meine Bücher verkauften sich gut, die Fanpost strömte als weiße Flut herein, im Stall standen Pferde, auf denen wir im Mondlicht ausritten, in kleine Buchten, wo wir oder das Meer alles in die Nacht hinausflüstern konnten, was wir wollten. Und John Oatis, dort, wo Sie jetzt sitzen, zieht ruhig den kleinen blauen Revolver aus der Tasche.«

»Ich hab gelacht, dachte, es wäre eines von diesen Feuerzeugen«, sagte seine Frau.

»Aber John Oatis meinte ganz ruhig: ›Ich werde Sie töten, Mr. Stone!‹«

»Und was haben Sie gemacht?«

»Was hätte ich machen können? Ich saß einfach da, erschüttert, fassungslos; ich hörte ein schreckliches Krachen! Der Sargdeckel! Ich hörte, wie etwas auf mich herabrutschte; Erde begrub meinen Ausgang. Man sagt, in so einem Augenblick sehe man seine ganze Vergangenheit vor seinem inneren Auge vorbeirasen. Unsinn. Es ist die *Zukunft*. Man sieht sein Gesicht als blutigen Brei. Man sitzt da und ringt nach Worten, bis man herausbringt: ›Aber wieso, John, was hab ich dir denn getan?‹

›Ha!‹, schrie er.

Und seine Augen strichen über das vollbeladene Bücherregal, über die stattliche Brigade von Büchern hin, die in Habachtstellung dastanden und auf denen mein Name wie das Auge eines Panthers aus dem ledernen Dunkel leuchtete. ›Ha!‹, schrie er, irrsinnig. Und in seiner verschwitzten Hand zuckte der Revolver. ›Also, John‹, sagte ich vorsichtig. ›Was willst du?‹

›Ich will eines mehr als alles andere auf der Welt‹, erwiderte er, ›dich umbringen und berühmt werden. Meinen Namen in den Schlagzeilen sehen. So berühmt werden, wie du es bist. Mein Leben lang und noch nach meinem Tod bekannt sein als der, der Dudley Stone umgebracht hat!‹

›Das kann doch nicht dein Ernst sein!‹

›Und ob. Ich werde sehr berühmt sein. Viel berühmter als jetzt, in deinem Schatten. Weißt du, niemand auf der Welt kann hassen wie ein Schriftsteller. Mein Gott, wie liebe ich deine Werke und wie hasse ich dich, weil du so gut schreibst. Ein erstaunlicher Zwiespalt. Ich halte es einfach nicht mehr aus, nicht so gut schreiben zu können wie du, also werde ich auf einfachere Weise zu Ruhm gelangen. Ich werde dich absägen, ehe du den Gipfel erreichst. Man sagt, dein nächstes Buch werde dein bestes, dein brillantestes!‹

›Die übertreiben.‹

›Sie werden schon recht haben!‹, entgegnete er.

Ich sah auf Lena, die hinter ihm auf einem Stuhl saß, voller Angst, aber nicht so erschreckt, dass sie losgeschrien hätte oder weggerannt wäre, das Schauspiel verdorben, ihm ein vorzeitiges Ende bereitet hätte.

›Ruhig‹, sagte ich. ›Nur Ruhe. Bleib nur da sitzen, John. Gib mir eine Minute. Dann drück ab!‹

›Nein!‹, flüsterte Lena.

›Ganz ruhig‹, sagte ich zu ihr, zu mir, zu John Oatis.

Ich starrte durch die offenen Fenster hinaus, spürte den Wind, dachte an den Wein im Keller, an die kleinen Buchten am Strand, an das Meer, an den Mond, der nachts wie eine Mentholscheibe den Sommerhimmel kühlte, der Wolken flammender Salzkörnchen – die Sterne – im Bogen hinter sich herzog in Richtung Morgen. Ich dachte daran, dass ich erst dreißig war, und ebenso Lena, und dass unser ganzes Leben vor uns lag. Ich dachte an all die Trauben des Lebens, die hoch oben hingen und darauf warteten, von mir gepflückt zu werden! Ich hatte nie einen Berg bestiegen, nie im Segelboot einen Ozean überquert, ich hatte mich nie um das Amt eines Bürgermeisters beworben, nie war ich nach Perlen getaucht, hatte nie ein Teleskop besessen, nie auf einer Bühne gestanden, hatte kein Haus gebaut und nicht all die Klassiker gelesen, die ich *so gerne* kennengelernt hätte. All das wartete darauf, von mir getan zu werden!

So dachte ich schließlich in diesen fast nur einen Augenblick währenden sechzig Sekunden auch an meine Karriere. An die Bücher, die ich geschrieben hatte, an die, die ich gerade schrieb, an die, die ich noch schreiben wollte. An die Kritiken, die Verkaufsziffern, unseren beruhigenden Kontostand. Und, ob Sie mir's glauben oder nicht, zum ersten Mal im Leben konnte ich mich davon befreien. Ich nahm auf einen Schlag eine kritische Haltung ein. Ich zog Bilanz. Auf die eine Waagschale legte ich all die Schiffe, mit denen ich nicht gefahren war, die Blumen, die ich nicht gepflanzt, die Kinder, die ich nicht großgezogen, die Berge, auf die ich nie einen Blick geworfen hatte, und dazu Lena, als Erntegöttin. In die Mitte stellte ich John Oatis Kendall mit seinem Revolver – der Pfosten, auf dem der Waagebalken auflag. Und auf die leere Waagschale legte ich ein Dutzend Bücher. Ich nahm ein paar kleinere Korrekturen vor. Legte meinen Füllhalter, die Tinte, das leere Papier dazu, und meine Sekunden tickten vorbei. Süßer Abendwind wehte über den Tisch. Er berührte eine Locke in Lenas Nacken, mein Gott, wie zart er sie berührte, wie sanft ...

Die Revolvermündung war genau auf mich gerichtet. Ich habe Fotos von Mondkratern gesehen und von diesem Loch im Weltall, dem Großen Kohlensacknebel, aber, ganz bestimmt, keine dieser Öffnungen war so groß wie die Revolvermündung dort drüben auf der anderen Seite des Tisches.

›John‹, sagte ich schließlich, ›hasst du mich wirklich *so* sehr? Weil ich Glück gehabt habe und du nicht?‹

›Zum Teufel, ja!‹, brüllte er.

Es war schon fast komisch, dass er mich beneidete. Ich war gar kein viel besserer Schriftsteller als er. Was ich ihm voraushatte, war nur das Tüpfelchen auf dem i.

›John‹, sagte ich ruhig zu ihm, ›wenn du willst, dass ich tot bin, werde ich tot sein. Wärst du zufrieden, wenn ich nie mehr etwas schreiben würde?‹

›Einen größeren Gefallen könntest du mir nicht tun!‹, rief er. ›Mach dich fertig!‹ Er zielte auf mein Herz!

›In Ordnung‹, sagte ich, ›ich werde nie mehr schreiben.‹

›Was?‹, stutzte er.

›Wir sind seit ewigen Zeiten Freunde, wir haben einander nie belogen, oder? Ich gebe dir mein Wort, von heute ab werde ich nichts mehr zu Papier bringen.‹

›Mein Gott‹, sagte er und lachte, verächtlich und ungläubig.

›Dort‹, sagte ich und deutete mit dem Kopf auf den Schreibtisch neben ihm, ›liegen die Manuskripte der beiden Bücher, an denen ich in den letzten drei Jahren gearbeitet habe. Es gibt keine Kopien davon. Eines davon werde ich jetzt hier vor dir verbrennen. Das andere kannst du selbst ins Meer werfen. Räum das Haus aus, nimm alles mit, was auch nur entfernt an Literatur erinnert, verbrenne auch meine bereits veröffentlichten Bücher. Hier!‹ Ich stand auf. Er hätte mich in diesem Augenblick erschießen können, aber ich hatte ihn in meinen Bann geschlagen. Ich warf ein Manuskript in den Kamin und hielt ein Streichholz daran.

›Nein!‹, rief Lena. Ich wandte mich um, sagte: ›Ich weiß, was ich tue.‹ Sie begann zu weinen. John Oatis Kendall starrte mich nur an, war hingerissen. Ich brachte ihm das andere unveröffentlichte Manuskript. ›Bitte.‹ Ich steckte es unter seinen rechten Schuh, so dass sein Fuß als Briefbeschwerer diente. Ich ging zurück an meinen Platz und setzte mich. Der Wind wehte, die Nacht war warm, und Lena saß weiß wie Apfelblüten mir gegenüber am Tisch.

Ich sagte: ›Von heute an werde ich keine Zeile mehr schreiben.‹

Es dauerte eine Weile, ehe John Oatis stammelte: ›Wie bringst du das fertig?‹

›Ich mache uns doch alle glücklich damit‹, erwiderte ich. ›Dich, weil wir endlich wieder Freunde sein werden. Lena, weil ich nun nur noch ihr Mann und nicht mehr der dressierte Seehund irgendeines Agenten sein werde. Und mich, weil ich lieber ein lebendiger Mann als ein toter Schriftsteller bin. Wenn's ans Sterben geht, tut ein Mensch alles, John. Jetzt nimm meinen letzten Roman, und mach dich auf den Weg.‹

Wir saßen da, alle drei, so wie wir heute Abend hier sitzen. Der Duft von Zitronen, Limetten und Kamelien lag in der Luft. Unter uns toste der Ozean an die steinige Küste; meine Güte, was für ein herrliches mondbeschienenes Geräusch. Und schließlich packte John Oatis die Manuskripte, trug sie hinaus, als wären sie meine Leiche. Er blieb in der Tür stehen und sagte: ›Ich glaube dir.‹ Und dann war er fort. Ich hörte, wie er wegfuhr. Ich brachte Lena zu Bett. Das war eine der wenigen Nächte in meinem Leben, in denen ich die Küste entlanglief. Und wie ich lief! Ich holte tief Luft, betastete meine Arme, meine Beine und mein Gesicht mit den Händen und weinte dabei wie ein Kind, lief und watete durch die Brandung, wollte die Gischt des kalten salzigen Wassers, die Millionen von Schaumblasen um mich herum spüren.«

Dudley Stone hielt inne. Die Zeit im Zimmer war stehengeblieben. Stehengeblieben in einem anderen Jahr, und wir drei saßen da, verzaubert von der Geschichte seiner Ermordung.

»Und hat er Ihren letzten Roman vernichtet?«, fragte ich.

Dudley Stone nickte. »Eine Woche danach wurde ein Blatt davon an der Küste angetrieben. Er muss das Manuskript über die Klippe geworfen haben, tausend Seiten, ich sehe sie vor meinem inneren Auge, sie könnten ausgesehen haben wie ein Schwarm weißer Seemöwen, als sie hinabsegelten aufs Wasser um vier Uhr morgens und von den Wellen hinausgetragen wurden ins Dunkel. Lena kam den Strand entlanggerannt, dieses eine Blatt in der Hand, und rief: ›Schau nur!‹ Und als ich sah, was sie mir da in die Hand drückte, warf ich's zurück ins Meer.«

»Sagen Sie bloß, Sie haben sich an Ihr Versprechen gehalten?«

Dudley Stone sah mich unverwandt an. »Was hätten *Sie* in so einer Situation getan? Sehen Sie es doch so: John Oatis hat mir einen Gefallen getan. Er hat mich nicht umgebracht. Hat mich nicht erschossen. Ich hab ihm mein Wort gegeben. Er hat es akzeptiert. Er hat mich leben lassen. Er hat mich weiterhin essen und schlafen und atmen lassen. Auf einen Schlag hat er meinen Horizont erweitert. Ich war so dankbar, dass ich weinte, als ich in dieser Nacht am Strand bis zur Hüfte im Wasser stand. Ich war dankbar. Verstehen Sie dieses Wort wirklich? Dankbar, weil er mich weiterleben ließ, als er es in der Hand gehabt hätte, mich für immer auszulöschen.«

Mrs. Stone stand auf, das Abendessen war beendet. Sie räumte den Tisch ab, während wir uns eine Zigarre anzündeten und Dudley Stone mich gemächlich hinüber in sein Arbeitszimmer führte, an seinen Rollschreibtisch, der weit geöffnet war, dessen Kinnbacken vollgestopft waren mit Paketen, Papieren, Tintenfässern, einer Schreibmaschine, Dokumenten, Buchhaltungsunterlagen, Karteien.

»In mir brodelte es hoch. John Oatis schöpfte nur den Schaum ab, so dass ich das Gebräu sehen konnte. Es war völlig ungetrübt«, sagte Dudley Stone. »Schreiben war immer nur etwas Scharfes, Bitteres für mich gewesen; ich hatte Worte auf Papier gezappelt, tiefe Depressionen von Herz und Seele durchlebt. Hatte gesehen, wie die gierigen Kritiker mich hochjubelten, mich runtermachten, mich wie eine Wurst in Scheiben schnitten, mich bei einem mitternächtlichen Frühstück verspeisten. Es war Arbeit von der übelsten Art. Ich *war bereit*, den Kram hinzuschmeißen. Für mich war der Abzug gespannt. Bum! Da war John Oatis! Sehen Sie nur!«

Er wühlte im Schreibtisch herum, zog Handzettel und Plakate heraus. »Ich hatte immer über das Leben *geschrieben*. Jetzt wollte ich es leben. Dinge *tun*, anstatt von ihnen zu erzählen. Ich habe für den Schulausschuss kandidiert – und gewonnen. Für den Gemeinderat – gewonnen. Als Bürgermeister – gewonnen! Sheriff! Stadtbibliothekar! Referent für Abwasserbeseitigung. Ich hab eine Menge Hände geschüttelt, viel vom Leben gesehen, eine Menge Dinge getan. Wir haben alle Arten von Leben gelebt, Augen,

Nase, Mund, Ohren und Hände dabei gebraucht. Sind auf Berge geklettert und haben Bilder gemalt, da an der Wand hängen ein paar! Wir haben dreimal die Welt umrundet! Ich habe sogar unseren Sohn, der überraschend kam, zur Welt gebracht. Er ist inzwischen erwachsen und verheiratet – lebt in New York! Wir haben gelebt und gelebt.« Stone machte eine Pause, lächelte. »Kommen Sie raus auf den Hof; wir haben ein Teleskop aufgestellt, würden Sie gern mal die Ringe des Saturn sehen?«

Wir standen im Hof, und der Wind wehte von der See herüber, aus tausend Meilen Entfernung, und während wir dastanden und durch das Teleskop die Sterne betrachteten, stieg Mrs. Stone hinab in den mitternächtlichen Keller, um eine gute Flasche spanischen Wein zu holen.

Es war Mittag, als wir am nächsten Tag nach einer stürmischen Fahrt über holprige Wiesen an dem verlassenen Bahnhof ankamen. Mr. Stone ließ das Auto einfach dahinrasen, während er mir etwas erzählte, dabei laut auflachte oder still vor sich hin schmunzelte, hin und wieder auf einen aus der Steinzeit übriggebliebenen Felsbrocken zeigte oder auf irgendeine Wiesenblume, schließlich wieder in Schweigen verfiel, als wir das Auto abstellten und auf den Zug warteten, der mich wegbringen sollte.

»Ich schätze«, meinte er und blickte dabei zum Himmel, »Sie halten mich für ganz schön verrückt.«

»Aber nein, keineswegs.«

»Also«, hob Dudley Stone an, »John Oatis Kendall hat mir noch einen Gefallen getan.«

»Und welchen?«

Gesprächsbereit rutschte Stone auf dem geflickten Ledersitz herum, wandte sich mir zu.

»Er hat mir geholfen rauszukommen, während alles noch gut lief. Tief in meinem Inneren muss ich gewusst haben, dass mein literarischer Erfolg eine Sache war, die dahinschmelzen würde, wenn man mir das Kühlsystem abdrehte. Mein Unterbewusstsein hatte eine recht klare Vorstellung von meiner Zukunft. Ich wusste, was keiner meiner Kritiker auch nur ahnte, dass es mit mir nur noch abwärtsgehen konnte. Die beiden Bücher, die John Oatis vernichtet hat, waren äußerst schwach. Sie hätten meinen literarischen Tod bedeutet, einen viel endgültigeren Tod, als ich ihn jemals durch Oatis erleiden konnte. Er hat mir also, ohne es zu wissen, geholfen, eine Entscheidung zu treffen, zu der ich mich allein vielleicht nicht hätte durchringen können, weil es mir dazu an Mut gefehlt hätte, nämlich, mich mit einer Verbeugung zurückzuziehen, während noch der Kotillon getanzt wurde, während die bunten Lampions noch ihr flackerndes Licht auf meine akademische Blässe warfen. Ich hatte zu viele Schriftsteller erst auf dem Gipfel gesehen und dann am Boden, aus dem Rennen geworfen, verletzt, unglücklich, dem Selbstmord nahe. Das Zusammentreffen von Gegebenheiten und Zufällen, meine unbewusste Erkenntnis, die Erleichterung und die Dankbarkeit, die ich, einfach deshalb, weil ich noch *lebte*, John Oatis Kendall gegenüber empfand, das alles war schieres Glück.«

Eine Minute lang saßen wir schweigend im warmen Sonnenlicht.

»Und dann konnte ich vergnügt mit ansehen, wie man mich, nachdem ich meinen Rückzug aus der Literatur angekündigt hatte, mit all den literarischen Größen verglich. Nur wenige Autoren haben sich in neuerer Zeit unter so viel Beifall verabschiedet. Es war ein wundervolles Begräbnis. Ich wirkte, wie man sagt, genau wie zu Lebzeiten. Und das Echo hallte noch lange nach.

›Sein *nächstes Buch*‹, riefen die Kritiker, ›wäre *die* Sensation geworden! Ein Meisterwerk!‹ Ich ließ sie lechzend warten. Sie wussten fast gar nichts. Noch heute, nach einem Vierteljahrhundert, machen meine Leser, die damals noch College-Schüler waren, rußige Ausflüge mit Bummelzügen, die nach Kerosin stinken, um herauszufinden, warum ich so lange auf mein Meisterwerk warten lasse. Und dank John Oatis Kendall bin ich noch immer nicht völlig in Vergessenheit geraten; mein Ruhm ist langsam geschwunden, ohne dass es weh tat. Ein Jahr später hätte ich mich vielleicht mit der Feder selbst umgebracht. Dann hätten andere meinen Waggon vom Zug abgekuppelt, und wie viel besser ist es doch, das selbst zu tun.

Meine Freundschaft mit John Oatis Kendall? Lebte wieder auf. Es dauerte natürlich eine gewisse Zeit. Aber 1947 kam er hierher, hat mich besucht; es war ein schöner Tag, wirklich, wie in alten Zeiten. Und jetzt ist er tot, und ich habe endlich jemandem alles erzählt. Was werden Sie Ihren Freunden in der Stadt sagen? Die glauben Ihnen kein Wort. Aber es ist *wahr*, ich schwör's Ihnen, so wahr, wie ich hier sitze und Gottes frische Luft atme, auf die Schwielen an meinen Händen schaue und allmählich den verblichenen Handzetteln immer ähnlicher werde, die ich verteilt habe, als ich Fiskalbeamter unseres Bezirks werden wollte.«

Wir standen auf dem Bahnsteig.

»Auf Wiedersehen, und danke, dass Sie gekommen sind, die Ohren geöffnet haben und meine Welt auf sich einstürzen ließen. Grüßen Sie alle Ihre gespannten Freunde. Da, der Zug kommt! Ich muss mich beeilen; Lena und ich machen heute Nachmittag bei einer Rot-Kreuz-Fahrt mit, die Küste entlang! Auf Wiedersehen!«

Ich sah, wie dieser Tote über den Bahnsteig davonstapfte, davonhüpfte, spürte das Zittern der Holzplanken, sah, wie er in seinen Wagen sprang, wie er hineinstampfte, hörte, wie der Wagen unter seinem Gewicht ächzte, wie er ihn anließ, wie der Motor aufheulte, sah, wie er wendete, dabei lächelte und mir zuwinkte, wie er davonbrauste, hin zu der plötzlich strahlenden Stadt, ›Vergessenheit‹ genannt, an der Küste eines blendenden Meeres mit dem Namen ›Vergangenheit‹.

Leon de Winter

Der Schmetterlingsfänger

An einem warmen Vormittag zu Beginn des Sommers hatte Kaplan sich nach Fertigstellung einer Rezension in einem Klappsessel auf die breite Grünfläche hinausgesetzt, die sich zwischen der Häuserzeile, in der er nun wohnte, und dem Wasser erstreckte. Auf seinem Schoß lag *Ultima Thule*, eine Sammlung von Erzählungen Vladimir Nabokovs in niederländischer Übersetzung, aber die Reiher am Wasserrand, das satte Summen von Insekten und der Duft des Grases hielten ihn vom Lesen ab.

Als er sah, dass sich ein Schmetterling auf den farbenfrohen Einband des Buches gesetzt hatte, kam ihm plötzlich die Idee zu einer Geschichte. Und er wusste auch sofort, worum es dabei gehen musste. Er setzte sich auf und schaute dem Schmetterling bei seiner flatterhaften Reise über den Rasen nach. Jetzt konnte er seine Sehnsucht nach einer Geschichte thematisch verwerten. Der Schmetterling und Nabokov hatten ihn auf die Fährte gebracht.

Aufgeregt klemmte er den Stuhl unter den Arm und eilte wieder in seine Wohnung zurück. Bei geöffneten Fenstern, im Hintergrund die leisen Geräusche vom Radio und vom Wände streichenden Psychologen, schrieb er in seinem Arbeitszimmer binnen einer Stunde eine kleine Erzählung, mit verkrampfter Hand, die den schwarzen Bic-Einwegkugelschreiber zum Durchbiegen brachte, und mit der klaren Konzentration, die er schon glaubte verloren zu haben.

Drei Wochen danach, kurz vor seiner Abreise nach Rom, stand die Erzählung in der *Volkskrant:*

Der Schmetterlingsfänger

Vor fünfzehn Jahren, als ich gerade mein erstes Buch veröffentlicht hatte, wollte ich nach Odessa, in die Stadt des von mir bewunderten Isaak Babel. Meine Reise sollte mich über Frankfurt, Wien und Bukarest in den rumänischen Küstenort Constanta bringen, von wo aus ich versuchen wollte, per Schiff nach Odessa zu gelangen.

Vor den vielen Unbilden so einer Reise per Anhalter schützten die Kleider in meinem Rucksack Babels Briefe, Čechovs *Die Braut*, Tolstois *Kindheit, Knabenjahre, Jugendzeit* und Puškins *Die Hauptmannstochter*.

Am ersten Tag kam ich in drei Etappen bis zum Frankfurter Flughafen, der drauf und dran war, in einem sintflutartigen Wolkenbruch zu ertrinken. Ich verbrachte die Nacht in einem Sessel in einer der großen, lauten Hallen und erhielt erst am Morgen die nächste Mitfahrgelegenheit, von einem Schweizer. Er musste nach Bern, und ich stieg dankbar ein, obwohl ich damit von meiner Idealroute abwich. Aber meine langen Haare, die geflickten Jeans und die verschlissenen Turnschuhe machten mich nicht gerade zu einem begehrten Mitfahrer.

Mit Hilfe des Schweizers tüftelte ich eine neue Route aus: Mailand, Triest, Zagreb, und dann über Belgrad nach

Bukarest. In Bern bekam ich ziemlich schnell eine Mitfahrgelegenheit nach Vevey am Genfer See, wo ich abends ankam und mir für viel Geld ein Zimmer in einem teuren Hotel nehmen musste.

Am nächsten Tag wurde ich gegen zwölf Uhr, nachdem ich im Speisesaal die vom Frühstück übriggebliebenen Brötchen und Konfitürédöschen in eine Papierserviette gewickelt hatte, von einem niederländischen Ehepaar mitgenommen, das mich im dort sehr breiten und dichtbewachsenen Rhônetal nahe Martigny absetzte. In Vevey hatte ich mir vor der Weiterfahrt eine Plastikflasche Evian gekauft, und ich verließ nun die stark befahrene Straße mit der Absicht, irgendwo am Rhôneufer meine Hotelbrötchen zu essen und mit der Lektüre von *Die Hauptmannstochter* zu beginnen. Ich folgte einem Pfad, der sich zwischen den Bäumen hindurchschlängelte, und fand eine rundum von Bäumen und Gebüsch eingerahmte Lichtung, auf der ich es mir gemütlich machte. Ich öffnete ein Marmeladendöschen, bestrich mir ein Brötchen und schlug das Buch auf:

»Mein Vater Andrej Petrowitsch Grinjow hatte in seiner Jugend unter dem Grafen Münich gedient und nahm im Jahre 17.. seinen Abschied als Major 1. Klasse. Seit jener Zeit lebte er in seinem Dorfe im Gouvernement Simbirsk, wo er dann auch die Jungfrau Awdotja Wassiljewna J. heiratete, die Tochter eines dortigen armen Edelmannes.«

Nach wenigen Zeilen fiel ein Klecks Marmelade vom Brötchen auf das Buch, den ich vorsichtig mit dem Finger wegzuwischen versuchte, was natürlich nicht gelang und in einem Fluch, einem ekligen Fleck und klebrigen Fingern resultierte.

Als ich die Seite gerade umschlagen wollte, setzte sich plötzlich ein Schmetterling darauf, von einer Größe und Farben, wie ich noch keinen gesehen hatte. Der Schmetterling nahm die gesamte obere Hälfte des Buches ein und war von einem dunklen, aber dennoch transparenten Blau. Die hauchdünnen Flügel zitterten, als spürte der Schmetterlingsgeist die Gefahr von dem nahen Lebewesen, welches das Buch mit einer simplen Handbewegung zuschlagen und den Schmetterling ein für alle Mal in einer Erzählung von Puškin gefangen halten konnte.

Der Schmetterling ließ sich die Marmelade schmecken, die die Angst vor mir offenbar hinlänglich kompensierte, und staunend betrachtete ich seinen zarten, feingliedrigen Bau und die Zeichnung auf seinen Flügeln. Da hörte ich einen Zweig knacken, schaute auf und sah zwischen den Stämmen der Bäume einen älteren Mann näher kommen. Er war hochgewachsen und trug eine bräunliche Strickjacke, weite, graue kurze Hosen, deren Beine oberhalb der Knie endeten, und schwere Wanderschuhe. In der rechten Hand hielt er ein großes Schmetterlingsnetz.

Er keuchte, und sein kahler Schädel glänzte vor Schweiß. Auf Englisch flüsterte er mir zu, ich solle mich ja nicht bewegen, schlich mit einer für seine Größe und sein Alter erstaunlichen Eleganz heran und fing mit einer blitzschnellen Bewegung, bei der er mich schmerzlich am Handgelenk traf, *Die Hauptmannstochter* samt dem vergebens aufflatternden Schmetterling.

Der Mann lächelte, wandte sich mit seiner Beute von mir ab, als dürfe ich nicht zum Augenzeugen einer solchen Intimität werden, und barg den Schmetterling in einer Dose, die er aus einer Art Knappsack genommen hatte, welchen er auf dem Rücken trug. Dann wandte er sich wieder zu mir um und fragte mich, während er sich mit einem Taschentuch den Schweiß von Stirn und Nacken wischte, ob ich verletzt sei. Ich antwortete, dass es nicht so schlimm sei, woraufhin er auf die Plastikflasche Evian zeigte und fragte, ob er einen Schluck Wasser nehmen dürfe. Ich reichte ihm die Flasche. Er bedankte sich und setzte die Flasche an den Mund. Gierig tanzte sein Adamsapfel unter den dicken Falten seines Halses. Er vergoss etwas Wasser, das ihm an den Mundwinkeln entlang auf die Strickjacke hinuntertropfte, und er nahm prustend die Flasche vom Mund und beugte sich vor, um die Tropfen von seinem Kinn auf das trockene Moos fallen zu lassen. Mit dem Rücken der linken Hand wischte er sich über die Lippen und gab mir die Flasche zurück.

»Tut mir leid, dass ich dich bei der Lektüre deines Science-fiction-Romans so überfallen habe, aber das ist ein…« (den lateinischen Namen verstand ich nicht), »den ich unbedingt haben musste«, sagte er auf Englisch.

»Ich kenne mich mit Schmetterlingen nicht aus«, erwiderte ich, »aber er war schön. Er ist von der Marmelade angelockt worden, die ich auf meinen russischen Science-fiction-Roman gekleckert hatte. *Die Hauptmannstochter* von Puškin.«

Er blickte auf den Bucheinband und danach mit einem ironischen Lächeln auf mich. Ich schätzte ihn auf etwa sechzig.

»Seit wann lesen Hippies Puškin?«, fragte er mit kumpelhaftem Spott und ließ sich aufseufzend im Moos nieder.

»Keine Ahnung. Ich weiß nicht, ob Hippies Puškin lesen. Ich jedenfalls lese Puškin.«

Ich sah ihn an, und wir grinsten beide. Er hob den Kopf, blinzelte mit zugekniffenen Augen in den Himmel über der Lichtung und setzte zu einer heftigen Tirade gegen eine Reihe von Dingen an, die ich – ich war damals Anfang zwanzig – für selbstverständlich hielt: lange Haare, Popmusik, die Kofferradiokultur, das Fernsehen, den Massentourismus. Hin und wieder schaute er mich dabei triumphierend an, als wolle er mich herausfordern. Ich widersprach in einem fort und versuchte dem Schmetterlingsfänger vor Augen zu führen, dass alle von ihm angegriffenen Phänomene durchaus verständlich und plausibel seien. Ein paarmal strich ich mir dabei meine mehr als schulterlangen Haare hinter die Ohren.

Dann fragte er mich, wohin ich unterwegs sei, und zu meinem großen Erstaunen (man begegnet in einem Schweizer Wald ja nicht alle Tage einem Schmetterlingsfänger, der Odessa kennt) stellte sich heraus, dass er in Odessa gewesen war – in früher Jugend, noch vor der Revolution. Er schaltete, ohne sich merklich an unseren Meinungsverschiedenheiten gestört zu haben, auf einen entspannten Tonfall um und erzählte von seinen Erinnerungen an diese Stadt. Dann zeigte er auf das Brot und fragte mich, ob ich gerade zu Mittag hatte essen wollen. Ich nickte und bot ihm von dem Brot an, woraufhin er mich lachend zu einem richtigen Mittagessen in einem Restaurant an der Straße einlud.

Rund zweieinhalb Stunden habe ich in der Gesellschaft dieses Mannes verbracht. Er hatte alles gelesen, was noch in turmhohen Stapeln auf mich wartete (und wartet), und füllte alle meine Wissenslücken in puncto russische Schriftsteller mit wunderbaren Anekdoten auf. Manchmal lachte er über seiner gebratenen Ente in Himbeersauce schallend auf vor Spaß an der eigenen Geschichte oder legte sich lautstark mit mir an. Ich erinnere mich noch an die missbilligenden Blicke der steifgekleideten Gäste in dem noblen Restaurant ob der durch seinen Überschwang verursachten Störung der gedämpften Ordnung.

Beim Kaffee schaute er auf seine Armbanduhr und sagte, dass er jetzt wegmüsse. Ich könne ruhig noch sitzen bleiben und mir die *profiteroles* schmecken lassen, die ich bestellt hatte. Ich bedankte mich bei ihm und sagte ihm auf Wiedersehen, und ich hätte in diesem Zusammenhang wohl kaum mehr als eine allmählich verblassende Anekdote zu erzählen gehabt, wenn ich nicht, nachdem er gegangen war, neben seinem Stuhl vier klein zusammengefaltete, beschriebene Seiten Papier auf dem Teppich entdeckt hätte. Hatte er sie beim Bezahlen mit aus der Hosentasche oder seinem Knappsack gezogen? Ich las die vier Seiten. Sie enthielten den schönsten Text, den ich je vor mir gehabt hatte.

Schon viele Male habe ich versucht, den Text nachzuerzählen, aber es gelingt mir nicht, verzweifelt taste ich nach den Nuancen, nach den Glanzlichtern, die mich damals völlig blendeten und die tiefe Sehnsucht in mir entfachten, irgendwann in meinem Leben auch einmal einen solchen Text zu schreiben. Eine Geschichte über die Sehnsucht.

Ich verfügte über den schönsten Text, der je geschrieben wurde, und hätte mich ohrfeigen können, dass ich nicht nach dem Namen des Mannes gefragt hatte – und er nicht nach meinem.

Zwei Tage später wurde mir in Triest der Rucksack geklaut, und ich musste meiner Reise nach Odessa und dem Text des Schmetterlingsjägers ade sagen.

Im Jahr nach diesem Sommer las ich zum ersten Mal etwas von Vladimir Nabokov, *Lolita*, woraufhin ich binnen eines halben Jahres alles verschlang, was ich nur von ihm auftreiben konnte. Ich brachte ihn aber zunächst nicht mit dem unwahrscheinlichen Erlebnis in jenem absurden Sommer in Verbindung, das mir immer unglaubwürdiger und lächerlicher erschien. Wenn ich Freunden erklären wollte, was dieser Text denn nun ausgedrückt hatte, verfiel ich in ohnmächtiges Gestotter. Er handelte von einem Sommertag, sagte ich dann, von einem Jungen mit Schmetterlingsnetz, der in einem Haus die Treppe herunterkommt und in den Garten hinausgeht. Ist das alles?, fragten sie dann. Ja, antwortete ich, das ist alles, dieser Junge, an diesem Tag, in diesen Worten.

1977 sah ich ein Foto von Nabokov neben der Meldung von seinem Tod. Natürlich hatte ich auch früher schon Bilder von ihm gesehen, aber dieses, auf dem er ein Schmetterlingsnetz in der Hand hielt, schuf einen neuen Bezug. Auf der Stelle schlug eine bange, überwältigende Vermutung bei mir ein. Es war natürlich unmöglich. Es war wahnwitzig. Es war das gestörte Wunschbild eines Kranken. Es war das leere Konstrukt eines Phantasten.

Seither laufe ich mit einer fixen Idee herum. Ich habe die schönste Erzählung gelesen, die je ein Mensch geschrieben hat. Aber ich kann sie niemandem zeigen, niemanden nachempfinden lassen. Sie ist in meinem Kopf, flattert dort herum, singt, macht Sturzflüge, kreist wie ein Adler, tanzt wie ein Kolibri.

Ich habe den schönsten Text im Kopf, ohne dass ich ihn nacherzählen oder aufschreiben könnte. Ob sich ein Duplikat dieses Textes in Nabokovs Nachlass befindet? Ob Vera, seine Witwe, ihn je zur Veröffentlichung freigibt? Oder gibt es irgendeinen unbekannten, sonderlichen Schmetterlingsfänger, der die Gaben Homers, Shakespeares und Joyces in sich vereint, und wird er seine Schönheit ein für alle Mal mit sich nehmen, wenn er stirbt?

Ich habe eine Geschichte im Kopf wie einen Schmetterling in einem Glas, und ihre unberührbare Schönheit quält mich.

Gottfried Keller

Die Vermehrung der Skribenten

Viktor Störteler, von den Seldwylern nur Viggi Störteler genannt, lebte in behaglichen und ordentlichen Umständen, da er ein einträgliches Speditions- und Warengeschäft betrieb und ein hübsches, gesundes und gutmütiges Weibchen besaß.

Dieses hatte ihm außer der sehr angenehmen Person ein ziemliches Vermögen gebracht, welches Gritli von auswärts zugefallen war, und sie lebte zutulich und still bei ihrem Manne. Ihr Geld aber war ihm sehr förderlich zur Ausbreitung seiner Geschäfte, welchen er mit Fleiß und Umsicht oblag, dass sie trefflich gediehen. Hierbei schützte ihn eine Eigenschaft, welche, sonst nicht landesüblich, ihm einstweilen wohl zustatten kam. Er hatte seine Lehrzeit und einige Jahre darüber nämlich in einer größeren Stadt bestanden und war dort Mitglied eines Vereines junger Kontoristen gewesen, welcher sich wissenschaftliche und ästhetische Ausbildung zur Aufgabe gestellt hatte. Da die jungen Leute ganz sich selbst überlassen waren, so übernahmen sie sich und machten allerhand Dummheiten. Sie lasen die schwersten Bücher und führten eine verworrene Unterhaltung darüber; sie spielten auf ihrem Theater den *Faust* und den *Wallenstein*, den *Hamlet*, den *Lear* und den Nathan; sie machten schwierige Konzerte und lasen sich schreckbare

Aufsätze vor, kurz, es gab nichts, an das sie sich nicht wagten.

Hiervon brachte Viggi Störteler die Liebe für Bildung und Belesenheit nach Seldwyla zurück; vermöge dieser Neigung aber fühlte er sich zu gut, die Sitten und Gebräuche seiner Mitbürger zu teilen; vielmehr schaffte er sich Bücher an, abonnierte in allen Leihbibliotheken und Lesezirkeln der Hauptstadt, hielt sich die »Gartenlaube« und unterschrieb auf alles, was in Lieferungen erschien, da hier ein fortlaufendes, schön verteiltes Studium geboten wurde. Damit hielt er sich in seiner Häuslichkeit und zugleich seine Umstände vor Schaden bewahrt. Wenn er seine Tagesgeschäfte munter und vorsichtig durchgeführt, so zündete er seine Pfeife an, verlängerte die Nase und setzte sich hinter seinen Lesestoff, in welchem er mit großer Gewandtheit herumfuhr. Aber er ging noch weiter. Bald schrieb er verschiedene Abhandlungen, welche er seiner Gattin als »Essays« bezeichnete, und er sagte öfter, er glaube, er sei seiner Anlage nach ein Essayist. Als jedoch seine Essays von den Zeitschriften, an welche er sie sandte, nicht abgedruckt wurden, begann er Novellen zu schreiben, die er unter dem Namen »Kurt vom Walde« nach allen möglichen Sonntagsblättchen instradierte. Hier ging es ihm besser, die Sachen erschienen wirklich feierlich unter dem herrlichen Schriftstellernamen in den verschiedensten Gegenden des Deutschen Reiches, und bald begann hier ein Roderich vom Tale, dort ein Hugo von der Insel und wieder dort ein Gänserich von der Wiese einen stechenden Schmerz zu empfinden über den neuen Eindringling. Auch konkurrierte er heimlich bei allen ausgeschriebenen Preisnovellen und vermehrte hierdurch nicht wenig die angenehme Bewegtheit seines eingezogenen Lebens. Neuen Aufschwung gewann er stets auf seinen kürzeren oder längeren Geschäftsreisen, wo er dann in den Gasthöfen manchen Gesinnungsverwandten traf, mit dem sich ein gebildetes Wort sprechen ließ; auch der Besuch der befreundeten Redaktionsstübchen in den verschiedenen Provinzen gewährte neben den Handelsgeschäften eine gebildete Erholung, obgleich diese hier und da eine Flasche Wein kostete.

Ein Haupterlebnis feierte er eines Tages an der abendlichen Wirtstafel in einer mittleren deutschen Stadt, an welcher nebst einigen alten Stammgästen des Ortes mehrere junge Reisende saßen. Die würdigen alten Herren mit weißen Haaren führten ein gemächliches Gespräch über allerlei Schreiberei, sprachen von Cervantes, von Rabelais, Sterne und Jean Paul sowie von Goethe und Tieck und priesen den Reiz, welchen das Verfolgen der Kompositionsgeheimnisse und des Stiles gewähre, ohne dass die Freude an dem Vorgetragenen selbst beeinträchtigt werde. Sie stellten einlässliche Vergleichungen an und suchten den roten Faden, der durch all dergleichen hindurchgehe; bald lachten sie einträchtig über irgendeine Erinnerung, bald erfreuten sie sich mit ernstem Gesicht über eine neu gefundene Schönheit, alles ohne Geräusch und Erhitzung, und endlich, nachdem der eine seinen Tee ausgetrunken, der andere sein Schöppchen geleert, klopften sie die langen Tonpfeifen aus und begaben sich auf etwas gichtischen Füßen zu ihrer Nachtruhe. Nur einer setzte sich unbeachtet in eine Ecke, um noch die Zeitung zu lesen und ein Glas Punsch zu trinken.

Nun aber entwickelte sich unter den jüngeren Gästen, welche bislang horchend dagesessen hatten, das Gespräch. Einer fing an mit einer spöttischen Bemerkung über die altväterische Unterhaltung dieser Alten, welche gewiss vor vierzig Jahren einmal die Schöngeister dieses Nestes gespielt hätten. Diese Bemerkung wurde lebhaft aufgenommen, und indem ein Wort das andere gab, entwickelte sich abermals ein Gespräch belletristischer Natur, aber von ganz anderer Art. Von den verjährten Gegenständen jener Alten wussten sie nicht viel zu berichten als das und jenes vergriffene Schlagwort aus schlechten Literargeschichten; dagegen entwickelte sich die ausgebreitetste und genaueste Kenntnis in den täglich auftauchenden Erscheinungen leichterer Art und aller der Personen und Persönchen, welche sich auf den tausend grauen Blättern stündlich unter wunderbaren Namen herumtummeln. Es zeigte sich bald, dass dies nicht solche Ignoranten von alten Gerichtsräten und Privatgelehrten, sondern Leute vom Handwerk waren. Denn es dauerte nicht lange, so hörte man nur noch die Worte Honorar, Verleger, Clique, Koterie und was noch mehr den Zorn solchen Volkes reizt und seine Phantasie beschäftigt. Schon tönte und schwirrte es, als ob zwanzig Personen sprächen, die tückischen Äuglein blinkerten, und eine allgemeine glorreiche Erkennung konnte nicht länger ausbleiben. Da entlarvte sich dieser als Guido von Strahlheim, jener als Oskar Nordstern, ein Dritter als Kunibert vom Meere. Da zögerte auch Viggi nicht länger, der bisher wenig gesprochen, und wusste es mit einiger Schüchternheit einzuleiten, dass er als Kurt vom Walde erkannt wurde. Er war von allen gekannt, so wie er ebenso alle kannte, denn diese Herren, welche ein gutes Buch jahrzehntelang ungelesen ließen, verschlangen alles, was von ihresgleichen kam, auf der Stelle, es in allen Kaffeebuden zusammensuchend, und zwar nicht aus Teilnahme, sondern aus einer sonderbaren Wachsamkeit. »Sie sind Kurt vom Walde?«, hieß es dröhnend, »Ha! Willkommen!« Und nun wurden mehrere Flaschen eines unechten wohlfeilen und sauren Weines bestellt, der billigste unter Siegel, der im Hause war, und es hob erst recht ein energisches Leben an. Nun galt es zu zeigen, dass man Haare auf den Zähnen habe! Alle Männer, die es zu irgendeinem Erfolge gebracht und in diesem Augenblicke Hunderte von Meilen entfernt vielleicht schon den Schlaf der Gerechten schliefen, wurden auf das gründlichste demoliert; jeder wollte die genauesten Nachrichten von ihrem Tun und Lassen haben, keine Schandtat gab es, die ihnen nicht zugeschrieben wurde, und der Refrain bei jedem war schließlich ein trocken sein sollendes: »Er ist übrigens Jude!« Worauf es im Chor ebenso trocken hieß: »Ja, er soll ein Jude sein!«

Viggi Störteler rieb sich entzückt die Hände und dachte: Da bist du einmal vor die rechte Mühle gekommen! Ein Schriftsteller unter Schriftstellern! Ei, was das für geriebene Geister sind! Welches Verständnis und welch sittlicher Zorn!

In dieser Nacht und bei diesem Schwefelwein ward nun, um der schlechten Welt vom Amte zu helfen und ein neues Morgenrot herbeizuführen, die förmliche und feierliche Stiftung einer »neuen Sturm- und Drangperiode« beschlossen, und zwar mit planvoller Absicht und Ausführung, um diejenige Gärung künstlich zu erzeugen, aus welcher allein die Klassiker der neuen Zeit hervorgehen würden.

Als sie jedoch diese gewaltige Abrede getroffen, konnten sie nicht weiter, sondern senkten alsbald ihre Häupter und mussten das Lager suchen; denn diese Propheten ertrugen nicht einmal guten, geschweige denn schlechten Wein und büßten jede kleine Ausschreitung mit großer Abschwächung und Übelkeit.

Als sie abgezogen waren, fragte der alte Herr, welcher zurückgeblieben war und sich höchlich an dem Treiben ergötzt hatte, den Kellner, was das für Leute wären? »Zwei davon«, sagte dieser, »sind Geschäftsreisende, ein Herr Störteler und ein Herr Huberl; der Dritte heißt Herr Stralauer, doch nur den Vierten kenn ich näher, der nennt sich Dr. Mewes und hat sich vergangenen Winter einige Wochen hier aufgehalten.

Er gab im Tanzsaal beim Blauen Hecht, wo ich damals war, Vorlesungen über deutsche Literatur, welche er wörtlich abschrieb aus einem Buche. Dasselbe musste aus irgendeiner Bibliothek gestohlen worden sein, dem Einbande nach zu urteilen, und war ganz voll Eselsohren, Tinten- und Ölflecke. Außer diesem Buche besaß er noch einen zerzausten Leitfaden zur französischen Konversation und ein Kartenspiel mit obszönen Bildern darin, wenn man es gegen das Licht hielt. Er pflegte jenes Buch im Bett auszuschreiben, um die Heizung zu sparen; da verschüttete er schließlich das Tintenfass über Steppdecke und Leintuch, und als man ihm eine billige Entschädigung in die Rechnung setzte, drohte er, den Blauen Hecht in seinen Schriften und ›Feuilletons‹ in Verruf zu bringen. Da er sonst allerlei hässliche Gewohnheiten an sich hatte, wurde er endlich aus dem Hause getan. Er schreibt übrigens unter dem Namen Kunibert vom Meere allerhand süßliche und nachgeahmte Sachen.«

»Was Teufel!«, sagte der Alte, »Ihr wisst ja wie ein Mann vom Handwerk über diese Dinge zu reden, Meister Georg!« Der Kellner errötete, stockte ein wenig und sagte dann: »Ich will nur gestehen, dass ich selbst anderthalb Jahre Schriftsteller gewesen bin!« – »Ei der Tausend!«, rief der Alte, »und was habt Ihr denn geschrieben?« – »Das weiß ich kaum gründlich zu berichten«, fuhr jener fort, »ich war Aufwärter in einem Kaffeehaus, wo sich eine Anzahl Leute von der Gattung unserer heutigen Gäste beinahe den ganzen Tag aufhielt. Das lag herum, flanierte, räsonierte, durchstöberte die Zeitungen, ärgerte sich über fremdes Glück, freute sich über fremdes Unglück und lief gelegentlich nach Hause, um im größten Leichtsinn schnell ein Dutzend Seiten zu schmieren; denn da man nichts gelernt hatte, so besaß man auch keinen Begriff von irgendeiner Verantwortlichkeit. Ich wurde bald ein Vertrauter dieser Herren, ihr Leben schien mir meiner dienstbaren Stellung weit vorzuziehen, und ich wurde ebenfalls ein Schriftsteller. Auf meiner Schlafkammer verbarg ich einen Pack zerlesene Nummern von französischen Zeitungen, die ich in den verschiedenen Wirtschaften gesammelt, wo ich früher gedient hatte, ursprünglich um mich darin ein wenig in die Sprache hineinzubuchstabieren, wie es einem jungen Kellner geziemt. Aus diesen verschollenen Blättern übersetzte ich einen Mischmasch von Geschichtchen und Geschwätz aller Art, auch über Persönlichkeiten, die ich nicht im mindesten kannte. Aus Unkenntnis der deutschen Sprache behielt ich nicht nur öfter die französische Wort- und Satzstellung, sondern auch alle möglichen Gallizismen bei, und die Salbadereien, welche ich aus meinem eigenen Gehirne hinzufügte, schrieb ich dann ebenfalls in diesem Kauderwelsch, welches ich für echt schriftstellerisch hielt. Als ich ein Buch Papier auf solche Weise überschmiert hatte, anvertraute ich es als ein Originalwerk meinen Herren und Freunden, und siehe, sie nahmen es mit aller Aufmunterung entgegen und wussten es sogleich zum Druck zu befördern. Es ist etwas Eigentümliches um die schlechten Skribenten. Obgleich sie die unverträglichsten und gehässigsten Leute von der Welt sind, so haben sie doch eine unüberwindliche Neigung, sich zusammenzutun und ins Massenhafte zu vermehren, gewissermaßen um so einen mechanischen Druck nach der oberen Schicht auszuüben. Mein Büchlein wurde sofort als das sehr zu beachtende Erstlingswerk eines geistreichen jungen Autors verkündet, welcher deutsche Schärfe des Urteils mit französischer Eleganz verbinde, was wohl von dessen mehrjährigem Aufenthalt in Paris herrühre. Ich war nämlich in der Tat ein halbes Jahr in dieser Stadt bei einem deutschen Gastwirt gewesen. Da unter dem übersetzten Zeuge mehrere pikante, aber vergessene Anekdoten waren, so zirkulierten diese, unter Anführung meines Buches, alsbald durch eine Menge von Blättern. Ich hatte mich auf dem Titel George d'Esan, welches eine Umkehrung meines ehrlichen Namens Georg Nase ist, genannt. Nun hieß es überall: George Desan in seinem interessanten Buch erzählt folgenden Zug von dem oder von jenem, und ich wurde dadurch so aufgeblasen und keck, dass ich auf der betretenen Bahn ohne weitern Aufenthalt fortrannte wie eine abgeschossene Kanonenkugel.«

»Aber zum Teufel!«, sagte jetzt der Alte, »was hattet Ihr denn nur für Schreibestoff? Ihr konntet doch nicht immer von Eurem Pack alter Zeitungen zehren?«

»Nein! Ich hatte eben keinen Stoff als sozusagen das Schreiben selbst. Indem ich Tinte in die Feder nahm, schrieb ich über diese Tinte. Ich schrieb, kaum dass ich mich zum Schriftsteller ernannt sah, über die Würde, die Pflichten, Rechte und Bedürfnisse des Schriftstellerstandes, über die Notwendigkeit seines Zusammenhaltens gegenüber den andern Ständen, ich schrieb über das Wort Schriftsteller selbst, unwissend, dass es ein echt deutsches und altes Wort ist, und trug auf dessen Abschaffung an, indem ich andere, wie ich meinte, viel geistreichere und richtigere Benennungen aushackte und zur Erwägung vorschlug, wie zum Beispiel Schriftner, Dinterich, Schriftmann, Buchner, Federkünstler, Buchmeister und so fort. Auch drang ich auf Vereinigung aller Schreibenden, um die Gewährleistung eines schönen und sichern Auskommens für jeden Teilnehmer zu erzielen, kurz, ich regte mit allen diesen Dummheiten einen erheblichen Staub auf und galt eine Zeitlang für einen Teufelskerl unter den übrigen Schmierpetern. Alles und jedes bezogen wir auf unsere Frage und kehrten immer wieder zu den ›Interessen‹ der Schriftstellerei zurück. Ich schrieb, obgleich ich der unbelesenste Gesell von der Welt war, ausschließlich nur über Schriftsteller, ohne deren Charakter aus eigener Anschauung zu kennen, komponierte ›ein Stündchen bei X.‹ oder ›ein Besuch bei N.‹ oder ›eine Begegnung mit P.‹ oder ›einen Abend bei der Q.‹ und dergleichen mehr, was ich alles mit unsäglicher Naseweisheit, Frechheit und Kinderei ausstattete. Überdies betrieb ich eine rührige Industrie mit sogenannten ›Mitgeteilts‹ nach allen Ecken und Enden hin, indem ich allerlei Neuigkeitskram und Klatsch verbreitete. Wenn gerade nichts aus der Gegenwart vorhanden war, so übersetzte ich die *Sesenheimer Idylle* wohl zum zwanzigsten Male aus Goethes schöner Sprache in meinen gemeinen Jargon und sandte sie als neue Forschung in irgendein Winkelblättchen. Auch zog ich aus bekannten Autoren solche Stellen, über welche man in letzter Zeit wenig gesprochen hatte, wenigstens nicht meines Wissens, und ließ sie mit einigen albernen Bemerkungen als Entdeckung herumgehen. Oder ich schrieb wohl aus einem eben herausgekommenen Bande einen Brief, ein Gedicht aus und setzte es als handschriftliche Mitteilung in Umlauf, und ich hatte immer die Genugtuung, das Ding munter durch die ganze Presse zirkulieren zu sehen. Insbesondere gewährte mir der Dichter Heine die fetteste Nahrung; ich gedieh an seinem Krankenbette förmlich wie die Rübe im Mistbeete.«

»Aber Ihr seid ja ein ausgemachter Halunke gewesen!«, rief der alte Herr mit Erstaunen, und Meister Georg versetzte: »Ich war kein Halunke, sondern eben ein armer Tropf, welcher seine Kellnergewohnheiten in eine Tätigkeit übertrug und in Verhältnisse, von denen er weder einen sittlichen noch einen unsittlichen, sondern gar keinen Begriff hatte. Überdies brachte mein Verfahren niemandem einen wirklichen Schaden.«

»Und wie seid Ihr denn von dem schönen Leben wieder abgekommen?«, fragte der Alte.

»Ebenso kurz und einfach, wie ich dazu gekommen!«, antwortete der Exschriftner, »ich befand mich trotz alles

Glanzes doch nicht behaglich dabei und vermisste besonders die bessere Nahrung und die guten Weinrestchen meines frühern Standes. Auch ging ich ziemlich schäbig gekleidet, indem ich einen ganz abgetragenen Aufwärterfrack unter einem dünnen Überzieher Sommer und Winter trug. Unversehens fiel mir aus der Heimat eine kleine Geldsumme zu, und da ich von früher her noch eine alte Sehnsucht nährte, ordentlich gekleidet zu sein, so bestellte ich mir sofort einen feinen neuen Frack, eine gute Weste und kaufte ein gut vergoldetes Uhrkettchen sowie ein feines Hemd mit einem Jabot. Als ich mich aber, dergestalt ausgeputzt, im Spiegel besah, fiel es mir wie Schuppen von den Augen; ich fand mich plötzlich zu gut für einen Schriftsteller, dagegen reif genug für einen Oberkellner in einem Mittelgasthofe und suchte demgemäß eine Anstellung.«

Hans Werner Kettenbach

Ein bisschen Plagiat

Dass er die Angel ein wenig unbedacht ausgeworfen hatte, merkte Glock erst, als sie sich vorbeugte und ihn mit großen Augen ansah: »Würdest du mir mal was zeigen von dem, was du geschrieben hast?« Sie richtete sich auf, schüttelte den Kopf, lachte. »Entschuldige, wenn ich so direkt frage, aber ich find das einfach aufregend. Ich hab mir schon immer gewünscht, mal einen Schriftsteller kennenzulernen. Ich find das … faszinierend, dass ein Mensch sich hinsetzen und das ausdrücken kann, was so in einem vorgeht. Auch in einem selbst. In mir selbst, meine ich. Verstehst du?«

Glock lächelte, er hob abwehrend die Hände. »Na ja, so faszinierend ist das gar nicht.«

»Doch, doch, das ist es ganz bestimmt. Ich könnte so etwas nicht, wer kann das schon? Das sind doch nur ganz wenige. Mich interessiert das, verstehst du«, sie hob die Schultern, bewegte vage die Hand, »wie so etwas zustande kommt. Und wie es aussieht, bevor es gedruckt wird. Musst du da viele Korrekturen machen?« Und bevor Glock antworten konnte, beugte sie sich wieder vor und fragte: »Schreibst du mit der Hand?!«

»Nein, nein.« Glock nahm sein Glas von der Theke und trank. Er wartete, bis der Büfettier, der den Aschbecher austauschte, sich wieder entfernt hatte. Sie sah ihn noch immer an, große Augen, halbgeöffnete, feuchte Lippen. Glock lächelte. »Das ist ja nicht mehr wie zu Goethes Zeiten.«

Er versuchte, das Gespräch in eine weniger riskante Richtung zu lenken, indem er vor ihr ausbreitete, was er über den Einfluss der Technik auf die Literatur gelesen hatte. Tödlich, dieser Einfluss, um es mit einem einzigen Wort zu sagen. Massenproduktion. Ein von Hand geschriebenes Manuskript – du liebe Zeit, das würde der Verlag sofort zurückschicken, ohne auch nur eine Zeile gelesen zu haben! Keine Zeit. Die lasen ja nicht einmal mehr die sauber getippten Manuskripte. Veröffentlichten nur, was ein Geschäft versprach. Die großen Namen, klar, die druckten sie, egal, was dahinter kam.

Sie hörte gespannt zu, nickte. Sie stützte das Kinn in die Hand. Blaue Augen, aber nicht dieses Allerweltsblau, sondern heller. Als ob zwei Flämmchen dahinter brannten. Die Hand ein wenig gepolstert, nicht zu üppig, gerade richtig. In Glock regte sich eine undeutliche, aber angenehme Vorstellung, wie ihre bloßen Füße aussehen mochten. Runde, feste Fersen? Die Zehen jedenfalls nicht knochig.

Er spann seinen Faden weiter, führte das Gespräch immer weiter weg von seiner waghalsigen Eröffnung, er sei im Nebenberuf Schriftsteller. Die Technik also, das werde ja immer verrückter. Mit Computern arbeiteten sie mittlerweile doch alle, die Bestseller-Autoren, schrieben ihre Werke auf einen Bildschirm, wie die Bankbeamten ihre Zahlen. Seelenlos. Und vom Bildschirm direkt in die Druckerei, alles möglichst schnell, möglichst glatt. Ob sie sich vorstellen könne, dass ein gutes Gedicht, sagen wir mal: von Heinrich Heine, per elektronischem Befehl hätte vollendet werden können?

Sie sagte: »Bestimmt nicht!« Glock nickte schwer, griff nach seinem Glas und trank. Während er noch überlegte, wie er zu einem völlig neuen Thema überleiten könne, legte sie die Fingerspitzen auf seinen Arm, lächelte ihn an und sagte:

»Wann zeigst du mir mal was? Ich meine, von dem, was du geschrieben hast?«

Verfluchtes Pech. Es war zum Verzweifeln.

Vor ein paar Wochen hatte er sie zum ersten Mal in der Kneipe gesehen, danach noch ein paarmal, aber immer in Begleitung. Glock hatte es trotzdem versucht, sie gefiel ihm zu gut, die dichten, dunklen Augenbrauen unter den blonden Haaren, die runden Schultern, der Gang, sie bewegte sich ein bisschen träge, nein, nicht träge, eher ruhig, gelassen. Aber sooft er ihr auch einen Blick geschickt hatte, sie hatte durch ihn hindurchgesehen, es war ihm nicht gelungen, ihre Augen festzuhalten.

Heute Abend war sie zum ersten Mal allein gekommen, und als Glock sich neben sie stellte, war sie ein wenig zur Seite gerückt, um ihm an der Theke Platz zu machen, und hatte ihn angelächelt. Glock hatte ein paar polierte Sprüche fallenlassen. Als gegenüber ein Mädchen mit vorstehenden Zähnen zu laut lachte, hatte er gesagt, sie sehe aus wie die Rättin, nur nicht so weise, und eine Minute später hatte er zitiert: »Totschlagen. Erst die Zeit, dann eine Fliege, vielleicht eine Maus, dann möglichst viele Menschen, dann wieder die Zeit.« Sie hatte gesagt: »Das find ich gut. Ist das von dir?«

»Nein. Leider nicht. Von Erich Fried.«
»Und warum leider nicht?«
»Weil ich's gern geschrieben hätte.«
»Schreibst du? Ich meine, bist du Schriftsteller?«
Er hatte genickt, ein kleines, melancholisches Lächeln aufgesetzt. Und mit einem Seufzer hatte er gesagt: »Ja. Im Nebenberuf. Einstweilen.«

»Was heißt einstweilen? Es wird noch nichts gedruckt von dem, was du schreibst?«

»Doch, doch.« Er hatte nicht angenommen, dass sie allzu lange darauf herumreiten werde. Schon zweimal hatte er mit diesem Einstieg Erfolg gehabt, es hatte sich jedenfalls Handfestes daraus ergeben, und von diesen beiden Frauen war keine dem Thema nachgegangen, sie hatten nie nach seinen Veröffentlichungen gefragt. Sie schienen vollauf zufrieden mit den Aphorismen, die er in die Gespräche zwischen Abenddämmerung und Sonnenaufgang einzustreuen wusste.

Diese hier ließ nicht locker. Was er denn schreibe? Gedichte? Nein, nein. Oder nur ausnahmsweise einmal. Nein, in der Hauptsache Erzählungen. Die kleine, in sich geschlossene Form. Das reize ihn. Vielleicht gerade deshalb, weil es das Schwierigste sei. Ein Roman, nun gut, er habe auch einen Roman begonnen, aber das Manuskript halbfertig liegenlassen. Es komme nicht von ungefähr, dass die meisten Romane geschwätzig seien, das liege an dieser schwer definierbaren, uferlosen Gattung, sie zwinge den Autor nicht zur Beschränkung auf das Wesentliche. Und geschwätzig wolle er nicht sein. Er halte das für eine der schlimmsten Untugenden. Nervtötend. Zeitraubend.

Er hatte sich auf dem besten Wege geglaubt. Noch ein paar von diesen ja nicht gerade süffigen Gedanken, und sie würde abschalten und nur noch beeindruckt sein und keine lästigen Fragen mehr stellen.

Irrtum. »Wann zeigst du mir mal was von dem, was du geschrieben hast?«

Es war zum Auswachsen. Er hatte sie genau dorthin gebracht, wo er sie haben wollte, er brauchte nur die Antwort zu geben, auf die sie offensichtlich wartete: »Warum nicht jetzt? Wenn du Zeit und Lust hast? Wir können zu mir gehen und noch ein Glas trinken. Und wenn du willst, lese ich dir was vor.«

Das Problem lag nur darin, dass er nichts vorzulesen hatte. Keine Veröffentlichungen. Nicht einmal ein fertiges Manuskript. Die Mappe, ja, in der er die Blätter gesammelt hatte. Einige noch aus seiner Schulzeit. Die meisten von Hand vollgekrakelt, nachts, wenn ihn das Gefühl überkommen hatte, nun könne er bändigen und festhalten, was ihn aufwühlte. Liebesfreud, Liebesleid. Die jähe Gewissheit, endlich die Welt zu begreifen und ihr Herz in sich schlagen zu spüren.

Manche dieser Blätter waren auch mit der Maschine geschrieben. Die erste Szene eines Drehbuchs, ein Mann fährt über eine gespenstisch fahle Autobahn, kahle Bäume biegen sich im Wind, am Horizont taucht eine Gestalt auf wie ein winziger Scherenschnitt, er kommt ihr fahrend immer näher und erkennt, dass es ein Mädchen ist, lange, wehende Haare, sie hebt den Daumen.

Erzählungen, aber sie brachen alle unversehens ab, vier schon auf der ersten Seite, er hatte voller Lust begonnen, aber plötzlich nicht mehr weitergewusst. Auf einigen der Blätter hatte er das Wort »Ende« probiert, handgeschrieben und von Schnörkeln umgeben.

Nichts, was sich vorzeigen ließe. Er hätte sich damit nur lächerlich gemacht. Er konnte diese Frau nicht mit nach Hause nehmen. Nicht heute schon. Nicht nach diesem Gespräch.

Glock sagte: »Ich würde gern in aller Ruhe was aussuchen. Verstehst du ... man ist ja nicht mit allem zufrieden, was man geschrieben hat. Man findet immer noch etwas, das man hätte besser machen können.« Er lächelte. »Und dir möchte ich nur das Allerbeste zeigen. Oder vorlesen, wenn du magst.«

»Und ob ich mag! Das fände ich super!«

»Ich auch.« Glock zögerte, dann fragte er: »Wann hättest du denn Zeit?«

Sie überlegte einen Augenblick. »Nächsten Freitag? Dann könnte ich wieder hierherkommen.«

Glock sagte: »Okay. Nächsten Freitag um die gleiche Zeit.«

Er war schon vor seiner Haustür angelangt, als er umkehrte, um noch einmal ums Geviert zu laufen. Vor einem der unbebauten, düsteren Grundstücke blieb er stehen. Er sog den Geruch der wildwuchernden Sträucher, der kniehohen Gräser ein, starrte empor zum schwarzen Himmel über der Vorstadt.

Das Problem musste lösbar sein. Die Frau war es wert. Er empfand das Gefühl nicht zum ersten Mal, aber dieses Mal war er ganz sicher: Das war die Frau, die er suchte. Und vielleicht konnte sie ihm auch den Antrieb verleihen, der ihn endlich über die Schwelle hinwegheben würde. Eine Erzählung, mehr brauchte es für den Anfang ja nicht zu sein, zehn Seiten vielleicht oder nur ein halbes Dutzend. Er musste nur eine Geschichte finden, die sich plausibel entwickeln ließ. Zu Beginn ein wenig rätselhaft, um Spannung zu erzeugen. Und zum Schluss eine überraschende Erklärung, eine Wende.

Zu Hause brauchte er lange, um sich auszuziehen. Er stand da neben dem Klappbett, hielt die Hose, dann das Hemd in der Hand, bevor er sie auf den Sessel warf, und dachte angestrengt nach.

Eine Frau, die eines Tages im Büro anfängt, sich merkwürdig zu verhalten. Ein Kollege beobachtet sie, er folgt ihr heimlich. Gute Ausgangssituation. Spannend. Aber warum verhält die Frau sich merkwürdig?

Nachdem er eine Weile im Bett gelegen hatte, die Arme im Nacken verschränkt, stand er plötzlich wieder auf, schaltete die Lampe ein. Er sah sich um. Mit dem Fuß schob er die Zeitschriften, die neben dem Bett lagen, beiseite. Ein paar Illustrierte, die Fußballzeitung.

Er starrte auf den Tisch. Der Suppenteller, aus dem er seine Nudeln gegessen hatte. Das Bierglas, trüb von den eingetrockneten Schaumresten, die leere Flasche. Die Jacke, die er vor drei Tagen auf dem Tisch abgelegt hatte, um einen Knopf anzunähen, den er nicht hatte finden können. Das Nähzeug, die Schere. Der Kaffeebecher vom Frühstück, die Einkaufstüte mit den Konserven, das Fernsehprogramm.

Er räumte den Tisch leer, stapelte das Geschirr auf die Töpfe und Teller, die den Rand des Spülbeckens bereits überragten. Mit einem Lappen rieb er den Tisch blank. Dann zog er die rote Mappe mit seinen Blättern aus dem Regal, ein paar der Briefe und Rechnungen, die darauf gelegen hatten, fielen zu Boden, er raffte sie zusammen.

Er legte die Mappe auf die rechte Seite der leeren Tischplatte, baute in der Mitte die Schreibmaschine auf, abgeschabte Hinterlassenschaft seines Vaters, nahm den Deckel ab und spannte ein Blatt Papier ein. An die linke Seite des Tisches stellte er die Stehlampe, er rückte sie im Sitzen hin und her, um auszuprobieren, in welcher Position sie das beste Licht gab, ohne ihn beim Schreiben zu behindern.

Schließlich suchte er die Stifte zusammen, die er finden konnte, und legte sie mit dem Radiergummi auf die Mappe. Er überprüfte das Arrangement aus verschiedenen Perspektiven, von der Tür, vom Sessel, aus dem Bett, bevor er das Licht löschte und sich wieder ausstreckte.

Am nächsten Abend aß er, sobald er nach Hause gekommen war, im Stehen ein Butterbrot, räumte Brot und Butter sofort weg und setzte sich an den Tisch. Er schrieb zwei Sätze, die er schon über Tag in Gedanken formuliert hatte, in die Maschine, hielt dann ein. Er hob ein paarmal die Hände über die Tasten, ließ sie jedes Mal wieder sinken. Schließlich lehnte er sich zurück, mit hängenden Armen.

Nach einer langen Zeit schob er die Maschine zur Seite, nahm seine Mappe und schlug sie auf. Diese Frau, die sich so merkwürdig verhielt, das war kein schlechter Ansatz, aber solange er nicht eine plausible Erklärung für ihr Verhalten fand, hatte es keinen Sinn, an der Geschichte weiterzuschreiben. Es war wahrscheinlich leichter, eine seiner alten Ideen auszuführen, manche waren ja doch ziemlich weit gediehen, und steckengeblieben war er bei einigen mit

Sicherheit nur deshalb, weil er sich hatte ablenken und aus dem Tritt bringen lassen. Weiber, ja. Es waren die falschen gewesen.

Er las sich in seinen Blättern fest. Nach Mitternacht entschied er sich, es am darauffolgenden Abend, er war nun zu müde, mit der Geschichte zu versuchen, deren Titel er schon vor einigen Jahren in die Mitte eines Blattes geschrieben hatte: *Springer a3*. Ein Mann aus kleinen Verhältnissen, ungebildet, mit Namen Verdcheval, steigt dank seiner ungewöhnlichen Begabung für das Schachspiel bis zum Kampf um die Weltmeisterschaft auf. Zum Entsetzen seiner Sekundanten eröffnet er die erste Partie, indem er seinen Damenspringer auf den Rand stellt, ein absolut törichter Zug, der ihm den Verlust der Partie und das Gespött der Fachwelt einbringt.

Diese Geschichte hatte nicht nur den Vorzug einer klaren Idee, Glock wusste auch, wie sie enden musste: Es ist die unbarmherzige, erstickende Gesetzmäßigkeit des Schachspiels, des Spiels wie des Lebens, gegen die Verdcheval revoltiert, weil er sie nicht mehr ertragen zu können glaubt. Aber das Gesetz ist stärker, er kann es nicht aufbrechen. Verdcheval endet, als Narr verachtet und ausgestoßen, in der Gosse.

An den beiden darauffolgenden Abenden versuchte Glock, die Geschichte von Verdcheval zu Ende zu erzählen. Er erkannte, dass die ersten zweieinhalb Seiten, die er einst nach dem Entwurf des Titels in einem Zug geschrieben hatte, stilistische Mängel aufwiesen, hielt sich lange mit der Verbesserung auf, schaffte trotzdem am ersten Abend noch fast eine ganze Seite der Fortsetzung. Am zweiten

Abend geriet er in Schwierigkeiten: Würde die Frau, mit der Verdcheval zusammenlebte, ihn erst nach seinem Scheitern verlassen oder schon vorher, weil er immer häufiger mitten im Liebesakt einhielt, sie anstierte und »Springer a3« flüsterte?

Glock konnte sich nicht entscheiden. Nachdem er eine volle Stunde regungslos vor der Maschine gesessen hatte, stand er auf, löschte die Lampe und legte sich in den Kleidern aufs Bett. Er lag da bis zum Morgengrauen, mit offenen Augen. Als er von fern das Kreischen der ersten Straßenbahn hörte, sprang er auf, als habe er ein Signal empfangen. Er nahm den Band aus dem Regal, den er vor langer Zeit beim Antiquar gekauft hatte, *Die schönsten Erzählungen der Nachkriegsliteratur*. Glock blätterte und las, bis es Zeit wurde, ins Büro zu gehen.

Am darauffolgenden Abend, es war der Donnerstag, schrieb er mit der Maschine aus dem Buch die Erzählung eines Autors ab, dessen Name ihm außer in diesem verschlissenen Band noch nie begegnet war. Es war keine sehr gute Geschichte, ein alter Mann sucht verzweifelt seine Katze und findet sie, als er erschöpft nach Hause kommt, vor der Tür – für Glocks Geschmack zu blumig, zu lyrisch geschrieben, aber der Schluss ging zu Herzen. Glock veränderte den Text schon während des Abschreibens. Er schnitt die stilistischen Wucherungen zurück, verlieh der Katze statt der stumm glimmenden schlicht grüne Augen und machte aus dem holzig verwitterten Gesicht des alten Mannes ein faltiges.

Die sieben Seiten, die am Ende vor ihm lagen, bearbeitete er noch einmal von Hand, er strich hier und da einen

Satz, trug neue Formulierungen ein. Er fand, als er nichts mehr zu beanstanden wusste und sich die Geschichte halblaut vorlas, dass sie gewonnen hatte und so übel nicht war. Und nicht nur das: Der Anblick des Manuskripts wirkte überzeugend. Mit Glocks Korrekturen offenbarte es die Spuren der Werkstatt. Glock wollte schon sich zufrieden zurücklehnen, als ein jäher Schweißausbruch ihn in die Höhe trieb. Er schob die Blätter von sich, als fürchtete er sich vor ihnen.

Sie saß schon an der Theke, als er am Freitagabend in die Kneipe kam. Neben ihrem Glas lag ein kleines Päckchen, in Geschenkpapier eingeschlagen, rotes Band, Schleife. Bevor sie sich auf den Weg machten, gab sie es ihm. »Ich hab dir was mitgebracht.«

»Was ist das?«

»Du kannst ja später nachsehen.« Sie lächelte ein bisschen verlegen. »Ich weiß gar nicht, ob du so etwas überhaupt magst.«

Glock, der das Geschirr abgewaschen, Staub gewischt und seine Siebensachen in den Schrank gepfercht hatte, bot ihr den Sessel an. Als er sich, das Weinglas in der Hand, nahe ihren Knien auf dem Bett niederlassen wollte, sagte sie: »Mach dir's nicht zu gemütlich. Jetzt will ich was hören. Ich hab mich schon die ganze Woche darauf gefreut.«

Er setzte sich an den Tisch, schob die Schreibmaschine zur Seite, zog die Mappe heran und schlug sie auf. Jäh wurde ihm wieder heiß, er glaubte, den Schweiß auf seiner Oberlippe zu spüren, strich sich wie beiläufig über den Mund. Seine Stimme zitterte ein wenig, als er zu lesen begann. Aber je länger er las, umso mehr nahm ihn der Text gefangen. Er lebte sich in die Geschichte hinein, unterstrich sie hier und da mit einer Handbewegung, schüchtern zuerst, dann immer sicherer.

Es war eine gute Geschichte geworden, und er spürte, dass es ihm gelang, ihr Ausdruck zu verleihen. Den Schluss, die erlösende Heimkehr der Katze, trug er ein wenig stockend vor, es kostete ihn Mühe, seiner Rührung Herr zu werden, aber seine Stimme geriet nicht ins Schwanken.

Er schloss die Mappe. Es war sehr still. Nach einer Weile hob er den Blick. Sie hatte einen Arm auf die Sessellehne gestützt, die Hand über die Augen gelegt. Er stand auf, wollte zu ihr gehen, blieb stehen.

Sie sagte: »Willst du nicht mal nachsehen, was ich dir mitgebracht habe?«

»Natürlich. Entschuldige.« Was war das? Kein Wort zu seiner Geschichte?!

Er kämpfte mit seiner Enttäuschung, während er die Schleife aufband und das Papier öffnete. Es war ein Buch, ein wenig abgegriffen. Er ließ das Papier fallen.

Er starrte auf den Einband, den Titel, als müsste er ihn buchstabieren, um ihn zu verstehen. *Die schönsten Erzählungen der Nachkriegsliteratur.*

Sie sagte: »Ich hab das von meinem Vater geerbt. Ich hab sie alle gelesen. Und keine vergessen. Vielleicht, weil's ein Geschenk von meinem Vater war. Aber sie haben mir auch gut gefallen.«

Er wollte etwas sagen, aber es wurde nur ein halbes Räuspern daraus, fast klang es wie ein Ächzen. Er ließ sich langsam auf das Bett nieder, mit dem Buch in der Hand.

Sie nahm die Hand von den Augen. »Ich hab schon

ziemlich schnell den Verdacht gehabt, dass du ein bisschen aufschneidest.«

Er stieß die Luft durch die Nase. »Ein bisschen?!«

»Ja. Nur ein bisschen.« Sie sah ihn an. »Es war doch nicht alles heiße Luft. Du schreibst doch tatsächlich, oder?«

Er lachte bitter. »Ja, ich schreibe. Das ist wohl wahr.«

»Na also.«

»Ja, ja.« Er ließ sich auf das Bett zurücksinken. »Nur hab ich noch nie was zu Ende geschrieben. Und veröffentlicht...«

Er lachte, hob den Arm und ließ ihn aufs Bett fallen.

Sie sagte: »Aber hat denn nicht jeder mal so angefangen? Jeder Schriftsteller, meine ich? Mehr oder weniger?«

Er hob im Liegen den Kopf und sah sie an.

Sie sagte: »Ich will dir mal was sagen. So, wie du mir die Geschichte vorgelesen hast... ich hab die zum ersten Mal richtig verstanden. Du hast was drauf. Vielleicht langt's nicht zum Schriftsteller. Das wird sich ja noch herausstellen. Aber selbst wenn es nicht langt: Wäre das so schlimm? Schriftsteller, das ist doch auch nur ein Beruf wie alle anderen.«

Er richtete sich langsam auf, stützte sich auf einen Ellbogen.

Sie trank ihr Glas leer. »Was bist du eigentlich von Beruf?«

»Angestellter. Versicherung.«

Sie nickte. Dann hielt sie ihm das leere Glas entgegen. »Gibst du mir noch einen Schluck?«

Petros Markaris
Kaffee Frappé

Die Braut, die diese Geschichte schreibt, hat mich auf eine Kykladeninsel geschickt, weitab vom Schuss und kaum größer als ein Felsenkap. Der Linienkahn spuckt uns um drei Uhr morgens mit zweistündiger Verspätung aus. Todmüde stolpern die Fahrgäste von Bord und ziehen ihre Siebensachen hinter sich her. Die Gepäckstücke hüpfen auf und ab, als ob sie Schlauchboote im Kielwasser einer Jacht wären.

Ich bin der Einzige, den weder ein Eselkarren noch ein Empfangskomitee erwartet. Wozu sollte ich mich umblicken? Nur eine rohe Steinmauer in zehn Meter Entfernung und dahinter eine Palme schieben sich ins Licht der Hafenmole. Alles andere verschwimmt zu dunklen Umrissen. Ich habe mich schon fast damit abgefunden, zu Fuß zum Dorf gehen zu müssen, als ein mit Zwiebeln beladener Pritschenwagen neben mir anhält.

»Wohin soll's gehen, Landsmann?«, fragt der Fahrer.

»Zum Dorf.«

»Steig ein.«

Ich klettere auf den Beifahrersitz, der Pritschenwagen fährt ächzend an, und alle zehn Meter erinnert sich der Auspuff an seine Bestimmung.

»Wo übernachtest du?«, fragt der Fahrer.

»Weiß noch nicht.«

Wie soll ich ihm erklären, dass die Braut, die diese Geschichte schreibt, es genau so haben will? Ich soll auf einer kleinen Insel, weitab vom Schuss, ankommen – ohne Fahrzeug und ohne zu wissen, wo ich übernachten werde.

»Du hast Glück«, meint er. »Ich vermiete ein paar Zimmer.«

Ich blicke aus dem Fenster. Nur den schmalen Fahrbahnstreifen kann ich im Scheinwerferlicht erkennen. Der Fahrer ist verstummt und fährt wie in Trance. Da er sich seine Kundschaft bereits gesichert hat, braucht er keine Konversation mehr zu treiben.

Die Braut, die diese Geschichte schreibt, hat mich hierhergeschickt, damit ich eine Fünfzigjährige umbringe. Sie heißt Aliki, und wenn ihr die Fotografie, auf der ich sie gesehen habe, nicht unrecht tut, dann handelt es sich um eine reizlose Brünette mit Kurzhaarschnitt und faltigem Gesicht. Sie blickt mit dem lüsternen Lächeln einer Trinkerin in die Linse und bemüht sich vergeblich, geliebt zu werden.

Als ich fragte, warum ich sie töten sollte, fuhr mir die Braut über den Mund: »Ruhe jetzt, das Motiv geht dich nichts an.«

Ich bestand nicht weiter darauf. Ich weiß, dass ich die Rolle des Bösewichts spiele, also tue ich stillschweigend meine Arbeit. Diesmal hat sie mir sogar Bedingungen gestellt. Ich darf keine Waffe – Messer oder Pistole etwa – für den Mord verwenden. Ich darf Aliki allerdings aus dem Fenster oder über Meeresklippen in die Tiefe stoßen.

Zumindest mit dem Zimmer habe ich Glück, es ist sauber und ruhig. Nun sitze ich im Kafenion gegenüber und trinke mein Kaffee Frappé, während mir der Schweiß über den Nacken läuft. Um elf Uhr morgens brennt die Sonne bereits auf die allgegenwärtigen groben Steinmauern, auf die Felsen, die unter dem verdorrten Gras hervorlugen, und auf die schneeweißen Häuschen mit ihren blauen Fensterläden.

Als ich gerade darüber nachdenke, wo ich diese Aliki bloß finden kann, tritt sie aus der Pension, in der ich logiere. Die Braut überlässt nichts dem Zufall, denke ich mir. Sie trägt kein Schwarz wie auf der Fotografie, sondern ein T-Shirt, einen geblümten Rock und auf dem Kopf einen Strohhut mit breiter Krempe und rotem Hutband. Doch ihr eingefallenes Gesicht und den morgendlichen Schlafzimmerblick einer Trinkerin kann auch er nicht verbergen. Trotz der Mordshitze bestellt sie einen heißen Nescafé. Vielleicht weil ein Kaffee Frappé sie nicht auf Touren bringt. Sie zieht einen kleinen Notizblock aus ihrer Tasche und beginnt zu schreiben. Nach ein paar Worten lässt sie den Kugelschreiber sinken und den Blick hinüberschweifen zu den Felsen, die in der Sonne glühen. Dann wandert er zu ihren Notizen zurück. Mein kleiner Finger sagt mir, dass dieses Wechselspiel zwischen Schreiben und Träumen noch eine Weile weitergehen wird, und ich ordere noch ein Kaffee Frappé.

»Ich werde es tun«, sagte sich Jimmy immer wieder. Schluss mit den ewigen Bedenken: Einmal war es das Motiv, das er kannte und verachtete, dann wieder die mehr oder weniger enge Beziehung zum potentiellen Opfer. Diesmal hatte er es mit einer gewissen Aliki unbekannter Herkunft zu tun, die er aus unbekannten Gründen umbringen sollte.

»Ich werde es tun!«, erklärte er leise und zu allem entschlossen, während er sie dabei beobachtete, wie sie beim Schreiben erneut innehielt. »Es ist *die* Gelegenheit, um mich von der Masse abzuheben und zu einer Figur aus Fleisch und Blut zu werden.« Und er nahm noch einen Schluck von seinem Kaffee Frappé.

Jedes Mal, wenn sie den Blick von ihrem Notizblock hob, betrachtete Aliki durch ihre dunkle Sonnenbrille den Typen am Nebentisch, bevor sie wieder zu den Felsen hinüberblickte.

Warum starrt er mich so an? Was will er von mir? Wenn er selbst in diesem Zustand etwas an mir findet, dann ist er pervers.

Und mit diesem Gedanken erhob sie sich und machte sich auf zum Strand nach Tsigouri.

Ich habe Fortschritte gemacht. Seit zwei Tagen lasse ich sie nicht aus den Augen. Am Morgen sonnten wir uns in Tsigouri, nur zwei Meter voneinander entfernt, blickten in entgegengesetzte Richtungen und taten so, als sähen wir einander nicht.

Nun ist es ein Uhr morgens, und wir haben uns in der kleinen Bar namens Glamour an benachbarten Tischen niedergelassen. Aus dem Lautsprecher dringt ein Musikpotpourri: Rembetiko, Schnulzen, Madonna und dazwischen Inselweisen.

Aliki trinkt soeben ihre vierte kleine Karaffe Tsipouro-Schnaps auf leeren Magen aus, und ich bin beim zweiten

Kaffee Frappé. Sie leert ihr Glas, legt das Geld auf die Rechnung und erhebt sich. Während sie an mir vorüberschwankt, denke ich, dass jetzt vielleicht der geeignete Augenblick wäre, sie auf dem Meeresgrund zu versenken. Doch nun passiert etwas Unvorhergesehenes und wirft meine Planung über den Haufen. Sie hält kurz vor mir inne, ringt um ihr Gleichgewicht, blickt mich an und wirft mir dann ein Lächeln zu.

»Wir beide geben eine kuriose Mischung ab«, sagt sie, »der eine sternhagelvoll, der andere stocknüchtern.« Und sie schüttelt sich vor Lachen.

Ich grinse mit, um meine Verlegenheit zu verbergen. Ich ringe nach einer Entgegnung, doch sie kommt mir zuvor.

»Stört es Sie, wenn ich mich ein wenig zu Ihnen setze?« Gleich darauf bestellt sie beim Kellner die fünfte kleine Karaffe. »Trinken Sie einen mit?«

»Vielleicht sollten Sie was anderes als Tsipouro trinken?« Kaum sind mir diese Worte rausgerutscht, schlage ich mir innerlich an die Stirn. Ich sollte sie doch darin bestärken und nicht bremsen.

Glücklicherweise braucht sie gar keine Ermunterung.

»Was denn, Kaffee Frappé etwa?«, meint sie ironisch lächelnd.

»Das würde Sie ausnüchtern.«

»Und wer sagt Ihnen, dass ich ausgenüchtert werden will?« Doch nun erschrickt sie über ihre eigenen Worte. »Nein, nein, keine Angst... Ich werde Ihnen nicht auf die Nase binden, warum ich mein Leid im Alkohol ertränke!« Und um mich davon zu überzeugen, hängt sie sich an meinen Hals und versetzt mir einen dicken Schmatz auf die

Backe. »Sieh mal ... Weil du so süß bist, trink ich glatt noch einen mit dir.«

Ihre Arme bleiben um meinen Hals geschlungen. Es bleibt dahingestellt, ob in zärtlicher Anwandlung oder aus Furcht, sonst umzukippen.

Die Pension lag auf halbem Weg nach Mesaria. Auf der ganzen Strecke hielt Jimmy Aliki fest im Arm, da sie mal über eine Bodenwelle, mal über einen Stein stolperte. Jedes Mal, wenn Jimmy ihr unter die Arme griff, überschüttete Aliki ihn mit Komplimenten der Art: »Ich wusste gleich, dass du ein Gentleman bist. Das hab ich auf den ersten Blick gemerkt.« Da sie ihren Körper nicht mehr unter Kontrolle hatte, gingen ihre Küsse meist ins Leere.

Mit Müh und Not brachte er sie ans Ziel. Sie ins obere Stockwerk zu verfrachten war Schwerstarbeit. Aliki schaffte es bis zur dritten Treppenstufe, blieb dort hängen und rutschte wieder zurück. Nach dem vierten Versuch gab Jimmy auf, er nahm sie auf den Arm und begann die Treppen hinaufzusteigen.

»Warum spionierst du mir hinterher?«

Die Frage kam aus heiterem Himmel, und diesmal wäre Jimmy fast gestolpert. Er versuchte, das Gleichgewicht zu halten, während er verzweifelt nach einer Erklärung rang. Zum Glück bot ihm Aliki einen Ausweg.

»Lass nur, sag nichts. Bis morgen früh habe ich es ohnehin wieder vergessen.«

Vor ihrer Zimmertür klammerte sie sich an seinen Hals und flüsterte ihm zu: »Bleib heut Nacht bei mir.«

Plötzlich schoss ihm die Idee durch den Kopf, sie dort,

auf dem Bett, zu töten. Es war so einfach. Er musste nur ein Handtuch aus dem Badezimmer holen und es ihr auf das Gesicht drücken.

»Bitte, bleib… Ich kann… So betrunken bin ich nicht…«, flüsterte Aliki. Mit einem Mal brach sie in Tränen aus. »Nein, nein, ich weine bestimmt nicht, wenn du bei mir liegst…«, beruhigte sie ihn. »Ehrenwort. Alles unter Kontrolle.«

Jimmy zog sie langsam, fast zärtlich aus. Aliki hielt die Augen geschlossen und lächelte unter Tränen. Als er bei BH und Slip angelangt war, drehte sich Aliki zur Seite und begann zu schnarchen.

Er hatte das Handtuch gepackt und wollte gerade damit aus dem Bad treten, als sein Blick auf die Klinge des Damenrasierers fiel. Warum mit dem Handtuch, dachte er. Wäre es nicht klüger, ihr die Pulsadern aufzuschneiden, damit es wie Selbstmord aussäh? Er war sehr stolz auf seine Idee, doch als er sich über sie beugte, um ihr Handgelenk zu fassen, wirkte ihr Körper so eingefallen, so voller Falten – er sah die Hängebrüste, den schnarchenden halboffenen Mund, und eine tiefe Trauer erfasste ihn. Er warf die Rasierklinge aufs Bett und rannte aus dem Zimmer.

»Ich bin ein Versager«, sagte er immer wieder, als er den dunklen Feldweg entlangging. »Deshalb habe ich es nie weit gebracht. Niemand mag Figuren, die eine Geschichte grundlos in die Irre führen.«

Hundert Meter weiter erhellten die Scheinwerfer eines Wagens die Straße. Er gab dem Fahrer ein Handzeichen, der daraufhin neben ihm hielt. »Wenn du zum Hafen willst, steig ein«, meinte er.

Am Hafen ließ die Autofähre gerade die Laderampe herab.

»Kann ich auf dem Schiff eine Fahrkarte lösen?«, fragte Jimmy einen Mitarbeiter der Hafenbehörde.

»Wohin?«

»Nach Piräus.«

»Die nehmen jetzt keine Passagiere nach Piräus an Bord. Der Fahrplan hat sich geändert. Die fahren zuerst nach Amorgos. Morgen früh kommen sie zurück, dann erst steigen die Fahrgäste nach Piräus zu.«

Diesmal kam Jimmy um den Fußmarsch nicht herum.

Die Braut, die diese Geschichte schreibt, will mich nicht von der Insel weglassen. Sie wird mir so lange Steine in den Weg legen, bis ich tue, was sie von mir will. Durch die gestrige Nachtwanderung wurde mein Kopf wieder klar, und ich schämte mich. Man vergeht beim Anblick einer auf dem Bett zusammengebrochenen Frau nicht vor Mitgefühl. Ganz im Gegenteil: Man bringt sie aus Mitleid um und erlöst sie so von ihrem Leiden.

Diese Gedanken gehen mir durch den Kopf, während ich mein Kaffee Frappé trinke. Aliki tritt aus dem Haus und kommt lächelnd auf mich zu. Die Farbe ihrer Augen wirkt wässrig und ihr Blick trübe.

»Ich habe vor, heute einen Ausflug mit dir zu machen«, meint sie.

»Wohin?«

»Nach Nikia. Unten am Meer liegt ein verlassenes Fischerdorf. Da lebt keiner mehr. Kannst du Motorrad fahren?«

»Kann ich.«

»Schön, ich notiere schnell noch etwas, und dann können wir los.«

Sie zieht ihren Block heraus, notiert etwas und steckt ihn wieder in ihre Tasche zurück.

Bevor wir beim Motorradverleih anlangen, bleibt sie jäh mitten auf der Straße stehen und blickt mich an.

»Weißt du, heute Morgen ist mir etwas Komisches passiert. Ich bin mit einer Rasierklinge im Bett aufgewacht.«

Ihre Bemerkung trifft mich unvorbereitet, doch ich behalte die Nerven.

»Nun, wahrscheinlich hast du sie, als du aus dem Badezimmer kamst, dort liegenlassen.«

»Wahrscheinlicher ist, dass ich erfolglos versucht habe, mir die Pulsadern aufzuschneiden«, entgegnet sie heiter.

Die Straße nach Nikia ist schmal, kurvenreich und von Gebüsch fast zugewuchert. Weit und breit kein einziger Baum, nur das Meer bleibt immer in Sichtweite.

Die Straße verbreitert sich zu einer Abzweigung: Der eine Weg führt in die Berge hoch, der andere zum Geisterdorf ans Meer hinunter.

»Wir fahren ans Meer«, sagt Aliki und deutet auf den Pfad.

Vor unseren Augen tauchen langsam die gespenstischen Steinhäuser des Fischerdorfes auf, die durch verschiedenartige Treppen verbunden zum kleinen Hafen hinabführen. Ich bin ganz in den Anblick versunken, als ich neben mir Alikis Stimme höre.

»Die Rasierklinge habe nicht ich dort vergessen. Du hast sie gestern dort liegenlassen.« Ich blicke sie verdutzt an.

»Du wolltest mich umbringen, hast es dir in letzter Minute aber anders überlegt.« Sie lächelt mir zu, als spräche sie von der natürlichsten Sache der Welt.

»Spinnst du?«

Die Braut, die diese Geschichte schreibt, würde mich wegen dieser abgeschmackten Bemerkung bestimmt am liebsten ohrfeigen.

»Ich weiß, dass du auf die Insel gekommen bist, um mich zu töten«, beharrt Aliki.

Stumm wie ein Fisch starre ich sie an.

»Du kannst ruhig offen zu mir sein.« Sie spricht gelassen weiter und lächelt. »Alles in meinem Leben ist schiefgelaufen. Ich bin eine Totalversagerin, alle naselang bin ich auf Entzug. Du tust mir einen Gefallen, wenn du mich umbringst. Nur eine Bedingung habe ich.«

Sie verstummt, also schweige auch ich. Ich halte mir den Rücken frei, um zu sehen, worauf sie hinauswill.

»Ich möchte, dass du mich an einer von mir ausgewählten Stelle in das kleine Hafenbecken stößt, damit ich auch zu einer Spukgestalt werde.«

Die Braut, die diese Geschichte schreibt, macht es mir unglaublich leicht. Wenn ich auch diesmal nichts geritzt kriege, dann tauge ich nicht zu einer literarischen Figur. Dann tauge ich nicht einmal zu einer Witzfigur.

Aliki findet eine Stelle genau oberhalb des Geisterdorfes.

»Hier!«, sagt sie. »Stell dich hinter mich. Ich schließe die Augen, und du schubst mich ganz leicht, als wäre es ein Scherz.«

Ich stelle mich wortlos hinter sie. Reglos steht sie da, so

dass ich nicht weiß, ob sie die Augen geschlossen hält oder träumerisch das Ägäische Meer betrachtet.

Aliki bereute ihren Entschluss in dem Augenblick, als sie Jimmys Hände an ihren Schultern spürte. Sie entzog sich mit einem Ruck und machte einen Schritt zur Seite.

»Nein, ich will nicht!«, rief sie. »Hör auf, ich hab es mir anders überlegt!«

Sie wollte zur Weggabelung zurück, doch Jimmy hielt sie an den Armen fest. »Komm schon, bringen wir's hinter uns«, meinte er. »Weder du noch ich haben Lust darauf, aber es muss getan werden.«

Er gab ihr einen kräftigen Stoß. In ihrer Verzweiflung klammerte sich Aliki an seinem T-Shirt fest, und als sie nach unten stürzte, riss sie ihn mit sich. Sie segelten am Treppenlabyrinth des Dorfes mit den Geisterhäusern und den leeren Fensterhöhlen vorbei in die Tiefe, bis zum verwitterten Wellenbrecher und zu den Felsen, die sie bereits erwarteten.

So oft war ich betrunken, und erst jetzt sehe ich zum ersten Mal die Welt im freien Fall, dachte Aliki, während sie hinabstürzte. Ihr letzter Gedanke war, dass ihr der Anblick gefiel.

»Also, Sachen gibt's!«, meinte der junge Mann, der auf dem Dorfplatz die Zeitung las.

»Was denn?«, fragte die junge Frau an seiner Seite, mehr aus Pflichtbewusstsein denn aus Neugier.

»Hör mal, was da steht: ›Gestern beging die Schriftstellerin Aliki Fotiadi Selbstmord. Ihre Leiche wurde im verlassenen Fischerdorf Nikia gefunden. Auf ihrem Notizblock fand man die Nachricht: *Das Schreiben ist mein Leben. Kann ich nicht schreiben, habe ich kein Leben mehr.* Ihr Verleger erklärte, Aliki Fotiadis letzte Bücher seien von der Kritik und vom Publikum nicht gut aufgenommen worden. Das habe die Autorin in eine tiefe Depression gestürzt.‹«

»Na und? Was ist da seltsam dran?«, fragte die junge Frau.

»Denk doch mal nach!«, rief der junge Mann erstaunt aus. »Wer bringt sich heutzutage wegen Büchern um?«

Er nahm einen Schluck von seinem Kaffee Frappé und schlug den Wirtschaftsteil der Zeitung auf.

Connie Palmen
Das ungeschriebene Buch

»Heute Abend werde ich dir mal erzählen, was ein gutes Buch ist«, hatte sie zur Einleitung gesagt. Danach schwieg sie eine Weile. »Ich fang noch mal neu an. Heute Abend werde ich versuchen, dir zu erzählen, was meiner Meinung nach ein guter Roman oder eine gute Novelle ist.« Wieder verstummte sie und sah mich dann mit einem Mal ganz perplex an. »Ich hätte nicht gedacht, dass es so schwierig sein würde«, sagte sie entschuldigend, »denn im Grunde weiß ich das alles ganz genau, aber jetzt kommt es mir so vor, als widersetze sich dieses Wissen den Worten. Ein gutes Buch wird durch etwas zusammengehalten, was nicht drinsteht, und dieses Etwas, das nicht drinsteht, das ist das Geheimnis des Autors. Vielleicht sollte ich das ja nicht verraten, vielleicht ist es das. Es ist wie bei einem raffiniert zubereiteten Gericht. Was das Ganze so köstlich macht, ist eine Kombination aus Zutaten, die man nicht mehr sieht. Und ein Koch wird selten oder nie erzählen, was er alles hineingetan hat, um das Gericht so schmecken zu lassen, auch wenn er wahnsinnig stolz darauf ist und es vielleicht gern hätte, wenn jemand herausschmeckte, dass in der so fein ausgewogenen Sauce eine dreifach gezogene Rinderbouillon verarbeitet ist. Und genauso widerstrebend sprechen Schriftsteller über ihr Geheimnis. Eigentlich sind sie die Letzten, die etwas Sinnfälliges über ihr Buch sagen können. Sie können das nicht – nicht, weil sie es womöglich nicht wüssten, denn sie wissen es ganz im Gegenteil besser als jeder andere –, nein, es kommt ihnen nicht über die Lippen, weil es ihnen widerstrebt, weil es ein Geheimnis ist und weil es da wie bei jedem Geheimnis eine Schamgrenze gibt, die verbietet, darüber zu sprechen. Das ist schon merkwürdig, denn jeder Exeget darf das Geheimnis entdecken, darf aufdecken, welcher Zusammenhang – vorausgesetzt, es ist ein gutes Buch – zwischen den einzelnen Abschnitten des Buches besteht, weil der Autor ihn hergestellt hat. Aber der Autor geniert sich, wenn er es selber sagen soll. Vielleicht kommt es daher, dass man die eigenen Erzeugnisse nicht anpreisen möchte. Das sollen andere tun. Und dieser geheime Leitfaden, den der Schriftsteller bei der Herstellung eines Buches benutzt, ist wohl einer der ausschlaggebendsten Faktoren dafür, ob ein Buch gut wird oder nicht.«

Ich sah, dass sie sich die größte Mühe gab, die dem Thema eigene Sprödigkeit wegzureden, sich darüber hinwegzusetzen. Um ihr dabei behilflich zu sein, fragte ich sie, ob es sich dabei um so etwas wie W. F. Hermans berühmten Spatz handele, der in einem Roman nicht vom Dach fallen könne, ohne dass es eine tiefere Bedeutung habe.

»Weißt du, dass diese Aussage gar nicht von Hermans ist?«, sagte sie mit erleichtertem Grinsen. »Matthäus 10, die Versnummer weiß ich nicht mehr, schlag mal nach.«

Die Bibel war eines der Bücher, die sie in ihrem Regal im Wohnbereich stehen hatte, einem Regal, das an die zweitausend Bücher fasste und in dem sie auf so gut wie jedem

Brett gerahmte Fotos von Familienangehörigen, Freunden und einigen Autoren stehen hatte. Ich nahm die Bibel heraus und trug sie behutsam an meinen Sitzplatz zurück. Das Buch barst schier vor Karteikärtchen, die am Rand herausstaken, und ich fürchtete, dass eines davon herausfallen könnte. Bei Matthäus 10 steckte auch so ein Kärtchen, das ich nun als Andachtsbild identifizierte. Ich hatte die betreffende Zeile schnell gefunden.

»Lies vor«, sagte Lotte, »und fang etwas oberhalb davon an, es ist nämlich ein schöner Abschnitt.«

»»Denn nichts ist verhüllt, was nicht enthüllt wird, und nichts ist verborgen, was nicht bekannt wird. Was ich euch im Dunkeln sage, davon redet am hellen Tag, und was man euch ins Ohr flüstert, das verkündet von den Dächern. Fürchtet euch nicht vor denen, die den Leib töten, die Seele aber nicht töten können, sondern fürchtet euch vor dem, der Seele und Leib ins Verderben der Hölle stürzen kann. Verkauft man nicht zwei Spatzen für ein paar Pfennig? Und doch fällt keiner von ihnen zur Erde ohne den Willen eures Vaters.‹«

»Hat schon Gefühl für Humor, der Hermans«, sagte sie. »Er hat sich hübsch mal eben Gottesstatus angemaßt, als er die Bibel zitierte, und hoffte natürlich von ganzem Herzen, dass jeder das Zitat erkennen würde.«

Ehe sie fortfuhr, schenkte sie unsere Gläser wieder voll und zündete sich die x-te Zigarette an.

»Ja, es hat schon etwas mit diesem vermaledeiten Spatz zu tun«, setzte sie zögernd wieder an, »obwohl man auch mal jemanden eine Tür öffnen lassen muss, ohne dass es gleich eine Metapher ist und mehr zu bedeuten hat, als dass man diesen Jemand schlicht und ergreifend in das elende Zimmer hereinkommen lässt. Aber zu viele solcher Sätze darf man nicht drinhaben, denn das entmutigt oder, schlimmer noch, das langweilt. Das Glück des Schreibens liegt in dem Wissen, dass man sich bei jedem Satz von etwas leiten lässt, von etwas, das man zwar nicht im Text festhält, das aber wohl Motiv für die Wahl der Worte ist, die man zu Papier bringt. Jedes Buch enthält sozusagen ein ungeschriebenes Buch, und der Autor muss sein ungeschriebenes Buch durch und durch kennen, weil es ihm die Grenzen des Buches vorgibt, das er schreibt.« Sie sah mich forschend an und fragte mich mit leichter Verzweiflung in der Stimme, ob ich verstünde, was sie meine.

»Wenn ich so rede, find ich mich zum Davonlaufen«, sagte sie, ohne eine Antwort abzuwarten. »Ich geh jetzt lieber zu Bett und versuch es ein andermal, denn es ist wichtig für unser Buch. Destillier morgen übrigens bitte diese Passage von Matthäus, die bringt mir was.«

Ich wollte noch etwas Beruhigendes sagen, ehe ich sie verließ, etwas, womit ich ihr vermitteln konnte, dass mich beeindruckt hatte, was sie gesagt hatte, und ich durchaus begriffen hatte, worum es ging, auch wenn sie glaubte, das nicht herübergebracht zu haben.

Schon an der Tür stehend, fragte ich daher: »Lotte, könnte es sein, dass das ungeschriebene Buch eigentlich immer dasselbe ist?«

Saki

Mark

Augustus Mellowkent war ein Romancier mit Zukunft. Oder anders ausgedrückt: Eine begrenzte, jedoch wachsende Zahl von Leuten las seine Bücher, und so bestand ausreichend Grund zu der Annahme, dass ein zunehmend größer werdender Kreis von Lesern sich Mellowkent angewöhnen und in Büchereien und Buchhandlungen seine Werke verlangen würde, wenn er Jahr für Jahr neue Romane herausbrachte. Auf Anordnung seines Verlegers hatte er seinen Taufnamen Augustus bereits abgelegt und den Vornamen Mark angenommen.

»Frauen lieben Namen, die auf einen starken und schweigsamen Mann hindeuten, der zwar in der Lage, nicht jedoch bereit ist, irgendwelche Fragen zu beantworten. Augustus klingt lediglich nach eitler Pracht; ein Name wie Mark Mellowkent dagegen klingt nicht nur, sondern beschwört außerdem die Vision eines starken, schönen und guten Mannes herauf – eine Mischung aus Georges Carpentier und irgendeinem Geistlichen.«

Eines Morgens im Dezember saß Augustus in seinem Schreibzimmer und arbeitete am dritten Kapitel seines achten Romans. Mit einiger Ausführlichkeit hatte er zum Nutzen jener, die es sich nicht vorstellen konnten, geschildert, wie der Garten eines Pfarrhauses im Juli aussieht; jetzt war er damit beschäftigt, mit noch größerer Ausführlichkeit die Gefühle eines jungen Mädchens – Tochter einer langen Reihe von Pastoren und Archidiakonen – zu beschreiben, das zum ersten Mal entdeckt, dass der Briefträger ein attraktiver Mann ist.

»Für einen kurzen Augenblick trafen sich ihre Augen, als er ihr zwei Rundschreiben und die dicke, von einem Streifband zusammengehaltene Rolle der *East Essex News* überreichte. Ihre Blicke begegneten sich für den kleinsten Bruchteil einer Sekunde, und dennoch würde nun nichts mehr so sein wie bisher. Koste es, was es wolle – sie verspürte den Drang, zu sprechen und diese unerträgliche, unwirkliche Stille zu brechen, die über ihnen lag. ›Was macht der Rheumatismus Ihrer Mutter?‹, fragte sie.«

Die Arbeit des Autors wurde durch das unerwartete Eindringen eines Hausmädchens unterbrochen.

»Ein Herr möchte Sie sprechen, Sir«, sagte das Mädchen und reichte ihm eine Visitenkarte, auf der der Name Caiaphas Dwelf stand. »Er sagt, es sei wichtig.«

Mellowkent zögerte und gab dann nach; die Wichtigkeit der Mission, in der der Besucher kam, war wahrscheinlich illusorisch, aber andererseits hatte er bisher noch niemanden mit dem Namen Caiaphas kennengelernt. Das zumindest war ein völlig neues Erlebnis.

Mr. Dwelf war ein Mann unbestimmten Alters; seine hohe schmale Stirn, seine kalten grauen Augen und seine bestimmte Art verrieten eine durch nichts zu vereitelnde Absicht. Unter dem Arm trug er ein dickes Buch, und aller Wahrscheinlichkeit nach hatte er in der Diele einen Stapel ähnlicher Bücher liegengelassen. Er nahm Platz, bevor er dazu aufgefordert worden war, und begann, Mellowkent in der Art eines offenen Briefes anzusprechen.

»Sie sind ein gebildeter Mann, Verfasser verschiedener bekannter Bücher...«

»Augenblicklich bin ich mit einem neuen Buch beschäftigt – stark beschäftigt«, sagte Mellowkent anzüglich.

»Richtig«, sagte der Eindringling. »Zeit ist für Sie ein Faktor von beträchtlicher Bedeutung. Selbst Minuten sind wertvoll.«

»Das sind sie«, gab Mellowkent bereitwillig zu und blickte auf seine Uhr.

»Das«, sagte Caiaphas, »ist auch der Grund, warum das Buch, das ich Ihnen hiermit zur Kenntnis bringe, dasjenige ist, ohne das auszukommen Sie sich gar nicht leisten können. *Hier steht's* ist für den Schriftsteller einfach unentbehrlich; es ist keine gewöhnliche Enzyklopädie – in diesem Fall hätte ich mir nicht die Mühe gemacht, es Ihnen zu zeigen. Es ist vielmehr eine unerschöpfliche Quelle kurzer und knapper Informationen...«

»Auf dem neben mir stehenden Regal«, sagte der Autor, »habe ich eine ganze Reihe von Nachschlagewerken, die mir sämtliche Informationen geben, welche ich aller Wahrscheinlichkeit nach jemals benötige.«

»Aber hier«, beharrte der angebliche Verkäufer, »haben Sie alles in einem einzigen Band. Ganz gleich, nach welchem Gegenstand Sie sich erkundigen oder welche Tatsache Sie bestätigt haben wollen – *Hier steht's* nennt Ihnen alles, was Sie wissen wollen, in der kürzesten und belehrendsten Form. Zum Beispiel geschichtliche Hinweise, wie etwa die Laufbahn des Johannes Hus. Hier haben wir es schon: Hus, Johannes, berühmter Reformator. Geboren 1369, 1415 in Konstanz verbrannt; als Schuldiger gilt Kaiser Sigismund.«

»Wäre er heutzutage verbrannt worden, würde man bestimmt die Suffragetten verdächtigen«, bemerkte Mellowkent.

»Als Nächstes: Geflügelhaltung«, nahm Caiaphas den Faden wieder auf. »Das ist ein Thema, welches plötzlich in einem Roman über das englische Landleben auftauchen kann. Und hier haben Sie alles, was darüber zu sagen ist: das Leghorn als Eierproduzent; fehlender Mutterinstinkt beim Minorca; Verletzungen bei Hühnern, ihre Ursachen und ihre Heilung; Entenmast im Frühjahr. Sie sehen – alles da, nichts fehlt.«

»Mit Ausnahme des Mutterinstinkts bei den Minorcas, und den werden Sie wohl auch kaum beibringen können.«

»Sportliche Rekorde, ebenfalls eine wichtige Sache. Wie viele Menschen, selbst Sportler, gibt es schon, die sich erinnern können, welches Pferd das Derby in einem bestimmten Jahr gewann? Hiermit ist es eine Kleinigkeit...«

»Mein lieber Herr«, unterbrach Mellowkent ihn, »in meinem Klub gibt es mindestens vier Männer, die Ihnen nicht nur sagen können, welches Pferd in einem bestimmten Jahr gewann, sondern auch, welches Pferd eigentlich hätte gewinnen müssen und warum es das nicht tat. Wenn Ihr Buch eine Methode nennte, wie man sich vor derartigen Informationen schützen kann, würde es weit mehr vollbringen als alles, was Sie bisher angeführt haben.«

»Geographie«, sagte Caiaphas ungerührt, »ein Gebiet, auf dem ein vielbeschäftigter Mann, der unter Zeitdruck arbeitet, leicht einen Flüchtigkeitsfehler begehen kann. Erst kürzlich ließ ein bekannter Autor die Wolga ins Schwarze Meer und nicht ins Kaspische fließen; aber mit diesem Buch …«

»Auf dem Tischchen aus poliertem Rosenholz, das hinter Ihnen steht, liegt geruhsam ein zuverlässiger und moderner Atlas«, sagte Mellowkent. »Aber jetzt muss ich Sie wirklich bitten, mich zu verlassen.«

»Ein Atlas«, fuhr Caiaphas unbeirrt fort, »gibt lediglich den Verlauf des Flusses an und nennt die größeren Städte, an denen er vorüberfließt. *Hier steht's* dagegen schildert die Landschaft, den Verkehr, nennt die Preise der Fähren, die vorherrschenden Fischarten, die mundartlichen Ausdrücke der Schiffer und die Abfahrtszeiten aller größeren Flussdampfer. Es gibt Ihnen …«

Mellowkent saß da und betrachtete die harten Gesichtszüge des entschlossenen, erbarmungslosen Vertreters, der hartnäckig in dem Sessel hockte, in dem er sich unaufgefordert niedergelassen hatte, und unentwegt die Vorzüge seiner unerwünschten Ware pries. Ein Gefühl sehnsüchtigen Konkurrenzneides ergriff von dem Autor langsam Besitz. Warum konnte er in seinem Verhalten nie jenem kalten, strengen Namen entsprechen, den er angenommen hatte? Warum musste er hier wie ein Schwächling herumsitzen und sich diesen langweiligen Wortschwall anhören? Warum konnte er nicht für ganz kurze Zeit Mark Mellowkent sein und diesem Mann mit dessen eigenen Waffen entgegentreten?

Ein plötzlicher Einfall durchzuckte ihn.

»Haben Sie schon mein letztes Buch, *Der käfiglose Hänfling,* gelesen?«, fragte er.

»Ich lese keine Romane«, sagte Caiaphas kurz und bündig.

»Oh, diesen einen sollten Sie aber lesen – jeder sollte ihn lesen«, rief Mellowkent und suchte das Buch aus dem Regal heraus. »Im Laden kostet es sechs Shilling, aber Ihnen würde ich es für viereinhalb Shilling überlassen. Im fünften Kapitel findet sich eine Stelle, die Ihnen sicherlich gefallen wird. Emma steht allein auf einem Birkenhügel und wartet auf Harold Huntingdon – das ist der Mann, den sie auf Wunsch ihrer Familie heiraten soll. In Wirklichkeit möchte sie ihn zwar ebenfalls heiraten, aber das merkt sie erst im fünfzehnten Kapitel. Hören Sie einmal zu: ›So weit der Blick reichte, brandeten die braungelben und purpurroten Wogen der Heide, hier und dort im leuchtenden Gelb des Ginsters aufflammend und begrenzt vom zarten Grau, Silber und Grün der jungen Birkenstämme. Winzige blaue und braune Schmetterlinge flatterten über den Heideblüten, ergötzten sich im Sonnenschein, und die Lerchen über ihnen sangen, wie nur Lerchen singen können. Es war ein Tag, an dem die ganze Natur...‹«

»In *Hier steht's* finden Sie sämtliche Angaben über alle Gebiete der Naturkunde«, unterbrach ihn der Buchvertreter, und zum ersten Mal klang in seiner Stimme ein angegriffener Ton mit. »Forstwirtschaft, das Leben der Insekten, Zugvögel und Urbarmachung von Ödland. Wie ich schon sagte: Keiner, der sich mit den vielfältigen Interessen des Lebens...«

»Interessieren würde mich, ob Ihnen vielleicht eines meiner früheren Bücher gefällt: *Die Abneigung der Lady Cullumpton*«, sagte Mellowkent und suchte von neuem in dem Regal. »Verschiedene Leute halten diesen Roman für meinen besten. Aha, da steht er. Ich sehe gerade, dass der Einband ein paar Flecken hat, und bin daher bereit, Ihnen dieses Buch für drei Shilling neun Pence zu überlassen. Hören Sie sich einmal den Anfang an: ›Beatrice Lady Cullumpton betrat das lange, kaum erhellte Speisezimmer; ihre Augen leuchteten in der Hoffnung, die sie für grundlos hielt, und ihre Lippen bebten, weil sie ihre Angst nicht verhehlen konnte. In der Hand hielt sie einen kleinen Fächer, ein zerbrechliches Spielzeug aus Spitze und Seide. Irgendetwas zersplitterte, als sie den Raum betrat; sie hatte den Fächer in ihrer Hand zerdrückt...‹ Na, wie finden Sie diesen Anfang? Er sagt einem doch sofort, dass irgendetwas im Gange ist, nicht wahr?«

»Ich lese keine Romane«, sagte Caiaphas mürrisch.

»Aber überlegen Sie doch nur, wie viel Abwechslung sie bieten«, rief der Verfasser, »etwa an einem langen Winterabend, oder wenn Sie mit verstauchtem Knöchel im Bett liegen müssen – ein Vorfall, der jedem zustoßen kann. Oder wenn Sie für mehrere Tage von Bekannten eingeladen sind, und es hört einfach nicht auf zu regnen, oder die Dame des Hauses ist eine dumme Person, oder die übrigen Hausgäste sind unerträglich langweilig – dann verschwinden Sie unter dem Vorwand, Briefe schreiben zu müssen, auf Ihr Zimmer, zünden sich eine Zigarette an, und für drei Shilling neun Pence können Sie sich in die Gesellschaft von Beatrice Lady Cullumpton und der dort Anwesenden begeben. Man sollte auf jede Reise mindestens einen Roman, am besten jedoch mehrere mitnehmen – als letzte Rettung. Ein Freund von mir sagte erst gestern, eher würde er in die Tropen fahren und das Chinin vergessen, als irgendwohin auf Besuch fahren und nicht ein paar Mark Mellowkents im Tornister mitnehmen. Aber vielleicht liegt Ihnen mehr das Sensationelle? Ich überlege gerade, ob ich nicht noch irgendwo ein Exemplar meines Romans *Der Kuss der Python* habe.«

Caiaphas wartete nicht, bis er mit Proben aus diesem aufregenden Romanwerk in Versuchung geführt wurde. Mit einer geknurrten Bemerkung über seine knappe Zeit, die er nicht mit Blödsinnigkeiten vergeuden könnte, griff er nach dem verschmähten Band und verschwand. Auf das fröhliche »Guten Morgen!« Mellowkents gab er zwar keine vernehmbare Antwort; aber der Autor hatte das Gefühl, dass so etwas wie anerkennender Hass in den kalten grünen Augen aufgeflackert war.

Bernhard Schlink

Das Haus im Wald

Manchmal war ihm, als sei dies schon immer sein Leben gewesen. Als habe er immer schon in diesem Haus im Wald gewohnt, an der Wiese mit den Apfelbäumen und den Fliederbüschen, am Teich mit der Trauerweide. Als habe er immer schon seine Frau und seine Tochter um sich gehabt. Und sei von ihnen verabschiedet worden, wenn er wegfuhr, und willkommen geheißen, wenn er zurückkam.

Einmal in der Woche standen sie vor dem Haus und winkten ihm nach, bis sie sein Auto nicht mehr sahen. Er fuhr in die kleine Stadt, holte die Post, brachte etwas zum Reparieren, holte Repariertes oder Bestelltes ab, machte beim Therapeuten Übungen für seinen Rücken, kaufte im General Store ein. Dort stand er vor der Rückfahrt noch eine Weile an der Theke, trank einen Kaffee, redete mit einem Nachbarn, las die *New York Times*. Länger als fünf Stunden war er nicht weg. Er vermisste die Nähe seiner Frau. Und er vermisste die Nähe seiner Tochter, die er nicht mitnahm, weil ihr beim Fahren übel wurde.

Sie hörten ihn von weitem. Kein anderes Auto nahm den schmalen, geschotterten Weg, der durch ein langes, waldiges Tal zu ihrem Haus führte. Sie standen wieder vor dem Haus, Hand in Hand, bis er auf die Wiese bog, Rita sich von Kate losriss und losrannte und ihm, der gerade noch den Motor abstellen und aus dem Auto steigen konnte, in die Arme flog. »Papa, Papa!« Er hielt sie, überwältigt von der Zärtlichkeit, mit der sie ihre Arme um seinen Hals schlang und ihr Gesicht an seines schmiegte.

An diesen Tagen gehörte Kate ihm und Rita. Gemeinsam luden sie aus, was er aus der Stadt gebracht hatte, machten sich am Haus oder im Garten zu schaffen, sammelten im Wald Holz, fingen im Teich Fische, legten Gurken oder Zwiebeln ein, kochten Marmelade oder Chutney, backten Brot. Rita, voller Familienseligkeit und Lebenslust, rannte vom Vater zur Mutter und von der Mutter zum Vater und redete und redete. Nach dem Abendessen spielten sie zu dritt, oder er und Kate erzählten Rita mit verteilten Rollen eine Geschichte, die sie sich beim Kochen ausgedacht hatten.

An den anderen Tagen verschwand Kate morgens aus dem Schlafzimmer in ihr Arbeitszimmer. Wenn er ihr Kaffee und Obst zum Frühstück brachte, sah sie vom Computer auf und lächelte ihn freundlich an, und wenn er ein Problem mit ihr besprach, gab sie sich Mühe, es zu verstehen. Aber sie war mit den Gedanken anderswo, und sie war es auch, wenn sie zu dritt zum Mittag- und zum Abendessen um den Tisch saßen. Sogar wenn sie sich nach der Gutenachtgeschichte und dem Gutenachtkuss für Rita zu ihm setzte und sie zusammen Musik hörten oder einen Film sahen oder ein Buch lasen, war sie mit den Gedanken bei den Gestalten, über die sie gerade schrieb.

Er beschwerte sich nicht. Sie im Haus zu wissen, ihren Kopf im Fenster zu sehen, wenn er im Garten arbeitete, ihre Finger auf den Tasten des Computers zu hören, wenn er vor ihrer Tür stand, sie beim Essen gegenüber und am Abend neben sich zu haben, sie nachts zu spüren, zu riechen, ihren Atem zu hören – es machte ihn glücklich. Und er konnte von ihr nicht mehr erwarten. Sie hatte ihm gesagt, sie könne nur schreibend leben, und er hatte ihr gesagt, er akzeptiere es.

Ebenso akzeptierte er, dass er tagein, tagaus mit Rita alleine war. Er weckte sie, wusch sie und zog sie an, frühstückte mit ihr, ließ sie beim Kochen und Waschen und Putzen, bei der Gartenarbeit, beim Reparieren von Dach und Heizung und Auto zusehen und helfen. Er beantwortete ihre Fragen. Er lehrte sie lesen, viel zu früh. Er tollte mit ihr herum, obwohl ihm der Rücken weh tat, weil er fand, sie müsse herumtollen.

Er akzeptierte, was war. Aber er wünschte sich mehr Familiengemeinsamkeit. Er wünschte sich, die Tage mit Kate und Rita wären nicht nur einmal in der Woche sein Leben, sondern morgen wie heute und gestern.

Alles Glück will Ewigkeit? Wie alle Lust? Nein, dachte er, es will Stetigkeit. Es will in die Zukunft dauern und schon das Glück der Vergangenheit gewesen sein. Fantasieren Liebende nicht, dass sie sich schon als Kinder begegnet sind und gefallen haben? Dass sie auf demselben Spielplatz gespielt oder dieselbe Schule besucht oder mit den Eltern am selben Ort Ferien gemacht haben? Er fantasierte keine frühen Begegnungen. Er träumte, dass Kate und Rita und er hier Wurzeln geschlagen hatten und jedem Wind, jedem Sturm trotzten. Immer und schon immer.

2

Sie waren vor einem halben Jahr hierhergezogen. Er hatte letztes Jahr im Frühling mit der Suche nach einem Haus auf dem Land angefangen und den Sommer über gesucht. Kate war zu beschäftigt, um auch nur Bilder von Häusern im Internet anzuschauen. Sie sagte, sie wolle ein Haus in der Nähe von New York. Aber wollte sie nicht weg von den Anforderungen, die in New York an sie gestellt wurden? Die sie nicht zum Schreiben und nicht zur Familie kommen ließen? Die sie gerne abgelehnt hätte, aber nicht ablehnen konnte, weil zu einem Leben als berühmte Schriftstellerin in New York einfach gehört, erreichbar und verfügbar zu sein?

Im Herbst fand er das Haus: fünf Stunden von New York, an der Grenze zu Vermont, ab von größeren Städten, ab von größeren Straßen, verwunschen mit Teich und Wiese im Wald gelegen. Er fuhr ein paarmal alleine und verhandelte mit Makler und Eigentümer. Dann kam Kate mit.

Sie hatte anstrengende Tage hinter sich, schlief ein, als sie auf dem Highway fuhren, und wachte erst auf, als sie auf die Landstraße wechselten. Das Schiebedach war offen, und Kate sah über sich blauen Himmel und bunte Blätter. Sie lächelte ihren Mann an. »Schlaftrunken, farbentrunken, freiheitstrunken – ich weiß nicht, wo ich bin und wo wir hinfahren. Ich habe vergessen, wo ich herkomme.« Die letzte Stunde der Fahrt ging durch die leuchtende Herbstlandschaft des Indian Summer, zuerst auf Landstraßen mit, dann auf Gemeindestraßen ohne gelben Streifen in der Mitte, zuletzt auf dem holprigen Weg, der zum Haus führte. Als sie aus dem Auto stieg und sich umsah, wusste er, dass sie das Haus mochte. Ihr Blick schweifte über den Wald, die Wiese, den Teich, kam beim Haus zur Ruhe und verweilte bei einem Detail nach dem anderen: der Tür unter dem von zwei dünnen Säulen getragenen Vordach, den Fenstern, weder in Linie über- noch in Linie nebeneinander, dem schiefen Schornstein, der offenen Veranda, dem Anbau. Das mehr als zweihundert Jahre alte Haus hatte, obwohl vom Lauf der Zeit geschunden, Würde bewahrt. Kate stieß ihn an und zeigte mit dem Blick auf die Eckfenster im ersten Stock, zwei dem Teich und eines der Wiese zugewandt. »Ist das...«

»Ja, das ist dein Zimmer.«

Der Keller war trocken, die Böden waren stabil. Vor dem ersten Schnee wurde das Dach neu gedeckt und die neue Heizung eingebaut, so dass der Fliesenleger, der Elektriker, der Schreiner und der Maler auch im Winter arbeiten konnten. Beim Einzug im Frühling waren die Dielen noch nicht abgeschliffen, der offene Kamin noch nicht gemauert, die Küchenmöbel noch nicht aufgehängt. Aber schon am Tag nach dem Einzug führte er Kate in ihr fertiges Arbeitszimmer. Er hatte, als alles ausgeladen und der Wagen abgefahren war, noch am Abend die Dielen abgeschliffen und am nächsten Morgen Schreibtisch und Regale hochgebracht. Sie setzte sich an den Schreibtisch, streichelte die Platte, zog die Schublade auf und schob sie wieder zu, sah durch das linke Fenster auf den Teich und durch das rechte auf die Wiese. »Du hast den Schreibtisch richtig gestellt – ich mag mich weder für das Wasser noch für das Land entscheiden. Also schaue ich, wenn ich geradeaus schaue, in die Ecke. In alten Häusern kommen die Geister aus den Ecken und nicht durch die Türen.«

An Kates Arbeitszimmer grenzten das gemeinsame Schlafzimmer und Ritas Zimmer, zur Rückseite des Hauses lagen das Badezimmer und eine kleine Kammer, in die gerade ein Tisch und ein Stuhl passten. Im Erdgeschoss ging es von der Eingangstür in den großen, durch einen offenen Kamin und tragende Holzpfeiler gegliederten Koch-, Ess- und Wohnbereich.

»Sollen Rita und du nicht tauschen? Sie ist nur zum Schlafen in ihrem Zimmer, und die kleine Kammer ist für dich zum Schreiben viel zu eng.« Er sagte sich, Kate meine es gut. Vielleicht hatte sie ein schlechtes Gewissen, weil es, seit sie sich kannten, mit ihrer Schriftstellerkarriere aufwärts- und mit seiner abwärtsgegangen war. Sein erster Roman, in Deutschland ein Bestseller, hatte in New York einen Verleger und in Hollywood einen Produzenten gefunden. So hatte er Kate kennengelernt, ein junger deutscher Autor auf Lesereise in Amerika, hier noch nicht erfolgreich, aber vielversprechend, mit Plänen für den nächsten Roman. Aber über dem Warten auf den Film, der nie gedreht wurde, über den Reisen mit Kate, die bald weltweit eingeladen wurde, und über der Sorge für Rita hatte er sich für den nächsten Roman nur ein paar Notizen gemacht. Nach seinem Beruf gefragt, sagte er weiterhin, er sei Schriftsteller. Aber er hatte kein Projekt, auch wenn er es Kate nicht eingestand und manchmal sich selbst vormachte, es sei anders. Was also sollte er in einem größeren Zimmer? Noch stärker spüren, dass er auf der Stelle trat?

Den nächsten Roman verschob er auf später. Wenn er

ihn dann noch interessieren sollte. Immer öfter beschäftigte ihn mehr als alles andere, ob Rita in den Kindergarten sollte. Dann würde sie ihm nicht mehr gehören.

3

Natürlich liebten beide Eltern Rita. Aber Kate hatte sich ein Leben ohne Kinder vorstellen können, er nicht. Als sie schwanger wurde, tat sie, als sei nichts. Er drang darauf, dass sie zum Arzt und in die Schwangerschaftsgymnastik ging. Er heftete die Ultraschallbilder an die Pinnwand. Er streichelte den dicken Bauch, redete mit ihm, las ihm Gedichte und spielte ihm Musik vor, von Kate belustigt geduldet.

Kate liebte sachlich. Ihr Vater, Professor für Geschichte in Harvard, und ihre Mutter, als Pianistin oft auf Tournee, hatten die vier Kinder mit der Effizienz aufgezogen, mit der man einen Betrieb führt. Die Kinder hatten eine gute Kinderfrau, gingen auf gute Schulen, hatten guten Sprach- und guten Musikunterricht und wurden von den Eltern in allem unterstützt, was sie sich in den Kopf setzten. Sie traten in das Leben mit dem Bewusstsein, sie würden erreichen, was sie erreichen wollten, ihre Männer oder Frauen würden im Beruf, im Haus und im Bett funktionieren und ihre Kinder würden so selbstverständlich mitlaufen, wie sie selbstverständlich mitgelaufen waren. Liebe war das Fett, das diese Familienmaschine schmierte.

Für ihn waren Liebe und Familie die Erfüllung eines Traums, den er zu träumen begann, als die Ehe seiner Eltern, der Vater ein Verwaltungsangestellter und die Mutter eine Busfahrerin, immer tiefer in einen Strudel von Gehässigkeit, Geschrei und Gewalt gezogen wurde. Auch ihn schlugen seine Eltern manchmal. Aber wenn es geschah, akzeptierte er es als Reaktion auf eine Torheit, die er begangen hatte. Wenn seine Eltern zuerst einander anschrien und dann aufeinander einschlugen, war ihm und seinen Schwestern, als breche das Eis unter ihren Füßen. Sein Traum von Liebe und Familie war dickes Eis, auf dem man fest auftreten und sogar tanzen konnte. Zugleich hielt man sich in seinem Traum so fest, wie er und seine Schwestern sich festgehalten hatten, wenn der Sturm losbrach.

Kate war das Versprechen des dicken Eises. Bei einem Dinner auf der Buchmesse in Monterey hatte der Gastgeber sie nebeneinandergesetzt: die junge amerikanische Autorin, deren erster Roman gerade nach Deutschland verkauft worden war, und den jungen deutschen Autor, gerade mit seinem ersten Roman in Amerika angekommen. *If I can make it there, I'll make it anywhere* – seit er sein Buch in New York in den Buchhandlungen gesehen hatte, fühlte er sich großartig, und er erzählte seiner Tischnachbarin begeistert von seinen Erfolgen und seinen Plänen. Dabei war er tapsig wie ein kleiner Welpe. Sie war belustigt und gerührt und gab ihm das Gefühl der Sicherheit. Dass ältere, erfolgreiche Frauen sich zu ihm hingezogen fühlten und seiner annehmen wollten, kannte und hasste er. Kate nahm sich seiner an und war weder ganz so alt wie er noch ganz so erfolgreich. Das Urteil der Leute schien sie nicht zu kümmern. Als er zum Befremden des Gastgebers plötzlich aufstand und sie aufforderte, lachte sie und tanzte mit ihm.

Er verliebte sich an diesem Abend in sie. Sie schlief verwirrt ein. Als sie sich auf dem Buchfest in Paso Robles wieder trafen und Kate ihn mit aufs Zimmer nahm, war er nicht der unbeholfene Junge, den sie sich vorgestellt hatte, sondern ein Mann von leidenschaftlicher Hingabe. So hatte noch keiner sie geliebt. So hatte sich im Schlaf auch noch keiner an sie geschmiegt, gedrängt, geklammert. Es war eine rückhaltlose, vereinnahmende Art von Liebe, die sie nicht kannte und die sie erschreckte und reizte. Als sie wieder in New York waren, blieb er und warb linkisch und hartnäckig um sie, bis sie ihn bei sich einziehen ließ. Ihre Wohnung war groß genug. Weil das Zusammenleben gut lief, heirateten sie nach einem halben Jahr.

Das Zusammenleben änderte sich. Am Anfang arbeiteten beide Tisch an Tisch, zu Hause oder in der Bibliothek, und traten gemeinsam auf. Dann kam Kates zweites Buch und wurde ein Bestseller. Jetzt trat nur noch sie auf. Nach ihrem dritten Buch ging sie weltweit auf Reisen. Er begleitete sie oft, mochte an den offiziellen Ereignissen aber nicht mehr teilnehmen. Zwar stellte Kate ihn immer als den bekannten deutschen Schriftsteller vor. Aber niemand kannte seinen Namen oder sein Buch, und er hasste die Höflichkeit, mit der man ihm begegnete, nur weil er Kates Mann war. Er spürte ihre Angst, er sei auf ihren Erfolg neidisch. »Ich bin nicht neidisch. Du verdienst deinen Erfolg, und ich liebe deine Bücher.«

Die Schnittmenge zwischen ihren beiden Leben wurde kleiner. »So geht es nicht weiter«, sagte er, »du bist zu viel weg, und wenn du da bist, zu erschöpft – zu erschöpft zum Reden und zu erschöpft für die Liebe.«

»Ich leide selbst unter dem Trubel. Ich lehne schon fast alles ab. Was soll ich machen? Ich kann nicht alles ablehnen.«

»Wie soll es erst mit Kind gehen?«

»Kind?«

»Ich habe den Test mit den zwei roten Streifen gefunden.«

»Das sagt noch nichts.«

Kate wollte dem ersten Schwangerschaftstest nicht glauben und machte einen zweiten. Als sie Mutter wurde, wollte sie zuerst auch nicht glauben, dass sie ihr Leben ändern müsste, und lebte wie vor der Geburt. Aber wenn sie abends nach Hause kam und ihre Tochter aufnahm, wand Rita sich in ihren Armen und streckte sich nach dem Vater. Dann wurde Kate von der Sehnsucht nach einem anderen Leben überwältigt, einem Leben mit Kind und Mann und Schreiben und nichts sonst. Im Getriebe des nächsten Tages verging die Sehnsucht. Aber sie kam wieder, je älter Rita wurde, desto stärker, und jedes Mal erschrak Kate mehr.

Eines Abends sagte er vor dem Einschlafen: »Ich mag so nicht mehr leben.«

Plötzlich bekam sie Angst, ihn und Rita zu verlieren, und das Leben mit den beiden erschien ihr als das Kostbarste überhaupt. »Ich auch nicht. Ich bin die Reisen leid und die Lesungen, Vorträge, Empfänge. Ich will mit euch sein und schreiben und nichts sonst.«

»Ist das wahr?«

»Wenn ich schreiben kann, brauche ich nur euch. Ich brauche all das andere nicht.«

Sie versuchten, anders zu leben. Nach einem Jahr sahen

sie ein, dass es ihnen in New York nicht gelingen würde. »Das Leben hier frisst dich auf. Du liebst doch Wiesen und Bäume und Vögel – ich suche uns ein Haus auf dem Land.«

4

Als sie ein paar Monate auf dem Land gelebt hatten, sagte er: »Es sind nicht nur die Wiese und die Bäume und die Vögel. Wie alles wird und wächst – das Haus ist fast fertig, Rita ist gesünder als in der Stadt, und auf den Apfelbäumen, die Jonathan und ich beschnitten haben, wächst eine gute Ernte.«

Sie standen im Garten. Er legte den Arm um Kate, und sie lehnte sich an ihn. »Nur mein Buch ist noch lange nicht fertig. Im Winter oder im Frühling.«

»Das ist bald! Und geht das Schreiben nicht leichter als in der Stadt?«

»Im Herbst habe ich eine erste Fassung. Magst du sie lesen?«

Sie hatte immer vertreten, woran man schreibe, dürfe man niemandem zeigen, man dürfe auch mit niemandem darüber reden, es bringe Unglück. Er freute sich über ihr Vertrauen. Er freute sich auf die Apfelernte und auf den Most, den er aus den Äpfeln keltern würde. Er hatte einen großen Kessel bestellt.

Der Herbst kam früh, und der frühe Frost färbte den Ahorn flammend rot. Rita konnte sich an den Farben der Bäume nicht sattsehen und auch nicht daran, wie im Kamin an kühlen Abenden aus Papier und Holz ein wärmendes

Feuer entstand. Er ließ sie selbst das Papier knüllen, die Späne und Scheite schichten und das Streichholz anzünden und dranhalten. Trotzdem sagte sie: »Schau, Papa, schau!« Es blieb für sie ein Wunder.

Wenn sie zu dritt vor dem Kamin saßen, servierte er heißen Apfelmost, mit einem Blatt grüner Minze für Rita und einem Schuss Calvados für Kate und für ihn. Vielleicht lag es am Calvados, dass sie seinem Werben im Bett öfter nachgab. Vielleicht lag es an ihrer Erleichterung darüber, dass die erste Fassung fertig war.

Er wollte jeden Tag ein bisschen lesen und erklärte Rita, sie müsse jeden Tag eine Weile alleine spielen. Am ersten Tag klopfte sie nach zwei Stunden stolz an seine Tür, ließ sich loben und versprach, am nächsten Tag noch länger alleine zu bleiben. Aber am nächsten Tag hatte es sich erledigt. Er war nachts aufgestanden und hatte zu Ende gelesen.

Kates erste drei Romane hatten das Leben einer Familie zur Zeit des Vietnamkriegs geschildert, die späte Heimkehr des Sohns aus der Gefangenschaft zu seiner großen Liebe, die verheiratet ist und eine Tochter hat, und das Schicksal dieser Tochter, deren Vater nicht der Mann ist, mit dem ihre Mutter verheiratet und bei dem sie aufgewachsen ist, sondern der Heimkehrer. Jeder Roman stand für sich, aber zusammen waren sie das Bild einer Epoche.

Kates neuer Roman spielte in der Gegenwart. Ein junges Paar, beide berufstätig, beide erfolgreich, das keine eigenen Kinder haben kann, möchte Kinder adoptieren und sucht im Ausland. Dabei gerät es von einer Komplikation in die andere, steht vor medizinischen, bürokratischen und politischen Hürden, begegnet engagierten Helfern und korrupten Händlern, findet sich in komischen und gefährlichen Situationen. In Bolivien vor die Wahl gestellt, ein reizendes Zwillingspaar zu adoptieren oder die kriminellen Hintermänner auffliegen zu lassen und die Adoption aufs Spiel zu setzen, geraten Mann und Frau in Streit. Die Bilder, die sie von sich selbst und vom anderen hatten, ihre Liebe, ihre Ehe – nichts stimmt mehr. Am Ende scheitert die Adoption und liegt die Zukunft, die sie sich vorgestellt hatten, in Scherben. Aber ihr Leben ist offen für Neues.

Es war noch dunkel, als er die letzte Seite auf den Stoß der gelesenen Seiten legte. Er machte das Licht aus und das Fenster auf, atmete die kühle Luft und sah den Reif auf der Wiese. Er mochte das Buch. Es war spannend, bewegend und mit einer Leichtigkeit erzählt, die für Kate neu war. Die Leser würden das Buch lieben; sie würden mithoffen und mitleiden und gerne das offene Ende weiterdenken.

Aber hatte Kate ihm das Manuskript aus Vertrauen gegeben? Das Paar, dessen Leben offen ist für Neues – sollten das Kate und er sein? Wollte sie ihn warnen? Wollte sie ihm sagen, dass ihr altes Leben nicht mehr stimmt, und ihn auffordern, sich auf ein neues Leben einzustellen? Er schüttelte den Kopf und seufzte. Nur das nicht. Aber vielleicht war es auch ganz anders. Vielleicht feierte sie mit dem Ende des Buchs, dass er und sie ein neues Leben angefangen hatten. Sie waren nicht das Paar, dessen Leben in Scherben lag. Sie waren das Paar, dessen Leben in Scherben gelegen hatte und das sein neues Leben bereits begonnen hat.

Er hörte die ersten Vögel. Dann wurde es hell; die schwarze Masse des Walds hinter der Wiese verwandelte sich in einzelne Bäume. Der Himmel verriet noch nicht, ob der Tag sonnig oder wolkig werden würde. Sollte er mit Kate reden? Sie fragen, ob das Manuskript eine Botschaft für ihn enthielt? Sie würde die Stirn runzeln und ihn irritiert anschauen. Er musste sich schon selbst einen Reim auf das Ende der Suche des jungen Paars machen. Schwelte ein Konflikt unter dem Leben, das Kate und er führten? Kate war angestrengt. Aber wie sollte sie nicht angestrengt sein! Sie hatte den selbstgesetzten Termin für die erste Fassung einhalten wollen und in den letzten Wochen bis in die Nacht geschrieben.

Nein, unter ihrem Leben schwelte kein Konflikt. Seit dem dummen Streit um die Buchmesse in Paris, zu der Kate, ohne mit ihm zu reden, zugesagt hatte, aber schließlich absagte, hatten sie nicht mehr gestritten. Sie schliefen wieder öfter zusammen. Er war nicht eifersüchtig auf ihren Erfolg. Sie liebten ihre Tochter. Wenn sie zu dritt waren, lachten sie viel und sangen sie oft. Sie wollten einen schwarzen Labrador und hatten sich beim Züchter für den nächsten Wurf angemeldet.

Er stand auf und reckte sich. Eine Stunde konnte er noch schlafen. Er zog sich aus und ging vorsichtig die knarrende Treppe hoch. Auf Zehenspitzen trat er ins Schlafzimmer und blieb stehen, bis Kate, die vom Öffnen und Schließen der Tür unruhig geworden war, wieder ruhig schlief. Dann schlüpfte er zu ihr unter die Decke und schmiegte sich an sie. Nein, kein Konflikt.

5

Bei der nächsten Fahrt in die kleine Stadt kaufte er für den Winter ein. Es war eigentlich nicht nötig; länger als einen Tag hatte es im letzten Winter nie gedauert, bis die Straße vom Schnee geräumt war. Aber die Kartoffeln im Sack, die Zwiebeln in der Kiste, das Kraut im Fass und die Äpfel auf dem Regal würden den Keller für Rita zu einem heimeligen Ort machen. Sie würde sich freuen, hinunterzusteigen, Kartoffeln abzuzählen und hochzubringen.

Bei der Farm, die auf dem Weg lag, bestellte er Kartoffeln, Zwiebeln und Sauerkraut. Der Farmer bat: »Können Sie meine Tochter in die Stadt mitnehmen und auf der Rückfahrt wieder absetzen? Wenn Sie Ihre Sachen holen?« Also nahm er die sechzehnjährige Tochter mit, die Bücher aus der Bücherei holen wollte und ihn, den neuen Nachbarn, neugierig ausfragte. Seine Frau und er hatten genug von der Stadt? Sie suchten auf dem Land Ruhe? Was hatten sie in der Stadt gemacht? Sie ließ nicht nach, bis sie erfuhr, dass er und seine Frau schrieben, und fand es aufregend. »Wie heißt Ihre Frau? Kann ich was von ihr lesen?« Er wich aus.

Danach ärgerte er sich. Warum hatte er seine Frau nicht zur Übersetzerin oder Webdesignerin gemacht? Sie waren nicht aus New York geflohen, um auf dem Land in den nächsten Rummel um Kate zu geraten. Dann fand er in der *New York Times* auch noch den Hinweis, dass in wenigen Tagen der National Book Award verliehen würde. Jedes von Kates drei Büchern war für den Preis im Gespräch gewesen. In diesem Jahr war zwar kein neues Buch von ihr erschienen. Aber erst in diesem Jahr hatte die Kritik die drei Bücher als Bild einer Epoche erkannt und gefeiert. Er konnte sich nicht vorstellen, dass Kate nicht im Gespräch war. Wenn sie den Preis bekam, ging es wieder los.

Er fuhr zur Bücherei und hupte. Die Tochter stand mit anderen Mädchen vor dem Eingang; sie winkte, und die anderen schauten. Auf der Rückfahrt erzählte sie ihm, wie spannend ihre Freundinnen fänden, dass seine Frau und er Schriftsteller seien und in der Gegend lebten. Ob seine Frau oder er mal in die Schule käme und was über das Schreiben erzählte? Sie hätten schon Besuch von einer Ärztin und einem Architekten und einer Schauspielerin gehabt. »Nein«, sagte er schroffer als nötig, »so was machen wir nicht.«

Als er sie abgesetzt und seine Sachen geladen hatte und wieder alleine im Wagen saß, fuhr er bis zu dem Aussichtspunkt, an dem er bisher immer vorbeigefahren war, und hielt auf dem leeren Parkplatz. Vor ihm senkte sich der bunte Wald in ein weites Tal, stieg dahinter an und leuchtete noch bis zur ersten Bergkette. Bei der zweiten wurden die Farben matt, und in der Ferne verschmolzen Wald und Berge mit dem blassen blauen Himmel. Über dem Tal kreiste ein Habicht.

Der Farmer, der sich für die örtliche Geschichte interessierte, hatte ihm einmal vom überraschenden Wintereinbruch 1876 erzählt, von dem Schnee, der mitten im Indian Summer fiel, zunächst leicht und den Kindern zur Freude, dann dichter und dichter, bis alles eingeschneit und die Wege unpassierbar und die Häuser unerreichbar waren. Wer unterwegs vom Schnee überrascht wurde, hatte keine

Chance, aber auch von denen, die in ihren Häusern eingeschlossen wurden, erfroren manche. Es gab Häuser fernab von allen Straßen, von denen erst mit der Schneeschmelze im Frühling wieder jemand ins Dorf fand.

Er sah in den Himmel. Ah, wenn es jetzt schneite! Zuerst leicht, so dass, wer unterwegs war, noch nach Hause käme, und dann so dicht, dass für Tage kein Auto mehr fahren könnte. Wenn unter der Last des Schnees ein Zweig bräche und die neue Telefonleitung herunterrisse. Wenn niemand Kate vom Gewinn des Preises benachrichtigen und zur Verleihung des Preises einladen, niemand sie in die Stadt holen und mit Interviews, Talkshows und Empfängen belästigen könnte. Mit der Schneeschmelze würde der Preis seinen Weg zu Kate finden, und sie würde sich nicht weniger freuen als jetzt. Aber der Trubel wäre vorbei, und ihre Welt bliebe heil.

Als die Sonne untergegangen war, fuhr er weiter. Er fuhr von der großen Straße auf die kleine und auf dem geschotterten Weg das lange Tal hinauf. Bis er anhielt und ausstieg. Neben der Straße lief an neuen, noch hellen Masten in drei Meter Höhe die Telefonleitung. Ihretwegen waren ein paar Bäume gefällt, ein paar Äste gekappt worden. Aber andere Bäume standen nahe der Leitung.

Er fand eine Kiefer mit leerem Geäst, hoch, schief, tot. Er schlang das Arbeitsseil um den Baum und die Anhängerkupplung, schaltete den Vierradantrieb ein und fuhr an. Der Motor heulte auf und erstarb. Er fuhr noch mal an, und noch mal heulte der Motor auf und erstarb. Beim dritten Versuch drehten die Räder durch. Er stieg aus, nahm aus dem Pannenwerkzeug den Klappspaten, stocherte am

Fuß des Baums im Erdreich und stieß auf Fels, in dessen Spalten die Wurzeln sich krallten. Er versuchte, sie zu lockern, und grub, rüttelte, stemmte. Sein Hemd, sein Pullover, seine Hose – alles war schweißnass. Wenn er doch mehr sähe! Es wurde dunkel.

Er setzte sich wieder ins Auto, fuhr an, bis das Seil straff spannte, ließ das Auto zurückrollen und fuhr wieder an. Anfahren, zurückrollen, anfahren, zurückrollen – Schweiß lief ihm in die Augen und Tränen der Wut auf den Baum, der nicht fallen, und auf die Welt, die ihn und Kate nicht in Ruhe lassen wollte. Er fuhr an, rollte zurück, fuhr an, rollte zurück. Hoffentlich hörten Kate und Rita ihn nicht. Hoffentlich rief Kate nicht den Farmer an oder den General Store. Er war noch nie so spät nach Hause gekommen. Hoffentlich rief sie auch sonst niemanden an.

Ohne dass der Baum es durch allmähliches Nachgeben angekündigt hätte, kippte er. Er schlug auf die Leitung gleich neben einem Mast, und Baum und Mast neigten sich, bis die Leitung riss. Dann krachten sie auf den Boden.

Er stellte den Motor ab. Es war still. Er war erschöpft, ausgepumpt, leer. Aber dann wuchs in ihm das Gefühl des Triumphs. Er hatte es geschafft. Er würde auch alles andere schaffen. Was für eine Kraft in ihm steckte! Was für eine Kraft!

Er stieg aus, löste das Seil, lud Seil und Spaten ein und fuhr nach Hause. Er sah von weitem die hellen Fenster – sein Haus. Seine Frau und seine Tochter standen vor dem Haus, wie stets, und wie stets flog Rita ihm in die Arme. Alles war gut.

6

Kate fragte ihn erst am nächsten Abend, warum Telefon und Internet nicht funktionierten. Sie ließ sich morgens und am frühen Nachmittag durch nichts vom Schreiben abhalten und kümmerte sich erst am späten Nachmittag um ihre E-Mails.

»Ich sehe nach.« Er stand auf, machte sich an den Telefon- und Computerbuchsen und -kabeln zu schaffen und fand nichts. »Ich kann morgen in die Stadt fahren und den Techniker kommen lassen.«

»Dann verliere ich wieder einen halben Tag – warte noch. Manchmal renkt sich die Technik von selbst ein.«

Als sich die Technik nach ein paar Tagen nicht eingerenkt hatte, drängte Kate: »Und wenn du morgen fährst, dann frag auch, ob es nicht doch ein Netz gibt, das wir hier kriegen können. Es geht einfach nicht ohne Handy.«

Sie hatten sich zusammen gefreut, dass sie in ihrem Haus und auf ihrem Grundstück keinen Handy-Empfang hatten. Dass sie nicht mehr jederzeit erreichbar und verfügbar waren. Dass sie auch das andere Telefon zu bestimmten Zeiten nicht abnahmen und keinen Anrufbeantworter hatten. Dass sie sich die Post nicht bringen ließen, sondern holten. Und jetzt wollte Kate ein Handy?

Sie lagen zusammen im Bett, und Kate machte das Licht aus. Er machte es an. »Willst du wirklich, dass es wieder wird wie in New York?« Als sie nichts sagte, wusste er nicht, ob sie seine Frage nicht verstanden hatte oder nicht beantworten mochte. »Ich meine…«

»Sex war in New York besser als hier. Wir waren hungriger aufeinander. Hier ... wir sind wie ein altes Paar, zärtlich, aber nicht mehr leidenschaftlich. Als ob uns die Leidenschaft abhandengekommen wäre.«

Er ärgerte sich. Ja, ihr Sex war ruhiger geworden, ruhiger und inniger. Gierig und hastig waren sie in New York oft übereinander hergefallen, und das hatte seinen Reiz gehabt wie das gierige und hastige Leben in der Stadt. Ihr Sex war wie ihr Leben, hier wie dort, und wenn Kate sich nach Gier und Hast sehnte, dann womöglich nicht nur beim Sex. Hatte sie die Ruhe nur gebraucht, um ihr Buch zu schreiben? War sie jetzt, wo sie mit dem Buch fertig wurde, auch mit dem Leben auf dem Land fertig? Er ärgerte sich nicht mehr.

Er hatte Angst. »Ich würde gerne öfter mit dir schlafen. Ich würde gerne in dein Zimmer platzen und dich auf meine Arme nehmen, und du würdest mir deine Arme um den Hals legen, und ich würde dich ins Bett tragen. Ich ...«

»Ich weiß. Ich habe, was ich gesagt habe, nicht so gemeint. Wenn das Buch fertig ist, wird's wieder besser. Mach dir keine Sorgen.«

Kate kam in seine Arme, und sie schliefen miteinander. Als er am nächsten Morgen aufwachte, war sie schon wach und schaute ihn an. Sie sagte nichts, und auch er legte sich auf die Seite und sah sie an, ohne etwas zu sagen. Er konnte in ihren Augen nicht lesen, was sie fühlte oder dachte, und versuchte, auch mit seinem Blick nicht seine Angst zu verraten. Er hatte ihr gestern nicht geglaubt, dass sie, was sie gesagt hatte, nicht so gemeint hatte, und er glaubte es ihr heute nicht. Seine Angst war voller Sehnsucht und Verlangen. Ihr Gesicht mit der hohen Stirn, den hochmütig geschwungenen Brauen über den dunklen Augen, der langen Nase, dem großzügigen Mund und dem Kinn, das glatt oder geballt oder gefurcht Kates Stimmung ausdrückte – es war die Landschaft, in der seine Liebe zu Hause war. Sie war freudig zu Hause, wenn das Gesicht sich ihm öffnete und zuwandte, ängstlich, wenn es sich verschloss und ihn abwies. Ein Gesicht, dachte er, nicht mehr, und ist doch alle Vielfalt, die ich brauche und die ich ertrage. Er lächelte. Sie schaute weiter stumm und ernst, legte ihm aber den Arm auf den Rücken und zog ihn an sich.

7

Auf der Fahrt in die Stadt hielt er beim gestürzten Baum und Mast und der zerrissenen Leitung. Beim Durchdrehen hatten die Räder seines Autos auf der Straße Spuren hinterlassen. Er verwischte sie.

Alles sah aus, als sei es einfach so passiert. Er konnte in die Stadt fahren und die Telefongesellschaft benachrichtigen. Noch war ihm nichts vorzuwerfen. Aber auch wenn er die Telefongesellschaft nicht benachrichtigte, war ihm nichts vorzuwerfen. Er hatte den gestürzten Baum und Mast und die zerrissene Leitung nicht gesehen. Wieso hätte er sie sehen sollen? Der Techniker, der in ihrem Haus die Kabel verlegt und die Computer installiert hatte und den er zu benachrichtigen versprochen hatte, mochte auf seiner Fahrt zu ihnen sehen, was passiert war. Oder nicht.

Der Techniker war nicht in seiner Werkstatt. An der Tür hing ein Zettel, er besuche einen Kunden und komme bald zurück. Aber der Zettel war vergilbt, und durch die schmutzigen Fenster war nicht auszumachen, ob die Werkstatt in Betrieb war oder für einen Urlaub oder den Winter geschlossen. Telefone und Computer standen auf den Tischen, Kabel, Stecker, Schraubenzieher.

Im General Store war er der einzige Kunde. Der Eigentümer sprach ihn an und erzählte vom Stadtfest am nächsten Samstag. Ob er nicht kommen wolle? Und seine Frau und Tochter mitbringen? Er war mit Kate und Rita nie im General Store gewesen und auch sonst in keinem Laden oder Restaurant. Sie waren manchmal durch die Stadt gefahren, das war alles. Was wusste der Eigentümer noch von ihnen?

Dann sah er Kates Bild in der *New York Times*. Sie hatte den Preis bekommen. Dass sie zur Preisverleihung nicht erschienen war, wurde berichtet, dass ihre Agentin den Preis entgegengenommen hatte und dass Kate für einen Kommentar nicht erreicht werden konnte.

Las der Eigentümer die Zeitung nicht? Hatte er Kate auf dem Bild nicht erkannt? Hatte er sie, als sie mit ihm durch die Stadt fuhr, nicht genau genug gesehen? Hatten andere Kate, als sie mit ihm durch die Stadt fuhr, genauer gesehen und auf dem Bild erkannt? Würden sie die *New York Times* anrufen und melden, wo Kate erreicht werden konnte? Oder würden sie den Herausgeber des *Weekly Herald* benachrichtigen, in dem wöchentlich neben Werbung kleine Berichte über Verbrechen und Unfälle, Eröffnungen und Einweihungen, Jubiläen, Hochzeiten, Geburts- und Todesfälle standen?

Noch drei *New York Times* lagen neben der Theke. Er

hätte gerne alle drei gekauft, damit sonst niemand sie kaufte und läse. Aber das hätte den Eigentümer aufmerken lassen. Also kaufte er nur eine. Außerdem kaufte er eine kleine Flasche Whisky, die ihm der Eigentümer in eine braune Papiertüte einpackte. Auf dem Weg zum Auto kam er an aufgeschichteten blauen Böcken und Police-Line-Balken vorbei, mit denen die Polizei die Hauptstraße für das Stadtfest absperren würde. Er fuhr noch mal zur Werkstatt des Technikers und traf ihn wieder nicht an. Er konnte sagen, er habe es versucht.

Die Post, die er aus dem Postfach nahm, sah er gar nicht an. Er steckte sie in das aufgeplatzte Futter der Sonnenblende. Er fuhr wieder zum Aussichtspunkt, parkte und trank. Der Whisky brannte in Mund und Kehle, er verschluckte sich und rülpste. Er sah auf die braune Papiertüte mit Flasche in seiner Hand und dachte an die Stadtstreicher, die in New York mit braunen Papiertüten auf den Bänken im Central Park saßen und tranken. Weil sie ihre Welt nicht zusammengehalten hatten.

Als er das letzte Mal hier gesessen war, hatte der Wald noch bunt geleuchtet. Heute waren die Farben matt, vom Herbst verbraucht und vom Dunst gedämpft. Er kurbelte das Fenster runter und atmete kühle, feuchte Luft. Er hatte sich so auf den Winter gefreut, den ersten Winter im neuen Haus, auf Abende am Kamin, gemeinsames Basteln und Backen, Adventskranz und Weihnachtsbaum, Bratäpfel und Glühwein. Auf Kate, die mehr Zeit für Rita und ihn haben würde.

Auch auf die New Yorker Freunde, die sie im Winter endlich einmal einladen wollten. Die echten Freunde, Peter und Liz und Steve und Susan, nicht die Meute von Agentur-, Verlags- und Medienleuten, mit denen sie sich auf irgendwelchen Empfängen und Partys getroffen hatten. Peter und Liz schrieben, Steve unterrichtete, und Susan machte Schmuck – sie waren die Einzigen, mit denen sie über die Gründe ihres Umzugs aufs Land ernsthaft gesprochen hatten. Sie waren auch die Einzigen, denen sie ihre neue Adresse gegeben hatten.

Ja, sie hatten ihre neue Adresse. Was, wenn sie kämen? Weil sie die *New York Times* gelesen und gefolgert hatten, die gute Nachricht habe Kate noch nicht erreicht, und weil sie deren Überbringer sein wollten?

Er nahm wieder einen Schluck. Er durfte sich nicht betrinken. Er musste einen klaren Kopf behalten und sich überlegen, was er zu tun hatte. Die Freunde anrufen? Dass Kate vom Preis wisse, dass ihr nur nicht nach dem Rummel gewesen sei? Die Freunde kannten Kate, wussten, wie gerne sie sich feiern ließ, würden ihm nicht glauben und erst recht kommen.

Panik stieg in ihm auf. Wenn morgen die Freunde vor der Tür stünden, wäre Kate übermorgen in New York, und alles würde wieder losgehen. Wenn er das nicht wollte, musste er sich was einfallen lassen. Mit welchen Lügen konnte er die Freunde fernhalten?

Er stieg aus dem Auto, trank die Flasche aus und warf sie in hohem Bogen in den Wald. So war's in seinem Leben immer gewesen: Wenn er zu wählen hatte, dann zwischen zwei schlechten Alternativen. Zwischen dem Leben mit der Mutter und dem mit dem Vater, als die beiden sich schließlich trennten. Zwischen einem Studium, für das er Geld verdienen musste, was ihn alle freie Zeit kostete, und einer Arbeit, die er hasste, die ihm aber Zeit zum Schreiben ließ. Zwischen Deutschland, in dem er sich immer fremd gefühlt hatte, und Amerika, wo er ebenfalls fremd blieb. Er wollte es endlich auch einmal so gut wie andere haben. Er wollte zwischen guten Alternativen wählen können.

Er rief die Freunde nicht an. Er fuhr nach Hause, berichtete vom erfolglosen Besuch beim Techniker und dass er es am nächsten Tag noch mal versuchen wolle, notfalls bei einem anderen Techniker in der Nachbarstadt und bei der Telefongesellschaft. Kate war ärgerlich, nicht über ihn, aber über das Leben auf dem Land, dessen Infrastruktur mit der in New York nicht mithalten konnte. Als sie merkte, dass ihm das weh tat, lenkte sie ein. »Lass uns in die Infrastruktur investieren und einen Mast auf dem Berg hinter dem Haus bauen. Wir können's uns leisten. Dann sind wir von den Technikern und Telefongesellschaften immerhin ein bisschen unabhängiger.«

8

Mitten in der Nacht wachte er auf. Es war kurz vor zwei. Er stand leise auf und sah zwischen den Vorhängen aus dem Fenster. Der Himmel war klar, und auch ohne Mond waren Wiese, Wald und Weg deutlich zu sehen. Mit einem Griff nahm er seine Kleider vom Stuhl und ging auf Zehenspitzen aus dem Zimmer und die knarrende Treppe hinunter. In der Küche zog er sich an, über Jeans und Sweatshirt die wattierte Jacke, eine Wollmütze auf den Kopf und Stiefel an die Füße. Es war kalt draußen; er hatte den Reif auf der Wiese gesehen.

Die Haustür ließ sich leise öffnen und schließen. Die paar Schritte zum Auto ging er wieder auf Zehenspitzen. Er steckte den Schlüssel ins Zündschloss und entriegelte das Lenkrad. Dann stemmte er sich in die offene Tür und schob und lenkte das Auto von der Wiese auf den Weg. Es ging schwer, und er seufzte und schwitzte. Auf dem Gras war von dem rollenden Auto nichts zu hören. Auf dem Weg knirschte der Kies unter den Rädern und machte, so kam es ihm vor, einen Höllenlärm. Aber bald neigte sich der Weg und gewann das Auto Fahrt. Er sprang hinein, war nach ein paar Kurven außer Hörweite und ließ den Motor an.

Auf der Fahrt in die Stadt begegneten ihm ein paar Autos, aber, soweit er sehen konnte, keines, das er kannte. In der Stadt brannte in wenigen Fenstern Licht; es waren Wohnhäuser, und er stellte sich die Mutter am Bett des kranken Kindes oder den Vater mit geschäftlichen Sorgen oder den Alten vor, der keinen Schlaf mehr brauchte.

An der Hauptstraße waren alle Fenster dunkel. Er fuhr sie entlang und sah niemanden, keinen Betrunkenen auf einer der Bänke, kein Liebespaar in einem der Eingänge. Er fuhr beim Büro des Sheriffs vorbei; auch es war dunkel, und vor dem Parkplatz mit den zwei Polizeiautos hing eine Kette. Er schaltete seine Scheinwerfer aus, fuhr langsam zurück und hielt neben den aufgeschichteten blauen Böcken und Police-Line-Balken. Er wartete, ob sich etwas regte, stieg leise aus und legte behutsam drei Böcke und zwei Balken auf die Ladefläche. Er stieg leise wieder ein, wartete wieder eine Weile und fuhr mit ausgeschalteten Scheinwerfern, bis er die Stadt hinter sich hatte.

Er machte das Radio an. *We Are The Champions* – er hatte das Lied als Junge geliebt und lange nicht gehört. Er sang mit. Wieder erfüllte ihn das Gefühl des Triumphs. Wieder hatte er es geschafft. Es steckte mehr in ihm, als die anderen sahen. Als Kate sah. Als er selbst sich meistens zutraute. Wieder hatte er es so geschickt eingefädelt, dass niemand ihm etwas anhängen konnte. Ein Versehen, ein Streich – wer konnte wissen, wie die Absperrung an den Weg gekommen war? Wer wollte es wissen?

Er fuhr und überlegte, wo er die Absperrung aufstellen würde. Der Weg zu seinem Haus zweigte von der Straße im Winkel von neunzig Grad ab, machte eine scharfe Kurve und lief dann zunächst beinahe parallel zur Straße. Gleich an der Abzweigung war die Absperrung zu auffällig, in der Kurve tat sie den gleichen Dienst.

Es ging schnell. Er hielt hinter der Kurve, stellte die Böcke auf und legte die Balken auf die Böcke. Der Weg war gesperrt.

Noch ehe er die Steigung vor dem Haus ganz geschafft hatte, stellte er den Motor ab und schaltete das Licht aus. Der Schwung reichte. Leise und dunkel rollte der Wagen vom Weg auf die Wiese. Es war halb fünf.

Er blieb sitzen und lauschte. Er hörte den Wind in den Bäumen und manchmal den Laut eines Tiers oder das Brechen eines Asts. Aus dem Haus kam kein Geräusch. Bald würde der Morgen grauen.

Kate fragte: »Wo warst du?« Aber sie wachte nicht auf. Als sie ihm am nächsten Morgen sagte, ihr wäre in der

Nacht gewesen, als sei er gegangen und gekommen, zuckte er die Schultern. »Ich war mal auf dem Klo.«

9

In den nächsten Tagen war er glücklich. Ein bisschen Angst war dem Glück beigemischt. Wie, wenn der Sheriff die Absperrung fand, wenn ein Nachbar sie sah und meldete, wenn die Freunde sich von ihr nicht abhalten ließen? Aber niemand kam.

Einmal am Tag nahm er einen Balken ab, rückte einen Bock zur Seite und fuhr mit dem Auto durch. Er fuhr nochmals zur verschlossenen Werkstatt. Er fuhr in die Nachbarstadt und fand einen Techniker, den er aber nicht bestellte. Er rief auch die Telefongesellschaft nicht an. Jedes Mal fühlten sich das Abnehmen und Auflegen des Balkens und das Hin- und Herrücken des Bocks gut an. Als sei er ein Schlossherr, der das Tor auf- und zuschließt.

So schnell er konnte, war er von seinen Fahrten wieder zu Hause. Kate wollte an ihren Schreibtisch, und er wollte seine Welt genießen: die Sicherheit, dass Kate oben saß und schrieb, die Freude, dass Rita um ihn war, die Vertrautheit der häuslichen Abläufe. Weil Thanksgiving bevorstand, erzählte er Rita von den Pilgervätern und den Indianern, und sie malten ein großes Bild, auf dem alle zusammen feierten, die Pilger, die Indianer, Kate, Rita und er.

»Kommen sie zu uns? Die Väter und die Indianer?«
»Nein, Rita, sie sind schon lange tot.«
»Aber ich möchte, dass jemand kommt!«

»Ich auch.« Kate stand in der Tür. »Ich bin fast fertig.«
»Mit dem Buch?«
Sie nickte. »Mit dem Buch. Und wenn ich fertig bin, feiern wir. Und laden die Freunde ein. Und meine Agentin und meine Lektorin. Und die Nachbarn.«
»Fast fertig – was heißt das?«
»Am Ende der Woche. Freust du dich nicht?«
Er ging zu ihr und nahm sie in die Arme. »Klar freue ich mich. Es ist ein phantastisches Buch. Es wird tolle Besprechungen kriegen, bei Barnes & Noble in großen Stapeln bei den Bestsellern liegen und ein toller Film werden.«
Sie hob den Kopf von seiner Schulter, lehnte sich zurück und lächelte ihn an. »Du bist ein Schatz. Du warst so geduldig. Du hast dich um mich gekümmert und um Rita und um das Haus und den Garten, und es war tagein, tagaus das Gleiche, und du hast dich nie beschwert. Jetzt geht das Leben wieder los, ich versprech's dir.«
Er sah durch das Fenster auf den Küchengarten, den Holzstoß, den Komposthaufen. Der Teich war am Ufer ein bisschen gefroren, bald würden sie Schlittschuh laufen können. War das kein Leben? Wovon redete sie?
»Am Montag fahre ich in die Stadt – ich muss ins Internetcafé und außerdem telefonieren. Wollen wir Thanksgiving mit den Freunden feiern?«
»So kurzfristig können wir sie nicht einladen. Und was soll Rita unter so vielen Erwachsenen?«
»Jeder wird sich freuen, wenn er Rita vorlesen oder mit ihr spielen darf. Sie ist genauso ein Schatz wie du.«
Was sagte sie da? Er war genauso ein Schatz wie seine Tochter?

»Ich kann Peter und Liz auch fragen, ob sie ihre Neffen mitbringen wollen. Wahrscheinlich wollen ihre Eltern sie an Thanksgiving bei sich haben, aber fragen kann nicht schaden. Und meine Lektorin hat einen Sohn in Ritas Alter.«

Er hörte ihr nicht weiter zu. Sie hatte ihn betrogen. Winter oder Frühling hatte sie versprochen, und stattdessen wollte sie jetzt fertig werden. In ein paar Monaten würde die Agentin den Preis ohne Aufwand zu Hause bei einem Glas Champagner übergeben haben. Jetzt würde der volle Rummel um den Preis ablaufen, nur mit ein bisschen Verspätung. Konnte er etwas dagegen tun? Was hätte er bis Winterende oder Frühlingsanfang gemacht? Hätte er Kate überreden können, mit der Reparatur der Technik so lange zu warten und sich damit zu begnügen, dass er ihre E-Mails aus dem Internetcafé in der Stadt mitbrachte? Sie traute ihm mit der Post, warum nicht auch mit den E-Mails? Vielleicht hätte es zu schneien begonnen und nicht mehr aufgehört, wie 1876, und sie hätten sich durch den Winter geschrieben, gelesen, gespielt, gekocht, geschlafen, ohne sich für die Welt draußen zu interessieren.

»Ich gehe hoch. Wir drei feiern am Sonntag schon mal, ja?«

10

Sollte er aufgeben? Aber Kate war noch nie so ruhig gewesen und hatte noch nie so leicht geschrieben wie im letzten halben Jahr. Sie brauchte das Leben hier. Auch Rita brauchte es. Er würde seinen Engel nicht dem Verkehr und den Verbrechen und den Drogen in der Stadt aussetzen. Wenn er es schaffte, Kate noch ein Kind zu machen oder lieber zwei, würde er sie zu Hause unterrichten. Bei einem Kind kam es ihm pädagogisch fragwürdig vor, aber bei zweien oder dreien war es okay. Vielleicht war es auch bei einem okay. War Rita bei ihm nicht allemal besser aufgehoben als in einer schlechten Schule?

Am Sonntag stand Kate früh auf und war am späten Nachmittag fertig. »Ich bin fertig«, rief sie, rannte die Treppe hinunter, nahm Rita auf den einen Arm und ihn in den anderen und tanzte mit ihnen um die Holzpfeiler. Dann band sie sich die Schürze um. »Wollen wir kochen? Was haben wir zu Hause? Worauf habt ihr Lust?«

Kate und Rita waren beim Kochen und Essen von überbordender Ausgelassenheit und lachten über alles und jedes. Aus dem Lächle wird's Bächle – so hatte seine Großmutter die Enkel vor den Tränen gewarnt, die auf übermäßiges Lachen folgen, und so wollte er Kate und Rita auch warnen. Dann fand er es sauertöpfisch und ließ es bleiben. Aber er wurde immer finsterer. Die Ausgelassenheit der beiden kränkte ihn.

»Eine Geschichte, eine Geschichte«, bettelte Rita nach dem Essen. Kate und er hatten sich beim Kochen keine ausgedacht, aber eigentlich genügte es, dass einer anfing und der andere fortfuhr und sie einander aufmerksam zuhörten. Heute druckste er rum, bis er Kate und Rita die Freude an der Geschichte verdorben hatte. Als es ihm leidtat, schaffte er nicht, die Stimmung noch mal zu wenden. Außerdem gehörte Rita ins Bett.

»Ich bringe sie«, sagte Kate. Er hörte Rita im Badezimmer lachen und im Bett tollen. Als es still wurde, erwartete er, sie werde ihn zum Gutenachtkuss rufen. Aber sie tat es nicht.

»Sie ist sofort eingeschlafen«, sagte Kate, als sie sich zu ihm setzte. Über seine finstere Laune verlor sie kein Wort. Sie war immer noch beschwingt, und bei dem Gedanken, sie bemerke nicht einmal, dass es ihm schlechtging, ging es ihm noch schlechter. Sie strahlte, wie sie lange nicht mehr gestrahlt hatte; ihre Wangen glühten, und ihre Augen leuchteten. Und wie sicher sie sich hielt und bewegte! Sie weiß, wie schön sie ist und dass sie zu schön ist für das Leben auf dem Land und nach New York gehört. Er dachte es und wurde mutlos.

»Ich fahre morgen nach dem Frühstück in die Stadt – soll ich was besorgen?«

»Das geht nicht. Ich habe Jonathan versprochen, bei der Reparatur des Scheunendachs zu helfen, und brauche das Auto. Du hattest gesagt, du wirst am Wochenende fertig, und da dachte ich, du könntest morgen bei Rita bleiben.«

»Aber ich hatte gesagt, dass ich morgen in die Stadt will.«

»Was ich will, zählt nicht?«

»Das habe ich nicht gesagt.«

»Es hat sich aber so angehört.«

»Das tut mir leid.« Sie wollte keinen Streit, sondern das Problem lösen. »Ich setze dich bei Jonathan ab und fahre weiter in die Stadt.«

»Und Rita?«

»Nehme ich mit.«

»Du weißt, dass ihr beim Fahren übel wird.«

»Dann setze ich sie mit dir ab; bis zu Jonathan sind's nur zwanzig Minuten.«

»Zwanzig Minuten im Auto sind für Rita zwanzig Minuten zu viel.«

»Rita ist zweimal übel geworden, das ist alles. Sie ist ohne Probleme in New York Taxi gefahren und mit dem Auto von New York hierhergezogen. Es ist eine fixe Idee von dir, dass sie nicht fahren kann. Lass uns immerhin versuchen…«

»Du willst mit Rita ein Experiment veranstalten? Geht es ihr schlecht, oder kommt sie zurecht? Nein, Kate, du veranstaltest keine Experimente mit meiner Tochter.«

»Deine Tochter, deine Tochter… Rita ist meine Tochter wie deine. Rede von unserer Tochter oder von Rita, aber spiele nicht den besorgten Vater, der seine Tochter gegen die böse Mutter schützen muss.«

»Ich spiele gar nichts. Ich kümmere mich mehr um Rita als du – das ist alles. Wenn ich sage, dass sie nicht Auto fährt, fährt sie nicht.«

»Warum fragen wir sie morgen nicht? Sie weiß ziemlich gut, was sie will.«

»Sie ist ein kleines Kind, Kate. Was, wenn sie fahren will, aber das Fahren nicht verträgt?«

»Dann nehme ich sie auf den Arm und trage sie nach Hause.«

Er schüttelte nur den Kopf. Was sie sagte, war so töricht, dass er sich fühlte, als müsse er tatsächlich mit Jonathan das Scheunendach reparieren. Er stand auf. »Wie wär's mit der halben Flasche Champagner, die im Kühlschrank liegt?« Er küsste sie auf den Scheitel, brachte die Flasche und zwei Gläser und schenkte ein. »Auf dich und dein Buch!«

Sie rang sich ein Lächeln ab, hob ihr Glas und trank. »Ich glaube, ich werfe noch einen Blick auf mein Buch. Warte nicht auf mich.«

11

Er wartete nicht und ging ohne sie ins Bett. Aber er lag wach, bis sie sich neben ihn legte. Es war dunkel, er sagte nichts, atmete gleichmäßig, und nachdem sie eine Weile auf dem Rücken gelegen hatte, als überlege sie, ob sie ihn wecken und mit ihm reden solle, drehte sie sich auf die Seite.

Als er am nächsten Morgen aufwachte, war das Bett neben ihm leer. Er hörte Kate und Rita in der Küche, zog sich an und ging runter.

»Papa, ich darf Auto fahren!«

»Nein, Rita, das macht dich krank. Damit warten wir, bis du größer und stärker bist.«

»Aber Mama hat gesagt...«

»Mama hat später gemeint, nicht heute.«

»Sag du mir nicht, was ich meine.« Kate sagte es beherrscht. Aber plötzlich war die Beherrschung verbraucht, und Kate schrie ihn an. »Was für einen Scheiß du redest! Du sagst, du willst Jonathan bei der Scheune helfen, und schläfst bis in den Morgen? Du sagst, du willst mit Rita im Winter Ski fahren, und findest Autofahren zu gefährlich? Du willst mich zur Mutti am Herd machen, die wartet, bis der Mann ihr gnädig das Auto lässt? Wir fahren jetzt entweder zu dritt, und ich setze dich bei Jonathan ab, oder ich und Rita fahren alleine.«

»Ich will dich zur Mutti am Herd machen? Was bin ich, wenn ich nicht einmal der Vati am Herd bin? Nur ein gescheiterter Schriftsteller? Der auf deine Kosten lebt? Der sich um die Tochter kümmern, aber nichts bestimmen darf? Kindermädchen und Putzfrau?«

Kate hatte sich wieder unter Kontrolle. Sie sah ihn mit gehobener Braue an. »Du weißt, dass ich nichts von alledem meine. Ich fahre jetzt los – kommst du mit?«

»Du fährst nicht!«

Aber sie zog sich und Rita Jacke und Schuhe an und ging zur Tür. Als er den beiden die Eingangstür verstellte, nahm Kate Rita auf den Arm und ging über die Veranda. Er zögerte, lief Kate nach, erwischte sie, hielt sie fest. Da fing Rita an zu weinen, und er ließ los. Er folgte Kate, als sie von der Veranda über die Wiese zum Auto ging.

»Mach das bitte nicht!«

Kate antwortete nicht, setzte sich auf den Fahrer- und Rita auf den Beifahrersitz, zog die Tür zu und ließ das Auto an.

»Doch nicht auf den Vordersitz!« Er wollte die Tür öffnen, aber Kate drückte die Verriegelung. Er schlug gegen die Tür, packte den Griff, wollte das Auto festhalten. Es fuhr los. Er rannte nebenher, sah, dass Rita sich auf den Vordersitz kniete und ihn mit tränenüberströmtem Gesicht erschrocken ansah. »Den Sicherheitsgurt«, rief er, »leg Rita den Sicherheitsgurt an!« Aber Kate reagierte nicht, das Auto nahm Fahrt auf, und er musste loslassen.

Er rannte hinter dem Auto her, holte es aber nicht ein. Kate fuhr auf dem geschotterten Weg nicht schnell und fuhr ihm doch davon, auf jedem Stück Wegs zwischen zwei

Kurven wurde der Abstand größer. Dann war das Auto verschwunden, und er hörte es weiter und weiter weg.

Er rannte weiter. Er musste hinter dem Auto herrennen, auch wenn er es nicht mehr einholen konnte. Er musste rennen, um an seiner Frau, seiner Tochter, seinem Leben dranzubleiben. Er musste rennen, um nicht in das leere Haus zurückzugehen. Er musste rennen, um nicht stehen zu bleiben.

Schließlich konnte er nicht mehr. Er beugte sich vor und stützte die Hände auf die Knie. Als er wieder ruhiger wurde und nicht mehr nur seinen Atem hörte, hörte er weit weg das Auto. Er richtete sich auf, konnte es aber nicht sehen. Das ferne Geräusch blieb, wurde langsam leiser, und er wartete darauf, dass es verlöschen würde. Stattdessen hörte er ein fernes Krachen. Dann war es still.

Er rannte wieder los. Er stellte sich das Auto vor, das gegen Balken und Bock gefahren war oder gegen einen Baum, weil Kate noch das Steuer zur Seite gerissen hatte, er sah Kates und Ritas blutige Köpfe an der zerborstenen Windschutzscheibe, Kate, die mit Rita auf dem Arm zur Straße taumelte, Autos, die achtlos vorbeifuhren, er hörte Rita schreien und Kate schluchzen. Oder waren beide eingeklemmt und konnten nicht raus, und jeden Moment entzündete sich das Benzin und explodierte das Auto? Er rannte weiter, obwohl die Beine ihn nicht mehr tragen wollten und es in Brust und Seite stach.

Dann sah er das Auto. Gottlob, es brannte nicht. Es war leer, und Kate und Rita waren nirgends zu sehen, nicht beim Auto und nicht an der Straße. Er wartete, winkte, wurde aber nicht mitgenommen. Er ging zurück zum Auto, sah, dass es gegen Balken und Bock gefahren war und dass der Bock sich so mit Stoßstange und Wagenboden verkeilt hatte, dass es nicht weiterfahren konnte. Die Tür stand auf, und er setzte sich auf den Fahrersitz. Die Windschutzscheibe war nicht zerborsten, aber an einer Stelle blutverschmiert, nicht vor dem Fahrer-, sondern vor dem Beifahrersitz.

Der Zündschlüssel steckte, aber wenn er das Auto zurücksetzte, schleifte es den verkeilten Bock mit. Er band den Bock mit dem Seil an einem Baum fest, fuhr rückwärts und rollte vorwärts, rückwärts und vorwärts, wieder und wieder. Es kam ihm wie die Strafe für die Zerstörung der Telefonleitung vor, und als der Wagen sich schließlich vom Bock löste, war er völlig erschöpft, wie damals. Er legte die Balken und die Böcke auf die Ladefläche und fuhr zum Krankenhaus. Ja, seine Frau und Tochter waren vor einer halben Stunde hergebracht worden. Er ließ sich den Weg zeigen.

12

Die Gänge waren gefälliger, als er es von deutschen Krankenhäusern kannte, breit, mit Ledersesseln und Blumenarrangements. Im Aufzug verkündete ein Plakat, dass das Krankenhaus wieder Krankenhaus des Jahres geworden sei, zum vierten Mal in Folge. Er wurde in einen Warteraum gebeten, der Arzt werde gleich kommen, setzte sich, stand auf, betrachtete die bunten Fotografien an den Wänden, fand die Ruinen kambodschanischer und mexikanischer Tempel deprimierend, setzte sich. Nach einer halben Stunde ging die Tür auf, und der Arzt begrüßte ihn. Er war jung, energisch, fröhlich.

»Glück im Unglück. Ihre Frau hat den rechten Arm vor ihre Tochter gehalten«, er streckte den rechten Arm aus, »und, als ihre Tochter mit aller Wucht dagegenstieß, gebrochen. Aber der Bruch ist glatt, und ihrer Tochter hat es vielleicht das Leben gerettet. Ihre Frau hat außerdem drei gebrochene Rippen und ein Schleudertrauma. Aber das heilt. Wir behalten sie nur ein paar Tage.« Er lachte. »Es ist eine Ehre, die Trägerin des National Book Award zur Patientin zu haben, und es war mir eine besondere Freude, der Überbringer der guten Nachricht zu sein. Ich habe sie gleich erkannt, hätte mich aber fast nicht getraut, sie darauf anzusprechen – und dann wusste sie noch gar nichts und hat sich gefreut.«

»Was ist mit meiner Tochter?«

»Sie hat eine Platzwunde an der Stirn, die wir geschlossen haben, und ruht. Wir passen heute Nacht auf sie auf, und wenn nichts ist, können Sie sie morgen nach Hause nehmen.«

Er nickte. »Kann ich zu meiner Frau?«

»Ich bringe Sie hin.«

Sie lag im Einzelzimmer, Hals und rechten Arm in weißem Kunststoff. Der Arzt ließ beide allein.

Er rückte einen Stuhl ans Bett. »Herzlichen Glückwunsch zum Preis.«

»Du hast es gewusst. Du warst fast jeden Tag in der Stadt, und wenn du in der Stadt bist, liest du die *New York Times*. Warum hast du nichts gesagt? Weil du kein erfolgreicher Schriftsteller bist, darf ich es auch nicht sein?«

»Nein, Kate, ich wollte nur unsere Welt hier zusammenhalten. Ich bin nicht eifersüchtig. Du kannst so viele Bestseller...«

»Ich finde mich nicht besser als dich. Du verdienst den gleichen Erfolg, und mir tut es leid, dass die Welt nicht gerecht ist und dir nicht den gleichen Erfolg gibt. Aber ich kann darum nicht aufs Schreiben verzichten. Ich kann mich nicht kleinmachen.«

»So klein wie ich?« Er schüttelte den Kopf. »Ich wollte nicht, dass der Rummel wieder losgeht, die Interviews und Talkshows und Partys und was weiß ich. Dass es wieder wird, wie es war. Das halbe Jahr hier hat uns so gutgetan.«

»Ich halte es nicht aus, wenn von mir nur noch der Schatten bleibt, der morgens an den Schreibtisch verschwindet und abends mit dir vor dem Kamin sitzt und einmal in der Woche Familie spielt.«

»Wir sitzen nicht vor dem Kamin, wir reden, und wir spielen nicht Familie, wir sind es.«

»Du weißt, was ich meine. Was ich im letzten halben Jahr für dich war, hätte jede Frau sein können, die sich mit sich selbst beschäftigt, nicht viel redet und nachts gerne kuschelt. Ich kann nicht mit einem Mann leben, der vor lauter Eifersucht nur das von mir übriglassen will. Oder der nur das liebt.«

»Was soll das heißen?«

»Wir verlassen dich. Wir ziehen...«

»Ihr? Du und Rita? Rita, die ich gewickelt und gewaschen und für die ich gekocht und der ich lesen und schreiben beigebracht habe? Die ich gepflegt habe, wenn sie krank war? Kein Richter wird Rita dir zusprechen.«

»Nach deinem Anschlag heute?«

»Meinem Anschlag...« Er schüttelte wieder den Kopf. »Das war kein Anschlag. Ich habe nur versucht, alles abzusperren, Telefon, Internet und eben auch die Straße.«

»Es war ein Anschlag, und der Fahrer, der mich hergebracht hat, wird den Sheriff benachrichtigen.«

Er hatte mit gebeugtem Rücken und gesenktem Kopf auf dem Stuhl gesessen. Jetzt richtete er sich auf. »Ich habe unser Auto flottgemacht, ich bin damit hierhergefahren, und die Absperrung ist weg. Alles, was der Sheriff herausfinden wird, ist, dass du mit unserer Tochter ohne Kindersitz und ohne Sicherheitsgurt gefahren bist.« Er sah seine Frau an. »Kein Richter wird dir Rita geben. Du musst schon bei mir bleiben.«

Wie sah sie zurück? Hasserfüllt? Das konnte nicht sein. Begriffsstutzig. Nicht der gebrochene Arm und die gebrochenen Rippen taten ihr weh. Was ihr weh tat, war, dass er ihr einen Strich durch die Rechnung machte. Sie wollte nicht begreifen, dass sie ihre Rechnungen nicht ohne ihn machen konnte. Es wurde Zeit, dass sie es endlich lernte. Er stand auf. »Ich liebe dich, Kate.«

Mit welchem Recht sah sie ihn entsetzt an? Mit welchem Recht sagte sie zu ihm: »Du bist verrückt geworden.«

13

Er fuhr auf der Hauptstraße durch die Stadt. Er hätte die Balken und Böcke gerne unauffällig auf die Stöße zurückgelegt, aber das Stadtfest war vorbei, und die Stöße waren weggeräumt.

Vom General Store aus rief er die Telefongesellschaft an und meldete die beschädigte Leitung. Sie versprach, noch am Nachmittag eine Reparaturmannschaft zu schicken.

Zu Hause ging er von Zimmer zu Zimmer. Im Schlafzimmer öffnete er Vorhang und Fenster, machte das Bett und faltete Nachthemd und Schlafanzug. Bei Kates Arbeitszimmer blieb er in der Tür stehen. Sie hatte aufgeräumt; der Schreibtisch war bis auf Computer und Drucker und einen Stoß bedruckten Papiers leer, und die Bücher und Papiere, die auf dem Boden gelegen hatten, lagen in den Regalen. Es sah aus, als habe sie nicht nur das Buch, sondern auch einen Abschnitt ihres Lebens abgeschlossen, und er wurde traurig. Ritas Zimmer duftete nach kleinem Mädchen; er schloss die Augen, schnupperte und roch ihren Bären, den er nicht waschen durfte, ihr Shampoo, ihren Schweiß. In der Küche räumte er Geschirr und Töpfe in die Spülmaschine und ließ sonst alles liegen: den Pullover, als könne Kate jeden Augenblick reinkommen und ihn überziehen, die Malfarben, als würde Rita sich gleich an den Tisch setzen und weitermalen. Ihm war kalt, und er stellte die Heizung höher.

Er trat vor die Tür. Kein Richter würde ihm Rita wegnehmen. Im schlimmsten Fall würde die richtige Anwältin ihm einen reichlichen Unterhalt verschaffen. Dann würde er eben alleine mit Rita hier in den Bergen leben. Dann würde Rita eben mit einer Mutter aufwachsen, die fünf Autostunden entfernt lebte. Kate will die Sache auf die Spitze treiben? Sie wird schon sehen, was sie davon hat.

Er sah zum Wald, auf die Wiese mit den Apfelbäumen und den Fliederbüschen, auf den Teich mit der Trauerweide.

Kein gemeinsames Schlittschuhlaufen auf dem gefrorenen Teich? Kein gemeinsames Schlittenfahren am Hang am anderen Ufer? Auch wenn Rita emotional ohne ihre Mutter und er finanziell ohne Kate zurechtkäme – er wollte die Welt nicht verlieren, die sich im Sommer manchmal angefühlt hatte, als sei sie schon immer seine gewesen und werde immer seine sein.

Er würde sich einen Plan überlegen, wie er sein Leben zusammenhalten würde. Wäre doch gelacht, wenn er das mit seinen guten Karten nicht schaffen würde! Morgen würde er Rita abholen. In ein paar Tagen würden Rita und er vor dem Krankenhaus stehen und auf Kate warten. Mit Blumen. Mit einem Schild »Willkommen zu Hause«. Mit ihrer Liebe.

Er ging zum Auto, lud die Balken und Böcke ab und trug sie zu dem Platz hinter der Küche, an dem er das Holz für den Kamin zersägte und zerhackte. Er arbeitete bis in die Dunkelheit, zog die Nägel aus den Böcken und zersägte und zerhackte die Balken und Streben zu Scheiten. Im Licht, das aus der Küche auf den Platz fiel, räumte er das Holz in den Stoß; er trug einen Teil dessen ab, was er schon für den Winter gelagert hatte, und packte die neuen Scheite dazwischen.

Er füllte neue und alte Scheite in den Korb und trug ihn zum Kamin. Das Telefon klingelte; die Telefongesellschaft rief an, die Leitung funktioniere wieder. Er fragte im Krankenhaus nach und erfuhr, dass Kate und Rita schliefen und er sich keine Sorgen machen müsse.

Dann brannte das Feuer. Er setzte sich davor und sah zu, wie die Scheite Feuer fingen, brannten, glühten und zerfielen. Auf einem blauen Scheit konnte er in weißer Schrift »LINE« lesen, Teil der Aufschrift »POLICE LINE DO NOT CROSS«. Das Feuer schmolz die Farbe, verwischte die Schrift und zehrte sie auf. So wollte er in ein paar Wochen mit Kate und Rita vor dem Kamin sitzen. Kate würde auf einem Scheit »NOT« oder »DO« lesen und sich an den heutigen Tag erinnern. Sie würde verstehen, wie sehr er sie liebte, und zu ihm rücken und sich an ihn schmiegen.

Hartmut Lange

Verstörung

Merkwürdig: Wenn seine Frau sich räusperte, war dies für Matthias Bamberg neuerdings ein Grund, aufmerksam zu sein. Nicht, dass es ihn störte. Warum sollte sie sich nicht gelegentlich räuspern, er räusperte sich schließlich auch. Und doch, seit einigen Tagen, oder waren es Wochen, kam es ihm vor, als würde das kurze, trockene, an und für sich belanglose Geräusch im Innersten an ihm rühren.

›Unsinn‹, dachte er und nahm sich vor, der Sache keinerlei Bedeutung beizumessen.

Am Nachmittag war er wieder mit der Konzeption seines neuen Romans beschäftigt. Worüber schrieb er diesmal? Dazu wollte sich Bamberg nicht äußern. Er deutete lediglich an, dass er gezwungen sein würde, genaue Recherchen zu machen. *Der Wanderer* sollte das Werk heißen. Mehr war von ihm nicht zu erfahren, und auch seine Frau, die er sonst immer ins Vertrauen zog, blieb diesmal auf Mutmaßungen angewiesen. Sicher, immer noch hatte Bamberg die Angewohnheit, bevor er etwas zu Papier brachte, darüber zu reden. Meist waren es Erlebnisse, von denen er sich anregen ließ. Diesmal erwähnte er, dass er einem alten, beinahe schon vergessenen Freund begegnet sei.

»Stell dir vor«, sagte er, »er hat mich von hinten, als ich dabei war, die Straße zu überqueren, umarmt. Natürlich, wir standen auf dem Mittelstreifen und hatten wenig Zeit. Aber so viel habe ich doch erfahren: Er ist siebzig Jahre alt geworden«, fügte Bamberg hinzu, und ehe seine Frau dazu kam, ihm Fragen zu stellen, saß er an seinem Schreibtisch und hatte das Notebook eingeschaltet.

Am Abend las er in einer Buchhandlung aus seinem letzten Roman. Das Zimmer war überfüllt. Man klatschte ihm zu. Kein Wunder: Matthias Bamberg war bekannt dafür, dass er im Einverständnis mit seinen Lesern war. Alles, was er vortrug, war irgendwie überzeugend, und was das Wichtigste war, man konnte, weil es diesem Schriftsteller immer wieder gelang, auch dem ernstesten Sachverhalt etwas Komisches abzugewinnen, auf überlegene Weise darüber lachen.

Nach der Lesung, nachdem Bamberg das Buch zugeklappt, nachdem man ihn aufgefordert hatte, über seine Zukunftspläne zu reden, erwähnte er, was er am Vormittag schon seiner Frau gegenüber getan hatte, dass er vorhabe, etwas unter dem Titel *Der Wanderer* zu schreiben. Und wieder war die Zustimmung groß, denn darüber war man sich einig: Wenn solch ein ironischer, überlegener Kopf auch noch anfangen würde, womöglich die Jogger und Spaziergänger aus dem Grunewald ins Visier zu nehmen, darauf durfte man gespannt sein.

2

Am Tag nach der Lesung, als Bamberg am Arbeitstisch saß, bemerkte seine Frau, dass er, anstatt, was er geschrieben hatte, in dem Notebook zu überprüfen und anstatt, wie es seine Gewohnheit war, alles, um es gründlicher korrigieren zu können, erst einmal auszudrucken, dass er stattdessen aus dem Fenster sah.

Offenbar verfolgte er den Rauch, der aus dem schmalen Aluminiumrohr aufstieg. Über den Dächern verfing sich der Wind, so dass der Rauch in Fetzen hierhin und dorthin gezogen wurde. Dies sah Anita Bamberg, während sie die Tür zum Arbeitszimmer ihres Mannes schloss, und es war der allerflüchtigste Eindruck, dem sie keinerlei Beachtung schenkte. Er aber, Matthias Bamberg, schien irgendwie gebannt zu sein. Er sah immer nur auf die Öffnung des Aluminiumrohrs, sah, wie der dichte Qualm, der ins Freie hinausdrängte, von einem Wirbel erfasst wurde und wie er sich an der äußersten Kante der Regenrinne wieder sammelte und, es geschah völlig übergangslos, verschwand.

Am Nachmittag fuhr Bamberg zum Schlachtensee, um die Jogger zu beobachten. Unübersehbar, wie hier, in einem unbedingten Willen zur Gesundheit, gekeucht und geschwitzt wurde. Fast jeder warf die Hacken, ruderte mit den Armen. Ob unter- oder übergewichtig, jeder versuchte, koste es, was es wolle, einen Dauerlauf durchzuhalten.

›Eine besonders unappetitliche Art von Eigenliebe‹, dachte Bamberg, und es zuckte ihm in den Fingern, das Notizbuch aus der Jackentasche zu ziehen, um einige sarkastische Bemerkungen zu notieren.

Er unterließ es, ging weiter, sah zuletzt nur noch auf den See hinaus. Nicht dass er auf die Ruderboote achtete, die auf der glitzernden Fläche unterwegs waren, oder auf die Haubentaucher, die verschwanden und von denen man nicht wissen konnte, wann und wo sie einige Meter weiter wieder auftauchen würden. Vielmehr ging sein Interesse über alles, was er sah, hinweg, und nachdem er den See hinter sich gelassen, nachdem er den Parkplatz erreicht hatte, um in sein Auto zu steigen, wusste er nicht zu sagen, weswegen er hergekommen war. Trotzdem geschah es, dass er seiner Frau, während sie zu Mittag aßen, versicherte, dass der Spaziergang erfolgreich gewesen sei. Das Telefon klingelte, Matthias Bamberg verhandelte mit dem Redakteur einer großen Wochenzeitschrift.

›So fängt es immer an‹, dachte Anita Bamberg. ›Bevor die erste Zeile geschrieben ist, hat er sie schon verkauft. Und ein Jahr später‹, dachte sie, ›ist das Manuskript fertig.‹ Wie war doch der neue Titel? *Der Wanderer*, dachte Anita Bamberg, und nachdem der Tisch abgeräumt, nachdem Gläser, Teller und Besteck im Geschirrspüler verschwunden waren, war es nur selbstverständlich, dass Bamberg in seinem Arbeitszimmer saß, um den Text, den er dem Redakteur versprochen hatte, so rasch wie möglich in den Computer einzugeben.

Anita und Matthias Bamberg hatten vor kurzem erst geheiratet, lebten aber schon seit Jahren zusammen in einer Altbauwohnung. Er hatte sich die vorderen Räume eingerichtet, sie das Berliner Zimmer und die Kammer, die auf den hinteren Korridor hinausging. Es gab ein Bad und eine Extratoilette. Gegessen wurde in der Küche, deren Dienstboteneingang durch einen Schrank verstellt war. Aber die eiserne Tür war intakt, und es existierten noch die Schlüssel, so dass sie ihre Wohnung, gesetzt den Fall, sie würden den Schrank zur Seite schieben, auch über einen zweiten Zugang, über die Treppe im Seitenflügel des Hinterhauses, hätten erreichen können. Hatten sie Kinder? Nein. Er, Matthias Bamberg, war auf das Bücherschreiben fixiert, sie, Anita Bamberg, hatte sich als Übersetzerin aus dem Italienischen und Spanischen einen Namen gemacht. Sie dachten daran, sich im Norden, vielleicht an der Ostseeküste, ein Apartment zu kaufen, und nach längerem Zögern, wie gesagt, hatten sie endlich geheiratet, und damit schien alles, was das tägliche Miteinander betraf, geregelt.

Am nächsten Morgen bemerkte Anita Bamberg, dass die Tür zum Arbeitszimmer ihres Mannes sperrangelweit offen stand. Er hatte den Text, den er dem Redakteur versprochen hatte, fertig und war schon auf dem Weg zum Briefkasten. Der Monitor flimmerte, auf dem Schreibtisch lag ein Packen Din-A4-Umschläge. Sie ging zum Fenster, sah auf den Briefkasten, der an der Straßenecke angebracht war, und da sie ihren Mann nicht entdecken konnte, ging sie zur Wohnungstür, die sie einen Spaltbreit öffnete, und sie nahm sich vor, ihm, sowie sie seine Schritte auf der Treppe hören würde, entgegenzugehen. Sie wollte ihm sagen, wie toll sie es fände, dass er wieder einmal alles so schnell erledigt hätte. Sicher, eine gewisse Gereiztheit war schon dabei, denn dies war ein ständiger Grund für Anita Bamberg, eifersüchtig zu sein: Sie arbeitete an ihren Texten überaus langsam, während ihm, Matthias Bamberg, alles leicht von der Hand ging.

»Mein Lieber«, wollte sie sagen und ihm auf die Schulter klopfen, »das waren keine zwei Tage Arbeit. Und wenn das«, wollte sie hinzufügen, »was ich demnächst zu lesen bekomme, auch noch gut sein sollte, dann musst du, weil du zu viel Zeit hast, ab sofort die Fenster putzen.«

Sie stand auf dem Treppenabsatz, beugte sich über das Geländer, aber wer dort mühelos die vier Treppen heraufkam, war nicht der, auf den sie wartete. Es war jemand, der, nachdem sie ihm Platz gemacht hatte, grußlos an ihr vorüberging.

3

Auf den Redakteur der Wochenzeitschrift, auf Frank Geiger, konnte sich Bamberg jederzeit verlassen.

»Komm herein«, sagte der Redakteur, gab Bamberg die Hand. »Komm herein«, wiederholte er, und Minuten später saßen sie in einem überheizten Raum, tranken Mineralwasser, und Bamberg fiel auf, dass Geiger, als fühle er sich ungemütlich, auf der äußersten Kante seines Stuhles saß und dass seine Aufmerksamkeit auf die offene Tür gerichtet war, die in den Nebenraum führte.

Offenbar war dort jemand beschäftigt. Man hörte das Rascheln von Papier, und Geiger sprach davon, dass es ihm noch nicht gelungen sei, den Text, den Bamberg ihm zugeschickt hatte, in der Redaktion durchzusetzen.

»Wäre es nach mir gegangen, wäre er längst erschienen. Aber die da«, sagte er und wies mit dem Finger auf die offene Tür, »sie will neuerdings das letzte Wort haben.«

Er wirkte müde. Ständig hielt er die Augen gesenkt, so dass man den Eindruck gewann, er würde, auch wenn er den Kopf hob, immer nur auf den Boden sehen. Im Nebenraum wurde ein Stuhl zur Seite gerückt. Jene, von der Geiger gesprochen hatte, erhob sich von ihrem Tisch, ging ein paar Schritte auf die offene Tür zu, aber sie wollte sich nicht zeigen. Die beiden sahen auf die Tür, die sich langsam in Bewegung setzte, bis sie schließlich ins Schloss fiel, und Bamberg wunderte sich, dass dies so sanft und leise geschah.

»Ja, so ist das«, sagte Geiger. »Jeden Tag werden die Karten hier, wie man so sagt, neu gemischt. Aber noch ist nichts entschieden. Ruf mich doch um fünf, nein besser gegen sechs Uhr an«, fügte er hinzu, »dann können wir ungestört miteinander reden.«

Noch vor der verabredeten Zeit klingelte in der Bamberg'schen Wohnung das Telefon, und das Gespräch, das Bamberg mit seinem Freund Geiger führte, dauerte über eine Stunde. Was sie genau besprachen, war von der Kammer aus, in der Anita Bamberg arbeitete, nicht auszumachen. Aber so viel wurde deutlich: Es gab Schwierigkeiten, und offenbar war der Redakteur darauf aus, sich näher zu erklären.

Sie hörte, wie ihr Mann versicherte, es sei kein Problem für ihn, und wie der andere immer wieder zu längeren Ausführungen ansetzte. Zuletzt wurde geschwiegen. Es dauerte eine Weile, ehe Bamberg und, wie ihr schien, ohne ein Wort der Verabschiedung, den Hörer auflegte, und er kam nicht wie sonst, wenn er ein wichtiges Gespräch geführt hatte, zu ihr, um darüber zu reden. Nein, diesmal verschwand er in seinem Arbeitszimmer.

›Es wird nichts Wichtiges gewesen sein‹, dachte sie und beugte sich über die Korrekturbögen, mit denen sie beschäftigt war.

Sie hatte Mühe, sich zu konzentrieren. Irgendwann ging

sie in die Küche, um Tee aufzubrühen, und als sie mit der Tasse, die für Bamberg bestimmt war, in dessen Arbeitszimmer trat, bemerkte sie, dass auch er, obwohl das Notebook eingeschaltet war, nicht arbeitete. Stattdessen sah er aus dem Fenster, und offenbar verfolgte er wieder den Rauch, der aus einem Aluminiumrohr aufstieg: Über den Dächern verfing sich der Wind, so dass der Rauch in Fetzen hierhin und dorthin gezogen wurde. Es war, wie einmal schon, der allerflüchtigste Eindruck, dem Anita Bamberg keinerlei Beachtung schenkte. Ihr Mann aber wies mit dem Finger auf das Aluminiumrohr und sagte:

»Es ist immer nur Rauch, der dort aufsteigt und über der Dachrinne verschwindet.«

»Was sollte es sonst sein«, antwortete Anita Bamberg, stellte ihm die Tasse mit dem Tee hin, und als sie sich räusperte, hob er den Kopf und sah ihr ins Gesicht.

4

Ja, der Rauch, der jetzt, es war Mitte Oktober, aus dem Aluminiumrohr aufstieg! Er war von dem Fenster des Arbeitszimmers aus, das im vierten Stock lag, nicht zu übersehen, und er änderte ständig seine Farbe. Einmal war er schneeweiß, dann wieder schwefelgelb, obwohl dort unten in den Kellerräumen, wo der Brenner stand, immer das gleiche Öl verbrannt wurde. Wenn es stürmisch war, wurde er hinweggerissen, wenn Windstille herrschte, sah man, wie dicht die Masse war, die träge aus dem Aluminiumrohr nachdrängte, und manchmal konnte es vorkommen, dass er wie von unsichtbarer Hand über die Dachrinne hinweg in die Tiefe gezogen wurde. Dann roch es im Hof, und man war gezwungen, die Fenster zu schließen. Meist aber war es so, dass der Rauch, vielleicht weil der Wind sich in den Dächern verfing, mit sanfter Gewalt hierhin und dorthin gedrängt wurde und zu wirbeln begann.

›Als wäre da ein vergebliches Beharren‹, dachte Matthias Bamberg. ›Und man weiß nie, warum er, wie eben jetzt, die Farbe wechselt.‹

Er schaltete das Notebook ein. Man hörte, wie er mit den Fingern über die Tastatur fuhr. Dies dauerte eine gute Stunde, und als er fertig war und die zweieinhalb Seiten ausgedruckt hatte, durfte man sich fragen, warum er wieder und ausschließlich seine Beobachtungen, das Aluminiumrohr und den Rauch betreffend, zu Papier gebracht hatte. Dies hatte er schon einmal getan und seinem Freund Geiger als erstes Kapitel seines neuen Romans zugeschickt, und er wunderte sich selbst darüber, wie hartnäckig er an einer flüchtigen Erscheinung festhielt, die nichts weiter bedeutete, als dass der Hausmeister die Zentralheizung in Gang gesetzt hatte. Was er auf dem gegenüberliegenden Dach beobachtete, wiederholte sich, auch wenn ihm die Sicht darauf genommen war, zehn-, nein hunderttausendmal in dieser großen Stadt. Überall wurde geheizt, und überall musste deswegen Rauch aus einem Aluminiumrohr oder einem gemauerten Schornstein aufsteigen!

Am Nachmittag saß Bamberg mit seiner Frau im Berliner Zimmer und erkundigte sich danach, wie sie mit ihrer Arbeit vorankäme. Sie übersetzte einen Roman aus dem Italienischen, und was ihr besonders gefiel, war die unerbittliche Art, mit der hier auf politische Belange aufmerksam gemacht wurde.

Zugegeben, das Schicksal eines Journalisten unter dem Salazarregime war kaum noch aktuell, aber darauf kam es nicht an. Es war die Repression, die angeprangert wurde, es war die Gesinnung des Autors, die sich ebenso gut an einem anderen Geschehen hätte festmachen können. Und dass dies in einem Stil geschah, der die polizeilichen Verhörmethoden auf artifizielle Weise nachahmte, begeisterte Anita Bamberg, so dass sie ihrem Mann daraus vorlas.

»Er schreibt beinahe wie du«, sagte sie. »Nur dass ihm die Ironie fehlt.«

Bamberg hörte zu, gab Anregungen, wie man die Sache hier und dort sprachlich schärfer fassen könnte, schien sich aber zu langweilen.

»Es riecht im Zimmer«, sagte er plötzlich.

»Von woher sollte es riechen?«

»Na, von draußen«, antwortete Bamberg, und als seine Frau erklärte, dass dies unmöglich wäre, die Fenster seien geschlossen, bestand er darauf, dass es schon einmal so gewesen sei. »Wenn der Wind die Richtung wechselt und alles in den Hof gedrückt wird. Die Fenster sind nicht dicht«, fügte er hinzu.

Am späten Abend, bis über Mitternacht hinaus, saß Bamberg in seiner Wohnung vor dem Fernseher, um sich Reportagen anzusehen. Die Welt war wieder einmal aus den Fugen. Man sah Hubschrauber, die mit Raketen auf fahrende Autos schossen, Steine werfende Jugendliche, die Barrikaden errichtet hatten, man sah Panzer, die Häuserblocks niederwalzten. Es gab Grund zur Entrüstung und

Anteilnahme, aber da Bamberg den Ton abgeschaltet hatte, blieb lediglich das Geflimmer rasch wechselnder Bilder übrig, und er ärgerte sich, weil er von dem Eindruck nicht loskam, alles, was er gesehen hatte, wäre nichts anderes als eine Ansammlung von Erscheinungen gewesen.

Nachdem er sich ins Bett gelegt hatte, war er froh, dass seine Frau schon schlief. Ihm selbst war es nie möglich, sofort einzuschlafen. Er hörte auf den tiefen, ruhigen Atem neben sich, und hätte sich Anita Bamberg jetzt geräuspert, wer weiß, vielleicht, weil er so überkonzentriert war, wäre es ihm möglich gewesen herauszufinden, warum er darauf neuerdings so empfindlich reagierte. Er spürte, wie still es war. Man konnte wirklich nicht sagen, dass keine Nachtruhe herrschte. Tagsüber war das Mietshaus voller Geräusche, jetzt hörte man nicht einmal die Katzen auf dem Hof schreien.

Und doch: Bamberg wollte sich nicht täuschen lassen. Die Stille war vollkommen, aber ging da nicht oben jemand hin und her, und wurden da nicht, es war weit weg, ununterbrochen Möbel gerückt?

›Unsinn‹, dachte Bamberg, ›wie komme ich dazu, mir Derartiges einzubilden.‹

Damit waren die Geräusche wieder verschwunden, aber dass die Stille, die im Haus herrschte, irgendwie nicht verlässlich war, dafür hätte er sich, bevor er einschlief, verbürgen können.

»Was ist mit dir?«, fragte Frank Geiger und wollte nun ernsthaft wissen, warum auf den wenigen neuen Seiten, die Bamberg ihm übergeben hatte, wieder nichts anderes beschrieben war als jene Vorgänge auf dem gegenüberliegenden Dach, die Bamberg vom Fenster seines Arbeitszimmers aus beobachtete. Es war immer dasselbe, und es war vollkommen klar, dass diese Ausführlichkeit, die sich auf einen einzigen flüchtigen Eindruck bezog, nur eine besonders raffinierte Art und Weise sein konnte, um auf etwas anderes hinzuweisen.

»Worauf willst du hinaus?«, fragte Geiger.

Bamberg erklärte, dass er dies noch nicht beantworten könne, dass er aber sicher sei, es herauszufinden, wenn er sich nur nicht ablenken lassen und weiterhin gründlich recherchieren würde.

»Sicher«, fügte er hinzu, »dass da ein paar Tauben auf dem Dach herumflattern und dass aus einem gebogenen Stück Blech Rauch herausquillt, das kann man mit wenigen Zeilen erledigen. Aber warum«, fragte er, »sammelt sich der Rauch, nachdem er vom Wind erfasst und in die Länge gezogen wurde, am äußersten Rand der Dachrinne, und warum, es geschieht völlig übergangslos, verschwindet er plötzlich? Und wohin!«

Frank Geiger sah ihn an. Er staunte über den Freund, dessen rasanten, auftrumpfenden, die Syntax wie ein Florett handhabenden Stil er entdeckt und zur Geltung gebracht hatte. »Hier wird die alte, verbrauchte Grammatik wie in einem Labor zu neuen Kristallen hochgezüchtet«, hatte er geschrieben. Und jetzt quälte sich ebendieser Freund mit einem immer gleichen, mäßig formulierten Text ab. Ja, was sollte er ihm sagen? Sollte er sagen, dass es keinerlei Chance gab, dergleichen in seiner Zeitschrift abzudrucken!

Vom Nebenzimmer hörte man ein Räuspern, dann das Rascheln von Papier. Geiger gab Bamberg die Manuskriptseiten zurück, die dieser in die Jackentasche schob.

»Stört dich das Räuspern?«, fragte Bamberg.

Geiger runzelte die Stirn, wusste nicht, was der andere damit meinte, und Bamberg wusste es offensichtlich selber nicht, oder zumindest: Er zog es vor, nicht weiter darauf einzugehen.

»Und du meinst«, sagte er stattdessen, »dass es sich nicht lohnt, auf gewisse Erscheinungen zu achten?«

»Nein«, antwortete Geiger, »da ist nichts weiter. Mach dir keine Gedanken, geh nach Hause, setz dich an den Schreibtisch, und finde zu deiner alten Form zurück.«

Sie verabschiedeten sich, und nachdem Bamberg wieder in seiner Wohnung war, ging er zum Bücherregal und griff nach einem Taschenbuch. Es hatte annähernd tausend Seiten, überall gab es Lesezeichen, die wie Lappen heraushingen. Bamberg zog sich mit dem Buch unter eine Stehlampe zurück und begann darin zu blättern. Er überprüfte Passagen, die er mit einem Bleistift angestrichen hatte. Es waren Passagen, die er bewunderte und in denen nichts weiter beschrieben wurde, als dass eine gewisse Mary in ihrem Zimmer saß und auf jemanden wartete. Dabei sieht sie aus dem Fenster auf einen Taxistand, sieht, wie die Wagen, da am unmittelbaren Stand wenig Platz ist, gezwungen sind, auf der gegenüberliegenden Kreuzung zu parken und wie sich Wagen für Wagen über die Kreuzung hinweg einfädelt und wie dieser Eindruck, je länger Mary ihn beobachtet, die Enge ihres Zimmers sprengt. Es ist wie ein gläsernes Schweben, das dauert und dauert, bis sie zuletzt, weil es an der Wohnungstür klingelt, zusammenschreckt.

»Es gehörte«, las Bamberg, »dieses gleichmäßige Abfädeln der Wagen dort am Ende der Gasse für Mary zu den Selbstverständlichkeiten und Unbegreiflichkeiten dieser Wohnung hier durch all die Jahre.«

›Ja, Unbegreiflichkeiten‹, dachte er und war überzeugt, dass dies und Ähnliches, was in dem Roman sicher wie absichtslos oder um das Atmosphärische zu bereichern, aufgeschrieben worden war, dass dies, trotz der achthundert Seiten, die noch folgten, wert war, besonders beachtet zu werden.

In der Küche wurde es unruhig. Offenbar wurden Teller gegeneinander verschoben, Besteck fiel in einen Auffangkorb, der Wasserhahn wurde auf- und wieder abgedreht, danach Stühlerücken. Unverkennbar, dass Anita Bamberg mit Abwasch- und Aufräumarbeiten beschäftigt war. Es war nichts Ungewöhnliches, und es war auch nicht so, dass das Hantieren, da der schmale Korridor dazwischenlag, Bamberg in seiner Abgeschiedenheit hätte stören können. Und doch, vielleicht, weil ihm durch den Roman, in dem er blätterte, etwas ins Bewusstsein gerückt worden war, wieder begann er genauer hinzuhören, und wieder ertappte er sich dabei, wie er darauf wartete, ob seine Frau sich räuspern würde. Er erhob sich, ging in die Küche. Eine Weile sah er ihr bei der Arbeit zu.

»Übrigens, was ich vergessen habe«, sagte er, »es gibt da oben ein viereckiges Fenster, das ins Freie hinausführt und das sich bei stickiger Luft automatisch öffnet. Und nun ist klar«, fügte er hinzu, »warum es neulich in unserer Wohnung roch. Weil der Rauch vom gegenüberliegenden Dach, wenn der Wind ungünstig steht, von dort ins Treppenhaus eindringt.«

Er nahm ein Glas aus der Spülmaschine, füllte es mit Leitungswasser. Anita Bamberg, die direkt neben ihm stand, wartete ab, bis er das Glas leer getrunken hatte. Sie wollte etwas erwidern, kam aber nicht dazu.

»Es sind immer nur die Erscheinungen, von denen man wünscht, man könnte ihnen auf den Grund kommen. Findest du nicht auch?«, fragte Bamberg und ging ins Berliner Zimmer zurück.

Yael Hedaya

Inspiration

In der Nacht träumte Schira von ihrem Vater. Sie telefonierten nach ihrer Rückkehr aus dem Ausland (beim Aufwachen wusste sie nicht mehr, wohin sie gereist war). Als sie seine Nummer wählte, rechnete sie fest damit, dass er sich bei ihr beklagte, wie schwer es während ihrer Abwesenheit für ihn gewesen sei und dass sie nie wieder wegfahren solle, aber der Vater klang ungewöhnlich aufgekratzt und voller Tatendrang, nur dass er undeutlich sprach, verzerrt und langsam, wie eine Platte, die bei zu niedriger Umdrehungszahl abgespielt wird.

Sie verstand kaum ein Wort, das Einzige, was sie aus dem Wörterbrei herausfiltern konnte, waren Namen von Medikamenten; einige davon kamen ihr bekannt vor, weil der Vater sie einnahm, andere waren ihr neu, aber mit plausiblen Namen. Und dann sprach er plötzlich ganz deutlich. Sie solle zu ihm kommen, um mit ihm Fischfrikadellen zu essen. Sie wunderte sich, wie er zu Fischfrikadellen gekommen war, wer sie zubereitet hatte, aber noch ehe sie nachfragen konnte, verkündete er, beinahe heiter: Ich hab mir eine furchtbare Gelbsucht eingefangen. Eine Welle der Angst schwappte in ihr hoch, weil sie sofort daran denken musste, dass sie schwanger war, zwar erst in der Anfangsphase, erste oder zweite Woche, aber immerhin. Der Vater fragte, wann sie komme, und fügte hinzu, er habe den Tisch bereits für zwei gedeckt. Da sie sich nicht traute, ihm zu sagen, dass sie in diesem Fall nicht könne, weil sie befürchten müsse, sich und den Fötus anzustecken, und er außerdem, wie sie fand, den Tisch eigentlich hätte für drei decken sollen, zwang sie sich aufzuwachen.

Sie lag im Bett, und in die Erleichterung, von ihrem Traum erwacht zu sein, stahl sich eine gewisse Trauer über den Verlust der kurzen Zeitspanne, während derer sie schwanger gewesen war und eine hervorragende Ausrede gehabt hatte, nicht mit dem Vater zu essen. Im Traum hatte sie eine klare Prioritätenliste gehabt, die nicht verhandelbar war, und keine Spur von Gewissensbissen. Sie wusste, in wenigen Stunden würde sie ihren Vater besuchen fahren, wie an jedem Samstag. Dann säßen sie eine oder zwei Stunden zusammen und schwiegen einander an, von Zeit zu Zeit würde das Schweigen von ein paar nichtssagenden Worten durchbrochen, bei ihm in der Wohnung läge wie immer die Krankheit in der Luft, nicht Gelbsucht, irgendetwas Graues, Namenloses, und bevor Schira nach Hause ginge, würde sie alles aus dem Kühlschrank nehmen, was im Lauf der Woche schlecht geworden war, und die Tüte beim Verlassen des Hauses in die Mülltonne werfen, als setzte sie bis zur folgenden Woche einen Schlusspunkt.

Sie ging in die Küche, füllte Wasser und Kaffee in die *machinetta* und stellte sie aufs Feuer. Anschließend setzte sie sich an den Tisch und wartete auf das Brodeln in der Espressokanne: Es war das Zeichen, aufzustehen und die Flamme abzudrehen, und verbreitete jeden Morgen eine andere Stimmung. Mal hörte es sich an wie Lava im Schlund eines Vulkans, mal wie ein Glucksen oder Gurgeln im Bauch, doch an diesem Morgen war es nicht das Geräusch, sondern der Duft, der sie veranlasste aufzustehen, und als sie den Espresso in den Becher goss, wurde ihr bewusst, dass sie für ein paar Minuten selbstvergessen dagesessen und sich von ihren hartnäckigen morgendlichen Gewohnheiten losgelöst hatte. Wie merkwürdig diese Zeiten außerhalb der Zeit doch sind, dachte sie, und wie angenehm.

Als sie sich mit der Kaffeetasse am Tisch niederließ, erscholl in ihrem Kopf abermals die Stimme des Vaters und fragte, wann sie komme. Diesmal klang es nicht, als würde eine Schallplatte bei zu niedriger Umdrehungszahl abgespielt, wie vorhin im Traum, sondern als wäre die Platte zerkratzt. Das Wissen, dass der Vater, genau wie sie selbst und noch viele andere ältere Menschen, zu dieser frühen Stunde wach war, stimmte Schira traurig. Zehn Minuten mit dem Auto lagen zwischen ihrem Vater und ihr, zwischen der Wohnung, in der sie aufgewachsen und die jetzt sein alleiniges Zuhause war – von ihren Sachen war nichts dort zurückgeblieben, und auch nichts von der Mutter, und über die letzten Jahre hatte der säuerliche Mief von früher darin überhandgenommen, wie Quecke in einem Garten –, und ihrer gemieteten Wohnung, die Behaglichkeit und Luftigkeit ausstrahlte und, wenn auch nicht so geschmacksvollendet oder solide wie Ronas Zuhause, gleichwohl etwas Gesundes an sich hatte.

Sie stellte sich vor, wie der Vater Sesamkekse in seinen Kaffee tunkte – seine Angewohnheit, seit sie denken konnte. Löslicher Kaffee der einfachsten Sorte, den er den verschiedenen Importkaffees vorzog, die sie ihm in dem

Bestreben, ihm eine bessere Lebensqualität aufzuzwingen, immer wieder mitbrachte – als könnte besserer Kaffee das Gleichgewicht auf einer Waage herstellen, auf deren einer Seite der Vater stand, mager, zerbrechlich, aber ungeheuer schwer, und auf der anderen Seite sie, leicht, federnd und mit wechselnden Mitbringseln: ausländische Architekturzeitschriften, die ihn nicht interessierten, Bücher, die sie gelesen und die ihr gefallen hatten, das Zwiebelbrot, das er gelegentlich sogar aß, und Dutzende Gläser teuren löslichen Kaffees, die ungeöffnet im obersten Fach des Küchenschranks landeten, wo das Granulat hinter dem Glas mit dem verführerischen Etikett nach und nach verklumpte. Sie trank einen Schluck von ihrem Kaffee und sah vor ihrem geistigen Auge, wie die gesprenkelte Hand (merkwürdigerweise war sie im Verhältnis zu seinem Körper, der ständig weniger wurde, immer noch vergleichsweise groß) mit einer Art Angelbewegung einen Keks in den Kaffee tunkte, und musste an die Teigklümpchen denken, die sie beim Geschirrspülen stets am Grund der Tasse fand: eklig und faszinierend, als wären es Krümel von ihrem Vater, Fischfutter auf dem Grund des Meeres.

Sie ließ das Abendessen bei Rona Revue passieren, als könnte die Erinnerung sie für den bösen Traum entschädigen, und sie fragte sich, was Jonathan jetzt tue, ob er schon wach sei oder ob er zu denen gehöre, die samstags ausschliefen, und ob Dana leise durch die Wohnung schleiche, um ihn nicht zu wecken, oder gerade sie die Langschläferin sei und er der Frühaufsteher. Als sie auf ihre Uhr blickte und sah, dass es noch nicht acht war, befand Schira, beide seien noch am Schlummern und hätten von ihrem verstohlenen Abstecher in ihr Leben, in ihren Vormittag, der noch nicht angebrochen war, nichts mitbekommen.

Sie trat mit ihrem Kaffee hinaus auf den Balkon, zündete sich eine Zigarette an und blickte, an die Brüstung gelehnt, hinunter in den verwilderten, lichtdurchfluteten Hof, in dem, von der Sonne in weiches, sonderbares Licht getaucht, Alteisenteile und Müll verstreut lagen. Nein, keine Verliebtheit, sagte sie sich, nur der Versuch, ihren Alltag gegen den eines anderen Menschen einzutauschen. Und obwohl der Gedanke bedrückend war, weil ihm das gleißende Licht der Verliebtheit fehlte, wirkte er in seiner Banalität irgendwie verlockend, so dass selbst die Banalität unverhofft einen gewissen Trost bot, wie ein Kuscheltier, und sie dachte: Mein Leben ist auch banal, na und? Was ist daran so schlimm? Wozu braucht meine Banalität den Vergleich mit der Banalität von jemand anderem? Aber ihr war klar, dass sie nicht den Vergleich suchte, sondern im Gegenteil die Verschmelzung, als wären ihre Banalität und Jonathans Banalität, die sie nur erahnte, zwei Konzerne, die fusionieren, um ihre Macht zu mehren.

Da begriff sie jäh, wie sehr sie sich in den letzten Jahren verändert hatte: Jedes neue Fitzelchen Wissen über sich selbst brachte ihr nicht Weisheit ein, sondern Ermüdung, jede Erfahrung zog den Wunsch nach sich, das Rad zurückzudrehen. Was sie in letzter Zeit auch tat oder dachte, es stand nie einfach nur für sich, sondern stets noch für etwas anderes, Größeres, was dazu dienen sollte, sie für alles zu entschädigen, was in der Vergangenheit passiert oder nicht passiert war, und sie vor dem zu bewahren, was sich in der Zukunft ereignen oder nicht ereignen würde. Wenn sie es recht bedachte, sinnierte sie weiter, während sie in den vermüllten, sonnenbeschienenen Hof hinunterstarrte, hatte sie gar keine richtige Gegenwart, und da musste sie unwillkürlich an Ethan denken, an die beispiellose Banalität, die er zu bieten hatte und die ihr zuwider gewesen war; heute würde sie sich mit fliegenden Fahnen auf alles stürzen, was er ihr damals hatte geben wollen. Oder auch nicht, befand sie, als sie mit der Kaffeetasse in der Hand zurück in die Wohnung ging und sich an den Computer setzte, obwohl sie genau wusste, dass sie ohnehin keinen vernünftigen Satz zustande brächte.

Unfälle erschien ihr für ihr Leben nicht mehr bedeutsam, weder als Buch noch als Phantasie. Das nächste Buch, falls es ihr je gelingen sollte, noch eins zu schreiben, sollte völlig anders, ja sogar ein Gegenentwurf zu ihrem Erstling werden. Als sie sich mit der gewohnten Zögerlichkeit daranmachte, die ersten Sätze des Vormittags einzugeben (obwohl sie noch keine richtigen Figuren hatte, wusste sie schon jetzt, dass auch dieses Buch von einem Mann und einer Frau handeln würde), kam Schira der Gedanke, eine Frauenfigur zu ersinnen, die keine richtige Erfindung wäre, sondern eine verbesserte, vielleicht auch abstrahierte Version ihrer selbst, eine Figur wie die, die jetzt am Bildschirm saß, nur dass diese Figur besser woanders säße, an einem Ort, der dieselbe Verzweiflung auslösen könnte wie ein Computer. Aber was für ein Ort wäre das? Wo sollte sie ihre Figur hinsetzen? Auf eine Bank im Meïr-Park vielleicht, einem Park, der zigfach von ihren eigenen Spuren geprägt war? Oder in ein Café? In ein Auto? Natürlich könnte die Figur auch noch im Bett liegen und schlafen, sie könnte sie gleich aufstehen lassen, hinein in einen banalen Morgen, ihrer beider banalen Morgen. Plötzlich waren die Finger, die gerade noch unruhig über der Tastatur gezuckt hatten, voller Lust, und Schira wurde von einer großen Welle der Sympathie für die Figur erfasst, die sogleich geboren werden sollte: sie selbst, jetzt, im Augenblick des Abschieds von Aja, der Heldin aus *Unfälle*, die exakt das gewesen war, was sie einst zu werden hoffte, und der Geburt einer neuen, noch namenlosen Figur.

Schira dachte an Aja und wie sehr ihr Herz an dieser Figur gehangen hatte, wie sie deren Interessen vertreten hatte, als wäre sie Ajas Manager. Sie erinnerte sich, mit welcher Leichtigkeit sie den dazugehörigen Mann erschaffen hatte, Uri, der vom Moment seiner Geburt auf dem Bildschirm an mit Aja praktisch identisch war: eine umgekrempelte Frau, mit der Innenseite nach außen, wie ein Hemd, das von rechts auf links gekehrt worden ist. Vielleicht war es ihr deshalb so leicht gefallen, die Liebesgeschichte der beiden zu schreiben; im Grunde, dachte sie weiter, hatte sie nie eine richtige Männerfigur erfunden (und so betrachtet, auch nie eine richtige Frauenfigur). Plötzlich kam ihr die Liebesgeschichte, die sie geschrieben hatte, aufgesetzt vor, vor allem die Szene der ersten Begegnung in der Notaufnahme, wo sich Aja und Uri im Verlauf des DNS-Gesprächs, das sie führen, vom Fleck weg ineinander verlieben. So ein Quatsch, dachte sie jetzt, so was gibt's doch gar nicht, und da kam ihr der Gedanke, das gestrige Abendessen bei Rona aufzuschreiben: Jonathans Schweigen und ihr Schweigen, das ihr auf einmal vorkam wie das tiefschürfendste Gespräch, das sie je mit einem Mann geführt hatte.

Sie tigerte unruhig durch die Wohnung, wie immer, wenn sie den Kopf voller Ideen hatte. Es kam in letzter Zeit zunehmend seltener vor, aber wenn, dann sprang sie wie von der Tarantel gestochen vom Stuhl auf, lief in die Küche und wieder hinaus, ohne zu wissen, was sie dort gesucht hatte, stopfte Wäsche in die Maschine, ging kurz zum Minimarkt oder schaltete den Fernseher ein und nach zwei Sekunden wieder aus und setzte sich abermals an den Computer. Schira genoss diese Form von Ruhelosigkeit, weil sie dann vor Aufregung und Optimismus nur so strotzte, aber sie frönte ihr nur ungern, als wäre die Inspiration, die stets aus heiterem Himmel über sie hereinbrach, eine Art Wasserschlauch, der jeden Augenblick undicht zu werden oder gar zu platzen drohte, weshalb man den Hahn nur vorsichtig aufdrehen durfte.

Ein Blick auf die Uhr: schon zehn. Bestimmt ist er inzwischen aufgewacht, dachte Schira, vielleicht versucht er auch gerade, ein bisschen zu schreiben. Sie wartete zum zweiten Mal an diesem Morgen darauf, dass die *machinetta* anfinge zu brodeln, und wäre am liebsten in der Küche sitzen geblieben, um sich nach ihm zu sehnen, denn in dem Moment, wo sie sich mit der Banalität angefreundet hatte, hatte sie auch der Sehnsucht eine gewisse Macht eingeräumt. Aber dann dachte Schira: Ich sollte mich lieber danach sehnen, schreiben zu können. Wer ist er denn, dass ich mich nach ihm sehne, und warum ausgerechnet er?

Mit der Tasse Kaffee, einem Aschenbecher und einer Schachtel Zigaretten gewappnet, setzte sie sich wieder an den Computer und tippte mit Hochgeschwindigkeit die Szene der Begegnung, ein Mann und eine Frau, die vorerst keine Namen bekamen und denen sie auch keine Namen geben wollte. Sie waren zu einem Abendessen bei einer gemeinsamen Freundin eingeladen und verliebten sich ineinander – wie hätte es auch anders sein sollen, hatten denn literarische Figuren überhaupt eine Daseinsberechtigung, wenn sie sich nicht ineinander verliebten?

Schira tippte und tippte, knappe zwei Stunden, bis das Telefon klingelte und ihr Vater fragte, wann sie zu kommen gedenke. Bald, sagte sie gedankenverloren und mit gedämpfter Stimme; im Kopf hörte sie noch den letzten Satz, den sie mittendrin hatte abbrechen müssen. Nachdem sie aufgelegt hatte, schrieb sie die Begegnungsszene zu Ende. Sie mündete nicht in Verzweiflung, sondern in Hoffnung.

Noch immer in Gedanken, zog Schira sich an, brachte den leeren Kaffeebecher und den vollen Aschenbecher in die Küche und ging die Treppe hinunter zur Straße. Als sie in ihren Wagen stieg, tat es ihr zum ersten Mal seit langem leid, dass sie vom Computer wegmusste. Sie fuhr in nördlicher Richtung los und schaltete das Radio ein. Die Lieder waren dieselben wie an jedem Samstag, doch sie spürte intuitiv: Dieser Samstag würde sich nicht so endlos hinziehen wie üblich.

W. Somerset Maugham

Der verkaufte Brief

Vor einigen Wochen erzählte mir jemand eine Begebenheit und schlug mir vor, dass ich eine Erzählung daraus machen sollte; seither habe ich darüber nachgedacht. Ich weiß nicht, was ich damit anfangen soll. Die Begebenheit ist folgende: Zwei junge Männer arbeiteten auf einer Teeplantage; die Post musste von ziemlich weit her geholt werden, so dass nur in beträchtlichen Zeitabständen Briefe eintrafen. Der eine von den beiden, nennen wir ihn A., bekam mit jeder Post viele Briefe, oft zehn oder zwölf und oft auch mehr, während der andere, B., immer leer ausging. Er pflegte neidisch zuzusehen, wenn A. sein Briefbündel nahm und zu lesen begann; er wünschte sich sehnlichst, ebenfalls einen Brief, nur einen einzigen Brief, zu bekommen, und daher sagte er eines Tages vor dem Eintreffen der Post zu A.: »Hör einmal, du hast immer einen ganzen Stoß Briefe und ich überhaupt keinen. Ich gebe dir fünf Pfund, wenn du mir einen abgibst.« – »Schön«, antwortete A., und als die Post kam, hielt er B. seine sämtlichen Briefe hin und sagte: »Nimm dir irgendeinen.« B. händigte ihm eine Fünfpfundnote aus, überflog die Handschriften, wählte einen Brief und gab die anderen zurück. Als sie nach dem Abendessen Whisky und Soda tranken, fragte A. nebenbei: »Was hat übrigens in dem Brief gestanden?« – »Das sage ich dir nicht«, antwortete B. Etwas erstaunt fragte A.: »Ja, von wem war er denn?« – »Das geht dich nichts an«, erwiderte B. Sie stritten eine Weile hin und her, aber B. beharrte auf seinem Recht und verweigerte jede Auskunft über den gekauften Brief. A. wurde unruhig und versuchte B. während der nächsten Wochen auf alle möglichen Weisen zu überreden, dass er ihm den Brief zeigen möge. B. blieb unerbittlich. Schließlich nahmen die Sorge und die Neugier in A. derartig zu, dass er es nicht mehr ertragen zu können glaubte; er ging zu B. und sagte: »Hör einmal, hier sind deine fünf Pfund, gib mir dafür den Brief zurück.« – »Nicht für dein Leben«, antwortete B. »Ich habe ihn gekauft und bezahlt, der Brief gehört mir, und ich gebe ihn nicht mehr her.«

Das ist alles. Wenn ich einer der modernen Erzähler wäre, würde ich diese Geschichte vermutlich so aufschreiben, wie sie ist, und es dabei bewenden lassen. Aber mir widerstrebt ein solches Vorgehen. Ich lege Wert auf Form, und meines Erachtens ist eine Form nur zu erreichen, wenn man der Geschichte einen Abschluss geben kann, der keine berechtigten Fragen mehr offenlässt. Selbst wenn man es über sich bringen könnte, den Leser in der Luft hängen zu lassen, möchte man doch wenigstens als Erzählender nicht mit ihm zusammen in der Luft hängen.

Meir Shalev
Eine Lektion in Literatur

In unserer Familie kursieren über jedes Ereignis mehrere Versionen. Manche Versionen leben in Frieden nebeneinander, andere widersprechen sich so krass, dass sie Streitigkeiten auslösen. Und trotz der vielen Landwirte in unserer Familie bringen wir es nicht immer fertig, die Spreu vom Weizen zu trennen und den Rahm der Geschichten von den mageren Tatsachen abzuschöpfen. Manche unter uns diskutieren auch mehr über die Frage: »Wie viele Reihen hatte unser erster Weinberg?«, als über Themen wie: »Wer war der Lieblingssohn?«, »Wer hat am meisten unter Großmutter Tonia gelitten?« oder über die diversen Liebesaffären. Aus all diesen Gründen fürchte ich, dass auch dieses Buch bei uns einige Debatten und womöglich sogar Tumulte auslösen wird, was in unserer Familiensprache so ausgedrückt wird: »Es wird noch Beleidigungen geben.«

Es gibt einen Präzedenzfall: Als mein Debüt, *Ein russischer Roman*, erschien, organisierten die Onkel und Tanten eine Familienfeier. Ich fuhr damals mit meiner Mutter nach Nahalal, wir beide waren froh und aufgeregt, doch bald stellte sich heraus, dass diese Party auch etwas von einem Standgericht hatte. Einige meiner Verwandten hatten in dem Buch Bruchstücke vertrauter Geschichten und Gestalten wiedererkannt, und ich wurde aufgefordert, mich zu verteidigen und Erklärungen für all die Passagen zu liefern, in denen ich nicht die Wahrheit oder, weit schlimmer noch: die volle Wahrheit gesagt hatte.

Onkel Menachem saß überraschend stumm dabei, rauchte seine wer-weiß-wievielte Noblesse und schwieg höflich. Aber gegen Ende stand er auf und sagte: »Ich habe auch einen Einwand.«

»Zu was?«, fragte ich besorgt, denn Onkel Menachem konnte ganz schön aggressiv und direkt werden.

»Zu der Geschichte, die du da schreibst, von dem Esel, der fliegen kann«, sagte er.

Unter den Figuren in *Ein russischer Roman* gab es auch einen Esel namens Katschke, der nachts aus seinem Stall in Palästina nach London zum Buckingham Palast zu fliegen pflegte, um mit dem englischen König über die Arbeitersiedlungsbewegung und die Zukunft des Zionismus zu diskutieren. Diese Idee hatte ich aus einer Geschichte, die Onkel Menachem mir in meiner Kindheit öfter erzählt hatte und die ich sehr mochte. Sie handelte von der Eselin, die sie noch vor meiner Geburt hatten, der Eselin Ah, die klüger und tüchtiger war als sämtliche anderen Esel im Emek, vielleicht sogar als jeder Esel auf Erden. Alle erzählten voll Bewunderung von ihrem Scharfsinn und ihrer Klugheit, und Onkel Menachem fügte immer hinzu, sie sei dermaßen schlau gewesen, dass sie die Kuhstalltür aufbekam, sogar wenn sie abgeschlossen war.

»Die Sache war so«, erzählte er, »sie hat das Schloss mit einem Stück Draht geknackt und ist auf den Hof rausgegangen, hat dort nach rechts geschaut«, er drehte den Kopf nach rechts, »und nach links geschaut«, er drehte den Kopf mit leicht eseliger Miene zur anderen Seite, »und als sie sah, dass keiner da war, hat sie gleich die Ohren ausgebreitet und mit ihnen gewackelt, genau so, und dann ist sie in ungeheurem Tempo losgerannt...« – er ruderte mit den Armen und durchquerte den Hof in lächerlichem Galopp, in Nachahmung eines Esels, der versucht, sich in die Lüfte zu schwingen –, »hat abgehoben und ist davongeflogen.«

»Was hast du denn daran auszusetzen?«, fragte ich. »Wo liegt das Problem bei dem fliegenden Esel in meinem Buch?«

»Ich werde dir sagen, wo das Problem liegt«, antwortete Onkel Menachem streng. »Das Problem ist, dass diese Geschichte nicht stimmt.«

»Ich weiß, dass die Geschichte nicht stimmt«, sagte ich, als das Gelächter verebbt war. »Auch damals, als ich fünf Jahre alt war und du mir diese Geschichte über Ah erzählt hast, schon damals wusste ich, dass sie nicht wahr ist, dass Esel und Eselinnen nicht fliegen können. Aber ich mochte die Geschichte, und deshalb habe ich sie in meinem Buch verwendet.«

»Du kapierst rein gar nichts!«, polterte Menachem. »Damals nicht und heute nicht. Und deshalb konnte dir solch ein großer Irrtum unterlaufen. Ah ist geflogen, und wie sie geflogen ist, aber nicht nach London, um mit dem König von England zu reden! Sie ist nach Istanbul geflogen, zum türkischen Sultan!«

»Als Ah zur Welt kam, gab es keinen Sultan mehr«, bemerkte meine Mutter, und Menachem brauste auf: »Was tut das zur Sache, siehst du denn nicht, dass hier eine Geschichte erzählt wird?«

Onkel Menachem erzählte viele Geschichten, wahre und

erfundene, doch als vielbeschäftigter Landwirt schrieb er nichts auf und hatte wenig Zeit zum Lesen. Aber auch wenn es nicht seine Absicht war, erteilte er mir damals eine wichtige Lektion in Literatur, die ich bis heute zu beherzigen suche.

Andrea De Carlo

Zwei Exemplare derselben Gattung

»Wir essen mit Oscar Sasso. Seit er gehört hat, dass du in Rom bist, will er dich unbedingt kennenlernen.«

»Freut mich«, antwortete ich, auch wenn es nicht ganz stimmte. Ich hatte das Gefühl, mit meinem Buch wieder bei null angelangt zu sein, ich hatte noch nicht mit der Neufassung begonnen; ich wusste nicht, wie ich mich in der Öffentlichkeit darüber äußern sollte.

Polidori bog in eine kleine Seitenstraße, parkte das Auto an der Bordsteinkante. Er schloss die Wagentüren nie ab: Er drückte auf eine kleine Fernbedienung und ging davon, als würde ihm das Auto überhaupt nichts bedeuten, und man hörte die Schlösser zuschnappen.

»Mit Sassi zu essen ist jedes Mal eine Tortur. Ich bin immer froh, wenn es endlich vorbei ist. Trotzdem verehrt er mich auf seine völlig verquere Art. Er ist einer meiner größten Förderer, seit mindestens zwanzig Jahren. Ich verdanke ihm mehr Literaturpreise als jedem anderen, und jetzt betreibt er zusammen mit Boulanger und Steltmann die Sache mit dem Nobelpreis, die mir allerdings ziemlich peinlich ist.«

»Das wusste ich nicht«, sagte ich, während wir die stark befahrene Via Veneto überquerten.

Polidori erklärte: »Ich glaube, er weiß genau, dass ich

viel zu jung bin für einen Bewerber, der weder aus der Dritten Welt kommt noch politisch verfolgt ist, aber für ihn ist es vielleicht eine Herausforderung, sich zum Motor eines solchen Unterfangens zu machen. Er meint, dass ich in einem Land der abgehobenen Literaten der einzige Schriftsteller bin, der das Schreiben als Handwerk versteht, und vielleicht hat er sogar recht, aber damit allein kommt man natürlich nicht gegen all die geopolitischen Zwänge an.«

Wir gingen durch ein paar sehr vornehme Straßen, in denen es keine Geschäfte und kaum Passanten gab, dann zeigte er mir das Restaurant. Sein Gesicht war angespannt, als wir uns dem Eingang näherten; vor der Tür sagte er: »Wenn es nicht deinetwegen wäre, hätte ich gern darauf verzichtet. Aber es ist wichtig, dass du ihn kennenlernst, für dein Buch kann es ausschlaggebend sein.«

»Oh, danke«, sagte ich, aber es tat mir leid, dass er ein solches Opfer für mich brachte, außerdem hätte ich auch gern darauf verzichtet.

Der Oberkellner begrüßte uns mit der gespielten Ehrerbietung, die mir in Rom schon mehrmals aufgefallen war; er sagte: »Dottor Polidori«, deutete eine Verbeugung an, führte uns zu dem Tisch, an dem Oscar Sasso saß.

Oscar Sasso hatte sich seine spärlichen mausgrauen Haare sorgsam über den runden Schädel gekämmt und wirkte viel gepflegter als auf den Fotos, die er an die Zeitungen schickte. Er legte ein schon halb zerkrümeltes Grissino weg und stand auf, um Polidori zu umarmen: »Spät kommt ihr, doch ihr kommt.«

»Entschuldige, aber ich musste zuerst Roberto abholen, er kennt sich in Rom noch nicht aus.« Er zwinkerte mir rasch zu; ich lächelte bestätigend. Er stellte uns vor: »Roberto Bata, Oscar Sasso.«

Oscar Sasso drückte mir die Hand, fixierte mich mit seinem stechenden Blick durch die Brillengläser: »Skandalös jung, dieser Bata.«

»So jung auch wieder nicht«, sagte ich; aber er hatte sich schon zu Polidori gewandt: »Diese jungen Kerle schreiben, bevor sie überhaupt was gelesen haben.« Er hatte eine näselnde Kopfstimme wie ein alter Moralapostel und ein selbstgefälliges Lächeln.

Polidori kam mir zu Hilfe: »Oscar kennt keine Gnade.« Er setzte sich, und ich setzte mich auch; Sasso setzte sich und freute sich, als gnadenlos zu gelten.

Das Restaurant hatte das gleiche Flair zurückhaltender Vornehmheit wie die Straßen draußen. Wir studierten die Speisekarte, Sasso drangsalierte den Oberkellner fünf Minuten lang, bevor er sich für eine Weinsorte entschied und Nudelsuppe und Bollito misto bestellte. Polidori verlangte nur eine Scheibe Schwertfisch und grünen Salat; ich verlangte das Gleiche, obwohl ich hungrig war; sozusagen als ein Minimum an Parteinahme. Als der Wein kam, bestand Sasso darauf, auch uns einzuschenken; zu Polidori gewandt, erhob er sein Glas, sagte: »*Per aspera ad astra.*«

Polidori meinte: »Trinken wir lieber auf Roberto.« Er prostete mir zu; mit kalter Miene folgte Sasso seinem Beispiel, sah mich dabei kaum an.

Dann unterhielten sie sich über Bücher, die sie gerade lasen oder vor kurzem gelesen hatten. In Wirklichkeit riss Sasso das Gespräch sofort an sich, redete pausenlos und warf mit Buchtiteln und Zitaten und Namen um sich, die seine Stimme in Spott oder Bosheit oder Ehrerbietung hüllte und wie wertvolle Abfallprodukte zwischen seine Sätze schüttete. Er war eine Bibliotheksratte, wie Polidori sagte, ein Schnell-Leser, der Bücher mit fast krankhafter Gier verschlang: Es gab anscheinend keinen Titel, durch den er sich nicht bis zur letzten Seite durchgefressen hatte, um ihn dann in der Öffentlichkeit genüsslich und mit kleinen Blitzen neurotischer Befriedigung in den Augen wieder von sich zu geben. Er bremste seinen Redestrom nicht einmal, als seine Suppe kam; er schaffte es, den Löffel in den Atempausen in den Mund zu schieben, ohne eine Sekunde zu verlieren.

Polidori hielt mit; aber es war leicht zu sehen, wie unbehaglich ihm zumute war; ich verstand allmählich, was er mir über Autoren, für die Schreiben ein Handwerk war, und abgehobene Literaten gesagt hatte. Ich beobachtete, wie er mit Oscar Sasso sprach, und bei aller Brillanz und Bildung und Weltläufigkeit merkte man, dass er sich auf einem Terrain bewegte, das nicht das seine war. Seine Urteile über Bücher anderer beruhten mehr auf seinem ruhelosen Geschmack als auf systematischem Überblick, seinen Kenntnissen lagen die Neugier und das instinktive Interesse zugrunde, die ihn veranlasst hatten, die Wege und Stationen der Literatur auf unsystematische Weise zu erforschen. Ich hörte seiner Stimme die Spannung und leichte Unsicherheit an, wenn er Sassos kategorischen Behauptungen über Autoren oder Bedeutungen oder absolute Werte etwas entgegenzusetzen versuchte, und das erfüllte mich mit Sympathie und Solidaritätsgefühlen für ihn; ich wünschte mir nur, dass die Diskussion in einen Streit ausartete, damit ich für ihn Partei ergreifen, über Sasso mit seinem akademischen Dünkel herfallen konnte.

Aber Polidori spielte mit, und Sasso schien glücklich, ihm zu zeigen, wer der Überlegene war: als wolle er sich auf diese Weise schadlos halten für den Ruhm und die große Leserschaft und die hohen Auflagen und das Geld und die Frauen und Häuser und alles andere, was Polidori nicht zuletzt seinen, Sassos, Rezensionen verdankte. Er rächte sich mit seinem nahezu unbegrenzten Repertoire an Zitaten und Vergleichen und Rückgriffen und Urteilen anderer über wieder andere, mit einer unnatürlichen, aber hochentwickelten Fähigkeit, sich in einer kalten Welt der Namen und Titel und Daten zu bewegen. Mir schien, dass ihn manche Autoren weniger ihrer Werke als ihres Namens wegen interessierten: Je holpriger und fremder sie für mediterrane Ohren klangen, desto genüsslicher sprach er sie mit seiner Fistelstimme aus. Er tat, als halte er es für selbstverständlich, dass sie Polidori ebenso geläufig waren wie ihm selbst, dabei wusste er vermutlich sehr wohl, wenn dem nicht so war; dann bohrte und stichelte er und versuchte, ihn aus der Deckung zu locken, rasend vor Rachgier, mit Fetzen immer obskurerer Buchseiten zwischen seinen Rattenzähnen.

Ab und zu versuchte Polidori, das Gespräch auf näher liegende Themen zu lenken: entwarf eines seiner unerbittlichen Prominentenporträts, setzte zu einer seiner verblüffenden Erzählungen an. Sasso jedoch schnitt ihm solche Auswege sofort ab und zog ihn von neuem in die staubigen Gänge seiner Gelehrsamkeit; schoss ganze Garben weiterer lateinischer und deutscher und altgriechischer Zitate ab, machte Anspielungen und stellte Fragen, die Polidori nicht beantworten konnte, ohne sich eine gefährliche Blöße zu geben.

Brotstückchen knabbernd, hörte ich ihnen zu und beobachtete sie, fasziniert, wie verschieden ihre Haare und ihre Hände und ihre Kleider und ihr Tonfall und ihre Sitzhaltung und ihre Denkweise und ihre Lebensauffassung waren. Und doch hatte Sasso über Polidoris Bücher begeisterte Kritiken geschrieben, förderte ihn und hoffte sogar, ihm früher oder später zum Nobelpreis für Literatur zu verhelfen. Zwischen ihnen bestand eine Art gegenseitiger Abhängigkeit aus beruflichen Interessen und sich überschneidenden Ambitionen und vermutlich auch aus Neugier. Trotzdem tat es mir leid, dass Polidori diese Tortur über sich ergehen lassen musste; ich hatte ein schlechtes Gewissen, wenn ich daran dachte, dass er es auch nur teilweise meinetwegen tat.

Dann kam der Ober mit dem Schwertfisch und dem grünen Salat für mich und Polidori, ein anderer schob einen Servierwagen mit dem Bollito misto für Sasso an den Tisch. Polidori sagte: »Entschuldige, Oscar, wir sollten jetzt über Roberto reden.«

»Reden wir über Roberto«, erwiderte Sasso, abgelenkt vom Kellner, der auf einem Brett die gekochten Fleischstücke aufschnitt. In Wirklichkeit hatte er mir schon von Anfang an immer wieder rasche Blicke zugeworfen; vielleicht amüsierte es ihn, dass ich bei seinem Vortrag den Zuhörer spielte.

Ich hätte mich am liebsten aus dem Staub gemacht; ich kratzte mit der Gabel über das Tischtuch.

Sasso sagte: »Marco hat so rückhaltlos begeistert über

Ihr Buch gesprochen, dass es für mich, wenn ich es lese, unvermeidlich eine schreckliche Enttäuschung sein wird.« Er betrachtete die Hühner- und Rindfleischtranchen und die Wurstscheiben auf seinem Teller, aber er wartete auf eine Reaktion, er vibrierte vor Ungeduld.

»Schon möglich«, sagte ich. Ich hatte nie mehr als ein paar Zeilen seiner Rezensionen gelesen und keinen seiner Essays, aber ich hielt es für nicht sehr wahrscheinlich, dass meine Geschichte ihn entzücken würde.

Polidori sagte: »Roberto ist fast beschämend bescheiden für einen, der an das glaubt, was er macht.« Er sah mich an wie ein Trainer oder älterer Bruder; ich spürte den physischen Schutz, den mir seine Gegenwart bot.

»Bescheidenheit ist die lästigste aller Tugenden«, erwiderte Sasso. Und hinter seinem dünnen, schmallippigen Lächeln konnte ich die Macht erkennen: die Macht, um einen, der schrieb, eine Aureole zu malen, nach Bedarf Tiefgründigkeit und Komplexität und Brillanz in ihn hineinzudeuten.

Polidori sagte: »Sein Buch wird keine Enttäuschung. Es ist das Beste, was ich seit Jahren gelesen habe. Lebendig und eindringlich und spröde und aktuell. Dagegen machen sich all die Schreibübungen der braven Musterschüler, die ihr in diesen Jahren lanciert habt, wie Grießbrei aus.«

»Zwei oder drei sind gar nicht schlecht«, meinte Sasso. »Die Sormetto oder Nipi zum Beispiel, oder Fulcini, der übrigens im Mai bei Rizzoli mit wunderschönen Erzählungen herauskommen wird, die Einführung habe ich geschrieben. Die anderen, die armen Hunde, sind von den Verlagen kaputtgemacht worden und von der Presse und den Vorschüssen, die man ihnen gegeben hat. Der Kulturbetrieb hat sie verschlissen, noch bevor sie aus den Kinderschuhen heraus waren.«

»Auch ihr habt euer Teil dazu beigetragen«, sagte Polidori. »Ihr pickt euch irgendeinen ehemaligen Klassenprimus und ein paar depressive Knaben heraus, jubelt sie zu kleinen Genies hoch, und beim zweiten Buch werft ihr sie wie ein ausgedientes Spielzeug in die Abstellkammer.«

Doch statt beleidigt zu sein, lächelte Sasso, und mir wurde klar, dass sie wirklich ein sehr vertrauliches Verhältnis zueinander hatten: eine Art verquere, in den Jahren verwurzelte, lockere Freundschaft.

»Und wann lassen Sie mich etwas lesen?«, fragte mich Sasso. »Möchten Sie sich zuerst hinter der Überzeugung verschanzen, ein unanfechtbares Meisterwerk geschrieben zu haben?«

Ich antwortete: »Ich weiß nicht recht, ich arbeite noch dran. Ich habe heute angefangen, alles neu zu schreiben.«

Polidori sah mich verdutzt an, denn ich hatte ihm noch nichts davon gesagt; Sasso sagte: »Besuchen Sie mich doch, wenn Sie eine überzeugende Fassung haben, dann werfe ich einen Blick auf das Wunderwerk.«

»Gern«, sagte ich, obwohl mich der bloße Gedanke mit Schrecken erfüllte.

Als wir das Lokal verließen und Oscar Sasso mit seinem nervösen Schritt davongeeilt war, hakte sich Polidori bei mir unter, und wir überquerten rasch die Straße. »Hast du ihn gehört? Und er lässt keinen Augenblick locker, der verdammte Kerl.«

Wir lachten wie zwei kleine Jungen, die aus der Schule davongelaufen waren, auch wenn unsere Beziehungen zu Sasso natürlich nicht vergleichbar waren. Ich fragte Polidori: »Ist er denn immer so?«

»Immer«, sagte Polidori, und trotz allem klang Bewunderung in seiner Stimme mit. »Wir machen diese fürchterlichen gemeinsamen Essen nun schon seit zwanzig Jahren. Er ist wahnsinnig eifersüchtig auf mich, aber er hat mich auch sehr gern. Er ist ein hochintelligenter Mensch und ungeheuer gebildet obendrein.«

»Das merkt man«, sagte ich; aber auf diese Art Bildung war ich nie neidisch gewesen; mir war nicht klar, inwieweit Polidori es war.

Er sagte: »Jedenfalls kann er deinem Buch zum Erfolg verhelfen. Wenn er sich in den Kopf setzt, dass du seine Entdeckung bist. Weißt du, Kritiker sind wie Kinder, die von jedem körperlichen Spiel ausgeschlossen sind und sich tödlich langweilen. Sie haben ein schreckliches Bedürfnis nach Ersatzbefriedigung, denn der einzige Spaß, der ihnen sonst noch bleibt, ist, sich gegenseitig zu zerfleischen. Ich habe ihm versprochen, dass er dein Buch als Allererster lesen darf, und er schleckt sich schon jetzt die Finger danach.«

Ich sagte »Danke«, auch wenn ich nicht den Eindruck hatte, dass Sasso sich sonderlich für mich interessierte.

»Hör auf, dich zu bedanken, ich komme mir schon vor wie eine Art Pfadfinder.« Er ließ meinen Arm los. »Wollen wir ein paar Schritte laufen? Wir müssen ohnehin in dieselbe Richtung.«

Wir gingen zusammen über die Via Veneto und bogen

dann in die engeren Seitenstraßen. Ihm ging immer noch die Unterhaltung mit Sasso durch den Kopf: »Findest du es nicht auch ungesund, in dieser Weise über Bücher zu reden? Als ob sie erstarrte Monumente in der Literaturgeschichte wären? Als ob sie schon geschrieben worden wären, bevor sie geschrieben wurden?«

»Doch«, sagte ich. Beim Schreiben meines Romans hatte ich nie an das Umfeld gedacht, zu dem er einmal gehören würde. Ich hatte ihn wie ein echter Naiver geschrieben, als wäre ich der erste Mensch auf der Welt, der ein Buch schreibt, als wüsste ich nicht, dass auch außerhalb der verhassten *Prospettiva*-Redaktion eine organisierte Geographie existierte.

Polidori sagte: »Auch sie haben derart simple Verhaltensmuster, und wenn sie sich noch so große Mühe geben, sie kompliziert erscheinen zu lassen. Sie tun, als hätten sie alles schon immer gewusst, sie wundern sich über nichts. Wenn du sie reden hörst, meinst du, dass sie die Bücher immer zum zweiten Mal lesen, du erfährst nie, wann sie sie zum ersten Mal gelesen haben. Als Kinder vielleicht, Tausende und Abertausende von Bänden.«

Ich lachte, während wir eine leicht abfallende Straße hinuntergingen.

Polidori sagte: »Oscar meine ich damit gar nicht. Er ist noch besser als seine Kollegen, auch wenn es auf den ersten Blick nicht so aussieht. Und dann warst heute du dabei, da fühlte er sich bemüßigt, noch mehr aufzudrehen, sein ganzes Repertoire auszuspielen.«

Wir bogen auf halber Höhe nach rechts in eine wieder schräg ansteigende Straße mit Schaufenstern von Lederwarengeschäften und Boutiquen und reichen Touristen vor den Schaufenstern; am Ende der Straße sah man die Fahnen einiger Nobelhotels. Polidori sagte: »Zwischen zwei ausgewachsenen männlichen Exemplaren derselben Gattung muss es einfach Konkurrenzkampf geben. Kampf um die Vorherrschaft, schlicht und einfach. All die Versuche, die wir jeden Tag machen, um einen so starken Trieb zu unterdrücken, führen nur zu schrecklichen ungelösten Spannungen. Ob es zwei sind, die sich gar nicht kennen, oder Arbeitskollegen oder Freunde, es ist immer das Gleiche. Eine wirklich gleichberechtigte Freundschaft ist unter dem Gesichtspunkt des rein animalischen Verhaltens völlig unnatürlich.«

»Lässt sich so was denn nicht überwinden?«, fragte ich. Diese pseudowissenschaftlichen Betrachtungen, auf die er immer wieder zurückkam, befremdeten mich; und der Gedanke, dass er mich stillschweigend in der untergeordneten Rolle sah, missfiel mir.

Er sagte: »Ich glaube nicht, auch wenn wir es ständig versuchen. Das ist ja das Anstrengende an einer Freundschaft, findest du nicht? Die Suche nach einem Gleichgewicht, das ständig neu ausbalanciert werden muss, und das Bemühen, die Machttriebe und Revierverteidigungstriebe und die anderen Instinkte zu kompensieren, die unter unserer rationalen Oberfläche alle noch vorhanden sind.« Er musste meine Gedanken erraten haben, denn er fügte hinzu: »Es gibt auch andere Fälle, wie zwischen dir und mir, wo es keinen Konkurrenzkampf gibt, weil keiner dem anderen das Revier streitig machen will. Wir haben vieles gemeinsam, aber wir sind zum Glück verschiedene Tiere. Wir fressen nicht das gleiche Gras.«

»Hoffentlich«, sagte ich; und ich hatte wirklich nicht das Gefühl, dass es ungelöste Spannungen zwischen uns gab.

Dann blieb er vor einer grüngestrichenen Haustür stehen, zog einen Schlüsselbund hervor. Er schien zu zögern, ob er sich verabschieden sollte oder nicht; meinte: »Was sagtest du vorhin? Du willst dein ganzes Buch neu schreiben?«

»Ich habe es mir jetzt nach dem Urlaub noch mal angeschaut; es ist so viel drin, was nicht geht.«

Er war sehr verwundert: »Aber das stimmt doch nicht. Es ist genau so, wie es sein soll.«

»Aber es ist so plump«, sagte ich. »Alles wird von einem einzigen Gesichtspunkt aus geschildert. Es ist zu simpel, ohne Nuancierungen.«

Polidori sagte: »Pass bloß auf, dass du nicht auch in die Falle tappst, Roberto. Das Komplexe muss innen drin sein, nicht äußerlich. Dein Buch ist alles andere als simpel.«

Aber ich hatte viel zu sehr seine Bücher im Kopf, um ihm zu glauben, mein eigenes wirkte dagegen beinahe wie das stümperhafte Tagebuch eines Heranwachsenden. Ich stellte mir vor, dass Maria es las und nichts darin fand, das sie erstaunte oder rührte oder in mich verliebt machte. Ich sagte: »Ich muss alles überarbeiten.«

»Überarbeite es, aber versuche es nicht zu perfekt zu machen. Das kann gar nicht gelingen, Roberto. Perfekte Bücher gibt es nicht. Du kannst zehn Jahre lang daran herumfeilen, du würdest es trotzdem am liebsten neu schreiben, wenn du es dann wieder in die Hand nimmst. Besser, du vergisst es und lässt es seinen Weg gehen und schreibst ein neues. Das ist gesünder.«

»Schon, aber ich muss es trotzdem überarbeiten. Ich hab schon damit angefangen.«

Polidori lächelte: »Du selbst musst davon überzeugt sein.«

Ich fragte mich, wie weit er mit seinem Buch war, ob er sich zwischen Politik und Ehe entschieden hatte; in welcher Form er es schrieb im Vergleich zu denen, die ich gelesen hatte; aus welchen persönlich erlebten Geschichten er dabei schöpfte. Ich hätte ihn gerne danach gefragt, aber unsere Vertraulichkeit hatte noch Grenzen, auch wenn sie sich nach und nach ausdehnten.

Er sagte: »Arbeite dran, aber lass dich durch nichts ablenken. Schalte alles Störende aus. Vertrödle deine Zeit nicht mit Bedreghin oder den anderen in der Redaktion, lies keine Bücher und Zeitungen, verzichte aufs Fernsehen. Konzentriere dich ganz auf deinen Roman, so intensiv du kannst.«

»Ich werde es probieren«, antwortete ich, auch wenn es mir nicht gerade einfach erschien.

»Nein«, sagte Polidori. »Wenn du sagst, dass du es probierst, dann hast du den Geist der Geschichte schon verloren. Tu's ganz einfach.«

Muriel Spark

Der letzte Schliff

»Als Erstes«, sagte er, »müssen Sie den Schauplatz festlegen. Sie müssen den Schauplatz vor sich sehen, entweder in der Wirklichkeit oder in der Phantasie. Zum Beispiel hat man von hier aus einen Blick über den See. Aber an einem Tag wie heute hat man keinen Blick über den See, dafür ist es zu neblig. Das andere Ufer sieht man nicht.« Rowland setzte seine Lesebrille ab und musterte die Teilnehmer seines Kurses ›Kreatives Schreiben‹: zwei Jungen und drei Mädchen um die sechzehn oder siebzehn, deren Eltern für so etwas ihr Geld ausgaben. »Wenn Sie den Schauplatz festlegen«, sagte er, »müssen Sie also schreiben: ›Das andere Ufer des Sees war nebelverhangen.‹ Oder wenn Sie, an einem Tag wie heute, Ihre Phantasie spielen lassen wollen, können Sie schreiben: ›Das andere Ufer des Sees war eben noch zu sehen.‹ Aber da Sie den Schauplatz erst *festlegen*, dürfen Sie noch keine Akzente setzen. Beispielsweise ist es noch zu früh, um zu schreiben: ›Wegen des verdammten Nebels konnte man das andere Ufer des Sees nicht sehen.‹ Das kommt erst noch. Sie legen lediglich den Schauplatz fest. Sie wollen noch nicht auf etwas Bestimmtes hinaus.«

Das College Sunrise, eine Art Pensionat für Schüler beiderlei Geschlechts und unterschiedlicher Nationalität, hatte

seinen Anfang in Brüssel genommen. Begründet hatte es Rowland Mahler, zusammen mit seiner Frau Nina Parker. Dank zehn Schülern von sechzehn Jahren aufwärts hatte die Schule, vor allem aufgrund ihres guten Rufes, floriert; dennoch hatte Rowland am Ende des ersten Geschäftsjahres nur mit Mühe und Not eine ausgeglichene Bilanz vorweisen können. Daher verlegte er den Sitz des Instituts nach Wien, erhöhte das Schulgeld und schrieb den Eltern, Nina und er würden ein aufregendes Experiment durchführen: Von nun an sei das College Sunrise eine ›Wanderschule‹, die jedes Jahr an einen anderen Ort ziehen werde.
Im darauffolgenden Jahr waren sie, unter Hinterlassung lobenswert geringer Schulden, von Wien nach Lausanne umgesiedelt. Derzeit bestand das College Sunrise in Ouchy am Genfer See aus neun Schülern. Rowland hatte soeben Unterricht in Kreativem Schreiben erteilt, einem beliebten Fach, das fünf der Schüler gewählt hatten. Inzwischen war Rowland neunundzwanzig, Nina sechsundzwanzig. Rowland machte sich Hoffnungen, eines Tages selbst einen Roman zu veröffentlichen. Um seine, wie er sich ausdrückte, ›schöpferischen Kräfte‹ zu schonen, überließ er fast alle Büroarbeiten Nina, die gut Französisch sprach, sich um die Verwaltungsaufgaben kümmerte und sich mit den Eltern herumschlug, wobei sie eine eindrucksvolle Sorglosigkeit an den Tag legte. Sie neigte dazu, alle genaueren Nachfragen der Eltern im Keim zu ersticken. Seltsamerweise gab diese Haltung den Eltern im Allgemeinen das Gefühl, für ihr gutes Geld auch eine entsprechende Leistung zu bekommen. Und noch jedes Mal war es ihr gelungen, eine provisorische Genehmigung zum Betreiben der Schule zu

erlangen, die mit Ach und Krach so lange verlängert werden konnte, bis sie wieder weiterzogen.

Es war Anfang Juli, aber nicht sommerlich. Der Himmel hing voller dicker Regenwolken. Der See lag schon seit einigen Tagen im Nebel verborgen.

Rowland blickte aus dem breiten Fenster des Klassenzimmers, in dem er unterrichtete, und sah, wie drei der Schüler, die an seinem Kurs teilgenommen hatten, aus dem Haus traten und vom Nebel verschluckt wurden. Es waren Chris Wiley, Lionel Haas und Pansy Leghorn (genannt Leg).

Chris: siebzehn Jahre alt und auf eigenen Wunsch Schüler am College Sunrise. »Auf die Uni kann ich später immer noch gehen.« Und jetzt? »Ich möchte an meinem Roman schreiben. Ich dachte mir, dafür ist das College Sunrise der ideale Ort.« Rowland erinnerte sich an seine erste Unterredung mit dem rothaarigen Chris, dessen Mutter und Onkel. Ein Vater war weit und breit nicht zu sehen. Sie schienen wohlhabend und völlig überzeugt von Chris' Sicht der Dinge. Rowland nahm ihn auf. Bislang hatte er noch jeden aufgenommen, der sich auf das Institut beworben hatte. Resultat dieser Aufnahmepolitik war die experimentelle und tolerante Atmosphäre, die in der Schule herrschte.

Aber wenden wir uns wieder Chris und seinen beiden Freunden zu, denen Rowland vom Fenster aus nachschaute: Von allen Schülern bereitete Chris ihm die größten Sorgen. Er schrieb an einem Roman, richtig. Auch Rowland schrieb an einem Roman, und er durfte sich nicht anmerken lassen, für wie begabt er Chris hielt. Wie er so aus dem Fenster sah, überkam ihn ein schwacher Anflug jener Eifersucht, die ihn in den kommenden Monaten vollkommen beherrschen und

Stunde um frühe Morgenstunde an Heftigkeit zunehmen sollte. Worüber unterhielt sich Chris mit den anderen beiden? Diskutierte er den Unterricht, der hinter ihm lag? Was hätte Rowland nicht darum gegeben, Chris' Gedanken lesen zu können! Nach außen hin war er Chris ein enger Freund und ihm herzlich zugetan – in gewisser Weise handelte es sich tatsächlich um eine echte Freundschaft. Aber – wo nahm Chris nur seine Begabung her? Er war so selbstbewusst. »Weißt du, Chris«, hatte Rowland gesagt, »ich glaube nicht, dass du auf dem richtigen Weg bist. Vielleicht solltest du den Roman in den Papierkorb werfen und noch einmal von vorn anfangen.«

»Wenn er fertig ist«, hatte Chris erwidert, »könnte ich ihn in den Papierkorb werfen und noch einmal von vorn anfangen. Aber nicht, bevor ich nicht den Roman beendet habe.«

»Und wieso nicht?«, hatte Rowland gefragt.

»Ich will sehen, was ich schreibe.«

Rowlands Frau und Kollegin Nina saß an einem großen runden Tisch im Gemeinschaftsraum des College Sunrise. Um den Tisch herum saßen fünf Mädchen: Opal, Mary, Lisa, Joan und Pallas.

»Wo ist Tilly?«, fragte Nina.

»Die ist in der Stadt«, antwortete Opal. Tilly hieß allgemein Prinzessin Tilly und war auch als solche im Schulregister eingetragen, doch niemand wusste, Prinzessin von wo oder was. Sie ließ sich nur selten im Unterricht blicken, und Nina ging der Sache nicht weiter nach. Unterrichtsgegenstand war gesellschaftliche Etikette oder, wie Nina es nannte, *comme il faut*.

»Bevor Sie das Institut verlassen, wollen wir Ihnen Schliff beibringen«, setzte Nina den Mädchen auseinander. »Als würde man einem wertvollen Möbelstück den letzten Schliff geben. Emporkömmlinge wie Ihre Eltern (Gott erhalte ihre Bankkonten!) möchten etwas sehen für ihr Geld. Hören Sie zu: In England isst man Spargel bekanntlich mit den Fingern, doch Inbegriff feiner Manieren im Umgang mit Spargel ist, ihn mit der linken Hand zum Mund zu führen. Kapiert?«

»Meine Eltern sind keine Emporkömmlinge«, entgegnete Pallas. »Mein Vater, Mr. Kapelas, entstammt einer alten Kaufmannsfamilie. Aber meine Mutter ist ungebildet. Allerdings trägt sie teure Kleider.«

»Sitzen sie denn wenigstens gut?«, erkundigte sich die Engländerin Mary Foot, eine angehende junge Dame, blond, mit blauem Kleid und blauen Augen. Ihr ganzer Ehrgeiz war darauf gerichtet, ein Geschäft in einem Dorf aufzumachen und Keramik und hauchdünne Halstücher zu verkaufen. »Alles kommt darauf an, wie etwas sitzt«, erklärte sie. »Man sieht Frauen mit den allerschönsten Kleidern, die aber einfach nicht richtig sitzen.«

»Sie haben ja so recht«, sagte Nina, und Mary liebte ihre Lehrerin dafür nur noch inniger. Kaum jemand ließ Mary wissen, dass sie mit irgendetwas ›ja so recht‹ hatte.

»Weiter«, sagte Nina. »Sollte man Ihnen zum Imbiss ein Kiebitzei anbieten, so wird auch dieses in die Linke genommen. Das habe ich in einem Benimmbuch gelesen; vielleicht war's auch nur ein Scherz. Jedenfalls kann ich es nachvollziehen: Wenn Sie die Rechte frei haben wollen, um jemandem die Hand zu schütteln, müssen Sie das Kiebitzei in der

Linken halten, vorzugsweise in einer gefalteten Papierserviette, denke ich. Vergessen Sie nicht: Für dieses Wissen zahlen Ihre Eltern.«

»Was ist ein Kiebitz?«, fragte Pallas.

»Ach, nur so ein Vogel, es gibt eine Menge verschiedener Arten.«

»Ich mag Möwen«, sagte Pallas.

»Bekommen Sie dann Heimweh?«, fragte Nina.

»Ja. Bei allem, was mit dem Meer zu tun hat, bekomme ich Sehnsucht nach Griechenland.«

Opal erzählte: »Im kommenden Frühjahr hätten wir eigentlich nach Griechenland fahren wollen, wenn in unserer Familie nicht der Crash passiert wäre.« Der ›Crash‹ war ein Bankrott, der Opals Eltern ins Elend gestürzt hatte – eine Lage, die sie derzeit zu meistern suchten. Womöglich würde Opals Vater ins Gefängnis kommen, so steil war es mit der Familie bergab gegangen. Nina und Rowland hatten sich unverzüglich erboten, Opal am Institut zu behalten, ohne Schulgeld oder Unterhaltskosten zu verlangen – eine Geste, die von der Gesamtheit der Schülerinnen und Schüler sehr begrüßt wurde.

»Gesamtheit …« Als wäre die Schule groß genug gewesen, um von irgendeiner Gesamtheit zu sprechen. Mit den berühmten Internaten und Pensionaten, die Gabbitas, Thring und Wingate in farbigen Hochglanzbroschüren empfahlen, konnte das College Sunrise jedenfalls nicht mithalten. Ja, in einschlägigen pädagogischen Kreisen war das College Sunrise so gut wie nicht bekannt, und wenn, dann bestenfalls als ziemlich zwielichtige Einrichtung. Hinter vorgehaltener Hand wurden vor allem der Mangel an Tennisplätzen, die, sofern vorhanden, schmuddeligen Swimmingpools bekrittelt sowie die Tatsache, dass das Institut von Zeit zu Zeit umzog. Umgekehrt war noch niemandem ein Sittlichkeitsskandal zu Ohren gekommen, und die Schule galt allgemein als progressiv, unkonventionell, kunstsinnig und tolerant. Was die Schüler rauchten oder schnupften, unterschied sich kaum vom Drogenkonsum an anderen Schulen, ob diese ihren Standort nun in Lausanne hatten oder in einer Straße in Wakefield.

Mit insgesamt acht zahlenden Schülern kamen Nina und Rowland knapp über die Runden und machten sogar einen kleinen Gewinn. Sie beschäftigten eine Putzhilfe und eine Köchin, eine Französischlehrerin, die gleichzeitig als Rowlands Sekretärin fungierte, sowie einen gutaussehenden Gärtner, der auch alle anderen anfallenden Aufgaben erledigte. Gemeinsam setzten Nina und Rowland alles daran, Rowland Zeit, Spielraum und Gelegenheit zu geben, seinen Roman zu vollenden, während sie gleichzeitig ihr Leben so angenehm wie möglich dahinbrachten. In Wahrheit liebten sie das Institut.

Der springende Punkt des Unternehmens war jedoch eindeutig Rowlands Roman. Nina glaubte an den Roman und an Rowland als Romancier ebenso wie dieser selbst.

Als Chris mit seinen beiden Begleitern spazieren ging, musste er an den Brief denken, den Rowland seinem Onkel geschrieben hatte. Darin hatte er besonders den Kurs ›Kreatives Schreiben‹ am College Sunrise empfohlen: »Das diesjährige Literaturseminar wird vor allem das Verhältnis zwischen Schreiben und Macht kritisch unter die Lupe nehmen.«

Chris war fasziniert von dieser Ankündigung – sie ging ihm nicht mehr aus dem Kopf. Irgendwo hatte er sie doch schon einmal gehört – wo war das gleich gewesen? Als er auf den undurchdringlichen Nebelvorhang über dem See starrte, durchschoss es ihn plötzlich wie ein Lichtstrahl: Mit diesem Satz war für ein Literaturfestival in England geworben worden. Dank seines vorzüglichen Gedächtnisses konnte sich Chris noch genau an den Wortlaut der Broschüre erinnern. Er empfand tiefe Zuneigung zu Rowland, ja fast Fürsorglichkeit. Seine Selbstsicherheit war so ausgeprägt, dass sie nicht weiter auffiel. Er kannte sich. Er spürte seine Begabung. Es war alles nur eine Frage der Zeit und der Übung. Da er selber so ungewöhnlich war, nahm Chris die anderen ebenfalls als ungewöhnlich wahr. Er konnte sich Menschen nicht als Teil einer großen Masse vorstellen, höchstens als Mitglieder der Gesellschaft, die zu organisieren seiner Meinung nach viel einfacher sein musste, als die Organisatoren immer behaupteten. Sich selbst überlassen, würden die Leute in Harmonie miteinander leben. Also sollte man auch ihn sich selbst überlassen, um – um was zu tun? Na – was immer eben. Es war eine gute Theorie. Vorläufig jedenfalls fand er seinen Tutor Rowland überaus amüsant. Rowland hatte die ersten beiden Kapitel des Romans gelesen, den Chris am Institut zu schreiben beabsichtigte. »Aber das ist ja ganz ausgezeichnet«, hatte Rowland nach der Lektüre des zweiten Kapitels geflüstert, als sei er sprachlos vor Staunen. Chris konnte sich noch an jede Nuance seiner Reaktion erinnern. Rowland hatte das Manuskript durchgelesen. »Bist du sicher«, hatte er dann gefragt, »dass du damit weitermachen willst, oder würdest du lieber...«

»Lieber was?«

Rowland verfolgte den Gedankengang nicht weiter. »Der Dialog«, sagte er, »woher wusstest du, wie man Dialoge...«

»Ach, ich habe halt immer viel gelesen.«

»Oh, verstehe, du liest viel. In einem historischen Roman musst du... Und was, wie... Hast du vor, ihn zu beenden?«

»Aber ja.«

»Wovon handelt er? Wie wird er sich entwickeln? Historische Romane – sie müssen sich entwickeln. Wie...?«

»Keine Ahnung, Rowland. Ich kann die Zukunft nicht vorhersagen. Ich weiß nur, dass die Handlung sich schon irgendwie ergeben wird.«

»Und unseren Kurs ›Kreatives Schreiben‹ findest du natürlich hilfreich...«

»Der ist vollkommen irrelevant, aber in anderer Hinsicht ist er ganz nützlich.«

Rowland hatte Angst; er verspürte denselben Stich eifersüchtigen Neids, neidischer Eifersucht wie damals, als er Chris' Manuskript zum ersten Mal in die Hand genommen und gelesen hatte.

In der Eingangshalle stand Pallas Kapelas, großgewachsen, dunkelhäutig, bildschön.

Chris ging die Treppe hinauf zu seinem Zimmer. Pallas folgte ihm. Sie blickte über ihre Schulter. Rowland beobachtete sie beide – warum? Eigentlich hatte sie nicht vor, einen Stier mit einem roten Tuch zu reizen, doch während sie die Treppe hochstieg, rief sie ihm zu: »Wie kommen Sie mit Ihrem Roman voran, Rowland?« Sämtliche Zöglinge des Internats wussten, dass er sich mit einem Roman abquälte. Oft erboten sie sich, ihm Ideen dafür zu liefern, Ideen, die er durchaus höflich entgegennahm. Sie bestürmten ihn, daraus vorzulesen, doch in Wahrheit war das Buch noch längst nicht so weit gediehen, dass man daraus hätte vorlesen können. Es bestand aus vereinzelten Absätzen in seinem Computer, die Tag für Tag umgearbeitet wurden. Rowland war konfus, was aber nicht heißen soll, dass er seiner Konfusion am Ende nicht Herr werden würde, wie er es in der Tat tun sollte, indem er ein ganz anderes Buch schrieb.

Rowland schickte seine Zöglinge unter Obhut der Französischlehrerin Elaine Valette, seiner Sekretärin, auf einen Besuch im Château de Chillon, dem Byron in seiner Verserzählung *Der Gefangene von Chillon* ein Denkmal gesetzt hat. Unter Rowlands Anleitung hatten die Schüler die in dem Gedicht behandelte Legende studiert und sie mit der nüchterneren, doch nicht minder bewegenden Geschichte des Genfer Patrioten François de Bonivard aus dem 16. Jahrhundert verglichen. Genf war vom Herzog von Savoyen überrannt und Bonivard im Jahre 1530 in einem unterirdischen Verlies der Zwingburg, die auf einer Felseninsel am Ufer des Genfer Sees steht, gefangen gesetzt worden.

Die Reisegruppe des Internats umfasste acht Schüler. Die neunte Schülerin, Prinzessin Tilly, lag mit Bauchschmerzen auf dem Sofa, weil sie ihre Tage hatte.

Die anderen wollten den Ausflug genießen. Rowland hatte versprochen, sie auf der Klassenfahrt zu begleiten, seine Pläne jedoch in letzter Minute umgestoßen. Er müsse sich um »seinen Schreibtisch« kümmern. Elaine Valette sei durchaus imstande, sie allein zu betreuen.

»Denken Sie an Bonivard«, hatte er ihnen am Morgen noch gesagt. »Wenn Sie das unterirdische Gewölbe sehen, in dem er sechs Jahre lang gehaust hat, die meisten davon in Ketten, werden Ihnen die Gefühle und Empfindungen eines Gefangenen in diesem dumpfig-düsteren Kerker bestimmt nahegehen, selbst wenn Byron die historischen Tatsachen in seiner Verserzählung etwas ausschmückt.« Rowland zitierte den Schlussteil von Byrons Text, der, wie er fand, von der Psychologie her erstaunlich modern war:

> Da kamen endlich die Befreier,
> Ich fragte nicht woher? wofür?
> Die Freiheit fand von jenem Feuer
> Nur Asche noch, gewohnt und theuer
> War nur mein Elend mir.
> Daher, als sie nun endlich kamen
> Und mir vom Leib die Bande nahmen,
> Da waren mir die dumpfen Mauern
> Eine Klause, die ich ließ mit Trauern,
> Mir schien's, ich müsse zu neuem Leiden
> Aus einer zweiten Heimath scheiden!
> Befreundet hatt' ich mich mit Spinnen
> Und ihrem mürrischen Beginnen,
> Die Mäuse seh'n im Mondlicht spielen,
> Und sollt' ich minder als diese fühlen?
> Wir waren eines Platzes Bürger,
> Und Ich der König, Ich der Würger,

> Mit Fug! – Doch, seltsam ging es zu!
> Wir lebten all' in Fried' und Ruh.
> Selbst meinen Ketten war ich gut,
> Was thut die lange Zeit, was thut
> Gewöhnung nicht? Aus Chillon's Thor
> Trat ich mit Seufzen frei hervor.

Sie wollten den Dampfer nehmen, der um 12 Uhr 30 in Ouchy ablegte und um 14 Uhr in Chillon ankam. Elaines Schwester Célestine, die vorübergehend als Köchin an der Schule beschäftigt war, durfte auch mitfahren. Sie hatte ein Picknick zusammengestellt, das sie in einem Korb bei sich trug.

»Wozu«, wollte Rowland von Chris wissen, »nimmst du deinen Rucksack mit?« (Chris nannte ihn seinen *zaino*. Er hatte das sperrige Ding meistens dabei.)

»Macht der Gewohnheit. Vielleicht brauche ich etwas, ein Buch oder dergleichen...«

»Ach, Chris, um Himmels willen, lass ihn doch da«, sagte Rowland, und alle waren sich einig, dass Chris mit seinem klobigen Gepäckstück nur andere Passagiere anrempeln oder ihnen im Weg sein würde.

Chris entnahm dem *zaino* seine Kreditkarte und reichte ihn dann Nina. Sie war auf die Veranda hinausgekommen, um ihnen zum Abschied zuzuwinken. »Ich lege ihn in Ihr Zimmer«, sagte sie. Sie wollten mit dem Dampfer zurückkommen, der um 16 Uhr 20 in Chillon abfuhr und um zehn nach sechs in Ouchy ankam.

»Wunderbar, die Bagage einmal für einen ganzen Nachmittag loszuwerden«, sagte Nina.

Es war drei Uhr nachmittags. In Abwesenheit der Köchin hatte Nina das Mittagessen selbst zubereitet, und als das Geschirr abgewaschen war und Nina sich zu einem Nickerchen hingelegt hatte, schlich Rowland sich in Chris' Zimmer. Nina hatte Chris' prallen Rucksack auf einen Stuhl gestellt. Rowland wuchtete ihn auf den Schreibtisch und öffnete ihn. Stück für Stück holte er den Inhalt hervor:

> Einen marineblauen Pullover von Peter Polo.
> Ein graues T-Shirt von Celio.
> Ein Paar blauweiße Nike-Turnschuhe.

Rowland hielt in seiner Suche inne und machte sich daran, Chris' Wandschrank zu durchstöbern. Ja, da hingen verschiedene Kleidungsstücke, aber es war immer noch viel Platz. Wozu nur schleppte Chris immer diese Klamotten mit sich herum? Rowland ging wieder zu dem geöffneten Rucksack. Eine Levi's. Ein Paar weiße Tennissocken. Jetzt wurde das Label des Rucksacks selbst sichtbar: Eastpak. Dann kam eine Armbanduhr von Adidas, ein Video über Autos und Tennis. Der Inhalt schien kein Ende nehmen zu wollen. Rowland leerte den Rucksack auf dem Bett aus – was für ein Haufen Zeugs! Er hielt nach Notizen und Büchern Ausschau, die mit Chris' Roman zu tun hatten. Wo steckten die bloß? Er blätterte in den Notizheften; nichts als Unterrichtsnotizen. Hatte mit Maria Stuart und ihrer unheimlichen Kamarilla von Höflingen nichts zu schaffen. Rowland durchwühlte den Stapel. Er wusste selbst nicht, weshalb er so misstrauisch war, hob aber jeden Gegenstand einzeln hoch. Zumeist französische Artikel... Offenbar hatte Chris sich jüngst in Frankreich aufgehalten. Natürlich nahm Rowland an, dass er über kurz oder lang auf einen Joint oder einige Kügelchen Crack stoßen würde. Das wäre ein Fund! Aber er wollte kein Rauschgift finden, er wollte hinter Chris' Geheimnis kommen. Rasender Argwohn bemächtigte sich seiner. Chris schrieb wie ein Profi. Wie konnte er in seinem Alter und bei so wenig Erfahrung so souverän mit der Sprache umgehen? Wie nur? Rowland hob die nächsten Gegenstände auf. Ein Brief von Chris' Onkel: »Hoffe, Du bist wohlauf. Bleib dran. Wenn Du was brauchst, ruf Winkler in der Bank an. Mary fährt nach Cowes…«

Als Nächstes entdeckte Rowland einen Discman von Sony; Punkmusik, Phil Collins, Michael Jackson, John Coltrane. Eine Telefonkarte im Wert von hundert Euro, eine seidene Brieftasche von Quicksilver, in der eine Kreditkarte des Crédit Lyonnais steckte, ein Schlüsselbund von Quicksilver mit drei Schlüsseln, an denen Rowland schnüffelte. Dann ein Handy von Nokia – mit einer Prepaid-Karte in Schweizer Franken für vier Stunden Sprechzeit. Das Telefon war ausgestellt.

Rowland schichtete die überprüften Gegenstände säuberlich nebeneinander und fuhr mit den übrigen Sachen fort – eine beachtliche Menge. Ach ja, ein paar von diesen *petites feuilles,* wie sie sie mit Vorliebe nannten – die kleinen Zigarettenpapierchen zum Selberrollen. Ein Exemplar der *Fluide Glaciale,* dem fürchterlichen alten Magazin für junge Leute. Immer noch nicht fertig? Nein, noch lange nicht. Wozu schleppen sie dieses ganze Zeug mit sich herum? Ein Perlenhalsband, ein französisch-englisches Wörterbuch, *Roget's*

Thesaurus, eine an einem Gürtel befestigte Taschenuhr von Levi's, eine Bob-Marley-CD, ein Schreibblock, eine Packung Kondome, ungeöffnet. Benutzt er etwa Viagra?, fragte sich Rowland und suchte rastlos, fieberhaft weiter. Offenkundig nicht. Als Nächstes kam ein blassblaues T-Shirt mit einem Bild des College Sunrise zum Vorschein, Teil der Ausstattung, mit der das Internat seine Schüler versah; zwei grüne Äpfel.

Als Rowland endlich fertig war, versuchte er, die Sachen wieder in den Rucksack zu legen. Er ging sehr systematisch vor, aber es wollte ihm einfach nicht gelingen. Es war kein Platz. So leerte er den Rucksack erneut aus und stopfte das Zeug wüst nach Art der Teenager hinein. Diesmal hatte er Glück. Vermutlich würde es Chris auffallen, dass sein Rucksack durchsucht worden war. Aber Chris war nicht der Typ, der viel Wirbel machte. Genau das war ja das Beunruhigende an ihm. Eigentlich war ihm an nichts gelegen als an seinem verdammten Buch – *Wer mordete Darnley?* oder wie immer der Titel lauten würde. Aber wo steckte der letzte Teil des Buches? Wo verwahrte Chris, wenn er sich nicht in seinem Zimmer aufhielt, seine Arbeit, seine Seiten, seine Ausdrucke und Notizen? Wer bewahrte seinen Laptop auf? Hier jedenfalls war er nicht. Rowland schloss den letzten Reißverschluss des Rucksacks und wandte sich dem Schreibtisch zu. Was befand sich in den beiden Schubladen auf der rechten Seite? Da fiel sein Blick auf jemanden, der in der Türe stand. Es war Prinzessin Tilly, großgewachsen, lautlos, dunkeläugig.

»Tilly, wie lange stehen Sie schon da?«

»Eine ganze Weile.«

»Spionieren Sie mir etwa nach?«

»Ich sehe Ihnen nur zu. Was gäbe es hier schon zu spionieren?«

»Ich suche Chris' Buch – das Buch, an dem er schreibt.«

»Das liegt bei Pallas. Sie schließt es immer weg. Sie hat auch seinen Laptop.«

»Ist das wirklich nötig? Wir brauchen doch in dieser Schule keine Schlösser.«

»Tja, wir wollen schließlich nicht, dass man in unseren Sachen herumschnüffelt.«

»Ja, ich weiß. Schauen Sie, Tilly, wir sind immer gut zu Ihnen gewesen, nicht wahr?«

»Keine Sorge. Ich werde Chris schon nicht verraten, dass Sie seine Sachen durchwühlt haben.«

Unterdessen war Chris, der sich mit den anderen auf dem Rückweg von der düsteren Zwingburg von Chillon befand, um den Abenddampfer zu erreichen, in Gedanken ganz im 16. Jahrhundert und bei Bonivard, dessen Überlebenswille so groß gewesen war, dass er erst 1570, vier Jahre nach Rizzios Tod, starb. Vielleicht waren sie einander begegnet. Zwar lebte jeder von ihnen in seiner eigenen Welt, doch war nicht auszuschließen, dass der vornehme Savoyarde dem jungen Piemonteser Diplomaten, der Zutritt zu den Fürstenhäusern Europas erlangt hatte, irgendwann einmal über den Weg gelaufen war.

An der Verandatür des College Sunrise wartete Tilly auf ihre Mitschüler, die von ihrem Ausflug nach Chillon zurückkehrten.

Als sie eintraten, sagte sie: »Rowland ist in Chris' Zimmer gewesen, nachdem Claire mit Putzen fertig war. Als ich zur Tür hineinspähte, hat er gerade Chris' *zaino* ausgeleert. Ich kann ja so lautlos sein, ach, ihr wisst gar nicht, wie lautlos. Aber Rowland hat mich trotzdem gesehen. Ich habe ihm versprochen, nichts zu verraten. Er hat alles eingehend untersucht und dann zurückgelegt. Das Mittagessen war grauenhaft.«

Chris lachte fröhlich. Er sagte: »Er will meinen Geheimnissen auf die Spur kommen. Aber ich mag Rowland. In gewissem Sinne könnte ich ohne ihn nicht auskommen. Er ist das Gelbe vom Ei. Das Weiße allein reicht nicht. Das Gelbe – in guten wie in schlechten Zeiten...«

»Weißt du, was er gesagt hat? Er hat gesagt: ›Tilly‹, hat er gesagt, ›wir sind immer gut zu Ihnen gewesen, nicht wahr, Tilly?‹ – ›O ja, gewiss‹, habe ich gesagt. ›Keine Sorge, ich werde kein Sterbenswort verraten.‹ Ich dachte schon, er würde sich an mir heranmachen.«

»Du meinst wohl, ›an mich‹. Ach, ganz ehrlich gesagt, das glaube ich nicht, Tilly.«

»Warum nicht?«

»Schlecht fürs Geschäft. Das ist ein Grund.«

»Ja, wahrscheinlich hast du recht.« Damit trollte sich die großgewachsene, einsame Tilly in einen anderen Teil des Hauses, um ihre Geschichte weiterzuverbreiten.

Niemand zeigte sich sonderlich interessiert. In drei Tagen ging das Trimester zu Ende, und alle packten ihre Bündel Schmutzwäsche in Reisetaschen und Koffer, da Claire Denis, die Putzhilfe, sich weigerte, ihre Waschmaschine in letzter Minute damit vollzustopfen. Chris hatte seiner Mutter geschrieben: »Ich habe mich so an den Schreibtisch

in meinem Zimmer hier gewöhnt, hättest Du etwas dagegen, wenn ich wenigstens einen Teil der Ferien hier verbringe? Es gibt viel Freizeitbeschäftigung – im Hotel weiter unten an der Straße kann ich Tennis spielen und meinen Roman vorantreiben. Ich habe schon tausend Einfälle.«
Der nächste Brief seiner Mutter, ebenso wie der seines Onkels, bekräftigte ihren Wunsch, alles zu tun, bis hin zum Verzicht auf seine Anwesenheit, um ihm bei seinem »Projekt« (beide benutzten denselben Ausdruck) zur Seite zu stehen. Der Onkel hatte an Rowland geschrieben, der völlig damit einverstanden war, Chris gegen einen Aufpreis dazubehalten. Nina und er würden ohnehin nicht verreisen, zumindest nicht gemeinsam und keinesfalls sehr weit – während der Sommerferien sei in der Schule ja so viel zu erledigen. Chris war mehr denn je davon überzeugt, dass seine Mutter und sein Onkel ein Verhältnis miteinander hatten. Es störte ihn nicht weiter; eigentlich war er sogar erleichtert, dass sie nicht länger unter seine familiären Pflichten fielen. Er war durchaus zufrieden mit der Neuigkeit, dass auch Célestine Valette im College Sunrise bleiben würde. Diese hatte vorübergehend eine Anstellung als Köchin gefunden, in diffuser Anerkennung des Umstands, dass sie die Schwester der im Büro unabkömmlichen Elaine war. Célestine war eine ausgezeichnete und äußerst erfahrene Schweizer Köchin. Rowland und Nina hielten große Stücke auf die beiden Schwestern. Célestine war vierundzwanzig. Manchmal ging Chris mit ihr ins Bett. Mit seinen bald achtzehn Jahren war er der älteste Schüler und machte gewissermaßen das *droit du seigneur* geltend.

Vor dem Abendessen ging er auf das Zimmer, das Pallas

sich mit Mary Foot teilte. Beide Mädchen waren da und ließen ihn ein. »Gib mir mein Buch, Pallas.«

Sie zog einen harten, flachen Koffer unter dem Bett hervor, öffnete das Zahlenschloss und holte einen Karteikasten und vier Notizbücher heraus. Seinen mit einem Kopftuch verhüllten Laptop bewahrte Mary in ihrem Wandschrank auf, vorerst aber hatte Chris noch keine Verwendung für ihn. Meist zog er es vor, mit der Hand zu schreiben, da er dies auch dann tun konnte, wenn er auf einer Garten- oder Parkbank saß oder bäuchlings unter einem Baum lag. Chris hatte viele Schreibpositionen und -orte, die ihm lieb waren.

Heute nach dem Abendessen hatte er vor, eine erfundene Begegnung zwischen dem aufstrebenden jungen Diplomaten David Rizzio und dem älteren Savoyarden, dem großmütigen, weisen Bonivard, auszugestalten. Je mehr er darüber nachdachte, desto einleuchtender erschien es ihm, dass die beiden einander begegnet sein könnten und dass es nach David Rizzios Tod nur natürlich gewesen wäre, wenn dessen Bruder Jacopo, nach Rache gierend, Bonivard um Unterstützung angegangen wäre. Es war nur eine Frage der Charakterisierung und seines eigenen Geschicks, einen historisch plausiblen Augenblick für die Begegnung zu finden. Je mehr Chris über diese Fragen nachsann, desto weniger dachte er an Rowland. Er benetzte seine Hände mit Wasser, strich sich übers Haar und ging, in Gedanken noch immer bei Bonivard, in den Speisesaal.

Auf Französisch, ihrer Sprache bei Tisch, fragte Rowland: »Wie hat Ihnen allen das Château de Chillon gefallen?«

»Phantastisch«, antwortete Leg (Pansy Leghorn). »Ich

würde auch gern ein Schloss an einem See besitzen. Aber das Verlies war gruselig.«

»Wenn du ein Schloss an einem See möchtest, solltest du einen schottischen Gutsherrn heiraten«, sagte Opal Gross. Seit dem finanziellen Einbruch ihrer Eltern verweilte sie in Gedanken oft bei ihrer Zukunft: Sollte sie einen reichen Mann heiraten? Es war nicht ihre einzige Hoffnung: Sie konnte auch Arbeit als Sozialarbeiterin finden oder sich zur Krankenschwester ausbilden lassen.

Es gab Pastete, Fisch, Salat und eine selbstgebackene Cremetorte. Célestine war eine ambitionierte Köchin, und die Mahlers ermutigten sie geradezu, die Schüler gut zu bekochen. Rowland fand es angebracht, nicht am Geld zu sparen, und in Haushaltsdingen war er von Natur aus großzügig. Er rügte seine Zöglinge nicht, wenn sie das Licht brennen ließen oder ein zweites oder drittes Mal zulangten. Célestine wurde dazu angehalten, ihnen, was das Essen anging, jeden Wunsch zu erfüllen, so ausgefallen er auch sein mochte. »Wir sind das ›Haus der Freiheit‹«, gab Rowland des Öfteren von sich, und Célestine, obwohl selber eher genügsam, tat ihr Möglichstes, um selbst Sandwiches und Fischstäbchen in Aussehen und Geschmack einen Anschein von *haute cuisine* zu verleihen.

Die ganze Mahlzeit hindurch unterhielten sie sich über den Gefangenen von Chillon. Chris führte die Daten an, als der Savoyarde am Hofe des piemontesischen Gesandten, dem der junge David Rizzio zugeteilt war, diesem hätte begegnen können. Rowland gewann den Eindruck, dass Chris hinsichtlich der Gestaltung und Entwicklung seines Romans eine Spur verfolgte. Er konnte nicht zu Ende essen.

Er war verstört, beunruhigt. Dies alles hörte und sah Nina mit der zunehmenden Sorge eines Menschen, dessen Argwohn bislang lächerlich gewirkt hatte, nunmehr jedoch begründet, ja mehr als begründet schien. Rizzio, dachte Chris, geboren 1537, gestorben 1566; Bonivard, geboren 1493, gestorben –? In seiner Tasche tastete er nach der Broschüre über den Gefangenen von Chillon, die er sich besorgt hatte. Er entnahm ihr, dass Bonivard 1570 gestorben war. Demnach zählte Bonivard, als Rizzio fünfundzwanzig war, bereits neunundsechzig Jahre, für damalige Verhältnisse ein ausgesprochen alter Mann.

Während Chris seinen Fisch verzehrte und im Kopf seine Berechnungen anstellte, beobachtete ihn Rowland genau. Lisa Orlando sagte: »Chris ist ganz in Träumereien versunken.«

»Nein«, entgegnete Chris, »ich habe nachgedacht. Das war wirklich keine Träumerei, Lisa.«

»Wie war die Fahrt mit dem Dampfer?«

»Ruhig«, antwortete Chris.

»Ein phantastisch aussehender Erster Maat«, erzählte Leg.

»Nein, das war der Kapitän«, berichtigte Pallas.

1566, dachte Chris, war Jacopo Rizzio achtzehn oder neunzehn, Bonivard dagegen dreiundsechzig. Rizzios Geschichte von der brutalen Ermordung seines älteren Bruders, des begabten Musikers und Diplomaten, hätte Bonivard bewegt: zahlreiche Stichwunden von einer Clique verrohter Schotten.

»Beteilige dich am Gespräch, Chris«, sagte Rowland.

»Auf dem Dampfer gab es eine Reisegruppe vom Hotel

Beau Rivage«, sagte Chris. »Psychiater von einer Tagung. Verschiedene Nationalitäten. Männer und Frauen. Haben sich ziemlich abseits gehalten.«

»Das waren keine Psychiater«, sagte Lionel Haas, »das waren Psychologen. Ich hab mich mit ein oder zweien von ihnen unterhalten können.« Lionel war der zweitklügste Schüler am Internat. Lisa Orlando, die an ihrer früheren Schule ausgezeichnete Prüfungsergebnisse erzielt hatte, reichte er fast das Wasser. Die beiden verstanden sich gut. Einen Teil der Sommerferien wollte Lionel mit Lisa verbringen, im Haus ihrer Eltern auf Elba. Inzwischen dachten fast alle Schüler an ihre Ferien. Prinzessin Tilly würde bei einem Onkel in Rumänien wohnen. Pallas wollte ihrem Vater Gesellschaft leisten, aber ob in Athen oder anderswo, ließ sich ihren verschiedenen Verlautbarungen unmöglich entnehmen. (Am College Sunrise glaubten fast alle, ihr Vater Georgios Kapelas sei ein Spion.) Opal Gross, die es ziemlich auskostete, einer ruinierten Familie anzugehören, da von allen Seiten Hilfsangebote auf sie zukamen, wollte an Bord einer Luxusjacht von Freunden der Familie eine Kreuzfahrt durch die Ägäis und die Dardanellen unternehmen. Pansy Leghorn hatte sich in Cambridge für einen dreiwöchigen Literaturkurs eingeschrieben und würde anschließend ein Wöchelchen bei Mary Foot verbringen, deren Eltern in Worcester mehrere geduckte Tagelöhner-Cottages nebeneinander bewohnten. Joan Archer würde sich mit ihrem gutaussehenden Vater, dessen Freundin und ihrem kleinen Bruder in Juan-les-Pins am Swimmingpool sonnen.

Jacopo Rizzio, dachte Chris, würde eine dicke dunkelgrüne Wolljacke tragen, da er gerade aus Schottland zurückgekommen wäre. Vielleicht ein Umhängetuch, aber ohne Schottenmuster, Gott bewahre. François de Bonivard würde einen dichten weißgrauen Bart haben. Ob es von ihm wohl irgendwo ein Porträt gab?

»Rowland – Salat?«, fragte Nina.

Während Chris sein neues Kapitel plante und die anderen über Chillon in der unmittelbaren Vergangenheit und die Ferien in der nahen Zukunft plauderten, saß Rowland, ohne etwas zu essen, unbemerkt dabei.

Chris genoss es, dass er jetzt allein im College Sunrise war. Mit dem Blick auf den See und die französischen Alpen mutete es an wie ein Luxushotel. Manchmal promenierte er vormittags, wenn er ein paar Stunden an seinem Roman gearbeitet hatte, das Seeufer entlang zu verschiedenen Hotels, wo er sich in die Bar setzte und dem Geschnatter englischer und deutscher Pauschaltouristen lauschte. Dazu nippte er an einem Glas Weißwein oder an einer Cola. In einem der Hotels spielte er mit einem Mann auf einem Rasenbrett Schach. Er machte sich Notizen. Einmal lümmelte er sich in einem anderen Hotel an der Theke und las aufmerksam die Broschüre durch; dann verwandelte er den beworbenen Fitness Room mit seinem feinen Kugelschreiber in einen ›Fatness Room‹. Dies tat er mit dem gesamten Stapel Broschüren, und zwar unter den Augen des Barmanns, der ihn aber gar nicht wahrnahm. Von der Wahrnehmungsunfähigkeit der Leute war Chris stets beeindruckt.

Im College schloss Chris jetzt beim Verlassen seines Zimmers jedes Mal demonstrativ die Tür ab.

»Dann können wir nicht saubermachen«, beschwerte sich Nina.

»Ist das so schlimm?«

»Es wird doch niemand etwas stehlen«, wandte Claire, die Putzhilfe, voller Empörung ein.

»Madame Denis, Sie können gerne kommen und mein Bett machen«, sagte Chris auf Französisch. »Nur kommen Sie bitte künftig früher, bevor ich ausgehe. Ich will lediglich meine Arbeit schützen.«

»Was würde ich mit den Papieren von Monsieur anfangen wollen?«

»Nichts. Aber Monsieur Rowland könnte sich für sie interessieren.«

Sie erwiderte nichts, bis sie das Bett gemacht hatte. Dann: »Monsieur Rowland schreibt nicht. Er sitzt nur da und starrt die Wörter auf seinem Bildschirm an.«

Von ihrer Wahrnehmungsfähigkeit war Chris beeindruckt. Das war doch etwas anderes als der Barmann im Hotel.

»Ich vermute, Monsieur Rowland denkt nach«, sagte er. »Wenn man ein Buch schreibt, muss man nachdenken. Oder vielleicht macht er sich Gedanken über die Schule. Es ist eine enorme Verantwortung.« Chris betonte das Wort *énorme* auf eine Weise, die Claire Denis veranlasste, ihm einen schrägen Blick zuzuwerfen. »Ich scherze nicht«, sagte Chris. Damit war das Gespräch beendet. Nina lugte zur Tür herein. »Ach, da sind Sie ja«, sagte sie zu Claire. Die Schüler wurden nicht ermutigt, mit dem Hauspersonal zu ›fraternisieren‹. Das konnte zu Schwierigkeiten führen.

An ihrem Ende des Büros räumte Nina leise ihre Sachen

weg. Sie stand auf, um hinauszugehen, damit Rowland ungestört arbeiten konnte. Er jedoch sagte: »Ich frage mich, ob Chris –«

»Du darfst nicht ständig an ihn denken«, unterbrach sie ihn.

Nina war hochgewachsen, ihr glattes, dunkles Haar fiel ihr auf die Schultern. Sie hatte große, dunkelgraue Augen und regelmäßige Gesichtszüge. Ihrer Erscheinung haftete etwas Beflissenes an, und sie wirkte ein wenig zu intelligent, um als Schönheit gelten zu können.

Ihr Studium hatte sie mit Auszeichnung abgeschlossen, und die meisten ihrer Phantasien kreisten um diesen Tatbestand. Sie hatte Rowland vor allem wegen seiner Gelehrsamkeit geheiratet. Letztlich hatte seine Doktorarbeit über Rainer Maria Rilke sie dazu bewogen, Rowlands Heiratsantrag anzunehmen. Sie fand es ausgesprochen prickelnd, dass er promoviert war. Er wiederum war im Grunde in ihre Zuverlässigkeit in praktischen Dingen verliebt. Die Idee, eine Art Pensionat zu leiten, stammte von ihr. Sie hätte es gerne gesehen, wenn er sich Dr. Mahler genannt hätte, er befürchtete jedoch, der Titel könnte seiner größten Ambition in die Quere kommen: einen herrlichen Roman zu schreiben.

Auch Rowland war groß. Er war kräftig gebaut, sein kurzgeschnittenes Haar weder dunkel noch hell und sein Gesicht, das er hin und wieder mit einem spitz zulaufenden Vollbart rahmte, markant. Zurzeit war er glattrasiert, da er sich so eher wie ein vielversprechender junger Romancier fühlte.

Rowlands Bemühungen, mit seinem Roman zu Rande zu

kommen, waren für Nina qualvoller als für ihn selbst. Zuversichtlich sprach er von den »Geburtswehen eines Autors«, von »Schreibhemmungen« oder, wenn er Schulaufsätze korrigieren musste, von »beruflichen Störfaktoren«. Er bediente sich gern solcher Ausdrücke, so gern, dass sich Nina in ihren Anfällen von Mitgefühl selbst welche für ihn ausdachte. »Wie kannst du einen Kurs in Kreativem Schreiben abhalten«, fragte sie, »wenn du selbst kreativ zu schreiben versuchst? Kein Wunder, dass du so gereizt bist, Rowland.«

»Ja«, stimmte er ihr zu, »es ist fast unmöglich, einen Prozess zu beschreiben, in den man selbst verwickelt ist.«

Nina entgegnete: »Wenn du möchtest, könnte ich den Kurs übernehmen.«

»Nein. Chris wäre enttäuscht. Ich möchte Chris nicht aus den Augen lassen. Außerdem, bei dem Schulgeld, das wir erheben, erwartet man einen Schriftsteller und außerdem, fürchte ich, einen Mann.«

Nina sah ein, dass er wahrscheinlich recht hatte. Sie schenkte Rowland zwar ihr volles Mitgefühl, aber sie musste sich dazu zwingen und wusste auch, dass es nicht ewig vorhalten würde. Es gibt einen Ausweg, sagte sie sich mitunter. Am Ende eines Schuljahres könnte ich ihn getrost verlassen. In der Zwischenzeit soll er ruhig an seinem Roman schreiben; vielleicht wird er ja sogar gut.

»Findest du auch«, wollte Rowland von Chris wissen, »dass deine Romanfiguren von einem gewissen Punkt an die Sache selber in die Hand nehmen und ein Eigenleben führen?«

»Ich weiß nicht, was Sie meinen«, sagte Chris.

»Ich meine, wenn du die Figuren erst einmal erschaffen

hast, träumst du dann nicht von ihnen? Dass sie zu dir kommen und sich beschweren: ›He, das hab ich aber nicht gesagt‹?«

»Nein«, antwortete Chris.

»Deine Figuren führen kein Eigenleben?«

»Nein, sie führen genau das Leben, das ich ihnen gebe.«

»Sie machen sich nicht selbständig? Bei mir verselbständigen sich die Figuren immer.«

»Ich habe sie unter Kontrolle«, entgegnete Chris. »Es ist mir nie in den Sinn gekommen, dass sie ein anderes Leben führen könnten als das, welches auf der getippten Seite steht. Vielleicht werden die Leser sie später ihrer lebhaften Phantasie anverwandeln, aber ich nicht. Bisher hat noch niemand in meinem Buch auch nur die Straße überqueren können, ohne dass ich ihn dazu veranlasst hätte.«

»Merkwürdig. Die meisten Schriftsteller und Romanciers haben das gegenteilige Gefühl. Das ist eine weitverbreitete Erfahrung. Und ich muss sagen, mit meinen Figuren ergeht's mir genauso.«

»Na ja, ich bin ja auch noch Anfänger«, sagte Chris.

Rowland hätte den Jungen wegen seiner Bescheidenheit und Gemütsruhe erdolchen können. Er ging weg. Zwei Tage lang ließ er Chris in Frieden und sprach nur bei den Mahlzeiten kurz mit ihm. Aber ihm war der Appetit vergangen, er fühlte sich unwohl.

»Jeder Schriftsteller leidet unter Schreibhemmungen«, sagte Nina. »Das solltest du zum zentralen Gegenstand einer deiner Unterrichtsstunden über Kreatives Schreiben machen. Es muss doch eine Methode geben, mit der Situation umzugehen.«

»Ich leide nicht unter Schreibhemmungen«, erwiderte Rowland. »Es ist bloß so, dass meine Figuren so echt, so unglaublich echt wirken. Sie haben eine Seele. Wenn man einen Roman mit seinem Herzblut schreibt, muss man sich mit Herzen und Seelen befassen. Die Menschen, die man erschafft, sind echte Menschen. Man kann diese Menschen nicht einfach unter Kontrolle halten. Chris schreibt einen Roman, in dem er die Figuren unter Kontrolle hat.«

»Ach, lass doch Chris aus dem Spiel. Was weißt du schon von ihm? In fünf Jahren wird er womöglich in einer Privatbank arbeiten, eine Sandwich-Firma leiten oder Geschichte lehren, was weiß ich.«

»Er hat mir gesagt, dass er seine Figuren unter Kontrolle hat. Er erschafft sie, und sie führen kein Eigenleben.«

»Tun sie ja auch nicht«, sagte Nina.

»Er sieht sie nicht als Menschen aus Fleisch und Blut an.«

»Na ja«, erwiderte Nina mit etwas mehr Nachdruck, »Menschen aus Fleisch und Blut – schließlich kann ein Autor seine Figur jederzeit umbringen. Es ist kein Verbrechen. Im Übrigen schreibt Chris über historische Gestalten. Die haben sich schließlich gegenseitig umgebracht, diese Gestalten. Wozu machst du dir Sorgen?«

»Die Art, wie er mit seinem Buch vorankommt, lässt meine dritte Vorlesung über Kreatives Schreiben ziemlich blass aussehen.«

»Du könntest sie umschreiben.«

»Vielleicht werde ich sie abändern. Was will er damit sagen, er habe seine Figuren unter Kontrolle? Er hat doch Maria Stuart und ihren kleinen Musikus nicht erschaffen.

Schließlich sind sie der Geschichte entnommen, oder? Sie sind vorgefertigt.«

»Das glaube ich nicht, Rowland«, sagte Nina. »Nach dem bisschen, was wir gelesen haben, sind seine Maria Stuart, sein Darnley und sein Rizzio seine Figuren. Chris hat mir schon gesagt, dass er sich einen feuchten Kehricht darum schert, ob Bonivard nach sechs Jahren Kerkerhaft auf Schloss Chillon als Invalide endete. Er hat gesagt: ›Er ist genau so gesund, wie ich ihn mache.‹ Das Einzige, worin er präzise sein will, sind die Wetterverhältnisse an dem Tag, als Rizzios Bruder nach Genf kam, um Bonivard aufzusuchen, und das Wetter an dem Tag, als Darnley ermordet wurde – das Wetter, immer nur das Wetter. Er behauptet, es verleihe dem Geschehen einen authentischen Hintergrund.«

»Ganz recht, dazu habe ich auch schon geraten, in meiner zweiten Vorlesung. Das Wetter –«

»Da hast du's. Demnach hat er also doch zugehört. Ich finde, Chris wirkt im Unterricht immer so geistesabwesend.«

»Ein riesig netter Junge«, sagte Rowland. Seinem Tonfall war ein leises Bedauern beigemischt, als wäre Chris ein riesig netter Hund, der jedoch aus irgendeinem unabweisbaren Grund zum Tierarzt gebracht werden müsse, um eingeschläfert zu werden.

Anders als in anderen, größeren Internaten der Schweiz um diese Zeit endete das Schuljahr im College Sunrise statt im Sommer Mitte Dezember. Rowland und Nina richteten für ihre Schüler, deren Freunde und Eltern (die die Kosten dafür bereitwillig übernahmen) eine große Abendgesellschaft mit Tanz aus, auf der den Schülern Preise überreicht wurden. Dieses Jahr sollte sie im nahe gelegenen 5-Sterne-Hotel stattfinden. Nina, die wusste, dass sie im Herbsttrimester vor lauter Arbeit nicht dazu kommen würde, nutzte die Schulferien, um erste Vorbereitungen für den diesjährigen Abschlussball zu treffen.

Während sie mit dem liebenswürdigen Hoteldirektor eben Einzelheiten des Pauschalarrangements erörterte, durchfuhr sie plötzlich eine Erkenntnis, die sie erst einmal verdrängen musste, um nicht den Faden zu verlieren. Auf dem Heimweg allerdings kam sie auf ihren Gedankenblitz zurück: Eigentlich leite ich die Schule ganz allein. Rowland könnte ebenso gut einer von den Schülern sein. Jedenfalls ist er kaum dem Personal zuzurechnen. Er hält nur noch seinen Kurs in Kreativem Schreiben ab, und auch den nur mit Ach und Krach. Ursprünglich hatte Rowland Sozialgeschichte, moderne Kunst und Fotografie unterrichtet. Dabei brauchte man nur dem Lehrbuch zu folgen. Als sich Rowland mehr und mehr in seinem Roman verlor, fand Nina es ziemlich einfach, diese Klassen zu übernehmen. Einfach, aber nicht leicht. Sie hatte viel zu viel zu tun. Das Schulgeld war nicht unerheblich, und die Zöglinge hatten Anspruch auf einen Unterricht, der zumindest annähernd den von ihren Eltern entrichteten Gebühren entsprach.

Zu Hause saß Rowland im Arbeitszimmer und grübelte über seinem Roman. Nina hatte sich entschlossen, ihm ohne Umschweife mitzuteilen, dass sie weit mehr als ihren gerechten Anteil an der Schulverwaltung übernommen habe, dass sie sich überlastet fühle. Sie saß an ihrem Schreibtisch und nahm einen Anlauf. Sie setzte zum Sprechen an, doch was ihr über die Lippen kam, waren die folgenden Worte: »Du hast ein Auge auf Mary Foot geworfen, stimmt's?«

»Ach, nun fang bloß nicht wieder damit an. Mary ist schüchtern. Ich wollte ihr nur dabei helfen, dass sie aus sich herausgeht.«

»Falls du eine ehrliche Meinung hören willst, ich glaube, mich mag sie lieber als dich.«

»Im Moment habe ich keine Zeit, mir ehrliche Meinungen anzuhören«, erwiderte er. »Ich schreibe an einem Buch.«

»Oder ist es etwa Pansy?«, fragte sie. »Vielleicht ist es Pansy, die dich wachhält.«

Der Sturm hatte sich bald gelegt, denn mit der eigentlichen Ursache hatte der Streit nichts zu tun.

Außerdem war es stets ihr ruhiger, strebsamer Internatsschüler Chris, der Rowland beschäftigte. Alles andere spielte nur eine untergeordnete Rolle. Rowland sagte sich, dass der Roman, den Chris so geschwind vorantrieb, bestenfalls ein Publikums-, aber kein künstlerischer Erfolg werden würde. Der Umstand, dass Chris erst siebzehn oder vielleicht achtzehn wäre, wenn das Buch veröffentlicht würde (falls überhaupt), würde sich zu seinen Gunsten auswirken. Mit achtzehn bereits erfolgreicher Autor eines historischen Romans zu sein ...

Rowland schrieb: »Die beiden Besucher, die junge Tante und ihr etwas älterer Neffe, kamen gelassen den Weg herauf.« Er strich das Wort ›gelassen‹ durch und fügte stattdessen ›sorglos‹ ein. Dann strich er auch dieses Wort durch und setzte ›lässig‹ ein. Anschließend schrieb er: »Sie humpelte immer noch leicht.«

Aber sie hatte nach Chris gefragt. Dem rothaarigen Chris.

Rowland hatte bereits vor seinem Studienabschluss in Oxford ein Bühnenstück für das National Theatre in London verfasst – der Erstlingserfolg eines jungen Autors. Danach hatte er ein Stück nach dem anderen produziert, die er jedoch, seinem Agenten zufolge, »noch nicht aus der Hand geben« durfte. Er wechselte den Agenten. Doch auch der neue Agent wollte Rowlands Sachen »noch nicht aus der Hand geben«.

Seine Heirat mit Nina und ein großzügiges Erbteil hatten seine Nerven vorübergehend beruhigt. Die gemeinsame Wanderschule hatte ihm Befriedigung verschafft. Und jetzt dieses Verlangen, einen Roman zu schreiben. Er war überzeugt, dass er das Zeug dazu hatte. Er erinnerte sich noch an die Zeit vor acht Jahren, als er das Stück vollendet hatte, an die Aufnahme, die es gefunden hatte. Einen Monat lang hatte es auf dem Spielplan gestanden, und fähige Kritiker hatten ihm eine große Zukunft vorausgesagt. Ich bin noch nicht einmal dreißig, sinnierte er. Ich kann es noch einmal schaffen. Ein Roman hat einen Anfang, eine Mitte und ein Ende. Also sprach Aristoteles, und entsprechend hatte er es an seine Kursteilnehmer weitergegeben. Einen Anfang, eine Mitte und ein Ende. Chris hatte gefragt: »Muss man mit dem Anfang anfangen und mit dem Ende enden? Kann ein Schriftsteller nicht auch in der Mitte beginnen?«

»Versucht worden ist es schon öfters«, hatte Rowland geantwortet, »aber es führt leicht zu Verwirrung.«

Chris schien sich aus diesem Aspekt nicht viel zu machen. Offenbar hatte er ein angeborenes Gespür dafür, wie eine Handlung aufgebaut werden musste.

Zu viel Individualismus, dachte Rowland. Chris hemmt mich. Ich wünschte, er würde friedlich im Schlaf sterben.

Ich bin zu jung dafür, dachte Nina, mit einem Mann verbandelt zu sein, der mit einem Roman verheiratet ist. Oder vielmehr verlobt, da aus dem Roman ja noch nichts geworden ist. Sie wünschte sich nichts sehnlicher, als dass Rowland Rektor eines College in Oxford oder Cambridge würde. Sie wollte mit einem Gelehrten verheiratet sein. Als sie ihn ehelichte, hatte sie geglaubt, es mit einem Bühnenautor zu tun zu haben; der Trug hatte nicht lange vorgehalten. Aber sie wusste, dass er sich niemals auf ein Gelehrtendasein einlassen würde. Dabei war er ein ausgezeichneter Lehrer. Er erzielte gute Ergebnisse; ein Beispiel dafür war Chris. An Rowlands Roman, dachte sie, zerbricht noch die ganze Schule. Mit sechsundzwanzig bin ich zu jung, um Frau und Psychiaterin in einer Person zu sein. Er sollte an mich denken, sollte mich analysieren. Ich hätte einen Gelehrten heiraten sollen. (Im Endeffekt sollte Nina selbst es mit Ach und Krach zur Kunsthistorikerin bringen, doch wir wollen nicht vorgreifen…) Hier am College Sunrise, sagte sie sich, bin ich mit einem Geisteszustand verheiratet. Sie wollte Rowland klarmachen, dass sie seinen Roman langweilig fand, aber über die Lippen kamen ihr nur die Worte: »Ich glaube, Chris wollte Israel und Giovanna besuchen. Ob er sie wohl angetroffen hat?«

Chris grübelte über das Wesen der Eifersucht nach. Er dachte an Darnleys grimmige und primitive Eifersucht auf Rizzio, den Favoriten seiner Gemahlin, ihren Musiker und vertrauten Ratgeber. In seinem eigenen Leben hatte er das

Wüten der Eifersucht noch nicht verspürt, obwohl er mit der Empfindung vertraut war und sie bei anderen ausmachen konnte. Manchmal hatte er andere Jungen beneidet und in dem Gefühl eine Art Bewunderung erkannt. Er wusste, was es bedeutete, sich etwas herbeizuwünschen, was andere besaßen und man selbst nicht, etwa ein stabiles Familienleben. Und Chris verstand auch, dass der erwünschte Gegenstand oder Zustand (wie etwa das ›stabile Familienleben‹ anderer Kinder) bei genauerer Betrachtung gar nicht mehr so wünschenswert erschien, falls er denn überhaupt existierte.

Was ist Eifersucht? Heißt Eifersucht: Was du hast, gehört mir, mir, mir? Nicht ganz. Eifersucht heißt: Ich hasse dich, weil du hast, was ich nicht habe und was ich begehre. Ich will ich selbst sein, aber an deiner Stelle, mit deinen Möglichkeiten, deiner Ausstrahlung, deinem Aussehen, deinen Fähigkeiten, deinen Geistesgaben.

Chris wäre begreiflicherweise erstaunt gewesen, hätte er geahnt, dass sich Rowland vor lauter Eifersucht mit gequälter Genugtuung ausgemalt hatte, Chris würde im Schlaf sterben.

Das College Sunrise war hübsch, wenn auch ziemlich karg möbliert, vorwiegend mit modernen schwedischen Kiefernmöbeln. Es gab im ganzen Haus nur ganz wenige Vorhänge und Kissen. Die Schüler hefteten ihre Lieblingsposter an ihre Schlafzimmerwände, und die Bücherregale enthielten außer Büchern noch alles Mögliche, persönliche Gegenstände wie Duschgel, stapelweise CDs, Holzschnitzarbeiten, Muscheln, Keramikbecher. Auf den Betten lagen bunte Steppdecken. Keine Teppiche, weder in den Gemeinschaftsräumen noch in den Schlafzimmern. Die Fußböden waren mit großen dunklen Fliesen belegt, die in möglichst glänzendem Zustand gehalten wurden.

Die nüchterne Einrichtung passte gut zum Wanderschulcharakter des Internats. Unerklärlicherweise fanden Besucher das Internat gerade deshalb besonders reizvoll: »Ach, wenn man doch stets so wohnen könnte, so ruhig, so schlicht, so sauber.« Die Schule war mobil und leicht zu reinigen. Nina und Rowland hatten sie absichtlich so konzipiert. Indes sehnte sich Nina zuweilen nach einer weniger funktionalen Umgebung, nach Teppichen und Vasen mit üppigen Blumenarrangements. In dem Arbeitszimmer, das sie sich mit Rowland teilte, hatte sie einen bequemen Sessel für sich.

Sie machte es sich darauf gemütlich und las Rowland einen Brief von Pansys Mutter vor, der sie aufgeheitert hatte. Das Mädchen hatte den Sommerkurs in Cambridge nach nur vier Tagen abgebrochen, da sie ihn im Vergleich zum College Sunrise zu abgehoben fand.

»Ich kann Ihnen nicht sagen«, las sie, »wie sehr sich Leg nach ihren zwei Trimestern bei Ihnen verändert hat. Sie war immer so steif und tugendhaft, ganz die Pfadfinderin und Sonntagsschülerin. Ich dachte schon, sie würde als Postbeamtin oder Priesterin enden. Sie hat doch tatsächlich Golfsocken über ihren Nylonstrümpfen getragen, ganz zu schweigen von diesen fürchterlichen weißen Blusen. Aber Sie, Ms. Mahler, haben bei Leg wahre Wunder gewirkt. Leg hat die Küchendecke grün gestrichen (die Farbe ist uns ins Mittagessen getropft, unsere Putzhilfe war fuchsteufelswild), und sie trägt hauteng Jeans und ultrakurze Miniröcke. Richtig hübsch sieht sie jetzt aus, aber das wissen Sie ja...« Nina unterbrach sich. »Hörst du zu, Ro?«

Rowland lächelte sie an. »Finde ich gar keine Anerkennung?«

»Doch. Hör zu: ›Mr. Mahlers Kurs ›Kreatives Schreiben‹ hat Leg auf Ideen gebracht. Sie hat ein Bündel Zeitungsausschnitte genommen, sie durcheinandergemischt, jedes fünfte Wort aus jeder Zeile genommen und daraus ein phantastisches Gedicht gemacht. Das ist künstlerische Freiheit, Mama, hat sie gesagt. Und sie hat gesagt, man kann sich gar nicht vorstellen, wie frei man sich fühlt, wenn man Wörter auf diese Weise aneinanderreiht. Wenn man die Grammatik außer Acht lasse, ergebe sich ein ganz neuer Sinn. Sie sagt, Mr. Mahler habe sie gelehrt, es komme nicht darauf an, was man hinschreibe, sondern darauf, was man auslasse, Stille sei wichtiger als Lärm. Ich bin ja so dankbar für alles, was Sie für Leg getan haben, Mr. Mahler. Sie ist wie verwandelt. Den Sommerkurs in Cambridge hat sie aus freien Stücken, ganz aus eigenem Antrieb, abgebrochen, und dafür bewundere ich sie. Auf dem Lehrplan stand George Eliot, die einem ja so auf den Geist geht (Leg sagt: auf den Sack), mit Videoaufnahmen der BBC-Verfilmung. Leg sagt, nach Mr. Mahlers Madame ›Miss World‹ Bovary habe sie das Gesülze über das moralische Dilemma einfach nicht mehr ertragen können. Die anderen Teilnehmer waren völlig unersprießlich, nur an Führungspositionen und Laptops interessiert.‹ – Legs Mutter«, sagte Nina, »lebt natürlich in äußerster Armut...«

»Leute wie sie begeistern sich für alles und jedes. Aber

sie hat recht, wir sind eine großartige Schule«, sagte Rowland.

»Wie wahr«, meinte Nina. »Du brauchst wirklich keinen Roman zu schreiben. Findest du nicht, dass du einer von den Menschen sein könntest, die auch ohne Roman auskommen?«

»Nein.«

Wenn ich doch nur wüsste, dachte Rowland, was Chris schreibt, allein in seinem Zimmer, aus dem er immer mit diesem strahlend-hintergründigen Lächeln auftaucht: »Nein, Rowland, Sie können ihn nicht sehen. Wenn ich Ihnen den Roman in diesem Stadium zeigen würde, wäre für mich alles verdorben.«

Rowland bereute seine früheren Versuche, Chris davon abzubringen, das Buch zu schreiben. Das war ein Fehler gewesen. Zumindest hätte Chris ihm unbefangen gezeigt, was er bis dahin geschrieben hatte, und er wüsste Bescheid. Denn natürlich kannte Chris die Handlung bereits, hatte einen Plan im Kopf. Und sofern das Buch je das Licht der Welt erblickte, würde es seine Leserschaft finden, so schwachsinnig es als historischer Roman auch sein mochte. Gewiss, ganz gewiss, mehr als gewiss würde Chris auf irgendeine Weise Erfolg haben. Rowland verspürte den Drang, einen Eimer grüne Farbe über Chris' roten Schopf auszuleeren. Grüne Farbe, die an seinem Gesicht herablaufen und sein Buch vollkommen unleserlich machen würde. Oder den Drang, seinen Laptop mitsamt seinem Roman zu zertrümmern. Ihn auszuschalten, zu zertrümmern und der Sache ein für alle Mal ein Ende zu bereiten.

Nina merkte, dass sich Rowlands Eifersucht zu einer regelrechten Obsession auswuchs. Sie war der festen Überzeugung, Rowland könnte einen guten Roman schreiben, sofern er frei von Eifersucht, Neid, Rivalitätsgefühlen wäre, oder was immer sonst der junge Chris in ihm ausgelöst hatte, als er ihm das erste Mal begegnet war. Es war eine richtige Krankheit, und solange Rowland sie nicht überwand, würde sie sein Schreiben und womöglich auch seinen Unterricht lähmen.

»Leg ihn weg bis nach Weihnachten«, riet sie Rowland.

»Wieso?«

»Danach werden wir Chris los sein, er wird mitsamt seinem Roman, seinem Laptop, seinen wilden Ambitionen und seinem roten Haar heim zu seiner Mutter und seinem Onkel gefahren sein, diesen Turteltauben.«

»Ich dachte, du magst ihn.«

»Tu ich auch«, erwiderte sie. »Irgendwie liebe ich ihn sogar.«

»Warum willst du ihn dann aus dem Weg haben?«

»Weil er dir im Weg steht. Seine Romanschreiberei stört deine.«

»Durchaus nicht. Du hast nichts begriffen. Ich sorge mich um Chris als sein Lehrer, der ihn in Literatur und Kreativem Schreiben unterrichtet. Er wird sich gewaltig die Finger verbrennen.«

»Soviel ich weiß, ist dies das Schicksal jedes angehenden Schriftstellers. Du solltest einige Schriftstellerbiographien lesen.«

»Dann glaubst du also nicht an mich?«

»Doch. Du besitzt Sensibilität und Phantasie. Und natürlich das nötige Wissen. Erinnerst du dich noch an Rosie Farnham, das Mädchen, das in Brüssel an unserem Internat war? Weißt du noch, wie gut sie in deinem Kurs gelernt hat? Nun, neulich habe ich im *Tatler* einen Artikel von ihr gesehen. Sehr gut geschrieben, wirklich professionell. Das verdankt sie dir und deinem Unterricht.«

»Wovon handelte der Artikel?«

»Davon, wie man einen Goldfischteich anlegt.«

»Ich erinnere mich an Rosie. Die Expresskurier-Familie.«

»Ja, und jetzt ist sie Journalistin.«

Er setzte sich an seinen Schreibtisch, und in der Hoffnung, dass er seine Schreibhemmungen überwinden würde, ging sie aus dem Zimmer.

Unterdessen fiel ihm wieder ein, dass Nina ihm kürzlich vorgeschlagen hatte: »Warum schreibst du nicht über Chris ... und schreibst ihn dir so von der Seele? Mach dir Notizen über ihn – alles, was dir in den Sinn kommt. Niemand wird dahintersteigen. Schreib einfach alles auf, was du beobachtest.«

Was ihm da entgegenschlug, waren die gesammelten Weisheiten aus seinem Kurs ›Kreatives Schreiben‹. Genau das hatte er den Schülern geraten, wenn sie nicht wussten, worüber sie schreiben sollten. »Halten Sie nach Einzelheiten Ausschau«, hatte Rowland oft gesagt. »Beobachten Sie. Denken Sie über Ihre Beobachtungen nach. Denken Sie scharf nach. Ihre Beobachtungen brauchen nicht buchstäblich wahr zu sein. Die buchstäbliche Wahrheit ist trocken und dürr. Analysieren Sie Ihren Gegenstand. Stoßen Sie mit Freud in die Tiefe, zum inneren Wesenskern vor. Nichts ist so, wie es scheint. Die Katze, zum Beispiel, bedeutet die Mutter.«

Beobachtungen: Chris und das Haus des Israel Brown. Das Mädchen und die Geige. Hatte Chris ihr auf dem Grundstück aufgelauert? War er womöglich ein Spanner, der vorgab, für seinen Roman zu recherchieren? Was führte er im Schilde, wenn er in der Bar des Hotels nebenan saß? Er behauptet, siebzehn zu sein, aber mir kommt er älter vor. Ist er siebzehn? Vielleicht neunzehn. Pallas Kapelas ist noch nicht einmal siebzehn. Chris ist sehr freundlich zu ihr. Schläft er mit Pallas? Falls ja, wäre es Unzucht mit Minderjährigen – oder irre ich mich? Sein sogenannter Roman ist nur eine Tarnung. Er guckt sich Tag und Nacht Pornos an.

All dies kritzelte Rowland mit seinem Kugelschreiber hin. Ja, er fühlte sich wohler dabei. Nina hatte recht. Er musste es sich von der Seele schreiben.

Später sagte er zu Nina: »Ich werde Chris eine E-Mail schicken.«

»Wozu das? Worüber denn?«

»Um ihn zu warnen, dass ich ihm auf der Spur bin. Ich muss ihn warnen.«

»Mein Gott«, sagte Nina, »du wirst verrückt.«

»Höre ich mich wie ein Verrückter an?«

»Vollkommen.«

Am nächsten Tag beim Abendessen fragte Tilly mit ihrem Talent für verstörende Bemerkungen Chris, wie er mit seinem Roman vorankomme.

»Er wird dicker«, antwortete Chris.

»Geradezu fett«, sagte Pallas, um jedem in Erinnerung zu rufen, dass sie es war, die, wenn Chris einmal nicht daran arbeitete, die Notizen zu seinem Buch, die Disketten und Papierausdrucke verwahrte.

»Warum hat Darnley Rizzio ermordet?«, wollte Mary Foot wissen.

»Aus Eifersucht. Die Königin hatte mehr Interesse an Rizzio als an ihrem Gatten. Rizzio und Darnley standen einander nahe, waren anfangs sogar enge Freunde. Aber dann war Darnley vor Eifersucht wie besessen.«

»Hat die Königin ihm den Mord an Rizzio verziehen?«, fragte Joan Archer.

»Zu dem Zeitpunkt war sie bereits Politikerin. Sie war –« Chris war außerordentlich froh, sich über sein Thema auslassen zu können, besonders über die Frage der Eifersucht. »Darnley war ein großer, stattlicher Mann. Ein Cousin der Königin, von königlichem Geblüt. Er war ziemlich entsetzt über das Gerücht, das kursierte, nämlich dass Rizzio, kleingewachsen und von niedriger Geburt, ihr Geliebter sei. Als Musiker, als Höfling war Rizzio äußerst talentiert. Er hatte bereits in diplomatischen Diensten gestanden, als er Bonivard begegnete, beziehungsweise als er ihm hätte begegnen können – das ist natürlich ein fiktives Arrangement...«

Rowland war außerstande, weiterzuessen oder auch nur mit der Gabel in seinem Essen herumzustochern. Unbeweglich saß er da. Tilly ließ nicht locker: »Es stimmt, du brauchst einen Verlag. Wie willst du das anstellen?«

»Ehrlich gesagt, ich habe schon drei Verleger, die sich die

Finger danach lecken«, antwortete Chris. »Soll ich euch verraten, wie ich es angestellt habe?« Und schon brüllte die Tischgesellschaft vor Lachen (in das Rowland nicht einstimmte), als er erzählte, wie er drei Londoner Verlage angeschrieben hatte: »Ich bin gerade siebzehn und arbeite an einem historischen Roman über die schottische Königin Maria Stuart und den Mord an ihrem Gemahl Darnley. Gegenstand des Romans sind Eifersucht und Leidenschaft.« Chris fuhr fort: »Anscheinend fanden alle drei das Thema unwiderstehlich. Ich habe das Gefühl, mein Alter ist ein nicht unwesentlicher Faktor. Einer von ihnen will mich sogar besuchen. Ein anderer hat mir aufgrund der ersten zehn Seiten einen Vertrag angeboten. Sie können sich gar nicht halten vor Begeisterung. Mit dem Buch kann ich regelrecht Geld verdienen.«

»Geld?«, fragte Opal.

»Ja, richtiges Geld. Aber das wird mich in der Wahl meines Verlegers nicht beeinflussen.«

»Ganz recht«, meinte Mary Foot.

»Da bin ich anderer Ansicht«, widersprach Pallas. »Wenn sie Geld investieren, werden sie sich mit der Veröffentlichung des Buches mehr Mühe geben. Mein Papa sagt immer, der Meistbietende sollte nie ganz übergangen werden, niemals.«

»Aber ein Roman ist doch ein Kunstwerk«, wandte Mary ein. »Zumindest sollte er eins sein. Und ein Kunstwerk hat keinen Preis. Kunst kommt vor Kommerz.«

Dem pflichteten alle am Tisch bei. Alle außer Rowland, der, die Ellbogen auf dem Tisch und die Hände wenige Zentimeter vor den Augen, in starrer Pose verharrte, so als sei er über irgendetwas erstaunt. Erstaunt war er allerdings, und zwar über seine Hände, die Chris am liebsten erwürgt hätten.

»Aber«, sagte Nina, »der Arbeiter ist seines Lohnes wert, und wir wollen doch hoffen, dass Chris für seine Arbeit eine angemessene Vergütung erhält – Rowland, würdest du bitte die Sauce weiterreichen?«

Rowland regte sich nicht.

»Rowland ...«

Langsam erwachte er aus seiner Trance und schob die Sauciere über den Tisch. Er sagte: »Man soll den Tag nicht vor dem ... Weißt du, Chris, vielleicht akzeptieren sie dein Buch ja nicht.«

In der Tischrunde erhob sich lautstarker Protest, aber Chris sagte: »Wer weiß, vielleicht lebe ich auch gar nicht so lange, um das Buch zu beenden, Rowland. Man kann nie wissen.«

Benedict Wells

Das erste Telefonbuch

Als ich meine Wohnung betrat, roch ich Gustavs Stoff. Er musste meinen Zweitschlüssel benutzt haben und lag nun bekifft auf dem Fußboden, umgeben von einer Flasche Wodka und Hunderten Seiten von *Der Leidensgenosse*. Mit der karierten Stoffhose, dem gelben Shirt und dem grauen Secondhandjackett wirkte er auf mich im ersten Moment wie ein Penner, der bei mir eingebrochen war, um an Alkohol zu kommen.

»Was machst du hier?«, fragte ich. Erst jetzt registrierte ich, dass er tatsächlich in meinen Roman hineingelesen hatte.

»Ich wollte dich ein bisschen aufheitern.« Er schüttelte die Wodkaflasche. »Du warst aber nicht da, und da hab ich dein Buch auf dem Tisch gesehen und ein wenig darin gelesen.«

»Was fällt dir ein«, sagte ich, und im selben Atemzug: »Und, wie findest du es?«

Seine erste Reaktion war Gelächter. »Weiß nicht. Verrückt?«

»Aber es ist doch auf eine anspruchsvolle, spannende und gute Art verrückt, oder nicht?«

»Na ja, ich würde eher sagen: *oder nicht*.«

»Ach komm, du kannst das doch überhaupt nicht beurteilen«, sagte ich. »Du hast doch gar keine Ahnung von Büchern.«

»Hab ich also keine Ahnung, so, so. Ich glaube, die muss man auch nicht haben, der gesunde Menschenverstand reicht völlig. Allein die Geschichte mit dem Wal...«

Ich unterbrach ihn. »In meinem Buch kommt ein Wal vor?«

Gustav sah mich irritiert an.

Ich winkte ab. »Lies mal vor!«

»Hör zu, Jesp. Du weißt, ich halte dich für talentiert und so, aber das war alles ein ziemlich komischer Shit. Dein Leidensgenosse ist jedenfalls gerade auf seiner Südamerikareise, glaube ich, ich bin hängengeblieben, als ich ›Explosion‹ gelesen habe. Ach, und noch was, du hast dich beim Schreiben anscheinend in das Wort ›entzückend‹ verliebt, es kommt andauernd vor. Warte, hier.« Nachdem er einen kleineren Stoß durchwühlt hatte, nahm er ein Blatt und begann zu lesen:

»›...Groß war die Aufregung im kleinen, aber entzückenden mexikanischen Örtchen Quilermo, als ich es besuchte. Das lag jedoch keinesfalls an mir, sondern daran, dass das dort ansässige Institut für Meereskunde den Zuschlag für *Klopfer* bekommen hatte. Klopfer war ein Pottwal, ein sechzig Tonnen schweres Säugetier, das eben erst an einen Strand gespült worden und dort eingegangen war. Rosita Panameno, eine entzückende und engagierte Meeresforscherin und Biologin, war bei diesem Coup eine der tragenden Säulen gewesen und mehr als stolz darauf, Klopfer stellvertretend in Empfang zu nehmen, um an ihm in dem wissenschaftlichen Institut eine Autopsie durchzuführen. Schließlich war es endlich so weit. Mit lautem Gedöns wurde auf einem riesigen Lastwagen der tote Klopfer nach Quilermo hereintransportiert, und schließlich war es endlich so weit. Mit lautem Gedöns wurde auf einem riesigen Lastwagen der tote Klopfer nach Quilermo hereintransportiert...‹«

»Hey, du wiederholst dich, den letzten Satz hatten wir schon mal«, warf ich ein.

»Ich wiederhole mich nicht, er steht zweimal da.«

Ich ließ es mir zeigen und gab ihm nach einer Sekunde innerlichen Grauens ein Zeichen, dass er weiterlesen sollte.

»›...Die Menschen hatten sich auf der engen Hauptstraße versammelt, manche waren ängstlich und schimpften, viele aber bestaunten das Tier wie einen Heiligen, der nun als Märtyrer wieder zurückgekehrt war, und riefen entzückt seinen Namen. Endlich hatte auch ihr entzückender Ort Berühmtheit erlangt. Sie jubelten Rosita Panameno zu, die neben Klopfers monströsem Kadaver auf der Tragefläche des Lastwagens stand und den Menschen lachend zurückwinkte, es war wie ein Festtag. Doch was niemand ahnte, war, dass die faulenden und gärenden Gase im Inneren von Klopfer anfingen, seine Organe zum Platzen zu bringen. Und mitten in den Trubel des entzückten Städtchens hinein explodierte der riesige Wal von innen heraus. Es gab einen lauten Knall, und Klopfers blutige Innereien und Eingeweide ergossen sich über die Häupter der anwesenden und klatschenden Menge. Als sich der erste Schreck verflüchtigt hatte, fand man sie. Da lag, direkt an der Detonationsquelle, Rosita Panameno, tot. Die Explosion hatte sie gegen eine Hauswand geschleudert, und dem wuchtigen Aufprall hatte ihr zartes Genick nicht standgehalten...‹«

»Danke, das reicht«, meinte ich. »Hör schon auf.«

»Meinetwegen«, sagte Gustav. »Aber dann erklär mir doch bitte mal, wieso diese ›entzückende‹ Rosita Panameno ein paar Zeilen später wieder quicklebendig auftaucht, als wäre nichts gewesen, und dann wild mit dem Leidensgenossen rumvögelt? Komm schon, das ist doch total verrückt.«

Zugegeben, jetzt, da ich nicht nachts betrunken am Schreibtisch saß, erschien mir das alles tatsächlich etwas seltsam. Und dass auch an dieser Stelle eine Sexszene drin war, beunruhigte mich. Mich beschlich das dunkle Gefühl, dass es doch mehr als nur drei oder vier solcher schweinischen Szenen ins Manuskript geschafft hatten. Hätte ich beim Schreiben nur nicht so viel gesoffen! Andererseits war es ein großes Werk, da konnte es schon mal vorkommen, dass ein paar Szenen noch mal überarbeitet werden mussten. Und Hemingway hatte ja auch gesoffen.

»Sei ehrlich, wie viel hast du gelesen?«, fragte ich.

»Genug.«

»Wie viel?«

»Also gut, nicht viel mehr als das, was ich dir vorgelesen habe, drei Seiten vielleicht.«

Ein ungeheures Gefühl der Erleichterung überkam mich. Ganz sicher war das nur eine zufällig verunglückte Stelle im Buch gewesen, kein Vergleich zum Rest. Ich hatte ganz einfach Pech gehabt, dass Gustav an diese eine ganz abscheuliche Stelle geraten war. Ich nahm die drei bösen, bösen Blätter und zerriss sie.

Gustav sah weiterhin auf die riesigen Mengen meines Buches. Einen Teil davon hielt er noch immer wie einen zwei Wochen alten Hering in der Hand. »Tja, von mir aus war das eben eine der wenigen schlechten Szenen, Jesp, aber dann gibt es da noch eine andere Frage. Wie viel zum Teufel hast du denn da eigentlich geschrieben?«

Ich nuschelte schuldbewusst eine mir sehr bekannte Zahl und meinte, dass ich natürlich noch etwas kürzen müsse.

»Wie viel?«, fragte er.

»Ja, es sind eintausendzweihundertdreiundachtzig Seiten, bist du jetzt zufrieden?« Ich schaute zu Boden und hoffte, er würde nicht allzu streng mit mir sein. Gustav meinte immer, ein schlechter Schriftsteller könne sein Buch nicht kontrollieren, also hatte ich ihn natürlich angelogen und so getan, als käme ich mit dem Umfang klar.

»Du bist ein Lügner«, sagte er und deutete auf *Der Leidensgenosse.* »Ein Lügner und ein schlechter Schriftsteller.«

»Ich habe nur gelogen, als ich sagte, ich wäre kein schlechter Schriftsteller.«

Gustav seufzte. Für ihn war der Fall klar. »Gratuliere, du Penner«, sagte er und hob noch mal einen Stapel hoch. »Du hast dein erstes scheiß Telefonbuch geschrieben.«

René Goscinny
Im Rampenlicht

Wenn ein Schriftsteller im Varieté sitzt, verspürt er tief in seinem Innern einen gewissen Neid, obwohl er sich gleichzeitig mit dem Gedanken trösten kann, dass kein Varietékünstler einen Satz wie diesen hier je zu Papier bringen könnte.

Jeder Bühnenkünstler hat ein Recht auf das Rampenlicht, auf angemessene Beleuchtung, auf würdige Ausstattung, auf Musik, auf Regie und vor allem auf den Applaus des Publikums. Und dieser wunderbare Zustand endet keineswegs, wenn der Vorhang zum letzten Mal heruntergeht, denn das ist der Augenblick, wo die begeisterten Zuschauer auf die Bühne stürmen und in die Garderobe eindringen, wo sie von dem Star erwartet werden, der, sichtlich erschöpft und in einen Bademantel gehüllt, dasitzt, das Gesicht noch unter der Schminke, in der die Schweißperlen rührende Spuren hinterlassen.

»Wunderbar! Sie waren wunderbar!«

»Finden Sie? Ich habe doch eine Grippe...«

»Aber davon war nichts zu merken! Sie waren in Super-Form...«

»Lass dich umarmen, mein Lieber! Phan-tas-tisch! Du warst einfach phan-tas-tisch!«

»Meinst du wirklich? Ich habe doch eine Grippe...«

»Phan-tas-tisch!«

Der Schriftsteller dagegen arbeitet nicht in der Öffentlichkeit. Wenn er einen besonders geglückten Satz abgesondert hat, stört nicht das geringste bewundernde Raunen die Stille seines Arbeitszimmers.

Und hat er schließlich und endlich Kontakt mit dem Leser, muss er feststellen, dass der eben nicht von dem überschäumenden Enthusiasmus eines überfüllten Zuschauerraumes mitgerissen ist, sondern eher zu einer »aufrichtigen Meinungsäußerung« neigt: »Ich habe Ihren letzten Schmöker gelesen. Darf ich Ihnen meine ehrliche Meinung sagen?«

Daher habe ich oft davon geträumt, wie sich mein Beruf darstellen würde, wenn wir – die Schriftsteller, Drehbuchautoren, Textdichter und Zeichner – ihn auf der Bühne ausüben könnten.

Das müsste schon mit den Plakaten anfangen, mit meinem Porträt und mit meinem Namen in riesigen Buchstaben: STANISLAS, und dann müsste ich von jungen Mädchen umgeben sein, die mir das Hemd vom Leib reißen wollen – ich hab das schon mal irgendwo gesehen, und ich fand es einfach toll.

Und dann müsste man sich natürlich über den visuellen Aspekt meines Schreib-Auftritts Gedanken machen. Was sollte ich anziehen? Man weiß ja, dass Schriftsteller oft eine besondere Kleidung wählen, die dazu beiträgt, ihr Erscheinungsbild für die Nachwelt zu erhalten: Da sind der Schlafrock von Balzac zum Beispiel oder das kleine Barett mit Bommel von MacOrlan.

Für die Mitglieder der Akademie ist das Problem selbstverständlich gelöst:

Der mit Federn geschmückte Zweispitz, die nachtblaue Uniform, von der sich die grünen gestickten Ornamente und das rote Band der Ehrenlegion vorteilhaft abheben; die weiße Hemdenbrust und der Degen – alles das nimmt sich im Scheinwerferlicht vortrefflich aus. Aber schließlich ist die Akademie auch die Comédie Française des Schriftstellers.

Man muss auch an die Accessoires denken, sie sind so nützlich für die Regie-Idee: Balzac – schon wieder er – hatte seine Tasse Kaffee, Voltaire seinen Sessel. Näher an unserer Zeit: Fred mit seinem Schnurrbart, und die anderen Zeichner wie zum Beispiel Gotlib mit seiner getönten Brille und Charlier mit seinem Sandwich. Was mich betrifft, ich würde mich mit einer strassbesetzten Schreibmaschine begnügen, auf der mein Name steht. Für die szenische Darstellung muss noch einiges bedacht werden. Es ist klar, wenn da eine Figur ganz allein hinter einer Schreibmaschine sitzt, macht das auf der Bühne des Olympia keinen großen Eindruck. Vielleicht könnte ich mich von einer Sekretärin begleiten lassen oder noch besser von einer Gruppe von Sekretärinnen. Das könnte man auch ein bisschen exotisch gestalten. Alexandre Dumas hatte mehrere Ghostwriter.

Ray Charles hatte seine Raylettes, Claude François seine Claudettes, ich müsste also meine Stanislettes haben. Es wäre nicht übel, wenn sich das generell einführen ließe, dann gäbe es Saganettes, Sartrettes und Simenonettes. Die Schwierigkeit ist nur, dass ich mir nicht vorstellen kann, was meine Stanislettes machen sollen, während ich auf der Bühne schreibe. Ich muss nämlich gestehen, dass ich es nicht vertragen kann, wenn hinter mir jemand herumwirbelt, während ich arbeite. Schade um die Stanislettes. Aber, was auch sehr wirkungsvoll wäre: ein Orchester hinter einem Tüllvorhang. Die Musik könnte die dramatischen Passagen oder die amüsanten Stellen meines Textes unterstreichen. Ideal wäre, wenn das kleine Glöckchen der Schreibmaschine, das am Zeilenende erklingt, mit dem Takt der musikalischen Begleitung abgestimmt würde: Ratatazack, ratatazack, DING! Ratatazack, ratatazack, DING!

Die Beleuchtung müsste natürlich auch mit Bedacht eingesetzt werden: Wenn der Text melancholisch wird, müsste mein Gesicht von einem schmalen blauen Lichtspot angestrahlt werden. Wenn ich dagegen lustige Sachen schreibe, müsste das Licht zu Rot oder Gelb wechseln. Nach vielen Proben und Entscheidungen in letzter Minute kämen dann der Premieren-abend und mein Auftritt. Mein Name müsste natürlich in riesengroßen Buchstaben an der Fassade des Veranstaltungsortes leuchten. Die Buchstaben sollten nach und nach aufscheinen: STANISLAS, dann verlöschen und alle auf einen Schlag wieder aufleuchten: STANISLAS! Und so immer weiter. Dann kämen die Ehrengäste, die Fotografen und das Fernsehen, und die Leute liefen auf dem Trottoir zusammen, um die Prominenz vorfahren zu sehen. Und der Ordnungsdienst wäre überfordert wie immer.

Und schließlich, nachdem ich das Wort ENDE getippt hätte, das begeisterte Gejohle, der skandierte Applaus, die Standing Ovations der Zuschauer, während ich mich verbeugte, und dann, wenn ich von der Bühne abginge, die Rufe nach Zugaben.

Dann käme ich also wieder auf die Bühne, ich setzte mich hinter die Schreibmaschine und tippte meinen letzten

Abschnitt noch mal, und dann, nachdem ich das Wort ENDE getippt hätte, das begeisterte Gejohle, der skandierte Applaus, die Ovationen der Zuschauer, während ich mich verbeugte, und dann, wenn ich von der Bühne abginge, die Rufe nach Zugaben.

Dann käme ich also wieder auf die Bühne, ich setzte mich hinter die Schreibmaschine und tippte meinen letzten Abschnitt, und dann, nachdem ich das Wort ENDE getippt hätte, das begeisterte Gejohle, der skandierte Applaus, die Ovationen der Zuschauer, während ich mich verbeugte, und dann, wenn ich von der Bühne abginge, die Rufe nach Zugaben.

Vorhang.

Doris Dörrie

Warum schreiben?

Mit ungefähr acht oder neun Jahren erschien mir das Schreiben als das größte Wunder auf diesem Planeten. Wie konnte man mit den immer gleichen sechsundzwanzig Buchstaben so viele Türen zu so vielen fremden Welten öffnen? Es war mir unbegreiflich.

Ich erinnere mich daran, wie ich die Tür zu meinem Kinderzimmer zuwarf, mich mit einer Ausgabe von Grimms Märchen auf den Knien in einen Sessel kauerte und mit Herzklopfen zu lesen begann. Kaum zu fassen, was diese Buchstaben in meinem Gehirn anzurichten vermochten und wie sie mich immer tiefer in eine Welt der sprechenden Pferdeköpfe, der Zwerge, Riesen und Prinzessinnen zogen. Wie konnte das sein? Es war doch bloß ein bisschen Fliegendreck auf weißem Papier.

Schreiben. Kaum konnte ich alle Buchstaben malen, versuchte ich es selbst. Schrieb einen Satz mit einer Katze und sah zu, wie sie sich räkelte, aufstand und davonlief. Etwas später schrieb ich Pferdegeschichten, die aber eine exakte Kopie von den Pferderomanen waren, die ich gerade las. Nur dass ich nicht einmal merkte, dass sie von vorn bis hinten abgeschrieben waren, und ich eigentlich nur die Vornamen der Hauptakteure verändert hatte. Ich schrieb sie in Schulhefte, schmuggelte sie in die bunten Einbände anderer

Kinderbücher und las sie meinen jüngeren Schwestern vor, die sich jedoch nicht lange fesseln ließen, sondern sich bald gelangweilt und ohne Kommentar trollten. Zurück blieb eine bis ins Mark getroffene Schriftstellerin. Ich schrieb nicht mehr, bis ich die Schule verließ. Nur noch Aufsätze und Bildbetrachtungen, aber nie mehr setzte ich mich mit meinen eigenen Geschichten einem schnöden Publikum aus. Schreiben war gefährlich, das hatte ich begriffen. Stattdessen lernte ich, clever zu wirken, ohne einen einzigen originären Gedanken zu haben; ich lernte, mich hinter der Sprache des Politjargons zu verstecken. Das klang gut und bedeutete nichts. Gleichzeitig las ich wie eine Besessene, ich lebte in der Welt von Dostojewskij und Čechov, versuchte, ihretwegen Russisch zu lernen, immer noch war ich überwältigt von der Kraft der sechsundzwanzig Buchstaben. Bücher waren für mich einfach zu haben, weil meine Eltern selbst lesesüchtig waren. Ein Leben ohne Bücher war für mich unvorstellbar. Staunend betrachtete ich die bücherfreien Schrankwände in den Wohnzimmern mancher Mitschülerinnen, so wie sie ihrerseits die vollgestopften Bücherwände bei uns.

Bis heute habe ich Angst, ohne Buch irgendwo zu stranden. Filme geben mir bis heute kein Zuhause, sondern eher einen Unterstand im Regen. Wirklich leben kann ich in ihnen nicht. In Büchern schon. Trotzdem zog es mich sofort nach der Schule ins Land der Bilder, nach Amerika. Dort genoss ich, dass sich niemand hinter sogenannter ›Bildung‹ versteckte, ja dass es mir im Gegenteil sofort angekreidet wurde, wenn ich es, aus purer Gewohnheit, tat. Dort galt nur, was Geschichten wirklich zu erzählen haben. Ihr

Mehrwert als Sammlerstück des Bildungsbürgers entfällt. Ist die Geschichte von Antigone eine *good story* oder nicht? Fesselt *Odysseus* oder nicht? Das ist das Einzige, was zählt.

Mir ging das Herz auf, weil man hier anscheinend so sprechen durfte, wie man fühlte. Da ich das auch noch in einer mir fremden Sprache tun musste, konnte ich mich schon gar nicht mehr verstecken. Das tat mir gut. Bildung galt hier nur als Handwerkszeug, aber nicht mehr als Versteck. Ich begann, wie besessen Tagebuch zu schreiben, *notebooks*, die ich nach Doris Lessings *Golden Notebooks* so nannte.

Ich entdeckte die angelsächsische und amerikanische Literatur für mich, begann, für ihre Direktheit und ihre Vorliebe für die Mysterien des Alltags anstelle von philosophischen Abstraktionen zu schwärmen. Das gefiel mir, weil es mit der Unterscheidung in hoch *oder* nieder, ernst *oder* lustig, schwer *oder* leicht, die mir als Deutscher tief in den Knochen saß, radikal aufräumte. Entertainment galt hier als Grundvoraussetzung. Das war mir vollkommen neu. Konnte etwas, das unterhaltsam war, wirklich auch gut sein? Tief? Künstlerisch wertvoll?

Für teutonische Überlegungen dieser Art hatte ich zum Glück wenig Zeit, denn wollte ich hier mithalten, musste ich selbst lernen, unterhaltsam und schnell zu sein, so wurde hier schließlich kommuniziert. Wir Deutschen bezeichnen das gern als ›Oberflächlichkeit der Amerikaner‹. Für mich aber waren es ganz entscheidende Nachhilfestunden in Selbstironie, Humor, komischem Timing und Geschichtenerzählen.

Ich studierte Theaterwissenschaften und Schauspiel,

stellte aber bald fest, dass mich die Geschichten auf der Bühne lange nicht so interessierten wie die Filme jener Zeit von Scorsese, Coppola, dem *New American Cinema*.

Auf dem Campus arbeitete ich als Filmvorführerin und zeigte wochenlang die alten *Zorro*-Filme und *Letztes Jahr in Marienbad* in einer Doppelvorstellung. Das schien hier kein Widerspruch zu sein. *Anything goes* war die Devise. Alle durften alles ausprobieren. Als Schauspielerin war ich schlecht und zudem enttäuscht von der Tatsache, dass ich vor der Kamera meist nur einen kleinen Teil einer Geschichte erzählen konnte. Storys. Das klang besser als Geschichten, schneller, aufregender. Storys wurden immer mehr zu meiner Passion.

Ich belegte Kurse für Traumdeutung und Anthropologie, Geschichten umschwirrten mich wie Mückenschwärme. Zu gern hätte ich selbst Geschichten geschrieben, aber ich blieb zu sehr Deutsche, um mich das zu trauen. Man konnte doch nicht einfach so schreiben! Woher nahm ich die Berechtigung? Ohne abgeschlossenes Studium der Germanistik oder der Literaturwissenschaften? Aber andererseits war ich durch meine Amerikaerfahrung für immer verdorben. Mich wieder hinter einer intellektuellen Analyse zu verstecken kam nicht mehr in Frage. Doch mich splitterfasernackt als Autorin an die Öffentlichkeit zu trauen war mir genauso unvorstellbar.

Ich suchte das perfekte Versteck – und fand es im Film. Dort wurden große Geschichten erzählt, aber mit Hilfe vieler anderer Leute, einer Crew. Ein Regisseur brauchte nicht wirklich etwas zu können, so stellte ich mir vor – und damit hatte ich eigentlich ziemlich recht.

Auch das Drehbuch ist nur eine Gebrauchsanleitung, die sich durch die Dreharbeiten auflöst, sich in etwas anderes verwandelt, sechsundzwanzig Buchstaben verwandeln sich in Zelluloid. Auch das erschien mir als gute Möglichkeit, mich mit meinen Geschichten zu verstecken. Keiner würde am Ende eindeutig mit dem Finger auf mich als Autorin zeigen können.

Film also. Ich bewarb mich an der Filmhochschule in München, und als ich dort mein erstes Drehbuch zu meinem ersten kleinen Film schreiben sollte, stellte ich verwirrt fest, dass der Film nur von außen erzählen kann, nur durch Aktion.

Es erschien mir aber vollkommen unmöglich, meine Protagonisten nur von außen zu beschreiben, ohne sie von innen zu kennen. Ich brauchte einen Trick, um in sie hineinschlüpfen zu können und ihre Gefühle und Gedanken kennenzulernen. Ich fing an, Prosageschichten über sie zu schreiben, um ein Gespür dafür zu bekommen, wer sie eigentlich waren und warum sie taten, was sie taten. Erst wenn ich das durch die Kurzgeschichten erfahren hatte, schrieb ich das Drehbuch. Das hatte später beim Drehen den riesigen Vorteil, dass ich für alle Schauspieler auf ihre berechtigte Standardfrage »Warum?« immer, immer eine Antwort hatte.

Ich zwang mich, regelrechte Kurzgeschichten für meine zukünftigen Drehbücher und Filme zu schreiben, weil ich in Amerika ein Fan dieser Form geworden war und weil ich sie als zutiefst filmisch empfand. Ich kannte aus Deutschland niemanden, der so schrieb wie zum Beispiel Raymond Carver oder Alice Munro, deren Geschichten ich Wort für

Wort abschrieb, um ein Gefühl für ihren Rhythmus zu bekommen, der tatsächlich dem Rhythmus des Filmschnittes sehr stark entspricht.

Mitten ins Herz war meine allererste Kurzgeschichte, an der ich auch als Prosageschichte feilte, bevor ich sie zum Drehbuch umschrieb.

Ein paar Jahre später, als ich zu meinem Film *Männer* vom *Spiegel* befragt wurde und von meiner Schreibmethode erzählte, las Daniel Keel dieses Interview, rief mich daraufhin an, wollte gern die Kurzgeschichten lesen und bot mir nach der Lektüre an, sie zu veröffentlichen. Nur schwarzer Fliegendreck auf weißem Papier, und sonst gar nichts. Er scheuchte mich vehement aus meinem Versteck. Er brachte mich dazu, Geschichten nicht mehr nur für meine Filme zu schreiben, sondern den sechsundzwanzig Buchstaben zu vertrauen und den Leser seinen eigenen Film drehen zu lassen – der sowieso immer der beste aller möglichen Filme ist. Ich bin ihm ewig dankbar dafür.

Literaturbetrieb

Robert Walser

Die Buchhandlung

Da eine äußerst stattliche, reichhaltige Buchhandlung mir angenehm in die Augen fiel und ich Trieb und Lust verspürte, ihr einen kurzen und flüchtigen Besuch abzustatten, so zögerte ich nicht, in den Laden mit sichtlich guter Manier einzutreten, wobei ich mir allerdings zu bedenken erlaubte, dass ich vielleicht mehr als Inspektor und Bücher-Revisor, als Erkundigungen-Einsammler und feiner Kenner denn als beliebter und gerngesehener reicher Einkäufer und guter Kunde in Frage käme. Mit höflicher, überaus vorsichtiger Stimme und in den begreiflicherweise gewähltesten Ausdrücken erkundigte ich mich nach dem Neuesten und Besten auf dem Gebiet der schönen Literatur. »Darf ich«, fragte ich schüchtern, »das Gediegenste und Ernsthafteste und damit selbstverständlich zugleich auch das Meistgelesene und am raschesten Anerkannte und Gekaufte kennen- und augenblicklich schätzen lernen? Sie würden mich zu ungewöhnlichem Dank in sehr hohem Grad verbinden, wenn Sie die weitgehende Gefälligkeit haben und mir das Buch gütig vorlegen wollten, das, wie ja sicher niemand so genau wissen wird wie gerade Sie, die höchste Gunst beim lesenden Publikum sowohl als bei der gefürchteten und daher ohne Zweifel auch umschmeichelten Kritik gefunden hat und ferner munter findet. Sie glauben gar nicht, wie ich mich interessiere, sogleich zu erfahren, welches von allen den hier aufgestapelten und zur Schau gestellten Büchern oder Werken der Feder dieses fragliche Lieblingsbuch ist, dessen Anblick mich ja höchstwahrscheinlich, wie ich auf das allerlebhafteste vermuten muss, zum sofortigen freudigen, begeisterten Käufer machen wird. Das Verlangen, den Lieblingsschriftsteller der gebildeten Welt und sein bewundertes, stürmisch beklatschtes Meisterwerk zu sehen und wie gesagt vermutlich auch sogleich zu kaufen, gramselt und rieselt mir durch alle Glieder. Darf ich Sie höflich bitten, mir dieses erfolgreichste Buch zu zeigen, damit die Begierde, die sich meines gesamten Wesens bemächtigt hat, sich zufriedengibt und aufhört, mich zu beunruhigen?« – »Sehr gern«, sagte der Buchhändler. Er verschwand wie ein Pfeil aus dem Gesichtskreis, um jedoch im nächsten Augenblick schon wieder zu dem begierigen Käufer und Interessenten zurückzukehren, und zwar mit dem meistgekauften und -gelesenen Buch von wirklich bleibendem Wert in der Hand. Das kostbare Geistesprodukt trug er so sorgsam und feierlich, als trage er eine heiligmachende Reliquie. Sein Gesicht war verzückt; die Miene strahlte höchste Ehrfurcht aus, und mit einem Lächeln auf den Lippen, wie es nur Gläubige und Innigstdurchdrungene zu lächeln vermögen, legte er mir auf die gewinnendste Art vor, was er daherbrachte. Ich betrachtete das Buch und fragte:

»Können Sie schwören, dass dies das weitest verbreitete Buch des Jahres ist?«

»Ohne Zweifel.«

»Können Sie behaupten, dass dies das Buch ist, das man gelesen haben muss?«

»Unbedingt.«

»Ist das Buch wirklich auch gut?«

»Was für eine gänzlich überflüssige und unstatthafte Frage!«

»Ich danke Ihnen recht sehr«, sagte ich kaltblütig, ließ das Buch, das die absolut weiteste Verbreitung gefunden hatte, weil man es unbedingt gelesen haben musste, lieber ruhig liegen, wo es lag, und entfernte mich geräuschlos, ohne noch ein weiteres Wort zu verlieren. »Ungebildeter und unwissender Mensch!«, rief mir freilich der Verkäufer in seinem berechtigten, tiefen Verdruss nach.

George Orwell

Erinnerungen an eine Buchhandlung

Als ich in einem Antiquariat arbeitete – das Leute, die nicht darin arbeiten müssen, so gern als eine Art Paradies schildern, in dem vornehme ältere Herren unermüdlich in alten, kalbsledergebundenen Folianten schmökern –, fiel mir am meisten auf, wie selten sich echte Büchernarren dort blicken ließen. Unser Laden besaß einen außergewöhnlich interessanten Bücherbestand, doch ich zweifle daran, ob auch nur zehn Prozent unserer Kunden ein gutes von einem schlechten Buch unterscheiden konnten. Snobs, die aus reinem Geltungsbedürfnis unbedingt Erstausgaben haben mussten, waren weit häufiger als Literaturliebhaber, noch häufiger allerdings kamen orientalische Studenten, die um billige Lehrbücher feilschten, und zu den häufigsten Kunden zählten unentschlossene Frauen, die Geburtstagsgeschenke für ihre Neffen suchten.

Die meisten der Leute, die zu uns kamen, gehörten zu der Sorte, die man überall als lästig empfinden würde, denen sich aber in einem Buchladen ein besonders günstiges Betätigungsfeld bietet. Da ist zum Beispiel die liebe alte Dame, die »ein Buch für einen Kranken« wünscht (ein sehr oft geäußerter Wunsch übrigens), oder die andere liebe alte Dame, die 1897 ein so wunderschönes Buch gelesen hat und nun gern wissen möchte, ob man hier ein Exemplar davon für sie finden könnte. Unglücklicherweise kann sie sich weder an den Titel noch an den Autor oder gar den Inhalt des Buches erinnern, weiß aber noch ganz genau, dass es einen roten Einband hatte. Doch außer diesen beiden Typen gibt es noch zwei wohlbekannte Landplagen, von denen jedes Antiquariat heimgesucht wird. Die eine ist jene abgetakelte, nach verschimmelten Brotkrusten riechende alte Vogelscheuche, die jeden Tag, manchmal sogar mehrmals am Tag, kommt und versucht, einem wertlose Bücher anzudrehen. Die andere ist jene Person, die enorme Mengen Bücher bestellt, die zu bezahlen sie nicht die geringste Absicht hegt. In unserem Laden verkauften wir nichts auf Kredit, legten aber Bücher zurück oder bestellten sie für Leute, die sie später abholen wollten. Kaum die Hälfte aller Leute, die Bücher bei uns bestellten, ließ sich je wieder blicken. Zuerst wunderte ich mich darüber. Was veranlasste sie wohl zu diesem Tun? Sie kamen herein, verlangten ein sehr seltenes und teures Buch, ließen uns ein ums andere Mal versprechen, es für sie zurückzulegen, um dann zu verschwinden und nicht wieder zurückzukehren. Doch viele von ihnen waren unmissverständlich Paranoiker. Sie redeten großsprecherisch von sich selbst und erzählten höchst erfindungsreiche Geschichten, wie es geschehen konnte, dass sie ohne Geld aus dem Haus gegangen seien – Geschichten, die sie in vielen Fällen zweifellos selbst glaubten. In einer Stadt wie London gibt es immer eine Menge nicht amtlich registrierter Geistesgestörter auf den Straßen, und diese werden gewöhnlich von Buchhandlungen magisch angezogen, denn eine Buchhandlung ist einer der wenigen Orte, an denen man lange Zeit herumlungern kann, ohne Geld auszugeben. Schließlich erkennt man diese Leute schon fast auf den ersten Blick. Bei all ihrem großen Gerede wirken sie irgendwie mottenzerfressen und ziellos. Sehr oft, wenn wir es mit einem offenkundigen Paranoiker zu tun hatten, legten wir die von ihm ausgesuchten Bücher vor seinen Augen beiseite und stellten sie gleich wieder an ihren Platz im Regal, sobald er den Laden verlassen hatte. Wie ich feststellen konnte, versuchte niemand von diesen Leuten, Bücher ohne Bezahlung mitzunehmen; sie einfach zu bestellen genügte schon – das gab ihnen vermutlich die Illusion, tatsächlich Geld auszugeben.

Wie manche Buchantiquariate führten wir diverse Nebenartikel. Wir verkauften gebrauchte Schreibmaschinen zum Beispiel und Briefmarken – gestempelte Marken, meine ich. Briefmarkensammler sind ein eigenartiger, schweigsamer, fischähnlicher Schlag, der sich aus allen Altersgruppen zusammensetzt, aber nur männlichen Geschlechts ist; Frauen entgeht offensichtlich der besondere Reiz, den das Einkleben kleiner Stückchen bunten Papiers in Alben bereitet. Wir verkauften auch Sixpenny-Horoskope, die von jemandem zusammengestellt waren, der das Erdbeben in Japan vorausgesagt zu haben behauptete. Sie befanden sich in versiegelten Umschlägen, und ich machte nie einen davon für mich selbst auf; aber die Leute, die sie kauften, kamen oft wieder und erzählten uns, wie ›wahr‹ ihre Horoskope gewesen seien. (Zweifellos kann jedes Horoskop einen ›wahren‹ Eindruck machen, wenn es einem einredet, man übe eine gewaltige Anziehungskraft auf das andere Geschlecht aus und der schlimmste eigene Fehler sei Großzügigkeit.) Ein ganz gutes Geschäft machten wir auch mit Kinderbüchern, hauptsächlich ›Remittenden‹ und Restauflagen. Moderne Kinderbücher sind ziemlich scheußliche Sachen, besonders wenn man sie in Massen zu Gesicht bekommt. Für meine Person würde ich einem Kind lieber ein Exemplar des *Satiricon* von Petronius Arbiter schenken als *Peter Pan,* doch selbst dessen Verfasser, James Matthew Barrie, kommt einem noch männlich und gesund vor, verglichen mit einigen seiner Epigonen. Zur Weihnachtszeit verbrachten wir hektische zehn Tage im Kampf mit Weihnachtskarten und Kalendern, die mühsam zu verkaufen sind, aber ein gutes Saisongeschäft bringen, Ich fand dabei den brutalen Zynismus interessant, mit dem christliche Empfindungen ausgebeutet werden. Die aufdringlichen Vertreter der Weihnachtskartenverlage pflegten schon im Juni mit ihren Musterbüchern aufzukreuzen. Ein Satz auf einer ihrer Rechnungen ist mir im Gedächtnis haften geblieben; er lautete: »2 Dtzd. Jesuskinder mit Kaninchen.«

Doch unser hauptsächliches Nebengeschäft stellte eine Leihbücherei dar – die übliche, hinterlegungsfreie ›twopenny-library‹ mit fünf- bis sechshundert Bänden reiner Unterhaltungsliteratur. Wie die Bücherdiebe diese Leihbibliotheken wohl lieben müssen! Es ist das leichteste Verbrechen der Welt, in einem Laden ein Buch für zwei Pennys zu leihen, das Klebeschild zu entfernen und das Buch dann in einem anderen Laden für einen Shilling zu verkaufen. Dennoch finden die Inhaber solcher Buchhandlungen im Allgemeinen, dass es sich mehr für sie auszahlt, sich eine gewisse Anzahl Bücher stehlen zu lassen (wir verloren durchschnittlich rund ein Dutzend pro Monat), als die Kunden dadurch abzuschrecken, dass man ein Pfand von ihnen verlangte.

Unser Laden befand sich genau auf der Grenze zwischen Hampstead und Camden Town, und Leute jeden Schlages, von Baronets bis zu Buschauffeuren, besuchten uns. Wahrscheinlich stellte unsere Leihbüchereikundschaft einen angemessenen Durchschnitt der lesenden Londoner dar. Muss ich also noch sagen, wer der meistgelesene Autor unserer Leihbibliothek war – Priestley? Hemingway? Walpole? Wodehouse? Nein, es war Ethel M. Dell mit Warwick Deeping auf einem guten zweiten Platz und Jeffrey Farnol, glaube ich, auf dem dritten. Die Romane der Dell werden natürlich nur von Frauen gelesen, aber von Frauen aller Schichten und Altersgruppen und nicht, wie man meinen mochte, lediglich von schmachtenden alten Jungfern und den fetten Frauen von Tabakwarenhändlern. Es stimmt nicht, dass Männer keine Romane lesen, aber es ist wahr, dass es ganze Zweige der erzählenden Literatur gibt, die sie meiden. Ganz allgemein kann man sagen, dass der sogenannte Durchschnittsroman – der gewöhnliche, weder gute noch schlechte Galsworthy- und Seeromantik-Stoff, der die Norm des englischen Romans darstellt – nur für Frauen zu existieren scheint. Männer lesen entweder die sogenannten angesehenen Romane oder Detektivgeschichten. Doch ihr Verbrauch an Detektivgeschichten ist kolossal. Einer unserer Ausleiher las meines Wissens über ein Jahr lang vier bis fünf Detektivromane pro Woche, und zwar neben denen, die er sich noch aus einer anderen Leihbücherei holte. Am meisten überraschte mich dabei, dass er niemals dasselbe Buch zweimal las. Anscheinend war diese ganze, gewaltige Flut (die jedes Jahr von ihm gelesenen Seiten würden, wie ich mir ausrechnete, so ungefähr dreiviertel

Morgen Land bedecken) für immer in seinem Gedächtnis untergebracht. Er sah weder nach dem Titel noch nach dem Namen des Autors, sondern brauchte nur einen Blick in ein Buch zu werfen, um sagen zu können, ob er es ›schon gehabt‹ hatte.

In einer Leihbibliothek bekommt man den wirklichen Geschmack der Leute zu sehen, nicht den vorgetäuschten; und was einem da besonders auffällt ist, wie vollständig die ›klassischen‹ englischen Romanciers in Ungnade gefallen sind.

Es ist einfach zwecklos, Dickens, Thackeray, Jane Austen, Trollope usw. in die normale Leihbibliothek zu stecken; niemand leiht sie aus. Beim bloßen Anblick eines Romans aus dem neunzehnten Jahrhundert sagen die Leute: »Oh, der ist aber *alt*!« und schrecken sofort davor zurück. Dickens zu *verkaufen* ist dagegen immer noch ziemlich einfach, und das Gleiche trifft für Shakespeare zu. Dickens ist einer von jenen Autoren, den die Leute immer ›vorhaben zu lesen‹ und der, genau wie die Bibel, aus zweiter Hand weit bekannt ist. Die Leute wissen vom Hörensagen, dass Bill Sykes ein Einbrecher ist und dass Mr. Micawber eine Glatze hat, genau wie sie vom Hörensagen wissen, dass Moses in einem Binsenkorb gefunden wurde und den Herrn ›von hinten‹ gesehen hätte. Sehr bemerkenswert ist aber auch die wachsende Unbeliebtheit amerikanischer Bücher: oder – die Verleger raufen sich deswegen alle zwei oder drei Jahre die Haare aus – die Unbeliebtheit von Kurzgeschichten. Wenn jemand den Bibliothekar bittet, ein Buch für ihn auszusuchen, beginnt er sein Ansuchen fast stets mit den Worten: »Ich möchte aber keine Kurzgeschichten« oder »Ich wünsche keine kleinen Geschichten«, wie einer unserer deutschen Kunden das zu formulieren pflegte. Wenn man sie nach dem Grund für ihre Ablehnung fragt, erklären sie manchmal, dass es viel zu viel Mühe mache, sich mit jeder Geschichte an eine neue Garnitur handelnder Personen zu gewöhnen. Sie ›vertiefen‹ sich viel lieber in einen Roman, der nach dem ersten Kapitel kein weiteres Nachdenken mehr von ihnen verlangt. Ich glaube jedoch, dass die Verfasser mehr daran schuld sind als die Leser. Die meisten modernen Kurzgeschichten, die englischen wie die amerikanischen, sind völlig leblos und wertlos, weit mehr jedenfalls als die meisten Romane. Jene Kurzgeschichten, die wirklich etwas zu erzählen haben, sind beliebt genug, *vide* D. H. Lawrence, dessen Kurzgeschichten genauso beliebt sind wie seine Romane.

Ob ich ein Buchhändler *de métier* sein möchte? Alles in allem – trotz der mir entgegengebrachten Freundlichkeit meines Arbeitgebers und einiger glücklicher Tage, die ich in dem Laden verbracht habe – nein.

Mit einem guten Angebot und dem nötigen Kapital sollte jeder gebildete Mensch in der Lage sein, einen bescheidenen, aber sicheren Lebensunterhalt aus einer Buchhandlung zu ziehen. Wenn man sich nicht auf ›seltene‹ Bücher spezialisieren will, ist dieses Gewerbe nicht schwierig zu erlernen, und man hat schon zu Beginn einen großen Vorsprung, wenn man etwas vom inneren Wesen eines Buches versteht. (Die meisten Buchhändler haben keine Ahnung davon. Einen Maßstab für ihre Beurteilung vermittelt ein Blick in die Fachzeitungen, in denen sie ihren Bedarf inserieren. Wenn man da nicht eine Suchanzeige nach Boswells *Decline and Fall* findet, dann sicher eine nach *The Mill on the Floss* von George Eliot.) Auch ist es ein menschliches Gewerbe, das man nicht unter eine gewisse Grenze herabwürdigen kann. Die Warenhäuser werden niemals dem kleinen, unabhängigen Buchhändler die Existenzgrundlage entziehen können, wie sie das schon zum Teil bei Kolonialwarenhändlern und dem Milchmann geschafft haben. Aber die Arbeitszeit ist sehr lang – ich war nur teilzeitbeschäftigt, doch mein Arbeitgeber hatte in der Regel eine Siebzigstundenwoche, wozu noch ständige Expeditionen außerhalb der Arbeitszeit zum Einkauf von Büchern kamen –, und das Leben ist ungesund. Gewöhnlich ist eine Buchhandlung im Winter schrecklich kalt, denn wenn es einigermaßen warm ist, beschlagen die Schaufenster, und ein Buchhändler lebt von seinen Schaufensterauslagen. Und Bücher produzieren mehr und ekelhafteren Staub als jeder andere bis heute erfundene Gegenstand, und die Oberkante eines Buches ist genau der Platz, an dem jede Blaue Stubenfliege sich am liebsten zum Sterben niederlässt.

Aber der wahre Grund, warum ich nicht mein Leben lang im Buchhandel tätig sein möchte, ist folgender: Ich habe während dieser Zeit meine Liebe zu Büchern verloren. Ein Buchhändler muss Lügen über Bücher erzählen, und dadurch distanziert er sich von ihnen; schlimmer noch ist der Umstand, dass er sie ständig abstauben und von einem Platz an den anderen stellen muss. Es gab einmal eine Zeit, in der ich Bücher wirklich liebte – den Anblick, den Geruch und das Gefühl, sie in der Hand zu halten, meine ich, zumindest wenn sie fünfzig oder mehr Jahre alt waren.

Nichts bereitete mir mehr Freude, als an einer Auktion auf dem Lande einen Posten solcher Bücher günstig für einen Schilling zu erstehen. Eine eigenartige Atmosphäre umschwebt diese abgegriffenen alten Bände, die man unerwartet in solchen Sammlungen aufstöbert: unbedeutende Dichter aus dem achtzehnten Jahrhundert, überholte geographische Lexika, Einzelbände von vergessenen Romanen, gebundene Jahrgänge von Frauenmagazinen der sechziger Jahre des vorigen Jahrhunderts. Für unbeschwertes Lesen – in der Badewanne zum Beispiel, oder spätabends, wenn man zu müde zum Zubettgehen ist, oder in der restlichen Viertelstunde vor dem Essen – gibt es nichts, was an eine alte Nummer von *Girl's Own Paper* heranreicht. Doch sobald ich meine Arbeit in der Buchhandlung angetreten hatte, hörte ich auf, Bücher zu kaufen. Als Masse gesehen, fünf- oder zehntausend auf einmal, wirken Bücher langweilig und sogar leicht ekelerregend. Heute kaufe ich mir wieder gelegentlich eins, aber nur, wenn es ein Buch ist, das ich unbedingt lesen möchte und nicht leihen kann; und ich kaufe niemals mehr alte Bücher. Der ehemals so angenehme Duft zerfallenden Papiers übt keine Anziehungskraft mehr auf mich aus; er ist in meiner Erinnerung zu eng mit paranoischen Kunden und toten Fliegen verbunden.

Loriot

Literatur

Plötzliche Regenfälle können zum Betreten einer Buchhandlung zwingen. Meistern Sie Ihre Unsicherheit in der ungewohnten Umgebung. Beim Blättern in Büchern Handschuhe und Fäustlinge (auch nasse) anbehalten, um Verschmutzung der teils wertvollen Werke durch die bloße Hand zu vermeiden. Das Herausreißen einzelner Seiten verrät geistige Regsamkeit. Merke: *Nicht auf die Bücher spucken.*

Anthony McCarten

Bücherleidenschaft

Der plötzliche Luftzug, als er die Tür öffnete, scheuchte den Staub von Jahren auf. Der Lichtstrahl teilte wie ein massiver Schaft vom Himmel den Innenraum der alten Bibliothek in zwei Hälften.

Phillip tauchte ein in den muffigen Geruch vertrockneter Bucheinbände, zog die Gardinen auf; eine davon riss, und er behielt sie in der Hand. Tageslicht durchflutete den Raum. Es war ein entsetzlicher Anblick. Wasser war durch das undichte Dach gedrungen, und mindestens ein Drittel der Bücher war durch Schimmel und Feuchtigkeit verdorben. Im schlimmsten Fall waren die Bände dem Regen ausgesetzt gewesen, im Sommer getrocknet und dann von neuem nass geworden, und viele waren zum Doppelten ihrer ursprünglichen Dicke aufgequollen. Die Pappe der Deckel hatte sich gewellt, und so waren viele von ihren ebenfalls quellenden Nachbarn aus den Regalen gezwängt worden. Es war ein Prozess, der sich über ein ganzes Jahrzehnt hingezogen hatte und der unmerklich langsam exakt die Bewegungen umgekehrt hatte, mit denen sie vor langer Zeit achtlos dort hingestellt worden waren. Phillip fuhr mit der Hand an ihren Rücken entlang, drückte die Vorwitzigen wieder in die Reihe und machte so die Arbeit von Jahren, in denen sie um Millimeterbruchteile vorgekrochen waren, zunichte. Es war seine erste Amtshandlung als Bibliothekar.

Staub so fein wie Talkumpuder legte sich auf seine Lungen, und mit jedem Husten entfachte er einen kleinen Wirbelsturm. Das Schiebefenster ließ sich nicht öffnen. Er brauchte etwas Schweres als Hebel und entschied sich für einen Roman von Thomas Hardy, *Judas der Unberühmte*. Mit einem heftigen Stoß, bei dem das Buch in seiner Hand in die Bestandteile zerfiel, zwängte er das Fenster auf, und der Luftzug sog ganze Wolken von Staub hinaus ins Freie. Nun, wo die Sicht besser wurde, konnte er sich ein Bild von der Aufgabe machen, die vor ihm lag.

Eine tote Katze lag auf dem Ausgabetisch. Das kranke Tier war zum Sterben hierhergekommen. Die letzte Tat ihres Lebens war es gewesen, auf die Glasplatte zu klettern, die den Tisch schützte. Phillip packte die vertrocknete Leiche in eine alte Zeitung und warf sie draußen in den Mülleimer.

Er fand einen Besen in der Mauser – die Hälfte seiner Haare hatte er bereits verloren – und machte sich daran, den Raum auszufegen. Schon bald hatte er eine lange Liste von anderen Nutzungsmöglichkeiten für eine ehemalige öffentliche Bibliothek beisammen.

Neben ihrer Funktion als Mausoleum für Haustiere war sie eine Zuflucht für zahlreiche heimlich Liebende gewesen, denen ein zerbrochenes Fenster im Archivraum die Möglichkeit zum Einstieg geboten hatte. Ein alter Teppich war auf dem Boden ausgebreitet, daneben lagen ein Kerzenstumpf, abgebrannte Streichhölzer, ausgedrückte Zigaretten und Dutzende von Kondomverpackungen, die ein

Windstoß in die Ecke geblasen hatte. Phillip fragte sich, was sich hier wohl alles ereignet hatte: Entjungferung, Unzucht, Ehebruch, vielleicht alle drei. Er musterte die Indizien und zog rasch seine Schlüsse. In einer anderen Ecke lag eine Nummer des *Playboy* noch aufgeschlagen, Zeuge der einsamen erotischen Erziehung eines Knaben. Und auf dem Fußboden im Eingang war mit Kreide ein auf dem Kopf stehender Druidenfuß gezeichnet: Wo hätte es in einer kleinen Stadt einen besseren Ort als diesen gegeben, um Gespenster zu beschwören und in heimlichen Séancen jungen Herzen Angst einzujagen? Rasch wischte Phillip mit dem Fuß das Teufelszeichen aus.

Offensichtlich war die Bibliothek keineswegs verlassen gewesen. Ganze Armeen zwielichtiger Gestalten hatten einen Salon für ihre frevelhaften Vergnügungen daraus gemacht, waren durch das zerbrochene Fenster gekommen und gegangen und hatten nur wenige kriminaltechnisch auswertbare Spuren hinterlassen. Mit energischen Besenstrichen endete eine Ära. Dann fand er zwischen Gerümpel ein altes Schild: GEÖFFNET. Er wischte es mit dem Ärmel ab, stellte es ins Fenster, und ohne weiteres Zeremoniell war die kleine Bibliothek damit neu und ihrer alten Bestimmung gemäß eröffnet.

In dem Kasten, in den man nach Feierabend Bücher zur Rückgabe werfen konnte, hatten sich Mäuse eingenistet. Phillip machte ihn gerade sauber, da sah er Delia Chapman kommen, und ohne anzuhalten und ohne dass sie ihn dabei ansah, warf sie ein Buch in den Kasten.

Sie war genauso gekleidet wie am Abend zuvor, mit einer

Ausnahme. Um ihren Hals baumelte ein Mundschutz, wie bei einem Chirurgen.

Phillip brachte kein Wort hervor. Erst als Delia fünf Meter weiter schon um die Ecke bog, fielen ihm mindestens zehn Fragen ein, die er hätte stellen können.

Er griff in den Kasten und holte das Buch heraus. Ein Lehrbuch: *Lesen – ein Selbstlernkurs*.

Das Vorsatzblatt bestätigte, dass es vor elf Jahren ausgeliehen worden war, und es trug den Stempel der Stadtbibliothek.

Phillip war perplex. Soweit er sich erinnern konnte, hatte er dem Mädchen nicht gesagt, wann die Bibliothek wieder öffnen würde. Er war ja selbst überrascht davon, wie schnell er den Betrieb wiederaufnehmen konnte. Er wusste auch, dass in den vergangenen zehn Jahren kein einziges abgelaufenes Buch in diesen Rückgabekasten gesteckt worden war – es sei denn, Generationen von Mäusen hätten es ratzeputz aufgefressen. Woher wusste dieses seltsame Mädchen, dass, wenn sie an diesem Sonntagmorgen und in diesem Augenblick das Buch zurückgab, endlich wieder ein Bibliothekar am Ort sein würde, der es entgegennehmen konnte?

Als er am Vorabend zu Bett gegangen war, hatte sein Kopf vor Gedanken an Delia geschwirrt. Aber am heutigen Vormittag hatte er gar nicht mehr an sie gedacht. Nach diesem Vorfall wiederum fiel es ihm schwer, überhaupt an etwas anderes oder jemand anderen zu denken.

»Sie haben gehört, was ich gesagt habe. Ich will die Bibel ausleihen.«

Die alte Frau war die Zweite gewesen, die das GEÖFFNET-Schild an der Bibliothekstür gesehen hatte, auf dem Weg zur Kirche. Sie war auf der Straße stehen geblieben, hatte ihre Brille aufgesetzt und ohne sichtliche Zeichen von Erstaunen festgestellt, dass die Bibliothek ihren Betrieb wiederaufgenommen hatte. Sie öffnete ihre Handtasche und zog einen bröseligen Benutzerausweis heraus.

Phillip versuchte ihr zu erklären, dass er erst vor einer Stunde zum ersten Mal seit zehn Jahren wieder frische Luft in diesen Bau gelassen habe, und er sei weder verwaltungstechnisch in der Lage, ihre Anfrage zu bearbeiten, noch sei er sich sicher, ob er überhaupt über ein Exemplar verfüge. Außerdem sei es Sonntag. Offiziell dürfe er sonntags keine Bücher ausgeben. Er war so höflich, wie er nur konnte, doch der Zustand der Bibliothek hatte seinen Nerven schwer zugesetzt.

Die alte Frau starrte ihn an, in beherrschter Empörung. Es sei wohl für jeden, der Augen im Kopf habe, klar, dass sie eine der ältesten Nutzerinnen dieser Bibliothek sei, und sie wolle das Buch, weil es Sonntag sei. »Was soll ich denn mit einer Bibel am Montag?« Und die Andeutung, die Bibliothek besäße vielleicht kein Exemplar, sei unmoralisch und »einfach lächerlich in einer christlichen Stadt«. Und mit der Weisheit der Landfrau schloss sie: »Wenn eine Bibliothek keine Bibel hat, dann gibt es keinen Grund, dass es sie überhaupt gibt.«

Phillip erklärte sich bereit, in der Kartei nachzusehen.

Er zog die Schublade mit der Beschriftung BAC-CHR auf und blies den Staub von den Karteikärtchen. Sein Finger wanderte über die vergilbten Karten, von Bach bis Chronologie, aber er fand keine Bibel. Er hoffte, dass er sie in seiner Eile nur übersehen hatte, und ging den Kasten noch ein zweites Mal durch. Kein Hinweis auf dieses Buch. Als letzte Hoffnung versuchte er es noch unter D, denn immerhin bestand die Chance, dass jemand es unkundig unter »Die Bibel« eingeordnet hatte, und das war der Augenblick, in dem sein Onkel, der Bürgermeister, ihn aus der Verlegenheit rettete.

Jim Sullivan spürte sofort die gezückten Messer. Er zog sich die Anzugjacke über den Bauch und knöpfte einen Knopf zu. Dank einer Reihe einstudierter Posen wirkte er größer, als er in Wirklichkeit war. Binnen einer Sekunde fiel alles Informelle von ihm ab, er wirkte elegant, wichtig, geradezu präsidentenhaft.

Der Matriarchin schmeichelte es, dass sie eine höhere Autorität konsultieren konnte, und schließlich nahm sie die Entschuldigung des Bürgermeisters an, zusammen mit dem persönlichen Versprechen, dass so schnell wie irgend möglich eine passende Bibel besorgt werde. Eifrig wischte er ihr Schuppen von der Jacke und versicherte ihr, dass bei Eintreffen des Buches noch in selbiger Sekunde eine Benachrichtigung an sie abgehen werde. Dann forderte er Phillip auf, rasch nachzusehen, ob ihre Adresse in der Kartei noch aktuell war, eine unnötige Geste, denn die Adresse hatte sich in sieben Dekaden nicht geändert. Doch mit dieser Kontrolle bekam die ganze Unternehmung etwas ungeheuer Tüchtiges und Professionelles. Am Ende begleitete der Bürgermeister die alte Frau nach draußen und winkte zum Abschied.

Phillip stand sprachlos da.

Die erste Lektion, erklärte Sullivan seinem Neffen, die man als Inhaber eines öffentlichen Amtes lernen müsse, sei, dass man sich um die Alten kümmern müsse. Um jeden Preis. Sie mochten noch so schwach und hinfällig sein, aber sie schliefen so wenig wie die Ratten und konnten an den Grundpfeilern nagen, bis die ganze Stadt in sich zusammenbrach.

»Und, wie sieht es aus?«, fragte Sullivan, um auf ein anderes Thema zu kommen.

»Im Augenblick mache ich nur sauber.«

»Gut. Wann kannst du öffnen?«

»In ein paar Tagen. Wahrscheinlich hätte ich das Schild nicht so voreilig ins Fenster hängen sollen.«

»Doch. Je früher, desto besser. Denn neben dem neuen Badeparadies ist das hier die zweite Hälfte des Stadterneuerungsprogramms. Das ist eine neue Ära. Lass dir das gesagt sein. Es gibt zwei Dinge, mit denen man Touristen anlocken kann: Wasser und Bücher. Das sieht man beides weltweit – Strände, Buchläden. Das wollen die Leute.«

»Das Problem ist nur… wir haben nicht allzu viele Bücher«, gab Phillip zu bedenken.

»Keine Bücher?«

»Nein. Nicht im Regal. Und nicht im Vergleich zur Kartei. Sieh es dir an. Und von denen, die da sind, haben viele Wasserschäden.«

Sullivan sah sich in der Bibliothek um. Es dauerte einen Moment, bis das Bild der Bibliothek, wie es vor seinem geistigen Auge gestanden hatte – das Bild der Bibliothek in ihren besten Zeiten –, verschwand und er das Chaos, das er nun vor sich hatte, sah. Er war schockiert. Die Bibliothek war elend wie ein Leichenschauhaus. »Meine Güte, was ist denn hier passiert?«

Das Bild in seiner Erinnerung war am Einweihungsmorgen aufgenommen worden, zweiunddreißig Jahre zuvor. Neue Bücher, schimmernd in stattlichen Reihen, hatten sämtliche Regalbretter bedeckt, so viele Bücher, dass sie mit drei Lastwagen gebracht worden waren. Damals als junger Mann hatte er mitgeholfen, die Wände im Inneren zu streichen, und jeder Holzbalken war damals neu gewesen und hatte ausgesehen, als würde er hundert Jahre halten.

»Alles geht den Bach runter«, klagte er. »Weißt du, wie ich mich bei so was fühle? Bei so was fühle ich mich verflucht alt.«

Er fragte Phillip, ob er eine Idee habe, wie man rasch Abhilfe schaffen könne. Er sah wirklich niedergedrückt aus.

»Nun, die gute Nachricht ist, dass eure letzte Bibliothekarin ihre Arbeit so sagenhaft schlecht gemacht hat, dass sie damit womöglich die Bibliothek gerettet hat.«

»Wieso das?«

»Na ja, ich habe nur mal flüchtig in die Kartei geschaut, aber ... ich würde sagen, dass die meisten Bücher, die sich ursprünglich hier befanden, durch Zufall gerettet worden sind.«

»Gerettet?«

»Sie sind nach wie vor ausgeliehen.«

»Wie meinst du das?«

»Die Leute haben die Bücher, die sie ausgeliehen haben, nie zurückgegeben.«

»Stimmt, das ist immer so«, wusste der Bürgermeister.

»Ich würde sagen, volle neunzig Prozent der Bestände sind noch irgendwo dort draußen.«

»Unsinn!«

»Das sind Hunderte von Büchern, die die Stadt bezahlt hat.«

»Neunzig Prozent?« Der Bürgermeister wollte es nicht glauben.

»Sieh es dir doch an. Jede von diesen Karten hier steht für ein Buch.« Phillip zog die Schubladen des Karteischränkchens eine nach der anderen auf, um seinem Onkel das krasse Missverhältnis vor Augen zu führen. »Und das ist ein Segen, denn der Regen hätte sie allesamt zerstört, wenn die Leute sie zurückgegeben hätten.«

Der Bürgermeister fuhr sich mit der Hand durch das schon ein wenig angegraute Haar. »Tja, so sind die Farmer. Die kommen nicht den weiten Weg in die Stadt, nur weil die Leihfrist bei einem Buch abgelaufen ist. Bei Wahlen war das auch immer so. Sie hätten ihre Stimme abgegeben, aber sie wollten nicht dafür in die Stadt fahren.« Er ging ans Fenster und blickte hinaus. »Was können wir machen?«

Phillip schob die Schubladen wieder zu. »Ich würde gern Benachrichtigungskarten drucken lassen und sie verschicken.«

»Gut. Ja. Tu das.«

»Aber das ist jetzt zehn Jahre her. Ich weiß nicht, wie viele von den Büchern sie noch haben. Bibliotheksbücher haben ja eine gewisse Tendenz, nach einer bestimmten Zeit zum Kirchenbasar zu wandern.«

Wiederum hatte Phillip recht.

Der Bürgermeister drehte sich um. »Dann berechnen wir ihnen die Kosten für die Neuanschaffung. Den vollen Preis. Das lassen wir uns nicht bieten, Diebstahl von städtischem Eigentum.« Er stand nachdenklich da. »Neunzig Prozent?«

»Würde ich schätzen.«

»Zuerst die Karten. Dann die Rechnungen.«

Der Bürgermeister ging. Er war schon spät dran für den letzten Gottesdienst und hatte in der Kirche auch ein Amt als Laienprediger inne.

Phillip hatte die von der Highschool eingeforderten Jahrbücher einsortiert, und nun ging er nach draußen und drehte das GESCHLOSSEN-Schild um – die Bibliothek war bereit.

Eine halbe Stunde verbrachte er damit, dass er Memos an sich selbst in einem privaten Tagebuch notierte, Notizen, die ihn an Aufgaben, Vorsätze und Ziele erinnern sollten; dann hörte er das Quietschen von Sohlen auf den Fußbodendielen, und als er aufblickte, sah er Delia Chapman in weißem Arbeitskittel und Gummistiefeln den Regalen zustreben.

Sie suchte die Reihen der Bücher mit ihren halbverrotteten Einbänden ab. Mit dem Zeigefinger befühlte sie all die verschiedenen Formen und Texturen der vom Regen gewellten Bände. Am Ende der Reihe zog sie einen schwer mitgenommenen Weltatlas hervor und hielt ihn mit Mühe in ihrem rechten Arm, während sie bedachtsam die krumpligen Seiten umschlug. Ziellos wanderte ihr Blick über die bunten Blätter, dann schloss sie behutsam den Band und stellte ihn wieder zurück aufs Regalbrett. Sie wusste, dass sie beobachtet wurde. Dass der Bibliothekar sich für sie interessierte, hatte sie sofort gespürt, gleich als sie zur Tür hereinkam. Er hatte sie angesehen, als ob er sie kenne, und sie überlegte, ob sie ihn denn schon einmal gesehen hatte. Aber vielleicht gehörte es einfach zu den Aufgaben eines Bibliothekars, dass er die Besucher im Auge behielt und darauf achtete, dass seinen Büchern nichts geschah.

Bei den Karteikästen in der Mitte des Raumes zog sie willkürlich eine der Schubladen auf und studierte beiläufig das nur noch schlecht lesbare Gedruckte. Sie musste die dichtgedrängten Karten mit dem Finger aufdrücken, und wenn sie ihn wieder herauszog, stieg eine feine Staubwolke auf. Als der Bibliothekar gerade nicht hinsah, nutzte sie die Gelegenheit und fuhr mit dem Fingernagel in einem Arpeggio die ganze Kartenreihe entlang, und eine größere Wolke bildete sich und verflüchtigte sich dann wieder. Sie wiederholte diesen Vorgang noch mehrere Male und hörte erst auf, als sie merkte, dass sie dabei beobachtet wurde. Beim Verpacken von Innereien gab es nichts, was sich so anfühlte wie das hier. Sie mochte dieses Spröde, die staubtrockene Dachspeicheratmosphäre der Bibliothek, die Geheimnisse, die hier gespeichert waren und sich schon bald in Staub auflösen würden. Inmitten von so viel Verfall zu arbeiten, das musste aufregend sein. Erfrischend. Es war das Gegenteil von ihrer eigenen Arbeit, fand sie: aus dem Leib geschnittene Herzen, praktisch unzerstörbar, und dagegen Bücher, brüchig wie Herbstlaub; ihre tierischen Organe im Vergleich zu diesen spröden Schätzen. Auf der Suche nach Hilfe wandte sie sich an den Schalter.

Phillip sprach sie an, bevor sie selbst etwas sagen konnte.

»Was für eine Art Buch suchen Sie denn?« Nun, wo er näher kam, roch er stark nach Rasierwasser, und etwas in ihrer Erinnerung sagte ihr, dass sie diesen Duft vielleicht doch schon einmal gerochen hatte.

Ohne ein Wort schloss er die Schubladen und stellte die vollkommene Ordnung wieder her.

Sie blickte ihm ins Gesicht. Seine Augen waren so schwarz wie sein Haar, Haut dunkel, Ende zwanzig, hübsche Stupsnase, glattrasiert, eigentlich ziemlich gutaussehend, bis auf die Ohren, die ein wenig zu groß waren. In seinen Zügen sah sie eine Anspannung, die ganz und gar nichts mit der gestellten Frage zu tun hatte. Sie standen ganz nah beieinander, ihre Körper berührten sich fast, und er sagte: »Ich habe mich schon gefragt, ob Sie wohl noch einmal vorbeikommen.« Jetzt verstand sie, was sie in seinem Gesicht sah: die Spannung von jemandem, der sich sehnlich wünscht, dass man ihn wiedererkennt.

Sie beschloss, dass sie ihm helfen würde. »Ich komme nie her. Wieso haben Sie geglaubt, dass ich herkommen würde?«

»Einmal haben Sie ein Buch zurückgebracht.«

»Ein Buch?«

»Ja.«

»Was für ein Buch?«

»Sie haben ein Buch zurückgebracht. In den Rückgabekasten draußen gesteckt. Vor ein paar Tagen. Na ja, vor drei Wochen. Wissen Sie das nicht mehr?«

»Das habe ich?«

»Brauchen Sie eine Brille?«

Sie fand ihn schwierig. »Wieso?«, fragte sie.

»Sie blinzeln so mit den Augen.«

»Ich habe die ganze Nacht gearbeitet, das ist alles.«

»Ich weiß. Sie arbeiten in der Fleischfabrik. Erinnern Sie sich denn nicht mehr an mich?«

»Wieso sollte ich mich an Sie erinnern?«

»Wir sind uns schon einmal begegnet.«

»Das wüsste ich.«

»Aber Sie erinnern sich nicht.«

»Das würde ich.«

»Und, tun Sie's?«

»Nein. – Zeigen Sie mir denn jetzt, wie man hiermit umgeht, oder nicht?« Delia zeigte auf den Katalog. Ein komischer Bursche, dachte sie. Stellte die seltsamsten Fragen, und was noch merkwürdiger war: keinerlei Sinn für Humor. Andere Männer hätten inzwischen längst versucht, einen Scherz zu machen, auch wenn er noch so lahm war. Dieser Bibliothekar hier, der war beinahe grob. Wenn er nicht wollte, dass Leute kamen, dann sollte er kein großes Schild ins Fenster stellen.

Phillip fragte nach einem Titel. Sie wusste keinen. Er fragte nach dem Namen des Autors.

»Den weiß ich auch nicht«, antwortete sie.

Ohne nähere Angaben, sagte er, werde er ihr kaum helfen können. Um was für ein Thema gehe es denn?

Delia fragte, ob er Bücher habe, die irgendwie mit dem Unerklärlichen zu tun hätten.

Mit zunehmender Nervosität sah sie ihm zu, wie er die eindrucksvollen Schubladen eine nach der anderen aufzog und so energisch die Karten durchblätterte, dass er einen ganzen Staubsturm entfachte. Dass er die Informationen auf jeder Karte in Sekundenbruchteilen lesen konnte, beeindruckte sie. Und ihr war klar, dass er es tat, um sie zu beeindrucken.

Mehrere Male verließ er den Katalog und ging an die Regale, um ein Buch zu suchen, doch jedes Mal kehrte er mit leeren Händen zurück.

Schließlich schlug er sämtliche Kästen mit einem Knall zu und sah sie an. »Nichts. Tut mir leid.«

»Ist nicht schlimm.«

»Die Kartei ist ein Chaos. Ich habe das noch nicht alles in Ordnung gebracht. Ich kann es nicht mit Sicherheit sagen, aber im Augenblick sieht es so aus, als ob wir nichts zu Ihrem Gebiet hätten.«

»Ist nicht schlimm.« Es war ihr unangenehm, wie er sie anstarrte. Jetzt sah er wieder gereizt aus. Vielleicht war es ihm peinlich, dass die Bibliothek nicht ein einziges Buch zu einem so allgemeinen Thema besaß.

»Wissen Sie, wenn die Leute hier ein Buch suchen, dann wollen sie Erklärungen«, sagte er. »Die Bücher, die wir hier haben, das sind fünfzig Prozent Gartenbücher und fünfzig Prozent Krieg. Aber ich könnte etwas aus Wellington kommen lassen.«

»Nein.«

Sie wandte sich zum Gehen. Er kam ihr nach.

»Ich habe wirklich alles versucht. Ich habe unter ›Wunder‹ nachgesehen. Dann ›Übernatürliches‹ – auch nichts. Leider. ›Gespenster.‹ Da sollten wir das Stück von Ibsen haben, aber es steht nicht an seinem Platz. Wir hätten ein Buch *Ungeklärte Verbrechen*, aber ich glaube, das ist nicht das, was Sie suchen. Ich habe sogar die Querverweise bei ›Gott‹ nachgesehen. Aber der einzige Verweis ist auf die Bibel. Und die habe ich verliehen.«

Sie blieb stehen und sah ihn an. So groß waren seine Ohren eigentlich doch gar nicht. »Wo haben Sie das alles gelernt?«

Und schon erzählte er ihr von seiner zweijährigen Verpflichtung bei der Armee, in deren Verlauf er eine Ausbildung zum Bibliothekar gemacht hatte.

»Die Armee hat eine Bibliothek?!«

»Aber ja.«

»Was hat denn das Militär für eine Bibliothek?«

»Fünfzig Prozent Krieg und – ähm – fünfzig Prozent Gartenbücher.«

Delia lächelte. Ganz blöd war er doch nicht. »Ehrlich?«

»Ja.«

»Und wieso sind Sie jetzt nicht mehr bei der Armee?«

Er zögerte einen Moment. »Militärgericht.«

»Haben Sie jemanden umgebracht?«

»Nein. Erzählen das die Leute?«

»Ich weiß nicht.« Sie bereute ihre Frage.

»Ein Wutausbruch.«

»Was war?«

»Ich hab jemanden quer durch die Feldküche geschmissen und einen Kübel kochende Suppe umgekippt.«

»Das war alles?«

»Nein. Dann habe ich seinen Kopf auf den Boden geschlagen. Sie mussten mich festhalten.«

»Weswegen?«

»Ich hatte meine Gründe.« Seine Miene verfinsterte sich.

Das war der Punkt, an dem Delia beschloss, ihm eine Frage zu stellen, auch wenn sie nicht hätte sagen können, warum. Die einzige Erklärung war, dass es etwas mit seinem Rasierwasser zu tun hatte, das wie beim Zahnarzt roch.

»Glauben Sie an... an Wesen... von anderen Sternen und solche Sachen?«

Er zögerte, sah wieder vor sich, wie sie drei Wochen zuvor im Licht seiner Scheinwerfer gestanden hatte. »Oh, das hätte ich noch sagen sollen. Unter ›Außerirdische‹ habe ich auch nachgesehen.«

»Wieso?«

»Ich habe von Ihnen und dieser Geschichte gehört. Wenn Leute in eine Bibliothek kommen, reden sie.«

»Ich dachte, das dürfte man nicht? In Bibliotheken reden.«

Sie starrten einander an. Sie spürte seinen Spott. »Sie glauben nicht dran, oder?«, sagte sie.

»An Außerirdische? Wer weiß. Warum nicht? Ist doch eine interessante Hypothese.«

Das gefiel ihr, wie er es eine Hypothese nannte, immerhin. Er fühlte sich wohl mit großen Worten, war vollkommen zu Hause in dieser Welt. Sie hätte gewettet, dass ihm alle fünf Minuten eine Hypothese einfiel.

»Aber ich kann einfach nicht glauben, dass Sie sich nicht mehr an mich erinnern.«

»Ich muss jetzt gehen.«

»Ich kann ein Buch für Sie bestellen, wenn Sie wollen.«

»Ist nicht nötig«, sagte Delia und ging zur Tür. Sie spürte seinen Blick in ihrem Rücken.

»Wollen wir nicht irgendwann mal was zusammen trinken?«, rief er ihr nach.

Sie blieb im Vorraum stehen und drehte sich um. »Was?«

»Ich habe mich gefragt, ob Sie vielleicht mal was mit mir trinken würden.«

Sie dachte darüber nach – ein Drink mit einem Bibliothekar, große Worte, verlegene Scherze, seltsame Fragen, Zahnarztgeruch, unwillkommene Gefühle – und schüttelte den Kopf. Sie blickte auf ihre Hände und drehte sie, als begutachtete sie sie. Eine neue Idee war ihr gekommen, und sie machte plötzlich wieder einen Schritt auf ihn zu. Sie fragte, ob sie sich die Hände waschen könne.

Er zeigte ihr die Damentoilette und sah ihr nach, als sie mit quietschenden Schritten hinüberging. Lange Zeit lauschte er dem Gurgeln des laufenden Wassers. Und dann, nach zehn Minuten, kam sie heraus, nickte ihm zu und verließ ohne ein weiteres Wort die Bibliothek.

Phillip spürte, dass er nicht nur eine Leserin verloren hatte, sondern auch die Aussicht auf eine Verabredung.

Am nächsten Tag fand Delia eine kleine grüne Karte im Briefkasten, die ihr mitteilte, das gewünschte Buch sei in der Bibliothek eingetroffen.

Sie kam Phillip dünner vor, als sie in der Tür zur Bibliothek auftauchte, aber es war auch das erste Mal, dass er sie in etwas anderem als ihrem weiten weißen Kittel sah. Geschäftsmäßig verkündete er, dass soeben ein neues Buch angekommen sei, eine klug kommentierte Textsammlung von Llewelyn Hart, und er habe sich gedacht, dass es sie vielleicht interessieren werde. Er verschwieg wohlweislich, dass er es ausdrücklich für sie bestellt hatte. Das schmale, kleinformatige Buch beschäftige sich mit unerklärlichen Phänomenen. Auf seinen fünfundsechzig Seiten enthalte es nicht nur eine umfassende Darstellung ungelöster Rätsel jeglicher Art sowie einer Vielzahl von Paradoxa spiritueller Natur, sondern auch eine Reihe von Dokumenten und Augenzeugenberichte über Besuche interstellarer Wesen, die, hoffe er, ein wenig Licht auf das Thema werfen könnten, für das sie sich seinerzeit interessiert habe.

Delia hatte Skrupel, ihm zu sagen, dass sie nicht das geringste Interesse an diesem Thema hatte. Nur weil jemand einen Elefanten im Zoo gesehen hatte, hieß das schließlich noch lange nicht, dass er von da an Elefantenliebhaber war. Sie schlug das Buch auf und blätterte die ersten Seiten durch. Sie bemühte sich, ein erfreutes Gesicht zu machen.

Das Buch sei typisch für dieses Genre, erklärte er. Beweisfotos und bildliche Darstellungen illustrierten die Erlebnisse von ganz normal aussehenden Menschen, die allesamt schworen, sie seien ohne jede Vorwarnung aus ihrem Leben gerissen worden, und danach sei nichts mehr so gewesen wie zuvor. Sie fand das nicht halb so aufregend wie er.

Er las ihr den Klappentext vor.

Auf Farmen und in Vorstädten, in der Mittagspause oder beim Schulausflug, beim Ehekrach oder beim Spaziergang mit dem Hund, auf dem Heimweg vom Besuch bei der Schwester oder beim Reinigen des Swimmingpools – all diese vollkommen normalen Menschen taten nichts anderes, als im richtigen Moment nach oben zu schauen. In diesem Augenblick endete ihr bisheriges Leben, denn eine Botschaft der Götter offenbarte sich ihnen.

Delia fand Phillip ein bisschen merkwürdig. Aber er war sehr freundlich zu ihr. Sie hatte das Gefühl, dass sie ihm womöglich sogar vertrauen könnte. Sie blätterte langsam weiter, während Phillip hinter ihr stand und ruhig die Fotos erläuterte.

»Sie müssen mir das nicht vorlesen«, unterbrach sie ihn.

Er nickte. »Ich weiß ja, dass Sie *Lesen – ein Selbstlernkurs* zurückgebracht haben. Also, ich könnte ... behilflich sein, wenn Sie wollen.«

»Sie halten sich für ziemlich schlau, stimmt's? Schlau genug, um mir was beizubringen?«

»Ich weiß nicht.«

»Hören Sie, ich kann lesen, klar? Ich lese jeden Tag. Ich lese alles. Also erzählen Sie keine blöden Geschichten rum, zum Beispiel, dass ich nicht lesen kann.«

Sie schlug das Buch auf und fing an, fehlerfrei vorzulesen. Nach ein paar Sätzen klappte sie es zu und verkündete: »Das Lesenlern-Buch war für meinen Vater, wenn Sie's genau wissen wollen. Meine Mutter hat versucht, es ihm beizubringen. Hat nicht geklappt. Das ist alles.«

»Tut mir leid. Mir war bloß aufgefallen, dass Sie noch nicht oft in der Bibliothek waren.«

»Wer sind Sie eigentlich? Sherlock Holmes?«

»Sie waren nur ein einziges Mal da. Um sich die Hände zu waschen.«

»Ich habe ein Buch gesucht! Außerdem gibt es hier nichts außer Kriegsbüchern. Wozu sollte ich da herkommen?«

Phillip zuckte mit den Schultern. Sein Job sei nicht einfach. Er erklärte ihr, er tue, was er könne, und habe in Wellington zweihundertfünfzig Bücher bestellt, die in jede Bibliothek gehörten und die in den nächsten Tagen ankommen sollten. »Aber wissen Sie was? Soll ich Ihnen sagen, warum es in den Regalen fast nur Kriegsbücher gibt? Weil die allermeisten Bücher immer noch ausgeliehen sind.«

»Sind das denn nicht auch alles Kriegsbücher?«

»Nein. Das sind keine Kriegsbücher.«

»Und was sind das für welche?«

Nach einer Pause verriet Phillip ein Geheimnis, das nur er und vielleicht sein längst vergessener Vorgänger kannte. »Hauptsächlich Liebesromane.« Er sah Delia unverwandt an. »Für die Kriegsgeschichten interessieren sich nur ein paar regelmäßige Nutzer, hauptsächlich die Ladenbesitzer. Aber die beliebtesten Bücher in unserem Katalog, abgesehen von den Gartenratgebern, sind Liebesromane. Ein paar Leute interessieren sich für den Krieg, aber die überwältigende Mehrheit… liest lieber eine Schnulze.« Delia zeigte keine Reaktion. »Das war bei der Armee ganz genauso«, erinnerte sich Phillip.

Erst jetzt fiel ihr auf, dass seine Nase schief war.

»Ich weiß«, sagte er, als hätte er ihre Gedanken gelesen. Er fasste sich ins Gesicht, als wolle er den Knochenvorsprung an der Nasenwurzel gerade rücken. »Die ist nicht gerichtet worden. Das hab ich von einer Schlägerei in der Armee.«

Delias Interesse war geweckt. »Warum sind Sie zur Armee gegangen?«

»Wegen meinem Vater. Meinem Stiefvater, um genau zu sein. Er war Soldat.«

Delia hatte ein neues Thema gefunden. »Und was ist mit Ihrem wirklichen Vater?«

»Den habe ich nie gekannt.«

»Warum nicht?«

Draußen regnete es wieder, und Phillip erzählte, dass sein leiblicher Vater, ein gutaussehender Maori, hieß es, seinen genetischen Beitrag geleistet und anschließend verschwunden sei. Das Letzte, was man von ihm gehört habe, sei, dass er als Taxifahrer in Palmerston North arbeitete. Meist fahre er Nachtschicht.

»Sie könnten mit Taxis herumfahren und nach ihm suchen«, sagte sie. »Sie setzen sich einfach auf die Rückbank und stellen Fragen – so lange, bis Sie ihn gefunden haben. Sie müssten sich nicht mal zu erkennen geben. Sie könnten sich mit Ihrem Vater unterhalten, und er würde es nie erfahren.«

»Das will ich gar nicht.«

»Warum denn nicht?«

»Scheiß auf ihn!«

Das konnte sie sehr gut nachfühlen. Sie hatten es beide nicht leicht mit ihren Vätern.

Phillip wechselte das Thema. »Was ist denn nun mit Ihnen und dieser ganzen Geschichte?« Er tippte auf das Buch in ihrer Hand.

Delia ahnte, was er als Nächstes fragen würde. »Die, die ich gesehen habe, waren anders.«

»Konnten Sie ihre Gesichter erkennen?« Er klang ehrlich interessiert.

»Ja.«

»Ehrlich?«

»Ja.«
»Erzählen Sie mir davon.«
»Glauben Sie mir?«
Nach kurzem Zögern: »Ja.«

Als Phillip die Bibliothek erreichte, wo er nun am liebsten auch seine Freizeit zubrachte, sah er zu seiner Verblüffung, dass Delia wie ein Gespenst vor der verschlossenen Tür im Schatten saß und auf ihn wartete. Sie stand auf, lächelte unsicher, versuchte ihre Panik zu verbergen, und ihr Atem ging schwer, als sei sie gelaufen, um noch rechtzeitig zu einer Verabredung zu kommen. Er bemühte sich zurückzulächeln und fragte mit auf Bibliotheklautstärke gedämpfter Stimme, ob sie hereinkommen wolle.

»Ich wollte einfach nur … da sind ein paar Bücher … die wollte ich mir gern ansehen. Und mir ist aufgefallen, dass Sie abends oft ziemlich lange geöffnet haben«, sagte sie. »Das ist alles. Ich gehe manchmal einfach so spazieren.«

»Na ja, geöffnet habe ich eigentlich nicht«, antwortete er schnell. »Ich mache um fünf Uhr zu. Aber kommen Sie rein.«

Er ging geradewegs zu seinem Pult, senkte den Kopf und versuchte Delia, die nun in der leeren, stillen Bibliothek stand, nicht anzusehen. Sie blickte sich um. Sie hatte das Gefühl, dass seit ihrem letzten Besuch viel mehr Bücher dazugekommen waren. Viele Regale waren nun dicht bestückt, und sie nahm an, dass es wohl die verschollenen und nun wiederaufgetauchten Liebesromane waren, von denen Phillip gesprochen hatte. Die stille Emsigkeit, mit der Phillip seine Karten ausfüllte, und die heitere Gelassenheit der leeren Bibliothek, die sich langsam, aber sicher mit diesen billigen Liebesgeschichten füllte, brachten einen ersten Hauch von Frieden in ein Leben, das ansonsten in völliger Auflösung war. Sie beobachtete ihn verstohlen bei der Arbeit und war fasziniert. Sie sagte sich, dass es seine Hingabe war, die sie anzog, seine Klarheit und sein Glaube an Ordnung. Sie gestand sich nicht ein, dass sie den Anblick seiner Hände attraktiv fand, die sich präzise und mit großer Konzentration bewegten, obwohl sie nach ihren Maßstäben nicht sauber genug waren. Sein Hals war lang und von Adern durchzogen, seine Arme braun wie poliertes Teakholz. Er war ein guter Bibliothekar, fand sie, weil er für ehrfürchtige Stille sorgte, genau wie in einer Kirche.

Er war ein Spinner, genau wie sie am Anfang ja auch gedacht hatte, ein Bücherwurm, ein Einsiedler. Trotzdem fühlte sie sich immer wieder zu ihm hingezogen, denn genau diese Eigenschaften waren es, was ihn von den Scharen von jungen Männern der Gegend unterschied, die sie kannte und die sie verachtete. Wie kam sie auf die Idee, sich für so jemanden zu interessieren: einen Mann wie eine Wand?

Aber Phillip fand, dass es ihm nicht zukam, Delia Ratschläge zu geben, jedenfalls nicht, bevor sie ihn ausdrücklich darum gebeten hatte. Er zwang sich zur Zurückhaltung, auch wenn er vor Neugier platzte. Er war sich sicher, dass es eine unausgesprochene Übereinkunft zwischen ihnen beiden gab, dass keiner sich ins Privatleben des anderen einmischte, es sei denn, der andere lud ihn dazu ein, und in dem Augenblick war Phillip sich alles andere als sicher, ob er eine solche Einladung erhalten hatte. Also schwieg er.

Still kehrte er an seine Arbeit zurück, und Delia, schwer enttäuscht von dieser Abfuhr, musste ihre Lage ohne ihn bedenken. Er schob den Bücherwagen zum nächsten Regal.

»Sie sind ein Intellektueller, was?« Es klang wie ein Schimpfwort.

»Eigentlich nicht«, sagte er.

»Ich denke schon.«

»Kommt drauf an, wie man einen Intellektuellen definiert.«

»Und wie definieren Sie ihn?«

Ohne seine Arbeit zu unterbrechen, antwortete er: »Ein Intellektueller ist ein Mensch, der in seinem Kopf eine ganze Welt aus Widersprüchen bewegen kann.«

Er sagte es mit einer Nüchternheit, die Delia auf Anhieb überzeugte, dass dies die einzig mögliche Antwort auf die Frage war, und dachte eine Weile über den Ausdruck »Welt aus Widersprüchen« nach.

»Warum lesen Sie gern?«

»Lesen? Das hilft uns, eine Lebensphilosophie zu entwickeln. Mehr nicht.«

Er war so lässig, er sprach so spontan, dass Delia nichts davon hochgestochen fand. Ja, es machte ihr Spaß: Das war, als ob man an einem Computer einen Knopf drückte, und sofort spuckte er eine wohlgesetzte Antwort aus.

»Oh«, sagte sie.

»Wissen Sie, was ich meine?«

»Einigermaßen.«

»Ich halte das für wichtig, für jeden, dass man eine Lebensphilosophie hat, und zwar eine, die man in klare Worte fassen kann. Wenigstens eine.«

Delia hatte keine, keine Einzige. Es war schrecklich. Sie versuchte, sich etwas auszudenken. Ihr fiel nichts ein.

»Wie viele haben Sie?«, fragte sie. »Philosophien.«

»Eine oder zwei.«

»Und wie sehen die so aus?«

Phillip schaute sie an, und aus seinem verblüfften Blick schloss sie, dass es das erste Mal überhaupt war, dass jemand ihn so zur Rede stellte. »Kommen Sie«, drängte sie, »erzählen Sie es mir.«

»Na gut. Sind Sie sicher, dass Sie das hören wollen?«

»Jetzt machen Sie schon.«

»Na gut. Also, wir können wahrscheinlich bei Heidegger anfangen, oder?« Er atmete tief durch, lud sich einen Armvoll Bücher auf und stellte sie eins nach dem anderen in die Regale, wobei er ihr mehr oder weniger den Rücken zuwandte.

»In Ordnung«, sagte sie.

»Also, der Stammvater des Existentialismus, wie die meisten ihn sehen, leugnete die Existenz eines geordneten metaphysischen Universums und ging stattdessen davon aus, dass jeder von uns sein spezifisches Wesen selbst schafft, und das gefällt mir, das gefällt mir sehr, aber andererseits fühle ich mich auch zur Gegenseite hingezogen, zum Romantischen, zur Rousseau'schen Schule, könnte man sagen, die nicht das geringste Besondere in uns sieht, die uns als Teil der Natur versteht, wie einen Baum, woher ja auch der Ausdruck ›menschliche Natur‹ kommt, so dass wir uns also als eine nicht weiter differenzierte Kraft ansehen sollten, so wie in den Gemälden von Picasso oder in der Musik von Rachmaninow, in die das Individuum eintaucht und vollkommen darin aufgeht. Denn für meine Begriffe lässt sich auf diese Weise der Gedanke an den Tod leichter ertragen, er kommt uns dann als kein ganz so katastrophaler Einschnitt vor. Mit anderen Worten, ich sehe durchaus, was Kierkegaard zu sagen hat, ich sehe Husserls positiven Idealismus, William Blakes Vorstellung, dass ein eigenes Universum in jedem Sandkorn steckt, aber ich finde, wir sollten auch die simple Tatsache nicht aus den Augen verlieren, dass nichts so Großartiges an uns ist, dass wir nicht morgen schon als Regentropfen wiederkehren könnten oder als Lichtreflex auf der Oberfläche eines Sees.«

Delia nickte.

»Verstehen Sie, was ich meine?«

Sie nickte noch einmal. Nach Kräften mühte sie sich, das zu tun, was ihrer Meinung nach in diesem Augenblick von ihr gefordert war, nämlich eine Welt aus Widersprüchen in ihrem Kopf zu bewegen. Es gelang ihr nicht allzu gut. Sie konnte an nichts anderes denken als daran, dass sie keine einzige Lebensphilosophie hatte. Es war so peinlich.

»Wow«, sagte sie. »Aber haben Sie auch was Eigenes?«

»Bitte?«

»Das sind doch Philosophien von anderen. Haben Sie auch eine eigene?«

Phillip lächelte. »Nur diese eine: Es ist wichtig, dass wir lesen. Das ist meine Philosophie.«

Delia nickte. Das war es also. Das war einfach. Dann konnte sie sein wie Phillip, mit einer Philosophie, die ihr durch das ganze Leben half. Man musste ihn doch nur anschauen: ein Bibliothekar; zuerst hatte er eine Philosophie gehabt, und daraus hatten sich ein Ziel, ein Zweck, eine Arbeitsstelle ganz von selbst ergeben. »Wow«, sagte sie noch einmal.

Sie war allein auf der Welt. Ihre Philosophie musste sie sich selbst ausdenken. Sie brauchte dazu keine fremde Hilfe. Hatte sie noch nie gebraucht.

Er sah, dass sie nach ihrer Jacke griff. »Oh, wollen Sie schon gehen?«

»Hm-hm.«

Phillip konnte nicht sagen, ob sie sich geärgert hatte, und er war froh, dass er ihr nicht mit unnötigen Fragen oder Ratschlägen zur Last gefallen war.

»Gute Nacht«, sagte er sanft.

»Gute Nacht«, antwortete sie. Sie ging, ohne ihn anzusehen, fest entschlossen, dass sie erst zurückkehren würde, wenn sie eine Philosophie hätte, eine, die wirklich ihre eigene war.

Am Montag kamen die langerwarteten Bücher aus Wellington in fünfunddreißig identischen Pappkartons. Zwei Möbelpacker trugen sie in die Bibliothek, und dann hielten sie Phillip ein dickes Bündel Papiere unter die Nase, eine Liste sämtlicher gelieferter Bände – eine veritable Sturzflut aus Klassikern.

Als der Lastwagen wieder fort war, erhob Phillip sich von seinem Platz und betrachtete die vielversprechende Ansammlung. Kein Pirat mit einer solchen Zahl an Schatztruhen hätte glücklicher über seine Beute sein können. Schier unglaublich, dass solcher Reichtum mit einer einzigen Lieferung gekommen war.

In der klösterlichen Stille der Bibliothek schnitt er aufgeregt die Klebestreifen der ersten Kiste auf. Die Laschen sprangen ihm entgegen. Und im Inneren die großen Werke der Weltliteratur dicht an dicht, mächtige Bände, so viele nur hineinpassten. Er holte die Ersten heraus, moderne Nachdrucke der großen Klassiker, und stapelte sie stolz auf den Fußboden, legte sie bereit zur Aufnahme in den Bestand der Bibliothek. Das Aroma der Druckerschwärze war betörend, und die steifen neuen Blätter verführten ihn dazu, jedes Buch mit dem Daumen aufzufächern, bevor er es ablegte: Jedes Mal küsste ein kleiner Windhauch sein Gesicht. Alles, was er zur Bildung der Bauern von Opunake angefordert hatte, war gekommen – er hatte sein Jahresbudget auf einen Schlag ausgegeben. Alles, angefangen von der griechischen und römischen Antike bis zur makellosen achtundzwanzigbändigen *Encyclopaedia Britannica*, zu der auch die Sammlung *Great Books of the Western World* gehörte, maßgebliche Werke, die *in reductio* viele der großen Gedanken enthielten, mit denen sich die Menschheit seit je beschäftigt hatte. Als er alles ausgepackt und auf dem Boden aufgestapelt hatte, sah er sich um und stellte fest, dass er sich mit einem Kreis aus hüfthohen Buchtürmen umgeben hatte, einer ganzen Stadt aus Ideen, die vom einen Ende der Bibliothek bis zum anderen reichte.

Seine Arbeit und sein großes Vergnügen in den ersten Herbstwochen würde es sein, für jedes Einzelne dieser Bücher eine Katalog- und eine Ausleihkarte anzulegen.

Phillip hatte einen seltsamen Traum. Er und Delia waren in zwei parallelen Gängen seiner Bibliothek. Eine dünne Wand aus Büchern stand zwischen ihnen, doch wenn Phillip in einem mittleren Regal einen Flaubert-Roman herauszog, konnte er ein Stück von ihr sehen, ein verlockendes Rechteck ihres nackten Bauchs. Ein Essayband von Goethe, von einem Regal weiter unten gezogen, enthüllte ihm einen rosigen Streifen Bein; und so wurde er dreister, zog nach kurzer Berechnung einen dicken Band Thomas Hardy auf Brusthöhe heraus. Schneller und schneller wühlte er sich durch die Weltliteratur, entblätterte sie in geometrischem Muster, und als er an ihr Gesicht kam, als er die letzten Bände vom Regalbrett nahm, da hatte sie keinen Kopf: Ihr Kopf war abgeschlagen. Mit einem Aufschrei schreckte Phillip hoch, schweißgebadet. Er war über dem Katalogisieren der neuen Bücher eingeschlafen, die er wegen seiner fieberhaften Detektivarbeit vernachlässigt hatte.

Ein energisches Klopfen an der Tür riss ihn aus seiner Panik.

Hinter dem Glimmen der Zigarette, die beim Hereinkommen ausgedrückt wurde, tauchte das Gesicht von Pater O'Brien auf. Er entschuldigte sich für den späten Besuch, aber er habe gesehen, dass noch Licht brenne, und da habe er sich gefragt, ob Phillip vielleicht bei den Öffnungszeiten eine Ausnahme machen könne. Den Kragen hatte der Priester ganz gegen seine Art gelockert, das schüttere Haar war zerzaust. Er verstehe, dass man Regeln brauche, sagte er, aber er habe gehört, dass eine Ausgabe sämtlicher Werke des Thomas von Aquin aus Wellington eingetroffen sei, und er würde gern für seine Sonntagspredigt eine Stelle oder zwei aus der *Summa theologica* nachlesen. Keiner, fügte der Geistliche hinzu, habe das Wesen der Heiligkeit so tiefgründig erforscht wie dieser italienische Mönch in seiner Klosterzelle. Obwohl er wusste, dass dies seine nächtliche Fahrt über die Straßen der Stadt auf der Suche nach Delia noch weiter hinauszögern würde, zog Phillip großzügig für den Priester einen Stuhl heraus und holte ihm den Band aus den großen Büchern der westlichen Welt.

Pater O'Brien kannte diesen Wegweiser zu gottgefälligem Leben gut und wusste, wo er zu suchen hatte. Er fiel geradezu über den Text her und verschlang die Seiten, als stille er einen lange unterdrückten Hunger.

Phillip, der merkte, dass der Priester allein sein wollte, ging nach draußen und ließ den Blick über die Hauptstraße schweifen. Als er wieder eintrat, sah er, dass der Geistliche geweint hatte und sich rasch die Wangen mit einem Taschentuch abtupfte.

Phillip nahm an, dass eine Passage in den *Quaestiones* ihn so erschüttert hatte. Vielleicht fand der Priester, dass er im Vergleich zum Leben des Heiligen Thomas in seinem eigenen Leben nicht viel erreicht hatte. Phillip hatte nur den Chefbibliothekar, an dem er seine Künste messen musste. Ein Priester maß sich mit Heiligen.

Pater O'Brien erhob sich und ließ in seiner Eile das Buch aufgeschlagen liegen. Er kam zu Phillip an den Schalter.

»Haben Sie vielen Dank«, sagte er. »Äußerst lohnend. Äußerst. Und ich – ähm –, ich wollte Ihnen auch noch sagen, dass ich sehr zu schätzen weiß, was Sie hier tun.«

»Nicht der Rede wert«, sagte Phillip. »Bleiben Sie ruhig noch länger, wenn Sie möchten. Mich stört das nicht.«

»Nein, ich meinte nicht, dass Sie mich noch hereingelassen haben. Ich meine, was Sie aus der Bibliothek gemacht haben. Großartig. Ein Geschenk.«

Phillip errötete. Es war das erste Mal, dass er in Opunake ein Zeichen der Dankbarkeit erhielt.

»Ich meine es ernst«, sagte der Priester. »Ich weiß, wie es vorher hier aussah. Das hätte man nicht als Kuhstall haben wollen.« An der Tür blieb er noch einmal stehen, Tränen in den Augen. »Sie haben mehr von einem Priester als ich«, sagte er.

Hugo Loetscher

Ein Waisenhaus für Bücher

Die Fahrt nach La Brède war als Abstecher gedacht. So einfach war es nicht, von Bordeaux dorthin zu gelangen; es ließ sich arrangieren. Mich lockte, den Ort aufzusuchen, wo einer, der ein Klassiker werden sollte, nicht nur über den Geist der Gesetze nachgedacht hatte. Der hatte mich zur Nachahmung verführt, indem er sich als Perser verkleidete und als solcher in Briefen mit unbefangeneren Augen über die Gesellschaft seiner Zeit urteilte.

Ein Wasserschlösschen, eine gotische Befestigung auf einem Inselchen. In der oberen Etage eine Bibliothek. Jedoch in einem Raum, der kaum für Bücher vorgesehen war, nicht nur wegen der Spieße oder wegen der Rüstungen an den Wänden. Bis ich erfuhr: Der einstige Waffensaal war in eine Bibliothek umgewandelt worden.

Was, wenn man die Waffensäle meiner Zeit in Büchereien umwandeln würde? Eine Abrüstung, wie man sie bisher nie diskutiert hat. Statt der Bunker und Arsenale, wie sie sich einst entlang der Grenze zwischen West- und Osteuropa hinzogen, an ihrer Stelle lauter Bibliotheken, eine nach der andern, hier wie drüben. Weg mit dem Stacheldraht. Die militärischen Sperrzonen entmint, geöffnet für all die, welche sich ein Buch besorgen möchten.

Damals hätte ich mir nicht vorstellen können, dass ich

einmal Bibliotheken aufsuchen würde, nicht um der Bücher willen, sondern um zu bewundern, was sich Architekten einfallen ließen, um Bücher unterzubringen – nicht einfach Bücher, sondern Handschriften, Inkunabeln, Rollen.

Nun sind Bibliotheken längst nicht mehr Räume, in denen einer aus Regalen Bücher herausnimmt. Bücher sind elektronisch geworden und bieten Volltext. Es gibt nicht mehr nur einen Giftschrank und im Keller eine verriegelte Hölle, sondern auch eine Metaphernmaschine und ein Schriftlabyrinth. Was ich betreibe, wurde in die Abteilung e-Learning verwiesen.

Eines Tages sollte ich einer Stadt einen Abstecher widmen, die für mich identisch war mit einer Bibliothek: Alexandria. Als ob es hier nicht auch ein Fort, Katakomben und Moscheen zu bewundern gäbe oder ein Osmanenviertel. Mich interessierte an der Corniche die Bibliotheca Alexandrina, im Gedenken an die größte Bibliothek der Antike errichtet. Mir fiel an erster Stelle nicht Buch ein, sondern Feuer. Eine Bibliothek als Opfer einer (zufälligen?) Feuersbrunst. Es kam danach an Schriften erneut genügend zusammen, dass Christen Bücher verbrennen konnten, die sie als heidnisch und als Zauberei bezeichneten. Und dann blieben genügend christliche Bücher übrig, welche die Muslime verbrannten, da sie nicht Koran-konform waren. Geblieben im Kopf die Anekdote (wenn vielleicht auch nicht beglaubigt): Mit den christlichen Büchern sollen während Wochen die öffentlichen Bäder beheizt worden sein. Hatten Araber nicht auch die Bücher von Persern verbrannt und Indianer die anderer Stämme, bevor Christen den Indios die Schriftrollen verbrannten?

Brennende Bücher, war das nicht ein Thema für eine meiner ungeschriebenen Oden, in diesem Fall für den negativen Gesang: »Ich übergebe der Flamme«. Ob ein deutscher Student undeutsche Bücher dem Feuer überantwortet, ob ein chinesischer Kaiser den Befehl dazu erteilt oder ob dies ein Scharfrichter tut, zu dessen Schuldspruch Kirchenglocken läuten. Bücher verbrennen ist Bücher hinrichten: Waggonladungen voller Talmudschriften oder die achtzehn Tonnen, die der amerikanischen Gesellschaft zur Bekämpfung des Lasters missfielen, oder die 250 000 Laufmeter eines Orientalischen Instituts. Ode an das Feuer, wie belesen muss das Feuer sein, wenn man bedenkt, was es alles an Versen und Geschichten fraß, an Dramen und Sentenzen, was es an Thesen und Glaubenssätzen verschlang – eine lodernde Belesenheit.

Über das Auslöschen von Erinnerung nachsinnend, saß ich draußen unter der Marmormauer, auf der Lettern aus allen Weltsprachen eingeritzt sind. Da stieg der Alexandriner in mir hoch: Er fühle sich in meinen Jahrzehnten ganz wohl, die erinnerten ihn an die Moden seiner antiken Epoche. Als die großen Stoffe abgehandelt waren, hätten sie sich für das Interessante interessiert, für entlegene Themen und Lokalsagen, sie hätten das Kleine und Ausgefeilte geliebt.

Ich, der einst voll Stolz seine ersten paar Bücher auf einem Nachttisch gestapelt hatte, mit einem Steinadler als Buchstütze, wohnte eines Tages zwischen Bücherwänden, in einem Festungsgürtel aus bedrucktem Papier, als müsste ich mich gegen die Unbill der Zeit behaupten.

Haben Sie das alles gelesen? Nein, das Ungelesene hier

steht für das Ungelesene anderswo. Ich bemühe mich, eine Ahnung zu erlangen von all dem, was noch hätte gelesen werden müssen – ich bin ein Mann des Disponiblen. Das Gelesene und Ungelesene ist auf den Regalen zur Ruhe gebettet. Die Lektüre erweckt die Bücher zum Leben, ein Wachrütteln wie ein Fanfarenstoß. Und manchmal wie Ostern: Kerzen anzünden und ein Opferlamm braten.

Und was, wenn es brennt? Dann rette ich die Versicherungspolice.

Und wenn Sie umziehen? Was habe ich von Adresse zu Adresse das Gestell transportiert, das ich mit meinem Vater gezimmert hatte, und neue Regale angefertigt, mit mehr oder weniger Geschick, anhand von Anleitungen, deren *do-it-yourself*-Deutsch nicht immer leicht verständlich war.

Ich habe einmal eine Bücherkiste in einem Museum gesehen, eine lebensgroße Kiste: einer, der wegen Ketzerei lebenslänglich zum Kerker verurteilt war, hatte das Recht, sich Bücher in die Zelle kommen zu lassen. Das geschah in einer eisenbeschlagenen Kiste. In dieser wurde er aus dem Kerker und außer Landes geschmuggelt. Unter Büchern liegend, die so viel Luft lassen, dass ich atmen kann – so stelle ich mir eine mögliche Flucht in die Freiheit und ins Exil vor.

Und dann die Frage, die niemand stellt, außer mir selbst: Was geschieht mit den Büchern nach meinem Ableben. Sie, denen ich einen Platz zugeordnet habe, alphabetisch oder thematisch. Sie alle sterben mit mir. Ich kenne niemanden, der genügend Wände hätte. Ich geniere mich, jemandem zuzumuten, all diese Bücher zu transportieren, und wenn, wohin? Möglich, dass ein Antiquar an dem einen oder andern interessiert wäre. Aber sonst? Es gibt kein Waisenhaus für Bücher. Keine Erdbestattung und auch kein würdevolles Krematorium.

Was, wenn man meiner Asche ein Buch mitgibt. Besser vielleicht mehrere. Wörterbücher, deren Wörter mit meiner Leiche mitverbrennen. Hatten die alten Ägypter den Verstorbenen nicht einen Übersetzer mit ins Grab gegeben, im Hinblick auf die möglichen Fremdsprachen im Jenseits? So wäre auch ich gewappnet. Für den Fall, dass einer mich drüben fragt: »Woher kommen Sie?«, könnte ich in der Asche nachschlagen: »Vom blauen Planeten.«

Honoré de Balzac

Verlorene Illusionen

Ein junger Mann trat ein; er hatte soeben einen ausgezeichneten Roman erscheinen lassen, der den größten Absatz gehabt und den schönsten Erfolg gebracht hatte, die zweite Auflage wurde jetzt für Dauriat gedruckt. Der junge Mann, dessen bizarre und ungewöhnliche Erscheinung den Künstler verriet, machte lebhaften Eindruck auf Lucien.

»Das ist Nathan«, flüsterte Lousteau dem Provinzdichter ins Ohr. Ungeachtet des wilden Stolzes seiner Physiognomie, die damals noch in der Blüte der Jugend stand, sprach Nathan mit abgezogenem Hut mit den Journalisten und beugte sich beinahe demütig vor Blondet, den er erst vom Sehen her kannte.

»Ich bin glücklich über die Gelegenheit, die mir der Zufall verschafft –«

»Er ist so verwirrt, dass er einen Pleonasmus macht«, sagte Félicien zu Lousteau.

»– und die mir erlaubt, Ihnen für den schönsten Artikel zu danken, den Sie mir im *Journal des Débats* zu widmen so freundlich waren. Die Hälfte meines Erfolges verdanke ich sicher Ihnen.«

»Nein, mein Lieber, nein«, erwiderte Blondet und versteckte die Gönnerschaft hinter der Gutmütigkeit, »Sie haben Talent, der Teufel soll mich holen, und ich bin entzückt, Ihre Bekanntschaft zu machen.«

»Da Ihr Artikel erschienen ist, laufe ich nicht mehr Gefahr, den Mächtigen zu schmeicheln, wir können jetzt ungezwungen miteinander verkehren. Wollen Sie mir die Ehre und das Vergnügen erweisen und morgen mit mir dinieren? Sie setzen die Linie der Dussault, der Fiévée, der Geoffroy fort! Hoffmann hat über Sie mit Claude Vignon, seinem Schüler und einem meiner Freunde, gesprochen und gesagt, dass er ruhig sterbe, da das *Journal des Débats* ewig leben wird. Man muss Sie ungeheuer bezahlen?«

»Hundert Franc die Spalte«, antwortete Blondet, »das ist wenig, wenn man gezwungen ist, die Bücher zu lesen, und zwar hundert zu lesen, bis man eines findet, womit man sich beschäftigen kann, ich denke an Ihr Buch. Es hat mir Freude gemacht, auf Ehrenwort.«

»Und ihm fünfzehnhundert Franc eingebracht«, sagte Lousteau zu Lucien.

Lucien, der sich hier wie ein Embryo vorkam, hatte das Buch Nathans bewundert und den Autor wie einen Gott verehrt; nun ging ihm soviel Feigheit vor dem Kritiker, dessen Namen und Bedeutung ihm unbekannt waren, nicht in den Sinn. ›Würde ich mich je so aufführen, muss man seine Würde vergessen?‹, dachte er. ›Setze deinen Hut auf, Nathan, du hast ein schönes Buch und der Kritiker nur einen Artikel geschrieben.‹

Das waren Gedanken, die ihm das Blut durch die Adern trieben. Er bemerkte in jedem Augenblick furchtsame junge Leute und bedürftige Autoren, die mit Dauriat sprechen wollten, aber beim Anblick des vollen Ladens verzweifelten und mit den Worten: Ich werde wiederkommen, fortgingen.

Der Dichter, der noch immer sein Manuskript in der Hand hielt, war das Opfer einer Erregung, die sich wenig von Furcht unterschied. In der Mitte des Ladens standen auf Holzgestellen, denen Marmorfasern angemalt waren, die Büsten von Byron, Goethe und Herrn de Canalis, von dem Dauriat einen Band zu erlangen hoffte und der an dem Tag, an dem er den Laden betrat, die Höhe ermessen konnte, die der Buchhandel ihm zubilligte. Unwillkürlich fühlte Lucien seinen eigenen Wert herabsinken, sein Mut wurde schwächer. Er ahnte den Einfluss, den dieser Dauriat auf sein Geschick haben sollte, und erwartete ungeduldig den Augenblick, in dem er ihn sehen würde.

Ein kleiner dicker, fetter Mann mit einem Gesicht, das dem eines römischen Prokonsuls glich, aber einen gutmütigen Zug aufwies, an den sich die Leichtgläubigen hielten, trat ein. Der Buchhändler wandte sich mit einem Stirnrunzeln an Lucien. »Mit wem habe ich die Ehre?«, fragte er und schaute ihn herausfordernd an.

»Ein Augenblick, Dauriat«, antwortete Lousteau, »ich bin es, der den Herrn Ihnen zuführt.«

Lucien fühlte seinen Rücken nass vor Schweiß werden, als er die kalte und unzufriedene Miene des gefährlichen Padischah des Buchhandels sah, der den gefürchteten Blondet mit »Mein Kleiner« anredete und der Nathan vertraulich wie ein König die Hand hingestreckt hatte.

»Eine neue Sache, mein Kleiner«, rief Dauriat; »aber du weißt, dass ich elfhundert Manuskripte habe, ja, meine Herren, man hat mir elfhundert Manuskripte angeboten, fragen Sie Gabusson. Ich werde bald eine eigene Verwaltung für die Aufbewahrung der Manuskripte und ein Bureau von Lektoren für die Prüfung brauchen; man wird in Sitzungen über die Tauglichkeit abstimmen, mit Anwesenheitslisten und einem Sekretär für das Protokoll, die reinste Filiale der Akademie, und die Akademiker werden in den hölzernen Galerien besser als im Institut bezahlt werden.«

»Das ist ein Gedanke«, sagte Blondet.

»Ein schlechter Gedanke«, fuhr Dauriat fort, »es ist nicht mein Geschäft, die Elaborate derer auszubeuten, die unter euch Literaten werden, wenn es weder zum Kapitalisten noch zum Schuhmacher, weder zum Unteroffizier noch zum Lakai, weder zum Beamten noch zum Gerichtsvollzieher reicht. Hier tritt man nur mit einem fertigen Ruf ein! Werdet berühmt, und es soll am Goldstrom nicht fehlen. In den letzten zwei Jahren habe ich drei große Männer gemacht, und alle drei zeigten sich undankbar! Nathan spricht von sechstausend Franc für die zweite Auflage seines Buches, während ich doch allein für Artikel dreitausend Franc ausgegeben und keine tausend eingenommen habe. Die beiden Artikel Blondets haben mich tausend Franc und ein Diner zu fünfhundert Franc gekostet.«

»Wenn alle Buchhändler wie Sie sprechen, wie kann man dann ein Erstlingswerk verlegen?«, fragte Lucien, in dessen Augen Blondet gewaltig an Wert verlor, als er die Ziffer hörte, mit der Dauriat die Artikel in den *Débats* bezahlt hatte.

»Das geht mich nichts an«, erwiderte Dauriat mit einem mörderischen Blick auf den schönen Lucien, der ihn freundlich ansah, »ich gebe mich nicht damit ab, zweitausend

Franc für ein Buch aufs Spiel zu setzen, um ebenso viel zu gewinnen; ich mache Spekulation in Literatur, ich veröffentliche vierzig Bände zu je zehntausend Stück wie Panckoucke und die Baudouins. Meine Macht und die Artikel, die ich durchsetze, bringen ein Geschäft von dreihunderttausend Franc zustande statt der elenden zweitausend. Das Manuskript, das ich für hunderttausend Franc kaufe, ist billiger als das des unbekannten Autors, dem ich sechshundert Franc gebe. Wenn ich nicht ganz ein Mäzen bin, so habe ich doch Anrecht auf die Dankbarkeit der Literaten: Mir verdanken sie es, wenn der Preis der Manuskripte um mehr als das Doppelte gestiegen ist. Ich erzähle Ihnen das, mein Kleiner, weil Sie ein Freund Lousteaus sind«, sagte Dauriat zu dem Dichter und klopfte ihm mit einer unerträglichen Vertraulichkeit auf die Schulter. »Wenn ich mit allen Schriftstellern spräche, die mich zum Verleger wünschen, müsste ich meinen Laden schließen, denn ich verbrächte meine Zeit mit Unterhaltungen, die zwar äußerst angenehm, aber viel zu teuer wären. Ich bin noch nicht reich genug, um jeden Monolog der Eigenliebe anzuhören, das geschieht nur im Theater, in den klassischen Trauerspielen.«

In den Augen des Dichters aus der Provinz unterstrich die Eleganz, mit der dieser schreckliche Dauriat gekleidet war, die unbarmherzige Logik seiner Worte.

»Was haben Sie da in der Hand?«, fragte der Verleger Lousteau.

»Einen ausgezeichneten Versband.«

Kaum hatte Dauriat das gehört, so wandte er sich mit einer Talmas würdigen Bewegung zu Gabusson und sagte:

»Gabusson, mein Freund, von heute an gilt für den Fall, dass irgendjemand Manuskripte anbietet – ihr anderen hört ihr das?«, rief er den drei Gehilfen zu, die beim Klang der cholerischen Stimme ihres Brotgebers hinter den Bücherstößen hervorkamen. »Hört ihr«, fuhr er fort, während er seine Nägel und seine übrigens schöne Hand betrachtete, »sobald jemand mit einem Manuskript kommt, so gebt ihm sofort den Laufpass, Verse sind, wie das Wort es sagt, die Würmer des Buchhandels.«

Lucien fand nicht den Mut, sich aufzurichten und vor diesen einflussreichen Leuten, die herzlich lachten, seinen Stolz zu beweisen. Er begriff, dass er nichts Lächerlicheres tun konnte, als seinem heftigen Gelüste nachzugeben und dem Buchhändler an die Kehle zu springen; aber welche Wohltat, ihm den sorgfältigen Knoten der Krawatte in Unordnung zu bringen, die goldene Kette von der Brust zu reißen und die Uhr zu zerstampfen. In seinem Zorn schwor er Rache und tödlichen Hass, während er dem Verleger zulächelte.

»Also, was für Verse stehn in dem Band?«, lenkte Dauriat ein.

»Es sind Sonette; Petrarca würde die Hände über dem Kopf zusammenschlagen«, sagte Lousteau.

»Wie verstehst du das?«, meinte Dauriat.

»Wie alle Welt«, antwortete Lousteau, worauf ein feines Lächeln alle Lippen umspielte.

»Nun gut, ich werde sie lesen«, erklärte Dauriat mit einer königlichen Handbewegung, die die ganze Bedeutung dieses Zugeständnisses ausdrückte, »wenn deine Sonette auf der Höhe des neunzehnten Jahrhunderts sind, werde ich einen großen Dichter aus dir machen, mein Kleiner.«

»Falls sein Geist seiner Schönheit entspricht, ist das Risiko nicht schlimm«, sagte einer der berühmtesten Redner der Abgeordnetenkammer, der mit einem der Redakteure des *Constitutionnel* und dem Herausgeber der *Minerve* plauderte.

»General«, erwiderte Dauriat, »was ist der Ruhm? Für zwölftausend Franc Artikel und für dreitausend Franc Diners, erkundigen Sie sich beim Autor des *Einsiedlers*. Wenn Benjamin de Constant einen Artikel über den jungen Poeten schreiben will, bin ich bereit, den Band zu verlegen.«

Beim Wort »General« und bei der Erwähnung des berühmten Benjamin Constant nahm der Laden in den Augen des großen Mannes aus der Provinz die Ausmaße des Olymp an.

»Sie behalten mein Manuskript, wann kann ich die Antwort erwarten?«

»Nun, mein kleiner Dichter, frage in drei oder vier Tagen nach, wir werden sehen.«

»Was für eine Bude!«, rief Lucien aus, als er in einem Kabriolett neben Lousteau saß.

»Ins Panorama Dramatique, und zwar im Galopp! Du bekommst dreißig Sou«, sagte Etienne zum Kutscher. »Dauriat ist ein Gauner, der für rund anderthalb Millionen Franc Bücher im Jahr verkauft, er ist sozusagen der Minister der Literatur«, antwortete Lousteau, dessen Eigenliebe angenehm erregt war und der sich vor Lucien als Herr aufspielte. »Seine Habgier, die ebenso groß wie die Barbets ist, stürzt sich auf die Masse. Dauriat hat Umgangsformen, er ist großmütig, aber er ist eitel; was seinen Geist betrifft, so setzt er sich aus allem zusammen, was um ihn gesagt wird; seinen Laden zu besuchen ist immer ein Gewinn, man trifft die besten Namen der Zeit. Ein junger Mann lernt da mehr in einer Stunde, als wenn er zehn Jahre lang über Büchern sitzt, mein Lieber. Man bespricht Artikel, die erschienen sind, man braut diejenigen zusammen, die man schreiben wird, man kommt in Beziehung zu berühmten oder einflussreichen Leuten, die einem nützlich sein können. Heute braucht man, um vorwärtszukommen, unbedingt Beziehungen. Alles ist Zufall, Sie sehen es ja. Nichts ist gefährlicher, als Geist in seinem Winkel allein zu haben.«

»Aber was für eine Anmaßung!«, sagte Lucien.

»Ach was, wir lachen alle über Dauriat«, erwiderte Etienne. »Sie haben ihn nötig, er setzt Ihnen den Fuß auf den Nacken; er hat das *Journal des Débats* nötig, Emile Blondet lässt ihn wie einen Kreisel tanzen. Wenn Sie in die Literatur eintreten, werden Sie noch ganz andere Dinge erleben! Aber was sage ich Ihnen?«

»Ja, Sie haben recht«, bestätigte Lucien, »ich litt in dieser Bude noch mehr, als ich nach Ihren Darstellungen erwartete.«

»Warum leiden? Woran wir unser Herzblut setzen, die Arbeit, die in den langen Nächten unser Hirn zerrüttet, die Streifzüge durch die weiten Ebenen des Gedankens, das Denkmal, das wir uns aus unserem Schweiß errichten, das alles wird für die Verleger ein gutes oder ein schlechtes Geschäft. Verkaufen oder nicht verkaufen, das ist für sie die Frage. Ein Buch ist ihnen nichts als eine Kapitalanlage. Je besser ein Buch ist, desto weniger Aussicht auf Absatz hat es. Jeder hervorragende Mensch erhebt sich über die Masse, sein Erfolg hängt also von der Zeit ab, die für eine Würdigung nötig ist. Kein Buchhändler will warten. Das Buch von heute muss morgen verkauft sein. Das ganze System bringt es mit sich, dass die Verleger gehaltreiche Bücher ablehnen, weil es zu lange dauert, bis die Wirkung sich einstellt.«

Adam Davies

Unverlangt eingesandte Manuskripte

Die Lektüre unverlangt eingesandter Manuskripte ist eine groteske Pantomime in Sinnlosigkeit, eine Mühe, die sich praktisch kein amerikanischer Verlag außer Prestige macht. Jede Woche schicken Hunderte nicht von Agenten vertretene Schriftsteller – die Möchtegernautoren – ihre Manuskripte an New Yorker Verlage. Die meisten Häuser geben diese Manuskripte zum Altpapier oder schicken sie zurück, doch bei Prestige treffen sich die Assistenten immer montags an einem riesigen Tisch im Konferenzraum und unterziehen sich der Sisyphusarbeit, den Stapel unverlangter Einsendungen durchzugehen und sie per Formbrief abzulehnen. Keiner der Assistenten glaubt, dass das Ganze die Zeit oder die Gummipizza wert sei, die dabei verzehrt wird, doch die Meetings sind Pflicht, und die Legende besagt, falls ein Assistent ein Manuskript finde, das veröffentlicht wird, bekomme er als Belohnung fünftausend Dollar und möglicherweise eine Beförderung.

Mir tun die Möchtegernautoren einfach leid. Jahre ihres Lebens haben sie damit verbracht, diese Bücher zu schreiben. Sie haben keinen Vertrag, keinen Agenten, bekommen kein Geld von Serien-, Film- oder Auslandsrechten. Sie können keine Vorgeschichte vorweisen, keinen Lebenslauf, keine Unterstützer, keine Fans. Wahrscheinlich mögen nicht mal ihre Mütter das, was sie schreiben. Und doch sitzen sie in ihrer Freizeit zu Hause, wenn die Kinder nicht herumschreien, und kritzeln das aufs Papier, was sie für die schreckliche Schönheit ihres Lebens halten. Das machen sie im Keller, allein, spätnachts. Genauso werden Bomben gebastelt. Kein Wunder, dass sie verrückt sind. Und das Schlimmste daran ist, dass die armen Möchtegernautoren nichts Besseres zu tun haben, als ihr Lebenswerk einem ausgebrannten Typen wie mir zu schicken, der sich höchstens sechzig Sekunden lang damit befasst, ehe er es ablehnt. (»Lieber Möchtegernautor, danke für Ihr Angebot. Es handelt sich offenkundig um ein ernstzunehmendes und ehrgeiziges Werk, doch leider muss ich Ihnen mitteilen, dass es nicht in unser Verlagsprogramm passt. Viel Glück an anderer Stelle.«)

Früher einmal habe ich die Manuskripte tatsächlich gelesen und versucht, den Möchtegernautoren zu helfen. Ich schickte ihnen handgeschriebene Briefe mit Vorschlägen für Änderungen und ermunterte sie weiterzumachen. Doch mein Altruismus ist Geschichte. Wenn man fünf Jahre lang unverlangte Einsendungen ablehnt, geht das nicht spurlos an einem vorbei. Es hinterlässt einen giftigen Stachel aus Bosheit und Enttäuschung in deinem Herzen. Zudem ist die Mathematik des Scheiterns absolut: Während der fünf Jahre meiner Tätigkeit hier wurde nie auch nur ein einziges unverlangt eingesandtes Manuskript veröffentlicht. Rechnet man mit hundert Einsendungen pro Woche, zweiundfünfzig Wochen im Jahr, mal fünf ... sinnlos ist noch geschmeichelt. Statistisch gesehen wird man leichter hochbezahlter Profi in einer Mannschaftssportart, egal in welcher, als dass man ein unverlangt eingesandtes Manuskript veröffentlicht bekommt.

Außerdem bin ich ein paarmal bedroht worden. Als ein Möchtegernautor vor zwei Sommern meine Ablehnung bekam, schrieb er mir einen Brief, in dem stand:

»Lieber Mr. Driscoll, hier sind ein paar Buchstaben und Ziffern, die Sie vielleicht interessieren: C4, H5, AR. Erkennen Sie's? Das ist Cacodyal. Eine nette kleine chemische Verbindung. Wenn man sie Sauerstoff aussetzt, beispielsweise indem man eine Flasche mit diesem Inhaltsstoff auf einen gewissen Schreibtisch im zehnten Stock eines gewissen Verlagshauses an einer gewissen Straßenecke in Midtown-Manhattan wirft, verwandelt es sich sofort in weißes Arsen, das, wie Sie eventuell zufällig wissen, die zauberhafte Eigenschaft hat, binnen Sekunden den Tod herbeizuführen. Sind Sie sicher, dass das Ihr letztes Wort zu *Opossum-Blutrausch* war?

PS: In Ihrem blaugestreiften Hemd haben Sie heute wirklich schick ausgesehen. Betreten Sie das Büro immer um Viertel nach zehn?«

Und deshalb bringe ich immer die Seiten ein wenig durcheinander, damit es aussieht, als wäre darin gelesen worden, und schicke das Manuskript samt dem Formbrief zurück, den ich mit den falschen Initialen GL (für Green Lantern) versehe. Sollen sie doch diesen Typ aufspüren und ihn mit Cacodyal bewerfen.

Arnon Grünberg
46 verkaufte Exemplare

Nach Empfang der Abrechnung über das erste Quartal hatte ich sofort bei meinem Verlag angerufen.

»Was soll das«, sagte ich, »sechsundvierzig verkaufte Exemplare und vierhundertzweiundsiebzig Remittenden – was ist da los?«

»Wir haben einen bestimmten Punkt der Sättigung erreicht«, sagte mein Lektor. Offiziell hieß er Frederik van der Kamp, doch ich durfte ihn Fred nennen.

»Sättigung«, rief ich, »bei wem? Wer ist gesättigt? Denkst du, ich kann von 137 Gulden und 54 Cent satt werden? Hast du schon mal von jemandem gehört, der von 137,54 Gulden leben kann?«

Der Lektor gab zu, dass er noch nie von so jemandem gehört hatte. »Aber du hast doch auch noch andere Einkünfte und deine liebe Frau.«

Ich schnitt ihm das Wort ab. Ich mochte es nicht, wenn andere Männer von meiner lieben Frau anfingen.

»Bringt meinen ersten Roman als Taschenbuch«, sagte ich.

»Das haben wir schon getan.«

»Dann bringt ihn als Luxus Ausgabe heraus.«

»Das haben wir auch schon getan.«

»Dann macht einen Film draus«, rief ich durchs Telefon.

»Ist auch schon geschehen«, flüsterte der Lektor.

»Dann lass dir was einfallen«, schrie ich. »Macht ein Kinderbuch draus oder einen Comic, oder habt ihr das auch schon getan? Oder noch besser: Druckt ihn auf Gardinen. Dann brauchen die Leute nicht mehr mit einem Buch ins Bett, dann lesen sie die Gardinen. Und wenn sie das eine Buch durchhaben, hängen sie einfach neue Gardinen auf. Die Idee ist Gold wert, glaub mir: Die Zukunft des literarischen Buchs liegt in der Raumgestaltung.« Damit hängte ich auf und lief noch zwei Stunden in meinem Zimmer auf und ab.

Am nächsten Morgen fand ich eine Nachricht des geschäftsführenden Direktors. Er wisse meine Ideen sehr zu schätzen, aber er glaube doch, dass der Markt für Literatur auf Gardinen noch nicht reif sei.

Ich rief ihn sofort zurück.

»Meneer Moesman darf nicht gestört werden«, sagte seine Sekretärin.

»Ich bin Robert Mehlman«, rief ich, »Robert G. Mehlman, und für mich kann Meneer Moesman immer gestört werden.«

»Meneer Moolman?«, sagte sie. »Davon weiß ich nichts, ich kann Sie wirklich nicht durchstellen.«

»Hören Sie mal, junge Frau, ich weiß nicht, wie Sie heißen, und es ist mir auch egal, aber vielleicht haben Sie schon mal von *Platz 268 auf der Weltrangliste* gehört. Haben Sie da schon mal von gehört?«

Sie gab zu, schon mal davon gehört zu haben.

»Sehen Sie«, sagte ich, »genau das Buch habe ich geschrieben, und darum werden Sie mich jetzt sofort zu Meneer Moesman durchstellen, sonst ist das hier vielleicht der letzte Tag, den Sie für diesen Verlag gearbeitet haben.«

Sie stellte mich durch.

»Meneer Moesman«, sagte ich.

»Sag doch Paul«, sagte er, »wir sagen doch immer du.«

»Okay, Paul«, sagte ich, »du sagst, dass der Markt für Literatur auf Gardinen noch nicht reif wäre, und ich sage dir, doch, der Markt ist sehr wohl reif dafür, der Markt ist reif für alles. Für alles, verstehst du?!«

»Ich bin gerade in einer Vorstandssitzung, ich ruf dich zurück.«

»Was soll ich denn eurer Meinung nach tun?«, rief ich. »Ich kann doch nichts, soll ich ein Lebensmittelgeschäft aufmachen, wollt ihr das? Dass ich hier um die Ecke ein Lebensmittelgeschäft eröffne?«

»Ich rufe zurück, Robert.«

Ich hängte auf, zwei Minuten später rief ich meinen Lektor an. »Hör mal, Fred«, sagte ich, »du weißt besser als ich: Bücher verkaufen ist Krieg. Und ich sage dir: Meine Bücher verkaufen ist Atomkrieg. Sag das den Vertretern.«

Er versprach, es ihnen zu sagen, doch ob es viel helfen würde, bezweifelte er.

»Bewaffnet sie meinetwegen«, schrie ich, »bis jetzt haben wir meine Bücher noch unbewaffnet an den Mann gebracht, aber wenn's nicht anders geht, dann eben bewaffnet. So leicht kriegen sie einen Robert G. Mehlman nicht unter.«

»Lieber Robert«, sagte der Lektor salbungsvoll, »du bist ein sehr geschätzter Autor, aber Wunder können wir auch nicht vollbringen. Wir haben einen bestimmten Sättigungspunkt erreicht, aber ich weiß ganz bestimmt, dass es mit dem neuen Roman wieder losgeht. Die Leute warten auf deinen neuen Roman; noch einen Erzählband oder ein paar Gedichte, damit können wir ihnen nicht wieder kommen.«

Ich merkte, wie mir schlecht wurde. Die Eier vom Frühstück kamen mir wieder hoch.

»Ein neuer Roman, darauf kann ich nicht warten. 137,54 Gulden, davon krieg ich hier nicht mal 'nen Nachtisch.«

»Aber Robert«, sagte der Lektor, wieder in einem Ton, als sei er Mitglied eines Vereins für fernöstliche Medizin geworden, »wir haben dir doch schon zweimal Vorschuss gegeben. Ein dritter ist wirklich nicht realistisch.«

»Nicht realistisch?«

Das Omelett stand mir nun knapp unterm Gaumen.

»Soll ich dir sagen, was nicht realistisch ist?! Dass ich hier um die Ecke ein Lebensmittelgeschäft aufmache. Oder einen Secondhandladen – wollt ihr das von mir? Dass ich meine Klamotten verkaufe und alle Frauen, denen ich mal Kleider gekauft habe, anrufe und ihnen sage: ›Das Kleid, das ich dir letztes Jahr zu Weihnachten geschenkt habe, darf ich das wiederhaben? Ich hab einen Secondhandladen aufgemacht.‹ Versteht ihr das unter realistisch? Am Ende des Monats muss ich so an die fünfzigtausend Dollar an American Express bezahlen, und ich bin schon zwei Monate im Rückstand, verstehst du? Und dann red ich noch nicht mal von meinen anderen Schulden. Ist das realistisch?«

Ich hängte auf, denn ich musste schnell ins Bad. Das Frühstück kam mir hoch. Rührei, Kaffee und Orangensaft.

Ich wartete zwei Minuten, dann rief ich bei meinem Kardiologen an. Ich hatte schreckliche Schmerzen in den Armen, und meine Mutter hatte mir gesagt, dass Schmerzen in den Armen auf einen herannahenden Herzinfarkt hindeuten konnten. Sie musste es wissen, ihre halbe Familie war an Herzinfarkt gestorben, und alle hatten immer wieder über Schmerzen in den Armen und anderen Körperteilen geklagt. Ich hatte sogar einen Großonkel, der in die Nähe seines Hausarztes gezogen war, weil er so oft zu ihm hinmusste.

Als ich den Kardiologen angerufen und einen Termin vereinbart hatte, sprühte ich einen Kakerlaken tot. Ich musste mindestens drei Minuten sprühen, bis das Biest tot war.

Urs Widmer

Das Manuskript

Immer schon habe ich jene lockeren Dichter bewundert, die mit den Manuskripten ihrer Meisterwerke, von denen sie keine Kopien besaßen, unbekümmert U-Bahn fuhren oder Sauftouren durch Vorstadtkneipen veranstalteten. Natürlich waren die Manuskripte dann weg, verloren nach einer kalten Nacht unter den Neonlampen eines New Yorker Eiscafés oder aus dem Gepäckträger des Fahrrads gerutscht, auf dem die Dichter im ersten Morgensonnenlicht – Kuckucksrufe ringsum – nach Hause radelten, aus dem Bett einer Geliebten kommend, die jetzt schlummerte und der sie zuerst das ganze Buch vorgelesen hatten, bevor sie sich mit ihr auf den Weg in einen Himmel machten, der uns Sterblichen verschlossen bleibt. Keins dieser Bücher wurde jemals wiedergefunden, und bis heute haben wir nur die Erinnerung an etwas Wunderbareres als alles andere, was die Dichter sonst noch so geschrieben und *nicht* verloren hatten.

Über Jahre hin hatte ich mir vorgenommen, dereinst so stark zu sein, so voller Fülle, dass ich ein dickes Buch schriebe, in das ich mein Ganzes legte, fünfhundert Seiten, und das ich dann verlöre. Denn das Schreiben ist das Ziel, nicht das Buch.

Ich schrieb dann tatsächlich so etwas – mein Verleger,

der es sah, aber nicht dazu kam, es zu lesen, nannte es sofort einen Roman – und versuchte auch gleich, es zu verlieren. Entgegen meinen Gewohnheiten machte ich lange Straßenbahnfahrten und sprang irgendwo überstürzt ins Freie. Aber immer kam mir ein netter Mann oder eine freundliche Dame nachgerannt, he und hallo Sie rufend, und überreichten mir mein Buch. Ich bedankte mich überschwenglich. – Einmal saß ich im Restaurant Rose bis lange nach der Polizeistunde und schob dann den beiden Polizisten, die uns Säufer freundlich auf die Straße beförderten – und dem Wirt die Schließung seines Lokals androhten, wenn er sich in Zukunft nicht wenigstens andeutungsweise an die Gesetze halte –, das Manuskript in die Regenmanteltaschen, in zwei ähnlich dicke Packen aufgeteilt. Aber beide – sensible Beamte – spürten sofort das höhere Gewicht ihrer Uniform und drückten mir mein Werk wieder in die Hände, nicht ohne ein bisschen darin herumgeblättert zu haben. »Nicht übel«, sagte der eine, und der andere: »Weitermachen!« Ich lächelte und trollte mich nach Haus, wo ich das Buch auf den Kompost warf, von dem es der Hausbesitzer am nächsten Morgen weghob und in meinen Milchkasten legte, mit einem Zettel drauf, auf dem er schrieb, er, der Hausbesitzer, glaube, ich spräche ein bisschen zu heftig den starken Getränken zu. Aber das Buch sei spitze.

Es gab noch viele Versuche. Ich flog sogar nach Ibiza und mietete ein Fahrrad, aber die Frau, mit der ich schlief – eine Lehrerin für Schwererziehbare aus Birmingham –, schlummerte nach meinem Weggehen keineswegs, sondern rannte mir nackt über den Hotelflur nach und rief, es sei ein

Meisterwerk – »*ay masterpiece, darling!*« – und sie lasse es nicht zu, dass ich es auf dem Gepäckträger dieses lausigen Fahrrads in meinen Bungalow fahre, und her damit! Also händigte ich ihr mein Buch aus – es hieß, wenn ich mich recht erinnere, *Der Fluch des Vergessens* – und schob das Fahrrad bis vor mein eigenes Bett. Im Morgengrauen schon stand sie davor, küsste mich und legte das Manuskript auf meinen Bauch.

Der letzte Versuch scheiterte dann so: Ich war zu den Solothurner Literaturtagen gefahren, genauer gesagt, zu dem Fest, das immer am Samstagabend im Restaurant Kreuz stattfindet, und ließ die von mir beschriebenen Seiten – nach einer Nacht, in der ich mit einer Lyrikerin aus Bern Rock 'n' Roll getanzt hatte – auf dem Tisch mit den vervielfältigten Texten aller Teilnehmer liegen. Hier, dachte ich, würden sie in der Papierflut untergehen und als Wellen eines viel größeren Meers irgendwo im Nichts verschwinden. Aber wie es der Teufel wollte, oder Gott, das Buch fiel in die Hände eines Germanisten, der eigentlich seine Reisetasche mit seinem Pyjama suchte, und der las es am selben Abend noch im Hotelbett und hatte natürlich gleich heraus, von wem es war. Er rief mich ein paar Tage später an – ich suhlte mich schon in meinem Triumph –, und ich stotterte, dass mir ein Stein vom Herzen falle und dass ich ihm von Herzen danke. Ob ich ihm das Buch, wenn es dann erscheine, widmen dürfe? Nach kurzem Zögern sagte er, ja, natürlich, gern, er wolle mir aber, um der Wahrheit willen, doch noch sagen, dass ihm nach einer Strukturanalyse meiner Prosa zwar sofort klar gewesen sei, dass sie von einem Schweizer der jungen Generation stammen müsse – es sei ständig von Geld die Rede, und von Bergen –, dass er aber vor mir dennoch – in dieser Reihenfolge – Max Frisch, Franz Böni, Rainer Brambach, der aber schon tot gewesen sei, und Peter Bichsel angerufen habe. Dieser gestand mir beim Literaturfest des folgenden Jahres, er habe damals den Bruchteil einer Sekunde lang gezögert, ob er sich das unbekannte Manuskript nicht unter den Nagel reißen solle, denn 450 Seiten, nicht wahr, das sei schon eine Versuchung.

So gab ich das Buch endlich resigniert dem Verleger, der am frühen Nachmittag bei mir hereingeschaut hatte und am späten Abend immer noch dasaß, hinter leeren Veltlinerflaschen verschanzt. »Pass auf!«, rief ich ihm nach, als er, mit meinem Buch auf dem Gepäckträger, im diffusen Licht des Vollmonds davonradelte. »So ein Buch schreibe ich nicht jeden Tag!« Er drehte sich nochmals um, winkte und bog dann klingelnd um eine Ecke. Ich ging nachdenklich ins Haus zurück. Da flatterte es nun hinaus in die böse weite Welt, mein Werk, und ich hatte es nicht daran hindern können.

Eine Weile später klingelte das Telefon. Der Verleger. Seine Stimme klang belegt oder verhetzt, wahrscheinlich war er mit seinem Rad, das eine Zehngangschaltung hatte, zu schnell gefahren. »Das Manuskript!«, schrie er. »Das Manuskript ist weg!«

»Bist du wahnsinnig?«, brüllte ich ebenso laut in den Hörer hinein. »Wie stellst du dir das vor? Ich habe keine Kopie!«

Es war still am andern Ende der Leitung. Dann sagte der Verleger mit einer gänzlich anderen Stimme – sie klang plötzlich wie der Anrufbeantworter eines Immobilienberaters –, er stelle sich das so vor, dass das Buch nun halt im Eimer sei und dass er selbstverständlich für allen entstandenen Schaden aufkomme. Ob 750 Franken o. k. seien? Ich stammelte Ja und Nein und Doch und warte heute noch auf das Geld, obwohl sich der Verleger schon einmal, anlässlich meines dritten Romans, meine Kontonummer notiert hatte.

Der Verlust meines Buchs brachte mich dafür meinem Verleger näher, und ihn mir. Er rief an einem heiteren Frühlingsmorgen an und fragte mich, ob ich ihn auf seiner nächsten Trainingsfahrt begleitete, und also lieh ich mir vom Wirt des Restaurants Geld und kaufte auch so ein Rad, eins der Marke Motobécane, das sogar elf Gänge hatte. Dazu ein hautenges Trikot, auf dem Panasonic stand, eine schwarze Hose mit eingebauten Schaumgummiwindeln und eine Mütze, auf der Rivella zu lesen war. Der Verleger, als er mich zu unsrer ersten gemeinsamen Fahrt abholte, war ähnlich gewandet. Nur warb sein Hemd für meine Bücher. Er hatte es extra anfertigen lassen. Aber die Mütze war ebenfalls branchenfremd und trug den Schriftzug der Kreditanstalt.

Wir radelten los, die Forchstraße hinauf, dem Pfannenstiel entgegen, er locker voraus und ich, in den Pedalen tobend, in seinem Windschatten. Er war herrlich trainiert und stieß zuweilen kleine Juchzer aus, während ich schon in Zumikon oben wie ein Verendender atmete. Das hinderte ihn nicht daran, sich mit mir über die Schulter hinweg angeregt zu unterhalten. An diesem ersten Tag beschäftigte ihn hauptsächlich, dass sein Verlag viel zu groß geworden sei. Was solle er mit einer Telefonzentrale und einer EDV-Anlage! Einst sei seine ganze Wirtschaft in einer alten Schuhschachtel gewesen, unter seinem Bett, die *alles* enthalten habe, die Manuskripte und die Verträge und die Einnahmen und auch die Ausgaben, denn von Anfang an habe er sich angewöhnt, diese der besseren Übersicht wegen bei sich zu behalten.

»Ein Buch«, rief er unvermittelt und setzte zu einem Spurt an, so dass ich ihn fast sofort nur noch aus weiter Ferne hörte. »Was soll ich mit einem Buch ohne Menschen?« Er sprang, im Fahren noch, aus dem Sattel und warf das Rad gegen eine Tanne, deren Äste bis unter den Wipfel abgesägt waren. »Ohne Leidenschaften? Ohne Trauer? Freude? Ohne die vergehende Zeit?« Er sah mich anklagend an, als schriebe ich solche Bücher, und trat mit den Beinen in die Luft, um die Muskeln zu lockern. Ich ließ mich ins Gras fallen. Während mein Herz donnerte und ich Sterne sah, rief er: »Eins verzeih ich keinem Autor: Wenn er von sich spricht. Spreche *ich* jemals von mir?!«

Ich schüttelte heftig den Kopf. Ich hatte einen schrecklichen Durst. Weit unten glänzte der Greifensee, voller Wasser, blau, mit weißen Segeln gesprenkelt. Der Verleger hatte mit beiden Händen den Stamm der Tanne gefasst und stemmte sich kraftvoll von ihm weg; stretchte abwechselnd das linke und das rechte Bein.

»Ich sehe einem Buch nach«, sagte er, nun doch ein bisschen keuchend, »wenn es niemand kauft. Aber ich will nicht angejammert werden. Ich will Distanz.« Er ließ die Tanne los, ging zum Rad, löste eine Metallflasche vom Lenker seines Rads und schraubte den Verschluss auf. »Zuweilen spiele ich mit dem Gedanken, den Verlag so schrumpfen zu lassen, dass mir *ein* Autor genügt.« Er trank mit langen

Schlucken. »Du ahnst ja nicht, das Zeug, das ich tagein, tagaus lesen muss.«

»Hm«, sagte ich.

»Und weißt du was?« Er beugte sich zu mir hinunter, als offenbare er mir ein Geheimnis. »Ich kann's nicht ertragen, wenn ein Autor hässlich ist. Verschwitzt, oder voller Pickel. Da raste ich regelrecht aus.«

Er schraubte die Flasche zu, klemmte sie in den Halter zurück und schwang sich in den Sattel. Lächelte mich an, und ich lächelte zurück. Meinte er mich? Er hatte einen runden roten Kopf, aus dem, dicht unter dem Schild seines Käppis, zwei blaue Augen wie Scheinwerfer leuchteten, einen mächtigen Brustkorb und Waden, deren Muskelstränge ein Zopfmuster bildeten. Dopte er sich? Jedenfalls war er im Nu um die nächste Kurve verschwunden. Ich hob ächzend mein Rad hoch und schob meine Füße in die Metallkappen der Pedale.

Tatsächlich ging nun alles leichter, vielleicht, weil wir schon so hoch oben waren, dass die Luft keinen Widerstand mehr leistete. Ähnlich dem Verleger ging auch ich aus dem Sattel und schwang wiegend hin und her. Die Reifen pfiffen, wenn ich die Pedale nach unten wuchtete. Auf der Passhöhe fuhr mir ein Wind ins Gesicht, von den Gipfeln der Alpen herkommend, die in der Ferne weiß leuchteten. Ich stieß einen Juchzer aus, so wie es der Verleger vor einer Stunde getan hatte, und tatsächlich sah sich dieser, weit unten schon dem Tal zustrebend, überrascht nach mir um. Er fuhr beinah in eine Leitplanke und legte sich im letzten Augenblick so heftig in die Kurve, dass er flach auf dem Asphalt zu liegen schien. Dann war er weg. Singend, zuweilen freihändig, sauste auch ich dem Zürichsee entgegen, bis nach Küsnacht, wo mein Freund am Ufer stand und Schwäne fütterte. Ich stellte mich neben ihn. Weit jenseits des Sees glitzerte fern die Villa, in der Thomas Mann einst *Herr und Hund* geschrieben hatte, und andere Meisterwerke. Vielleicht hatte auch er einmal mit seinem Verleger im Garten gestanden und über den See geschaut, zu uns hin, wir zwei kaum zu sehen von dort.

John Irving

Tagebuch einer Schriftstellerin

Keine schlechte Lesung in Freising, aber entweder war *ich* lahmer als erwartet oder das Publikum. Anschließend Abendessen in einem ehemaligen Kloster mit schönem Deckengewölbe; habe zu viel getrunken.

In Deutschland frappiert mich – gerade in einer Umgebung wie der Hotelhalle des Vier Jahreszeiten – der Kontrast zwischen den teuer gekleideten Hotelgästen (lauter ziemlich steifen Geschäftsleuten) und den bewusst schlampig daherkommenden Journalisten, die mich an Teenager erinnern, die ihre Eltern partout vor den Kopf stoßen wollen. Eine Gesellschaft, im Unreinen mit sich selbst, sehr ähnlich der unseren, vielleicht noch etwas krasser.

Entweder habe ich den Jetlag noch nicht verkraftet, oder in meinem Hinterkopf nimmt allmählich ein neuer Roman Gestalt an. Ich kann nichts lesen, ohne ganze Teile zu überspringen: das Menü des Zimmerservice, die Liste mit allen Annehmlichkeiten, die das Hotel zu bieten hat; den ersten Band von Norman Sherrys Graham-Greene-Biographie, den ich nicht hatte mitnehmen wollen. Ich muss ihn ganz in Gedanken in mein Boardcase gesteckt haben. Selbst von Absätzen, die mir wichtig erscheinen, kann ich nur die letzten Zeilen lesen, jene letzten Sätze vor dem Beginn eines neuen Abschnitts. Nur ab und zu springt mir mitten aus einer Passage ein Satz ins Auge. Und ich bin unfähig, einem Text kontinuierlich zu folgen; meine Gedanken eilen ständig voraus.

Sherry schreibt über Greene: »Die Jagd nach dem Schäbigen, Schmutzigen, Sexuellen und Abnormen führte ihn auf Abwege, wie aus seinem Tagebuch hervorgeht.« Ich frage mich, ob das auch für mein Tagebuch gilt. Hoffentlich. Es ärgert mich, dass die Jagd nach dem Schäbigen, Schmutzigen, Sexuellen und Abnormen zu den Dingen gehört, die man bei einem männlichen Autor erwartet (wenn auch nicht unbedingt goutiert). Ich als Schriftstellerin täte bestimmt gut daran, mich mehr an das Schäbige, Schmutzige, Sexuelle und Abnorme heranzuwagen. Doch wenn Frauen so etwas tun, gibt man ihnen das Gefühl, sich schämen zu müssen, und wenn sie sich rechtfertigen, klingt es eher lachhaft oder nach Angeberei.

Angenommen, ich würde eine Prostituierte bezahlen, um sie mit einem Freier beobachten zu dürfen, um eine solch heimliche Begegnung bis in alle Einzelheiten mitzubekommen… wäre das im Grunde nicht genau das, was ein Autor tun sollte? Und doch gibt es Themen, die für Schriftsteller*innen* nach wie vor tabu sind. Hier wird, ähnlich wie beim sexuellen Vorleben, mit zweierlei Maß gemessen. Dass ein Mann eine bewegte Vergangenheit hat, ist zulässig, steigert sogar seine Attraktivität, aber eine Frau sollte da lieber den Mund halten.

Es muss der Beginn eines neuen Romans sein; ich bin zu einseitig abgelenkt, als dass es am Jetlag liegen könnte. Ich denke über eine Schriftstellerin nach, eine radikalere Persönlichkeit, als ich es bin – radikaler als Schriftstellerin und als Frau. Sie gibt sich alle erdenkliche Mühe, um alles genau zu beobachten, um sämtliche Einzelheiten mitzubekommen; sie will nicht unbedingt allein bleiben, glaubt aber, dass ihr eine Ehe Beschränkungen auferlegen würde. Sie hat keineswegs das Bedürfnis, alles am eigenen Leib zu erleben – sie ist nicht auf sexuelle Abenteuer aus –, aber sie möchte alles *sehen*.

Angenommen, sie bezahlt eine Prostituierte, um sie mit einem Freier beobachten zu dürfen. Angenommen, sie hat nicht den Mut, es allein zu tun – sagen wir, sie tut es mit einem Freund. (Einem schlimmen Freund, versteht sich.) Und was sich daraufhin zwischen ihr und dem Freund abspielt, ist so demütigend (so beschämend), dass sie sich veranlasst sieht, ihr Leben zu ändern.

Was geschieht, ist mehr als schäbig – es ist unerträglich schmutzig und abnorm. Der Roman will eine bestimmte Form von sexueller Ungleichheit aufzeigen: In ihrem Bestreben, genau zu beobachten, geht die Schriftstellerin zu weit. Wäre sie ein Mann, würde das, was geschieht, das, was sie im Zimmer der Prostituierten erlebt, keine Schuldgefühle hervorrufen, kein Gefühl der Demütigung.

Greenes Biograph Norman Sherry schreibt über »das Recht des Romanautors – und die Notwendigkeit –, seine eigenen Erfahrungen und die anderer Menschen zu verarbeiten«. Nach Sherrys Ansicht geht dieses »Recht« des Autors, diese schreckliche »Notwendigkeit«, mit einer gewissen Skrupellosigkeit einher. Aber der Zusammenhang zwischen Beobachtung und Vorstellungsvermögen ist sehr viel komplizierter. Als Autor muss man sich eine gute Geschichte ausdenken; dann muss man dafür sorgen, dass die Einzelheiten echt wirken. Dabei ist es hilfreich, wenn einige dieser Einzelheiten wirklich echt *sind*. Die persönliche Erfahrung wird meist überschätzt, aber genaues Hinsehen ist von entscheidender Bedeutung.

Es ist eindeutig nicht der Jetlag, es ist ein Roman. Er beginnt damit, dass eine Prostituierte bezahlt wird, ein Vorgang, dem von jeher etwas Beschämendes anhaftet. Nein, du Dummkopf, er beginnt mit dem schlimmen Freund! Und der ist bei mir mit Sicherheit Linkshänder. Mit rötlich blonden Haaren…

Ich habe es satt, mir von Hannah sagen zu lassen, ich solle meine biologische Uhr abschalten und aus »triftigen« Gründen heiraten (oder auch nicht), und nicht »nur« deshalb, weil mein Körper meint, er möchte ein Baby bekommen. Mag sein, dass Hannah ohne biologische Uhr geboren ist, aber sie reagiert garantiert auf alles andere, wovon ihr Körper meint, er möchte es haben – wenn auch kein Baby.

[Eine Postkarte an Hannah, mit einem Schaufenster voller Würste am Münchner Viktualienmarkt]
ICH VERZEIHE DIR, ABER DU VERZEIHST DIR SELBST EIN BISSCHEN ZU RASCH. DAS WAR SCHON IMMER SO. LIEBE GRÜSSE, RUTH

Die Autofahrt von München nach Stuttgart; ich versuche, »Schwäbische Alb« auszusprechen. Felder mit roten, blauen und grünen Kohlköpfen. Das Hotel in Stuttgart liegt in der Schillerstraße, ein modernes Hotel mit viel Glas. Ich versuche, »Schlossgarten« auszusprechen.

Die Fragen, die die jungen Leute aus dem Publikum im Anschluss an meine Lesung stellen, beziehen sich alle auf die sozialen Probleme in den Vereinigten Staaten. Da meine Bücher in ihren Augen ein kritisches Licht auf die amerikanische Gesellschaft werfen, fordern sie mich auf, die antiamerikanische Einstellung, die sie darin zu erkennen glauben, explizit zu formulieren. (Bei den Interviews ergeht an mich wiederholt die gleiche Aufforderung.) Und in Anbetracht der bevorstehenden Wiedervereinigung wollen die Deutschen auch wissen, was ich von ihnen halte. Was halten die Amerikaner ganz allgemein von den Deutschen? Freuen wir uns über die deutsche Wiedervereinigung?

Ich würde lieber über das Geschichtenerzählen reden, erkläre ich. Sie nicht. Dazu kann ich nur sagen, dass ich mich, ehrlich gestanden, wenig für das interessiere, was sie interessiert. Meine Antwort gefällt ihnen gar nicht.

Die Prostituierte in dem neuen Roman müsste eine ältere Frau sein, eine, von der sich die Schriftstellerin nicht eingeschüchtert fühlt. Ihr schlimmer Freund wünscht sich eine jüngere, besser aussehende Prostituierte als die, für die sie sich schließlich entscheidet. Der Leser sollte das abscheuliche Verhalten des Freundes vorausahnen, aber die Schriftstellerin sieht es nicht kommen. Sie konzentriert sich ganz darauf, die Prostituierte zu beobachten – nicht nur ihren Freier und schon gar nicht den hinlänglich bekannten, mechanischen Akt, sondern sämtliche Einzelheiten in ihrem Zimmer.

Es sollte erwähnt werden, was die Schriftstellerin an Männern mag und was sie abstößt; vielleicht fragt sie die Prostituierte, wie sie es schafft, ihren Ekel vor bestimmten

Männern zu überwinden. Gibt es Männer, bei denen eine Prostituierte nein sagt? Bestimmt! Prostituierte können nicht völlig gleichgültig sein, was die… nun ja, die Einzelheiten bei Männern betrifft.

Die Geschichte sollte in Amsterdam spielen, a) weil man dort so leicht an Prostituierte herankommt; b) weil ich dort hinfahre; c) weil mein holländischer Verleger ein netter Kerl ist. Ich kann ihn bestimmt überreden, mit mir zusammen eine Prostituierte aufzusuchen und mit ihr zu reden.

Nein, du Dummkopf, du solltest allein zu der Prostituierten gehen.

Was ich mag: Allans Aggressivität, jedenfalls meistens. (Ich mag auch die Grenzen seiner Aggressivität.) Und seine Kritik, zumindest an dem, was ich schreibe. Bei ihm kann ich ich selbst sein. Er akzeptiert mich, er verzeiht mir. (Vielleicht zu viel.) Bei ihm fühle ich mich geborgen; mit ihm würde ich mehr unternehmen, mehr lesen, mehr ausgehen. Er würde sich mir nicht aufdrängen. (Er hat sich mir noch in keiner Weise aufgedrängt.) Er wäre ein guter Vater.

Was ich nicht mag: Er unterbricht mich, aber er unterbricht alle Leute. Es sind weniger seine Essgewohnheiten, ich meine, seine Tischmanieren, die mich peinlich berühren; ich finde es eher abstoßend, wie er isst. Ich habe Angst, dass ich ihn auch im Bett abstoßend finden könnte. Und dann sind da noch die vielen Haare auf seinen Handrücken… Ach, hab dich nicht so!

[Eine Postkarte an Allan mit einem 1885er Daimler aus dem Mercedes-Benz-Museum in Stuttgart]

BRAUCHST DU EIN NEUES AUTO? ICH WÜRDE GERN EINE LANGE FAHRT MIT DIR MACHEN. ALLES LIEBE, RUTH

Mit dem Flugzeug von Stuttgart nach Hamburg, dann mit dem Auto von Hamburg nach Kiel. Viele Kühe überall. Wir befinden uns in Schleswig-Holstein – da kommen auch die gleichnamigen Kühe her. Mein Fahrer ist Buchhandelsvertreter meines deutschen Verlages. Ich lerne immer etwas von Vertretern. Dieser erklärt mir, meine deutschen Leser hätten mich gern »politischer«, als ich nun einmal bin. Er meint, meine Romane seien in dem Maß politisch, in dem alle Äußerungen über die Gesellschaft politisch sind. Er sagt: »Ihre Bücher sind politisch, aber Sie nicht!«

Ich bin nicht sicher, ob er das als Kritik meint oder lediglich eine Tatsache konstatiert, aber ich glaube ihm. Nach der Lesung in der Kunsthalle in Kiel kommt bei den Fragen aus dem Saal das Thema erneut zur Sprache – ein interessiertes Publikum.

Ich hingegen versuche, über das Geschichtenerzählen zu reden. »Ich bin wie jemand, der Möbel herstellt«, erkläre ich, »also reden wir lieber über Dinge, die mit Stühlen und Tischen zu tun haben.« Ich sehe den Leuten an, dass sie es gern komplizierter hätten, symbolträchtiger, als es ist. »Ich beschäftige mich in Gedanken mit einem neuen Roman«, erkläre ich. »Darin geht es um den Punkt im Leben einer Frau, an dem ihr klar wird, dass sie gern verheiratet wäre – nicht weil es einen Mann in ihrem Leben gibt, den sie wirklich heiraten möchte, sondern weil sie endgültig die Nase voll hat von schlimmen Freunden.« Ein paar Zuhörer lachen, nicht sehr ermutigend. Ich versuche es auf Deutsch.

Mehr Leute lachen, aber vermutlich liegt das an meinem mangelhaften Deutsch.

»Es könnte mein erster Ich-Roman werden«, fahre ich fort. Jetzt merke ich, dass sie jedes Interesse verloren haben, egal, ob ich englisch spreche oder deutsch. »Dann würde es *My Last Bad Boyfriend* heißen.« (Auf Deutsch klingt der Titel schauerlich; er wird eher mit Bestürzung aufgenommen als mit Gelächter: *Mein letzter schlimmer Freund.* Hört sich an wie ein Roman über eine Pubertätskrankheit.)

Ich mache ein kurze Pause, um einen Schluck Wasser zu trinken, und sehe, wie sich die ersten Leute davonstehlen, vor allem aus den hinteren Reihen. Und diejenigen, die dageblieben sind, warten sehnsüchtig darauf, dass ich zum Ende komme. Ich bringe es nicht übers Herz, noch hinzuzufügen, dass die Frau, über die ich schreiben möchte, Schriftstellerin ist. Das würde ihr Interesse vollends ersticken. So viel zur Kunst des Geschichtenerzählens und den konkreten Sorgen des Geschichtenerzählers! Selbst mich langweilt es, einem Publikum klarzumachen, was ich wirklich tue.

Aus meinem Hotelzimmer in Kiel kann ich die Fähren in der Kieler Bucht sehen. Sie kommen aus Schweden und Dänemark oder sind auf dem Weg dorthin. Vielleicht fahre ich eines Tages mit Allan hin. Vielleicht fahre ich eines Tages mit einem Ehemann und einem Kind und einem Kindermädchen dorthin.

Die Schriftstellerin, die mir im Kopf herumgeht – glaubt sie wirklich, dass die Ehe ihr die Freiheit rauben würde, die Welt zu beobachten? Wäre sie schon verheiratet, hätte sie zusammen mit ihrem Mann eine Prostituierte aufsuchen und mit ihr reden können! Für eine Autorin könnte ein Ehemann *mehr* Freiheit zum Beobachten bedeuten. Aber vielleicht weiß die Frau, über die ich schreibe, das nicht.

Ich frage mich, ob Allan sich weigern würde, mit mir zusammen eine Prostituierte mit einem Freier zu beobachten. Bestimmt nicht!

Aber der Mensch, den ich eigentlich dazu auffordern sollte, ist mein Vater.

[Eine Postkarte an ihren Vater: Prostituierte in ihren Fenstern an der Herbertstraße im Hamburger Rotlichtbezirk St. Pauli]
ICH DENKE AN DICH, DADDY. TUT MIR LEID, WAS ICH GESAGT HABE. ES WAR GEMEIN. ICH HAB DICH LIEB!
RUTHIE

Flug von Hamburg nach Köln, Fahrt von Köln nach Bonn; großartiges Universitätsgebäude.

Zum ersten Mal hat sich jemand aus dem Publikum nach meinem Auge erkundigt. (Bei den Interviews haben sämtliche Journalisten danach gefragt.) Es war eine junge Frau; sie sah aus wie eine Studentin und sprach nahezu perfekt englisch.

»Wer hat Sie geschlagen?«, wollte sie wissen.

»Mein Vater«, antwortete ich. Im Publikum wurde es plötzlich mucksmäuschenstill. »Mit dem Ellbogen. Wir haben Squash gespielt.«

»Dann ist Ihr Vater noch jung genug, um mit Ihnen Squash zu spielen?«, fragte die junge Frau.

»Nein, er ist nicht jung genug, aber für einen Mann seines Alters ist er ziemlich gut in Form.«

»Dann haben Sie ihn vermutlich besiegt«, meinte die Studentin.

»Ja, das habe ich.«

Doch nach der Lesung gab mir die junge Frau einen Zettel. Darauf stand: ICH GLAUBE IHNEN NICHT. JEMAND HAT SIE GESCHLAGEN.

Auch das mag ich an den Deutschen: Sie ziehen ihre eigenen Schlüsse.

Wenn ich einen Ich-Roman über eine Schriftstellerin schreibe, fordere ich die Rezensenten natürlich geradezu auf, ihn mit dem Etikett »autobiographisch« zu versehen – die Schlussfolgerung zu ziehen, dass ich über mich selbst schreibe. Aber man darf sich nie dazu verleiten lassen, eine bestimmte Art von Roman aus Angst vor möglichen Reaktionen *nicht* zu schreiben.

Ich höre schon jetzt, was Allan dazu sagen wird, dass ich nacheinander zwei Romane über eine Schriftstellerin schreibe; aber ich habe ihn auch sagen hören, dass es *nicht* die Aufgabe eines Lektors ist, einem Autor Ratschläge zu geben, was er schreiben soll und was nicht, oder gegen das, was er schreibt, Einspruch zu erheben. Daran werde ich ihn zweifellos erinnern müssen. Wichtiger ist für mich die Frage: Was *tut* der schlimme Freund, nachdem beide eine Prostituierte mit ihrem Freier beobachtet haben, was für die Schriftstellerin so entwürdigend ist? Was muss passieren, damit sie sich so schämt, dass sie sich bemüßigt sieht, ihr Leben zu ändern? Der Freund könnte anschließend so erregt sein, dass er der Schriftstellerin, als sie sich lieben, den Eindruck vermittelt, dass er dabei an eine andere denkt. Aber das ist nur eine Variante von schlechtem Sex. Es muss schon etwas Übles sein, etwas wirklich Entwürdigendes.

In gewisser Weise macht mir diese Phase eines Romans mehr Spaß als das tatsächliche Schreiben. Am Anfang hat man so viele Möglichkeiten. Mit jedem Detail, für das man sich entscheidet, mit jedem Wort, auf das man sich einlässt, schränkt man seine Alternativen ein.

Die Frage, ob ich mich auf die Suche nach meiner Mutter machen soll oder nicht; die Hoffnung, dass sie sich eines Tages entschließt, mich aufzusuchen. Welche wichtigen Ereignisse in meinem Leben stehen mir noch bevor? Ich meine Ereignisse, die meine Mutter veranlassen könnten, sich zu melden? Der Tod meines Vaters; meine Hochzeit, falls eine stattfindet; die Geburt meines Kindes, falls ich eines bekomme. (Sollte ich je den Mut aufbringen, Kinder zu bekommen, würde ich nur eines wollen.) Vielleicht sollte ich meine bevorstehende Hochzeit mit Eddie O'Hare bekanntgeben. Vielleicht würde das meine Mutter auf den Plan rufen. Ich frage mich, ob Eddie mitspielen würde, schließlich möchte er sie auch wiedersehen!

[Eine Postkarte an Eddie vom grandiosen Kölner Dom, der größten gotischen Kathedrale Deutschlands]
MIT DIR ZUSAMMEN ZU SEIN, MIT DIR ZU REDEN – ES WAR DER BISHER WICHTIGSTE ABEND IN MEINEM LEBEN. ICH HOFFE DICH BALD WIEDERZUSEHEN. HERZLICHE GRÜSSE, RUTH COLE

[Eine Postkarte an Allan von einem prachtvollen Schloss am Rhein]
ALS MEIN LEKTOR, ENTSCHEIDE ZWISCHEN FOLGENDEN ZWEI TITELN: ›IHR LETZTER SCHLIMMER FREUND‹ UND ›MEIN LETZTER SCHLIMMER FREUND‹. SO ODER SO, MIR GEFÄLLT DIE IDEE. ALLES LIEBE, RUTH
PS: KAUF MIR DIESES HAUS, UND ICH WERDE DICH HEIRATEN. ICH KÖNNTE MIR DENKEN, ICH HEIRATE DICH AUCH SO!

Im Zug von Bonn nach Frankfurt fällt mir noch ein Titel für meinen neuen Roman ein; vielleicht ist er ansprechender als *Mein letzter schlimmer Freund*, aber nur weil er mir gestatten würde, noch ein Buch in der dritten Person zu schreiben. Was sie sah, was sie nicht wusste. Vermutlich ist er zu lang und zu prosaisch. Noch zutreffender wäre er mit einem Semikolon. Was sie sah; was sie nicht wusste. Ich kann mir vorstellen, was Allan von einem Semikolon im Titel hält; er hat ohnehin eine schlechte Meinung von meinen Strichpunkten. »Kein Mensch weiß mehr, was das ist«, behauptet er. »Wer es nicht gewohnt ist, Romane aus dem neunzehnten Jahrhundert zu lesen, könnte meinen, der Autor hätte über dem Komma eine Fruchtfliege zerquetscht. Strichpunkte stiften heutzutage nur Verwirrung.« Und doch glaube ich, ich möchte ihn heiraten!

Die Zugfahrt von Bonn nach Frankfurt dauert knapp anderthalb Stunden; mein Terminplan in Frankfurt ist so vollgepackt wie sonst nirgends. Nur zwei Lesungen, aber ein Interview nach dem anderen; außerdem findet auf der

Buchmesse eine Podiumsdiskussion statt, vor der mir graut. Zum Thema Wiedervereinigung.

»Ich bin Romanautorin«, werde ich zweifellos irgendwann sagen. »Ich erzähle nur Geschichten.«

Als ich mir die Liste der Diskussionsteilnehmer ansehe – lauter Autoren, die auf der Buchmesse Werbung für ihre Bücher machen –, stelle ich fest, dass unter ihnen ein grauenhafter amerikanischer Mensch der Spezies Unerträglicher Intellektueller ist. Und noch eine amerikanische Autorin, weniger bekannt, aber nicht weniger grauenhaft; sie gehört der Fraktion »Pornographie verletzt meine Bürgerrechte« an.

Dann ist noch ein junger deutscher Romanautor dabei, dessen Bücher in Kanada auf den Index gesetzt wurden. Er wurde wegen Obszönität verklagt, höchstwahrscheinlich nicht ganz unberechtigt. Den konkreten Vorwurf kann man nur schwer vergessen: Eine seiner Romanfiguren verkehrt mit Hühnern; der Mann wird in einem todschicken Hotel mit einem Huhn erwischt. Schrilles Gackern veranlasst das Hotelpersonal zu dieser Entdeckung. Außerdem hatte sich das Zimmermädchen über herumfliegende Federn beschwert.

Doch verglichen mit den anderen Diskussionsteilnehmern ist der deutsche Autor interessant.

»Ich bin eine humoristische Autorin«, werde ich zweifellos irgendwann sagen; das sage ich immer. Die Hälfte der Zuhörer (und mehr als die Hälfte der anderen Diskussionsteilnehmer) wird daraus schließen, dass ich keine ernstzunehmende Schriftstellerin bin. Aber der Humor steckt tief in einem Menschen drin. Ein Schriftsteller entscheidet sich nicht bewusst dafür. Man kann sich dafür entscheiden, etwas zu tun oder zu unterlassen. Man kann sich für bestimmte Figuren entscheiden. Aber der Humor unterliegt keiner Entscheidung; er kommt einfach von selbst.

Zu den Diskussionsteilnehmern gehört auch eine Engländerin, die ein Buch über ein »wiedergewonnenes Gedächtnis« geschrieben hat – ihr eigenes. Sie wachte eines Morgens auf und »erinnerte sich«, dass ihr Vater sie vergewaltigt hatte und dass ihre Brüder sie vergewaltigt hatten – und alle ihre Onkel. Der Großvater ebenfalls. Jeden Morgen wacht sie auf und »erinnert sich« an jemand anderen, der sie vergewaltigt hat. Sie muss völlig erschöpft sein!

Egal, wie hitzig die Debatte auf dem Podium verläuft, der junge deutsche Autor wird ein geistesabwesendes Gesicht machen, als gingen ihm heitere, romantische Gedanken durch den Kopf. Wahrscheinlich ein Huhn.

»Ich erzähle nur Geschichten«, werde ich noch einmal sagen (und noch einmal). »Ich habe kein Talent zum Verallgemeinern.«

Nur der Hühnerliebhaber wird mich verstehen. Er wird mir einen liebevollen Blick zuwerfen, etwas begehrlich vielleicht. Und seine Augen werden sagen: Mit ein paar rötlich braunen Federn würdest du wahrscheinlich viel besser aussehen.

In Frankfurt, in meinem kleinen Zimmer im Hessischen Hof, trinke ich ein Bier, das nicht sehr kühl ist. Um Mitternacht bricht der dritte Oktober an – Deutschland ist wiedervereinigt. Im Fernsehen sehe ich mir die Feierlichkeiten in Bonn und Berlin an. Ein historischer Augenblick, allein in einem Hotelzimmer. Was kann man über die deutsche Wiedervereinigung sagen? Sie ist schon vollzogen.

Habe die ganze Nacht gehustet. Rief heute Morgen meinen Verleger an, dann den Pressemenschen. Es bleibt mir nichts anderes übrig, als meine Mitwirkung bei der Podiumsdiskussion abzusagen, denn ich muss mir meine Stimme für die Lesungen erhalten. Der Verleger schickte wieder Blumen. Der Pressemensch brachte mir ein Päckchen Hustenbonbons – mit Kräutern »aus naturgemäßem Anbau im Schweizer Berggebiet«. Jetzt riecht mein Atem bei den Interviews nach Zitronenmelisse und wildem Thymian. Ich fand es noch nie so angenehm, Husten zu haben.

Im Aufzug traf ich die tragikomische Engländerin; so wie sie aussah, war sie zweifellos mit der wiedergewonnenen Erinnerung an eine weitere Vergewaltigung aufgewacht.

Beim Mittagessen im Hessischen Hof saß (an einem anderen Tisch) der deutsche Romanautor, der es mit Hühnern treibt; er wurde von einer Frau interviewt, die mich am Vormittag interviewt hatte. Mein Gesprächspartner beim Mittagessen war ein Journalist, der noch stärker hustete als ich. Und als ich danach allein an meinem Tisch saß und noch einen Kaffee trank, sah mich der junge deutsche Autor jedes Mal an, wenn ich husten musste – als wäre mir eine Feder im Hals stecken geblieben.

Ich finde meinen Husten wirklich herrlich. Er liefert mir einen Vorwand, ein ausgiebiges Bad zu nehmen und über meinen neuen Roman nachzudenken.

Im Aufzug steht, grotesk aufgebläht wie ein Heliumballon, ein kleiner Mann, der grässliche Amerikaner der Spezies Unerträglicher Intellektueller. Er wirkt beleidigt, als ich zu ihm in den Aufzug trete. »Sie waren nicht bei der Podiumsdiskussion. Es hieß, Sie seien krank«, sagt er vorwurfsvoll.

»Ja.«

»Hier wird jeder krank. Es ist schrecklich hier.«

»Ja.«

»Hoffentlich stecke ich mich nicht bei Ihnen an.«

»Hoffentlich nicht.«

»Wahrscheinlich bin ich schon krank, immerhin bin ich schon lange genug hier«, setzt er hinzu. Wie bei dem, was er schreibt, ist unklar, was er meint. Meint er, er ist schon lange genug in Frankfurt, um sich etwas eingefangen zu haben, oder meint er, er ist schon lange genug im Lift, um sich meinen Husten geholt zu haben?

»Sind Sie noch immer nicht verheiratet?«, fragt er. Es ist kein Annäherungsversuch, sondern eine jener zusammenhanglosen Bemerkungen, für die der unerträgliche Intellektuelle bekannt ist.

»Noch immer nicht, aber vielleicht schon bald«, antworte ich.

»Soso, schön für Sie!«, meint er. Seine aufrichtige Freude über meine Antwort überrascht mich. »Das ist mein Stockwerk«, sagt er. »Tut mir leid, dass Sie nicht bei der Diskussion waren.«

»Mir auch.«

Es geht doch nichts über eine zufällige Begegnung weltberühmter Autoren!

Die Schriftstellerin müsste ihren rötlich blonden Freund auf der Frankfurter Buchmesse kennenlernen. Er ist ebenfalls Prosaschriftsteller, ein sehr minimalistischer. Bisher sind erst zwei Bücher mit Short Storys von ihm erschienen, fragile Erzählgebilde, so karg, dass weite Teile der Geschichte ausgelassen wurden. Die Absatzzahlen seiner Bücher sind niedrig, doch dafür wurde er durch jene unqualifizierte Bewunderung seitens der Kritik entschädigt, die unverständlicher Literatur häufig zuteilwird.

Die Schriftstellerin müsste zu den Autoren gehören, die »dicke« Romane schreiben. Sie und ihr Freund sind eine Parodie auf die sprichwörtliche Weisheit, dass Gegensätze sich anziehen. Beide finden grässlich, was der andere schreibt; die Anziehung ist rein sexueller Natur.

Er müsste jünger sein als sie. Sie fangen in Frankfurt eine Affäre an, und er begleitet sie nach Holland, wo sie im Anschluss an die Buchmesse für die holländische Übersetzung ihres neuen Romans Reklame macht. Er hat keinen holländischen Verleger und stand auch in Frankfurt viel weniger im Rampenlicht als sie. Ihr ist das nicht aufgefallen, ihm schon. Er war nicht mehr in Amsterdam, seit er als Student einen Sommer hier verbracht hat. Er erinnert sich an die Prostituierten und möchte mit ihr hingehen, um sie sich anzusehen. Vielleicht auch eine Live-Sex-Show.

»Ich glaube nicht, dass ich mir eine Live-Sex-Show ansehen möchte«, sagt die Schriftstellerin.

Es könnte seine Idee sein, eine Prostituierte dafür zu bezahlen, dass sie zuschauen dürfen. »Wir könnten unsere eigene Live-Sex-Show haben«, meint der junge Autor. Die Vorstellung scheint ihn ziemlich kalt zu lassen, und er gibt der Schriftstellerin zu verstehen, dass sie womöglich mehr daran interessiert ist als er. »Als Schriftstellerin«, betont er. »Um zu recherchieren.«

Als er sie in Amsterdam durch den Rotlichtbezirk begleitet, behält er den lässigen und unbeschwert neckischen Ton bei. »Der da würde ich nicht zuschauen wollen, sie sieht aus, als hätte sie eine Vorliebe für Fesseln.« (So in der Art.) Er gibt ihr das Gefühl, eine Prostituierte bei der Arbeit zu beobachten sei nichts weiter als ein frecher Jux. Und er tut so, als wäre das Schwierigste dabei, das Lachen zu unterdrücken – weil der Freier natürlich nichts von ihrer heimlichen Anwesenheit merken darf.

Ich frage mich eher, wie eine Prostituierte zwei Personen so verstecken kann, dass sie zusehen können, ohne selbst gesehen zu werden.

Darin wird meine Recherche bestehen. Ich werde meinen holländischen Verleger bitten, mit mir durch den Rotlichtbezirk zu gehen. Schließlich tun das viele Touristen. Wahrscheinlich bitten ihn alle seine Autorinnen darum; wir alle wollen durch das Schäbige, Schmutzige, Sexuelle und Abnorme geleitet werden. (Als ich das letzte Mal in Amsterdam war, ist ein Journalist mit mir durch den Rotlichtbezirk gegangen; es war seine Idee.)

Auf diese Weise werde ich mir die Frauen ansehen können. Ich weiß noch, dass sie es nicht mögen, wenn sie von Frauen betrachtet werden. Aber bestimmt finde ich die eine oder andere, die mir keine Angst einflößt, die ich später auch allein aufsuchen kann. Es muss eine sein, die Englisch spricht oder wenigstens ein bisschen Deutsch.

Eine Prostituierte könnte reichen, sofern es ihr nicht unangenehm ist, sich mit mir zu unterhalten. Den Akt kann ich mir auch vorstellen, ohne ihn zu sehen. Mich interessiert am meisten, was in der Frau vorgeht, die sich versteckt, in der Schriftstellerin. Nehmen wir an, der schlimme Freund ist erregt, er onaniert sogar, während sich die beiden versteckt halten. Und sie kann weder dagegen protestieren noch wenigstens ein paar Zentimeter von ihm abrücken, ohne dass der Freier merkt, dass er beobachtet wird. (Aber wie kann der Freund dann onanieren? Das ist ein Problem.)

Vielleicht besteht die Ironie der Situation darin, dass die Prostituierte wenigstens dafür bezahlt worden ist, dass man sie benutzt, die Schriftstellerin jedoch ebenso benutzt wird. Sie hat Geld dafür ausgegeben, sich benutzen zu lassen. Tja. Autoren brauchen ein dickes Fell. Und das ist nicht ironisch gemeint.

Allan hat angerufen. Ich habe ihm etwas vorgehustet. Jetzt, wo ich wegen des Ozeans zwischen uns nicht mit ihm schlafen kann, habe ich natürlich Lust darauf. Frauen sind pervers!

Von dem neuen Buch habe ich ihm nichts erzählt, kein Wort. Es hätte die Wirkung der Postkarten zunichtegemacht.

[Noch eine Postkarte an Allan mit einer Luftaufnahme der Frankfurter Buchmesse mit ihren über 5500 Verlagen aus rund 100 Ländern]
NIE MEHR OHNE DICH. ALLES LIEBE, RUTH

Auf dem KLM-Flug von Frankfurt nach Amsterdam: Sowohl mein Husten als auch mein blaues Auge sind so gut wie verschwunden. Der Husten macht sich nur noch als leichtes Kitzeln im Hals bemerkbar. Das Auge und der rechte Wangenknochen sind noch leicht verfärbt, gelblich grün wie Chartreuse. Die Schwellung ist abgeklungen, aber ich sehe noch immer kränklich aus.

Für jemanden, der eine Prostituierte ansprechen will, habe ich genau das richtige Aussehen – als könnte ich eine ansteckende Krankheit weitergeben.

Aus meinem Amsterdam-Reiseführer erfahre ich, dass der Rotlichtbezirk, *De Walletjes* (»Die kleinen Mauern«) genannt, im vierzehnten Jahrhundert offiziell geduldet wurde. In alten Berichten finden sich verschämte Hinweise auf die in diesem Stadtteil anzutreffenden »spärlich bekleideten Mädchen in ihren Schaufenstern«.

Wie kommt es, dass fast alles, was über das Schäbige, Schmutzige, Sexuelle und Abnorme geschrieben wird, stets in einem so wenig überzeugenden, überheblichen Ton daherkommt? (Sich über etwas zu amüsieren zeugt ebenso deutlich von vermeintlicher Überlegenheit wie Gleichgültigkeit.) Ich glaube, die meisten amüsierten oder gleichgültigen Reaktionen auf etwas Anstößiges sind unehrlich. Die Menschen fühlen sich von Anstößigem entweder angezogen oder finden es verwerflich oder beides; und doch geben wir uns Mühe, überlegen zu klingen, indem wir so tun, als würde es uns amüsieren oder gleichgültig lassen.

»Jeder Mensch hat ein sexuelles Problem, mindestens eines«, hat Hannah einmal zu mir gesagt. (Falls das auch für sie gilt, hat sie mir nie verraten, welches.)

Amsterdam bedeutet für mich die üblichen Verpflichtungen, aber für das, was ich zu erledigen habe, bleibt mir genug Zeit. Amsterdam ist nicht Frankfurt; nichts ist so schlimm wie Frankfurt. Und, ehrlich gesagt, kann ich es kaum erwarten, meine Prostituierte kennenzulernen! Diese »Recherche« hat den prickelnden Reiz von etwas Unanständigem, dessen man sich schämen muss. Denn es ist völlig klar, dass ich der Kunde bin. Ich bin bereit – ja, ich rechne fest damit –, dafür zu bezahlen.

[Noch eine Postkarte an Allan, aufgegeben am Flughafen Schiphol, auf der – ähnlich wie auf der Postkarte mit den deutschen Prostituierten in den Fenstern in der Herbertstraße, die sie ihrem Vater aus Hamburg geschickt hatte – *De Walletjes* zu sehen sind: Die Neonlichter der Bars und Sexshops spiegeln sich in der Gracht; die Passanten, lauter Männer in Regenmänteln; in dem Fenster im Vordergrund des Fotos, eingerahmt von purpurroten Lämpchen, sitzt eine Frau in Reizwäsche. Sie sieht aus wie eine deplatzierte Schaufensterpuppe, wie eine Leihgabe aus einem Wäschegeschäft, wie jemand, der für eine Privatparty angeheuert wurde]

VERGISS MEINE LETZTE FRAGE. DER TITEL LAUTET: ›MEIN LETZTER SCHLIMMER FREUND‹ – ES IST MEIN ERSTER ROMAN IN ICH-FORM. JA, WIEDER EINE SCHRIFTSTELLERIN. ABER VERTRAU MIR! ALLES LIEBE, RUTH

Jakob Arjouni
»Das ist die Hölle!«

Auf dem Weg zur Messe kam im Taxi mit einem Mal sogar richtig gute Stimmung auf. Rashid erkundigte sich bei Katja Lipschitz, der Pressechefin des Verlags, wer noch alles käme, Lutz Dingsbums vielleicht oder der »witzige Bodo«, wie viele Interviewtermine er habe, wo man vor der Veranstaltung am Abend noch schnell was essen könne, und schien sich zu freuen wie ein Kind, auch wenn er zwischendurch immer wieder stöhnte: »Gott, wird das anstrengend!«

Zu mir sagte er: »Sie werden sehen, die Buchmesse, das ist die Hölle!« Und strahlte dabei übers ganze Gesicht.

Die Buchmesse war nicht die Hölle, sie roch nur ein bisschen so. In den riesigen Hallen breiteten sich über mehrere Stockwerke, jedes mit einer Fläche von etwa zwei Fußballfeldern, Stellwand an Stellwand gefühlte Millionen Verlagsstände bis in die letzte Ecke aus. Dazwischen schob sich durch Gänge und Stände, über Rolltreppen, in Toiletten und durch Eingangstüren pausenlos ein schwitzendes, ungewaschenes, parfümiertes, alkoholgetränktes, verkatertes, mit Haargel beschmiertes Menschengewühl. Aus Würstchen-, Pizza-, Chinapfannen-, Thaicurry- und Bratkartoffelbuden zog Fettdampf über die Köpfe, unsichtbare Heizungen schienen bis zum Anschlag aufgedreht – vielleicht produzierten aber auch nur die vielen Körper die Wärme –, und für Frischluft sorgten ausschließlich die paar wenigen auf- und zuschlagenden Eingangstüren.

Dazu drangen aus der kleinen Verpflegungskammer des Maier Verlags schräg hinter mir die Ausdünstungen von auf der Wärmeplatte vor sich hin schmorendem Filterkaffee, verschmähten Ei- und Harzer-Käse-Brötchen, deren Aromen sich im Laufe des Tages immer deutlicher hervortaten, sowie eines selbstgebackenen Kokos-Bananen-Kuchens, den ein junger US-amerikanischer Autor den Verlagsmitarbeitern mitgebracht hatte, »*For you, guys, for all the amazing work you do!*«, und der aus Bountys und faulem Obst zu bestehen schien.

Der Stand des Maier Verlags war ungefähr fünfundzwanzig Meter lang und fünf Meter breit. An den Wänden hingen Autorenporträts und Plakate von Buchumschlägen, in mehreren Regalen lagen stapelweise Neuerscheinungen, zum Sitzen gab es einfache Holzbänke und -stühle, dazu kleine runde Tische, auf jedem zwei Schalen mit Keksen und Salzgebäck. Ein etwa fünf Meter breites Wandstück in der Mitte des Stands sowie der Tisch und die vier Stühle davor unterschieden sich vom Rest der Einrichtung. Hier schmückten die Wand ein Fischernetz, zwei Plastikhummer, ein Plastiktintenfisch, eine Glasflasche mit Flaschenpost, eine kleine Boje und fünf ins Netz gehängte Exemplare des neuen Romans von Hans Peter Stullberg: *Eine okzitanische Liebe*. Der Tisch war ein klassischer französischer Bistrotisch mit Eisenfuß und Marmorplatte, die Stühle waren Gartenklappstühle aus Holz in den Farben Rot und

Gelb. »Die Farben Okzitaniens«, wie uns Katja Lipschitz erklärte.

Rashid hatte bei unserer Ankunft die besondere Präsentation von Stullbergs Roman trocken mit »wegen der Rückenbeschwerden« kommentiert.

Mit seinem eigenen Roman *Die Reise ans Ende der Tage* war ein ganzes Regal vollgestellt, darüber ein Zitat aus *Le Monde*: »Selten sind inhaltliche Relevanz und formaler Ausdruck eine so vollendete Symbiose eingegangen.«

»Ein toller Satz«, sagte Katja Lipschitz.

»Tja, *Le Monde* ist eben immer noch *Le Monde*«, pflichtete Rashid bei.

Und ich sagte: »Man bekommt sofort Lust zu lesen.«

Katja Lipschitz warf mir einen ausdruckslosen Blick zu, ehe sie in die Ecke neben der Verpflegungskammer deutete. »Da, haben wir uns gedacht, sitzen Sie. Von dort haben Sie den ganzen Stand gut im Blick und bleiben relativ unauffällig. Malik wird seine Interviews mit Journalisten und Gespräche mit Lesern und Buchhändlern an dem Tisch vor Ihnen führen.«

»Wunderbar«, sagte ich und stellte meine Tasche mit gebügeltem Hemd und Nadelstreifenanzug für die Abendveranstaltung mit Herrn Doktor Breitel neben den mir zugedachten Stuhl. Rashid schob seinen schwarz glänzenden Rucksack mit einer kleinen aufgenähten kanadischen Stoffflagge und der roten Aufschrift *Vancouver International Writers Festival* unter den Tisch, erklärte uns, er gehe mal kurz guten Tag sagen, und begann eine Runde über den Stand, um die Verlagsmitarbeiter zu begrüßen; die weiblichen mit Umarmung und Küsschen rechts, Küsschen links, die männlichen mit kräftigem Handschlag. »Tolles Buch, Malik!« – »Ungeheuer berührend!« – »Ganz wichtiger Text.« – »Mein Favorit dieses Jahr.«

Während Katja Lipschitz sich abwandte, um zu telefonieren, sah ich mich nach Möglichkeiten um, notfalls mit Rashid in Deckung zu gehen. Vor uns der Gang mit dem ständigen, gleichmäßigen Strom von Buchmessebesuchern, rechts die Tische des Maier Verlags, an denen Verlagsmitarbeiter mit Geschäftspartnern Verkaufszahlen, Buchmarktentwicklungen, Personalien, gemeinsame Veranstaltungen und den jüngsten Buchmesseklatsch besprachen – »Gretchen Love!« – »Nächste Woche soll sie auf der Sachbuch-Bestsellerliste sein.« – »Ein Wahnsinn!« – »Ein Skandal!« –, und gleich links neben uns die Stellwand zum Nachbarverlag. Daran Rashids Werberegal mit ungefähr dreihundert Exemplaren seines Romans, dem groß ausgedruckten *Le-Monde*-Zitat und einem Foto, auf dem Rashid den Kopf in drei Finger stützte und so amüsiert und überlegen guckte wie bei meinem Eintreffen in der ›Harmonia‹-Lounge.

Blieb als mögliche Deckung nur die Verpflegungskammer. Bis wir allerdings die Schiebetür hinter uns auf- und zugekriegt und uns zwischen Brötchentabletts und Wasserkästen geschmissen hätten, wäre ein halbwegs entschlossener Attentäter mit einem vom nächsten Pizzawagen entwendeten Messer längst mit Rashid fertig und wieder im Besuchergewühl untergetaucht gewesen.

Neben der Abendgarderobe befanden sich in meiner Tasche noch ein Baseballschläger, Pfefferspray und Handschellen. Ich zog den Reißverschluss auf und legte den Griff des Baseballschlägers so auf die Taschenkante, dass ich ihn möglichst schnell zu fassen bekam. Außerdem nahm ich meine Pistole aus dem Rückenholster und schob sie in die rechte Seitentasche meiner Cordjacke. Niemand würde die Waffe sehen, und ich konnte durch die Jacke schießen.

»Sie werden damit hoffentlich vorsichtig sein.« Katja Lipschitz trat vor mich und deutete auf meine Jackentasche. »Ich habe Sie beobachtet. Ich meine, es gibt auch überschwengliche Fans, die wollen Malik vielleicht umarmen...«

»Tja, da haben sie Pech gehabt. Ich knall ganz gerne 'n bisschen rum, wissen Sie. Gerade hier am Besuchergang, irgendwen erwischt man da immer. Übrigens: Haben Sie die Drohbriefe dabei?«

Wir sahen uns an.

Nach einer Pause fragte Katja Lipschitz: »Haben Sie eigentlich eine Frau?«

»Sie meinen, ob ich schwul bin?« – »Nein, ich meine, ob jemand mit Ihnen zusammenlebt?« – »Sie werden staunen: seit über zehn Jahren in festen Händen, gemeinsame Wohnung, keine Affären, jedenfalls, was mich betrifft – darum bin ich ja so ausgeglichen, leicht genießbar, ein Mann umhüllt von weiblicher Nestwärme. Tut mir leid, falls Sie Interesse hatten.«

Katja Lipschitz lachte kurz auf. »Was ist jetzt mit den Drohbriefen?« – »Würden die Briefe an Ihrer Vorgehensweise irgendwas ändern?«

»Ja. Ich würde wissen, ob ich mich auf die Informationen meiner Auftraggeberin verlassen kann.«

Wieder machte sie eine Pause.

Von einem der Nebentische des Maier-Verlags hörte ich:

»Hier, die SMS: Platz 1!« – »Ich fass es nicht!« – »Also ehrlich gesagt, ich hätte nichts dagegen, auch mal so eine Gretchen Love im Programm zu haben, kann man doch als Kunst verkaufen.« – »*Spermaboarding* als Kunst? Ich weiß nicht.« – »Das ist der Titel? *Spermaboarding*?« – »Ja, und noch irgendwas dazu.«

Schließlich sagte Katja Lipschitz: »Malik hat vor ein paar Wochen erzählt, er habe solche Briefe bekommen. Leider hat er sie bisher nicht mitgebracht. Ich habe ihn mehrere Male darum gebeten.« Sie betrachtete mich herausfordernd. »Zufrieden?«

Ich zuckte mit den Achseln. »Ist mir völlig egal, was ihr Leute anstellt, um den Buchverkauf anzukurbeln. Aber es gehört nun mal zu meinem Job, einigermaßen genau einzuschätzen, wie groß die Gefahr ist, in der sich die zu schützende Person und ich befinden. Nun gehe ich noch mehr davon aus, dass wir einen eher ruhigen Nachmittag verbringen werden.«

Es kostete sie einen Augenblick Überwindung, dann sagte sie: »Schön, dass Sie das so entspannt sehen. Tut mir leid, die Arbeit mit Autoren…«, sie zögerte, »…na ja, ist nicht immer frei von Eigenheiten, Überraschungen – verstehen Sie?«

»Klar – weil die Kerle zu viel nachdenken.«

Sie lächelte müde. »Na, dann ist ja gut«, und sah auf die Uhr. »Ich muss jetzt wieder ans Telefon. Wenn Sie irgendwas brauchen, wenden Sie sich bitte wie besprochen an mich. Bis später.«

Kurz darauf ließ sich Rashid am Tisch vor mir nieder und bekam von der jungen, in einen adretten blauen Hosenanzug gekleideten Assistentin von Katja Lipschitz eine Tasse vor sich hin geschmorten Filterkaffee und ein Stück Kokos-Bananen-Kuchen serviert.

»Danke, mein Schatz.« Er zwinkerte ihr zu. »Mhmm, riecht der gut. Hoffentlich schreibt der junge Kollege so gut, wie er backt.«

»O ja«, sagte die Assistentin freundlich lächelnd, »ein tolles Buch, sehr berührend. Wenn Sie noch irgendwas brauchen, sagen Sie bitte Bescheid. Der Mann von der *Bamberger Allgemeinen* kommt in fünf Minuten.«

»Was ist mit dem *Wochenecho*-Interview?«

»Wir sind immer noch dran, Herr Rashid. Katja macht, was sie kann. Das Problem ist: Der Redakteur, mit dem das Interview vereinbart war, musste aus gesundheitlichen Gründen kurzfristig absagen. Tut mir leid. Sobald es Neuigkeiten gibt, bekommen Sie Bescheid.«

Sie wandte sich zu mir: »Darf ich Ihnen auch ein Stück Kuchen bringen?«

»Danke, nur ein Glas Wasser bitte.«

Während die Assistentin das Glas Wasser aus der Verpflegungskammer hinter mir holte und mich eine Wolke Harzer-Käse-mit-Banane-Geruch aus der offenen Tür umfing, drehte sich Rashid zu mir um, ein Blick zur Verpflegungskammer: »Süß, nicht wahr?« Danach hielt er die Kuchengabel wie ein kleines Schwert in die Höhe. »*Wochenecho*-Interview! Wenn das klappt, dann geht die Auflage...« Er beschrieb mit der Gabel einen steil ansteigenden Strich.

»Prima«, sagte ich.

Wenig später brachte Katja Lipschitz' Assistentin den Journalisten der *Bamberger Allgemeinen* an Rashids Tisch.

Ein fülliger, unrasierter, ungekämmter, gemütlich wirkender Mittvierziger in ausgetretenen Schuhen und einem so zerknitterten Regenmantel, als hätte er darin die Nacht verbracht. Er ließ seine anscheinend schwere Umhängetasche auf den Boden plumpsen und begrüßte Rashid überschwenglich: »... Ist mir eine große Ehre ... Freue mich sehr ... Begeistert ... Was für ein mutiges Buch ... Danke für die Zeit, die Sie mir opfern ...«

Rashid bemühte sich, die Komplimente so weit wie möglich zurückzugeben: »... Freue mich auch sehr ... Danke für *Ihre* Zeit ... *Bamberger Allgemeine,* tolle kleine Zeitung ...«

Dann hob der Journalist ein altertümliches Aufnahmegerät aus seiner Umhängetasche – »Tja, zu modernerer Technik reicht's bei der *Bamberger Allgemeinen* noch nicht« –, brauchte fünf lange Minuten, um das Gerät zum Laufen zu bringen, und fing schließlich an, seine auf einen kleinen Zettel voller Essensflecken notierten Fragen zu stellen.

Es war Rashids erstes Interview, dem ich beiwohnte, es sollten noch acht an diesem Nachmittag folgen – mit dem *Rüdesheimer Boten,* dem *Storlitzer Anzeiger,* der Studentenzeitung *Randale*, mit *Radio Norderstedt* und noch irgendwem –, und so wenig sympathisch mir Rashid war, so sehr sollte er mir trotzdem spätestens nach dem dritten, vierten Interview leidtun.

»Lieber Malik Rashid«, fuhr der Mann aus Bamberg nach ein paar belanglosen Fragen zu Rashids Geburtsort und Biographie fort, »ich pack den Stier jetzt mal gleich bei den Hörnern: Ist der meisterhafte, aufwühlende Roman

Die Reise ans Ende der Tage nicht vor allem das subtile Coming-out eines nordafrikanischen Mannes, der lange genug in Europa gelebt hat, um sich der religiösen und traditionellen Ketten seiner Heimat nun auch öffentlich und sozusagen stellvertretend für viele gleich- ...ich sag mal... -gepolte Männer zu entledigen?«

»Bitte...?« Rashids Mund blieb offen. Er schien tatsächlich völlig überrascht. Bestimmt hatte er damit gerechnet, dass das Thema von Journalisten angesprochen würde. Dass es der Kern nicht nur seines Auftakt-, sondern auch aller weiteren Interviews an seinem ersten Buchmessetag werden sollte, darauf war er ganz offensichtlich nicht vorbereitet gewesen. Da konnte er noch so viel erklären, dass die homosexuelle Liebe seiner Hauptfigur zu einem Strichjungen einem Gemisch aus sexueller Frustration, Sehnsucht nach Freiheit, Lust am Verbotenen und höchstens zu einem geringen Anteil natürlicher Veranlagung entsprang und dass er, Rashid, sich als Schriftsteller einfach einen Konflikt ausgedacht habe, mit dem er den aktuellen Zustand der marokkanischen Gesellschaft beschreiben könne – das Einzige, was die meist eher unvorbereitet wirkenden und preiswert gekleideten Männer und Frauen aus Bamberg und Storlitz interessierte, war: BEKENNT SICH DER MOSLEMISCHE AUTOR ÖFFENTLICH ZU SEINER HOMOSEXUALITÄT?

Jessica Durlacher
Gute oder gewinnträchtige Bücher

Natürlich hatte ich nur schöne Literatur verlegen wollen – auserlesene kleine »Perlen«, wie man so schön sagt. Keine Belletristik um der Belletristik willen, sondern beiläufige Meisterwerke wie *The Catcher in the Rye*, die ganz aus Versehen Hunderttausende einbringen würden. Kultbücher.

Das schwebte mir vor, als ich direkt nach Beendigung meines Studiums einen kleinen Verlag gründete. Mein Vater stellte mir mit großer und demonstrativer Geste das Startkapital zur Verfügung – von Tante Judith hinterlassenes Geld, das ich mit ehrfürchtiger Scheu annahm. Der Ernst des Geldes ließ sich nicht so ganz mit der Unbestimmtheit meiner Ambitionen vereinbaren, schien mir.

Schon nach einem Jahr war ich gezwungen, einen Nebenjob in einem Restaurant anzunehmen, um keine Schulden machen zu müssen. Da blieb wenig Zeit für meinen kleinen Einmannbetrieb, mit dem es immer weiter bergab ging. Meine erste Berufung, das Schreiben, hatte ich da längst auf Eis gelegt. Leider war auch die Geschichte des Untergangs meines Unternehmens ziemlich armselig. Mein Verlag wurde aufgelöst und die Konkursmasse, bestehend aus insgesamt achttausend unverkäuflichen Prachtausgaben zweier bis zum heutigen Tag unbekannt gebliebener

Flamen und eines jungen Himmelsstürmers aus Veghel, an die Papiermühle verfüttert.

Ohne meiner Familie etwas von dem Ganzen zu sagen, beschloss ich, mich bei einem namhaften Verlag zu bewerben, und wurde sogar genommen. Ein stolzer Erfolg, denn damals schien wirklich jeder Lektor werden zu wollen.

Meinem Vater wagte ich erst nach drei Jahren zu erzählen, dass ich keinen Verlag mehr besaß. Da war meine Beschämung zwar schon nicht mehr ganz so groß wie zu Beginn, weil ich mittlerweile zum Cheflektor aufgestiegen war, doch das Bewusstsein, gescheitert zu sein, hatte ich noch nicht völlig abgestreift.

Nach sechs Jahren wurde ich zu meiner großen Verwunderung zum Nachfolger ebenjenes Verlagsleiters ernannt, der mich seinerzeit als noch aufstrebender Unternehmer eingestellt hatte. Inzwischen etwas gesetzter – er entstammte einem der geburtenstarken Nachkriegsjahrgänge –, wollte er nun was Eigenes aufziehen, wie er sagte.

Ich kam aber schnell dahinter, dass er mit diesem Schmus in erster Linie sein eigenes Scheitern kaschieren wollte. Zum Glück hatte er den Verlag in letzter Minute unter die Fittiche eines kapitalkräftigen Konzerns bugsiert und damit die ärgsten Probleme abgewendet.

So leitete ich also mit vierunddreißig plötzlich einen relativ großen Verlag, der noch mit einem Bein in den roten Zahlen stand und bei dem es leider auch, was das Management betraf, noch ziemlich haperte. Und das trotz oder vielleicht auch gerade wegen des großen Mutterkonzerns, der reichlich viel verlangte.

Tante Judith wäre mit mir zufrieden gewesen, denn ich

sanierte alles, so gut ich konnte, und hatte gleich in den ersten Jahren viel Glück mit meinen Erstlingen. Mindestens acht davon verkauften sich mit jeweils mehr als zwanzigtausend Exemplaren wirklich gut, und in Verbindung mit den immer noch verlässlichen Einnahmen aus der Backlist machte das allmählich wieder einen aussichtsreichen, wenn auch noch nicht wirklich florierenden Betrieb aus dem Verlag.

Sechs Jahre später war die Zufuhr von neuen Talenten leider versiegt. Die Konkurrenz war zu stark. Ich konnte mich des Eindrucks nicht erwehren, dass wohl so langsam alle Welt Bücher schrieb, die sofort gedruckt und auf den Markt geworfen wurden. Ich benötigte dringend ein neues Konzept.

In besagtem Herbst hatte ich genau einen Trumpf, das Debüt von Nora Weber. Ihr Manuskript war aus heiterem Himmel zwischen all der Schreibwerkstattprosa aufgetaucht, die mit der Post hereintrudelte. Ich hatte den Roman eigenhändig redigiert, in Zusammenarbeit mit Nora, die anfänglich mit keinem einzigen Ratschlag einverstanden war. Jeder noch so kleine Kompromiss: hier ein Komma, da ein Punkt, dort die Streichung eines Nebensatzes, war da ein Triumph für mich. Doch so schwierig sich Nora auch gebärdete, ich fühlte mich sehr zu ihr hingezogen. Oder vielleicht war es ja gerade das, was ich so anziehend an ihr fand.

Ihr Buch handelte von der Freundschaft zwischen zwei Frauen, die aufgrund eines Vorfalls in deren Vergangenheit entgleist. *Sand* war der Titel. »Ein ungewöhnliches Buch, das weibliche Leser besonders ansprechen wird«, stand in meinem Prospekt.

Ich war aufrichtig von diesem Roman überzeugt. Bücher, in denen es um Frauen ging, las ich immer gern, und Nora hatte einige bemerkenswerte Passagen darüber geschrieben, wie die beiden Protagonistinnen einander auf subtile Weise quälten. Ich hatte sie gleich mehrmals gelesen, und das nicht nur aus beruflichen Gründen. Vielleicht hatte es damit zu tun, dass mich eine der Figuren mit ihrer argwöhnischen Haltung, ihrer Überempfindlichkeit und ihrer obsessiven Beschäftigung mit Gut und Böse an Sabine erinnerte. Auch weckte das Buch Erinnerungen an das Verhältnis zwischen meiner Mutter und Tante Judith, was nicht zuletzt auf den Umstand zurückzuführen war, dass es von der Freundschaft zwischen einer jüdischen und einer nichtjüdischen Frau handelte.

Der Roman hatte in den Niederlanden zu meiner Verärgerung ein geteiltes Presse-Echo gehabt. Andererseits hatte er einen Literaturpreis gewonnen und sich erstaunlich gut verkauft. Jetzt wollte ich ihn dem Rest der Welt vorstellen. Wenn ich nur daran dachte, dass ich dabei womöglich auf Unverständnis stoßen würde, packte mich schon die Wut.

Mochte ich mich vielleicht auch nicht mehr als den Verleger des neuen *The Catcher in the Rye* sehen, aufführen konnte ich mich bei der Herausgabe der meisten Bücher nach wie vor wie ein echter Missionar. Was gut war, durfte nicht unbemerkt bleiben, lautete noch immer meine Überzeugung. Wobei ich mir allerdings darüber im Klaren war, dass ich das Wort »gut« in den letzten Jahren allzu oft mit »gewinnträchtig« verwechselt hatte.

Otto Jägersberg

Blut im Literaturverlies

In Singen am Hohentwiel war ein Volksfest ausgeschrieben mit hundert Attraktionen, Theatergruppen, Sängern, Pantomimen, Zauberern und merkwürdigerweise auch mit Schriftstellern. Sie hatten mich eingeladen, auf diesem Fest zu lesen, oben auf der Burgruine Hohentwiel, im Literaturverlies, Sonntag, 17 Uhr.

In Singen gibt es eine Maggi-Fabrik. Ich hatte gerade zum 100. Geburtstag der Erfindung von Hülsenfrüchtemehl zur Suppenbereitung eine Geschichte geschrieben und dachte, damit in der Stadt, in der jeder dritte Arbeitnehmer Maggi verpflichtet war, auf Interesse zu stoßen.

So eine Fahrt durch den Schwarzwald hat ihren Reiz. Ich steckte meine Geschichte in die Aktentasche, Zahnbürste und Rasierzeug dazu, und fuhr, um eine geruhsame Fahrt zu haben, drei Stunden vorher los.

Ich merkte bald, dass sie nicht reichten. Es waren zu viele Autowanderer unterwegs. Starknervige Fahrer, noch begieriger auf eine geruhsame Reise durch den Schwarzwald als ich, auf beiden Straßenseiten.

Die Straßen waren nicht besonders breit, dafür schön und kurvenreich. Mir erschloss sich die ganze Bedeutung des Wortes Überholvorgang. In Klosterreichenbach wechselte ich mein Hemd, in Alpirsbach war ich für den rücksichtslosen Ausbau von Autobahnen, in Schramberg hatten sie mich endlich.

»Ich muss nach Singen, zu diesem Burgfest«, sagte ich zu den Polizeibeamten, »ich zahle, was Sie wollen, nur lassen Sie mich schnell weiter, ich komm eh schon zu spät.«

Sie rechneten mittels einer Tabelle meine Zuwiderhandlung aus. Ob ich mit zwanzig Mark einverstanden sei? »Natürlich.« Dann riet mir ein Beamter noch, wenn ich in Zukunft pünktlich sein wolle, rechtzeitig loszufahren. Ich raste weiter.

Mir fiel auf, dass Autowanderer mit Pforzheimer Kennzeichen sich besonders intensiv auf die Landschaft konzentrierten.

Kurz vor der Autobahnauffahrt, in Dunningen, konnte ich auf einen Streich sieben Autos aus Pforzheim überholen. Am Ortsende von Dunningen freute ich mich nicht mehr so darüber.

Sie winkten mich nicht einfach an den Straßenrand, sondern gleich auf einen abseits gelegenen Parkplatz. Ich schaltete das Radio aus, Straßenzustandsberichte und Zeitansagen brauchte ich wohl nicht mehr. Als ich die Pforzheimer Kolonne überholte, muss ich über hundert Stundenkilometer schneller, als innerhalb Dunningens erlaubt war, gefahren sein. Sie würden mir wohl den Führerschein abnehmen. Brachten sie mich im Hubschrauber zum Singer Fest?

Die Polizisten umstanden einen Bus aus Schweden. Auch ich konnte sehen, dass seine Reifen total abgefahren waren. Ein hoffnungsloser Fall. Der Fahrer machte auch keine Anstrengungen sich zu verteidigen, er weinte auf Schwedisch.

Als einer der Polizisten auf mich zukam, war ich übergabebereit. Ich sammelte meine Papiere ein, zog den Schlüssel ab, nahm meine Aktentasche und stieg aus.

»Sind Sie das, der nach Singen muss?«

Wie schön, dass sich das in Polizeikreisen schon herumsprach. Ich nickte.

»Dann man los, Sie kommen sonst noch zu spät!« Er ging zur Straße, hielt die mittlerweile anrollenden Pforzheimer an und winkte mich vom Parkplatz, mit heftigen Gebärden, dass ich Gas geben sollte.

Ich erreichte Singen mit halbstündiger Verspätung. Um den kegelförmigen Berg mit der Burgruine Hohentwiel kreisten Hubschrauber. Die Stadt war für jeglichen Autoverkehr gesperrt. Als ich den Polizisten sagte, wohin ich musste, jagten sie mit Martinshorn vor mir her durch die Absperrungen zum Ordnungsdienst.

»Sie sind eine halbe Stunde zu spät dran«, sagte der Einsatzleiter im Zelt des Ordnungsdienstes nach einem Blick auf seinen Ablaufplan.

»Tut mir leid«, sagte ich.

»Wir holen das schon wieder auf«, sagte er und gab Anweisungen in sein Sprechfunkgerät.

»Wo soll ich denn lesen?«, fragte ich. Er zeigte zum Gipfel. Hinter dem Zelt des Ordnungsdienstes landete ein Hubschrauber. Er brachte mich zu einer Wiese auf halber Berghöhe, wo ein Motorradfahrer mit laufender Maschine und blinkenden Lichtern auf mich wartete. Wir brausten einen steilen Pfad hoch, an unablässig abwärts- und aufwärtsströmenden Besuchern vorbei, von denen eine Menge betrunken schienen, und die anderen sahen auch nicht so aus, als ob sie auf dem Weg zu einer Autorenlesung wären.

Der Motorradfahrer setzte mich am Burgtor ab und zeigte mir den Weg zum Zelt der Festleitung.

»Sie sind eine Dreiviertelstunde zu spät«, sagte eine Dame im Zelt der Festleitung und hakte meinen Namen im Festplan ab. Ich entschuldigte mich.

»Wissen Sie, wo das Literaturverlies ist?«

Ich verneinte. Sie gab mir einen Kundschafter mit. Und ich bekam zwei Packen Bons, auf dem einen stand Wurst, auf dem anderen Bier.

Der Kundschafter kannte sich auch nicht aus. Wir kamen an offenen Bierschänken und Bratwurstständen vorbei; Zauberer zeigten ihre Tricks, Weber und Schmiede und Küfer demonstrierten ihr altes Handwerk, Zigeuner geigten, Neger trommelten, Männer in Landsknechtskostümen bliesen Fanfaren. Der Kundschafter fragte überall nach dem Literaturverlies. Niemand wollte es kennen. Nach einer halben Stunde standen wir endlich vor einem dunklen Loch in der Burgmauer. Kalte Luft wehte heraus. Ein halb abgerissenes Pappschild baumelte an einem Steinvorsprung: LITERATURWERKSTATT. Um in das Verlies zu kommen, musste man durch das kleine Loch mit meterdicken Wänden. In dem kalten Raum standen ein paar Bänke, und an der Stirnwand brannte eine Lampe über einem Stehpult. Natürlich war niemand in dem feuchten Keller.

Der Kundschafter fand schließlich in der Umgebung eine Dame mit Sprechfunkgerät und Armbinde: EINSATZDELEGIERTE.

»Wann wollen Sie anfangen?«, fragte sie.

»Ich bin zu spät, tut mir leid.«

»Was sind Sie?«

»Schriftsteller.«

»Was wollen Sie da machen?«

»Lesen.«

»Was?«

Ich zeigte auf meine Aktentasche.

Sie benutzte ihr Sprechfunkgerät. »Hugo, wir haben hier noch einen fürs Literaturverlies.« Sie nannte meinen Namen und sagte, ich würde aus Büchern lesen, die ich in einer Aktentasche mitgebracht hätte.

»Verstanden«, sagte Hugo.

»Wenn die Kapellen mal 'ne Pause machen«, wandte sie sich an mich, »kommt Ihre Ansage, dann kann's losgehen. Viel Vergnügen.«

Sie ging. Auch der Kundschafter verabschiedete sich. Ich stellte mich neben das Eingangsloch. Manchmal kamen Besucher mit einem Programm in der Hand und wagten einen Blick in das Verlies. »Gleich fängt's an«, sagte ich zaghaft, worauf die Besucher schnell weggingen.

Dann knackte es in den an allen Ruinenecken angebrachten Lautsprechern, und die Kapellen verstummten.

»Achtung, eine Durchsage: Der kleine Friedrich Mittelholz sucht seine Eltern. Die Eltern von Friedrich Mittelholz bitte zur Rot-Kreuz-Zentrale am oberen Burgplatz.«

Ganz im Hintergrund der eingeschalteten Anlage hörte ich meinen Namen tuscheln. Dann kam von einer anderen Stimme die Durchsage:

»Eben wurde eine Bierflasche vom alten Ritterturm runtergeworfen. Wir sehen uns leider gezwungen, den Zugang zum Turm mit sofortiger Wirkung zu sperren. Wir appellieren an Ihre Vernunft und Besonnenheit. Lassen Sie sich durch einige betrunkene Elemente nicht die Festfreude verderben.«

Die Lautsprecheranlage blieb eingeschaltet, und wieder hörte ich meinen Namen flüstern. Der erste Sprecher meldete sich wieder: »Noch was. Im Literaturverlies geht's jetzt weiter. Otto Jägersberg liest aus der Aktentasche. Ende der Durchsage.«

Die Kapellen spielten wieder. Die Sonne schien. Die Luft war schwer vom Geruch der Würste.

Die nächsten Neugierigen, die nur mal eben durchs Loch schauen wollten, hielt ich fest. Ich ließ meinen Daumen durch die Bons schnappen und behauptete, allein nicht mit ihnen fertig zu werden. Es kamen noch zwei vorwitzige Jugendliche, die ließ ich auch nicht mehr weg. Ich lockte sie in das Verlies und sorgte dafür, dass sie sich in die erste Reihe setzten, vier Erwachsene, zwei Kinder. »In einer Viertelstunde sind wir alle wieder draußen«, versprach ich, »und kümmern uns um die Verzehrbons.«

Ich öffnete meine Aktentasche, um das Manuskript über Julius Maggi herauszunehmen. Wie gesagt, jeder dritte Arbeitnehmer in Singen arbeitete bei Maggi.

Ein stechender Schmerz durchzuckte meine Hand. Ich schrie auf. Die Augen meiner sechs Zuhörer starrten gebannt auf meine Aktentasche. Ich hatte in eine Rasierklinge gegriffen. Die Klinge war zwischen Nagel und Fleisch des Mittelfingers gedrungen. Es blutete entsetzlich. Einer meiner erwachsenen Zuhörer ergriff unter dem Vorwand, kein Blut sehen zu können, die Gelegenheit, um zu verschwinden. Die anderen kümmerten sich rührend um mich. Wir waren überrascht, wie viel Blut in einem Finger steckte.

Dann hörten wir eine aufgeregte Lautsprecherstimme die Musik unterbrechen: »Sanitäter sofort ins Literaturverlies! Achtung Sanitäter! Sanitäter sofort ins Literaturverlies...«

In wenigen Minuten war der Raum voll. Am Eingang drängelten sich die Neugierigen. Die Sanitäter kamen nur mit Gewalt durch. Insgesamt waren es zwölf. Zwei blieben während der gesamten Lesung da und legten den Zuhörern, die sich bei der Drängelei am niedrigen Eingang gestoßen hatten, Kopfverbände an.

Mit dem harten Kern der Zuhörer brachte ich dann die Bons für Wurst und Bier an die Stände. Irgendwann im Laufe der Nacht seilten wir uns den gefährlichen Berg hinab. Auch in der Stadt gab es noch Gelegenheiten für Bier und Wurst. Erst wollte ich meine Freunde nicht allein lassen, als sie wieder in die Maggi-Fabrik mussten, aber an der Stechuhr kam mir die Einsicht, dass die Veranstaltung für mich wohl beendet war. Und ich fuhr zurück durch den Schwarzwald, vorsichtig, und überlegte bei jedem Verkehrsschild, was es wohl bedeuten könnte. Die Polizei hätte mich jederzeit anhalten können, ich war auf alle Prüfungen vorbereitet, ich war bereit, es allen Polizisten dieses Landes recht zu machen. Das war freilich eine langwierige Heimreise.

Martin Suter

Buchpremiere

Der Raum besaß kein Fenster, sonst wäre David hinausgeklettert. Der einzige Ausgang war die Tür, und die führte direkt in die Buchhandlung. An den andern Wänden reichten Regale bis an die Decke. Sie waren gefüllt mit Büchern, Verlagsprospekten, Karteikästen, ausgedienten oder nie verwendeten Plakatrollen, Deckenhängern und Regalstoppern. Auf dem Boden stapelten sich Kartons von Bücherauslieferungen und Verlagen. Auf einem hatten Kaffeebecher ihre Ringe hinterlassen. Er war ungeöffnet und trug die rote Aufschrift: »Endlich: Ihre persönlichen Leseexemplare für den Herbst!«

David saß auf einem Klappstuhl und hielt sein Buch umklammert. Er hätte doch auf Maries Idee eingehen sollen, die Vernissage an einem Schauplatz von *Lila, Lila* stattfinden zu lassen. Im Zoo zum Beispiel. Oder im Hirschenpark. Dann hätte er nötigenfalls abhauen können. Aber er hatte, nachdem er sich erfolgreich gegen das Esquina gewehrt hatte, die Wahl des Veranstaltungsorts Karin Kohler überlassen. Und die hatte gesagt: »Ich kenne mich nicht besonders gut aus in Ihrer Stadt, aber der Vertreter für Ihr Gebiet fand, wir sollten den Rahmen klein und familiär halten. Er schlug die Buchhandlung Graber vor, kennen Sie sie?«

David kannte sie nicht, aber jetzt saß er drin, und jeden

Moment würde die Tür aufgehen, und er würde hinausgeführt und müsste Seite achtzehn bis einundzwanzig und hundertzweiundvierzig bis hundertneunundvierzig vorlesen.

Die Sache mit dem Lesen hatte zu Diskussionen geführt. Zuerst hatte sich David strikt geweigert, auch nur eine einzige Zeile zu lesen. Aber bei einem Besuch in Frankfurt hatte er sich weichklopfen lassen. Wenn er ehrlich war, hatte es nicht lange gedauert, bis ihn Karin Kohler, die er jetzt Karin nannte – Karin, aber Sie – so weit hatte.

Er hatte ihr wenig entgegenzusetzen. Auch in der Frage des Hotels hatte er schon auf dem Weg vom Bahnhof zum Parkplatz nachgegeben. Obwohl er ihr auf Drängen von Marie ein Mail geschickt hatte, in dem er seinen Wunsch nach Hotelunterbringung geäußert hatte. Etwas verschlüsselt vielleicht – »Sie brauchen mich nicht abzuholen, ich kann direkt ins Hotel gehen, wenn Sie mir die Adresse geben«, hatte er geschrieben –, aber unmissverständlich.

Auf dem Weg zum Auto erklärte sie ihm: »Frankfurt ist eine Messestadt, die meiste Zeit sind alle Hotels ausgebucht. Es ist doch in Ordnung, wenn Sie wieder bei mir übernachten, jetzt, wo Sie sich schon auskennen?«

Noch ehe sie die Wohnung erreichten, hatte sie ihn so weit, dass er »im Prinzip« gegen eine kurze Lesung nichts einzuwenden hatte. Nur was die Stellen betraf, leistete er Widerstand. Erfolgreich sogar, was die Liebesbriefe anging. Sie gestand ihm zu, dass er keinen davon lesen musste. Sein Argument, er geniere sich so schon genug, hatte sie, wenn auch nicht überzeugt, so vielleicht doch gerührt.

Man einigte sich auf eine Stelle am Anfang: das erste

Rendezvous in der Konditorei Stauber. Und auf eine gegen Schluss: die Szene, in der Peter bei strömendem Regen vor dem Haus von Lilas Eltern auf dem Motorrad sitzt und sich vorstellt, was sie wohl gerade macht.

Karin brachte ihn sogar dazu, ihr die Stellen vorzulesen. Er saß an ihrem Esstisch und stotterte vor sich hin. Sie hörte ihm von ihrem Sofa aus zu und ließ sich nichts anmerken.

»Sehen Sie jetzt, dass es nicht geht?«, fragte er, als er endlich zu Ende gelesen hatte.

»Klar geht das. Sie lesen es noch ein paarmal laut Ihrer Freundin vor, und dann geht das wunderbar.«

Er war tatsächlich so weit gegangen, es Marie vorzulesen. Sie hatte ihn mit Bemerkungen beunruhigt wie: »Du bist ja Schriftsteller, nicht Schauspieler.« Und: »Dürrenmatt sprach auch kein Bühnendeutsch.«

Die Aussprache war nicht Davids Hauptsorge. Was er fürchtete, war das komplette Blackout. Dass er einfach den Mund nicht mehr aufbrachte. Oder noch schlimmer: Den Mund zwar auf-, aber keinen Pieps herausbrachte. Mit offenem Mund dasaß und in die Gesichter starrte. Und da kam einfach nichts. Wie in einem Traum, wenn er um Hilfe schreien wollte und kein Ton herauskam.

Oder dass er las und sich plötzlich selber lesen hörte. Wie ein Außenstehender. Nur noch zuhören konnte, was der da las. Spätestens nach zwei, drei Sätzen hätte er den Faden verloren und – Blackout.

Das war ihm nämlich schon passiert. In der Schule, bei Referaten, zum Beispiel. Und da bestand das Publikum aus seiner Klasse, die er doch weiß Gott kannte.

Das alles war aber noch gar nichts gegen seinen schlimmsten Alptraum: Er las ohne Blackout, ohne sich selber lesen zu hören, las einfach, so gut er es konnte, und plötzlich steht jemand auf und sagt: »He, das kenn ich. Das ist nicht von dem, das ist von Alfred Duster.«

Die Tür ging auf, und Frau Graber kam herein. Sie lächelte ihm aufmunternd zu. »Über zwanzig werden es sein. Das ist sehr, sehr gut für eine Erstlingslesung. Bei diesem Prachtwetter. Die Presse ist auch da. Wir warten noch fünf Minuten auf die Nachzügler. Nervös?«

Ein wenig schon, wollte David antworten, aber es kam nichts heraus. Er räusperte sich. »Ein wenig schon.«

»Das ist normal bei den ersten dreißig Lesungen«, lachte Frau Graber. »Nehmen Sie noch einen Schluck Wein, das hilft.«

David gehorchte.

Frau Graber war eine dünne Frau um die sechzig. Sie trug ihr graues Haar kurzgeschnitten und glattgekämmt wie eine Mütze für Kabriofahrer. Ihr schwarzes sackartiges Kleid wurde auf der rechten Schulter von einer Silberbrosche zusammengehalten, die zu ihren großen Ohrringen passte. »Ich habe Ihnen ein Mineralwasser bereitgestellt. Ohne Kohlensäure, wegen der Bäuerchen.«

Das hatte sie schon einmal gesagt. Vielleicht ist sie genauso nervös wie ich, schoss es David durch den Kopf. Sein Herz machte einen Sprung. Er schielte auf ihre Uhr, aber er konnte die Zeit nicht lesen, auf dem großen schwarzen Zifferblatt befanden sich nur zwei Zeiger, aber keine Zahlen oder Striche.

Eine oder zwei Minuten schwiegen sie. Er sitzend, sie

stehend. Jetzt schaute sie auf die Uhr. Davids Puls begann zu rasen.

»So, ich glaube, wir sollten. Sind Sie bereit?«

David stand auf und wunderte sich, dass ihn seine Beine trugen. Bevor Frau Graber die Tür öffnete, drehte sie sich noch einmal um und flüsterte: »Toi, toi, toi!« Als wäre er nicht schon nervös genug.

Das Erste, was David auffiel, waren die vielen leeren Stühle. Er wusste nicht, ob er enttäuscht oder erleichtert sein sollte. Die vorderste Reihe war leer bis auf eine alte Dame. Sie blickte ihn mit einem Lächeln an, das so gütig war, dass ihm die Knie weich wurden. Jetzt fiel ihm ein, dass sie nicht darüber gesprochen hatten, ob er sich gleich setzen sollte oder stehend warten, bis Frau Graber ihre kleine Einführung, »keine Angst, kein langer Sermon«, gehalten hatte.

Frau Graber begrüßte die Anwesenden und bedankte sich dafür, dass sie trotz des schönen Wetters gekommen seien. Sie freue sich ganz besonders, die Erste sein zu dürfen, die diesen vielversprechenden jungen Mann und sein erstes Werk vorstellte. Sie freue sich auch, sie im Anschluss dank der Großzügigkeit des Kubner-Verlags alle zu einem Glas und ein paar Häppchen einladen zu dürfen. Und sie freue sich, die Anwesenden auf die nächste Veranstaltung hinzuweisen: Eine Lesung des bekannten Schauspielers Ruud Martens aus Wolfgang Borcherts *Draußen vor der Tür*. Jetzt aber Bühne frei für David Kern.

Ein heftiges Klatschen löste einen dünnen Applaus des Publikums aus. David erkannte Karin Kohler als Urheberin. Neben ihr saß Marie. Wieder setzte Davids Herz einen

Schlag aus. Er nahm Platz und schlug sein Buch beim ersten Buchzeichen auf.

Die Konditorei Stauber lag ganz in der Nähe der Eisbahn, deshalb hatte Peter sie vorgeschlagen. Sie war berühmt für die größten Nussgipfel der Stadt, ihretwegen kamen die Schlittschuhläufer dort vorbei. Obwohl der Kioskinhaber bei der Eisbahn es nicht gerne sah, wenn man sein Essen mitbrachte.

David hatte den Absatz gelesen, ohne ein einziges Mal zu atmen. Jetzt holte er tief Luft. Es geriet ihm wie ein Seufzer. Er hatte das Gefühl, ein unterdrücktes Lachen zu hören. Er zwang sich weiterzulesen.

Peter war eine Viertelstunde zu früh gewesen. Er wollte sicher sein, dass er einen Tisch bekam, und zwar nicht einen am Schaufenster, wo man ausgestellt war wie die Patisserie.

»Lauter!« Die Stimme kam von den hinteren Reihen, wo die meisten Leute saßen. Weshalb haben sich die Idioten nicht weiter nach vorn gesetzt, ging es David durch den Kopf. Er versuchte, lauter zu lesen.

Aber jetzt war es fünf nach, und er saß immer noch allein vor seiner kalten Ovomaltine, die er hatte bestellen müssen.

Gleich kam das Rendezvous, über das er bei jedem Probelesen gestolpert war. REN-DEZ-VOUS, REN-DEZ-VOUS, gibt es ein einfacheres Wort?

»Hier können Sie sich nicht einfach aufwärmen und nichts konsumieren«, hatte die Serviertochter mit dem Spitten, Spitzentäub, Entschuldigung.

Das Spitzenhäubchen war nie ein Problem gewesen.

»Hier können Sie sich nicht einfach aufwärmen und nichts konsumieren«, hatte die Serviertochter mit dem Spit-zen-häub-chen, das aussah wie eine Tortenmanschet-ze, Tor-ten-man-schet-te, geschimpft, als er zum dritten Mal sagte, er warte noch. Wenn sie ihn jetzt sitzenließe? Beim ersten REN-DEZ-VOUS*?*

Uff.

Unmöglich wäre es nicht. Sie hatte nicht gleich ja gesagt. Sie hatte gesagt, sie müsse es sich noch überlegen. Und dann war er an der Bande gestanden und hatte sie mit ihren beiden kichernden Freundinnen vorbeifahren sehen, Runde für Runde. Erst als es ihm zu blöd geworden war und er begonnen hatte, sich auf der Bank die Schlittschuhe auszuziehen, hatte sie ihm zugerufen: »Also, gut!«

Ins Publikum schauen, ab und zu ins Publikum schauen, hatte ihm Marie bei den Proben eingeschärft. Er behielt den Finger auf »Also, gut!« und hob den Blick. Er traf eine

Frau, die sich gerade zu ihrer Sitznachbarin hinüberbeugte und ihr etwas zuflüsterte. David las weiter.

Nichts weiter. Einfach: »Also, gut.« Vielleicht hatte sie das nicht so verbindlich gemeint. Oder vielleicht hätte er Ort und Zeitpunkt noch einmal bestätigen sollen. Vielleicht hatte er desinteressiert gewirkt.

Was hatte die Frau ihrer Sitznachbarin gesagt? Bestimmt nichts Schmeichelhaftes.
»Lauter!« Dieselbe Stimme.

Aber dann sah er, wie sie in den Laden kam, sich umsah und durch den runden Türbogen ins Café trat. Sie trug ihren Kaninchenmuff und über der linken Schulter ihre Schlittschuhe mit den weißen gestrickten Überzügen. Er stand auf, sie kam auf ihn zu und reichte ihm ihre weiche Hand, noch warm vom Kaninchenpelz. Sie hatte rote Backen und war ein wenig außer Atem. »Entschuldige«, sagte sie, »Tram verpasst.« Sie knöpfte ihren Mantel auf und setzte sich. »Soll ich dir den Mantel aufhängen?«, fragte er.
»Nein, ich kann nur kurz bleiben, ich hätte eigentlich gar nicht kommen dürfen.«
»Weshalb nicht?«
Sie verdrehte die Augen. »Eltern.«

Genau bei »Eltern« passierte es. David begann, sich selbst zu sehen. Wie er da vornübergebeugt an diesem kleinen Tischchen saß und mit viel zu lauter Stimme etwas vorlas, das man eigentlich nicht leise genug lesen konnte.

Sie bestellte auch eine kalte Ovo. Noch jetzt sah er sie vor sich, wie nach dem ersten Schluck ein dünner Schnurrbart aus Schaum zurückblieb, den sie wie absichtlich ein paar Sekunden stehenließ, bevor sie ihn von der Oberlippe leckte.

Er merkte, wie seine Stimme zu versagen begann. Er schielte nach dem Wasserglas. Aber als er unauffällig die Hand danach ausstrecken wollte, merkte er, dass sie zitterte. Wenn er mit dieser Hand ein volles Glas halten wollte, würde er die Hälfte verschütten. Er räusperte sich und las weiter.

Sie blieb länger als ein paar Minuten. Sie erzählte ihm von ihrem Leben, ihren Eltern, der Schule und der Musik, die sie mochte. Mitten im Satz verstummte sie, machte ihm mit den Augen Zeichen, die er nicht verstand, stand auf und ging. Peter blieb verdattert sitzen. Erst jetzt fielen ihm zwei Frauen auf, die sich an einen Nebentisch gesetzt hatten. Eine von ihnen schaute Lila nach. Dann beugte sie sich zu ihrer Begleiterin und raunte ihr etwas zu. Beide blickten zu ihm herüber.
  Peter winkte der Serviertochter und bezahlte. Bevor er ging, trank er langsam Lilas Ovomaltine leer. Von der Seite, von der sie getrunken hatte.

Trinken, dachte David, egal, was.

Marie hatte David noch nie betrunken gesehen. Deswegen brauchte sie am Abend seiner Buchvernissage lange, bis sie merkte, was mit ihm los war. Er zeigte nicht die üblichen

Symptome, kein Lallen, kein Torkeln, er wurde nicht laut oder blöd oder rechthaberisch. Er legte auch nicht seine Zurückhaltung ab, wie es schüchterne Menschen taten, wenn sie ein Glas zu viel getrunken hatten. David wurde feierlich. Er hielt sich bolzengerade, bewegte sich gemessen und sprach gewählt.

Zuerst dachte sie, er passe sich der Bedeutung des Anlasses an. Obwohl von Bedeutung ihrer Meinung nach wenig zu spüren war. Sie war zwar noch nie bei einer Buchvernissage gewesen, aber schon ab und zu bei einer Autorenlesung. Und selbst diesem Vergleich hielt Davids Premiere nicht stand. Gut zwanzig Personen, das Personal der Buchhandlung inbegriffen, lauwarmer Orangensaft, Rotwein zweifelhaften Ursprungs, etwas Käsegebäck. Und die Presse war vertreten durch die Volontärin der Gratiszeitung.

Die Buchhändlerin, die Lektorin und sie selbst versuchten, sich die Enttäuschung nicht anmerken zu lassen. Nur David schien zufrieden. Wohl weniger mit dem Anlass als damit, dass er vorbei war.

Sie hatte gelitten bei seinem Auftritt. Irgendwann, in ein paar Monaten, wenn dieser Tag Geschichte und er ein routinierter Vorleser war, würde sie ihm erzählen, wie katastrophal er gewesen war. Er sprach zu leise und zu schnell, als wäre sein einziges Ziel, die Sache so schnell wie möglich hinter sich zu bringen. Was sein Lesetempo drosselte, waren einzig die vielen Versprecher, die ihn jedes Mal rot anlaufen ließen. Es blieb ein Rätsel, was dieser unbeholfene Junge dort vorne mit dem Text zu tun hatte, den er vorlas. Man wollte ihm zurufen: Lass es gut sein, komm, trink ein Glas mit uns, und wir lesen dein Buch zu Hause.

Irgendwann würde sie es ihm erzählen, und sie würden darüber lachen.

Während David seine paar Exemplare – die meisten für die Buchhandlung – signierte und der Pressevertreterin ein paar Fragen beantwortete, unterhielt sie sich mit Karin Kohler. »Ist das immer so beim ersten Mal?«, fragte sie hoffnungsvoll.

Die Lektorin überlegte. Vielleicht, wie viel Wahrheit sie mir zumuten kann, dachte Marie. »Na gut, ideal läuft es beim ersten Mal nie.«

Marie blickte sie an und wartete, ob da noch was nachkam.

Karin grinste. »Aber dass es so beschissen läuft, ist zum Glück eher selten. Falls Sie das für sich behalten können.«

Die Buchhandlung leerte sich rasch. Frau Graber hatte im Jäger einen Tisch reserviert, dem Lokal, »wo wir nachher immer noch hingehen«. Der Tisch, an den sich ihre beiden Buchhändlerinnen, David, Karin Kohler und Marie setzten, war für zwölf Personen gedeckt. Ein Detail, das David nicht aufzufallen schien.

Er aß mit großer Sorgfalt einen riesigen Teller Spaghetti – die Spezialität des Jäger – , und wenn eine der fünf Frauen eine Frage an ihn stellte, legte er die Gabel ab, wischte sich den Mund, überlegte sich die Antwort und lieferte sie in betont deutlicher Aussprache. Und sei es auch nur, wie in den meisten Fällen – ja oder nein.

Als er den Teller leer hatte, nahm er einen großen Schluck aus seinem Glas und stellte fest: »Ich glaube, ich bin nicht für diese Tätigkeit geschaffen.«

»Das würde ich nicht sagen«, widersprach Frau Graber,

»für das erste Mal war es doch ganz respektabel, nicht wahr?« Sie blickte in die Runde und stieß auf nichts als Skepsis. Sie tätschelte Davids Unterarm. »Die Kunden, mit denen ich danach gesprochen habe, fanden es alle gut. Vielleicht sollten Sie das nächste Mal etwas langsamer und lauter lesen, dann wird es automatisch deutlicher.«

Karin Kohler pflichtete ihr bei. »Sie werden sehen, David, bereits in Markheim wird es besser laufen.«

Er trank seinen Rotwein aus, wischte sich über den Mund und verkündete: »Ich gehe nicht nach Markheim.«

»Natürlich gehen Sie. Es gibt keine bessere Übung als eine kleine Lesereise in der Provinz. Dort haben Sie das dankbarste Publikum. Nicht wie in den großen Städten, wo jeden Abend hundert Sachen los sind.«

David runzelte die Stirn und erkundigte sich: »Glauben Sie, ich könnte noch einen Schluck Wein haben?«

Jetzt erst wurde Marie klar, dass er betrunken war. Frau Graber warf Karin Kohler einen fragenden Blick zu, die Rechnung ging auf den Verlag. Als diese nickte, bestellte sie noch einen Halben vom Hauswein.

Auf dem Heimweg begriff Marie, dass David mit seinen gemessenen Schritten lediglich seinen Gang kontrollieren wollte. Das gelang ihm jetzt nicht mehr ganz. Er legte den Arm um sie und schien zu glauben, sie merke nicht, dass sie ihm als Stütze diente.

In seiner Wohnung, als er beim Ausziehen der Unterhose auf einem Bein stehen musste, verlor er das Gleichgewicht und stürzte in seiner ganzen Länge aufs Bett. Marie deckte ihn zu. Sie hatte sich den großen Tag anders vorgestellt.

David murmelte: »Und ich gehe nicht nach Markheim.« Und schlief ein.

Markheim lag nicht an einer der großen Bahnlinien. David musste dreimal umsteigen, verpasste den Regionalexpress und durfte fünfundvierzig Minuten auf den nächsten warten.

Am Bahnhof hätte ihn Frau Bügler von der Buchhandlung abholen sollen. »Sie müssen nicht nach mir Ausschau halten, ich kenne Sie vom Foto«, hatte sie versichert. Aber als sich der Bahnsteig geleert hatte, blieb David allein zurück.

Er nahm sein Handy und wählte Maries Nummer, wie er es seit seiner Abfahrt immer wieder getan hatte. Ihr Beantworter meldete sich. »Jetzt bin ich endlich in diesem beschissenen Markheim, und kein Mensch holt mich ab. Ruf mich an, du fehlst mir«, lautete seine Nachricht.

Er schulterte seine Reisetasche und ging die Treppe hinunter zur Halle des kleinen Bahnhofs. Ein Kiosk, eine Imbissbude, zwei Bahnschalter, ein Laden mit leeren Schaufenstern und der Aufschrift »Zu vermieten!«.

Auf einer Bank saß ein Mann in einem schmutzigen Regenmantel mit einem großen Hund. Neben ihm standen ein paar leere Bierflaschen. Auf einer andern Bank saßen zwei übergewichtige Jugendliche. Jeder aß vornübergebeugt eine triefende Pizza.

David ging durch den Ausgang. Vor dem Bahnhof stand ein Taxi. Der Fahrer lehnte an der Wagentür und las Zeitung. Er blickte kurz auf, als David herauskam, und las weiter. Niemand auf dem Bahnhofsplatz sah aus wie eine Buchhändlerin, die auf einen Autor wartete.

Er setzte sich auf eine Bank und kramte in der Tasche nach dem Reiseplan, den ihm Karin Kohler geschickt hatte. Sie hatte seine Weigerung, diese Lesereise anzutreten, einfach ignoriert. Und er hatte nachgegeben. Vor allem wegen Marie. Er hatte das Gefühl, sie betrachte seine literarische Karriere als ihr Verdienst und seinen Mangel an Enthusiasmus als Undankbarkeit oder Arroganz oder, was er am schlimmsten fände, fehlende Liebe.

Die mäßige Resonanz auf das Erscheinen von *Lila, Lila* hatte ihn ermutigt. Außer dem kleinen Bericht in der Gratiszeitung war im Lokalteil einer der großen Tageszeitungen der Stadt eine kurze Meldung mit einer Besprechung erschienen, die fast wörtlich den Klappentext wiedergab. Einzig den Satz mit dem »vielleicht vielversprechendsten Nachwuchsschriftsteller des Landes« hatte man gnädig weggelassen.

Vielleicht lief alles glimpflich ab. *Lila, Lila* würde in den vielen Neuerscheinungen untergehen und nach ein paar Wochen wieder so vergessen sein wie in den letzten fünfzig Jahren. Nur Marie und er würden noch ab und zu an die Geschichte denken, weil sie ihr ihre Liebe zu verdanken hatten. Und irgendwann, in ferner, gemeinsamer Zukunft, würde er ihr die Wahrheit über *Lila, Lila* gestehen. Und sie würden beide herzlich darüber lachen.

Eine Lesereise unter Ausschluss der Öffentlichkeit schien ihm ein kalkulierbares Risiko. Denn so wenig er Lust hatte, auf Lesereise zu gehen, so sehr würde es ihm gefallen, wenn es im Esquina hieß, David Kern bediene dieser Tage nicht, er sei auf Lesereise.

Auch dass die Tour auf ihrer ersten Etappe bereits mit

einer Panne begann, hielt er für ein gutes Omen. Je erfolgloser er war, desto größer die Chance, dass die Sache im Sand verlief.

Er fand die Nummer der Buchhandlung »Bücherwelt«. Eine Frauenstimme meldete sich: »Buchhandlung ›Bücherwelt‹, Kolb?«

»Herr Kern?«, fragte eine andere Frauenstimme, nicht über das Telefon. David blickte auf. Vor ihm stand eine vierschrötige Blondine in einem altmodischen Sommerkleid.

David nickte. »Ich glaube, ich habe sie gefunden«, sagte er ins Telefon und legte auf.

»Ich habe Sie mir viel kleiner vorgestellt«, erklärte sie, als sie ihm die Hand schüttelte. »Ich habe Sie auf dem Bahnsteig gesehen, aber weil Sie so groß waren, habe ich nicht auf Ihr Gesicht geachtet. Erst jetzt, als Sie saßen, habe ich Sie erkannt. Ich schlage vor, ich bringe Sie zuerst ins Hotel.«

Sie fuhren in einem Subaru voller weißer Hundehaare zum Hotel Hermann. »Das Lieblingshotel unserer Autoren«, nannte es Frau Bügler.

Davids Zimmer befand sich unter dem Dach. Vom Mansardenfenster aus sah er ein paar Fassaden und Dächer und ein kleines Stück des diesigen Sommerhimmels. Eine ähnliche Aussicht wie bei ihm zu Hause.

Und noch etwas erinnerte ihn an seine Wohnung: Bad und Toilette befanden sich auf dem Gang.

Als er pünktlich um sieben in die kleine, mit Kupfergegenständen vollgestopfte Empfangshalle trat, wartete Frau Bügler bereits. »Ist das Zimmer in Ordnung?«, war ihre erste Frage.

»Sehr schön«, antwortete er.

Sie gingen zu Fuß zur Buchhandlung. So bekomme er noch etwas von Markheim zu sehen, fand Frau Bügler. Sie führte ihn durch ein verwirrendes System von Nebenfußgängerzonen in eine Hauptfußgängerzone und von dort aus in eine Seitenfußgängerzone zur Buchhandlung »Bücherwelt«. Unterwegs beklagte sie sich über das Wetter. »Wenn es einmal Sommer ist, dann ausgerechnet an einem Abend, an dem ich eine Lesung habe.« Als sie den Laden erreichten, sagte sie: »Ich hoffe, es hat sich in der Zwischenzeit etwas gefüllt.«

David erschrak. Am Schaufenster neben dem Ladeneingang hing ein Plakat. Es zeigte sein Autorenfoto vom Buchumschlag, wohl mit einem Kopierer vergrößert. Darüber stand in handgemalten Buchstaben, jeder in einer andern Farbe: »Heute Lesung!!!!« Darunter: »David Kern liest aus *Lila, Lila*. Beginn 19 Uhr 30. Eintritt frei.«

Als sie die Buchhandlung betraten, war eine Frau, die sich später als »ich bin Frau Kolb, wir haben telefoniert« vorstellte, dabei, eine Reihe Klappstühle wegzuräumen. Ein Mann, den sie bei gleicher Gelegenheit als »und das ist Karl, mein Mann« vorstellte, half ihr dabei. Frau Bügler führte David in ein Nebenzimmer. Im Vorbeigehen sah er ein verstellbares Lesepult mit einem Glas Wasser und einer Leselampe. Die Sitzreihen waren leer bis auf zwei alte Damen in der ersten Reihe.

»Einige der schönsten Lesungen hatten wir im ganz intimen Rahmen«, sagte Frau Bügler, als sie die Tür zum kleinen Raum schloss, der als Büro, Lager, Pausenraum und Personalgarderobe diente. »Deswegen reduzieren wir die Bestuhlung, wenn der Andrang nicht so groß ist.«

»Verstehe«, sagte David.

Nach einem Moment der Stille lächelte er ihr aufmunternd zu. Das war zu viel für sie.

»Die Markheimer sind ein Pack«, brach es aus ihr heraus, »das ganze Jahr beklagen sie sich, hier sei nichts los, und wenn man einmal etwas auf die Beine stellt, grillen sie lieber Würstchen im Garten!«

David konnte die Markheimer verstehen. Wenn »etwas auf die Beine stellen« eine Lesung von ihm bedeutete, würde er auch lieber Würstchen braten. »Mir macht es nichts aus, vor wenig Publikum zu lesen«, tröstete er sie.

Aber ein bisschen mehr Publikum hätte es dann doch sein dürfen. Außer den zwei alten Damen befanden sich gerade noch Frau Kolb und ihr Mann, zwei junge Mädchen, die David im Verdacht hatte, Mitarbeiterinnen zu sein, ein junger Mann, der sich benahm wie der Freund der einen, und ein intellektuell wirkendes reiferes Ehepaar im Raum.

David stellte sich ans Lesepult. Es reichte ihm knapp über den Schritt, Frau Bügler hatte es auf die Größe des kleineren Mannes eingestellt, den sie erwartet hatte. Er schaute sie hilfesuchend an.

Aber von Frau Bügler war keine Hilfe zu erwarten. Ihr passierte gerade das, wovor David sich am meisten fürchtete: Sie hielt ein Blatt in der Hand, auf das sie »ihre kurze Einführung, keine Angst, ich rede nicht lange« notiert hatte, und brachte keinen Ton heraus.

David sah von der Seite, dass auf ihrer Oberlippe winzige Schweißperlen standen. Sie hatte den Mund halb geöffnet und starrte auf das Blatt. Dann wandte sie sich zu ihm und wies mit der freien Hand pathetisch auf ihn, wie ein Conferencier. Aber noch immer kam kein Ton.

Sollte er die Situation retten, indem er einfach zu lesen anfing? Er schlug das Buch an der ersten Stelle auf und merkte, dass auch er keinen Ton herausbringen würde.

»Ich habe ja sonst nicht so nahe am Wasser gebaut, aber die Stelle, wo Lila mit ihrer Freundin einfach an Peter vorbeigeht, ohne ihn eines Blickes zu würdigen – ich hätte losheulen können.« Die intellektuelle Ehefrau schaute ihren Mann an, bis dieser nickte. »Ich habe Gudrun noch selten mit feuchten Augen ein Buch lesen sehen. Ich wollte es erst gar nicht lesen. Ich mag keine traurigen Geschichten.«

Gudrun übernahm: »Aber ich habe ihm gesagt, es ist zwar traurig, aber es ist auch schön. Traurig, aber schön.«

»Traurig, aber schön«, bestätigte auch Frau Kolb. Ihr Mann hatte es noch nicht gelesen, wollte es aber noch am gleichen Abend anfangen.

Sie saßen im Tiefen Keller, dem Lieblingslokal von Frau Büglers Autoren, tranken etwas Wein und aßen eine Kleinigkeit. Frau Bügler hatte eine Kellerplatte für sechs bestellt, »mehr schafft man nicht zu zehnt«. Die Kellerplatte stellte sich als gemischter Aufschnitt mit etwas Geräuchertem heraus. Gerade richtig für sechs Personen, fand David, der noch nichts gegessen hatte.

Das Publikum von Davids Lesung war fast vollzählig am langen Tisch im verrauchten Kellergewölbe versammelt. Nur die beiden alten Damen aus der vordersten Reihe fehlten. Zwei ledige Schwestern, die keine Lesung ausließen, hatte Frau Bügler erklärt. Sie hatten zu Beginn des Abends für etwas Heiterkeit gesorgt, als die Schwerhörigere der beiden die andere anbrüllte: »Ich versteh wieder kein Wort!« und ihre Schwester zurückschrie: »Er sagt auch kein Wort!«

Der Dialog hatte Davids Zunge aus ihrer Erstarrung gelöst, und er las, wie er fand, ganz leidlich. Jedenfalls umschiffte er die Klippen Spitzenhäubchen, Tortenmanschette und Rendezvous ohne Zwischenfälle.

Frau Bügler gestand David, dass es ihr öfter passierte, dass sie bei der Einführung kein Wort herausbrachte. Seit bald fünfzehn Jahren veranstalte sie Lesungen, aber das Lampenfieber werde immer schlimmer.

David wünschte sich, sie hätte das für sich behalten. Er wünschte sich auch noch andere Dinge. Zum Beispiel, dass die intellektuelle Ehefrau aufhörte, ihm *Lila, Lila* zu erklären. Oder dass jemand Frau Kolb sagte, dass sie ein Stück Ei am Mundwinkel hatte. Oder dass die pummelige Auszubildende ohne Freund aufhörte, ihn wie ein seltenes Insekt anzustarren. Oder dass der intellektuelle Ehemann – er war Lehrer an der Markheimer Berufsschule – sich nicht auch noch die letzte der sechs Scheiben Geräuchertes schnappte. Oder dass Frau Bügler kein Gästebuch mitgebracht hätte.

Auf der Doppelseite vor jener, die für David reserviert war, klebte ein Zeitungsausschnitt. Ein längerer Artikel unter der Schlagzeile »Volles Haus für Georg Rellmann«. Das Bild war das Porträt eines grauhaarigen Pfeifenrauchers in nachdenklicher Pose. Die Bildlegende lautete: »Mit Erinnerungen aus einem erfüllten Schauspielerleben für Ernstes und Heiteres gesorgt – G. Rellmann.« Der Artikel begann mit dem Satz: »Die genaue Zahl der Besucher, die sich an diesem herrlichen Juliabend in der Markheimer Buchhandlung Bücherwelt drängten, wollte Inhaberin K. Bügler aus feuerpolizeilichen Gründen nicht verraten...«

Gegenüber dem Zeitungsausschnitt hatte der Autor mit schwungvoller Handschrift geschrieben: »Ach, hätte ich doch als Schauspieler immer ein solches Publikum gehabt wie als Schriftsteller in Markheim! Danke, danke! Georg Rellmann.«

Verzweifelt suchte David unter den Blicken der Runde nach einer Idee. Der intellektuelle Ehemann nahm sich das letzte Stück Geräuchertes mit dem Satz: »Wenn das keine Abnehmer findet...« Als ihm David einen Blick zuwarf, grinste er: »Nicht mich anschauen, Sie sind der Schriftsteller.«

Frau Bügler versuchte zu helfen: »Es muss ja nichts Literarisches sein, einfach, was Ihnen gerade so einfällt.«

David schrieb: »Zur Erinnerung an eine unvergessliche Lesung. Herzlich David Kern.«

Die intellektuelle Ehefrau – sie hatte etwas mit Pädagogik zu tun, David hatte nicht verstanden, was – schaute ihm dabei über die Schulter und sagte: »Schöner Gedanke, ›erinnern an etwas Unvergessliches‹. Sehr subtil.«

Um elf Uhr war David wieder beim Hotel. Man hatte ihm einen Hausschlüssel mitgegeben, für den Fall, dass er nach zweiundzwanzig Uhr zurückkam.

Er betrat die dunkle Vorhalle und machte Licht. Es roch nach dem vollen Aschenbecher, der bei der Rezeption stand. Der Weg zur Treppe führte durch den Frühstücksraum. Die Tische waren gedeckt und das Buffet halb vorbereitet. Zwei Glaskrüge mit Säften standen neben einer Käseplatte, die mit Frischhaltefolie zugedeckt war.

Er ging die vier Treppen hinauf in sein Zimmer und setzte sich auf das schmale, kurze Bett, die einzige Sitzgelegenheit.

Jetzt noch Bornstadt, Staufersburg, Plandorf und Mitthausen, dann konnte er Marie wieder in die Arme schließen.

Viktorija Tokarjewa

Aus dem Leben der Millionäre

Auf Einladung meines Verlags flog ich nach Paris. Neben mir saß die Übersetzerin Nastja, auf Französisch lautete ihr Name Anastasie. Eigentlich war sie Russin, aber sie hatte einen Franzosen geheiratet und lebte in Paris. Ihre Eltern und Freundinnen waren in Moskau geblieben, und sie sehnte sich nach ihnen. War sie in Moskau, bestürmten sie die russischen Schriftsteller, die nach der Perestroika im Westen groß in Mode gekommen waren. Nastja fuhr hin, wühlte im Fundus an Schriftstellern wie in einer Schublade und wählte die beste Ware aus. Das war ihr Business.

Da die Schriftsteller meist Männer waren und meine Übersetzerin siebenunddreißig Jahre alt – sich somit in der Phase des hormonellen Wirbelsturms befand –, war die Suche und Auswahl immer auch mit allerlei fröhlichen Abenteuern verbunden.

Nastja zog bei mir Erkundigungen ein, fragte vertraulich: »Ist Iwanow verheiratet?« Ich bejahte. »Und Sidorow?« Ich bejahte erneut. Alle Moskauer Schriftsteller waren aus irgendeinem Grund verheiratet. Aber Anastasie selbst war ja auch verheiratet. Ich glaube, sie suchte unbewusst eine Liebe mit Fortsetzungsmöglichkeiten und Zukunftsperspektiven. Eine Frau liebt Perspektiven, auch wenn sie sie gar nicht wirklich braucht.

Anastasie hatte walnussbraunes Haar, war ganz stilvolle Blässe und meist beige gekleidet. Sie hatte einen hohen Busen und eine schlanke Taille. Sie zog sich gut an, trug Sachen aus den allerteuersten Geschäften, aber immer war irgendwo ein Fleck auf der Brust, oder es fehlte ein Knopf. Doch diese Nachlässigkeit machte auch ihren Charme aus. Sie gefiel den Männern wahnsinnig gut.

Wahnsinnig, im wahrsten Sinn des Wortes: Die Männer verloren den Kopf, wurden unberechenbar und taten alles, was Anastasie wollte. Auch das gehörte zu ihrem Business. Sie arbeitete in einem kleinen Verlag und war dort für alle Geschäfte zuständig.

Das Flugzeug startete. Ich sah, wie ein Mann, der weiter vorn saß, sich bekreuzigte; dann streckte er die eine Hand nach vorn und hob sie an – er bekreuzigte das Flugzeug. Mir wurde traurig zumute, ich weiß selbst nicht, warum. In ein Flugzeug zu steigen ist immer eine Gratwanderung. Ob man sich anders fühlt, wenn man in einer Gruppe stirbt? Ob es anders ist, als allein zu sterben? Oder genau dasselbe…

»Ich liebe meinen Mann«, sagte Anastasie plötzlich. Offensichtlich war auch sie aufgewühlt.

Das Flugzeug hob ab und nahm Kurs auf Paris. Genau gleichzeitig schwang sich in Grönland ein Hurrikan in die Lüfte – man taufte ihn später Oskar – und flog ebenfalls in Richtung Paris. Aus verschiedenen Ecken der Welt flogen Oskar und das Flugzeug auf die Hauptstadt Frankreichs zu.

»Ich liebe ihn leidenschaftlich«, fügte die Übersetzerin mit belegter Stimme hinzu.

»Warum fährst du dann immer von zu Hause weg?«, wunderte ich mich.

»Er hat etwas mit seiner Sekretärin. Sie heißt Paulette. Aber sag es niemandem.«

»Woher weißt du das?«

»Sie verbringen mehr als acht Stunden miteinander bei der Arbeit, jeden Tag. Sie sind also immer zusammen.«

»Na und? Das ist seine Arbeit.«

»Wenn die Leute ständig zusammen sind, verschmelzen sie zu einer Einheit. Er kommt nur zum Übernachten nach Hause.«

»Das ist schon viel«, sagte ich. »Wohin er auch fliegt, er landet immer wieder auf seinem Heimatflughafen.«

»Ich will kein Flughafen sein. Ich will der Himmel sein. Er soll zu mir, in mir fliegen und nicht auf mir landen.«

»Wie lange seid ihr verheiratet?«, fragte ich.

»Zwanzig Jahre. Er war mein erster Mann, und ich war seine erste Frau. Er sucht wohl eine neue sexuelle Erfahrung.«

Der letzte Satz klang wie eine zu wörtliche Übersetzung. Und ich verstand, dass Nastja, wenn sie aufgeregt war, anfing, auf Französich zu denken.

Nie hätte ich bei Anastasie solche Abgründe vermutet. Ich dachte, sie nehme alles viel leichter, auf die französische Art eben. Zwischen ihren langen Beinen verbarg sich ein kleines Dreieck, ähnlich dem Bermudadreieck, in dem so viele Männer spurlos verschwunden waren. Alle, außer einem – ihrem Ehemann.

»Hast du Angst, dass er dich verlässt?«, fragte ich.

»Nein. Davor habe ich keine Angst. Er liebt unsere Tochter sehr.«

»Na, dann bleibt er doch bei dir ...«

»Aber er wird an die andere denken.«

»Soll er doch denken, was er will, Hauptsache, er bleibt bei dir.«

»So denken nur Russen.«

»Aber du bist doch selbst eine Russin«, erinnerte ich sie.

»Ja, ja, der Spatz in der Hand ist besser als die Taube auf dem Dach… Nein, es ist besser zu sterben, als so zu leben.«

»Nein«, sagte ich. »Es ist besser, so zu leben, als zu sterben.«

So war ich erzogen worden: Das Wichtigste war die Familie. Die musste man um jeden Preis erhalten, sogar um den Preis der Selbsterniedrigung. Eine Krise geht vorbei, aber die Familie bleibt.

Anastasie war es gewohnt, die Erste zu sein. Und dass man ihr Dreieck gegen ein anderes tauschte, empfand sie wie den Tod mitten im Leben. Sie stemmte sich mit all ihren Kräften dagegen. Aber es nützte nichts.

»Ich liebe ihn leidenschaftlich«, wiederholte sie.

Bei diesen Worten trafen Oskar und das Flugzeug aufeinander. Oskar umarmte die Maschine und drückte sie heftig an sich. Das Flugzeug zappelte wie ein Fisch auf dem Trockenen.

Das Licht ging aus. Jemand schrie auf.

Nastja rutschte auf ihrem Sitz hin und her und begann, in ihrer Tasche herumzukramen.

»Hast du einen Bleistift?«, fragte sie.

»Wozu?«

»Ich schreibe meinem Mann einen Abschiedsbrief. Er soll Paulette nicht heiraten. Niemals.«

»Sehr egoistisch«, sagte ich.

Mir wurde schlecht. Es kam mir vor, als ob sich meine Leber in Richtung Hals bewegte. Das Flugzeug hatte jäh an Höhe verloren.

Ich wollte sie fragen, wer ihrem Mann denn den Brief übergeben sollte, wenn das Flugzeug abgestürzt wäre. Obwohl, ein Blatt Papier zerbricht ja nicht, und vielleicht würde man es tatsächlich zwischen all den bunten Bruchstücken, zwischen Menschen- und Flugzeugteilen finden.

Die Japaner beteten schweigend. Ich schloss die Augen und begann ebenfalls, zu Gott zu sprechen. Doch ich kannte keine Gebete, deshalb bat ich Gott einfach auf die menschliche Art: »Ach, mein Lieber, ach bitte…« Mit diesen Worten hatte mich früher meine kleine Tochter angefleht, sie nicht in den Kindergarten zu bringen, und dabei hatte sie die Hände gefaltet wie zum Gebet.

Die Japaner schwiegen mit geschlossenen Augen, die Europäer schrien. Doch wie sich herausstellte, war ihr Geschrei ganz unnötig. Der Pilot hatte das Flugzeug nur abrupt sinken lassen, hatte es in einen anderen Luftkorridor manövriert und so Oskars Umarmung entrissen. Er setzte es wohlbehalten in Paris auf und wischte sich vermutlich den Schweiß von der Stirn. Vielleicht hat er auch einen Schluck Cognac genommen.

Alle applaudierten: die Japaner, die Amerikaner, die Afrikaner, die Weißen, die Gelben und die Schwarzen. Und er hörte in seiner Kabine den Applaus und konnte sicher kaum aufstehen, weil seine Beine weich wie Watte waren.

Oskar kreiste weiterhin über der Stadt, fegte Dächer von den Häusern und entwurzelte Bäume.

Das Flugzeug konnte nicht bis an den Flugsteig heranfahren. Alle mussten über die Gangway auf das Rollfeld hinunterklettern. Unten stand eine lange Kette von Rettungsleuten in orangefarbenen Westen bereit, um die Passagiere in Empfang zu nehmen. Oskar versuchte, die Menschen niederzumähen, aber die Retter blieben fest nebeneinander stehen, jeweils im Abstand von einem Meter. Der Erste warf mich in die Arme des Zweiten, wie einen Volleyball, dieser schob mich in die Arme des Nächsten. Und so weiter bis zum Flughafengebäude.

Endlich war ich drinnen. Ich hatte es hinter mir. Ich lachte, aber in meinen Augen standen Tränen. Es ist eben nicht besonders angenehm, wie ein Ball herumgeschubst zu werden.

Einer der Retter kam auf mich zu und fragte mich: »Ist Ihnen schlecht? Sie sind ja ganz bleich.«

»Nein, ich fühle mich gut«, sagte ich.

Wir gingen zur Gepäckausgabe. Anastasie nahm ihre große Reisetasche vom Gepäckband. Wir warteten auf meinen Koffer, aber der kam nicht.

Wir standen da und warteten. Das leere Band hatte schon drei Runden gedreht. Von meinem Koffer keine Spur.

»Bleib mal hier stehen«, sagte Nastja und ging weg, um das Ganze zu klären.

Nach einer halben Stunde kam sie wieder und sagte, dass es wegen des Hurrikans Probleme mit den Computern gegeben habe und mein Koffer sehr wahrscheinlich gerade auf dem Weg nach Kanada sei.

»Und was machen wir jetzt?«, fragte ich erschrocken.

Im Koffer lagen meine besten Sachen. Praktisch alles, was ich besaß, befand sich in diesem Koffer.

»Sag danke, dass es nur den Koffer erwischt hat«, meinte Nastja.

»Danke«, sagte ich.

Wir gingen an einen Schalter und begannen, Formulare auszufüllen, gaben eine Beschreibung des Koffers ab, seiner Farbe und Form. Die Französin, die sich unserer annahm, ähnelte mit ihrem langen arbeitsamen Gesicht einem Pferd.

Mir war immer noch schlecht. Offenbar kam mein Körper nicht über den Schrecken hinweg. Ich hatte schon alles vergessen, aber mein Organismus noch lange nicht.

Trotzdem wusste ich, dass alles Schlechte hinter mir lag. Vor mir lagen vier Tage Paris, ein Auftritt im Fernsehen, ein Treffen mit Journalisten. Anastasie sollte mich groß herausbringen, mich bekannt machen. Mich erwarteten Notre Dame, der Eiffelturm, Zwiebelsuppe und ein Einkaufsbummel durch die Galeries Lafayette.

Ich kannte Frankreich aus französischen Filmen, aus den Liedern von Yves Montand und Charles Aznavour, und durch das perlmuttfarbene Antlitz von Catherine Deneuve. Jetzt musste ich meine Vorstellungen und die Wirklichkeit miteinander in Einklang bringen.

»Und wo werde ich eigentlich wohnen?«, kam mir plötzlich in den Sinn.

»Bei Maurice.«

»Ist das ein Hotel?«

»Nein. Das ist ein Vorname. Maurice ist mein Freund.«

»Aber gehört es sich nicht, mich in einem Hotel unterzubringen?«, fragte ich kühl.

»Doch. Aber der Verlag muss sparen«, erklärte Nastja.

Mir war klar, dass man darüber in Moskau hätte reden

müssen, jetzt war es zu spät. Jetzt war ich schon in Paris. Ich wollte ja schließlich nicht umkehren. Damit hatte man gerechnet. Jetzt würde ich eben bei Maurice auf dem Sofa schlafen müssen.

»Wie alt ist er?«, fragte ich.

»Sechzig«, antwortete Nastja. Sie dachte nach und verbesserte: »Dreiundsechzig.«

Wieso nahm ein älterer Mann eine fremde Frau bei sich auf?

»Ist er dein Liebhaber?«, fragte ich.

Anastasie antwortete nicht, ihr Gesicht war besorgt.

»Das Flugzeug hatte zwei Stunden Verspätung. Hoffentlich hat er gewartet und ist nicht wieder weggefahren.«

Kein Maurice, kein Hotel, kein Koffer. Und so was nannte sich Paris…

Wir gingen durch den Zoll, traten hinaus in die Wartehalle.

Anastasie machte einen langen Hals wie ein Vogel. Ihr Gesicht spannte sich an, in Erwartung der bevorstehenden Probleme. Wohin sollte sie mich bringen? In ein Hotel – das würde dreihundert Franc am Tag bedeuten, oder zu sich nach Hause, mitten in ihre Familie? Aus der Freundin war ein lästiges Anhängsel geworden.

»Da ist er!«, rief Anastasie plötzlich. »Maurice!« Sie schrie, als führte man sie geradewegs zu ihrer Exekution. »Maurice!«

Sie lief nach rechts. Maurice war groß, trug einen langen Regenmantel und ein Béret. Er ging ihr entgegen. Sie umarmten sich, und ich spürte, dass sie Geliebte waren. Oder ehemalige Geliebte. Nur deshalb hatte Maurice sich bereit erklärt, mich für vier Tage bei sich aufzunehmen. Er hatte ihr aus der Klemme geholfen.

Ich musterte Maurice nicht eingehend, nahm aber trotzdem alles auf einen Blick wahr. Das Vorteilhafteste an ihm waren seine Größe und die Kleidung. Alles andere taugte nichts: die runden, kaum blinzelnden Augen, die kräftige Nase, das ausgeprägte Kinn und die schlaffe Haut darunter machten ihn einem Truthahn ähnlich. Einem alten Truthahn.

Anastasie stellte uns einander vor. Ich nannte meinen Namen, er streckte mir eine große warme, trockene Hand entgegen, die mit einem Truthahn keinerlei Ähnlichkeit hatte.

Nastja teilte ihm mit, dass der Koffer verlorengegangen war, das verstand ich aus dem Wort *bagage*, das auf Russisch genauso klingt. Maurice machte ein bekümmertes Gesicht. Nastja und er gingen daran, meine Angelegenheiten zu regeln.

Er konnte zwar mein Kofferproblem jetzt nicht lösen, aber er hatte ein sehr gutes Gespür für das, was in einem anderen Menschen vor sich geht.

Sie eilten davon und kamen ziemlich schnell wieder.

»Heute finden sie ihn nicht mehr«, sagte Nastja. »Aber bis zu deiner Abreise ist er wieder da.«

»Aber was soll ich für meinen Fernsehauftritt anziehen?«, fragte ich.

Über mein Gesicht legte sich ein tragischer Schatten. Maurice bemerkte das und fragte, wo das Problem sei. Ich erkannte das Wort *problème*, das auf Russisch sehr ähnlich klingt. Nastja antwortete. Ich verstand das Wort *robe*, was Kleid heißt.

Anastasie fand eine Lösung: »Du ziehst dir einfach ein russisches Tuch über die Schultern, dann siehst du wie eine Matrioschka aus.«

Maurice betrachtete mit kindlicher Aufmerksamkeit unsere Gesichter. Er verstand kein Wort Russisch. Ich hatte schon bemerkt, dass man im Westen alle möglichen Sprachen spricht, aber nur selten kann einer Russisch.

Wir verließen das Flughafengebäude. Anastasie schritt kräftig aus, fast hüpfte sie. Sie war froh, dass sich – für sie – alles gut gefügt hatte: Das Flugzeug war gelandet, Maurice hatte sie abgeholt, jetzt würden wir in einem Restaurant zu Abend essen und viel trockenen Weißwein trinken. Anastasie litt Eifersuchtsqualen, doch hinderte sie das nicht daran, ein pralles, buntes Leben zu führen: zu reisen, im Verlagsgeschäft mitzumischen, Literatur zu übersetzen, mit Maurice eine Affäre zu haben und ihn auszunutzen. Und ihr gelang alles, die Übersetzungen eingeschlossen. Sie war auf jedem Gebiet begabt.

Ich lief neben ihr her wie das hässliche Entlein. Im Allgemeinen war ich mit meinem Aussehen zufrieden, und ich war es nicht gewohnt, die zweite Geige zu spielen, aber neben Anastasie hatte ich absolut keine Chance. Ihr Äußeres war, abgesehen von dem, was die Natur vorgegeben hatte, wie von einem genialen Designer entworfen, und dieser Designer war ihr Leben. Mein Designer war das Moskau der Perestroika.

Anastasie konnte sich eine Beziehung mit einem alten Truthahn leisten, oder mit einem jungen Schönling, oder sogar mit einer lesbischen Frau, denn sie allein war Herrin über ihr Leben. Herrin über sich und ihr Dreieck. Sie war ein freier Mensch. Ich dagegen war noch voller sowjetischer Moralvorstellungen wie ›Gib keinen Kuss ohne Liebe, Küsse ohne Liebe sind eine Gemeinheit‹. Aber neben der Liebe existiert auf der Welt noch etwas anderes: Leidenschaft, Begierde, Vernarrtheit. Das ist es, was ein Leben reich und funkelnd macht wie ein Feuerwerk am dunklen Himmel. Doch solche ›Kleinigkeiten‹ wie Begierde oder Leidenschaft waren in der kommunistischen Moral nicht vorgesehen. Und obwohl das alte Ideologiegerüst längst zusammengekracht ist, wirken die sowjetischen Ideen weiter bis an unser Lebensende, wie der Staub in den Lungen eines Bergarbeiters.

Ich ging neben Anastasie her und verstand alles. Darin lag meine Stärke. Wenn man seine Situation einschätzen kann und seinen eigenen Stellenwert in dieser Situation, macht man sich wenigstens nicht lächerlich.

Maurice führte uns zu einem dunkelblauen langgestreckten Auto, einem Jaguar.

»Ist das sein Auto?«, fragte ich verwundert.

»Er hat drei Autos«, sagte Nastja.

»Wieso? Ist er so reich?«

»Er ist – unter uns gesagt – Millionär.«

Wir zwängten uns in das Auto, ich saß neben Maurice, Anastasie saß hinter mir, auf dem sichersten Platz.

Wir fuhren los. Die schönen Hände von Maurice berührten das Lenkrad. Ich sah ihn von der Seite an.

Wenn man Puschkin sähe, ohne seinen Namen zu kennen, was würde man wahrnehmen? Einen schwächlichen, schmalbrüstigen, kleinen Mann mit olivbraunem Gesicht und lilafarbenen Lippen. Aber wenn man wusste, dass das Puškin war, achtete man weder auf seine Statur noch auf einzelne Gesichtszüge. Man verneigte sich vor der Energie des Genies und bedauerte, dass er noch vor der eigenen Geburt gestorben war. Es wäre gut, wenn so ein Mensch unsterblich wäre. Die Natur müsste eine Ausnahme machen für solche Wesen.

Es war nicht genau das Gleiche, aber ähnlich ging es mir mit Maurice. Seine kaum blinzelnden Augen kamen mir ungeheuer klug vor, als könnten sie Probleme von allen Seiten betrachten, und vor allem in ihr Inneres vordringen. Die schlaffe Haut unter dem Kinn störte nicht. Er hätte sich einer Schönheitsoperation unterziehen können. Doch wozu? Er war ja keine Frau, sondern ein Mann. Und nicht irgendein Mann, sondern ein Millionär. Ein Herr seines Lebens.

Maurice zog unter dem Sitz zwei Pralinenschachteln hervor. Eine hielt er mir hin, die andere Anastasie. Ich war hungrig und schob mir sogleich ein paar Pralinen in den Mund.

»Stopf dich nicht voll«, sagte Anastasie auf Russisch, »wir gehen jetzt abendessen.«

»Was?«, fragte Maurice.

»Ach, nichts«, sagte Anastasie. Und ich begriff, dass sie keine Verräterin war. Sie hatte auf eine Gelegenheit verzichtet, auf meine Kosten gut dazustehen.

Ich verschloss die Schachtel. Gerade hob ich den Blick, als ich sah, wie ein graues Stück Metall durch die Luft flog. Es flog lautlos, ganz langsam auf das Auto zu, genau auf Augenhöhe. Ich begriff sofort, dass Oskar von einem nahen Gebäude ein Stück des Dachs abgerissen hatte und dass dieses Dachstück und wir gleich an ein und demselben Punkt zusammentreffen würden.

Das Eisenstück flog auf die Frontscheibe zu. Ich schrie auf und bedeckte mein Gesicht mit den Händen. Man hörte einen dumpfen Schlag gegen das Glas, dann das Dröhnen des abrutschenden Metalls.

Maurice rief leise »Ach...« und hielt an. Er stieg aus und sah nach. Die Frontscheibe hatte auf der Beifahrerseite einen Kratzer, das war alles. Offensichtlich waren die Scheiben des Jaguars besonders hart, so stabil wie Metall.

Wenn ein Stück Eisen gegen mein Moskauer Auto geprallt wäre, hätte ich meine Nase oder ein Auge verloren. Und hier war ich mit einem leisen »Ach« davongekommen, und das stammte noch nicht einmal von mir, sondern von Maurice.

Maurice stieg wieder ins Auto und sagte etwas zu Anastasie.

»Er fragt, wie du gern essen möchtest: japanisch, chinesisch oder französisch.«

Ich überlegte. Im japanischen und chinesischen Restaurant würde man mit Stäbchen essen müssen, damit kam ich nicht zurecht, und ich würde anfangen, mit den Händen zu essen, sofern man mir keine Gabel gäbe.

»Ganz egal«, sagte ich und sah Nastja an, sollte sie die Entscheidung doch treffen.

»Dann wie gewöhnlich«, sagte Nastja. Anscheinend hatten Maurice und sie ein Lieblingsrestaurant.

Wir saßen in einem kleinen chinesischen Restaurant.

Der Wirt kam auf Maurice zu. Er war unerwartet groß

für einen Chinesen, war wohl ein Mischling, halb Franzose, halb Chinese. Aber Haare und Augen hatte er eindeutig aus dem Osten. Er sprach französisch, und ich schnappte das Wort *poisson* auf, was Fisch bedeutet. Offenbar redete Maurice mit dem Wirt darüber, vor wie vielen Stunden der Fisch gefangen worden war und ob mit dem Angelhaken oder mit einem Netz. An einem Angelhaken quält sich ein Fisch lange, bis er tot ist, und deshalb riecht er nach verfaulten Wasserpflanzen. Aber ein Fisch, der mit dem Netz gefangen wird, begreift gar nicht, wie ihm geschieht, und deshalb riecht er nur nach Wasser, nach Sonne und Anglerglück.

Dem Chinesen schien das Gespräch mit Maurice Spaß zu machen, er war so vertieft, dass er uns Frauen gar nicht ansah. Wir interessierten ihn nicht. Ihn interessierte nur sein Stammkunde, der Millionär.

Anastasie zog einen kleinen Spiegel hervor und überprüfte ihr Make-up. Ihre walnussfarbenen Haare standen in einer Wolke um ihren Kopf und glänzten nur so vor Gesundheit. Ihr Ausschnitt war tief, man sah den nach unten führenden Pfad zwischen ihren Brüsten, ihre Lippen glühten, als wenn sie lange geküsst hätten. Das geheimnisvolle Dreieck glühte auch, und sie saß darauf wie auf einem Schatz. Dabei tat sie gar nichts Besonderes, sie sah nur vor sich hin, mit starren, etwas hervorstehenden Augen.

Maurice blieb davon unbeeindruckt, oder er konnte sich bloß gut beherrschen. Die schönen Hände lagen ruhig auf der weißen Tischdecke. Die kräftigen Finger waren auf der ganzen Länge gleich breit. Meine Gedanken konnte niemand erraten, und ich dachte bei mir: So wird wohl auch sein ›Hauptfinger‹ geformt sein – kräftig und gleichmäßig, von unten bis oben. Ich hatte irgendwo gelesen, dass die Natur die Finger und das Zeugungsorgan nach demselben äußeren Bauplan baut. Was soll sich die Natur auch immer Neues ausdenken, bei ein und demselben Menschen verwendet sie eben mehrmals dieselbe Schablone.

Ein Kellner erschien, der klein und dünn war wie ein Pfeil. Seine Hände bewegten sich wie in einem schönen Tanz auf dem Tisch hin und her. Da war keine einzige überflüssige oder ungenaue Bewegung. Was Maurice wohl als Trinkgeld dalassen würde? Ich habe einmal gehört: Je reicher ein Mensch ist, umso geldgieriger wird er. Wenn ich Millionärin wäre, würde ich mich mit wohltätigen Dingen befassen, denn das Geben bringt wirklich mehr Frucht als das Nehmen. Aber ich werde nie Millionärin sein. Ich verdiene meinen Lebensunterhalt mit ehrlicher, schöner Arbeit. Und mit ehrlicher Arbeit verdient man keine Millionen.

»Was für ein Geschäft hat er?«, fragte ich meine Übersetzerin.

»Schwermetalle.«

»Und was macht er mit ihnen?«

»Na, ausgraben tut er sie jedenfalls nicht selbst.«

Nastja war aus irgendeinem Grund gereizt. Wahrscheinlich, weil Maurice sich ihrem Dunstkreis entzog. Er atmete sie nicht ein, ließ sich von ihrer erotischen Ausstrahlung nicht einlullen. Er saß da wie hinter einer Gasmaske, und sie wusste nicht, wie sie ihn betören konnte.

Der Kellner stellte eine flache Schüssel mit Ente auf den Tisch und einen großen Salat. Alle Farbschattierungen von

Grün bis Lila gab es in diesem Salat, und er war nicht mit dem Messer geschnitten, sondern mit den Händen in Stücke zerteilt. Die Ente schwamm in einer süßsauren chinesischen Soße. Sie hatte fast kein Fett, nur feinstes Entenfleisch. Ich nahm einen Bissen und schloss die Augen. Was für ein Glück, zu essen, wenn man hungrig ist.

Aber man musste auch ein Gespräch führen.

»Was hat Maurice für eine Ausbildung?«, fragte ich Nastja.

»Er ist Autodidakt. Er stammt aus einer sehr einfachen Familie. Man hat ihm keinerlei Bildung mitgegeben.«

Ich betrachtete wieder Maurices Hände, die schwer und bäuerlich wirkten. Und auch seine Augen waren bäuerlich. Er war zwar ein Franzose, aber eben doch ein Bauer.

Da saß ein Mann, der sich selbst groß herausgebracht hatte. Und ich saß neben ihm und spürte seine Durchsetzungskraft, an der ich mich gleichsam hätte festhalten können. Sie war wie ein Geländer, wenn man eine steile Treppe hinuntergeht.

Im Allgemeinen gehe ich ohne Geländer, hinauf genauso wie hinunter. Daraus besteht mein Leben: rauf ohne Geländer – und runter ohne Geländer.

Woran ich mich festhalte? An meinem Schreibtisch, an meiner alten, fast antiken Schreibmaschine. Da gibt es einen Haufen Manuskripte, und einen singenden Punkt in diesem Haufen. Wir drei, ich, die Schreibmaschine und dieser Punkt, hatten es bis nach Paris geschafft. Und jetzt saßen wir mit einem Millionär in einem Restaurant, der wohl zu den reichsten Männern seines Landes gehörte.

Der Kellner brachte den Fisch, begann ihn vor unseren

Augen zu zerlegen und entfernte die Gräten. Es war eine bühnenreife Leistung. Er hätte im Zirkus auftreten können, oder in einer Revue.

Maurice wohnte im eigenen Haus, in einer kleinen Straße mit nur sechs Häusern daran, die ebenfalls ihm gehörte.

Eigene Häuser hatte ich schon gesehen. Ich besitze selbst ein Haus außerhalb der Stadt. Nicht so eines wie Maurice, aber immerhin ein Haus. Doch eine eigene Straße hatte ich noch nie gesehen. Ich hätte mir nicht einmal vorstellen können, wie so etwas aussah.

Maurice fuhr an den Schlagbaum und öffnete ihn mit seinem Schlüssel. Der Schlüssel war klein, wie der Autoschlüssel, und der Schlagbaum war zierlich, rot-weiß gestreift und sauber wie ein Spielzeug.

Der Schlagbaum ließ sich leicht hochheben, der Jaguar fuhr in die Straße, Maurice stieg aus dem Auto und schloss den Schlagbaum wieder wie eine Pforte.

Wir hielten vor dem Haus. Es hatte drei Stockwerke. Unten waren die Küche, das Wohnzimmer und das Kaminzimmer. Keinerlei Türen, keinerlei Zwischenwände. Alles ein einziger großer Raum.

Im zweiten Stock waren die Schlafzimmer. In der dritten Etage lagen die Gästezimmer.

»Er hat einen Designer kommen lassen, um das Haus einzurichten«, berichtete Nastja.

Ich sah mich um.

»Hat er keine Frau?«, fragte ich.

»Doch, Madeleine«, sagte Nastja. »Sie ist auf dem Land in ihrem Wochenendhaus.«

»Ist sie jung?«
»Um die fünfzig.«
»Schön?«
»Sie sieht wie eine Georgierin aus.«

Georgierinnen gibt es verschiedene: ausgesuchte Schönheiten und großnasige Vogelscheuchen. Auf einem antiken Tischchen erblickte ich eine Fotografie im schweren Silberrahmen: Der junge Maurice und eine junge Frau sahen sich innig an. Sie fraßen sich geradezu mit den Augen auf.

»Ist sie das?«, fragte ich.

»Das ist sie«, bestätigte Nastja leicht gereizt.

Ich betrachtete Madeleine genau. Ihr Gesicht wirkte vergeistigt, und irgendwie sah man ihr an, dass sie aus einer guten Familie stammte. Sie strahlte Bildung und Erziehung aus.

Der junge Maurice sah aus wie ein junger Truthahn. Na, wennschon. Auch ein Pfau sieht einem Truthahn ähnlich. Ich sehe einem Hund ähnlich. Nastja einer Katze. Alle sehen irgendjemandem oder irgendetwas ähnlich.

»Haben sie Kinder?«, fragte ich.

»Einen Sohn«, sagte Nastja. »Er ist vierzig.«

»Wie denn das? Sie ist fünfzig und der Sohn vierzig?«, fragte ich neugierig.

»Es ist *sein* Sohn, aus erster Ehe«, sagte Nastja. »Ein berühmter Visagist. Er schminkt Filmstars und Fotomodelle.«

»Ist er auch reich?«

»Reich und schön. Und homosexuell.«

»Na klar«, sagte ich.

Mir war aufgefallen, dass alle berühmten Modeschöpfer

und Filmkritiker schwul waren. Und die Frauen – die Models – waren flachbrüstig und schmalhüftig wie Jungs, weil sie eine homosexuelle Ästhetik widerspiegelten.

Maurice schlug vor, mir das Gästezimmer zu zeigen. Wir gingen in den dritten Stock. Die Einrichtung bestand aus einem breiten Bett neben der Tür, einer Duschkabine aus Glas und einem Schreibtisch auf der anderen Seite, neben dem Fenster. Ein bisschen weiter weg stand ein Heimtrainer. Schlafzimmer, Arbeitszimmer und Fitnessraum in einem.

Also konnte man morgens aufstehen, Sport treiben, dann eine Wechseldusche nehmen und sich an die Arbeit setzen. Und vor dem Fenster wiegte sich ein Kastanienzweig im Wind.

Das war alles, was man wirklich brauchte: Sport, Arbeit und Einsamkeit.

Es war schon elf Uhr abends, nach Moskauer Zeit ein Uhr nachts. Maurice wünschte mir *bonne nuit* und ging.

Ich duschte und legte mich schlafen. Doch ein lautstark ausgetragener Streit drang von unten zu mir herauf. Nastja und Maurice klärten ihre Beziehung, ohne sich vor einem fremden Menschen zu genieren. Die Worte prasselten wie Hagel auf ein Dach.

Dann sprach Maurice gedämpft. Ich fing die Worte auf: *»Tu ne voulais pas prendre le risque.«*

›Du wolltest das Risiko nicht eingehen.‹ Maurice hatte offenbar doch versucht, Nastja zu überreden, ihren Mann zu verlassen und damit ein Risiko einzugehen. Aber Nastja hatte ihren Mann nicht einfach verlassen wollen, noch dazu, um dann eventuell vor dem Nichts zu stehen. Wenn

Maurice ihr einen Antrag gemacht hätte, dann vielleicht… Wenn er ihr nicht das Risiko, sondern Herz und Hand angetragen hätte, dann wäre es etwas anderes gewesen. Aber Maurice hatte Madeleine, und Nastja ihren Mann. Es macht Angst, von den vertrauten Ufern wegzuschwimmen, denn man könnte ja untergehen, und Nastja verteidigte sich, indem sie angriff.

Maurice liebte sie sicher. Warum sonst hätte er mich als Gast in sein Haus aufgenommen? Ich existierte als Teil ihrer Beziehung, als Teil eines Liebesabkommens. Und jetzt gingen sie wahrscheinlich miteinander ins Bett, würden sich weiter streiten und schließlich versöhnen. Und bei Maurice würde sich alles aufrichten, würde sich mit Leben füllen, und er würde sich jung fühlen. Das war es, was ein Millionär vor allem brauchte: das Gefühl, dass sich seine Sonne nicht auf den Sonnenuntergang zubewegte. Sie sollte dort stehen bleiben, wo sie war. »Ach, ein Weilchen nur, lass mich noch stehen am Abhang«, wie es in einem Lied von Vyssotzki heißt. Das war wichtiger als Geld. Obwohl… Eigentlich ist alles wichtig.

Ich hatte mich immer gerühmt, jeglichen Belagerern meiner Weiblichkeit zu widerstehen, hatte darin eine große Tugend gesehen. Aber jetzt wurde mir auf einmal klar, dass es gar keine Belagerer gab. Es war wie in dem Witz über Big Joe, den keine Frau einfangen konnte. Er war nicht einzufangen, weil ihn gar keine einfangen wollte. Meine Tugendhaftigkeit war so überflüssig wie ein vertrocknetes Stück Käse. Und meine Manuskripte auf dem Schreibtisch waren nur ein Haufen Schrott.

Da war ich in Paris, mit meinem singenden Punkt in der

Brust. Na und? Ich lag allein da wie die arme Waise Chasja aus dem Märchen. Allein dazuliegen, das ist was fürs Grab. Solange man lebt, sollte man zu zweit im Bett liegen, vergehend vor Zärtlichkeit, und an einer festen, warmen Schulter einschlafen.

Am Morgen kam Maurice zu mir ins Zimmer hinauf, er trug ein Tablett mit Kaffee und Rosinenzopf. Anscheinend trank man hier seinen Kaffee im Bett und putzte sich die Zähne erst später. Maurice brachte mir den Kaffee höchstpersönlich. Offensichtlich hatten er und meine Übersetzerin sich glorreich versöhnt. Anastasie hatte sich angestrengt, und ich erntete die Früchte.

Maurice setzte das Tablett auf dem Bett ab.

»*Non, non*«, versuchte ich zu protestieren, denn ich kann nicht im Bett essen.

Maurice verstand nicht: Wieso *non*? Er stellte das Tablett auf den Tisch. Sein Gesicht nahm einen verstörten Ausdruck an, und in diesem Augenblick konnte ich ihn mir sehr gut als Kind vorstellen, wie er ungeachtet mütterlicher Ermahnungen barfuß lief und seine Hand in ein Fass mit Regenwasser tauchte.

Maurice bedeutete mir, dass er bis zwölf Uhr beschäftigt sei, dass wir uns aber um Punkt zwölf ins Auto setzen und zu seiner Frau in das Landhaus fahren würden.

»Und Nastja?«, fragte ich.

»*Elle est partie à la maison*«, antwortete Maurice. Und ich erriet, dass sie wohl nach Hause gefahren war.

»*Quand?*«

»*Hier.*«

Also hatten sie sich nicht versöhnt. Oder sie hatten sich sehr schnell versöhnt, und er hatte sie nach Hause gefahren. Vielleicht hatte er sie auch nicht nach Hause gebracht, und sie war allein weggegangen, man konnte es nicht wissen… Sie hatte kein Risiko eingehen wollen. Und er hatte die Sache nicht weiter in die Länge ziehen wollen. Eine Frau und eine Geliebte – dafür braucht man viel Freizeit und Gesundheit. Für Maurice war Zeit gleich Geld. Und auch seine dreiundsechzig Jahre diktierten ihm seinen Tagesablauf.

Aber das Interessanteste war nicht das, sondern unsere Unterhaltung. Ich kann kaum ein Wort Französisch, und doch verstand ich alles, was er sagte. Ich schnappte das eine oder andere Wort auf, und alles Übrige ergab sich daraus. So unterhielten sich wohl die Hominiden. Unverständliche Laute, aber es ist auch so alles klar. Ich glaube, Gedanken sind materiell, und man kann sie auffangen, wenn man den inneren Empfänger auf die Frequenz des Gesprächspartners einstellt.

Maurice ging aus dem Zimmer. Ich setzte mich auf den Heimtrainer und trat in die Pedale. Der kleine Computer neben dem Lenker zeigte die Umdrehungen an, den Puls und die Zeit. Man konnte die Anzeige verfolgen oder einfach aus dem Fenster schauen. Draußen war September, der Kastanienzweig wiegte sich vor dem Hintergrund des Himmels hin und her. Hellblau und grün. Der Zweig war kräftig und grün, aber nicht mehr für lange. Auch ich befand mich im September meines Lebens, doch ich fühlte mich wie im April. »Die Tragödie des Menschen ist nicht, dass er alt wird, sondern dass er innerlich jung bleibt.« Wer hat das gesagt? Ich weiß es nicht mehr. Ich war ein Aschenputtel, das nicht bis zum Ball gelangt war. Die Bücher, die ich geschrieben hatte, das waren meine guten und schlechten Linsen. Aber meine Beine waren leicht, die Gelenke beweglich, das Herz schlug, und mein Blut floss mit dem richtigen Druck durch die Adern ...

Eine Hausangestellte erschien. Dem Aussehen nach hätte sie Mexikanerin sein können. Sie hatte ein dunkelbraunes Gesicht mit groben Zügen. Und sie hatte wohl gute Laune, denn sie sang die ganze Zeit.

Die Mexikanerin sah mich an und fragte: »*Vodka? Caviar?*«

Ich verstand, dass für sie Russland gleich Wodka und Kaviar war. Ich hob hilflos die Hände. Ich hatte keinerlei Mitbringsel bei mir. Ich hatte ja nicht einmal einen Koffer oder Kleider zum Wechseln.

Die Mexikanerin verstand, aber das trübte ihre Stimmung nicht im Geringsten. Sie ging ins Nachbarzimmer zum Bügeln und sang von der Liebe. Ich fing das Wort *corazon* auf – Herz.

Ich hätte gern gewusst, ob die Mexikanerin von Natur aus eine Frohnatur war oder ob es sich bei ihrer guten Laune um einen Bestandteil des Arbeitsvertrags handelte. Eine Hausangestellte musste ihre Probleme wohl vor der Haustür stehen lassen, wie Straßenschuhe.

Ich hätte sie natürlich fragen können. Aber ich konnte die Frage nur auf Russisch stellen. Also sagte ich bloß: »Mexiko?«, und zeigte mit dem Finger auf sie.

»*No hay trabajo*«, antwortete die Hausangestellte. »*Trabajo – Paris.*«

Ich erriet: Keine Arbeit, Arbeit gab es nur in Paris.

Die Straße war wunderschön, wie alle europäischen Straßen. Maurice und ich saßen diesmal in einem weißen Jaguar, den dunkelblauen hatte er wohl zur Reparatur gebracht.

Maurice hatte das schnelle Auto gut im Griff. Das Fahren schien ein Kinderspiel für ihn zu sein. Das Auto fuhr ruhig und gleichmäßig dahin.

Wir schwiegen. Die Geschwindigkeit vereinte uns. Unser Schweigen war ein gemeinsames.

Ich dachte, wie schön es doch war, neben einem Millionär zu sitzen, lange und weit fort zu fahren und an nichts denken zu müssen.

Maurice war ein guter Kerl. Er hätte sich ja gar nicht um mich kümmern müssen, aber er brachte mir Kaffee ans Bett, fuhr mich aufs Land, um mich seiner Frau vorzustellen. Weshalb tat er das? Vielleicht wollte er seine Frau durch meinen Besuch zerstreuen. Ich war immerhin eine Schriftstellerin, ein seltenes Exemplar. In seiner näheren Umgebung gab es so etwas nicht. Er hatte alles, aber so eine wie mich hatte er nicht. Maurice kaufte Blumen für seine Frau und reichte sie mir. Wieder war ich eine Karte in seinem neu gemischten Spiel.

Aber vielleicht war auch alles viel einfacher: Ich verstand ihn, und er fand es nett, mit mir zusammen zu sein.

Ich fragte: »Hast du Freunde?«

»Zwei«, antwortete er. »Einer ist gestorben, und der andere lebt in Amerika.«

»Also hast du gar keinen mehr«, sagte ich.

»Zwei«, wiederholte er. »Der, der gestorben ist, zählt auch.«

Alles klar. Er war einsam. Er war ein einsamer Millionär.

In seinem Leben gab es keinerlei freundschaftlichen Beistand. Der Freund, der in Amerika lebte, war weit weg. Und der Tote war noch weiter weg. Maurice wärmte sich also an der Liebe.

»Liebst du Anastasie?«, fragte ich.

Maurice fing an, schnell zu sprechen, wurde nervös, wiederholte mehrmals das Wort *Étiophie*...

»Was? Wie?«, fragte ich nach.

Maurice öffnete ein Fach im Auto und nahm ein paar Farbfotos heraus. Auf allen Fotos war eine dunkelhäutige junge Frau zu sehen. Sie und die junge Sophia Loren hatten eine frappierende Ähnlichkeit. Dieser Mund von Ohr zu Ohr, die weißen Zähne, die Augen einer Pantherin.

»*Étiophie*«, wiederholte Maurice.

»Ist das ihr Name?«

»*Non. La géographie.*«

Plötzlich begriff ich. Äthiopien. Das Mädchen war Äthiopierin.

Ich sah sie nochmals an. Ich hatte gehört, dass die Äthiopier dunkelhäutige Semiten seien. Sie war tatsächlich eine strahlende semitische Schönheit.

»Weiß Nastja davon?«

»*Non.*«

Nastja wusste es nicht. Aber selbst wenn sie es gewusst hätte, wäre auch nichts mehr zu machen gewesen.

»*C'est la femme pour moi.*«

In diesem Fall war das Spiel für Nastja aus. Deshalb war sie so nervös. Aber wieso hatte Maurice mich dann als Gast bei sich aufgenommen? Einfach so. Maurice war ein guter Kerl. Nastja hatte ihn gebeten, und er hatte eingewilligt.

Ich seufzte stoßweise. Schließlich war ich Nastjas Freundin und nicht die der Äthiopierin.

»Wo habt ihr euch kennengelernt?«, fragte ich.

»Im Himmel«, sagte Maurice. »Ich habe sie im Flugzeug gesehen, und dann half ich ihr, das Gepäck vom Förderband herunterzunehmen.«

Meine schriftstellerische Phantasie schob mir folgendes Bild vor Augen: Er nahm ihr das Gepäck ab und brachte sie nach Hause. Im Taxi. Dann trafen sie sich abends, und sie stellte sich als Klasseweib heraus. Dann mietete Maurice ihr eine kleine Wohnung, die man in Paris *studio* nennt. Sie kauften ein breites Bett, oder besser, kein Bett, sondern eine Matratze, die von Wand zu Wand geht, damit man sich darauf herumwälzen konnte, und wenn man auf den Boden fiel, tat es nicht weh, weil man nicht tief fiel.

In Äthiopien herrschte jetzt eine Hungersnot, und in Paris gab es Millionäre und Luxus. Die Äthiopierin packte das arme Glied von Maurice, verschlang es mit ihrem Schlitz, der außen schwarz und innen rosafarben war, wie eine reife Frucht. Und jedes Mal gab sie sich Mühe, als müsste sie ein Examen bestehen. Sie musste Klasse zeigen.

Vielleicht war alles auch anders, im Großen und Ganzen aber doch ähnlich.

»Was macht sie?«

»*Elle est mannequin. Topmodel.*«

Aha, Epidemie und Hunger fielen also weg. Sie war wohl eine teure, gutgedrechselte Holzstatue, mit einem Schuss Prostituierte, die Millionäre auf ihren Reisen begleitete. Mulattinnen waren jetzt besonders in Mode, man nannte sie *café au lait,* Milchkaffee.

Vielleicht war sie aber weder das eine noch das andere, sondern einfach eine normale, moderne junge Frau, die mit Haut und Haar beruflich engagiert war. Ein Topmodel verdient ein Heidengeld, die braucht keine fremden Millionen. Obwohl, fremde Millionen kann man ja immer gebrauchen. Die Haute Couture ist ein knallhartes Geschäft, ein hart verdientes Brot. Die Äthiopierin war am Ende des Tages sicher erschöpft wie ein Ackergaul. Von wegen Studio, sie hatte bestimmt ihre eigene Villa. Aber wozu brauchte sie dann Maurice, mit seinen dreiundsechzig Jahren?

Aber was wusste ich denn überhaupt, wer Maurice war? »Ach, wie in der Neige unserer Jahre wir doch so zärtlich und so abergläubisch lieben«, wie es in einem Lied heißt. Vielleicht war es ja Maurice, der Klasse zeigte, von der die Jungen keine Ahnung hatten. Vielleicht war er ihr Ein und Alles: Vater, Geliebter und Beschützer. Sie war ja hier allein. Weit weg von ihrer Familie.

»Wie alt ist sie?«, fragte ich und gab ihm das Foto zurück.

»Fünfundzwanzig.«

»Und Ihre Frau?«

»Fünfzig. – O ja…«, seufzte Maurice. »Das war eine *grand amour*. Wie die Niagarafälle.«

»Und wohin sind sie denn geflossen, die Niagarafälle?«

»Ich weiß es nicht.«

Die Liebe fließt immer irgendwohin. Das ist die Tragödie Nummer zwei im Leben. Tragödie Nummer eins ist, dass das Leben so schnell vergeht. Die Vergänglichkeit des Lebens und das Wegfließen der Liebe… Aber vielleicht ist das normal, vielleicht ist der Mensch von Natur aus polygam. In der Tierwelt weiß ich nur von den Wölfen und den Schwänen, dass sie sich fürs ganze Leben paaren. Alle anderen paaren sich in der Brunftzeit zur Fortpflanzung, damit die Nachkommenschaft gesichert ist. Und dann tschüs, auf Nimmerwiedersehen. Weiter nichts. Das ist ganz normal.

In Gedanken zählte ich die Lieben von Maurice durch: erste Frau, zweite Frau, Anastasie, die Äthiopierin. War das für einen Menschen um die sechzig etwa viel? Natürlich war es viel. Aber nicht zu viel. Viele meiner Bekannten hatten in einem Jahr mehr aufzuweisen als Maurice in seinen sechzig.

Ein Reh sprang über die Straße.

»Wir sind da«, sagte Maurice.

Das Auto hielt bei seinem Landhaus.

Das Haus stand auf einem Grundstück, so groß wie der Kaluschsker Landkreis. Offenbar hatte Maurice sein Geld hauptsächlich in Immobilien angelegt, in Häusern und Land. Er hatte seinen eigenen Wald, seinen Fluss, eine alte Mühle. Einen Zaun gab es nicht, denn um ans andere Ende zu gelangen, hätte man schwimmen und auf wechselnden Pferden reiten müssen.

Das Haus war einfach gebaut, aber von guter Qualität – die Einfachheit der Millionäre – und weiß verputzt. Es bestand aus zwei Gebäuden, die im rechten Winkel zueinander standen, jeder Flügel war etwa dreißig Meter lang. Das Haus war im bäuerlichen Stil gehalten. Da hatte wohl Maurices Sehnsucht nach der Vergangenheit, nach seinen Wurzeln, mitgespielt.

Maurice stieg aus. Sofort lief ihm ein Hund entgegen, groß wie ein Kalb, weiß mit grauen Pfoten. Er legte Maurice die Pfoten auf die Schultern. Maurice tätschelte ihm zärtlich den Kopf und redete beruhigend auf ihn ein. Es war ein schönes Bild, diese gegenseitige, ideale, reine Liebe.

Wir gingen ins Haus. Maurices Frau begrüßte uns, eine kleine, elegante, jugendlich wirkende Frau mit grimmigem Gesicht. Sie sah tatsächlich einer georgischen Aristokratin ähnlich, obwohl ihr Haar nicht schwarz, sondern kastanienbraun war.

Sie reichte mir die Hand, nannte ihren Namen, und ich tat das Gleiche. Madeleine bemerkte trocken, dass sie mein Buch gelesen habe. Anastasie hatte es ihr geschenkt. Das Buch hatte sie erstaunt, hatte einen starken Eindruck hinterlassen, und deshalb wollte sie mich kennenlernen und mit mir sprechen.

Höflich legte sie mir ihre Gedanken zu meinem Buch dar, wie bei einem offiziellen Empfang. Ich hörte ihr mit leicht geneigtem Kopf zu. Wenn ich mich sehr konzentrierte, konnte ich die Wörter erraten und verstand im großen Ganzen, was sie meinte. Ich verstand sogar ein bisschen mehr, als ihr lieb sein konnte. Nämlich, dass Maurice ihre Wärme und ihren Körper nicht mehr wollte. Er liebkoste die Äthiopierin, die dunkel war wie Ebenholz. Madeleine litt still. Sie war noch nicht alt und doch schon überflüssig.

Maurice stand neben uns. Aber Madeleine sah ihn nicht an. Sie demonstrierte Gleichgültigkeit und Entfremdung. Er tat, als ob er es nicht merkte.

Madeleine nahm mich mit, um mir ihre Orangerie zu

zeigen. Sie züchtete Blumen. Sie hatte dreißig verschiedene Sorten Phlox und zehn Sorten Rosen.

Die Phloxsorten waren lila und orange, weiß und schwarz, glatt und zerzaust. Madeleine blieb neben jeder Pflanze stehen, wie neben einem lebendigen Menschen.

Blumen sind mir gleichgültig. Ich liebe Musik und Bücher. Aber ich verstand, dass ich mein Desinteresse auf keinen Fall zeigen durfte, und verdrehte entzückt die Augen. Nur einmal, beim Anblick einer schwarzen Rose, riss ich aus echter Ergriffenheit die Augen auf. Eine schwarze Rose – ein Symbol für Trauer. In dieser Blume war feierliche, traurige Schönheit erstarrt.

Nach dem Gewächshaus zeigte mir Madeleine ein Schwimmbecken. Der Boden war mit türkisfarbenen Platten ausgelegt, und das Wasser schimmerte blaugrün wie ein Smaragd.

Ich stellte mir vor, wie sie morgens ins Wasser stieg, klein und adrett, wie sie schwamm und schwamm, mit der Bewegung ihre Sehnsucht verdrängend. Danach würde sie cremefarbene Rosen schneiden und in eine Vase stellen oder in einen silbernen Kübel.

Ich ertränke meine Sehnsucht in Büchern, sie in Blumen. Es ist sehr wichtig, etwas zu haben, worin man sie ertränken kann. Aber vielleicht braucht man weder Rosen noch Bücher. Stattdessen nur die Treue eines Schwans... Es wäre interessant gewesen, Madeleine zu fragen: Was willst du lieber, Reichtum oder Liebe?

Ihr Gesicht war verschlossen. Ich glaube, sie hätte geantwortet: Ich will Reichtum und Liebe. Brot und Rosen.

Wir kehrten zum Haus zurück. Während unserer Abwesenheit war Madeleines Freundin Françoise mit ihrem Mann Charles gekommen.

Alle setzten sich zu Tisch. Eine Hausangestellte hatte ich nicht bemerkt, aber vielleicht hatte sie alles vorbereitet und war dann gegangen.

Es gab Rebhühner, die morgens im eigenen Wald geschossen worden waren.

Natürlich jagte Madeleine nicht selbst, sondern einer der Angestellten, der nur dafür zuständig war. Von den vielen Beilagen erinnere ich mich bloß noch an den Spinat und das Lauchgemüse. Beides sollte sehr gesund sein.

Die Freundin, Françoise, hatte einen Apfelkuchen mitgebracht. Ihre Augen waren dunkelblau mit etwas Gelb in der Mitte, genau wie die Blüte eines Veilchens. Sie war Hebamme im nahe gelegenen Krankenhaus und sehr fröhlich, hatte ein rundes Gesicht und wartete nur darauf, dass man ihr sagte: »Ach, was haben Sie für interessante Augen.«

Und alle sagten es ihr.

Ich hatte immer geglaubt, Millionäre seien nur mit Millionären befreundet, aber es stellte sich heraus, dass sie befreundet waren, mit wem sie wollten.

Charles, in Cordjeans, sah aus wie einer unserer Ingenieure aus der Sowjetzeit. Er hatte überhaupt nichts Französisches an sich.

Charles redete mehr als die anderen, aber bei ihm konnte ich nichts verstehen. Nicht einmal das Thema seiner Monologe fand ich heraus. Das war seltsam. Bei Maurice verstand ich alles, und bei Charles gar nichts. Anscheinend verliefen unsere Kraftlinien in verschiedenen Richtungen. Er war einfach nicht mein Fall.

Françoise kicherte, aber Anzeichen von Klugheit oder Dummheit konnte ich an ihr nicht feststellen. Françoise hätte sich genauso gut als klug wie als dumm herausstellen können. So ein Äußeres kann dem einen ebenso wie dem anderen dienen.

Maurice und Madeleine sahen sich nicht an und redeten nicht miteinander. Ich erriet, dass Maurice seine Liebe zu der Äthiopierin nicht verheimlichte, sich nicht verstellen wollte. Madeleine hatte nur zwei Möglichkeiten: Entweder alles so akzeptieren, wie es war, sich damit abfinden, um den Status der Millionärsgattin zu behalten. So tun, als wäre nichts. Oder: revoltieren, protestieren, klare Verhältnisse schaffen, mit Zähnen und Klauen um ihr Glück kämpfen.

Doch Madeleine hatte eine dritte Möglichkeit gefunden: Sie verließ das gemeinsame Territorium, fuhr ins Landhaus und verachtete Maurice im Stillen.

Beim Mittagessen warf sie ihm manchmal einen hasserfüllten Blick zu, ließ einen Satz fallen, wohl einen gemeinen. Maurice antwortete jedenfalls kurz und bissig. Er fühlte sich nicht schuldig. Er war sein eigener Herr. Und seine Gefühle waren eben seine Gefühle.

Nach dem Apfelkuchen gingen alle zum Kamin. Der Kamin war aus einem einzigen Steinblock gebaut, es sah aus, als sei er aus einem Berg herausgebrochen.

Neben dem Kamin befand sich eine kleine Tür in der Wand, wie zum Kämmerchen von Papa Carlo in Tolstois *Abenteuer des Burattino*. Maurice öffnete die Tür, und ich erblickte ein hohes schmiedeeisernes Gestell, auf dem Birkenholzscheite lagen. Aber sie lagen nicht einfach auf einem Haufen, sondern kunstvoll aufeinandergeschichtet wie auf einem Gemälde. Jemand musste sie extra so arrangiert haben. Wahrscheinlich hatten sie auch dafür einen speziellen Angestellten.

Ich betrachtete den akkuraten Stapel, und mir kamen die Tränen.

Maurice legte gerade ein paar Holzscheite in den Kamin und zündete sie an. Schnell und eifrig fielen die Flammen über sie her. Also war das Holz trocken.

Ich sah ins Feuer. Die Tränen flossen, völlig wider meinen Willen. Vielleicht tat es mir um meinen Koffer leid. Oder ich beweinte mein Leben, das Leben eines Aschenputtels, das nie auf einen Ball gekommen war. Maurice und Madeleine lagen miteinander im Streit, sagten einander indirekt die Meinung, aber hinter der Wand waren Birkenholzscheite zu einem M aufgeschichtet und trockneten. Doch sogar dieses Bild verblasste vor dem unendlich großen Grundstück, dem türkisfarbenen Schwimmbecken und den Rebhühnern mit Spinat.

Ich weinte sehr diskret, dennoch wurden meine Tränen als grobe Taktlosigkeit aufgenommen. Man hatte mich eingeladen, mir Ehre erwiesen, mich erlesen bewirtet, was erlaubte ich mir. Weinen ist unhöflich. Wenn du Probleme hast, geh zum Psychoanalytiker, bezahle siebzig Dollar die Stunde, und für dein Geld wird er sich mit dir beschäftigen.

Wenn ich in einer russischen Wohnung geweint hätte, hätte man mich umringt, hätte angefangen, mich auszufragen, hätte Mitgefühl gehabt, mir Ratschläge gegeben. Man hätte sich über die Möglichkeit, Anteilnahme zu zeigen, gefreut. Alle wären wichtig gewesen, und jeder wäre gebraucht worden.

Aber hier war alles anders. Maurice runzelte die Stirn und drehte sich zum Fenster. Madeleine ging weg, als müsste sie gerade jetzt Gastgeberinnenpflichten nachgehen. Charles und Françoise taten so, als wenn nichts wäre, rein gar nichts. Charles redete wie ein Wasserfall, Françoise zuckte die Achseln und ließ die Veilchenaugen leuchten.

Ich tat ebenfalls, als wenn nichts wäre. Die heruntergeflossenen Tränen leckte ich mit der Zunge ab, und die weiter oben wischte ich mit dem Handrücken weg. Ich war bereit, auf alle Fragen nach meinem Land zu antworten. Ja, die Perestroika. Die Revolution, von der die Bolschewiken so lange geredet hatten, wurde jetzt beiseitegeschoben. Jetzt schlugen wir einen anderen Weg ein. »Die ganze Welt der Gewalt zerstören wir bis auf den Grund«, wie es früher in einem revolutionären Lied hieß, und auch jetzt heißt es wieder so, und danach werden wir unsere Welt, eine neue Welt aufbauen. Auch wir werden unsere Millionäre haben, unsere offenen Kamine, und wir werden ins flackernde Feuer schauen. Aber wenn bei uns jemand zu weinen anfängt, werden wir uns nicht abwenden, sondern uns in den fremden Schmerz hineinknien, als wenn es der eigene wäre.

Maurice sah auf die Uhr. Zur Äthiopierin, zur Äthiopierin… Es zog ihn zu dem fünfundzwanzigjährigen Körper, zu leidenschaftlichen Schreien und erregtem Flüstern. Madeleine hatte dreißig Jahre Familienleben auf ihrer Seite. Und die Äthiopierin das Fehlen dieser dreißig Jahre. Ganz von vorn anfangen. Alles von neuem, als wäre er gestern erst auf die Welt gekommen.

Seine Ungeduld übertrug sich auf mich. Auch ich wollte

weg von hier, wo über unseren Köpfen Madeleines Verletztheit, ihr Stolz und ihr Hass schwebten.

Wir stiegen in den Jaguar. Wieder die Straße. Das gemeinsame Schweigen. Wir schwiegen vermutlich zum selben Thema.

»Madeleine ist eine gute Frau«, sagte ich.
»Ja. Eine sehr gute«, sagte Maurice
»Tut sie dir leid?«
»Schrecklich leid. Aber ich tue mir auch leid.«
»Geht es nicht mit beiden?«
»Ich habe keine Zeit für ein Doppelleben. Ich arbeite rund um die Uhr. Du fragst mich, wer mein Freund ist? Die Arbeit.«

Ich überlegte, was die Arbeit für mich ist. Ich bin praktisch mit meinem Beruf verheiratet. Er unterhält mich, tröstet mich, schickt mich auf Dienstreisen rund um die Welt, schenkt mir Kontakte zu Menschen, zu Maurice zum Beispiel.

»Und wenn Anastasie das Risiko einginge, könnte sie sich in deinem Leben behaupten?«, fragte ich.

Maurice bemerkte die fragende Intonation und hörte das Wort Anastasie. Er schwieg einen Moment, dann sagte er: »Vermutlich. Ich würde zu ihr stehen.«

Wer nicht wagt, der nicht gewinnt. Anastasie blieb bei dem, was ihr vertraut war. Maurice verfehlte sie wie schräg fallender Regen. Dabei wäre es eigentlich treffender zu sagen: Sie verfehlte ihn. Ihre Beziehungen mit Männern waren in Wirklichkeit nichts als eine Abrechnung mit der Sekretärin ihres Mannes. Meine Übersetzerin war ein verwundetes

Tier, ein verletzter Mensch. Ihr Mann war immer ihr Liebhaber gewesen, doch seit einiger Zeit war er zum bloßen Geldverdiener und nahen Verwandten geworden. Offenbar liebte er Nastja nicht mehr als Frau, aber er liebte sie immer noch als Mensch. Ihr jedoch gefiel das nicht. Es passte ihr nicht, und fertig. Sie betrog ihn, um sich selbst zu bestätigen. Sie schärfte ihre Krallen an den fremden Männern, wie eine Katze am Sofa.

Madeleines Lage war ähnlich. Doch Madeleine war eine andere Art Frau. Die sprang nicht von einem Männerknie aufs nächste. Madeleine war eine Aristokratin, aber was nützte ihr das schon?

Wir fuhren mittlerweile nach Paris ein.

Maurice brachte das Auto zum Stehen und öffnete eine der hinteren Autotüren.

Die Äthiopierin flatterte in den Jaguar wie ein schwarzer Schmetterling. Sie waren also verabredet gewesen.

»Sophie«, sagte die Äthiopierin und streckte mir ein Affenhändchen entgegen, auf der Außenseite dunkel, innen rosa.

Ich nannte meinen Namen.

Wir fuhren noch eine Weile weiter, dann stiegen wir am Bahnhof aus. Im zweiten Stock des Gebäudes befand sich ein kleines Café. Man konnte dort Wein trinken oder Whiskey und dazu Salznüsse knabbern.

Ich verstand nicht, wieso Maurice uns in diese Bahnhofsspelunke geführt hatte. Aber dann erklärten sie es mir: Maurice war verheiratet, er hatte eine Stellung in der Gesellschaft und konnte nicht mit seiner schwarzen Geliebten in einem teuren Restaurant auftauchen. Das wäre ein Affront.

Ich überlegte, dass er, wenn er so reich wie Rothschild gewesen wäre, auf die öffentliche Meinung pfeifen und sich wirklich alles hätte erlauben können. Geld stand höher als Moral. Oder, besser gesagt: Das Geld selbst war die höchste Moral. Aber dann musste es wohl sehr, sehr viel Geld sein.

Sophie unterhielt sich mit mir, so gut es ging, über dies und das. Sie war ganz vernarrt in Maurice, hielt mit ihm Händchen und konnte die glänzenden dunklen Augen mit dem gelblichen Weiß um die Pupillen kaum von ihm lassen.

In ihren kleinen schwarzen Ohren blitzten zwei Brillanten wie Tautropfen. ›Die hat ihr Maurice geschenkt‹, dachte ich.

Maurice erklärte Sophie, dass mein Koffer abhandengekommen war, dass ich morgen einen Fernsehauftritt hatte und dass man mir schnell – spätestens bis morgen um elf Uhr – ein Kleid besorgen musste.

Ich fing die Wörter auf: *Télévision, bagage, la robe...* Diese drei Wörter reichten schon aus.

Ich betrachtete Maurice. Er sah mit einem Schlag viel besser aus. Aber vielleicht sah ich ihn nur mit Sophies Augen, denn die Schönheit liegt ja bekanntlich im Auge des Betrachters.

Sophie kam frühmorgens in ihrem kleinen roten Auto, um mich abzuholen. Wir fuhren zu einem berühmten Modesalon.

Das Geschäft sah aus wie ein Atelier. Schneiderinnen nähten etwas in einem kleinen Raum. Die Wände entlang hingen Kleider an Ständern. Anscheinend hatte mich die Äthiopierin in eines ihrer Unternehmen gebracht, für die sie arbeitete.

Die Schneiderinnen hoben von Zeit zu Zeit die Köpfe und betrachteten mich kurz, aber aufmerksam. Sie wollten wohl wissen, wie Russinnen aussehen. Mir war meine grelle Kleidung leicht peinlich: schwarzer Rock, rotes Jackett. Schwarz und rot – Tod eines Kommunisten, wie man bei uns sagt.

Die Direktrice und Sophie diskutierten lebhaft über etwas, was ich nicht verstand. Und ich wollte es auch nicht verstehen. Nicht, dass mir Sophie nicht gefallen hätte, aber sie war eben anders als ich. Als wäre sie vom Mond. Und auch ich war ihr völlig fremd, unbekannt, unverdaulich. Wir hatten verschiedene Werte. Meine Werte mussten ihr eher lächerlich vorkommen. Ich wollte beispielsweise Ruhm. Ruhm, das ist die Aufmerksamkeit und das Entzücken der Menschen. Der Äthiopierin, so denke ich, war unverständlich, wozu man die Aufmerksamkeit von Leuten brauchte, die man nicht einmal kannte.

Ruhm ist vergänglich, heute hat man ihn, morgen schon nicht mehr. Geld dagegen ist ein Geländer. Wenn man sich daran festhält, fällt man nie hin.

Bei Tageslicht kam mir die Äthiopierin noch exotischer vor, wie ein Spielzeug, und es war seltsam, dass sie in einer menschlichen Sprache redete.

»Suchen Sie sich aus, was Ihnen gefällt ...« An den Wänden hingen dichtgedrängt die verschiedensten Kleider.

Ein Kleid stach mir ins Auge. Es war einem Hausmantel ähnlich, ganz ohne Knöpfe, aus Seide, und war so grellbunt wie das Hinterteil eines Pavians. An der Äthiopierin hätte dieses Kleid wunderbar verrückt ausgesehen. Eine schlanke dunkle Schönheit in grellen Seidenfarbspritzern. Das Kleid war nur von einem Gürtel zusammengehalten, bei jedem Schritt würde ihr junges schwarzes Bein herausschauen, das schlank war bis zuoberst. Aber ich ... ich würde darin aussehen, als käme ich geradewegs aus dem Dampfbad.

»Vielen Dank«, sagte ich zur Direktrice. »Ich brauche nichts von alledem. Ich bin eine Karrierefrau.«

Das klang, als hätte ich sagen wollen, dass eine Karrierefrau keine Frau ist.

Die Atelierleiterin lächelte zögernd, nur die bleichen Mundwinkel zitterten. Sie spürte meine Komplexe, schätzte aber auch meine Bescheidenheit. Es kam wohl selten vor, dass eine Frau das Angebot, aus ihrer Kollektion was immer sie wolle auszuwählen, mit einem »nein danke« ablehnte.

Die Direktrice ging zu einem Schrank und zog ein schwarzes strenges Kleid hervor. Es war sehr schlicht. Die einzige Verzierung waren die Initialen der Modeschöpferin aus Strass. Es sah von weitem wie ein Blitz aus Brillanten aus.

»Das würde Ihnen gut stehen«, sagte die Direktrice. Aber das hatte ich mir schon selbst gedacht.

Und es stellte sich heraus, dass es mir wirklich gut stand. Da hatte ich für einmal Glück gehabt. An diesem Kleid war nichts überflüssig. Ein Kleid ist erst richtig schön, wenn daran nichts zu viel ist.

Die Direktrice setzte sich an den Tisch, schlug die Beine übereinander und sah mich unter ihrer voluminösen rötlichen Ponyfrisur aus grünen Augen an. Eine sechzigjährige Frau, ungeschminkt, in einem zugeknöpften schwarzen Männerjackett. Man hätte sich glatt in sie verlieben können.

Mir wurde klar, dass ein talentierter Mensch nicht altert. Sie war nicht alt. Sie lebte nur schon ein bisschen länger.

Die Fernsehleute kamen zur verabredeten Zeit.

Anastasie hatte mit ihnen vereinbart, dass sie zuerst in Maurices Haus drehen und später ein paar Außenaufnahmen in den Straßen von Paris machen würden.

Maurices Sohn kam auf mich zu. Er war um die vierzig, seinem Vater wie aus dem Gesicht geschnitten, nur hübscher. Die gleichen tiefliegenden Augen, die große Nase, das markante Kinn. Ein Typ wie Yves Montand, aber noch attraktiver.

Er sah mich aufmerksam an. Dann nahm er einen Lippenstift aus seinem Fundus, trat ganz dicht an mich heran, hob mein Gesicht etwas an und schminkte meine Lippen.

»Und die Augen?«, fragte Anastasie.

»Entweder die Augen oder den Mund betonen. Nur eines von beiden«, antwortete Yves Montand, wobei er mich begutachtete. Dann nickte er wie zur Bestätigung.

Sie setzten Nastja als Dolmetscherin neben mich.

»Ich will auch Lippenstift«, sagte sie.

Yves Montand kniete sich vor sie und fing an, ihr Gesicht zu pudern. Anastasie schloss die Augen, und ihre Wimpern wurden weiß. Die Lippen wischte er mit der Hand frei.

»Wozu das denn?«, fragte Anastasie.

»Du sollst ganz blass aussehen. Bleich wie durch Rauchschwaden betrachtet.«

Wir saßen nebeneinander. Ich in Schwarz, mit grellem Mund, ganz Vamp. Und Anastasie ganz stilvolle Blässe, als wäre sie asexuell. Dabei verhielt es sich in Wirklichkeit genau umgekehrt.

Der Moderator war auf französische Art umgänglich, ohne Ecken und Kanten, wie ein glattgeschliffener Kiesel am Strand. Er gab einige Fragen an mich weiter, die er mir gleich stellen würde, wenn die Kamera lief.

Die Fragen waren in etwa immer die gleichen, ob sie nun von russischen oder von westlichen Journalisten gestellt wurden. Die erste Frage betraf das Thema Frauenliteratur, als ob es eine Männerliteratur gäbe. Bei Bunin stehen die Zeilen: »Die Frauen sind den Menschen ähnlich und leben doch am Rande der Menschen.« So ist es auch mit der Frauenliteratur. Sie ist der Literatur ›ähnlich‹ und existiert doch nur am Rande der Literatur.

Aber ich finde, dass in der Literatur das Geschlecht nicht wichtig ist, sondern der Grad der Aufrichtigkeit und das Talent.

»Was soll ich sonst noch sagen?«, fragte ich Nastja um Rat. »Was ist interessant für sie?«

Die Übersetzerin dachte kurz nach.

»Du kannst was Allgemeines über die bürgerliche Familie sagen. Die Aids-Epidemie müsste doch alle in die Familien zurücktreiben.«

Mir fiel der Reigen weiblicher Körper ein, die um Maurice herumtanzten, und ich seufzte: »Tut sie aber nicht…«

Nichts wird den Menschen von seinem Grundinstinkt abbringen. Von der Liebe erwartet man eben nie etwas Schlechtes…

Ich mochte dieses Thema nicht erörtern… Deshalb bat ich Nastja: »Sag dem Moderator, er soll etwas über die Perestroika fragen.«

»Die Perestroika hängt allen zum Halse heraus«, winkte

Nastja ab. »Und die Russen hängen auch allen zum Hals heraus. Und wir haben nur fünf Minuten Sendezeit.«

Nastja sah auf ihren Notizblock.

»Die zweite Frage: Worin unterscheidet sich Frankreich von anderen Nationen? Was sind Ihre Eindrücke?«

Ich überlegte. Die Franzosen sagten nie nein. Ganz im Gegensatz zu den Deutschen. Bei den Deutschen ist immer alles klar, entweder ja oder nein. Bei den Franzosen ist es ein Vielleicht. *Peut-être.* Warum? Der Bequemlichkeit halber. Nein sagen heißt bei dem anderen negative Gefühle auslösen. Der Gesprächspartner wird ärgerlich, schüttet Adrenalin aus, und auch du selbst gerätst in diese Adrenalinwolke und atmest sie ein. Und das ist schädlich. Und unangenehm. Hauptsache, Stress vermeiden, eigenen und fremden.

Der Aufnahmeleiter kam auf uns zu und sagte: »*Attention!*«

Die Übersetzerin leckte sich die Lippen, wie eine Katze. Wir gingen auf Sendung.

Am nächsten Tag kam Madeleine vom Land in die Stadt gefahren, um mir ihre Aufwartung zu machen und sich von mir zu verabschieden. Sie hätte nicht extra kommen brauchen, aber wohlerzogene Leute haben so ihre Gewohnheiten. Vielleicht hatte Maurice sie auch darum gebeten, weil er selbst keine Zeit hatte, sich um mich zu kümmern.

Das Kleid aus dem Atelier der Direktrice ging zum halben Preis in meinen Besitz über, das war wohl die Anerkennung für meine Bescheidenheit. Manchmal lohnt es sich ja doch, ein guter Mensch zu sein.

Ich hatte noch etwas Geld übrig, und Madeleine führte mich in die Galeries Lafayette.

Wir schlenderten umher, probierten Kleider an. Madeleine langweilte sich, denn sie ging nie in solche billigen Läden. Das tat sie nur mir zuliebe.

Ich mag auch keine billigen Sachen und kaufe lieber nur ein einziges Stück für das gesamte Geld, was ich habe. Aber selbst dieses eine Stück erfüllte Madeleine mit Melancholie. Ich sah es ihrem Gesicht an.

Ich betrat eine Kabine, um etwas anzuprobieren. Madeleine ging in die Hocke und wartete so. So sitzen bei uns in Russland die Leute aus den asiatischen Republiken. Sie ruhen sich in der Hocke aus. Madeleine legte das Kinn auf die Faust. Kinn und Faust waren beide schmal. Ein warmes Gefühl stieg in mir empor. Man wollte sie geradezu beschützen. Ich fürchtete, jemand könne an ihr vorbeilaufen und sie umstoßen, und all ihre zierlichen Knöchelchen würden auf dem Boden umherrollen. Ich kam aus der Kabine und sagte: »Kommen Sie, lassen Sie uns nach Hause fahren.«

Wir kehrten in Maurices Haus zurück, besser gesagt in ihrer beider Haus. Madeleine wollte mich in ein Restaurant einladen. Das gehörte zum Tagesprogramm. Aber ich wollte ihre Zeit nicht weiter beanspruchen und schlug vor, hier zu Hause eine Kleinigkeit zu essen.

Wir setzten uns an den Tisch.

»Ich war heute Morgen beim Arzt«, sagte Madeleine.

Sie war also wegen eines Arztbesuchs in die Stadt gekommen.

»Es ist alles in Ordnung«, fügte Madeleine zufrieden hinzu.

»Was haben Sie denn?«, fragte ich, obwohl ich nicht sicher war, ob man das fragen durfte.

»Krebs. Ein bisschen.«

Ich senkte den Blick schnell auf den Teller, um meine Bestürzung zu verbergen. Krebs – das ist ein Todesurteil. Man kann nicht ›ein bisschen‹ zum Tode verurteilt sein. Es ist die Todesstrafe auf Raten.

»Hatten Sie eine Operation?«, fragte ich vorsichtig.

»Nein. Stadium null. Ein bisschen.«

Die Millionäre hielten auf ihre Gesundheit und packten ihren Tod beim Stadium null am Kragen.

Arme Madeleine. Sie hatte einen doppelten Verrat erlebt: den der Seele und des Körpers. War Maurice womöglich vor diesem ›Stadium null‹ im mystischen Schrecken davongelaufen? Todeskälte hatte ihn angeweht. Er wollte Wärme, ja Hitze. Daher die Äthiopierin.

Ich blickte Madeleine an. Ich wollte ihr gern etwas Nettes sagen.

»Du siehst wie Maurices Tochter aus. Wie hältst du dich so gut in Form?«

»*Attention*«, antwortete Madeleine finster.

Ich begriff: Sie aß fast nichts.

»Er hat eine andere«, sagte Madeleine plötzlich. »*Il a une autre femme.*«

Offensichtlich war zwischen uns eine Nähe entstanden, die es ihr erlaubte, sich einem unbekannten Menschen zu öffnen. Vielleicht wusste sie aber auch, dass ich am nächsten Tag abreisen und ihr Geheimnis mitnehmen würde.

»*Non!*«, sagte ich ungläubig und riss die Augen auf wie beim Anblick des Phloxes.

»Doch!«, schoss es aus Madeleine heraus. »Sie ist fünfundzwanzig.«

Es war klar, dass sie die Äthiopierin meinte. Madeleine ließ einen wütenden Monolog vom Stapel, von dem ich nur drei Wörter verstand: *pas de pardon*. Ich erriet, dass sie nicht daran dachte, Maurice je zu verzeihen.

Ich hörte brav zu und sagte: »Blödsinn. *Bêtises*. Das bildest du dir ein. Er betet dich an. Ich habe es doch mit eigenen Augen gesehen.«

Madeleine sah mich zweifelnd an.

»Er liebt dich«, bekräftigte ich und fügte hinzu: »Er liebt dich leidenschaftlich…«

Niemand hatte mich zu dieser rettenden Lüge ermächtigt. Aber ich glaubte in diesem Moment ehrlich an meine Worte, und deshalb war es nicht gelogen.

Madeleine sah mich durchdringend an. Mein Glaube sickerte in sie ein. So sieht ein Krebskranker den Arzt an, der ihm ein ewig langes Leben verspricht.

Abends gab es ein Abschiedsessen für mich. Wir saßen im Restaurant, in demselben, in dem wir am ersten Tag gegessen hatten. Wir waren zu dritt: Maurice, Anastasie und ich. Madeleine war wieder ins Landhaus gefahren. Ihr lilafarbener Phlox war von einer Krankheit befallen worden.

Wir waren zu dritt, alles war genau so wie am Anfang, und doch war alles ganz anders. Ich war der Vamp, Maurice ein alternder Yves Montand und Anastasie eine Sexbombe mit Zeitzünder. In ihr tickte es nur so vor Wut.

»Hast du sie gesehen?«, fragte sie mich leise, verschwörerisch.

»Wen?«, stellte ich mich dumm.
»Du weißt, wen. Sophie.«
Ich schwieg, versuchte Zeit zu gewinnen.
»Wie ist sie?«
»Du gefällst mir besser«, sagte ich.
»Wieso?«
»Mein Auge ist an deinen Typ mehr gewöhnt.«
»Ist sie jung?«

Ich erinnerte mich an Madeleines hochgehaltene Finger und sagte: »Fünfundzwanzig.«

Mit fünfundzwanzig steht die Sonne über einem im Zenit und scheint einem auf den Scheitel. Maurice schmiegte sich eng an die Äthiopierin, und sie standen beide unter ihrer Sonne. Das Licht reichte für zwei.

»Wurmstichiger Pilz!«, zischte Nastja voller Hass.

Ich begriff, dass die Eifersucht sie zerfraß. Sie hatte Maurice nicht ›privatisieren‹ wollen, aber sie wollte ihn auch nicht hergeben. Nastja wollte mit der Peitsche knallen, wie eine Löwenbändigerin, und alle Tiere sollten auf ihren Podesten sitzen, jedes auf seinem Platz.

Maurice hatte einen Satz gemacht, sein Podest war leer. Nastja fand, dass dieses Podest das wichtigste war, oder besser gesagt, dass gerade er der wichtigste Löwe war.

»Kann ich bei dir übernachten?«, fragte sie Maurice.

Sie wollte eine Revanche. Sie forderte die Äthiopierin offen zum Kampf heraus.

Maurice schwieg einen Moment. Das bedeutete, dass Anastasies Zeit abgelaufen war.

Der Kellner kam. Dieselben flinken Handbewegungen auf dem Tisch.

»Wann geht dein Flugzeug?«, fragte Nastja und streifte mich mit einem Blick, den ich nie zuvor an ihr gesehen hatte.

Ich war jetzt das Einzige, was sie noch mit Maurice verband.

»Ich bringe sie zum Flughafen«, sagte Maurice.

Anastasie erhob sich brüsk und ging zur Garderobe.

Maurice folgte ihr. Er fühlte sich verpflichtet, ihr in den Mantel zu helfen.

Dann kam er zurück. Er schwieg. Wie es in einem französischen Lied heißt: *partir, c'est mourir un peu* – ›Abschied nehmen ist ein bisschen sterben‹. Er war ein bisschen gestorben. In ihm war der Teil gestorben, der ›Anastasie‹ geheißen hatte.

Der Kellner schenkte Wein nach. Wir tranken schweigend.

»Ich will mein Leben noch einmal von vorn anfangen«, sagte Maurice. »Ich möchte es schaffen, noch ein Leben zu leben. Aber zwischen Sophie und mir besteht ein großer Altersunterschied.«

»Zwischen euch ist gar kein Unterschied«, widersprach ich.

Maurice sah mich mit einem Blick an, der mich geradezu aufsog.

»Ich bin fast vierzig Jahre älter als sie. Ich bin schon ein alter Mann.«

»Du bist nicht alt.«

»Glaubst du das wirklich?«

»Das glaube ich nicht, das ist so«, sagte ich überzeugt. »Kann ein verliebter Mensch alt sein? Alt ist man dann, wenn man nichts mehr will.«

»Das empfinde ich genauso«, gestand Maurice. »Deshalb bin ich so frei, es mir zu erlauben. Vielleicht ist es ja noch nicht zu spät.«

»Es ist genau richtig«, sagte ich. »Vorher wäre es zu früh gewesen. Früher hättest du es noch nicht so geschätzt wie jetzt.«

Seine Augen glänzten feucht, weil er sich unschuldig fühlte, und wegen meines Mitgefühls.

Jetzt wusste ich, warum ich nach Paris geflogen war. Ich war nach Paris gekommen, um Maurice zu sagen, dass er jung war, und Madeleine, dass sie geliebt wurde.

Genau das hatte ich gesagt, nun konnte ich wieder abreisen.

Wir verließen das Restaurant und gingen langsam zu Fuß durch die Straßen.

Um uns herum dehnte sich Paris nach allen Seiten aus. Der Eiffelturm leuchtete leicht und durchsichtig wie ein Trugbild. Eine Gruppe von Parisern eilte irgendwohin, fröhlich und sorglos, ohne klares ›Ja‹ oder ›Nein‹, in fester Umarmung mit dem ›Vielleicht‹. Neben mir ging Maurice, und es kam mir so vor, als hätte ich ihn schon immer gekannt. Er hatte mir seine Geheimnisse anvertraut, und bei mir waren sie so sicher, als wenn er sie in einen Teich geworfen hätte.

Wir sprachen in verschiedenen Sprachen, aber schwiegen in ein und derselben. Und alles war klar.

»Wieso hatte ich nie so eine wie dich?«, fragte Maurice plötzlich.

»Weil es mich nur einmal gibt. Deshalb.«

Am nächsten Tag fuhr mich Maurice in seinem dunkelblauen Jaguar zum Flughafen.

Mein Koffer war immer noch nicht aufgetaucht, aber man versprach mir, dass er auf jeden Fall gefunden würde. Ich hatte mich schon beinahe mit seinem Verlust abgefunden. Schließlich hatte ich ein neues Kleid und ein neues Gesicht, ein Vamp-Gesicht, bekommen. War das nicht einen Koffer wert?

Ich ging durch die Absperrung, Maurice blieb zurück und sah mir traurig nach.

Ich drehte mich um, begegnete seinem Blick und dachte: Ein gläubiger Greis aus einem russischen Dorf am Ende der Welt lebt in größerer Harmonie mit sich und der Welt als Maurice im langen beigen Regenmantel und dem karierten Béret. Denn auch für sehr, sehr viel Geld kann man das Unfassbare nicht fassen.

Auf Wiedersehen, Maurice. Sei glücklich, wenn du weißt, wie…

Ich werde dich vergessen wie den Hurrikan Oskar. Und werde dich doch nie vergessen…

Es vergingen vier Monate.

Mein Koffer war wieder aufgetaucht. In der Zwischenzeit war er in Warschau und in Bombay gewesen. Den Koffer brachte mir Anastasie. Sie hatte das schwere Ding geschleppt, die Arme…

Sie tauchte also eines schönen Tages bei mir auf, so gegen Abend.

Sie trug ein Nerzcape mit Kapuze. Auf Kniehöhe klaffte ein Loch, in der Größe einer Untertasse.

»Was ist denn das?«, fragte ich.
»Das hat Bobby herausgerissen.«
»Ist das ein Liebhaber?«
»Nein. Ein Welpe. Er war hungrig«, erklärte Anastasie.
»Wo hast du den denn her?«
»Er lag auf der Türschwelle.«

Anastasie hatte den Welpen bei sich aufgenommen, aber vergessen, ihn zu füttern, und so hatte er ihren Pelz angefressen. Anastasie war eben zerstreut.

»Komm rein, zieh den Mantel aus«, sagte ich.

Durch meine Wohnung waberte der Geruch von geschmortem Fleisch aus dem Ofen, man hörte die Geräusche meiner Familie: Bruchstücke von Telefongesprächen, einen starken Wasserstrahl im Badezimmer.

»Ich kann nicht«, sagte Anastasie. »Unten wartet ein Auto. Ich bin nur auf einen Sprung hochgekommen.«

Meine Übersetzerin war weit weg von den Gerüchen und Geräuschen einer fremden Familie. Sie hatte ihre eigenen Aufgaben und Ziele.

»Wie geht es Maurice?«, fragte ich.

»Maurice ist ganz zu Sophie gegangen. Madeleine hat ihm das Fell über die Ohren gezogen. Wer schuldig geschieden wird, muss zahlen.«

Anastasie fiel etwas ein, sie begann, in ihrer Handtasche herumzukramen.

»Oje...«, sagte sie. »Ich habe mein Notizbuch vergessen.«
»Und was jetzt?«
»Jetzt habe ich keine einzige Telefonnummer dabei.«
»Ich meinte Maurice...«

»Ach, der … Er ist dann doch wieder zu Madeleine zurückgekehrt.«

»Des Geldes wegen?«

»Wegen allem. Ihm ist wohl klar geworden, dass es ihm heute sehr schwer fallen würde, das alles noch einmal aufzubauen: Haus, Landhaus, Kapital. Seine Gesundheit ist auch nicht mehr so gut wie früher.«

»Also doch des Geldes wegen.«

»Ach, nein. Man kann einfach nicht mehr ganz von vorn anfangen … Das glaubt man bloß …«

»Woher weißt du denn das?«, fragte ich.

»Ich werd's schon wissen, wenn ich es sage.« Anastasie hörte auf, in ihrer Tasche herumzuwühlen, und sah mir direkt in die Augen. »Man muss das Altvertraute bis zum Ende lieben. Das lieben, was einem gegeben ist, und nicht etwas Neues anfangen.«

Ich wollte mich nach ihrem Mann erkundigen, aber eigentlich hatte sie mir schon alles gesagt.

Ich stellte mir Maurice und Madeleine am Mittagstisch vor. Sie aßen zusammen und stritten sich ein bisschen dabei. Schweigend gingen sie ihrem Sonnenuntergang entgegen, Hand in Hand, einander stützend.

Und Sophies schwarzer Stern flog im Flugzeug irgendwohin, und irgendjemand hob ihr das Gepäck vom Förderband herunter.

Sławomir Mrożek
Brief nach Schweden

Sehr geehrter Herr Nobel, ich bitte Sie höflich, mir den Nobelpreis zu verleihen. Meine Bitte motiviere ich folgendermaßen:

Ich arbeite als Buchhalter in einem staatlichen Betrieb und habe als solcher einige Bücher geschrieben: das Eingangsbuch und das Ausgangsbuch, ein Buch mit dem Titel »Bilanz« und das Hauptbuch. Außerdem habe ich gemeinsam mit dem Lagerleiter eine phantastische Erzählung mit dem Titel »Inventarverzeichnis« geschrieben.

Ich glaube, dass Ihnen die Bücher gefallen würden, denn sie sind alle mit viel Phantasie geschrieben, und man kann sich totlachen, es ist echte Satire.

Wenn Sie sie vorher lesen wollen, könnte ich sie Ihnen leihen, aber nicht für lange, weil andere sie auch lesen wollen. Am meisten der Kontrollinspektor, der ist ganz versessen darauf, ich höre ihn schon im Nachbarzimmer.

Im Zusammenhang damit werden Kosten auf mich zukommen, denn er liest meine Bücher, aber vielleicht gefallen sie ihm nicht. Deshalb schreibe ich ja Ihnen, damit Sie mir den Preis schicken und ich meine Kosten decken kann. Bitte schicken Sie ihn an meine private Adresse. Selbst wenn der Briefträger mich nicht anträfe, würde meine Frau ihn entgegennehmen. Ich lasse ihr eine Vollmacht da.

Das würde dann bedeuten, dass ich einen Anwalt brauche... Bitte warten Sie einen Augenblick, Herr Nobel, er ist gerade hereingekommen.

... Er ist schon wieder weg. Wissen Sie was, Herr Nobel? – Schicken Sie mir lieber zwei Nobelpreise. Sie haben ja keine Ahnung, wie viel teurer alles geworden ist.

Loriot
Literaturkritik

Der Literaturkritiker einer Fernsehanstalt erscheint auf dem Bildschirm und beginnt, mit der Geziertheit des intellektuellen Fernsehschaffenden zu sprechen.

Die Frankfurter Buchmesse liegt nun drei Monate zurück, aber diese Zeit war erforderlich, das Angebot zu sichten, Wesentliches von Überflüssigem zu trennen, Bedeutendes von Unbedeutendem zu scheiden.

Lassen Sie mich aus der Fülle der wichtigen Neuerscheinungen ein Werk herausgreifen. Hier werden Dinge in einer Eindringlichkeit und Präzision beschrieben, die bisher in der schöngeistigen Literatur nicht zu finden waren. Der Autor zieht es vor, anonym zu bleiben. Das überrascht, denn bei aller Offenheit zeigt das Werk eine ungewöhnliche Reinheit der Sprache, und man sollte nicht zögern, es gerade der heranreifenden Jugend in die Hände zu legen, um sie mit den ganz natürlichen Vorgängen des Lebens vertraut zu machen. Keine deutsche Fernsehanstalt hat es bisher gewagt, eine Leseprobe der zu Unrecht umstrittenen Stellen zuzulassen. Aber bitte urteilen Sie selbst. Ich beginne auf Seite 294:

Germersheim ab	12.36 Uhr
Westheim	12.42 Uhr
Lustadt an	12.46 Uhr

Schon diese Stelle ist ein kleines Meisterwerk. Ein nur scheinbar harmloses Zeugnis für die bestürzende Sachkenntnis des Verfassers. Und kurz darauf steigert sich das Werk zu einem seiner vielen dramatischen Höhepunkte:

Landau ab	12.32 Uhr
Anweiler	12.47 Uhr
Pirmasens an	13.13 Uhr

Das ist fein beobachtet. Jedermann weiß, wie peinlich solche Stellen gerade bei Literaten minderer Qualität wirken können.

Mit den Worten »in Saarbrücken Hauptbahnhof kann mit Anschluss nicht gerechnet werden« schließt das Werk. Es sollte in keinem Bücherschrank fehlen.

Leselaster

Miguel Cervantes
Don Quixotes Bibliothek

In Don Quixotes Wohnung war alles in Verwirrung. Der Pfarrer und der Barbier des Ortes, die Don Quixotes gute Freunde waren, befanden sich dort, und die Haushälterin sagte eben mit lauter Stimme: »Was sagt nun Eure Ehrwürden, Herr Lizentiat Pedro Perez« – so hieß der Pfarrer –, »zu meines Herrn Unglück? Seit sechs Tagen ist er nicht zu sehen, nicht sein Pferd, nicht die Lanze und Schild, nicht die Rüstung! Ich will gleich des Todes sein, wenn es mir nicht schwant, und gewiss wird es auch ebenso richtig sein, wie wir geboren werden, um zu sterben, dass ihm seine verfluchten Ritterbücher, die er immer las, den Verstand verrückt haben! Ich erinnere mich jetzt, dass ich ihn oft habe sagen hören, wenn er für sich sprach, dass er irrender Ritter werden möchte und ausziehen, um in der ganzen Welt Abenteuer aufzusuchen. Hole doch Satan und Barrabas alle dergleichen Bücher! Denn sie haben den feinsten Kopf in der ganzen la Mancha um seinen Verstand gebracht.«

Die Nichte sagte das Nämliche und sogar noch mehr: »Wisst, Meister Nicolas« – denn so hieß der Barbier –, »dass mein Herr Oheim, wenn er manchmal in diesen unmenschlichen Unglücksbüchern zwei Nächte und zwei Tage las, am Ende das Buch wegwarf, den Degen nahm und auf die Mauer losschlug. Wenn er dann ermüdet war, sagte er, er habe vier Riesen, so groß wie die Türme, umgebracht, der Schweiß, den er von der Anstrengung vergoss, behauptete er, sei Blut aus den Wunden, die er in der Schlacht empfangen habe; dann trank er schnell einen großen Becher kaltes Wasser aus und war gesund und ruhig, wobei er sagte, dass das Wasser ein köstliches Getränk sei, das ihm der weise Halsknief, ein großer Zauberer und sein Freund, gebracht habe. Ich aber habe an allem die meiste Schuld, dass ich Euch nicht von den Torheiten meines Herrn Oheims unterrichtet habe, damit wir vorher dazu getan hätten, ehe er das geworden ist, was er jetzt ist, so hätte man all die vielen heidnischen Bücher verbrannt – deren er so viele hat –, die es wahrhaftig ebenso wohl als Ketzer verdienen.«

»Das sag ich auch«, sagte der Pfarrer, »und wahrlich! morgen soll die Sonne nicht untergehen, ehe wir sie verurteilt und zum Feuer verdammt haben, damit sie nicht jemand anders verführen, sie zu lesen, und es ihm dann so ergeht, wie es meinem guten Freunde ergangen sein muss.«

Alles dieses hörten der Bauer und Don Quixote mit an, und der Bauer begriff daraus völlig die Krankheit seines Nachbars; er fing daher an mit lauter Stimme zu rufen: »Man geruhe dem Herrn Balduin aufzumachen und dem Herrn Marques von Mantua, der schwer verwundet ankömmt, ebenso dem Herrn Mohren Abindarraez, den der Kommandant von Antequera, der tapfre Rodrigo de Narvacz, gefangen führt.«

Bei diesen Worten liefen sie alle hinaus, und wie nun die beiden ihren Freund, die andern ihren Herrn und Oheim erkannten, der noch nicht von seinem Tiere abgestiegen war, weil er nicht konnte, wollten ihn alle umarmen. Don Quixote aber sagte: »Bleibt alle zurück, denn ich komme durch Schuld meines Pferdes schwer verwundet an; bringt mich zu Bett und ruft, wenn es möglich ist, die weise Urganda, dass sie meine Wunden heile und untersuche.«

»Nun, da haben wir's ja«, sagte die Haushälterin, »mein Herz sagte es mir wohl, wo meinen Herrn der Schuh drückte, wir wollen Euch mit Gottes Hülfe, gnädiger Herr, selber schon heilen, ohne dass die Urganda dazukomme. Verflucht und noch hundertmal und noch tausendmal verflucht mögen die Ritterbücher sein, die Euer Gnaden so zugerichtet haben.«

Sie brachten ihn sogleich zu Bette, um seine Wunden zu untersuchen, da sie aber keine fanden, sagte er, dass er ganz zerquetscht sei, weil er mit seinem Rosse Rosinante einen schweren Fall getan, in Bekämpfung von zehn Waldbauern, den ungeheuersten und wildesten, die man wohl auf einem großen Teile der Erde finden könne. »Ha ha!«, sagte der Pfarrer, »müssen die Waldbauern an den Tanz? Nun, bei meiner armen Seele, morgen vor Abend sollt ihr alle verbrannt sein.«

Sie taten tausend Fragen an Don Quixote, aber er antwortete auf alle nichts weiter, als man möchte ihm zu essen geben und ihn schlafen lassen, welches ihm das Nötigste sei. Dies geschah auch, und der Pfarrer erkundigte sich bei dem Bauer umständlicher, auf welche Art er Don Quixote gefunden habe. Dieser erzählte alle Tollheiten, die jener auf der Erde liegend und unterwegs gesprochen habe, welches den Lizentiaten in seinem Vorsatze bestärkte, der am folgenden Tage sogleich seinen Freund, Meister Nicolas, den Barbier, abrief, mit dem er sich nach der Wohnung Don Quixotes begab.

Er war immer noch im Schlafe, als der Pfarrer sich von der Nichte die Schlüssel zu dem Zimmer geben ließ, in welchem sich die Bücher befanden, die den Schaden angerichtet hatten, und sie gab sie mit Freuden. Alle gingen hinein, auch die Haushälterin mit ihnen. Im Zimmer standen mehr als hundert Bände im großen Format, alle gut eingebunden, und andere, die kleiner waren. Sowie die Haushälterin sie erblickte, ging sie eilig aus der Stube, kam aber sogleich mit einer Schale Weihwasser und einer Rute zurück, indem sie sagte: »Da, nehmt hin, Herr Lizentiat, besprengt die Stube, kein einziger von den vielen Zauberern, die in diesen Büchern stecken, soll hierbleiben und uns bezaubern, zur Strafe, weil wir ihnen jetzt zu nahe tun und sie aus der Welt schaffen wollen.«

Die Einfalt der Haushälterin brachte den Lizentiaten zum Lachen, und er befahl dem Barbier, dass er ihm von jenen Büchern eins nach dem andern reichen solle, um sie anzusehen, weil sich vielleicht einige finden möchten, die die Feuerstrafe nicht verdienten. »Nein«, sagte die Nichte, »es muss keins davon verschont werden, denn alle haben das Unglück angerichtet; es wäre am besten, sie durch die Fenster in den Hof zu schmeißen, sie da auf einen Haufen zu packen und Feuer dran zu legen; oder man könnte sie auch in den Hinterhof bringen und da den Scheiterhaufen errichten, weil uns dann der Rauch nicht beschwerlich fiele.«

Dasselbe sagte die Haushälterin, so große Eile hatten sie,

diese Unschuldigen ums Leben zu bringen; aber der Pfarrer wollte ihnen nicht nachgeben, ohne wenigstens vorher die Titel zu lesen.

Das Erste, was ihm Meister Nicolas reichte, waren *Die vier Bücher des Amadis von Gallia*. Der Pfarrer sagte: »Hierin scheint das Geheimnis zu liegen, denn so, wie man mir gesagt hat, war dieses Buch das erste von Ritterschaftssachen, das in Spanien gedruckt wurde, und dass alle Übrigen ihm ihren Ursprung und ihr Entstehen zu danken haben, darum muss man es auch als den Stifter einer so verderblichen Sekte ansehen und ohne Gnade zum Feuer verdammen!«

»Nein, mein Herr«, sagte der Barbier, »denn man hat mir auch gesagt, dass dies Buch das beste von allen in dieser Gattung sei, und darum könnte man ihm wohl als dem einzigen seiner Gilde vergeben.«

»Das ist wahr«, sagte der Pfarrer, »und aus diesem Grunde sei ihm das Leben für jetzt geschenkt. Wir wollen das andre sehen, das daneben steht.«

»Dieses«, sagte der Barbier, »heißt *Die Großtaten des Esplandian*, rechtmäßigen Sohns des Amadis von Gallia.«

»Nun wahrlich«, sagte der Pfarrer, »die Tugend des Vaters darf dem Sohne nicht zugutekommen; nehmt, Frau Haushälterin, macht das Fenster auf und schmeißt ihn auf den Hof, er soll die Grundlage des Scheiterhaufens sein.«

Die Haushälterin tat dies mit vielen Freuden, und der wackere Esplandian flog in den Hof hinunter, wo er das Feuer, das ihm drohte, mit großer Geduld erwartete.

»Weiter!«, sagte der Pfarrer. – »Der nun kommt«, sagte der Barbier, »ist *Amadis von Graecia*, und alle auf dieser

Reihe sind, wie ich glaube, von derselben Familie des Amadis.«

»So können sie alle in den Hof reisen«, sagte der Pfarrer, »denn um nur die Königin Pintiquiniestra verbrennen zu können und den Schäfer Darinel samt seinen Eklogen, mit den verteufelten und verruchten Reden des Verfassers, würde ich meinen leiblichen Vater zum Verbrennen hergeben, wenn er sich in Gestalt eines irrenden Ritters ertappen ließe.«

»Der Meinung bin ich auch«, sagte der Barbier. – »Ich ebenfalls«, rief die Nichte. – »Wenn es so ist«, sagte die Haushälterin, »wohl, mit allen in den Hof hinunter!« – Sie gaben sie ihr – und es waren viele –, und da ihr die Treppe zu umständlich schien, so warf sie sie alle aus dem Fenster in den Hof hinab.

»Was ist das da für eine Tonne?«, fuhr der Pfarrer fort. – »Dieser«, antwortete der Barbier, »ist *Don Olivante de Laura*.« – »Der Verfasser dieses Buches«, sprach der Pfarrer, »ist derselbe, der den *Blumengarten* geschrieben hat, und es lässt sich wirklich schwer entscheiden, in welchem von beiden Büchern er wahrhaftiger, oder um mich richtiger auszudrücken, weniger Lügner ist. Das ist aber zuverlässig, dass er wegen seiner Tollheit und Anmaßung in den Hof wandern soll.«

»Was nun folgt«, sagte der Barbier, »ist der *Florismarte von Hircania*.« – »Ei, also der Herr Florismarte ist hier?«, versetzte der Pfarrer, »nun wahrlich, er muss eiligst in den Hof hinunter, trotz seiner sonderbaren Geburt und seinen schimärischen Abenteuern, zu nichts anderm ist auch sein harter und trockner Stil zu brauchen. In den Hof mit ihm zu den andern, Frau Haushälterin.«

»Von Herzen, mein lieber Herr!«, antwortete sie, und sehr behende richtete sie aus, was ihr war aufgetragen worden. – »Dies ist *Der Ritter Platir*«, sagte der Barbier. – »Dies ist ein altes Buch«, sagte der Pfarrer, »und ich finde keine Ursache in ihm, aus welcher es Gnade verdiente; also bringt es, ohne was zu erwidern, zu den übrigen.« – Es geschah sogleich.

Sie schlugen ein anderes Buch auf und fanden den Titel: *Der Ritter des Kreuzes*. »Wegen des heiligen Namens, den dieses Buch führt, könnte man ihm wohl seine Dummheit verzeihen, aber man pflegt auch zu sagen, hinter dem Kreuze steckt der Teufel: Fort mit ihm in das Feuer.«

Der Barbier nahm ein anderes Buch und sagte: »Hier ist der *Spiegel der Ritterschaft*.« – »Ich kenne ihre Herrlichkeit wohl«, sagte der Pfarrer; »da findet sich der Herr Reinald von Montalban mit seinen Freunden und Spießgesellen, größeren Spitzbuben als Cacus, samt den zwölf Pairs und dem wahrhaftigen Geschichtsschreiber Turpin; eigentlich verdienen diese nicht mehr als eine ewige Landesverweisung, zum mindesten deshalb, weil sie zum Teil eine Erfindung des berühmten Mateo Boyardo sind, aus dem auch der christliche Poet Lodovico Ariosto sein Gewebe anknüpfte. Wenn ich diesen antreffe, und er redet nicht seine Landessprache, so werde ich nicht die mindeste Achtung gegen ihn behalten, redet er aber seine eigentümliche Mundart, so sei ihm alle Hochschätzung.« – »Ich habe ihn Italienisch«, sagte der Barbier, »aber ich verstehe ihn nicht.« – »Es wäre auch nicht gut, wenn Ihr ihn verständet«, antwortete der Pfarrer, »und wir hätten es gern dem Herrn Kapitän erlassen, ihn nach Spanien zu schleppen und ihn zum Kastilianer zu machen; er hat ihm dabei auch viel von seiner eigentlichen Trefflichkeit genommen, und eben das wird allen begegnen, die Poesien in eine andere Sprache übersetzen wollen, denn bei allem Fleiße und aller Geschicklichkeit, die sie anwenden und besitzen, wird der Dichter nie so wie in seiner ersten Gestalt erscheinen können. Ich meine also, dass man dieses Buch und alle, die sich noch von Begebenheiten Frankreichs vorfinden sollten, in einen trocknen Brunnen legen müsste, bis man besser überlegt, was man mit ihnen anfangen könne, wobei ich aber einen gewissen Bernardo del Carpio, der sich umtreibt, und ein anderes Buch, *Roncesvalles* genannt, ausnehme, denn wenn mir diese in die Hände fallen, so werden sie sogleich der Haushälterin übergeben, die sie stracks ohne Barmherzigkeit dem Feuer überliefern soll.«

Alles dieses bestätigte der Barbier, er fand alles gut und unwidersprechlich, denn er wusste, dass der Pfarrer ein so guter Christ und ein so großer Freund der Wahrheit sei, dass er um die ganze Welt nicht gegen sein Gewissen sprechen würde. Er machte ein anderes Buch auf und sah, dass es der *Palmerin de Oliva* war, daneben stand ein anderes Buch, das *Palmerin von England* hieß. Als diese der Lizentiat erblickte, sagte er: »Dieser muss sogleich in Stücke zerschlagen und so völlig verbrannt werden, dass auch nichts von der Asche übrigbleibt, aber die *Palme von England* bewahre man gut und hebe dies als ein einziges Werk auf; man verfertige dazu eine ähnliche Schachtel, wie Alexander eine unter der Beute des Darius fand, die er brauchte, um die Werke des Poeten Homerus aufzubewahren. Dieses Buch, Herr Gevatter, ist aus zweierlei Ursachen hoch zu achten, erstlich, weil es an sich gut ist, zweitens, weil es von einem geistreichen Könige von Portugal geschrieben sein soll. Alle Abenteuer im Schlosse Miraguarda sind sehr schön und kunstreich ausgeführt, alle Reden sind zierlich und klar, zugleich ist immer mit Schicklichkeit und Verstand das Eigentümliche jedes Sprechenden beibehalten. Ich bin der Meinung, mein lieber Meister Nicolas, wenn Ihr nichts dagegen habt, dass dieses Buch und der *Amadis von Gallia* vom Feuer befreit sein, alle Übrigen aber ohne Richtung und Sichtung umkommen sollen.«

»Nein, Herr Gevatter«, sagte der Barbier, »denn hier ist gleich der ruhmvolle *Don Belianis*.«

»Was diesen betrifft«, antwortete der Pfarrer, »so wäre dem zweiten, dritten und vierten Teile etwas Rhabarber vonnöten, um den überflüssigen Zorn abzuführen, dann müsste man alles wegstreichen, was sich auf das Kastell des Ruhms bezieht, nebst andern noch größeren Narrheiten, dann möchte man ihm aber wohl eine Appellationsfrist vergönnen und, wie er sich dann besserte, Recht oder Gnade gegen ihn ausüben; nehmt ihn indessen mit nach Hause, Gevatter, aber lasst niemand darin lesen.«

»Sehr gern«, antwortete der Barbier, und ohne sich weiter damit abzugeben, die Ritterbücher anzusehen, befahl er der Haushälterin, alle die großen zu nehmen und sie in den Hof hinunterzuwerfen. Dies wurde keiner gesagt, die taub war oder langsam begriff, denn sie hatte mehr Freude daran, sie alle zu verbrennen, als wenn man ihr ein großes und feines Stück Leinen geschenkt hätte, sie nahm also wohl acht auf einmal und schmiss sie zum Fenster hinaus. Da sie aber zu viele auf einmal gefasst, fiel eins davon dem Barbier auf die Füße nieder, der es schnell aufhob, um den Titel zu sehen, der so lautete: *Historia von dem berühmten Ritter Tirante dem Weißen.*

»Um des Himmels willen!«, sagte der Pfarrer, indem er die Stimme heftig erhob, »so ist *Tirante der Weiße* da! Gebt ihn mir, Gevatter, denn ich bin der Meinung, dass ich in ihm einen Schatz von Spaß und eine Fundgrube von Zeitvertreib entdeckt habe. Hier findet sich Don Kyrieeleison von Montalban, samt seinem Bruder Thomas von Montalban und dem Ritter Janseca, ingleichen der Zweikampf, den der tapfere Tirante mit einem Hunde hielt, die Scharfsinnigkeiten der Jungfrau Lebensfreude mit den Liebeshändeln und Intrigen der Witwe Besänftigt, auch eine Frau Kaiserin, die in ihren Stallmeister Hippolito verliebt ist. Ich versichere Euch, Gevatter, dass, in Ansehung des Stils, dies das beste Buch von der Welt ist, denn hier essen die Ritter, schlafen und sterben auf ihren Betten, machen ein Testament vor ihrem Tode, nebst andern Dingen, von denen alle übrigen Bücher dieser Art gar nichts erwähnen. Bei alledem aber sage ich auch, dass, der es schrieb, verdient hätte, wenn er auch nicht die vielen Dummheiten so mühsam erfand, für Lebenszeit auf die Galeeren zu kommen. Nehmt es mit nach Hause und lest es, und Ihr werdet finden, dass ich die Wahrheit gesagt habe.«

»Ich will es tun«, antwortete der Barbier, »aber was machen wir mit den übrigen kleinen Büchern, die noch übrig sind?«

»Diese«, sagte der Pfarrer, »werden keine Ritterbücher, sondern Poesien sein.« Er schlug eins auf, welches *Die Diana* des Georg de Montemayor war, und sagte, weil er alle übrigen für ähnliche Werke hielt: »Diese verdienen nicht, wie jene verbrannt zu werden, denn sie stiften und werden niemals solch Unheil stiften, als die Ritterbücher gestiftet haben, diese Bücher sind für die Unterhaltung, ohne dass sie irgendwem Nachteil bringen.«

»Ach, mein Herr!«, sagte die Nichte, »Ihr könnt sie immer ebenso gut wie die andern verbrennen lassen, denn wenn der Herr Oheim von der Krankheit der Ritterschaft geheilt ist und er liest diese, so kann es ihm wohl einfallen, sich zum Schäfer zu machen und singend und musizierend durch Wälder und Wiesen zu ziehen, oder er wird wohl gar ein Poet, welches doch die unheilbarste und allerhartnäckigste Krankheit sein soll.«

»Die Jungfer hat recht«, sagte der Pfarrer, »wir sollten also unserem Freunde lieber auch diesen Stein des Anstoßes aus dem Wege räumen. Wir wollen also mit der *Diana* des Montemayor den Anfang machen. Ich glaube, sie muss nicht verbrannt werden, sondern man müsste nur alles das wegschneiden, was von der weisen Felicia und dem bezauberten Wasser handelt, ebenso alle jambischen, zwölffüßigen Verse, und dem Werke bleibe dann immerhin die Prose und Ehre, unter solchen Büchern das erste zu sein.«

»Was hier folgt«, sagte der Barbier, »ist *Die Diana*, die man *Die zweite vom Salamantiner* nennt, und hier ist noch ein anderes Buch mit demselben Titel, vom Gil Polo verfasst.«

»Die des Salamantiners«, antwortete der Pfarrer, »mag jene zum Hofe Verdammten begleiten und die Zahl der Verurteilten vermehren, die aber vom Gil Polo müssen wir bewahren, als wenn sie vom Apollo wäre. – Aber weiter, Herr Gevatter, und macht hurtig, denn es wird schon spät.«

»Dieses Buch«, sagte der Barbier, indem er ein anderes aufschlug, »führt den Titel: *Zehn Bücher vom Glück der Liebe*, verfasst von Antonio de Lofraso, einem sardinischen Poeten.«

»Bei meinem heiligen Amte«, sagte der Pfarrer, »seit Apollo Apollo gewesen, die Musen Musen und Poeten Poeten, ist kein so lustiges und tolles Buch als dieses geschrieben, es ist das trefflichste, ja das einzige unter allen, die in dieser Gattung jemals an das Licht der Welt getreten sind, und wer es nicht gelesen hat, kann überzeugt sein, dass er noch nichts recht Erfreuliches gelesen hat. Gebt es gleich her, Gevatter, dieser Fund ist mir mehr wert, als wenn mir einer ein Priesterkleid von florentinischem Halbtuche geschenkt hätte.«

Er legte es mit der größten Freude beiseite, und der Barbier fuhr fort, indem er sagte: »Nun folgt *Der Schäfer von Iberia*, *Die Nymphen von Henares* und *Die Entwirrung der Eifersucht*.«

»Bei diesen ist weiter nichts zu beobachten«, sagte der Pfarrer, »als dass man sie dem weltlichen Arme der Haushälterin überliefere, und zwar ohne mich zu fragen, warum, weil wir sonst niemals fertig würden.«

»Der nun folgt, ist *Der Schäfer der Filida*.«

»Dieser ist kein Schäfer«, sagte der Pfarrer, »sondern ein sehr gebildeter Hofmann, bewahrt ihn wie ein kostbares Kleinod.«

»Dies große Buch hier«, sagte der Barbier, »heißt *Schatz mannigfaltiger Gedichte*.«

»Wären es nicht so viele«, sagte der Pfarrer, »so hätten sie mehr Wert, dieses Buch müsste von manchen Gemeinheiten gesiebt und gereinigt werden, die sich unter seinen Schönheiten befinden; hebt es auf, weil der Autor mein Freund ist, und aus Rücksicht andrer mehr heroischen und wichtigen Werke, die er geschrieben hat.«

»Dieses«, fuhr der Barbier fort, »sind die *Gedichte* des Lopez Maldonado.«

»Auch der Verfasser dieses Buchs«, antwortete der Pfarrer, »ist mir sehr befreundet, und in seinem Munde entzücken seine Verse jeden, der sie hört, denn seine Stimme ist so süß, dass sein Gesang ein Zauberklang zu nennen ist. In seinen Eklogen ist er etwas weitläufig, doch war des Guten niemals zu viel; bewahrt dies Buch mit den auserwählten. Was steht denn aber daneben?«

»*Die Galatea* des Miguel de Cervantes«, antwortete der Barbier.

»Dieser Cervantes ist seit vielen Jahren mein guter Freund, und ich weiß, dass er geübter in Leiden als in Reimen ist. In seinem Buche ist manches gut erfunden, manches wird vorbereitet und nichts zu Ende geführt. Man muss den versprochenen zweiten Teil erwarten, vielleicht verdient er sich durch diesen die Gnade für das Ganze, die man ihm jetzt noch verweigern muss; bis dahin, Herr Gevatter, hebt das Buch in Eurem Hause auf.«

»Das will ich«, antwortete der Barbier, »und nun folgen hier drei in eins gebundene, *Die Araucana* des Don Alonzo di Ercilla, *Die Austriada* des Juan Rufo, Juraden von Cordoba, und *Der Monserrate* des Cristobal de Virues, des valenzischen Poeten.«

»Diese drei Bücher«, sagte der Pfarrer, »sind die besten heroischen Gedichte, die in kastilianischer Sprache geschrieben sind, sie können sich mit den berühmtesten der Italiener messen, hebt sie als die köstlichsten Stücke der Poesie auf, die Spanien besitzt.«

Der Pfarrer war nun müde, mehr Bücher anzusehen, er verlangte also, dass alle übrigen in Bausch und Bogen verbrannt werden sollten. Der Barbier aber hielt schon eins aufgeschlagen, welches den Titel führte: *Die Tränen der Angelica.*

»Ich hätte selbst Tränen vergossen«, sagte der Pfarrer, als er diesen Namen hörte, »wenn ich dieses Buch hätte mit verbrennen lassen, denn der Verfasser war einer der berühmtesten Poeten nicht allein in Spanien, sondern in der ganzen Welt, der auch einige Fabeln des Ovidius überaus glücklich übersetzt hat.«

In diesem Augenblicke fing Don Quixote an, mit lauter Stimme zu schreien: »Wohlauf! wohlauf! Ihr tapfern Ritter! Wohlauf! Es ist vonnöten, die Stärke Eurer tapfern Arme zu zeigen, damit die Höflinge nicht das Beste im Turniere gewinnen!« Auf dies Geschrei und Lärmen liefen sie hinzu und brachen dadurch das Gericht über die andern Bücher ab; und so ist es wahrscheinlich, dass *Die Carolea* und *Der Löwe von Spanien* wie auch *Die Taten des Kaisers*, von Don Luis de Avila verfasst, ungesehen und ungehört dem Feuer übergeben sind, die wohl hätten verschont bleiben können und die auch vielleicht, wenn der Pfarrer sie nur gesehen hätte, keinem so harten Urteilsspruch unterlegen wären.

Als sie zu Don Quixote kamen, war er schon aus dem Bette aufgestanden; er schrie und tobte und schlug von allen Seiten um sich, wobei er so wach war, als wenn er gar nicht geschlafen hätte. Sie umliefen ihn und warfen ihn mit Gewalt auf sein Bett; als er darauf ein wenig beruhigt war, wandte er sich zum Pfarrer und sagte: »Wahrlich, Herr Erzbischof Turpin, große Schande ist es für uns, die wir die zwölf Pairs genannt werden, so mir nichts, dir nichts den Hofrittern den Sieg dieses Turniers zu lassen, da wir übrigen Abenteurer doch den Preis der vorigen drei Tage gewonnen haben.« – »Beruhigt Euch, Herr Gevatter«, antwortete der Pfarrer, »Gott wird es fügen, dass das Glück sich wieder wendet und dass das, was heute verloren ist, morgen wieder gewonnen wird, jetzt tragt nur für Eure Wohlfahrt Sorge, denn Ihr müsst über die Maßen entkräftet sein, wenn Ihr nicht gar schlimm verwundet seid.« – »Verwundet nicht«, sagte Don Quixote, »aber gewiss sehr zerschlagen und zerquetscht, denn der Bastard Don Roland hat mich unsäglich mit dem Stamme einer alten Eiche zerprügelt, und bloß aus Neid, weil er gewahr wird, dass ich sein einziger Nebenbuhler in der Tapferkeit bin; aber ich will nicht Reinald von Montalban heißen, wenn er mir nicht alles, sobald ich nur von diesem Bette aufstehe, trotz allen seinen Bezauberungen bezahlen soll; jetzt aber bringt mir augenblicklich Speise, denn dieser bedarf ich am meisten, und nachher will ich schon auf Rache denken.«

Sie taten es, sie gaben ihm zu essen und überließen ihn dann dem Schlafe zum zweiten Male, indem alle seine Torheit bewunderten. In dieser Nacht verbrannte und vertilgte die Haushälterin alle Bücher, die sie im Hofe und Hause antraf, und so sind wohl manche umgekommen, die verdient hätten, in ewigen Archiven aufbewahrt zu werden, aber das Schicksal und die Trägheit des Richters vergönnte es ihnen nicht, und so erfüllte sich an ihnen das Sprichwort, dass die Gerechten zugleich mit den Sündern büßen müssen.

Eins von den Mitteln, das der Pfarrer und der Barbier gegen die Krankheit ihres Freundes ersonnen, war, das Bücherzimmer zu vermauern und anzustreichen, damit er es nicht wiederfinde, wenn er aufstände, weil mit der weggeräumten Ursache auch die Wirkung aufhören würde, wobei sie sagen wollten, dass ein Zauberer Bücher, Zimmer und alles entführt habe; dies ward wirklich mit großer Schnelligkeit ins Werk gesetzt. Nach zweien Tagen erhob sich Don Quixote, und sein erster Gang war, nach seinen Büchern zu sehen, und da er das Zimmer nicht da fand, wo er es gelassen hatte, wandelte er suchend von einer Seite zur andern. Er ging dahin, wo die Tür gewesen war, und tastete mit den Händen und blickte mit den Augen hin und her, ohne ein einziges Wort zu sprechen; nachdem so eine geraume Zeit verflossen war, fragte er endlich die Haushälterin, wo sich denn sein Bücherzimmer befinde. Die Haushälterin, die schon auf ihre Antwort abgerichtet war, sagte: »Was für ein Zimmer oder was sucht Ihr denn irgend da, gnädiger Herr? Wir haben im Hause weder das Zimmer noch die Bücher mehr, denn alles hat der leibhafte Teufel geholt.«

»Nicht der Teufel«, sagte die Nichte, »sondern ein Zauberer, der auf einer Wolke in einer Nacht kam, nachdem Euer Gnaden tags vorher abgereist waren; er stieg von einer Schlange ab, auf der er ritt, ging in das Zimmer, und was er darin gemacht hat, weiß ich nicht, aber nach einer kleinen Weile flog er wieder zum Dache hinaus und ließ das Haus voller Rauch, und als wir zusehen wollten, was er gemacht hatte, fanden wir weder Buch noch Zimmer mehr.«

Gustave Flaubert

Bibliomanie

In einer engen und sonnenlosen Straße Barcelonas lebte vor nicht langer Zeit einer jener Menschen mit blasser Stirn, glanzlosen, tiefliegenden Augen, eines jener satanischen und wunderlichen Wesen, wie sie E. T. A. Hoffmann in seinen Träumen zutage gefördert hat.

Es war Giacomo, der Buchhändler.

Er war dreißig Jahre und galt schon als alt und verbraucht; er war groß, aber krumm wie ein alter Mann; seine Haare waren lang, aber weiß; seine Hände waren stark und sehnig, aber vertrocknet und runzelig; seine Kleidung war elend und zerlumpt, er wirkte linkisch und gehemmt, sein Gesicht war blass, traurig, hässlich, ja nichtssagend. Man sah ihn selten auf der Straße außer an den Tagen, wo seltene und kuriose Bücher versteigert wurden. Dann war er nicht mehr derselbe apathische und lächerliche Mann. Seine Augen belebten sich, er rannte, er lief, er trampelte mit den Füßen, nur mit Mühe konnte er seine Freude, seine Sorgen, seine Ängste und seine Schmerzen mäßigen; schnaufend, keuchend, außer Atem kam er heim, nahm das geliebte Buch, verschlang es mit seinen Augen und betrachtete und liebte es wie ein Geiziger seinen Schatz, ein Vater seine Tochter, ein König seine Krone.

Dieser Mensch hatte nie mit jemandem gesprochen außer mit Bouquinisten und Trödlern; er war schweigsam und verträumt, düster und traurig; er hatte nur eine Idee, nur eine Liebe, nur eine Leidenschaft: Bücher; und diese Liebe, diese Leidenschaft verbrannten ihn innerlich, zermürbten seine Tage, verschlangen seine Existenz.

Oft sahen die Nachbarn durch die Scheiben des Buchhändlers nachts ein Licht, das flackerte, dann kam es näher, entfernte sich, stieg empor, und manchmal verlosch es; darauf hörten sie an ihre Tür klopfen, und es war Giacomo, der seine Kerze wiederanzünden kam, die ein Windstoß ausgeblasen hatte.

Diese fiebrigen und brennenden Nächte verbrachte er in seinen Büchern. Er rannte in die Lager, er rannte durch die Reihen seiner Bibliothek mit Ekstase und Entzücken; dann blieb er stehen mit wirrem Haar, starren und sprühenden Augen, seine Hände zitterten beim Berühren des Holzes der Regale; sie waren heiß und feucht.

Er nahm ein Buch, blätterte dessen Seiten um, befühlte dessen Papier, prüfte dessen Goldschnitt, den Deckel, die Buchstaben, die Druckerschwärze, den Falz und das Bildarrangement für das Wort *finis*; dann gab er ihm einen anderen Platz, stellte es in eine höhere Reihe und betrachtete ganze Stunden seinen Titel und seine Form.

Er ging danach zu seinen Manuskripten, denn das waren die Lieblingskinder; er nahm eines davon, das älteste, das zerschlissenste, das schmutzigste, er betrachtete sein Pergament mit Liebe und Glück, er roch an seinem heiligen und ehrwürdigen Staub, dann blähten sich seine Nüstern vor Freude und Stolz, und ein Lächeln ging über seine Lippen.

Ach! Er war glücklich, dieser Mensch, glücklich inmitten all dieser Wissenschaft, von der er allenfalls das moralische Gewicht und den literarischen Wert verstand; er war glücklich, wenn er zwischen all diesen Büchern saß, seine Augen über die vergoldeten Buchstaben, über die zerschlissenen Seiten, über das verblichene Pergament gleiten ließ; er liebte die Wissenschaft wie ein Blinder den Tag.

Nein! Nicht die Wissenschaft liebte er, sondern ihre Form und ihren Ausdruck; er liebte ein Buch, weil es ein Buch war, er liebte seinen Geruch, seine Form, seinen Titel. An einem Manuskript liebte er sein altes unleserliches Datum, die wunderlichen und merkwürdigen gotischen Buchstaben, die schweren Vergoldungen seiner Illuminationen, seine mit Staub bedeckten Seiten, einen Staub, dessen süßen und feinen Geruch er mit Wonne einatmete; das hübsche Wort *finis*, umgeben von zwei Amoretten, getragen von einem Band, auf einem Springbrunnen ruhend, auf ein Grab graviert oder in einem Korb zwischen Rosen, goldenen Äpfeln oder blauen Sträußen liegend. Diese Leidenschaft hatte ihn völlig eingenommen, er aß kaum, schlief nicht mehr, träumte ganze Tage und Nächte von seiner fixen Idee: Bücher.

Er träumte von allem Göttlichen, Erhabenen, Schönen einer königlichen Bibliothek, und er träumte davon, dass seine eigene ebenso groß werden sollte wie die eines Königs. Wie atmete er frei, wie war er stolz und mächtig, wenn er seinen Blick durch die endlosen Reihen schweifen ließ, wo sein Auge sich in Büchern verlor! Er hob den Kopf? Bücher! Er senkte ihn? Bücher! Rechts und links wieder welche!

Er galt in Barcelona als merkwürdiger und infernalischer Mensch, als Gelehrter oder Zauberer.

Er konnte kaum lesen.

Niemand wagte, mit ihm zu sprechen, so streng und blass war seine Stirn; er sah böse und verräterisch aus, und trotzdem tat er nie einem Kind etwas zuleide; er gab aber auch nie Almosen.

Er bewahrte all sein Geld, all sein Gut, alle seine Gefühle für seine Bücher; er war Mönch gewesen, und ihretwegen hatte er Gott aufgegeben; später opferte er ihnen das Teuerste, was die Menschen nach ihrem Gott haben: das Geld; danach gab er ihnen das Teuerste nach dem Geld: seine Seele.

Seit einiger Zeit vor allem waren seine schlaflosen Nächte länger; noch später sah man seine Nachtlampe, die über seinen Büchern brannte; er hatte ja einen neuen Schatz: ein Manuskript.

Eines Morgens betrat ein junger Student aus Salamanca seinen Laden. Er schien reich, denn zwei Diener hielten seinen Maulesel vor Giacomos Tür; er hatte ein rotsamtenes Barett, und Ringe funkelten an seinen Fingern.

Er hatte jedoch nicht jene übliche süffisante und nichtssagende Miene von Leuten, die betresste Diener, schöne Kleider und einen hohlen Kopf haben; nein, dieser Mann war ein Gelehrter, aber ein reicher Gelehrter, das heißt ein Mann, der in Paris an einem Mahagonitisch schreibt, Bücher mit Goldschnitt hat, bestickte Pantoffeln, chinesische Kuriositäten, einen Hausrock, eine vergoldete Stutzuhr, eine Katze, die auf einem Teppich schläft, und zwei oder drei Frauen, die ihn seine Gedichte, seine Prosa und seine Erzählungen vorlesen lassen, die ihm sagen: Ihr habt Geist, und die ihn nur für einen Gecken halten.

Die Manieren dieses Edelmannes waren höflich; beim Eintreten grüßte er den Buchhändler, machte eine tiefe Verbeugung und sagte in liebenswürdigem Ton zu ihm:

»Habt Ihr, Meister, keine Manuskripte hier?«

Der Buchhändler wurde verlegen und antwortete stammelnd:

»Aber, edler Herr, wer hat Euch das gesagt?«

»Niemand, aber ich nehme es an.«

Und er legte auf den Tisch des Buchhändlers eine Börse voll Gold, die er lächelnd klingen ließ, so wie jeder, der an Geld rührt, dessen Besitzer er ist.

»Edler Herr«, sagte Giacomo wieder, »es stimmt, dass ich welche habe, aber ich verkaufe sie nicht, ich behalte sie.«

»Und warum? Was macht Ihr damit?«

»Warum, mein edler Herr?«, und er wurde rot vor Wut, »was ich damit mache? Oh! Nein, Ihr wisst nicht, was ein Manuskript ist!«

»Pardon, Meister Giacomo, ich kenne mich da aus, und zum Beweis sage ich Euch, dass Ihr die *Chronik der Türkei* hier habt!«

»Ich? Oh! Man hat Euch getäuscht, mein edler Herr.«

»Nein, Giacomo«, antwortete der Edelmann, »beruhigt Euch doch, ich will sie Euch ja nicht stehlen, sondern Euch abkaufen.«

»Niemals!«

»Oh! Ihr werdet sie mir verkaufen«, antwortete der Scholar, »denn Ihr habt sie hier, sie ist bei Ricciami am Tag seines Todes verkauft worden.«

»Nun gut, ja, edler Herr, ich habe sie, es ist mein Schatz,

es ist mein Leben. Oh! Ihr werdet ihn mir nicht entreißen! Hört! Ich werde Euch ein Geheimnis anvertrauen: Baptisto, Ihr wisst, Baptisto, der Buchhändler, der auf dem Königsplatz wohnt, mein Rivale, mein Feind, nun, *er* hat sie nicht, und *ich* habe sie!«

»Auf wie viel schätzt Ihr sie?«

Giacomo dachte lange nach und antwortete mit stolzer Miene:

»Zweihundert Pistolen, mein edler Herr.«

Er sah den jungen Mann triumphierend an, als wenn er ihm gesagt hätte: Ihr werdet gehen, das ist zu teuer, und doch werde ich sie nicht für weniger herausgeben.

Er täuschte sich, denn jener sagte auf die Börse weisend:

»Da sind dreihundert.«

Giacomo erbleichte, er fiel fast in Ohnmacht.

»Dreihundert Pistolen?«, wiederholte er, »aber ich bin ein Narr, mein edler Herr, ich werde sie nicht für vierhundert verkaufen.«

Der Student begann zu lachen und wühlte in seiner Tasche, aus der er zwei weitere Börsen holte.

»Nun, Giacomo, hier sind fünfhundert. Oh! Nein, du willst sie nicht verkaufen, Giacomo? Aber ich werde sie haben, ich werde sie heute haben, sofort, ich brauche sie, müsste ich diesen in einem Liebeskuss geschenkten Ring verkaufen, müsste ich meinen mit Diamanten besetzten Degen verkaufen, meine Häuser und meine Paläste, müsste ich meine Seele verkaufen; ich brauche dieses Buch, ja ich brauche es mit aller Gewalt, um jeden Preis; in acht Tagen verteidige ich eine These in Salamanca, ich brauche dieses Buch, um Doktor zu werden, ich muss Doktor sein, um

Erzbischof zu werden, ich brauche das Purpur auf den Schultern, um die Tiara auf der Stirn zu haben.«

Giacomo trat an ihn heran und betrachtete ihn mit Bewunderung und Respekt, wie den einzigen Menschen, den er begriffen hatte.

»Höre, Giacomo«, unterbrach ihn der Edelmann, »ich werde dir ein Geheimnis sagen, das deinen Wohlstand und dein Glück machen wird: Es gibt hier einen Mann, dieser Mann wohnt am Tor der Araber; er hat ein Buch, das *Mysterium des heiligen Michael*.«

»Das *Mysterium des heiligen Michael*?«, sagte Giacomo und stieß einen Freudenschrei aus, »oh, danke, Ihr habt mir das Leben gerettet.«

»Schnell, gib mir die *Chronik der Türkei*.«

Giacomo lief zu einem Regal; dort blieb er plötzlich stehen, bemühte sich zu erbleichen und sagte mit erstaunter Miene.

»Aber, mein edler Herr, ich habe sie nicht.«

»Oh! Giacomo, deine Schliche sind ziemlich plump, und deine Blicke strafen deine Worte Lügen.«

»Oh! Mein edler Herr, ich schwöre Euch, ich habe sie nicht.«

»Aber du bist doch ein alter Narr, Giacomo; hier, da hast du sechshundert Pistolen.«

Giacomo nahm das Manuskript und gab es dem jungen Mann:

»Behandelt es pfleglich«, sagte er, als dieser sich lachend entfernte und auf seinen Maulesel steigend zu seinen Dienern sagte:

»Ihr wisst, dass Euer Herr ein Narr ist, aber er hat gerade

einen Schwachkopf getäuscht. Der Idiot von filzigem Mönch!«, wiederholte er lachend, »er glaubt, dass ich Papst sein werde!«

Und der arme Giacomo stand traurig und verzweifelt da, presste seine brennende Stirn an die Scheiben seines Ladens, heulte vor Wut und betrachtete mit Schmerz und Jammer sein Manuskript, den Gegenstand seiner Pflege und seiner Zärtlichkeit, das die groben Diener des Edelmannes wegtrugen.

»Oh! Sei verflucht, Mann der Hölle, sei verflucht, hundertmal verflucht, du, der du mir alles gestohlen hast, was ich auf der Erde liebte. Oh! Ich werde jetzt nicht leben können! Ich weiß, dass er mich getäuscht hat, der Schuft, er hat mich getäuscht. Wenn es so war, oh, werde ich mich rächen! Schnell zum Tor der Araber. Wenn dieser Mann eine Summe von mir verlangt, die ich nicht habe? Was dann? Oh! Ich werde daran sterben!«

Er nimmt das Geld, das der Student auf dem Ladentisch zurückgelassen hat, und rannte hinaus.

Während er durch die Straßen ging, sah er nichts von allem, was ihn umgab, alles glitt an ihm vorüber wie eine Phantasmagorie, deren Rätsel er nicht verstand, er hörte weder die Schritte der Vorbeigehenden noch das Geräusch der Räder auf dem Pflaster; er dachte, er träumte, er sah nur eins: Bücher. Er dachte an das *Mysterium des heiligen Michael,* er schuf es sich in seiner Phantasie, breit und dünn, mit einem Pergament, verziert mit Goldbuchstaben, er versuchte, die Zahl der Seiten zu erraten, die es enthalten musste; sein Herz schlug so heftig wie das eines Menschen, der sein Todesurteil erwartet.

Endlich kam er an.

Der Student hatte ihn nicht getäuscht!!

Auf einem ganz zerlöcherten alten Perserteppich waren am Boden ein Dutzend Bücher ausgebreitet. Ohne mit dem Mann zu sprechen, der daneben schlief, wie seine Bücher daliegend, und in der Sonne schnarchte, fiel Giacomo auf die Knie, begann, mit besorgten und angstvollen Augen die Rücken der Bücher zu überfliegen, stand dann bleich und niedergeschlagen auf, weckte den Bouquinisten schreiend und fragte:

»He, Freund, habt Ihr hier nicht das *Mysterium des heiligen Michael*?«

»Was?«, sagte der Händler und schlug die Augen auf, »wollt Ihr nicht von einem Buch sprechen, das ich habe? Seht!«

»Idiot!«, sagte Giacomo und stampfte mit dem Fuß, »hast du denn noch andere als die da?«

»Na, kommt, hier.«

Und er zeigte ihm ein kleines Paket von Broschüren, die mit Strippen zusammengebunden waren. Giacomo riss sie auf und las in einer Sekunde die Titel.

»Hölle!«, sagte er, »es ist nicht dabei. Hast du es nicht zufällig verkauft? Oh! Wenn du es besitzt, gib her, gib her; hundert Pistolen, zweihundert, alles, was du willst.«

Der Bouquinist sah ihn erstaunt an:

»Oh! Ihr meint vielleicht ein Büchlein, das ich gestern für acht Maravedi dem Pfarrer der Kathedrale von Oviedo gegeben habe?«

»Erinnerst du dich an den Titel dieses Buches?«

»Nein.«

»War es nicht *Mysterium des heiligen Michael*?«
»Ja, genau.«

Giacomo trat einige Schritte beiseite und sank in den Staub wie ein Mensch, der von einer quälenden Erscheinung zermürbt wird, die ihn nicht loslässt. Als er zu sich kam, war es Abend, und die Sonne, die sich am Horizont rötete, war auf ihrem Tiefstand. Er erhob sich und kehrte krank und verzweifelt heim.

Acht Tage später hatte Giacomo seine traurige Enttäuschung nicht vergessen, und seine Wunde war noch immer frisch und blutig; er hatte seit drei Nächten überhaupt nicht geschlafen, denn an jenem Tag sollte das erste Buch verkauft werden, das in Spanien gedruckt worden war, ein Unikat im Königreich. Schon seit langem wollte er es haben; daher war er glücklich, als man ihm bekanntgab, dass der Besitzer gestorben wäre.

Aber eine Sorge lag ihm auf der Seele: Baptisto könnte es kaufen, Baptisto, der ihm seit einiger Zeit alles wegschnappte, nicht die Kunden, das scherte ihn kaum, sondern alles, was an Seltenem und Altem erschien, Baptisto, dessen Ansehen er hasste mit einem Künstlerhass. Dieser Mann wurde für ihn zur Plage, immer war er es, der ihm die Manuskripte wegschnappte; bei den Versteigerungen überbot er ihn und kaufte. Oh! Wie oft sah der arme Mönch in seinen ehrgeizigen und stolzen Träumen, wie oft sah er die lange Hand Baptistos auf sich zukommen, der wie bei den Versteigerungen durch die Menge ging, um ihm einen Schatz wegzuschnappen, den er so lange erträumt hatte, nach dem er mit so viel Liebe und Egoismus gelechzt hatte! Wie oft auch war er versucht, mit einem Verbrechen zu beenden, was weder Geld noch Geduld vermocht hatten; aber er verdrängte diesen Gedanken in seinem Herzen, versuchte, sich mit dem Hass zu betäuben, den er gegen diesen Mann hegte, und schlief über seinen Büchern ein.

Schon am Morgen stand er vor dem Haus, in dem die Versteigerung stattfinden sollte; er war noch vor dem Kommissar, vor dem Publikum und vor der Sonne da. Sowie die Türen aufgingen, stürzte er sich auf die Treppe, stieg in den Saal und fragte nach diesem Buch. Man zeigte es ihm; das war schon ein Glück.

Oh! Noch nie hatte er ein so schönes gesehen, das ihm so sehr gefiel. Es war eine lateinische Bibel mit griechischen Kommentaren; er schaute es an und bewunderte es mehr als alle anderen, er presste es mit bitterem Lachen zwischen seine Finger wie jemand, der vor Hunger stirbt und Gold sieht. Niemals auch hatte er es so sehr begehrt. Oh! Wie hätte er da, selbst um den Preis von allem, was er hatte, seiner Bücher, seiner Manuskripte, seiner sechshundert Pistolen, um den Preis seines Blutes, oh, wie hätte er dieses Buch haben wollen! Alles verkaufen, alles, um dieses Buch zu haben; nur das eine zu haben, aber es allein zu haben; es ganz Spanien zeigen zu können mit einem höhnischen und mitleidigen Lachen für den König, für die Fürsten, für die Gelehrten, für Baptisto, und zu sagen: Mir, mir gehört dieses Buch!, und es sein ganzes Leben in seinen beiden Händen zu halten, es zu betasten, wie er es berührt, es zu riechen, wie er es riecht, und es zu besitzen, wie er es betrachtet!

Endlich ist es so weit. Baptisto war in der Mitte mit heiterem Gesicht, ruhiger und friedlicher Miene. Das Buch kam an die Reihe. Giacomo bot zunächst zwanzig Pistolen, Baptisto schwieg und sah die Bibel nicht an. Schon streckte der Mönch die Hand aus, um dieses Buch zu ergreifen, das ihn so wenige Qualen und Ängste gekostet hatte, als Baptisto plötzlich sagte: vierzig. Giacomo sah mit Entsetzen, dass sein Antagonist sich erhitzte, je mehr der Preis stieg.

»Fünfzig!«, schrie er aus Leibeskräften.

»Sechzig!«, antwortete Baptisto.

»Hundert!«

»Vierhundert.«

»Fünfhundert«, fügte der Mönch bedauernd hinzu.

Und während er vor Ungeduld und Wut trampelte, trug Baptisto eine ironische und bösartige Ruhe zur Schau. Schon hatte die hohe und übergeschnappte Stimme des Gerichtsdieners dreimal wiederholt: fünfhundert, schon sah Giacomo das Glück auf seiner Seite; ein Zischen, das aus den Lippen eines Mannes entwich, ließ ihn ohnmächtig werden, denn der Buchhändler vom Königsplatz drängte sich durch die Menge und sagte plötzlich: sechshundert. Die Stimme des Gerichtsdieners wiederholte sechshundert viermal, und keine andere Stimme antwortete ihm; man sah nur an einem der Enden des Tisches einen Mann mit bleicher Stirn, mit zitternden Händen, einen Mann, der bitter jenes Lachen der Verdammten Dantes lachte; er senkte den Kopf, die Hand in seiner Brust, und als er sie herauszog, war sie heiß und feucht, denn er hatte Fleisch und Blut an seinen Nägeln.

Man reichte sich das Buch von Hand zu Hand, um es zu Baptisto gelangen zu lassen; das Buch kam bei Giacomo vorbei, er roch es, er sah es einen Augenblick vor seinen

Augen vorüberziehen, dann bei einem Mann bleiben, der es lachend in die Hand nahm und aufschlug. Da senkte der Mönch seinen Kopf, um sein Gesicht zu verbergen, denn er weinte.

Als er durch die Straßen heimkehrte, war sein Gang langsam und schwerfällig, er hatte sein merkwürdiges und stumpfes Gesicht, sein groteskes und lächerliches Auftreten; er sah aus wie ein Betrunkener, denn er schwankte; seine Augen waren halb geschlossen, er hatte rote und brennende Lider; der Schweiß rann ihm über die Stirn, und er stammelte zwischen den Zähnen wie jemand, der zu viel getrunken hat und der sich beim Festmahl übernommen hat.

Sein Denken gehörte ihm nicht mehr, es irrte umher wie sein Körper, ohne Ziel noch Plan; es war schwankend, unentschlossen, schwer und wunderlich; sein Kopf drückte ihn wie Blei, seine Stirn brannte wie eine Glut. Ja, er war betrunken von dem, was er gefühlt hatte, er war zermürbt von seinen Tagen, er hatte die Existenz satt.

An jenem Tag – es war ein Sonntag – ging das Volk schwatzend und singend auf den Straßen spazieren. Der arme Mönch hörte sein Geschwätz und seinen Gesang; er schnappte unterwegs einige Satzfetzen, einige Wörter, einige Schreie auf, aber ihm schien es immer derselbe Ton, dieselbe Stimme, es war ein verschwommenes, unbestimmtes Getöse, eine wunderliche und laute Musik, die in seinem Hirn dröhnte und ihn quälte.

»He«, sagte ein Mann zu seinem Nachbarn, »hast du von der Geschichte dieses armen Pfarrers von Oviedo gehört, der erdrosselt in seinem Bett gefunden wurde?«

Hier war es eine Schar von Frauen, die an ihren Türen die

Abendfrische genossen; Folgendes hörte Giacomo, als er an ihnen vorbeiging:

»Sagt, Martha, wisst Ihr, dass es in Salamanca einen jungen Reichen gegeben hat, Don Bernardo, Ihr wisst, derselbe, der, als er vor einigen Tagen hierherkam, einen so hübschen und so gut aufgezäumten zarten Maulesel hatte und der ihn auf dem Pflaster stampfen ließ; ja, der arme junge Mann, heute Morgen wurde gesagt, in der Kirche, dass er tot ist.«

»Tot!«, sagte ein junges Mädchen.

»Ja, Kleine«, antwortete die Frau; »er ist hier gestorben, in der Herberge zu Sankt Peter; erst spürte er Schmerzen im Kopf, dann hatte er Fieber, und nach vier Tagen wurde er zu Grabe getragen.«

Giacomo hörte auch noch andere; alle diese Erinnerungen ließen ihn zittern, und ein grausames Lächeln glitt über seinen Mund.

Der Mönch kehrte erschöpft und krank heim; er legte sich platt auf die Bank seines Büros und schlief. Beklemmungen lasteten auf seiner Brust, ein rauher und hohler Ton kam aus seiner Kehle; er wachte mit Fieber auf; ein entsetzlicher Alptraum hatte seine Kräfte erschöpft.

Es war inzwischen Nacht, und von der nächsten Kirche hatte es elf geschlagen. Giacomo hörte Schreie: »Feuer! Feuer!« Er machte seine Scheiben auf, ging auf die Straße und sah tatsächlich Flammen, die über die Dächer emporloderten; er kehrte wieder heim und nahm wieder seine Lampe, um in seine Lager zu gehen, als er vor seinen Fenstern Männer vorbeilaufen hörte, die sagten: »Es ist auf dem Königsplatz, das Feuer ist bei Baptisto.«

Der Mönch schlotterte, ein schallendes Lachen kam aus der Tiefe seines Herzens, und er wandte sich mit der Menge zum Haus des Buchhändlers.

Das Haus stand in Brand, die Flammen loderten empor, hoch und schrecklich, und vom Winde gejagt züngelten sie zum schönen blauen Himmel Spaniens hinauf, der über dem aufgeregten und lärmenden Barcelona lag wie ein Schleier über Tränen.

Man sah einen halbnackten Mann, er war verzweifelt, raufte sich die Haare, wälzte sich auf der Erde, Gott lästernd und Wut- und Verzweiflungsschreie ausstoßend; es war Baptisto.

Der Mönch betrachtete seine Verzweiflung und seine Schreie mit Ruhe und Glück, mit jenem grausamen Lachen des Kindes, das über die Qualen des Schmetterlings lacht, dem es die Flügel ausgerissen hat.

In einer höheren Wohnung sah man Flammen, die irgendwelche Papierbündel verzehrten.

Giacomo nahm eine Leiter, lehnte sie an die geschwärzte und schwankende Mauer; die Leiter zitterte unter seinen Schritten; er stieg eilig hinauf, kam an jenes Fenster. Verflucht! es waren nur einige alte Buchhandlungsbücher ohne Wert noch Preis. Was tun? Er war eingestiegen, man konnte nur entweder in dieser Flammenluft weitergehen oder über die Leiter, deren Holz heiß zu werden anfing, wieder hinabsteigen. Nein! Er ging weiter.

Er durchquerte mehrere Säle, der Fußboden zitterte unter seinen Schritten, die Türen stürzten ein, wenn er sich ihnen näherte, die Deckenbalken hingen über seinem Kopf; atemlos und wütend rannte er mitten in der Feuersbrunst umher.

Er musste dieses Buch haben! Er musste es haben, oder den Tod!

Er wusste nicht, wohin er rennen sollte, aber er rannte. Endlich kam er an eine Wand, die unversehrt war, er trat sie mit einem Fußtritt ein und sah ein dunkles und enges Zimmer; er tastete umher, fühlte einige Bücher unter seinen Fingern, berührte eines davon, nahm es und trug es aus diesem Saal. Er hatte es! Es, das *Mysterium des heiligen Michael*! Er kehrte um wie ein Besessener im Wahn, er sprang über die Löcher, er flog in die Flamme, aber er fand die Leiter nicht mehr, die er an die Mauer gelehnt hatte; er kam an ein Fenster und stieg nach draußen, sich mit Händen und Knien an die Unebenheiten klammernd, seine Kleider begannen Feuer zu fangen, und als er auf der Straße ankam, wälzte er sich in der Gosse, um die Flammen, die ihn verbrannten, zu löschen.

Einige Monate vergingen, und man hörte nichts mehr vom Buchhändler Giacomo, außer wie von einem jener seltsamen und merkwürdigen Menschen, über die die Menge auf der Straße lacht, weil sie ihre Passionen und Manien nicht versteht.

Spanien war mit schwerwiegenderen und ernsteren Interessen beschäftigt. Ein böser Geist schien auf ihm zu lasten; täglich neue Morde und neue Verbrechen, und all das schien von einer unsichtbaren und verborgenen Hand herzurühren; ein Dolch hing über jedem Dach und über jeder Familie; Leute verschwanden urplötzlich, ohne dass man irgendeine Spur des Blutes fand, das ihre Verletzung verbreitet hatte; ein Mann ging auf Reisen, er kam nicht mehr wieder; man wusste nicht, wem man diese entsetzliche Geißel zuschreiben sollte – denn man muss das Unglück einem Fremden zuschreiben, aber das Glück sich selbst.

Es gibt ja so unheilvolle Tage im Leben, so verderbliche Epochen für die Menschen, dass man, nicht wissend, wen man mit seinen Verwünschungen verfolgen soll, zum Himmel schreit; in jenen unglücklichen Epochen für die Völker glaubt man an die Fatalität.

Eine flinke und eifrige Polizei hatte zwar versucht, den Urheber all dieser Missetaten zu entdecken; der gedingte Spitzel hatte sich in alle Häuser eingeschlichen, hatte alle Reden belauscht, alle Schreie gehört, alle Blicke gesehen, und er hatte nichts erfahren. Der Staatsanwalt hatte alle Briefe geöffnet, alle Siegel erbrochen, alle Ecken durchstöbert, und er hatte nichts gefunden.

Eines Morgens jedoch hatte Barcelona sein Trauerkleid abgelegt und war in die Gerichtssäle geströmt, wo der zum Tode verurteilt werden sollte, den man für den Urheber all dieser entsetzlichen Morde hielt. Das Volk verbarg seine Tränen unter einem krampfhaften Lachen, denn wenn man leidet und wenn man weint, dann ist es eine zwar ganz egoistische, aber doch beruhigende Tröstung, andere Leiden und andere Tränen zu sehen.

Der arme Giacomo, so ruhig und so friedlich, war angeklagt, das Haus Baptistos verbrannt zu haben, seine Bibel gestohlen zu haben; er war außerdem mit tausend anderen Anklagen belastet.

Da war er also, saß auf der Bank der Mörder und Räuber, er, der ehrenhafte Bibliophile; der arme Giacomo, der nur an seine Bücher dachte, war also in die Mysterien von Mord und Schafott verwickelt.

Der Saal quoll vor Volk über. Endlich stand der Staatsanwalt auf und verlas seine Schrift; sie war lang und verworren, nur mit Mühe konnte man die eigentliche Anklage von den Parenthesen und Reflexionen unterscheiden. Der Staatsanwalt sagte, dass er in Giacomos Haus die Bibel gefunden hatte, die Baptisto gehörte, dann dass diese Bibel die einzige in Spanien war; also war es wahrscheinlich, dass Giacomo Baptistos Haus angesteckt hatte, um sich jenes seltene und kostbare Buch zu verschaffen. Er schwieg und setzte sich wieder hin, völlig außer Atem.

Was den Mönch anging, so war er ruhig und friedlich und antwortete nicht einmal mit einem Blick der Menge, die ihn beschimpfte.

Sein Anwalt erhob sich, er sprach lange und gut; schließlich, als er glaubte, sein Auditorium aufgewühlt zu haben, lüftete er seine Robe und zog ein Buch darunter hervor; er schlug es auf und zeigte es dem Publikum. Es war ein zweites Exemplar jener Bibel.

Giacomo stieß einen Schrei aus, fiel auf seine Bank und raufte sich die Haare. Der Augenblick war kritisch, man wartete auf ein Wort des Angeklagten, aber kein Laut drang aus seinem Mund; schließlich setzte er sich wieder hin, sah seine Richter und seinen Anwalt an wie ein Mensch, der aufwacht.

Er wurde gefragt, ob er schuldig sei, bei Baptisto Feuer gelegt zu haben.

»Nein, leider!«, antwortete er.

»Nein?«

»Aber werdet ihr mich verurteilen? Oh! Verurteilt mich, ich bitte euch darum! Das Leben ist mir eine Qual, mein

Anwalt hat euch belogen, glaubt ihm nicht. Oh! Verurteilt mich, ich habe Don Bernardo getötet, ich habe den Pfarrer getötet, ich habe das Buch gestohlen, das einzige Buch, denn es gibt keine zwei davon in Spanien. Hohes Gericht, tötet mich, ich bin ein Elender.«

Sein Anwalt ging auf ihn zu und zeigte ihm jene Bibel.
»Ich kann Euch retten, seht!«
Giacomo nahm das Buch, sah es an.
»Oh! Ich, der ich glaubte, dass es das Einzige in Spanien wäre! Oh! Sagt mir, sagt mir, dass Ihr mich getäuscht habt. Wehe Euch!«
Und er fiel ohnmächtig um.
Die Richter kamen zurück und verkündeten sein Todesurteil.

Giacomo hörte es unbewegt und erschien sogar ruhiger und friedlicher. Man ließ ihn hoffen, dass, wenn er den Papst um Gnade bäte, er sie vielleicht erlangen würde; er wollte nichts davon wissen und bat lediglich, dass seine Bibliothek dem Menschen gegeben würde, der die meisten Bücher in Spanien hätte.

Dann, als das Volk sich verlaufen hatte, bat er seinen Anwalt, dass er doch die Güte haben möge, ihm sein Buch zu leihen; dieser gab es ihm.

Giacomo ergriff es verliebt, vergoss einige Tränen auf die Blätter, zerriss es voller Wut, dann warf er die Fetzen seinem Verteidiger ins Gesicht und sagte:

»Ihr habt gelogen, Herr Anwalt! Ich sagte Euch doch, dass es das Einzige in Spanien wäre!«

Evelyn Waugh

Der Mann, der Dickens liebte

Obgleich Mr. Todd seit fast sechs Jahren im Amazonasgebiet lebte, wusste niemand, außer einigen wenigen Familien der Pie-Wie-Indianer, von seiner Existenz. Sein Haus stand auf einem kleinen Stück Savanne, einem jener Flecken von Sand und Gras, wie sie in dieser Gegend manchmal vorkommen, ungefähr drei Meilen breit und ringsum von Urwald umgeben.

Der Strom, der das Land dort bewässerte, war auf keiner Karte eingezeichnet. Er floss an Stromschnellen vorbei, war immer gefährlich und die meiste Zeit des Jahres nicht schiffbar, und vereinigte sich dort, wo Dr. Messinger verunglückt war, mit dem oberen Flusslauf. Außer Mr. Todd hatte kein Bewohner dieser Gegend jemals von den Regierungen Brasiliens oder Niederländisch-Guayanas gehört, die von Zeit zu Zeit Besitzansprüche über dieses Stück Land erhoben.

Mr. Todds Haus war größer als die seiner Nachbarn, aber ähnlich gebaut – Palmblätterdach, brusthohe Wände aus Lehm und Flechtwerk, Lehmboden. Er besaß etwa zwölf Stück schwächlichen Viehs, die auf der Savanne grasten, eine Maniokplantage, ein paar Bananen- und Mangobäume, einen Hund und, als Einziger in der Gegend, einen einläufigen Hinterlader. Die wenigen Waren, die er von der

Außenwelt bezog, erreichten ihn – nachdem sie eine lange Reihe von Händlern durchlaufen hatten, von Hand zu Hand gegangen und in einem Dutzend Sprachen getauscht worden waren – am äußersten Ende eines der längsten Fäden jenes Handelsnetzes, das sich von Manaos bis in die entlegensten Tiefen des Urwalds erstreckt.

Eines Tages, als Mr. Todd dabei war, Patronen zu füllen, kam ein Pie-Wie-Indianer mit der Nachricht zu ihm, ein weißer Mann, einsam und sehr krank, nähere sich durch den Wald. Er verschloss die Patrone, lud sein Gewehr damit, verstaute die fertige Munition in seiner Tasche und ging in die angegebene Richtung.

Der Mann hatte, als Mr. Todd ihn erreichte, den Busch schon hinter sich gelassen und saß auf der Erde, in offensichtlich sehr schlechter Verfassung. Er trug weder Hut noch Schuhe, seine Kleidung war so zerrissen, dass sie nur noch durch die Feuchtigkeit des Körpers an ihm klebte, seine Füße waren wund und stark geschwollen, jede bloße Stelle seiner Haut war von Insektenstichen und Fledermausbissen verletzt, seine Augen blickten wirr vor Fieber. Er sprach im Delirium zu sich selbst, hielt aber inne, als Todd näher kam und ihn auf Englisch anredete.

»Sie sind seit Tagen der erste Mensch, der mit mir spricht«, sagte Tony. »Die anderen halten einfach nicht an. Sie radeln immer vorbei… Ich bin müde… Zuerst war Brenda bei mir, doch die Spielzeugmaus erschreckte sie, deswegen nahm sie das Kanu und fuhr weg. Sie versprach, am Abend wieder zurück zu sein, aber sie ist nicht gekommen. Wahrscheinlich ist sie bei einem ihrer neuen Freunde in Brasilien… Sie haben sie nicht zufällig gesehen, was?«

»Sie sind seit sehr langer Zeit der erste Fremde, den ich sehe.«

»Als sie fortging, trug sie einen Zylinder. Sie können sie unmöglich übersehen haben.« Dann begann er mit jemandem, der unsichtbar neben Mr. Todd stand, zu sprechen. »Sehen Sie das Haus da drüben? Was meinen Sie, können Sie bis dorthin laufen? Wenn nicht, kann ich ein paar Indianer losschicken, Sie zu tragen.«

Tony blinzelte über die Savanne in Richtung von Mr. Todds Hütte.

»Eine Architektur in Einklang mit dem Charakter der Gegend«, sagte er, »unter Verwendung von ausschließlich ortsüblichem Material. Passen Sie auf, dass Mrs. Beaver es nicht sieht, sonst wird sie es mit Chromplatten verkleiden.«

»Versuchen Sie zu gehen.« Mr. Todd hievte Tony auf die Füße und stützte ihn mit starkem Arm.

»Ich werde Ihr Fahrrad nehmen. An Ihnen bin ich doch gerade vorbeigeradelt, stimmt's? Allerdings hat Ihr Bart eine andere Farbe. Seiner war grün ... grün wie Mäuse.«

Mr. Todd führte Tony über die Grashügel auf sein Haus zu. »Es ist gar nicht weit. Wenn wir dort sind, gebe ich Ihnen etwas, das Ihnen guttun wird.«

»Sehr freundlich von Ihnen ... Scheußliche Sache für einen Mann, wenn seine Frau mit dem Kanu durchbrennt. Es ist schon lange her. Nichts mehr zu essen gehabt seitdem.« Dann: »Sie sind bestimmt Engländer. Ich auch. Mein Name ist Last.«

»Nun, Mr. Last, Sie brauchen sich keine Sorgen mehr zu machen. Sie sind krank und haben eine unangenehme Reise hinter sich. Ich werde mich um Sie kümmern.«

Tony sah sich um. »Seid ihr alle aus England?«

»Ja, alle.«

»Diese Brünette hat einen Mann geheiratet… Was für ein Glück, dass ich euch kennengelernt habe! Ihr seid wohl eine Art Radsportclub?«

»Ja.«

»Tja, ich bin zu müde zum Radfahren… hat mir nie großen Spaß gemacht… Ihr solltet euch auch Motorräder anschaffen, wisst ihr, ist viel schneller und lauter… Wollen wir nicht anhalten?«

»Nein, Sie müssen bis zum Haus mitkommen. Es ist nicht mehr weit.«

»Na schön… Vermutlich ist es gar nicht so leicht, hier Benzin zu bekommen.«

Sie gingen sehr langsam, erreichten aber dann doch das Haus.

»Legen Sie sich in die Hängematte dort.«

»Das hat Messinger auch gesagt. Er ist in John Beaver verliebt.«

»Ich werde Ihnen etwas bringen.«

»Sehr liebenswürdig von Ihnen. Bloß mein übliches Frühstück… Kaffee, Toast, Obst. Und die Morgenzeitungen. Sollte Lady Brenda schon geweckt worden sein, werde ich mit ihr frühstücken…«

Mr. Todd ging in ein Zimmer im hinteren Teil des Hauses und zog unter einem Haufen von Fellen einen Blechkanister hervor, in dem sich eine Mischung von trockenen Blättern und Rinden befand. Er nahm eine Handvoll davon und ging hinaus zum Feuer. Als er dort ankam, saß sein Gast rittlings auf seiner Hängematte und schimpfte.

»… Wenn Sie still stünden und nicht immer im Kreis herumliefen, wenn ich zu Ihnen spreche, würden Sie viel besser hören, und es wäre auch viel höflicher. Ich sage Ihnen das in Ihrem eigenen Interesse… Ich weiß, dass Sie mit meiner Frau befreundet sind und mir deshalb nicht zuhören wollen. Aber nehmen Sie sich in Acht! Sie wird nichts Grausames sagen, ihre Stimme nicht erheben, es werden keine harten Worte fallen. Sie hofft, dass ihr nachher ebenso gute Freunde sein werdet wie vorher. Aber sie wird Sie verlassen. Sie wird bei Nacht heimlich weggehen. Sie wird ihre Hängematte nehmen und ihre Mehlration… Hören Sie! Ich weiß, dass ich nicht klug bin, aber das ist kein Grund, alle Höflichkeit über Bord zu werfen. Wir sollten auf die sanfteste Art und Weise töten. Ich werde Ihnen sagen, was ich im Urwald gelernt habe, dort, wo die Uhren anders gehen. Es gibt dort gar keine Stadt. Mrs. Beaver hat sie mit Chromplatten verkleidet und in Appartements aufgeteilt. Drei Guineen die Woche, und jedes mit einem eigenen Badezimmer, sehr geeignet für die niederen Formen der Liebe. Und Polly wird dort sein. Sie und Mrs. Beaver unter den eingestürzten Zinnen…«

Mr. Todd legte eine Hand unter Tonys Kopf und hielt ihm das Kräutergebräu in einer Kalebasse hin. Tony nippte daran und wandte den Kopf ab.

»Ekelhafte Medizin«, sagte er und fing an zu weinen.

Mr. Todd blieb mit der Kalebasse bei ihm stehen. Dann trank Tony erneut ein wenig, es war so bitter, dass er das Gesicht verzog und ihn ein leichter Schauder packte. Mr. Todd blieb neben ihm stehen, bis das Zeug ausgetrunken war, dann kippte er den letzten Rest auf den Lehmboden.

Tony legte sich in die Hängematte zurück und schluchzte leise. Dann fiel er in einen tiefen Schlaf.

Tonys Genesung war langsam. Zunächst folgten Tage klaren Denkens abwechselnd auf Delirien, dann fiel seine Temperatur, und er war bei Bewusstsein, selbst auf dem Höhepunkt seiner Krankheit. Die Fiebertage wurden seltener und traten schließlich im normalen Rhythmus der Tropen auf, also mit langen Perioden relativer Gesundheit zwischendurch. Mr. Todd gab ihm regelmäßig seine Kräuterarznei.

»Es schmeckt ekelhaft«, sagte Tony, »aber es hilft.«

»Im Wald gibt es Mittel für alles«, sagte Mr. Todd, »sie machen gesund, und sie machen krank. Meine Mutter war Indianerin, sie hat mir viele gezeigt. Andere habe ich mit der Zeit von meinen Frauen gelernt. Es gibt Pflanzen, die heilen, und solche, die einem Fieber geben, einen umbringen und wahnsinnig machen, die Schlangen fernhalten und Fische betrunken machen, sodass man sie mit Händen greifen kann wie Früchte von einem Baum. Es gibt Arzneien, die selbst ich nicht kenne. Man sagt, man könne Tote, wenn sie bereits stinken, wieder zum Leben erwecken, aber das habe ich noch nie gesehen.«

»Aber Sie sind doch bestimmt Engländer!«

»Mein Vater war es, zumindest war er aus Barbados. Er kam als Missionar nach Guayana. Er war mit einer weißen Frau verheiratet, ließ sie aber in Guayana zurück, um auf Goldsuche zu gehen. Dann nahm er meine Mutter. Die Pie-Wie-Frauen sind hässlich, aber treu. Ich habe viele gehabt. Die meisten Männer und Frauen hier in der Savanne sind meine Kinder. Deshalb gehorchen sie – deshalb, und weil ich ein Gewehr habe. Mein Vater ist sehr alt geworden. Seit seinem Tod sind nicht einmal zwanzig Jahre vergangen. Er war ein gebildeter Mann. Können Sie lesen?«

»Ja, selbstverständlich.«

»Nicht jeder hat so viel Glück. Ich kann es nicht.«

Tony lachte entschuldigend. »Aber hier werden Sie auch nicht so viel Gelegenheit dazu haben!«

»O doch, das ist es ja gerade! Ich habe sehr viele Bücher. Ich werde sie Ihnen zeigen, wenn Sie wieder gesund sind. Bis vor fünf Jahren gab es hier einen Engländer, also eigentlich einen Schwarzen, aber er hatte in Georgetown eine gute Ausbildung bekommen. Er starb. Bis zu seinem Tod hat er mir jeden Tag vorgelesen. Wenn es Ihnen wieder gutgeht, werden auch Sie mir vorlesen.«

»Mit Vergnügen.«

»Ja, Sie werden mir vorlesen«, wiederholte Mr. Todd und nickte über der Kalebasse.

In den ersten Tagen seiner Rekonvaleszenz sprach Tony nur wenig mit seinem Gastgeber. Er lag in seiner Hängematte, starrte auf das Palmblätterdach und dachte an Brenda. Die Tage, jeder genau zwölf Stunden lang, vergingen einer wie der andere. Mr. Todd zog sich bei Sonnenuntergang zum Schlafen zurück und ließ zum Schutz vor Vampiren eine kleine brennende Lampe zurück, das heißt einen handgedrehten Docht in einem Topf Rindertalg.

Das erste Mal verließ Tony das Haus, als Mr. Todd ihn zu einem kurzen Rundgang durch die Farm mitnahm.

»Ich werde Ihnen das Grab des Schwarzen zeigen«, sagte er und führte ihn zu einem Hügel zwischen den Mangobäumen. »Er war sehr freundlich. Bis zu seinem Tod hat er mir jeden Nachmittag zwei Stunden vorgelesen. Ich denke, ich werde ein Kreuz aufstellen, zum Gedächtnis an seinen Tod und an Ihre Ankunft, eine hübsche Idee. Glauben Sie an Gott?«

»Wahrscheinlich. Ich hab eigentlich nie groß darüber nachgedacht.«

»Ich habe *sehr* viel darüber nachgedacht, und ich weiß noch immer nicht... Dickens wusste es.«

»Wahrscheinlich.«

»O ja, es geht aus all seinen Werken hervor. Sie werden ja sehen.«

An diesem Nachmittag begann Mr. Todd, ein Grabmal für das Grab des Negers anzufertigen. Mit einer großen Ziehklinge bearbeitete er ein Holz von solcher Härte, dass es wie Metall knirschte und klang.

Schließlich, als Tony fünf oder sechs Nächte hintereinander ohne Fieber gewesen war, sagte Mr. Todd: »Ich glaube, jetzt geht es Ihnen schon so gut, dass Sie die Bücher sehen können.«

An dem einen Ende der Hütte war eine Art Dachboden, eine einfache Bühne, die in die Dachbalken eingebaut war. Mr. Todd lehnte eine Leiter daran und stieg hinauf. Tony folgte, nach seiner Krankheit noch etwas wackelig. Mr. Todd setzte sich auf die Bühne, und Tony stand auf der obersten Sprosse und blickte über die ganze Szene. Es lag ein Haufen kleiner Bündel dort, zusammengebunden mit Lumpen, Palmblättern und ungegerbten Häuten.

»Es war sehr schwer, Würmer und Ameisen fernzuhalten. Zwei Bücher sind fast vollständig vernichtet. Aber die Indianer stellen ein Öl her, das ganz brauchbar ist.«

Er wickelte das nächstliegende Paket aus und reichte ein in Kalbsleder gebundenes Buch herunter. Es war eine frühe amerikanische Ausgabe von *Bleakhaus*.

»Es ist egal, womit wir anfangen.«

»Sie mögen Dickens?«

»Gewiss doch. Mögen ist gar kein Ausdruck! Sehen Sie, es sind die einzigen Bücher, die ich je gehört habe. Mein Vater hat sie immer gelesen und später der Schwarze... und jetzt Sie. Ich habe sie alle schon mehrmals gehört, aber nie werde ich müde. Immer gibt es etwas Neues zu lernen und zu bemerken, so viele Figuren, so viele Szenenwechsel, so viele Worte... Ich habe sämtliche Werke von Dickens hier, außer jenen, die von den Ameisen zerfressen wurden. Es dauert lange, sie alle zu lesen – mehr als zwei Jahre.«

»Na ja«, sagte Tony leichthin, »bis dahin bin ich schon längst wieder fort.«

»Ah, das hoffe ich nicht. Es ist herrlich, wieder von vorne anzufangen. Jedes Mal entdecke ich etwas anderes, über das ich Freude und Bewunderung empfinde.«

Sie nahmen den ersten Band von *Bleakhaus* mit hinunter, und an diesem Nachmittag las Tony das erste Mal vor.

Es hatte ihm schon immer Spaß gemacht vorzulesen, und in den ersten Jahren seiner Ehe hatte er mehrere Bücher auf diese Weise gemeinsam mit Brenda genossen, bis sie eines Tages in einem Anfall von Aufrichtigkeit gestand, dass es eine Tortur für sie sei. Er hatte John Andrew vorgelesen, wenn das Kind an späten Winternachmittagen vor dem Kamin im Kinderzimmer zu Abend aß. Mr. Todd jedoch war ein einzigartiges Publikum.

Der alte Mann saß rittlings auf seiner Hängematte, fixierte Tony die ganze Zeit und folgte den Worten mit lautlosen Bewegungen der Lippen. Oft, wenn eine neue Figur auftrat, bat er: »Sagen Sie den Namen noch mal, ich habe ihn vergessen« oder »Ja, ja, ich erinnere mich gut an sie. Sie stirbt dann, die Ärmste.« Häufig unterbrach er mit Fragen, aber nicht, wie Tony erwartet hatte, zur Handlung – der Prozess am Appellationsgericht oder die gesellschaftlichen Gepflogenheiten der damaligen Zeit und ähnliche Dinge waren ihm, obgleich sie unverständlich sein mussten, völlig gleichgültig –, sondern mit Fragen über die Personen. »Warum sagt sie denn das? Meint sie das wirklich? Wird sie ohnmächtig, weil es ihr am Kamin zu warm ist oder wegen irgendeiner Sache in der Zeitung?« Er lachte laut über alle Scherze und an Stellen, die Tony gar nicht komisch vorkamen, und wollte sie zwei-, dreimal wiederholt bekommen. Später, bei den Beschreibungen des Lebens der Vagabunden liefen ihm die Tränen über die Wangen in den Bart. Seine Bemerkungen zur Handlung waren meist schlicht. »Ich glaube, dieser Dedlock ist ein sehr stolzer Mann« oder »Mrs. Jellyby kümmert sich nicht genug um ihre Kinder.«

Tony machte das Vorlesen fast ebenso viel Vergnügen wie Mr. Todd.

Am Ende des ersten Tages sagte der alte Mann: »Sie lesen sehr schön und mit einer viel besseren Aussprache als der Schwarze. Sie können auch besser erklären. Es ist fast so, als sei mein Vater zurückgekehrt.« Und jedes Mal dankte er seinem Gast sehr höflich: »Es hat mir sehr viel Freude gemacht. Es war ja ein außerordentlich trauriges Kapitel. Aber wenn ich mich recht erinnere, wird sich alles zum Guten wenden.«

Mit dem zweiten Band allerdings war das Entzücken des alten Mannes nichts Neues mehr, und Tony fühlte sich kräftig genug, eine innere Unruhe zu verspüren. Mehr als einmal brachte er seine Abreise zur Sprache und erkundigte sich nach Kanus und Regenzeiten und der Möglichkeit, Führer zu finden. Doch Mr. Todd schien nicht zu hören und schenkte seinen Andeutungen keine Aufmerksamkeit.

Eines Tages sagte Tony, die noch verbleibenden Seiten von *Bleakhaus* durchblätternd: »Wir haben noch eine ganze Menge vor uns. Hoffentlich bin ich fertig damit, bevor ich gehe!«

»O ja«, sagte Mr. Todd, »machen Sie sich deswegen keine Sorgen. Sie werden Zeit haben, es zu beenden, mein Freund!«

Zum ersten Mal fiel Tony etwas leicht Bedrohliches im Verhalten seines Gastgebers auf. Beim Abendessen, einer schlichten, aus Maismehl und getrocknetem Rindfleisch bestehenden Mahlzeit, die kurz vor Sonnenuntergang eingenommen wurde, kam Tony erneut auf das Thema zu sprechen.

»Wissen Sie, Mr. Todd, es wird Zeit, daran zu denken, dass ich in die Zivilisation zurückmuss. Ich habe Ihre Gastfreundschaft schon zu lange in Anspruch genommen.«

Mr. Todd beugte sich über seinen Teller und aß, gab aber keine Antwort.

»Was meinen Sie, wie schnell kann ich ein Boot bekommen?... Ich habe gefragt, wie schnell ich Ihrer Ansicht nach ein Boot bekommen kann! Ich weiß Ihre Freundlichkeit mir gegenüber besser zu schätzen, als ich es auszudrücken vermag, aber...«

»Mein Lieber, alle Freundlichkeit, die ich gezeigt haben

mag, ist dadurch, dass Sie mir Dickens vorlesen, reichlich abgegolten! Wir wollen über das Thema nicht wieder sprechen!«

»Nun ja, ich freue mich sehr, dass es Ihnen gefallen hat. Mir hat es auch Spaß gemacht. Aber ich muss wirklich daran denken, mich auf den Heimweg zu machen...«

»Ja«, sagte Mr. Todd. »So war der Schwarze auch. Die ganze Zeit hat er daran gedacht. Und dann ist er hier gestorben...«

Am nächsten Tag kam Tony zweimal auf das Thema zu sprechen, doch sein Gastgeber machte Ausflüchte. Schließlich sagte er: »Entschuldigen Sie, Mr. Todd, aber ich muss wirklich darauf bestehen. Wann kann ich ein Boot bekommen?«

»Es gibt kein Boot.«

»Aber die Indianer können ja eins bauen!«

»Sie müssen den Regen abwarten. Jetzt ist nicht genug Wasser im Fluss.«

»Und wie lange wird das dauern?»

»Einen Monat... zwei Monate...«

Sie waren mit *Bleakhaus* fertig und näherten sich dem Ende von *Dombey und Sohn,* als der Regen kam.

»Jetzt ist es Zeit, Vorbereitungen für die Reise zu treffen!«

»Oh, das geht nicht. Die Indianer werden in der Regenzeit kein Boot bauen – eine ihrer abergläubischen Vorstellungen.«

»Das hätten Sie mir doch sagen können!«

»Habe ich es nicht erwähnt? Dann habe ich es vergessen.«

Am nächsten Morgen, als sein Gastgeber zu tun hatte, ging Tony nach draußen und schlenderte betont absichtslos über die Savanne auf die Indianerhütten zu. In einer der Türöffnungen saßen vier oder fünf Pie-Wie. Sie blickten nicht auf, als er herzutrat. Mit den paar Brocken Macushi, die er während der Reise aufgeschnappt hatte, sprach er sie an, doch nichts verriet, ob sie ihn verstanden hatten oder nicht. Da zeichnete er die Skizze eines Kanus auf den Boden, deutete ein paar Bewegungen des Schreinerns an, zeigte von ihnen auf sich, machte die Geste des Gebens und kratzte die Umrisse eines Gewehrs, eines Huts und anderer erkennbarer Tauschartikel neben die Kanuskizze in den Sand. Eine der Frauen kicherte, doch niemand gab irgendein Zeichen des Verstehens, sodass er frustriert wieder wegging.

Beim Mittagessen sagte Mr. Todd: »Mr. Last, die Indianer berichten mir, Sie hätten versucht, mit ihnen zu reden. Es ist einfacher, wenn Sie Ihre Wünsche durch mich ausrichten lassen. Es ist Ihnen doch wohl klar, dass sie nichts ohne meine Erlaubnis tun würden, oder? Sie betrachten mich, und in vielen Fällen zu Recht, als ihren Vater.«

»Tja, ich habe sie tatsächlich wegen eines Kanus gefragt.«

»Das wurde mir auch bedeutet... und jetzt, wo Sie mit Ihrer Mahlzeit fertig sind, könnten wir ein neues Kapitel lesen. Ich bin ganz fasziniert von dem Buch.«

Sie beendeten *Dombey und Sohn*. Fast ein Jahr war vergangen, seit Tony England verlassen hatte, und seine düsteren Ahnungen von einer etwaigen Verbannung wurden plötzlich akut, als er zwischen den Seiten des *Martin Chuzzlewit* ein Dokument fand, das mit Bleistift in ungelenken Buchstaben geschrieben war.

Jahr 1919.
Ich, James Todd aus Brasilien, schwöre Barnabas Washington aus Georgetown, dass ich ihm erlauben werde heimzureisen, wenn er dieses Buch, nämlich Martin Chuzzlewit, beendet hat.

Es folgte ein dickes, mit Bleistift gemaltes x und dahinter: *Dieses Zeichen ist von Mr. Todd gezeichnet Barnabas Washington.*

»Mr. Todd«, sagte Tony, »ich muss ganz offen mit Ihnen reden. Sie haben mir das Leben gerettet, und wenn ich in die Zivilisation zurückgekehrt bin, werde ich Sie, so gut ich kann, dafür belohnen. Ich werde Ihnen jeden angemessenen Wunsch erfüllen. Aber jetzt halten Sie mich gegen meinen Willen hier zurück. Ich verlange, freigelassen zu werden!«

»Aber, aber, mein Freund, was hält Sie? Sie stehen unter keinerlei Zwang. Sie können gehen, wann immer Sie wollen!«

»Sie wissen ganz genau, dass ich ohne Ihre Hilfe hier nicht wegkomme!«

»In diesem Fall müssen Sie einem alten Mann zu Willen sein. Lesen Sie noch ein Kapitel!«

»Mr. Todd, ich schwöre bei allem, was Sie wollen, dass ich, sobald ich in Manaos bin, jemand zu meiner Vertretung auftreiben werde. Ich werde einen Mann bezahlen, der Ihnen den ganzen Tag vorlesen wird.«

»Ich brauche aber keinen anderen Mann. Sie lesen doch so schön!«

»Ich habe zum letzten Mal gelesen.«

»Das will ich nicht hoffen«, sagte Mr. Todd höflich.

Aber an diesem Abend wurde bloß ein Teller Dörrfleisch und Maismehl auf den Tisch gestellt, und Mr. Todd aß allein. Tony lag wortlos da und starrte auf das Palmdach.

Am nächsten Tag wurde wieder nur ein Teller vor Mr. Todd hingestellt, doch während er aß, lag sein Gewehr mit gespanntem Hahn auf seinen Knien. Tony griff zu *Martin Chuzzlewit* und las weiter, wo sie stehengeblieben waren.

Aussichtslose Wochen vergingen. Sie lasen *Nikolas Nickleby* und *Klein Dorrit* und *Oliver Twist*. Dann kam ein Fremder in die Savanne, ein Mischling, Goldschürfer, Angehöriger jenes einsamen Ordens von Männern, die ein Leben lang durch die Wälder streifen, kleine Flüsse absuchen, Unze für Unze den Kies durchsieben, den kleinen Lederbeutel mit Goldstaub füllen und meistens vor Entbehrung und Hunger sterben, Gold im Wert von fünfhundert Dollar um den Hals. Mr. Todd ärgerte sich über die Ankunft dieses Mannes, er gab ihm Maismehl und *tasso* und schickte ihn nach einer Stunde schon wieder los. Doch in dieser Stunde hatte Tony Zeit, seinen Namen auf ein Stück Papier zu kritzeln und es dem Mann in die Hand zu drücken.

Von nun an gab es Hoffnung. Die Tage vergingen in immer derselben Weise: Kaffee bei Sonnenaufgang, ein untätig verbrachter Vormittag, während Mr. Todd auf der Farm herumtrödelte, Mehl und *tasso* zum Mittagessen, Dickens am Nachmittag, Mehl und *tasso* und manchmal Obst zum Abendessen. Stille von Sonnenuntergang bis zur Morgendämmerung, der kleine Docht brannte im Rindertalg, und über dem Kopf das Palmblätterdach war kaum noch zu erkennen. Aber Tony lebte in vertrauensvoller Gelassenheit und Erwartung.

Irgendwann, in diesem Jahr oder im nächsten, würde der Goldsucher mit der Nachricht von seiner Auffindung ein brasilianisches Dorf erreichen. Das Unglück der Messinger-Expedition konnte nicht unbeachtet geblieben sein. Tony konnte sich die Schlagzeilen der Zeitungen schon vorstellen. Wahrscheinlich durchkämmten noch immer Suchtrupps die Gegend, die er durchquert hatte. Jeden Tag konnten englische Stimmen über die Savanne hallen und ein Dutzend freundlicher Kundschafter durch den Busch brechen. Selbst während des Lesens, wenn seine Lippen mechanisch den gedruckten Zeilen folgten, wandten sich seine Gedanken von seinem begierigen, verrückten Gegenüber ab, und er begann, sich Einzelheiten seiner Rückkehr auszumalen – die allmählichen Wiederbegegnungen mit der Zivilisation (in Manaos rasierte er sich, kaufte neue Kleidung, ließ sich telegraphisch Geld überweisen, bekam Glückwunschdepeschen, er genoss die bequeme Reise flussabwärts nach Belem und den großen Ozeandampfer nach Europa, er tat sich gütlich an gutem Burgunder, frischem Fleisch und jungem Gemüse, das Wiedersehen mit Brenda machte ihn unsicher, er wusste nicht, wie er sie anreden sollte... »Liebling, du warst viel länger weg, als du gesagt hast! Ich dachte schon, du bist verschollen...«).

Und dann wurde er von Mr. Todd unterbrochen: »Dürfte ich Sie wohl bitten, diese Stelle noch einmal zu lesen? Sie gefällt mir besonders gut.«

Die Wochen vergingen. Kein Zeichen von Rettung in Sicht, doch Tony hielt den Tag aus in der Hoffnung auf das, was der nächste Tag bringen konnte. Er empfand sogar eine gewisse Herzlichkeit für seinen Gastgeber und war daher durchaus bereit, mit ihm zu gehen, als dieser eines Abends, nach einer langen Beratung mit einem indianischen Nachbarn, vorschlug, ein Fest zu feiern.

»Heute ist einer der Festtage hier in der Gegend«, erklärte er, »und sie haben *Pivari* gemacht. Vielleicht schmeckt es Ihnen nicht, aber Sie sollten es mal probieren. Heute Abend gehen wir hinüber in das Haus dieses Mannes.«

Nach dem Abendessen gesellten sie sich also zu einer Gruppe von Indianern, die sich in einer der Hütten am anderen Ende der Savanne um das Feuer versammelt hatten. Sie sangen monotone, apathische Weisen und ließen eine große Kalebasse von Mund zu Mund gehen. Für Tony und Mr. Todd wurden zwei besondere Schalen hereingebracht, und sie durften sich auf Hängematten setzen.

»Sie müssen alles auf einmal austrinken. Das ist hier Sitte.«

Tony kippte die dunkle Flüssigkeit hinunter und versuchte, nicht auf ihren Geschmack zu achten. Aber sie schmeckte nicht einmal unangenehm, herb und erdig, wie die meisten brasilianischen Getränke, doch mit einem Aroma von Honig und dunklem Brot. Er lehnte sich in die Hängematte zurück und fühlte sich ungewöhnlich wohl. Vielleicht hatte in genau diesem Moment der Suchtrupp nur noch ein paar Wegstunden entfernt sein Lager aufgeschlagen. Doch ihm war jetzt warm, und er fühlte sich schläfrig. Der Singsang der Indianer schien endlos, wie eine

Liturgie. Eine neue Kalebasse mit *Pivari* wurde ihm gebracht, und er gab sie geleert zurück. Er lag ausgestreckt da und beobachtete, als die Pie-Wie zu tanzen begannen, das Spiel der Schatten auf dem Palmdach. Dann schloss er die Augen, dachte an England und schlief ein.

Er erwachte, noch immer befand er sich in der Indianerhütte, mit dem Gefühl, über die gewohnte Stunde hinaus geschlafen zu haben. Der Stand der Sonne sagte ihm, dass es spät am Nachmittag war. Außer ihm war niemand anwesend. Er wollte auf seine Uhr sehen und stellte mit Erstaunen fest, dass sie nicht an seinem Handgelenk war. Er hatte sie wohl im Haus gelassen, bevor er zum Fest gegangen war.

»Ich muss gestern Abend blau gewesen sein«, sagte er sich. »Heimtückisches Zeug, das.« Er hatte Kopfschmerzen und befürchtete einen erneuten Fieberausbruch. Als er die Füße auf die Erde setzte, merkte er, dass er nur mit Mühe stehen konnte. Sein Gang war unsicher und sein Geist verwirrt, genau wie in den ersten Wochen seiner Rekonvaleszenz. Auf dem Weg über die Savanne musste er mehrmals anhalten, die Augen schließen und tief Atem holen. Als er das Haus erreichte, stieß er auf Mr. Todd.

»Ah, Sie haben sich heute Nachmittag zum Vorlesen ein wenig verspätet, mein Freund. Es ist nur noch eine knappe halbe Stunde hell. Wie fühlen Sie sich?«

»Schauderhaft. Ich hab das Getränk anscheinend nicht vertragen.«

»Ich werde Ihnen etwas geben, damit Sie sich besser fühlen. Der Urwald hat Mittel für alles, zum Aufwachen und zum Einschlafen.«

»Haben Sie irgendwo meine Uhr gesehen?«
»Vermissen Sie sie denn?«
»Ja. Ich dachte, ich hätte sie an. Menschenskind, so lange hab ich ja noch nie geschlafen!«
»Das letzte Mal wohl als Baby. Wissen Sie, wie lange? Zwei Tage!«
»Unsinn. Unmöglich.«
»Doch, Tatsache! Sie haben sehr lange geschlafen. Schade, Sie haben nämlich unsere Gäste verpasst.«
»Gäste?«
»Tja, während Sie hier schliefen, war es hier ganz lustig. Drei Männer von der Außenwelt. Engländer. Es ist schade, dass Sie sie verpasst haben. Auch schade für sie, denn sie haben sich ausdrücklich nach Ihnen erkundigt. Aber was konnte ich schon machen. Sie haben so tief geschlafen. Sie waren sehr weit gereist, um Sie zu finden, und da Sie sie nicht selbst begrüßen konnten, gab ich ihnen – ich denke, das war ganz in Ihrem Sinn – als kleines Andenken Ihre Uhr mit. Sie wollten etwas nach England mitnehmen, denn dort ist für Nachrichten über Sie eine Belohnung ausgesetzt worden. Sie waren sehr erfreut. Und von dem kleinen Kreuz, das ich zur Erinnerung an Ihre Ankunft aufstellte, haben sie ein paar Fotos aufgenommen. Auch das hat ihnen sehr gefallen. Überhaupt waren sie sehr leicht zu erfreuen. Aber ich glaube nicht, dass sie uns wieder besuchen werden, unser Leben hier ist so abgeschieden. Keine Vergnügungen außer Lesen... Ich glaube nicht, dass wir jemals wieder Besucher haben werden... na ja, dann werde ich mal Medizin holen, damit es Ihnen wieder bessergeht. Sie haben Kopfschmerzen, stimmt's? Heute werden wir auf Di-

ckens verzichten... aber morgen und übermorgen und überübermorgen. Wir wollen *Klein Dorrit* noch einmal lesen. In dem Buch gibt es Stellen, bei denen ich immer den Tränen nahe bin.«

G. K. Chesterton
Der Fluch des Buches

Professor Openshaw bekam jedes Mal einen Tobsuchtsanfall, wenn man ihn als Spiritisten bezeichnete oder behauptete, dass er an Spiritismus glaube. Aber damit nicht genug, er bekam auch einen Tobsuchtsanfall, wenn man behauptete, dass er nicht an Spiritismus glaube. Es war sein Stolz, dass er sein ganzes Leben der Erforschung psychischer Phänomene gewidmet hatte. Es war ferner sein Stolz, dass er nie hatte durchblicken lassen, ob er sie wirklich für psychisch oder bloß für Phänomene hielt. Nichts freute ihn mehr, als einem Kreis überzeugter Spiritisten zu erzählen, wie er Medium auf Medium entlarvt und Schwindel auf Schwindel entdeckt hatte. Tatsächlich entwickelte er die Talente eines Detektivs, sobald er sein Auge auf einen Gegenstand gerichtet hatte; und auf so verdächtige Gegenstände wie Medien richtete er sein Auge mit Vorliebe. Es ging das Gerücht, dass er ein und denselben Schwindler dreimal unter verschiedenen Verkleidungen entlarvt hätte: einmal als Frau, einmal als weißbärtigen alten Mann und einmal als schokoladebraunen Brahmanen. Diese Legenden waren dazu angetan – was ja auch ihr Zweck war –, eine gewisse Beunruhigung unter den Gläubigen hervorzurufen. Darüber beklagen konnten sie sich ja nicht, denn kein Spiritist leugnet die Existenz falscher Medien, aber die Geschichten des Professors konnten leicht den Eindruck erwecken, als ob alle Medien Schwindler seien.

Aber wehe dem arglosen und unschuldigen Materialisten (und Materialisten pflegen meist arglos und unschuldig zu sein), der, verleitet durch solche Erzählungen, mit der These herauszurücken wagte, dass Geister gegen die Naturgesetze seien oder dass derartige Dinge bloßer Aberglaube wären; oder dass ja doch alles einfach Stumpfsinn oder Quatsch sei. Mit einem Schlage richtete der Professor alle seine wissenschaftlichen Batterien gegen ihn und vernichtete ihn mit einer Kanonade von unanzweifelbaren Fällen und unerklärlichen Phänomenen, von denen der arme Materialist nie in seinem Leben gehört hatte, unter Anführung sämtlicher Daten und Einzelheiten und unter Zitierung aller versuchten und misslungenen natürlichen Erklärungen. Nichts versäumte er zu erwähnen, außer ob er, John Oliver Openshaw, an Geister glaube oder nicht. Weder Spiritisten noch Materialisten konnten sich rühmen, eine Antwort auf diese Frage gefunden zu haben.

Professor Openshaw, eine hagere Erscheinung mit Löwenmähne und hypnotisierenden blauen Augen, stand mit seinem Freunde Pater Brown vor dem Eingang des Hotels, in dem sie beide die Nacht verbracht hatten. Der Professor war am Abend zuvor ziemlich spät von einem seiner Experimente aufgebracht zurückgekommen und war noch immer erfüllt von der Erregung des Kampfes, den er ganz allein und nach beiden Seiten zu führen pflegte.

»Oh, das macht nichts«, sagte er lachend. »Sie würden nicht daran glauben, auch wenn es wahr wäre. Aber alle diese Leute fragen mich dauernd, was ich denn beweisen will. Sie scheinen nicht zu begreifen, dass ich ein Mann der Wissenschaft bin. Ein Wissenschaftler will nichts beweisen. Er versucht herauszufinden, was sich selbst beweist.«

»Aber er hat es noch nicht herausgefunden«, sagte Pater Brown.

»Nun, ich habe allerlei kleine Beobachtungen gemacht, die nicht ganz so negativ sind, wie manche Leute zu denken scheinen«, antwortete der Professor, nachdem er einen Moment mit gerunzelten Brauen nachgedacht hatte. »Jedenfalls fange ich an zu glauben, dass das, was vielleicht zu finden wäre, auf einem falschen Weg gesucht wird. Es ist alles viel zu theatralisch. Das ganze Getue mit leuchtendem Ektoplasma und Trompeten und Stimmen und allem Drum und Dran erinnert viel zu sehr an Schauerdramen und historische Romane, in denen das Gespenst des Schlosses auftritt. Wenn sie sich an die Historie hielten statt an historische Romane, könnten sie vielleicht wirklich etwas finden, wenn auch keine Erscheinungen.«

»Immerhin«, sagte Pater Brown, »Erscheinungen sind nur Schein. Ich glaube, man könnte sagen, dass auch das Schlossgespenst nur dazu dient, den Schein zu wahren.«

Der Blick des Professors, der gewöhnlich etwas zerstreut war, konzentrierte sich plötzlich mit aller Schärfe auf Pater Brown, als wäre er ein zweifelhaftes Medium. Es war, als blicke er ihn durch ein starkes Vergrößerungsglas an. Nicht, dass er Pater Brown für ein zweifelhaftes Medium gehalten hätte, aber es erregte seine Aufmerksamkeit, dass die Gedanken seines Freundes so sehr mit seinen eigenen übereinstimmten.

»Schein«, murmelte er. »Wie merkwürdig, dass Sie das

gerade jetzt sagen! Je mehr ich mich mit diesen Dingen beschäftige, desto klarer wird mir, dass sich die Leute viel zu sehr an den Schein halten. Wenn sie sich weniger an das Erscheinen als an das Verschwinden halten würden –«

»Ja«, sagte Pater Brown. »In Märchen und Sagen zum Beispiel handelt es sich viel weniger um das Erscheinen von Zauberwesen wie Titania oder Oberon. Hingegen ist immer wieder die Rede davon, dass Menschen verschwinden, weil sie von Zauberwesen entführt werden. Sind Sie Kilmeny auf die Spur gekommen oder Thomas dem Reimer?«

»Ich will gewöhnlichen, heutigen Menschen auf die Spur kommen, von deren Verschwinden man in den Zeitungen liest«, antwortete Openshaw. »Schauen Sie mich nicht so erstaunt an! Ich meine es ganz ernst. Und ich beschäftige mich schon lange damit. Aufrichtig gesagt, ich bin der Meinung, dass sich eine Menge psychischer Erscheinungen leicht erklären lassen. Das Verschwinden aber lässt sich nicht erklären, es wäre denn psychisch. Diese Menschen in den Zeitungen, die verschwinden und nie mehr gefunden werden – Wenn Sie die Einzelheiten so genau kennen würden wie ich – Gerade heute habe ich eine Bestätigung bekommen. Einen höchst sonderbaren Brief von einem alten Missionär, einem hochanständigen, verlässlichen Menschen. Er kommt jetzt zu mir in mein Büro. Vielleicht wollen Sie nachher mit mir zu Mittag essen. Ich möchte Ihnen berichten – streng vertraulich, natürlich.«

»Danke; sehr gern«, sagte Pater Brown. »Falls mich bis dahin nicht eine Fee entführt hat.«

Damit trennten sie sich. Openshaw begab sich in sein Büro, das er in der Nähe gemietet hatte. Es diente ihm hauptsächlich zur Herausgabe einer Zeitschrift, in der spiritistische und psychologische Probleme auf eine äußerst trockene und agnostische Art behandelt wurden. Er hatte nur einen Angestellten, der im ersten Zimmer saß und dessen Aufgabe es war, Zahlen und Daten für den Druck zusammenzustellen. Der Professor fragte ihn, ob Mr. Pringle da gewesen wäre. Mechanisch verneinte der Angestellte und addierte weiter seine Zahlen. Der Professor war im Begriff, den zweiten Raum zu betreten, der sein Arbeitszimmer war. »Übrigens, Berridge«, sagte er, ohne sich umzuwenden, »wenn Mr. Pringle kommt, schicken Sie ihn sofort zu mir herein. Sie brauchen Ihre Arbeit nicht zu unterbrechen. Ich möchte, dass Sie diese Aufstellung, wenn möglich, heute fertigmachen. Legen Sie sie auf meinen Schreibtisch, falls ich morgen etwas später kommen sollte.«

In seinem Zimmer gab sich der Professor weiter den Gedankengängen hin, die der Name Pringle in seinem Geist, wenn auch nicht angeregt, so doch gerechtfertigt und bestätigt hatte. Selbst der abgeklärteste Agnostiker ist irgendwo menschlich. Und der Brief des Missionärs enthielt die Möglichkeit, dass er zur Unterstützung der privaten und vorläufig noch tastenden Hypothese des Professors beitragen könnte. Openshaw setzte sich in seinen bequemen Lehnstuhl unter den Stich von Montaigne und las die wenigen Zeilen noch einmal, mit denen der Reverend Luke Pringle seinen Besuch für heute Vormittag ankündigte. Niemand war besser als Professor Openshaw imstande, an gewissen Anzeichen zu erkennen, ob ein Brief von einem Narren stammte. Verworrene Ausdrucksweise, spinnenartige Handschrift, Weitschweifigkeit, überflüssige Wiederholungen. Keines dieser Anzeichen fand sich hier. Eine kurze und geschäftsmäßige, mit der Maschine geschriebene Ankündigung, dass der Schreiber Zeuge einiger Fälle von rätselhaftem Verschwinden gewesen sei, die den Professor als Erforscher psychischer Probleme vielleicht interessieren würden. Der Professor war günstig beeindruckt. Er hatte auch, trotz einer leichten Überraschung, keinen ungünstigen Eindruck, als er aufblickte und den Reverend Luke Pringle bereits im Zimmer stehen sah.

»Ihr Sekretär forderte mich auf, gleich einzutreten«, sagte Mr. Pringle entschuldigend, mit einem breiten, aber recht sympathischen Grinsen, das durch die enorme Fülle seines rötlich grauen Bartes zum Teil verdeckt wurde. Es war ein wahrer Dschungel von einem Bart, wie man ihn manchmal an Männern sieht, die im Dschungel leben. Aber die Augen über der aufgestülpten Nase hatten nichts Wildes oder Exotisches an sich. Openshaw hatte sofort den Scheinwerfer oder das Brennglas seines skeptischen Blickes eingeschaltet, den er auf die Menschen zu richten pflegte, um herauszufinden, ob sie Schwindler oder Narren seien. In diesem Fall fiel die Prüfung außergewöhnlich günstig aus. Der wilde Bart mochte wohl einem Narren gehören, aber die Augen straften den Bart Lügen. Augen so voll eines freien, freundlichen Lachens findet man weder bei Schwindlern noch bei Narren. Den Augen nach konnte man eher auf einen harmlosen lustigen Spießer schließen, auf einen fröhlichen Skeptiker, der, ohne viel nachzudenken, seine Verachtung für Geister und geistige Dinge laut und herzhaft herausschreit. Ein berufsmäßiger Schwindler könnte es sich nicht erlauben, so oberflächlich auszusehen. Der Mann steckte in einem schäbigen alten Cape, das bis zum Hals zugeknöpft war. Nur sein breitkrempiger weicher Hut deutete den Geistlichen an. Aber Missionäre aus wilden Gegenden geben sich manchmal nicht viel Mühe, sich korrekt anzuziehen.

»Sie glauben wahrscheinlich, dass dies wieder einmal ein Aufsitzer ist, Herr Professor«, sagte Mr. Pringle vergnügt. »Ich hoffe, Sie werden mir verzeihen, dass ich über Ihre nur zu begreifliche Missbilligung lachen muss. Aber ich muss meine Geschichte jemandem erzählen, der Verständnis dafür hat, denn sie ist wahr. Und, Scherz beiseite, sie ist nicht nur wahr, sondern auch tragisch. Um es kurz zu machen: Ich war als Missionär in Nya-Nya in Westafrika, im dichtesten Urwald, wo es außer mir nur einen einzigen Weißen gab, den Regierungsbeamten Captain Wales. Wir haben uns ziemlich angefreundet. Nicht, dass er Missionäre besonders gern hatte. Er war, wenn ich so sagen darf, etwas dickköpfig. Einer dieser schwerfälligen, breitschultrigen Männer der Tat, die es nicht nötig haben zu denken, geschweige denn zu glauben. Dadurch wird die Sache nur noch sonderbarer. Eines Tages kam er von einem kurzen Urlaub in sein Zelt im Urwald zurück und erzählte, er hätte ein höchst seltsames Erlebnis gehabt und wisse nicht, was er davon halten solle. Er hatte ein abgeschabtes, in Leder gebundenes Buch bei sich und legte es auf den Tisch neben seinen Revolver und ein altes arabisches Schwert, das er besaß. Er erzählte, dass das Buch einem Manne auf dem Schiff, mit dem er gekommen war, gehört hätte. Dieser Mann hätte behauptet, dass niemand das Buch öffnen dürfe, weil der Betreffende sonst vom Teufel geholt werden oder verschwinden würde. Wales antwortete ihm natürlich, das sei alles Unsinn, und sie gerieten in Streit. Das Resultat war, dass der Mann, da man ihn der Feigheit und des Aberglaubens bezichtigte, das Buch tatsächlich öffnete, es sofort fallen ließ, an den Rand des Schiffes trat –«

»Einen Augenblick«, sagte der Professor, der sich ein paar Notizen gemacht hatte, »bevor Sie weitererzählen! Hat dieser Mann Wales gesagt, wo er das Buch herhatte oder wem es ursprünglich gehörte?«

»Ja«, antwortete Pringle, der jetzt vollkommen ernst war. »Er soll gesagt haben, dass er es dem ursprünglichen Besitzer zurückbringen wolle, einem Orientreisenden namens Dr. Hankey, der jetzt in England lebe. Hankey soll ihn vor den geheimnisvollen Kräften des Buches gewarnt haben. Nun, dieser Hankey ist ein tüchtiger Mensch und außerdem ein eher unfreundlicher und spöttischer Geselle. Das macht die Sache noch merkwürdiger. Aber die Pointe von Wales' Geschichte ist ganz einfach. Der Mann, der in das Buch geschaut hatte, ging geradewegs über Bord des Schiffes und ward nicht mehr gesehen.«

»Glauben Sie das?«, fragte Openshaw nach einer Pause.

»Ja«, antwortete Pringle. »Ich glaube es aus zwei Gründen. Erstens, weil Wales ein vollkommen phantasieloser Mensch ist. Er erwähnte aber eine Einzelheit, die nur einem phantasiebegabten Menschen hätte einfallen können. Er sagte, der Mann wäre bei schönem, heiterem Wetter und vollkommen ruhigem Meer über Bord gegangen, und man hätte kein Aufklatschen gehört.«

Der Professor vertiefte sich für ein paar Sekunden in seine Notizen. Dann fragte er: »Und der zweite Grund, warum Sie daran glauben?«

»Der zweite Grund«, antwortete der Reverend Luke Pringle, »der zweite Grund ist das, was ich selbst gesehen habe.«

Wieder entstand eine Pause, bis er in derselben sachlichen Art fortfuhr. Man mochte sagen, was man wollte, er hatte nichts von jenem Eifer, mit dem Narren und selbst Gläubige einen Zuhörer zu überzeugen suchen.

»Ich sage Ihnen, dass Wales das Buch auf den Tisch neben das arabische Schwert gelegt hatte. Das Zelt besaß nur einen Ausgang. Ich stand drinnen, sah in den Wald hinaus und wandte Wales den Rücken zu. Er stand am Tisch, und ich hörte ihn vor sich hin brummen, dass es blödsinnig wäre, sich im zwanzigsten Jahrhundert vor einem Buch zu fürchten. Und warum, zum Teufel, er es eigentlich nicht öffnen sollte. Instinktiv antwortete ich, dass er das lieber bleiben lassen und das Buch Dr. Hankey zurückgeben solle. ›Was kann schon geschehen?‹, fragte er gereizt. ›Was ist denn Ihrem Freund auf dem Schiff geschehen?‹, erwiderte ich. Er antwortete nicht. Was hätte er auch darauf antworten sollen? Ich aber nützte meinen logischen Vorteil aus purer Eitelkeit aus und fuhr fort: ›Wie erklären Sie sich übrigens, was auf dem Schiff geschehen ist?‹ Noch immer kam keine Antwort. Da drehte ich mich um und sah, dass Wales nicht mehr da war.

Das Zelt war leer. Das Buch lag auf dem Tisch, offen, aber mit dem Rücken nach oben, als hätte er es umgedreht. Das Schwert jedoch lag auf dem Boden, am andern Ende des Zeltes. Dort war ein langer Schnitt in der Leinwand, als ob sich jemand mit dem Schwert einen Ausgang geschaffen hätte. Ich blickte durch den Spalt, konnte aber nichts sehen als den dunkel schimmernden Wald draußen. Ich glaube zu bemerken, dass in dem wilden Durcheinander von Pflanzen einige geknickt und verbogen waren. Aber ganz sicher bin ich nicht, und jedenfalls reichten diese Spuren nur ein paar Meter weit. Seit diesem Tage habe ich nie mehr etwas von Captain Wales gesehen oder gehört.

Ich wickelte das Buch in Packpapier, wobei ich mir große Mühe gab, es nicht anzusehen, und ich nahm es mit nach England, in der Absicht, es Dr. Hankey zurückzugeben. Dann las ich einen Artikel in Ihrer Zeitschrift, aus dem ich zu entnehmen glaubte, dass Sie eine Hypothese über derartige Dinge haben. Und ich entschloss mich, Ihnen die ganze Sache vorzulegen, da Sie dafür bekannt sind, dass Sie ein unbeirrbares Urteil und einen scharfen Verstand haben.«

Professor Openshaw legte die Feder aus der Hand und sah den Mann, der ihm gegenübersaß, über den Tisch hinweg an, indem er seine ganze langjährige Erfahrung mit den verschiedensten Arten von Schwindlern und mit zwar anständigen, aber exzentrischen und sonderbaren Leuten in seinen Blick konzentrierte. Normalerweise wäre er von der gesunden Annahme ausgegangen, dass das Ganze erlogen sei. Im Großen und Ganzen neigte er auch hier dazu, die Geschichte für erlogen zu halten. Aber irgendwie passte der Mann nicht zu der Geschichte. Die Sorte Lügner passte nicht zu der Sorte Lüge. Der Mann trug keine betonte Ehrlichkeit zur Schau wie die meisten Schwindler und Betrüger. Eher im Gegenteil: Es schien, als wäre er ehrlich, trüge aber etwas anderes zur Schau. Vielleicht ein braver Mensch mit einem harmlosen Wahn? Aber die Symptome stimmten auch nicht. Hier war eine Art von männlicher Unbeteiligtheit, als ob der Mann keinen besonderen Wert auf seinen Wahn legte, wenn er überhaupt einen Wahn hatte.

»Mr. Pringle«, sagte der Professor streng wie ein Rechtsanwalt, der einen Zeugen überrumpeln will, »wo befindet sich dieses Buch jetzt?«

Auf dem bärtigen Gesicht, das während der Erzählung ernst gewesen war, erschien wieder das fröhliche Grinsen.

»Ich habe es draußen gelassen«, sagte Mr. Pringle, »ich meine im Nebenzimmer. Das war vielleicht riskant, aber es war das kleinere Risiko.«

»Was wollen Sie damit sagen?«, fragte der Professor. »Warum haben Sie es nicht hereingebracht?«

»Weil ich wusste«, sagte der Missionär, »dass Sie es öffnen würden, bevor Sie meine Geschichte zu Ende gehört haben. Nachher, dachte ich, würden Sie es sich überlegen, es zu öffnen.« Nach einer kleinen Pause fügte er hinzu: »Es war niemand draußen außer Ihrem Sekretär. Und der machte den Eindruck eines bedächtigen, eher etwas stumpfen Menschen, der sich nur für seine Rechnungen interessiert.«

Openshaw ließ ein herzliches Lachen hören. »Oh, Berridge«, rief er, »vor dem ist Ihr Zauberbuch sicher. Der ist nichts als eine Rechenmaschine. Kein menschliches Wesen, wenn man ihn überhaupt als menschliches Wesen bezeichnen kann, käme weniger auf den Gedanken, fremde Pakete zu öffnen. Jetzt könnten wir es aber hereinholen, obwohl ich mir noch ernstlich überlegen muss, wie wir uns verhalten sollen. Ich muss Ihnen aufrichtig sagen« – er sah den andern wieder scharf an –, »dass ich nicht recht weiß, ob wir es gleich hier öffnen oder lieber an diesen Dr. Hankey senden sollen.«

Währenddessen hatten die beiden das Nebenzimmer betreten. Im gleichen Augenblick stieß Mr. Pringle einen Schrei aus und stürzte zum Schreibtisch des Sekretärs.

Der Schreibtisch war da, nicht aber der Sekretär. Auf dem Schreibtisch lag ein abgeschabtes, in Leder gebundenes Buch, geschlossen zwar, aber so, als ob es eben noch offen gewesen wäre. Das braune Packpapier lag daneben. Der Schreibtisch stand vor dem großen Fenster, das auf die Straße hinausging. Dieses Fenster hatte ein riesiges, gezacktes Loch, als ob sich ein menschlicher Körper dadurch einen Weg ins Freie gebahnt hätte. Von Mister Berridge war keine andere Spur vorhanden.

Die beiden Männer standen da wie Statuen. Der Professor erwachte zuerst zum Leben. Er sah mehr als je einem Richter ähnlich, als er sich langsam dem Missionär zuwandte und ihm die Hand entgegenstreckte.

»Mr. Pringle«, sagte er, »ich bitte Sie um Verzeihung für meine Gedanken. Es waren übrigens nur halbgeformte Gedanken. Aber niemand, der sich für einen Wissenschaftler hält, kann solchen Tatsachen gegenüber skeptisch bleiben.«

»Ich denke«, sagte Pringle zögernd, »wir werden einige Nachforschungen anstellen müssen. Können Sie nicht bei ihm zu Hause anrufen und fragen, ob er da ist?«

»Ich weiß nicht, ob er ein Telefon hat«, antwortete Openshaw abwesend. »Er wohnt irgendwo draußen in Hampstead, glaube ich. Aber ich denke, seine Freunde oder seine Familie werden hier nachfragen, wenn er nicht nach Hause kommt.«

»Können Sie eine Beschreibung von ihm geben«, fragte Mr. Pringle, »wenn die Polizei eine solche verlangt?«

»Die Polizei?«, rief der Professor, aus seiner Verträumtheit erwachend. »Eine Beschreibung? Gott, er sah schrecklich unpersönlich aus. Genau wie alle andern Leute, fürchte ich, bis auf die Brille. Einer von diesen glattrasierten jungen Leuten. Aber die Polizei – Sagen Sie, was können wir in dieser verrückten Sache tun?«

»Was ich tue, weiß ich«, sagte Reverend Pringle. »Ich trage dieses Buch zu Dr. Hankey und frage ihn, was, zum Teufel, das Ganze zu bedeuten hat. Er wohnt nicht sehr weit von hier, und ich komme dann gleich zurück und berichte Ihnen, was er gesagt hat.«

»Gut, gut«, sagte der Professor und ließ sich müde in einen Sessel fallen. Vielleicht war er froh, die Verantwortung bis auf weiteres los zu sein. Aber lange nachdem der rasche Schritt des Missionärs auf der Straße unten verhallt war, saß der Professor in derselben Stellung da und starrte ins Leere, wie in einer Art Trance.

Er saß noch immer in dem gleichen Sessel und fast in der gleichen Haltung, als derselbe rasche Schritt wieder hörbar wurde. Der Missionär trat ein, diesmal, wie der Professor mit einem raschen Blick feststellte, mit leeren Händen.

»Dr. Hankey«, sagte Pringle ernst, »möchte das Buch eine Stunde behalten und sich die Sache überlegen. Dann sollen wir beide zu ihm kommen, und er wird uns das Resultat seiner Überlegungen mitteilen. Er lässt Sie sehr bitten, Herr Professor, mich zu ihm zu begleiten.«

Openshaw sah noch immer starr vor sich hin. Dann fragte er plötzlich: »Wer, zum Teufel, ist dieser Doktor Hankey?«

»Das klingt ja, als ob Sie ihn für den Teufel hielten«,

sagte Pringle lachend. »Nun, ich glaube, manche Leute sind wirklich dieser Ansicht. Er hatte einen ziemlichen Ruf auf demselben Gebiet wie Sie, aber ich glaube, er erwarb ihn in Indien, wo er Magie und dergleichen studierte, so dass er hier vielleicht nicht so bekannt ist. Er ist ein gelbhäutiger, magerer, kleiner Kerl mit einem lahmen Bein und von unfreundlichem Wesen. Er scheint sich hier eine ganz anständige Praxis als Arzt geschaffen zu haben, und es ist mir nichts wirklich Nachteiliges über ihn bekannt, außer Sie finden es nachteilig, dass er der einzige Mensch ist, der uns über diese verrückte Angelegenheit Auskunft geben kann.«

Professor Openshaw erhob sich mühsam und ging ans Telefon. Er rief Pater Brown an und verwandelte die Mittagseinladung in eine Einladung zum Abendessen, um für die Expedition zu dem angloindischen Arzt frei zu sein. Darauf setzte er sich wieder nieder, zündete eine Zigarre an und versank von neuem in seine unergründlichen Gedanken.

Pater Brown begab sich in das Restaurant, wo das Abendessen stattfinden sollte, und ging dort längere Zeit in einem Vorraum voller Spiegel und Palmen wartend auf und ab. Er wusste von dem Vorhaben des Professors, und als die Nacht dunkel und stürmisch hereinbrach, nahm er an, dass dieses Vorhaben irgendeine unerwartete Wendung genommen haben müsse. Er zweifelte schon daran, ob Openshaw überhaupt noch kommen würde. Als er dann doch eintrat, sah Pater Brown sofort, dass seine Annahme gerechtfertigt war. Denn der Professor kam mit verstörtem Gesichtsausdruck und gesträubten Haaren von seiner Expedition nach dem

Norden Londons zurück. Ganz draußen am Rande der Stadt, wo es noch unverbaute Flächen gibt, auf denen Heidekraut wächst und Wiesenstreifen bis an die Häuser reichen, hatten sie das Haus gefunden, das sie suchten. Es stand etwas abseits von den andern Häusern und trug ein Messingschild mit der Inschrift: Dr. med. univ. J.D. Hankey. Aber Dr. Hankey fanden sie nicht. Sie fanden bloß das, worauf eine unbewusste schreckensvolle Ahnung sie vorbereitet hatte: einen alltäglichen Salon, einen Tisch, auf dem das verhexte Buch lag, so als ob eben jemand darin gelesen hätte; dahinter eine offenstehende Tür, die in den Garten führte; in diesem Garten eine Reihe Fußspuren auf einem Weg, der so steil war, dass man sich kaum vorstellen konnte, ein Mensch mit einem lahmen Bein könnte ihn ersteigen. Und doch war hier ein Mensch mit einem lahmen Bein gegangen. Denn die Spuren zeigten den Abdruck eines plumpen orthopädischen Schuhs neben einem normalen, dann kamen zwei Abdrücke des orthopädischen Schuhs allein, als ob jener Mensch einen Sprung getan hätte, und dann nichts mehr. Das war alles, was von Dr. Hankey zurückgeblieben war. Offenbar hatte er das verhängnisvolle Buch geöffnet, und das Schicksal hatte ihn ereilt.

Kaum hatte Mr. Pringle den Vorraum des Restaurants betreten, als er das Buch auf ein Tischchen unter einer Palme warf, als ob es ihm die Finger verbrannt hätte. Neugierig betrachtete es der Priester. Auf dem Deckel stand in ungefügen Buchstaben:

Blickst du in dieses Buch, Gesell,
Holt dich der Teufel auf der Stell'.

Und darunter dieselben Worte auf Griechisch, Lateinisch und Französisch. Die beiden andern hatten den begreiflichen Wunsch, nach dem Schreck etwas zu trinken. Openshaw rief den Kellner und bestellte Cocktails.

»Sie essen doch mit uns?«, sagte der Professor zu dem Missionär. Aber Mr. Pringle lehnte höflich ab.

»Sie müssen mich entschuldigen«, sagte er. »Ich muss irgendwo mit diesem Buch und meinen Gedanken allein sein. Sie würden mir wohl nicht Ihr Büro für ein, zwei Stunden zur Verfügung stellen?«

»Ich glaube – ich fürchte, es ist versperrt«, antwortete Openshaw einigermaßen erstaunt.

»Sie vergessen das Loch im Fenster«, sagte der Reverend Luke Pringle mit seinem breitesten Grinsen und verschwand in der Dunkelheit, die draußen herrschte.

»Ein äußerst sonderbarer Mensch, das muss ich schon sagen«, brummte der Professor missbilligend.

Er war überrascht, Pater Brown im Gespräch mit dem Kellner zu finden, der die Cocktails gebracht hatte. Die Unterhaltung drehte sich offenbar um die Privatangelegenheiten des Kellners. Es war die Rede von einem Kind, das jetzt außer Gefahr sei. Professor Openshaw gab seinem Erstaunen darüber Ausdruck, dass der Priester den Kellner zu kennen schien. Pater Brown aber antwortete einfach: »Ich pflege alle zwei bis drei Monate hier zu essen, und da unterhalte ich mich immer mit ihm.«

Der Professor, der fünfmal in der Woche hier aß, war noch nie auf den Gedanken gekommen, sich mit dem Kellner zu unterhalten. Während er noch darüber nachdachte, läutete das Telefon. Der Mann am andern Ende stellte sich als Mr. Pringle vor. Seine Stimme klang etwas verschleiert, aber das mochte wohl durch die enorme Masse seines Bartes zu erklären sein. Was er zu sagen hatte, genügte, um seine Identität zu beglaubigen.

»Herr Professor«, sagte die Stimme, »ich halte es nicht länger aus. Ich muss mich selbst überzeugen. Ich spreche von Ihrem Büro aus, und das Buch liegt vor mir. Ich sage Ihnen Lebewohl, für den Fall, dass mir etwas zustoßen sollte. Nein, es hat keinen Zweck, mich zurückhalten zu wollen. Sie würden ohnehin zu spät kommen. Ich öffne das Buch – jetzt – Ich –«

Openshaw glaubte ein kaum wahrnehmbares zitterndes Flattern zu hören. Er rief wieder und immer wieder Pringles Namen, aber alles blieb still. Er legte den Hörer auf und kehrte, sich zu einer überlegenen akademischen Ruhe zwingend, an den Tisch zurück. Kühl und unbeteiligt, als berichte er von der Entlarvung eines plumpen Tricks bei einer Séance, erzählte er dem Priester alle Einzelheiten dieses unwahrscheinlichen, mysteriösen Falles.

»Fünf Menschen sind auf diese Weise verschwunden«, sagte er. »Jeder einzelne Fall ist außerordentlich. Und dennoch erscheint mir das Verschwinden meines Sekretärs Berridge am erstaunlichsten. Gerade weil er ein ruhiger, unscheinbarer Mensch war, ist sein Fall der merkwürdigste.«

»Ja«, erwiderte Pater Brown, »es ist erstaunlich, dass Berridge etwas Derartiges getan hat. Er war so riesig gewissenhaft. Er achtete so peinlich darauf, seine privaten Vergnügungen von seiner Bürotätigkeit zu trennen. Kein Mensch ahnte, dass er in seinem Privatleben voll Humor war –«

»Was reden Sie da?«, rief der Professor. »Kannten Sie ihn?«

»Ach nein«, sagte Pater Brown leichthin. »Nur so, wie ich den Kellner kenne. Ich habe ein paarmal in Ihrem Büro auf Sie gewartet und mit ihm geplaudert, um mir die Zeit zu vertreiben. Er war ein seltsamer Kauz. Einmal sagte er, er würde gern wertlose Dinge sammeln, so wie manche Sammler die lächerlichsten Dinge sammelten, die sie für wertvoll hielten. Sie kennen doch die Geschichte von der Frau, die wertlose Dinge sammelte?«

»Ich weiß nicht, wovon Sie sprechen«, sagte Openshaw. »Aber selbst wenn mein Sekretär ein solches Original war (ich wüsste zwar niemanden, dem ich es weniger zugetraut hätte), so erklärt das noch nicht, was ihm zugestoßen ist, und vor allem erklärt es nicht, was den andern zugestoßen ist.«

»Welchen andern?«, fragte der Priester.

Der Professor sah ihn mit scharfem Blick an und sprach übertrieben deutlich, wie zu einem Kind:

»Mein lieber Pater Brown, fünf Menschen sind verschwunden.«

»Mein lieber Professor, kein Mensch ist verschwunden.«

Pater Brown sah den Professor ebenfalls scharf an und sprach mit ebenso übertriebener Deutlichkeit. Trotzdem verlangte der Professor, er möge seine Worte wiederholen, und Pater Brown sagte nochmals betont deutlich:

»Ich sage, dass kein Mensch verschwunden ist.«

Nach kurzer Pause fügte er hinzu: »Es scheint sehr schwer zu sein, jemanden zu überzeugen, dass null plus null plus null gleich null ist. Die Menschen pflegen die tollsten Dinge zu glauben, wenn sie in Serien vorkommen. Deshalb glaubte Macbeth die drei Aussprüche der drei Hexen, obwohl die erste ihm etwas sagte, was er selbst wusste, und die dritte etwas, was nur er selbst zu tun imstande war. Aber in Ihrem Fall ist das Mittelglied das schwächste.«

»Was wollen Sie damit sagen?«

»Sie sahen niemanden verschwinden. Weder den Mann vom Schiff noch den aus dem Zelt. Dafür haben Sie nur das Zeugnis Mr. Pringles, über den ich jetzt nicht sprechen will. Aber eines werden Sie zugeben: Sie hätten seinen Worten niemals Glauben geschenkt, wenn Sie sie nicht durch das Verschwinden Ihres Sekretärs bestätigt gefunden hätten. Genauso wie Macbeth nie geglaubt hätte, dass er König würde, wenn er nicht Than von Cawdor geworden wäre.«

»Das mag sein«, sagte der Professor und nickte nachdenklich. »Aber als ich es solcherart bestätigt sah, wusste ich, dass es die Wahrheit war. Sie sagen, ich hätte nichts selbst gesehen. Das ist nicht richtig. Ich sah meinen Sekretär verschwinden. Berridge ist verschwunden.«

»Berridge ist nicht verschwunden«, sagte Pater Brown. »Im Gegenteil.«

»Was, zum Teufel, soll das heißen: im Gegenteil?«

»Ich meine«, erwiderte Pater Brown, »dass er nicht verschwunden ist. Er ist erschienen.«

Openshaw starrte seinen Freund an; aber der Ausdruck seiner Augen hatte sich bereits verändert, wie es der Fall war, wenn er ein Problem von einer neuen Seite zu betrachten begann. Der Geistliche fuhr fort: »Er erschien in Ihrem Büro, als Reverend Luke Pringle verkleidet, mit rotem Bart und in altem Cape. Sie hatten Ihren Sekretär nie genau genug angesehen, um ihn in der Verkleidung wiederzuerkennen.«

»Aber –«, begann der Professor.

»Hätten Sie ihn der Polizei beschreiben können?«, fragte

Pater Brown. »Nein. Sie wussten, dass er glattrasiert war und eine grünliche Brille trug. Er brauchte diese Brille bloß abzulegen, um für Sie unkenntlich zu sein. Sie hatten sich für die Farbe seiner Augen ebenso wenig interessiert wie für seine Seele. Es waren muntere, lachende Augen. Er hatte das Buch und alle anderen Requisiten sorgfältig vorbereitet. Dann zerschlug er das Fenster, legte Bart und Cape an und betrat Ihr Zimmer. Er wusste, dass Sie ihn nie im Leben genau angesehen hatten.«

»Aber warum hat er mir diesen Streich gespielt?«, fragte Openshaw.

»Eben weil Sie ihn nie genau im Leben angesehen hatten«, sagte Pater Brown, und seine Hand öffnete und schloss sich, als ob er mit der Faust auf den Tisch hätte schlagen wollen. Aber solche Gesten lagen nicht in seiner Natur. »Sie nannten ihn eine Rechenmaschine, weil Sie ihn nur als Rechenmaschine benützten. Sie wussten nicht einmal, was ein Fremder, der zufällig in Ihr Büro kam, in fünf Minuten heraushatte: dass Berridge ein Original war; dass er seine eigenen Ansichten über Sie, über Ihre Theorien und über Ihren Ruf als Entlarver hatte. Können Sie sich vorstellen, wie es ihn reizte zu beweisen, dass Sie nicht einmal Ihren eigenen Sekretär zu entlarven imstande seien? Er hatte eine Menge ausgefallener Ideen, zum Beispiel wertlose Dinge zu sammeln. Kennen Sie die Geschichte von der Frau, die die beiden wertlosesten Dinge kaufte, die es gibt: ein altes Türschild eines Arztes und ein Holzbein? Mit den gleichen Gegenständen schuf Ihr Sekretär die Gestalt des Dr. Hankey ebenso leicht, wie er die des Captain Wales geschaffen hatte. In seinem eigenen Hause –«

»Sie glauben, dass Berridge in diesem Haus außerhalb Hampstead wohnt?«, unterbrach der Professor.

»Wussten Sie denn, wo er wohnt? Kannten Sie überhaupt seine Adresse?«, erwiderte der Geistliche. »Glauben Sie bitte nicht, dass ich Sie oder Ihre Arbeit herabsetzen will. Sie dienen der Wahrheit, und Sie wissen, dass ich davor die größte Achtung habe. Sie sind imstande, einen Schwindler zu durchschauen, wenn Sie wollen. Aber warum interessieren Sie sich nur für Schwindler? Warum nicht auch gelegentlich für einen anständigen Menschen, wie zum Beispiel für den Kellner?«

»Wo ist Berridge jetzt?«, fragte der Professor, nachdem er lange geschwiegen hatte.

»Ich bin fest überzeugt, dass er in Ihrem Büro ist«, antwortete Pater Brown. »Er ist genau in demselben Augenblick in Ihr Büro zurückgekehrt, als der Reverend Luke Pringle das teuflische Buch aufschlug und ins Nichts verschwand.«

Wieder folgte ein langes Schweigen. Dann begann der Professor zu lachen. Er lachte, wie ein Mann lacht, der die Größe hat, seine eigene Kleinheit zu erkennen. Plötzlich sagte er:

»Ich glaube, ich habe es verdient. Ich habe die Helfer übersehen, die mir am nächsten waren. Aber Sie werden zugeben, dass die Anhäufung der Indizien verblüffend war. Haben Sie denn nicht auch, wenigstens einen Augenblick, ein bisschen Angst vor dem schrecklichen Buch gehabt?«

»Was das anbelangt ...«, sagte Pater Brown, »ich öffnete es sofort, als ich es hier liegen sah. Lauter leere Seiten. Wissen Sie, ich bin nämlich gar nicht abergläubisch.«

Roland Topor

Lesesucht

Tournecourt hat die grässliche Angewohnheit, im Bett zu rauchen. Das Unausbleibliche ist eingetreten: Glühende Asche ist auf die Buchseiten gefallen, die Feuer gefangen haben. Trotzdem liest Tournecourt unbeirrt weiter.

MADAME TOURNECOURT *(neben ihrem Mann liegend, der ihr den Rücken zukehrt)* Findest du es nicht ein bisschen heiß? Du solltest das Deckbett abnehmen.
TOURNECOURT *(liest weiter)* Hab ich eben getan.
MADAME TOURNECOURT Und das Licht ist auch zu grell, ich kann dabei nicht schlafen.
TOURNECOURT *(betätigt den Schalter)* Na siehst du, jetzt ist es abgedreht.
MADAME TOURNECOURT Was du nicht sagst? Ich sehe doch einen Lichtschein. *(Sie wendet sich um und stößt einen Schrei aus.)* Tournecourt, dein Buch brennt!
TOURNECOURT *(zerstreut)* Papperlapapp...
MADAME TOURNECOURT Aber Tournecourt, es brennt!
TOURNECOURT Reg dich doch nicht gleich so auf.
MADAME TOURNECOURT Jetzt bin natürlich ich schuld! Wir verbrennen, und ich soll das ruhig mit ansehen!
TOURNECOURT Dauernd übertreibst du. Das Buch brennt doch, nicht wir!

MADAME TOURNECOURT Willst du nichts unternehmen, um den Brand zu löschen? *(Sie weint.)* Lieber Gott, beschütze uns!

TOURNECOURT *(lenkt ein)* Lass mich nur das Kapitel zu Ende lesen, dann tu ich schon was.

MADAME TOURNECOURT Das Buch muss ja ungeheuer spannend sein…

TOURNECOURT *(gähnt)* Nein, es ist fad. Aber du kennst mich ja: Was ich angefangen habe, führe ich auch zu Ende.

MADAME TOURNECOURT Ist es ein Roman?

TOURNECOURT Nein, ein Essay.

MADAME TOURNECOURT Wovon handelt er denn?

TOURNECOURT Von der Kulturkrise.

MADAME TOURNECOURT Lauter Lügenmärchen. Du solltest lieber die Feuerwehr anrufen, als dir die Finger verbrennen.

TOURNECOURT Bei meiner Handprothese besteht da keine Gefahr.

MADAME TOURNECOURT Richtig, ich habe deine Handprothese vergessen. Wenn du nur beim Autofahren nicht mehr lesen würdest!

TOURNECOURT *(aus dem Häuschen)* Beim Autofahren soll ich nicht lesen, nicht beim Essen und auch nicht beim Rauchen… Überhaupt nie sollte ich lesen, was?

MADAME TOURNECOURT *(verschüchtert)* Du könntest auf dem Klo lesen… wie alle Welt.

TOURNECOURT Wenn ich auf dem Klo lese, schlägst du die Tür ein, um mich herauszuholen.

MADAME TOURNECOURT *(weinerlich)* Ich darf doch auch mal aufs Klo.

TOURNECOURT Jetzt hör mal gut zu, geh aufs Klo, wenn du unbedingt willst, aber lass mich in Frieden. Wenn ich wegen dir den Faden verliere, brauche ich doppelt so lang für dieses lumpige Kapitel.

MADAME TOURNECOURT *(wehrlos)* Einverstanden, Tournecourt, aber verbrenn die Bettdecke nicht!

TOURNECOURT Du meine Güte! Jetzt ist da nur noch ein Haufen Asche! *(Wütend schleudert er den Überrest des Buches in eine Zimmerecke.)* Jetzt bist du wohl zufrieden, nie werde ich den Namen des Mörders wissen!

MADAME TOURNECOURT Es wäre besser, du schliefest jetzt, als die Asche im Bett zu verstreuen!

TOURNECOURT Mir bleibt ja wohl nichts anderes übrig. *(Er schließt die Augen und schläft ein. Sogleich versinkt er in einen erotischen Traum und fängt dabei Feuer.)*

Ingrid Noll

Der Autogrammsammler

Verwechseln Sie mich bitte nicht mit jenen Jägern, denen es völlig egal ist, welche Beute sie ergattern. Wahllos raffen und tauschen sie Autogramme von Filmstars, Politikern, Spitzensportlern, Models, Wissenschaftlern, Bischöfen, Opernsängerinnen oder Wirtschaftsbossen – Hauptsache, der Name stand mal in der Zeitung. Wenn sie gar die Unterschrift eines bekannten Bankräubers wie etwa Ronald Biggs erworben haben, sind sie selig. Natürlich haben sie auch gelegentlich einen Autor in ihrer Kollektion, denn im Grunde ist ihnen nichts heilig. Mit diesen Menschen will ich absolut nichts gemein haben, obwohl ich nolens volens immer wieder mit ihnen zusammenstoße. *Ich* sammle ausschließlich Autogramme von Schriftstellern.

Zu Beginn dieser Leidenschaft hielt ich nichts von Tausch oder gar Ankauf, mittlerweile sehe ich aber ein, dass es ohne eine gewisse Flexibilität nicht geht. Zwar widerstrebt es mir sehr, auch nur einen einzigen Beweis meiner Bemühungen wieder herauszurücken, aber zum Glück kann ich bei Dubletten über meinen Schatten springen. Sonst käme ich unter Umständen nie an seltenes oder scheues Wild heran, ganz zu schweigen von den Unterschriften toter Dichter.

Mein erstes Autogramm habe ich geerbt. Es stammte von einem Onkel, der mir in seinem Nachlass ein Sparbuch mit einigen tausend Euro, Aktenordner, Briefmarkenalben, ein paar Lexika, speckige Lederkoffer, eine Schreibmaschine und zahllose Radios zum Entsorgen hinterließ. Ich schaffte die Briefmarken sofort beiseite und beschloss, sie einem Fachmann zum Schätzen vorzulegen. Den übrigen Papierkram sah ich nur flüchtig durch, da ich mir wenig Chancen auf einen ungehobenen Schatz ausrechnete. Dieser geizige alte Mann hatte kaum etwas anderes als Müll gestapelt. Möbel und Hausrat hatte er seiner langjährigen Pflegerin überlassen, und ich hätte auch keine Verwendung dafür gehabt. Aber weil ich immerhin die Briefmarken und in einem der Koffer einen silbernen Löffel vorgefunden hatte, unterzog ich auch die Akten einer kurzen Inspektion. Uralte Kontoauszüge und Rechnungen, Versicherungspolicen, die Korrespondenz mit einer Krankenkasse und ähnliche Funde interessierten mich weniger als gar nicht; ich betätigte mich tagelang als knurrender Reißwolf, denn ich bin zu pietätvoll, um fremden Menschen die Möglichkeit einer Einsicht zu gewähren.

In einer Klarsichthülle steckte eine Porträt-Postkarte, die ich beinahe ebenso hurtig wie die Bankbelege zerrissen hätte. Zum Glück stutzte ich sekundenlang, weil mir irgendetwas an diesem asketischen Antlitz bekannt vorkam. Das Schwarzweißfoto jenes betagten Herrn mit Strohhut war von gediegener Qualität, darunter entzifferte ich die Zeilen: *Herzlich grüßt H. H.*

Ich drehte die Karte um: Auf der Rückseite hatte mein Onkel mit Bleistift notiert: *Hermann Hesse.*

Jene Karte war die einzige ihrer Art inmitten all der buchhalterischen Langweiligkeit. Ich hatte keine Ahnung, wie der alte Knochen in ihren Besitz gekommen war.

Sei es, wie es sei, im gleichfalls geerbten Literaturlexikon informierte ich mich über die Lebensdaten und Werke des Dichters und studierte eingehend Hermann Hesses Schriftzüge, ja befeuchtete meinen Zeigefinger mit Spucke, um durch eine feinfühlige Prüfung festzustellen, ob es sich um echte Tinte handelte. Kein Zweifel, alles stimmte. Mein erster spontaner Gedanke war eigentlich nur: Kann man so etwas verscherbeln, oder lohnt sich der Aufwand nicht?

Als ich einige Wochen später mit der Briefmarkensammlung bei einem professionellen Philatelisten vorsprach, zeigte ich ihm auch die Autogrammkarte.

Der Händler war nicht sonderlich beeindruckt, wollte mir aber immerhin ein paar Euro dafür zahlen. Doch aus einem plötzlichen Impuls heraus nahm ich Hermann Hesse wieder mit nach Hause und lehnte ihn an meine Nachttischlampe: Ich hatte ihn fast ein wenig liebgewonnen. Überdies wurde meine karge Wohnung durch die Anwesenheit eines weisen Mannes geheimnisvoll aufgewertet.

Meine Zuneigung steigerte sich in den nächsten Wochen auf merkwürdige Weise, so dass ich mir wünschte, weitere Charakterköpfe mein Eigen nennen zu können. Jeden Abend, wenn ich vom Bahnhof zurückkam, arbeitete ich mich durch das dicke Lexikon der Autoren und lernte allmählich die deutschsprachigen Dichter der Neuzeit von Alfred Andersch bis Stefan Zweig gründlich kennen. Und so kam es, dass ich mich bei der nächsten Antikmesse im

Rhein-Neckar-Zentrum ein wenig umsah. Tatsächlich entdeckte ich bei einem Antiquar ein paar signierte Karten, allerdings von Filmschauspielern der frühen Nachkriegsjahre. »Haben Sie auch Schriftsteller?«, fragte ich.

»Einige wenige, das ist nicht mein Spezialgebiet«, sagte der Händler, »hier zum Beispiel Norman Mailer, außerordentlich günstig, weil eine Ecke abgeknickt ist.«

Ich schlug das Angebot aus, da es mir trotz des Preisnachlasses teuer vorkam.

Auf der nächsten Frankfurter Buchmesse aber zahlte ich ohne nennenswerte Bedenken den Eintritt und ging auf die Suche. Warum sollte ich gutes Geld ausgeben, wenn freundliche Autoren bei ihren Verlagen herumlungern mussten und nur darauf warteten, ihren Fans ein Autogramm zu geben? In meine Jackentasche hatte ich einen winzigen Fotoapparat und einen Block mit Briefkarten gesteckt, weil sich die erhofften Autogramme in Größe und Papiersorte gleichen sollten. Unter all den müden Messebesuchern, die sich abends auf den Weg zum Bahnhof begaben, war ich wahrscheinlich der glücklichste. In meiner prallen Plastiktüte steckten zwischen einer Fülle von Verlagsprospekten: die Wohmann, die Jelinek und John Irving auf bastfarbenen Bütten.

Zu Beginn meiner neuen Leidenschaft studierte ich mit Sorgfalt die kulturellen Angebote im *Mannheimer Morgen*. Sowohl in der Kunsthalle als auch in diversen Buchhandlungen meiner Heimatstadt wurden regelmäßig Autorenlesungen veranstaltet, die ich das eine oder andere Mal besuchte. Bald erkannte ich allerdings, dass das Kaufen und Lesen von Büchern eine weibliche Domäne ist und im krassen Gegensatz zu den Obsessionen männlicher Autogrammsammler steht. Jene Frauen, die verzückt den Worten der Dichter lauschten, hatten nichts anderes im Sinn, als ein signiertes Buch im Triumphzug nach Hause zu tragen.

Daran lag mir gar nichts. Bücher nehmen sehr viel Platz ein und haben überdies ein beträchtliches Gewicht. Wenn man sie – wie ich – auf keinen Fall lesen möchte, so macht die Unterschrift in einem dicken Wälzer wenig Sinn. Mein vierbändiges Lexikon forderte bereits genug Raum im Regal. Außerdem hatte ich mit den zahlreichen in der Bahn herumliegenden Zeitungen bereits mehr als genug Lesestoff.

Inzwischen weiß ich, dass Autographen und Autogramme durchaus 500 Euro und mehr wert sein können, vor allem wenn sie von Verstorbenen stammen und der Text ein bisschen mehr als den simplen Namen enthält. Die billigen Unterschriften von Bestseller-Schreibern, die wie am Fließband mit Filzstiften signieren, interessieren mich nur am Rande, eignen sich aber gut als Tauschobjekt. Mittlerweile habe ich mich schon öfter zum Schachern entschlossen: zwei Martin Walser gegen einen Robert Walser, vier Bölls gegen einen Thomas Mann, drei Simmels plus drei Konsaliks gegen einen Grass und so weiter.

Manchmal werde ich wohl oder übel auf Tauschbörsen von den bereits erwähnten Banausen angesprochen. Für einen Beckenbauer offerieren sie mir zwanzig Krimi-Autoren, aber wo soll ich ein Fußballer-Autogramm hernehmen?

»He, Bücherwurm«, rief der dicke Tom eines Tages, »ich hab was für dich! Der Typ nennt sich Dürrenmatt und soll Schriftsteller sein. Haste Interesse?«

»Wie viel?«, fragte ich matt, denn im Gegenzug hatte ich nichts vorzuweisen, was Tom imponieren konnte.

»Sagen wir mal 100, weil du's bist«, schlug er vor, und nach einigem Hin und Her erwarb ich einen Bogen mit der Skizze eines Turms und einer krakeligen Signatur. Seitdem bot mir Tom immer wieder etwas an, verriet aber nie, wie er an diese Objekte gekommen war. Seltsamerweise hatte er häufig etwas dabei, was ich unbedingt besitzen wollte.

Unermüdlich schicke ich Briefe mit einem kurzen Anschreiben und frankiertem Rückumschlag an Verlage oder direkt an die Schriftsteller. Manche reagieren nie, schneiden wahrscheinlich das Porto aus und drehen mir eine lange Nase. Andere sind zuverlässig, manche verschenken sogar Hochglanzfotos wie ein Popstar. Genau diese Sorte beglückt nicht gerade mein Sammlerherz, ist aber als Tauschobjekt bei Tom und seinem Kumpan hochwillkommen.

Tom und der stramme Maxe sind stets in schwarzes Leder gekleidet. Auch die Literaten, denen ich auflaure, bevorzugen düstere Farben. In Toms Fall ist mir klar, was er damit bezweckt, denn er hat mindestens meinen dreifachen Umfang. Auch unter den Autoren sind zwar ein paar übergewichtige, aber der Grund für ihre Trauerkleidung ist wohl eher in ihrer berufsbedingten Melancholie zu suchen.

Krähenartig bevölkern sie die Leipziger und Frankfurter Messe, schwarze Rollkragenpullover unter anthrazitfarbenen Jacketts, grauschwarze Hosen, pechschwarze Stiefel.

Die Krimi-Schreiber pflegen ihre Friedhofsklamotten zuweilen durch einen roten Schal zu dämonisieren, die Lyriker neigen eher zu blauen Blumen. Richtig bunt wird es nur bei Erfolgsautoren, die wiederum von den Raben gemieden werden.

Meinen Urlaub nahm ich nie am Stück, sondern verteilte ihn auf viele kleine, über das Jahr verstreute Reisen. Kaum ein Sammlertreffen, wo ich nicht herumstöberte und dort immer wieder auf Tom und Maxe stieß. Inzwischen war unser Verhältnis familiärer geworden, wenn sie mich auch immer gutmütig verspotteten. Es war in Eisenach, als Maxe mich entdeckte und schon von weitem rief: »Da kommt ja unser Stammkunde, der Klugschwätzer! Wir haben was für dich!«

Ich machte gute Miene zum bösen Spiel, denn letztlich wollte ich es nicht mit ihnen verderben. »Was haben Sie denn anzubieten?«, fragte ich und ärgerte mich gleichzeitig, dass ich es nie fertigbrachte, sie zu duzen.

»Trari, trara, der Lenz ist da«, grölte Tom und wedelte respektlos mit einem Papier unter meiner Nase herum.

»Lassen Sie doch mal sehen...«, bat ich, aber er tanzte wie ein Bär vor mir her und stank überdies nach Bier.

Als ich schließlich das Blatt in die Finger bekam, packte mich nackte Gier. Zwar wusste ich, dass ein Pokerface der einzig zweckmäßige Ausdruck bei diesem Spiel war, aber ich war nicht zur Verstellung fähig. Von der Vorderseite blickte mich Siegfried Lenz unter einem handgeschriebenen Satz milde lächelnd an, auf der Rückseite war vermerkt: *Zitat aus der Deutschstunde.* Ich hatte endlich ein passendes Pendant zu Hermann Hesse gefunden, denn in Format und Papierqualität waren sich beide Karten verblüffend ähnlich.

Aus taktischen Gründen rang ich mir eine plump vertrauliche Anrede ab und fragte mit verlegenem Räuspern nach dem Preis.

Tom wollte mich ärgern. »Ich hab's mir anders überlegt, den wollen wir behalten, gell Maxe?«

Sein Freund nickte grinsend.

Zum Betteln war ich zu stolz, lieber wollte ich verzichten.

Aber Tom lenkte bereits ein. »Du kannst den Opa sogar umsonst kriegen«, sagte er, »musst uns nur einen kleinen Gefallen tun.«

Ich ahnte nichts Gutes, und beide lachten über meine skeptische Miene. »Brauchst nicht so ängstlich zu glotzen. Du sollst uns bloß heimfahren, denn wir sind ausnahmsweise ohne unsere Feuerstühle hier. Ein Kumpel hat uns mitgenommen, es lag zu viel Schnee.«

Natürlich gingen sie davon aus, dass ich mit dem Auto hier war, dabei besaß ich nicht einmal einen Führerschein. Also schüttelte ich den Kopf. »Hab keinen Wagen«, sagte ich und wollte gehen.

Fassungslos sahen sie mich an. »Wie kommst du denn überallhin?«, fragten sie wie die kleinen Kinder.

Als sie erfuhren, dass ich als Zugbegleiter fast täglich mit der Bahn unterwegs bin und mir auch für private Reisen 16 freie Fahrten innerhalb Deutschlands zustehen, staunten sie Bauklötze.

»Für 'ne halbe Portion wie dich is'n Motorrad ja wirklich

nix«, meinte Maxe mitleidig »aber wir dachten, du hättest wenigstens einen Golf oder so was...«

Irgendwoher wussten sie, dass wir rein räumlich nicht weit auseinander lebten: ich in Mannheim, Tom und Maxe im Odenwald. Ob ich meine Freunde kostenlos auf die Reise mitnehmen könne, wollten sie wissen. Ich verneinte; höchstens eine Ehefrau, sagte ich zögernd.

Flugs hatten mich die beiden untergehakt und schwatzten auf mich ein, wie gern sie jetzt in der warmen Eisenbahn sitzen und Bier trinken würden. »Los, sei kein Frosch«, sagten sie, »du hast doch Beziehungen. Zeig mal, was in dir steckt!« und so weiter.

Am Ende hatten sie mich weichgekocht, und ich versprach, sie als blinde Passagiere einzuschleusen. Allerdings plante ich, hinter ihrem Rücken zwei gültige Fahrkarten zu kaufen. Die Sache war es mir wert, denn schließlich hatte ich die Reise nach Eisenach nur auf mich genommen, um meine Sammlung um ein neues Glanzstück zu bereichern.

Als wir den IC nach Frankfurt bestiegen, sah ich, dass ich den Schaffner kannte. Er begrüßte mich unter penetrantem Gähnen und klagte über eine anstrengende Woche. Tom und Maxe standen hinter mir und sagten zum Glück kein Wort, bis ich sie in einem Coupé der ersten Klasse einquartiert hatte. Mit dem Versprechen, ihnen ein Bier zu besorgen, suchte ich den Kollegen im Dienstabteil auf.

Ohne besondere Einwände nahm er meinen Vorschlag an, überließ mir seine Uniformjacke und Mütze sowie das mobile Terminal und schloss sich zum Schlafen in das Behindertenabteil ein. »Das werde ich dir nie vergessen«, sagte er, »weck mich bitte kurz vor Frankfurt, und natürlich auch, wenn ein Kontrolleur zusteigt.«

Ich versprach es, überprüfte die Tickets der wenigen Fahrgäste und servierte Tom und Maxe ihr Bier. Sowohl in Bad Hersfeld als auch in Fulda und Hanau stiegen kaum Reisende ein, so dass wir eine relativ ungestörte Zeit miteinander hatten. Mein erschöpfter Kamerad schlief fest.

Während wir durch das dunkle Land fuhren, erzählte mir Maxe, dass er Installateur bei einem Kundendienst sei. Als Hobby nannte er das Erwerben von Militaria, am liebsten Orden aus dem Zweiten Weltkrieg. Mit seinem Cousin Tom verband ihn die Leidenschaft für Motorradfahren und Sammeln. Beide wohnten im gleichen Dorf.

Tom hauste im heruntergewirtschafteten Hof seiner Väter. Seine Eltern hatten die Landwirtschaft aufgegeben und die Felder verkauft, weil Tom keine Lust gehabt hatte, das unrentable Erbe anzutreten. Er verdiente sein Brot als selbständiger Entrümpler. Durch Anzeigen mit dem immer gleichen Text requirierte er seine Kundschaft:

> *Entrümpelung*
> Wohn- und Geschäftsauflösung
> Verwertbare Teile werden angerechnet
> Unverbindliche Besichtigung

Nicht ohne humoristische Einlagen sprach er von seiner schweißtreibenden Arbeit und den wunderlichen Entdeckungen beim Ausräumen einer Wohnung oder gar eines ganzen Hauses. Mit den Angehörigen wurde zwar ein Fixpreis vereinbart, aber in der Regel hatten sie alle Kostbarkeiten an sich genommen, bevor der Entrümpler kam. Ursprünglich hatte Tom keine Ahnung vom Wert gebrauchter Gegenstände, aber inzwischen verstand er sich auf blitzschnelles Einschätzen. Nicht verwertbaren Abfall fuhr er auf die Mülldeponie, Metallteile zum Schrotthändler; Möbel und Raritäten, die eventuell einen gewissen Liebhaberwert hatten, bot er einem Antiquitätenhändler an, Trödel und wacklige Schränke lagerte er in seiner Scheune.

Ein hölzernes Schild mit eingebrannter Schrift lockte immer wieder Touristen und Spaziergänger an, die nicht ungern einen irdenen Krug, einen Fotorahmen aus schwarzem Pappmaché oder ein handgewebtes Leinentuch nach Hause in die Stadtwohnung mitnahmen. Wenn die Entrümpelung ihm Zeit ließ, machte Tom sich ans Ablaugen und Aufarbeiten einzelner Schränke, ans Durchwühlen unzähliger Schubladen, ans Sortieren bäuerlicher Bettwäsche, oder er dekorierte archaische Küchengeräte.

Bei seinen Schilderungen verstand es Tom gut, die feinsinnigen Antiquitätenhändler nachzuäffen, wie sie ihm mit allerlei Tricks ein wertvolles Stück für einen Apfel und ein Ei abschwätzen wollten. Aber er besaß eine gehörige Portion Schlitzohrigkeit und war nur ganz am Anfang seiner Laufbahn übers Ohr gehauen worden.

Ich wusste nicht, ob ich ihm alles glauben sollte. Zwar hatte ich in meinem Beruf mit den unterschiedlichsten Menschen zu tun, musste Halbwüchsige ermahnen oder Kleinkinder trösten, musste mich oft genug auf Ausländer und ihre Sitten einstellen, Omas den Koffer hochwuchten, arroganten Geschäftsleuten den Kaffee neben den Laptop stellen, Schwarzfahrer ins Dienstabteil dirigieren, Liebespaare aus der Toilette scheuchen, Fußballfans oder Kirchentagsbesucher vom lauten Singen abhalten, gelegentlich sogar randalierende Besoffene der Bahnpolizei übergeben. Tom und Maxe gehörten jedoch nicht zu meiner üblichen Kundschaft, und auch sie empfanden die Bahnfahrt als exotisches Abenteuer. Ich erzählte ihnen meinerseits, dass ich eine Ausbildung im Betriebsdienst absolviert hatte, aber viel mehr gab es nicht zu berichten.

Im Nachhinein kann ich kaum begreifen, dass ich mich von fremden Existenzen derart fesseln ließ und mir diese andere Welt so aufregend erschien. Nur so kann ich mir erklären, dass ich als altgedienter Eisenbahner Zeit und Raum vergaß und um ein Haar den Kollegen nicht geweckt hätte. In letzter Minute riss ich mir seine Jacke vom Leib und warf ihm den Zangendrucker vor die Füße. Er klopfte mir auf die Schulter und wünschte mir alles Gute, denn ich musste in Windeseile umsteigen.

Auf dem Bahnsteig ertönte schon der Pfiff für die Abfahrt, als ich mit Tom und Maxe losspurtete und dabei stürzte. Dieser Vorfall ist mir heute noch peinlich, weil ich seit 25 Jahren bei jeder Haltestelle ein- und aussteige und noch niemals gestrauchelt bin. Doch diesmal war ich durch mein schlechtes Gewissen so aus dem Takt geraten, dass ich auf der leicht vereisten Treppe ausglitt und mich beim Fall verletzte.

Man muss es Tom und Maxe anrechnen, dass sie nicht in ihren bereits eingefahrenen Regionalzug stiegen, sondern mich in den Wartepavillon schleiften und für eine notdürftige Verarztung sorgten. Zum Glück waren meine Verletzungen eher schmerzhaft als besorgniserregend, so dass sich die Behandlung durch einen Arzt erübrigte. Allerdings hatte ich wohl einen leichten Schock erlitten, zitterte am ganzen Körper und weinte leise vor mich hin. Meine Reisekameraden blickten sich ratlos an. »Was machen wir nun mit dir?«, fragten sie mich. »Haste zu Hause eine Frau oder sonst wen?«

Ich schüttelte den Kopf.

»Wir können das Häufchen Elend jetzt nicht allein lassen!«, meinte Maxe. Mir war alles einerlei, selbst als sie mir zur Aufmunterung den Siegfried Lenz überreichten. Die ganze Reise, die ja streckenweise recht amüsant gewesen war, kam mir nachträglich wie eine einzige Demütigung vor, der Sturz als gerechte Bestrafung.

Nachdem sie mir befohlen hatten, vertrauensvoll auf meinem unbequemen Drahtstuhl zu verharren, gingen sie ein Bier trinken und telefonieren. Bahnhöfe waren seit Jahrzehnten meine Welt, mein Zuhause, aber plötzlich fühlte ich mich hier so fremd und verlassen wie ein ausgesetztes Kind und schämte mich gleichzeitig dafür. Ich hoffte nur, dass mich kein Kollege in diesem Zustand erkannte. Bis sich Tom und Maxe nach etwa zehn Minuten wieder zu mir gesellten, starrte ich nur die Autogrammkarte an und wagte nicht, den Blick zu heben. »Hilf mir, Siegfried«, bat ich, »du darfst auch neben Hermann auf meinem Nachttisch stehen.«

Als Tom zurückkam, sagte er zufrieden: »Alles geritzt, ein Kumpel vom Großmarkt holt uns gleich hier ab.«

»Und ich?«

»Dich nehmen wir mit«, sagte er.

Schließlich brachten sie mich zu einem Kleinlaster, der wohl eher für Viehzeug als für Krankentransporte gedacht war. Ich wurde auf der hinteren Bank in eine Pferdedecke gewickelt, meine beiden Retter setzten sich zu ihrem Freund nach vorn. Worüber sie die ganze lange Fahrt gesprochen haben, kann ich nicht sagen, denn sie bedienten sich eines rauhen Dialekts. Draußen schneite es.

Als wir nach zwei Stunden in einem kleinen Ort ankamen, wurde Maxe vor einem Reihenhaus abgesetzt, wenig später zog Tom mich ebenfalls heraus, und der Lieferwagen fuhr davon. Es war sehr dunkel, als wir durch ein Hoftor traten und von einem angeketteten Schäferhund begrüßt wurden. »Fall nicht schon wieder auf die Schnauze«, sagte Tom, denn ich war sofort über einen herumliegenden Autoreifen gestolpert.

Tom befreite den Hund, der uns in eine ausgekühlte Küche begleitete. Es dauerte nicht lange, da brannte ein Holzfeuer im Ofen, und ein zusätzlicher Radiator verbreitete wohlige Wärme. Tom gab dem Hund zu fressen und erhitzte Gänseschmalz in einer Pfanne. Ich war sehr müde, vielleicht sogar fiebrig, und verfolgte seine Handgriffe wie in einem Wachtraum. Bald gab es Bratkartoffeln, Spiegeleier, Blutwurst und Bier, und kurz darauf zeigte mir Tom eine Kammer mit einem Alkoven.

»Schlaf gut, du tapferes Schaffnerlein. Morgen bring ich dich nach Hause. Du hast die Wahl: LKW oder Motorrad«, sagte er und ließ mich allein.

Ich streckte mich auf einer dreiteiligen Matratze aus und deckte mich mit einem klammen Federbett zu. Der Inhalt des Plumeaus schien sich in der rechten unteren Ecke in einen Stein verwandelt zu haben, der Rest war eine leere Hülle. Trotzdem schlief ich bald ein, denn ich hatte in meinem bisherigen Leben kaum jemals drei Flaschen Bier getrunken und noch nie eine Zigarette geraucht.

Es war bereits neun, als ich durstig und mit schmerzenden Gliedern erwachte. Mühsam humpelte ich in die Küche, wo Tom auf einer ausrangierten Kirchenbank beim Kaffee saß. Er müsse fort, um bei einer Wohnungsauflösung einen Kostenvoranschlag zu machen, sagte er, aber leider fahre er nicht in meine Gegend, sondern in die andere Richtung. Spätestens am Nachmittag sei er zurück und werde mich heimbringen. »Mach's dir gemütlich«, sagte er, »der Kaffee ist noch heiß, Brot liegt im Schrank.«

Kaum war Tom fort, als ich den harten Kanten mit Leberwurst bestrich und ihn an den Hund verfütterte, der trotz der Kälte angeleint in seiner zugigen Hütte lag. Nach dieser Mahlzeit schien er mich als Freund zu betrachten, und ich befreite ihn von seiner Kette. Als ob er mir etwas zeigen wollte, sauste der Köter sofort in eine Scheune, und ich hinkte hinterher. Trotz meiner Schmerzen erwachte die Neugier. Was mochte dort wohl alles lagern?

Während der Hund nach Ratten jagte, bahnte ich mir niesend und hustend den Weg durch unsägliches Gerümpel. Was sollte Tom mit diesen wurmstichigen Bruchstücken anderes machen, als sie im Ofen zu verheizen? Nebenan diente ein Geräteschuppen als Werkstatt und Garage, hier sah es schon besser aus. Aber erst im ehemaligen Kuhstall wurde es interessant, fast wähnte ich mich auf einem bäuerlichen Flohmarkt. Gemächlich lahmte und wühlte ich herum, bis ich auf dem Rückweg erneut durch die vollgestopfte Scheune tappte. Bei der ersten Besichtigung war mir der vergammelte Schrankaufsatz mit der Schnitzerei eines geflügelten Löwen nicht aufgefallen. Ich erinnerte mich vage, dass ich als Kind dieses geheimnisvolle Fabelwesen im Schlafzimmer meiner Großmutter bestaunt hatte. Als ich die Schranktüren aufzog, stieß ich auf einen kleinen Lederkoffer, der mir ebenfalls vertraut vorkam. Auf einem vergilbten Schildchen war der Name meines verstorbenen Onkels zu lesen.

Inzwischen war der Hund wieder bei mir angelangt und leckte mir freudig die schmutzigen Hände. Ich schob ihn ungeduldig beiseite, wischte mir Spinnweb von der Stirn und versuchte, den Koffer aufzubekommen. Da ich es nicht ohne Schraubenzieher schaffte, schleppte ich ihn in die Werkstatt. Dort war auch das bessere Licht, so dass ich nach fünf Minuten die verrosteten Schlösser geöffnet hatte.

Wieder mal nichts als Papier, dachte ich missmutig. Aber unter den Zeitungsausschnitten, die ich achtlos durchblätterte, befand sich ein ganzer Stapel Autogrammkarten von hohem Liebhaberwert. Gerhart Hauptmann, Ludwig Thoma, Hugo von Hofmannsthal, Bert Brecht und Franz Kafka waren wohl die ranghöchsten Exemplare, die ich mit zitternder Hand liebkoste. Aber auch lebende, wenngleich steinalte Autoren waren vertreten. Vor Glück war ich völlig aus dem Häuschen, denn im Grunde war dieser Fund mein rechtmäßiges Eigentum.

Bald darauf meldeten sich jedoch massive Zweifel. Tom würde meinen Anspruch niemals gelten lassen, denn er konnte mir mit diesem Köder nach und nach sämtliche Ersparnisse aus der Tasche locken. Sicherlich stammten bereits Friedrich Dürrenmatt und Siegfried Lenz aus diesem Fundus.

Zum zweiten Mal innerhalb von 24 Stunden beschloss ich, gesetzeswidrig zu handeln und den Koffer zu entwenden. Tom hatte mich stets mit abwertenden Spitznamen angesprochen, er hatte zum Glück keine Ahnung, dass ich Eduard Mörike hieß. Meine Adresse war ihm ebenfalls unbekannt, und vielleicht bemerkte er erst nach Monaten, dass der Inhalt des Schrankaufsatzes fehlte. In fieberhafter Eile beseitigte ich alle Spuren meiner Anwesenheit, schnürte den Koffer mit einer Hundeleine zusammen und bestellte mir ein Taxi, auf das ich ziemlich lange warten musste.

Als ich schließlich einen Wagen nahen hörte, hatte meine große Wut über die Furcht gesiegt. Die Gedanken- und Herzlosigkeit meiner Mitmenschen, unter denen ich mein Leben lang gelitten hatte, wurden wieder einmal bewiesen. Durch ihre Unachtsamkeit hatte mich die Pflegerin meines Onkels um mein wertvollstes Erbe betrogen, während Tom den Lederkoffer einfach einkassiert hatte, ohne sich nach den Besitzverhältnissen zu erkundigen. Nie hätte er mir verraten, dass er einen ganzen Stapel von Autogrammen besaß, weil er mir Jahr um Jahr immer wieder einige Exemplare für teures Geld andrehen wollte.

In diesem Moment der Verbitterung zündete ich eine von Toms Zigaretten an, humpelte eilig zur Scheune und warf die glimmende Zeitbombe hinein. Wenn alles lichterloh abgebrannt war, würde Tom nie erfahren, dass ich zuvor mein Eigentum gerettet hatte.

Als mich das Taxi am Bahnhof von Mörlenbach absetzte, schnürte mir die Angst jedoch fast die Kehle zu. Ich hatte zwei Schwarzfahrer gedeckt, einen Koffer gestohlen und war am Ende zum kriminellen Brandstifter geworden. Konnten die paar Autogrammkarten eine solche Verrohung rechtfertigen? Ich beschloss reumütig, dieser unseligen Obsession für immer zu entsagen, und besuchte monatelang kein einziges Sammlertreffen.

Im Übrigen stand kein Wort über einen Scheunenbrand in der Zeitung; wahrscheinlich war die Zigarette wieder ausgegangen, ohne Schaden anzurichten.

Mit der Zeit träumte ich nicht mehr jede Nacht, dass Tom und Maxe mir auf der Spur waren oder gar die Polizei gegen mich ermittelte. Das Leben ging weiter wie bisher, aber ich wagte dennoch nicht, den Inhalt des Lederkoffers auszupacken und mich daran zu erfreuen.

Eines Tages, es war fast anderthalb Jahre später, wurde ich bei einem Einkaufsbummel mitten auf der Hauptstraße hinterrücks umklammert. Als ich mich in panischem Schrecken umwandte, sah ich direkt in Toms grinsende Visage und brachte keinen Ton heraus.

»Komm mit, alter Spinner«, sagte er »ich bin dir noch was schuldig.« Da er mich mit seiner schweren Pranke gepackt hielt, war jeder Widerstand zwecklos. Tom führte mich in die nächste Kneipe und bestellte einen Schnaps und zwei Bier. »Ich wusste gleich, dass du es gewesen bist«, sagte er und kippte den Schnaps hinunter, »denn der Hund kann sich nicht allein losketten. Allen Respekt, das war anständig von dir, der Rex wäre sonst vielleicht erstickt.«

Immer noch blieb ich vollkommen stumm. Nur nichts zugeben, dachte ich.

»Es hat zwar ein wenig gedauert«, sagte Tom, »aber die Versicherung hat mir vor kurzem ein fettes Sümmchen für den abgefackelten Schuppen gezahlt. Ganz unter uns – ich habe immer wieder dran gedacht, es selbst zu machen, war aber zu feige. Besser konnte es gar nicht laufen, denn ich hatte ein perfektes Alibi. Ich weiß gar nicht, wie ich dir danken soll...«

Zum Abschied schüttelte er mir herzhaft die Hand. »Mach's gut, Rumpelstilzchen«, meinte er beim Gehen, »aber eines musst du mir noch verraten: Wie heißt du eigentlich?«

Ich wurde über und über rot und entschied mich für einen halbwahren Kompromiss. »Ede«, sagte ich, und meine Stimme hörte sich an wie die einer sterbenden Maus.

Noch heute habe ich Toms dröhnendes Gelächter im Ohr. »Wer hätte denn das gedacht! Du bist ein ganzer Kerl, Ede!«

Als ich mich nach diesem Wiedersehen auf den Rückweg begab, fiel mir eine Zentnerlast von der Seele; unterwegs kaufte ich dünnen Blumendraht, viele kleine Plastikklammern und zierliche Nägel. In meiner Wohnung nahm ich mit fliegenden Händen die Autogrammsammlung aus dem Koffer, spannte den Draht kreuz und quer durchs Zimmer und klammerte alle Karten wie Wäschestücke daran fest.

Jeden Abend, wenn ich nach meinem anstrengenden

Dienst wieder zu Hause bin, schwirre ich wie eine Fledermaus zwischen den Schnüren herum. Hans Magnus und Tankred, Heinrich und Thomas, Friedrich und Max, Hermann und Günter, Rainer Maria und Durs, Ricarda und Christa, Sibylle und Doris, Elfriede und Herta, Ingeborg, Sarah und viele andere heißen mich willkommen. Endlich bin ich dort angekommen, wo ich hingehöre: bei meinesgleichen.

Henry Slesar

Bücherliebe

Seit drei Tagen hatte Helen Samish, sobald sie im schmalen und unbequemen Bett ihres New Yorker Einzimmerappartements erwachte, einen Schatz vor Augen. Es war ein kostbarer wie auch völlig unerwarteter Schatz, dessen Anblick einen Hauch von Schönheit auf ihr ansonsten eher langweiliges Gesicht zauberte. Es handelte sich um ein Regal mit sechshundertundfünfzig Büchern, in einem köstlichen Augenblick der Kopflosigkeit bei einer Samstagmorgenauktion erstanden.

Es war wahrlich kein Vernunftkauf gewesen, schon gar nicht für eine Frau, die vom Gehalt einer Stenotypistin leben musste. Doch wenn es um Bücher ging, setzte Helens Verstand aus. Sie sammelte Bücher, nicht mit der Begierde des Bibliophilen, sondern mit dem Eifer und der Ehrfurcht des hingebungsvollen Lesers, des Menschen, dem die Freude des Lesens über alles geht.

Am dritten Morgen nach der Auktion verließ sie ihr Zuhause mit einem Exemplar *Die Geschichte von der Liebe der Prudence Saru*. Sie trug den Band den ganzen Tag liebevoll mit sich herum und eilte am Abend heimwärts, um den Text in einem bescheidenen Café weiterzustudieren.

Sie hatte eben ihren Kaffee ausgetrunken, als sie merkte, dass sich ein Mann zu ihr an den Tisch gesetzt hatte. Ihre

Finger umklammerten das Buch. Sie machte sich klar, dass er sie schon eine Weile angestarrt hatte und sie womöglich jede Sekunde anreden würde. Entschlossen, ihn zu ignorieren, wendete sie die Seite um und tat, als ob sie läse.

»Mein Lieblingsbuch«, sagte er schließlich.

Sie hob hastig den Kopf, und ihre Augen erblickten ein junges, schmales Gesicht mit ernsten braunen Augen und einem etwas spöttisch verzogenen Mund.

»Sie schreibt wunderbar, nicht wahr?«, fragte er. »Ich meine Mary Webb.«

Helens Herz begann zu pochen, doch nicht von Mary Webbs Prosa. Die einzigen jungen Männer ihrer Bekanntschaft waren Helden, die blondschöpfig und mutig über Romanseiten wanderten. Die echten jungen Männer, die Jünglinge, die vielsagend hinter Frauen hergrinsten und auf der Straße laut lachten – diese Männer waren ihr fremd.

»Ich will mich nicht aufdrängen oder so«, sagte er. »Aber Sie wissen sicher, wie das ist, wenn man jemanden ein Buch lesen sieht, das einem gefällt. Ich meine, wenn Sie überhaupt Bücher mögen. Tun Sie das?«

»Bücher mögen? Ja«, sagte Helen.

»Ich auch. Ich finde, es gibt auf der Welt nichts Schöneres. Obwohl das irgendwie seltsam klingt.«

»Ganz und gar nicht.« Sie räusperte sich. »Jedenfalls finde ich es nicht seltsam. Ich lese ständig. Ich bin überzeugt, die Welt lässt sich in Büchern wiederfinden, alles, was Menschen je widerfahren ist…«

»Richtig! Sie wissen ja wirklich Bescheid! Das ist nämlich auch meine Meinung, nur ist es schwer, sie anderen begreiflich zu machen.«

Er sprach mit einer solchen jungenhaften Begeisterung, dass Helen gar nicht anders konnte, als lebhaft darauf zu reagieren.

Sie setzten das Gespräch fort. Sie sprachen von Mary Webb und Charles Dickens. Sie unterhielten sich über Hemingway und Milton und Shakespeare und Faulkner. Sie entdeckten einen Autor nach dem anderen, den beide bewunderten. Nach fast zwei Stunden Unterhaltung und Kaffeetrinken sagte er: »Ich heiße Bill. Bill Mallory.«

»Helen«, antwortete sie und senkte die Augen.

»Einer meiner Lieblingsnamen. Sie kennen doch den Vers: ›Dies ist das Gesicht, das tausend Schiffe in den Kampf geschickt und das die breiten Türme Iliums in Brand gesteckt! Süße Helena, mach mich unsterblich mit ...‹«

Helens rotes Gesicht brachte ihn zur Besinnung. Sie war es nicht gewöhnt, dass junge Männer so zu ihr sprachen. Der Gedanke, dass er sich vielleicht über sie lustig machte, überfiel sie wie eine kalte Dusche. Sie stand auf und griff nach Buch und Tasche.

»Moment«, sagte Bill und legte ihr die Hand auf den Arm. »Hören Sie, wenn Sie nichts weiter vorhaben ...«

»Das habe ich aber ...«

»Können Sie das nicht absagen?«

»Tut mir leid.«

»Bitte.« Seine Hand drückte ihren Arm; die Berührung erfüllte sie mit einem ganz eigenartigen Gefühl und ließ sie erschaudern. »Sie dürfen hier nicht einfach verschwinden! Wir könnten uns einen Film ansehen. Oder spazieren gehen ...«

Sie sah ihn offen an. Sein Blick war noch immer ernst,

doch um seinen hübschen Mund lag ein seltsamer Zug, der sich nicht deuten ließ.

»Na schön«, sagte Helen Samish mit einer Stimme, die ihr selbst fremd war.

Eine Stunde lang wanderten sie durch die Straßen der Stadt, während Helen mit der erregenden Mischung aus Misstrauen und Freude rang, die der junge Mann in ihr auslöste. Schließlich gingen sie in ihre Wohnung, wo er zu ihrer Erleichterung von ihr abließ und seine Aufmerksamkeit sofort den gefüllten Bücherregalen zuwandte.

»Großartig!«, begeisterte er sich, und seine Hände verschwanden aufgeregt zwischen den Bänden. »Müssen ja an die tausend Bücher sein…!«

»Über tausend. Neulich habe ich bei einer Auktion gut sechshundert gekauft. Deshalb ist alles so durcheinander.«

Grinsend sah er sich im Zimmer um. Überall Bücher, an der Wand gehäuft, mit Schnur gebündelt, Kisten voller Bücher, über- und nebeneinander, jeder Zentimeter Regal mit Bänden gefüllt. Eifrig ging er sie durch, öffnete Buchdeckel, blätterte Seiten um.

»Hier Ordnung zu schaffen wird sehr mühsam sein. Vielleicht kann ich Ihnen helfen.«

»Es ist schon spät…«

»Wie wär's morgen Abend? Es sei denn, Sie haben etwas anderes…«

»O nein«, sagte Helen hastig.

»Dann also abgemacht«, sagte er grinsend.

Als Bill Mallory ging, lehnte Helen flach atmend an der Wohnungstür; sie konnte das Wunder, das in ihr Leben getreten war, noch gar nicht fassen.

Am nächsten Abend kehrte er zurück, voller Tatendrang, ihre neue Bibliothek zu sortieren und zu katalogisieren. Am dritten Abend legte er seine spöttischen Lippen zu einem Gutenachtkuss auf die ihren. Sie war vor Überraschung außer Atem und bekam die ganze Nacht kein Auge zu. Als er am nächsten Abend wieder vor der Tür stand, interessierte sich Helen gar nicht mehr so sehr für die Arbeit; plötzlich lag ihr mehr daran, Bill Mallory bei seiner Tätigkeit zuzuschauen. Es gefiel ihr, die Konzentration seines jungen Gesichts zu beobachten, den ironischen Schwung seiner Lippen, die schnellen Bewegungen seiner Finger, die die Buchseiten streichelten. Sie hätte es nicht für möglich gehalten, doch plötzlich gab es etwas Wichtigeres in ihrem Leben als die Freuden des Lesens.

Am nächsten Morgen trat sie leichten Herzens in eine bewölkte Welt hinaus. Ehe sie aufbrach, verweilte sie noch einen Augenblick vor den Buchreihen, ließ den Blick an den Titeln entlanggleiten, suchte ihr Buch für den Tag.

Ihre Wahl fiel auf eine dicke Ausgabe des *Ulysses,* die auf dem unteren Brett festgeklemmt war; als sie das Buch herauszerrte, öffneten sich die Deckel, und etwas fiel zwischen den Seiten hervor. Neugierig hob sie den Gegenstand auf: einen adressierten Umschlag, die Marke abgestempelt. Das Kuvert war geöffnet, der Brief steckte noch darin.

Die Anschrift lautete: William Mallory, 11 Bleeker Street, New York City. Als Absender war angegeben: Jenny Isler, Zehnte Straße West 320, New York.

Eifersucht schnürte ihr die Kehle zu. Sie zog den Brief heraus, und die Anrede ließ die Buchstaben vor ihren Augen verschwimmen.

Liebling,

ich versuche Dich schon die ganze Woche anzurufen, aber nie bist Du zu Hause. Meine Mutter hält mich schon für ganz verrückt, denn ich musste immer so tun, als riefe ich die Zeitansage oder das Wetteramt an oder so. Mutter würde Dir gefallen. Du musst sie bald einmal kennenlernen. Aber vor allem wollte ich Dir sagen, dass ich Dich möglichst bald wiedersehen möchte. Wir müssen alles besprechen. Du weißt ja, was ich Dir gesagt habe, über den Besuch bei Du-weißt-schon am Freitag. Ich war außer mir vor Angst und gab mich als eine Mrs. Carter aus. Bill, ich bin noch in den ersten Monaten, und es ist noch nichts zu sehen. Niemand würde etwas merken, wenn wir sofort heiraten, denn viele Kinder sind Frühgeburten. Ich weiß, Du wolltest nichts überstürzen, aber was bleibt uns anderes übrig? Und bitte red nicht mehr von der anderen Sache, ich hätte zu viel Angst, mir würde etwas zustoßen. Als Kind hatte ich rheumatisches Fieber, vielleicht wäre der Eingriff wirklich gefährlich. Ich könnte auch nach unserer Hochzeit weiterarbeiten und zu Euch ziehen, bis wir etwas Größeres finden. Ruf mich bitte unbedingt an, damit wir das alles besprechen können – nach der Arbeit, meine ich. Ich liebe Dich.

Jenny

In Helens Augen brannten die Tränen. Sie wollte nicht aufhören, Bill Mallory zu lieben; da war es schon leichter, die schlimmen Worte zu vergessen, die sie in der Hand hielt, und nur daran zu denken, dass sie ihn ja heute Abend und morgen wiedersehen würde.

Aber wie kam der Brief hierher? Hatte Bill das Buch hiergelassen? Nein, er hatte nie Bücher mitgebracht. Außerdem waren sie mit der Bestandsaufnahme noch nicht bis zum *Ulysses* vorgedrungen.

Niemand hatte bei der Auktion gesagt, wem die Sammlung gehört hatte. Waren dies früher etwa seine Bücher gewesen? Bill schien sie gut zu kennen. Es gab keins, das er nicht gelesen hatte!

Inbrünstig hoffte sie, Brief und Bücher möchten nichts miteinander zu tun haben. Ein Fehler mit einer Frau, das war verzeihlich. Eine absichtliche Täuschung, und sie das Opfer dieser Täuschung – undenkbar!

Sie erkannte, dass sie sich näher mit Jenny Isler beschäftigen musste – sie musste vorsichtig feststellen, ob hier wirklich ein Problem bestand.

Im Telefonbuch fand sie an der Absenderanschrift die Nummer einer gewissen Hermine Isler. Sie wählte. Eine Frauenstimme meldete sich.

»Spreche ich mit Jenny Isler?« Helens Stimme bebte.

»Nein, hier ist das Hausmädchen. Wer ist da?«

»Ich ... ich muss Miss Isler sprechen ...«

»Miss Isler ist tot«, sagte die Dienstbotin tonlos.

Bei dieser überraschenden Antwort stockte Helen der Atem. Sie starrte ungläubig auf den Hörer, nahm sich zusammen und sagte: »Das wusste ich nicht. Ich bin – eine alte Freundin von Jenny ...«

»Miss Isler ist vor zwei Wochen gestorben.« Die Stimme des Hausmädchens klang ebenfalls zittrig. »Es stand doch überall in den Zeitungen. Sie ist getötet worden.«

»Getötet. O Gott ...«

»Sie wollen mit Mrs. Isler sprechen?«

»Nein, nein!«, sagte Helen Samish und warf den Hörer auf die Gabel, als wäre er plötzlich brennend heiß geworden.

Jenny Isler war getötet worden! Aber wie? Bei einem Unfall – es musste ein Unfall sein. Die andere Möglichkeit war einfach zu schrecklich. Wenn sie ermordet worden war, bildete der Brief im Buch einen niederschmetternden Beweis gegen …

Das Zimmer verschwamm vor ihren Augen. Kühle Logik ließ sie an Dinge denken, mit denen sie sich gar nicht beschäftigen wollte. Mit purer Logik versuchte sie, den plötzlichen Ausbruch romantischer Gefühle in ihrem Leben zu erklären. Logik verriet ihr, dass Bill Mallory nicht aus den erhofften Gründen zu ihr gekommen war.

Nein! Sie schüttelte energisch den Kopf. Es war bestimmt kein Mord!

Doch während der Arbeit kamen ihr immer wieder die fürchterlichsten Gedanken. Um drei Uhr nachmittags hielt sie es nicht länger aus. Sie rief bei einer Zeitung an und stellte ihre Frage.

»Jenny Isler«, antwortete die trockene Stimme am anderen Ende der Leitung. »Aber sicher! Wir hatten die Meldung am Donnerstag, dem Zwölften. Ein junges Mädchen, im Central Park erdrosselt …«

Bill kam um halb neun Uhr. Er gab Helen einen achtlosen Kuss auf die Wange und merkte aus diesem Grund nicht, wie kalt ihre Lippen waren. Dann marschierte er auf die Bücherregale zu und begann mit der Arbeit. Helen erkannte nun, dass es sich dabei nicht um eine liebevolle Betrachtung, sondern um eine gründliche Suche handelte.

Sie legte den *Ulysses* mitsamt dem Brief auf den hohen Tisch in der Nähe der Wand. Dann trat sie hinter ihn und fragte: »Bill, wer ist Jenny Isler?«

Sie sah ihn erstarren.

»Wer?«

»Jenny Isler. Das Mädchen, das dir den Brief geschrieben hat.«

Er fuhr herum, und sein Spottmund zuckte zwischen zorniger Verkniffenheit und einem erleichterten Grinsen – ein ganz seltsamer Ausdruck. »Du hast das verdammte Ding also gefunden. Gott sei Dank. Würdest du es mir bitte geben, Helen?«

»Du hast mir noch gar nichts von ihr erzählt.«

»Tut mir leid, Liebling.« Das Grinsen behielt schließlich die Oberhand, und er umfasste zärtlich ihre Hände. »Hör mal, ich weiß schon, was du denkst. Du hältst mich für einen Schurken. Du weißt sicher, dass dies meine Bücher sind...«

»Ja.«

»Ich wollte dich nicht täuschen. Als ich vor einigen Wochen umzog, musste ich sie verkaufen. Ich überließ alles dem Auktionshaus.«

»Hast du mich deshalb angesprochen? Damit du den Brief zurückholen konntest?«

»Glaubst du das wirklich?« Er warf den attraktiven Kopf in den Nacken und lachte. »Hör mal, du bist aber ein Dummchen! Himmel, nein! Ich wusste natürlich, dass du die Bücher gekauft hattest. Aber ich interessierte mich für dich, weil ich wusste, dass mir ein Mädchen liegen würde, das meine Bücher mag. Begreifst du das nicht, Helen? Kapierst du das wirklich nicht?« Er zog sie an sich, doch sein unsicheres Lächeln führte dazu, dass sie sich nervös und angespannt wehrte.

»Sie ist tot«, sagte Helen. »Jenny Isler ist tot. Sie wurde ermordet!«

»Das weiß ich doch. Um ganz ehrlich zu sein, begann ich, mir Sorgen zu machen, als ich davon erfuhr. Ich dachte mir, die Polizei könnte den Brief missverstehen. Ich wusste nicht einmal, dass er in einem Buch steckte – als es mir endlich aufging, waren die Bücher längst verkauft ...«

»Und du musstest den Brief finden!« Helens Stimme wurde schrill. »Du musstest den Brief unbedingt finden.«

»Helen ...«

Sie löste sich von ihm. »Warum hast du der Polizei nicht gesagt, dass du sie kanntest? Warum bist du nicht zur Polizei gegangen?«

»Was? Sollte ich mich in eine solche Sache verwickeln lassen? Vielen Dank!« Er lachte, doch es klang gezwungen. »Schließlich weiß man ja, wer es getan hat. Irgend so ein Tramp.«

»Wirklich, Bill?«

»Hör mal, du glaubst doch nicht etwa ...«

Sie wich vor ihm zurück, die dünnen Arme um den Körper gelegt. »Ich möchte nicht, dass du mich noch einmal besuchst, Bill.«

Er verzog das Gesicht. »Na schön, wenn du unbedingt willst. Aber vorher gibst du mir den Brief ...«

»Nein!« Sie richtete sich trotzig auf. »Du hast mich belogen. Du hast mir etwas vorgespielt. Den Brief gebe ich dir nicht...«

Sein Gesicht rötete sich. »Hör mal, mein Schatz. Wir wollen hier keine dummen Spielchen veranstalten. Gib mir den Brief, dann lassen wir es dabei bewenden. Ich kann schließlich alles selbst durchsuchen.«

»Dann schreie ich!« Hysterie ergriff von ihrer Stimme Besitz. »Ich schreie, Bill!«

»Sei doch kein Dummchen!« Er kicherte und trat an die Bücherwand, woraufhin sich Zorn und Schmerz in Helen Samish zu einem schrillen, ohrenbetäubenden Schrei vereinten. Erschrocken starrte er sie an, doch sie schrie weiter. Er machte einen Schritt auf sie zu, und sie wich bis zu dem hohen Schreibsekretär zurück, der an der Wand stand. Ehe sie von neuem aufschreien konnte, glitten seine langen Finger an ihrem Schlüsselbein entlang und krümmten sich um ihren dünnen Hals. Auf der verzweifelten Suche nach einer Verteidigungswaffe tastete ihre Hand nach hinten und fand den dicken *Ulysses*-Band. Sie schlug damit zu, wieder und wieder, hämmerte das Buch in sinnlosem Bemühen gegen seine Schläfe, bis der Einband brach. Längst hatten Bill Mallorys Hände die Härte von Stahl, der sich wie ein Ring um ihre Luftröhre schloss. Das Buch fiel auf einen unordentlichen Bücherstapel, und Helen Samish tat ihren letzten Atemzug.

Bill Mallory starrte auf das tote Mädchen hinab und horchte in die plötzliche Stille des Zimmers. Diese Stille sollte aber nicht lange andauern; das Schreien hatte andere Hausbewohner auf die Flure gelockt. Er eilte zur Tür und erreichte die Treppe, ehe die Neugierigen eintreffen und feststellen konnten, was die Schreie hatte aufklingen und ersterben lassen.

Der Abgesandte der Heilsarmee hieß Mr. Weedy, ein dicker, rundäugiger Mann, der leise und respektvoll im Zimmer des toten Mädchens herumging.

Er sah den Lieutenant an, der ihn begleitet hatte, und sagte in angemessen bedauerndem Tonfall: »Wann ist denn das arme Mädchen gestorben?«

»Vor etwa zwei Wochen, Mr. Weedy. Und leider haben wir auf der Suche nach dem Mörder nicht viel Glück gehabt.«

Mr. Weedy schnalzte mit der Zunge und richtete den Blick auf die beschädigte Wohnungstür. »Ist der Mörder« – er atmete tief – »eingebrochen?«

»Wir wissen nicht, wer das war«, antwortete der Lieutenant hilfsbereit. »Muss ein paar Nächte nach dem Mord geschehen sein. Jemand versuchte einzubrechen, wurde aber verscheucht. Seither haben wir die Wohnung bewacht.«

»Ah«, machte Mr. Weedy weise. »Der Mörder kehrt an den Schauplatz seiner Tat zurück ...«

»Kann sein«, sagte der Beamte grinsend. »Vielleicht war's auch nur ein Souvenirjäger. Bei solchen Fällen laufen einem alle möglichen Typen über den Weg. Der Mann hat zwar nichts aus der Wohnung holen können, ins Netz gegangen ist er uns aber auch nicht.«

»Schrecklich! Und das – Mädchen hatte keine Verwandten?«

»Wir können jedenfalls keine finden. Alles, was sie besaß, waren diese wenigen Dinge – und natürlich die Bücher.

Sie muss ein nettes Ding gewesen sein.« Der Lieutenant trat vor die Regale hin und betrachtete die Bände. »Wunderbare Bücher. Man kann viel über einen Menschen lernen, wenn man nur seine Bücher anschaut.«

»Ja«, sagte Mr. Weedy und räusperte sich. »Na, dann wollen wir mal. Die Heilsarmee bedankt sich vielmals für die schönen Bände, Lieutenant.«

»Ich wüsste keinen besseren Empfänger dafür, Mr. Weedy. Die Bücher scheinen außerdem in gutem Zustand zu sein. Außer diesem hier.« Er bückte sich und nahm einen schweren Band von einem unordentlichen Stapel am Boden. »Der Umschlag ist abgerissen.«

»Ach?«

»Und gelesen hab ich's auch noch nicht. Wollte immer ...«

»Warum nehmen Sie's nicht mit?«

»Lieber nicht. Diese Bibliothek gehört jetzt Ihrer Organisation, Mr. Weedy.«

»Ach, das geht sicher in Ordnung, da das Buch sowieso beschädigt ist. Nehmen Sie's mit, wenn Sie möchten.«

»Vielen Dank«, sagte der Lieutenant. »Ich werde sicher viel Freude daran haben.« Und er klemmte sich den *Ulysses* unter den Arm.

Hermann Harry Schmitz

Das verliehene Buch

Es war ein prächtiges Buch mit Goldschnitt und Damasteinband, das in der guten Stube auf dem Tisch lag.

Es war ein sehr langweiliges Buch mit schlechten, sehr schlechten Illustrationen.

Es war der Stolz der ganzen Familie.

Nur der Vater durfte das Buch in die Hand nehmen. An Festtagen setzte sich der Vater sonntagsangezogen in die gute Stube und las der Mutter und den Kindern mit sonorer Stimme und falscher Betonung aus dem feinen Buch vor. Würdevoll und prätentiös wusch er sich vorher die Hände. Häufig unterbrach er das Vorlesen und erklärte die Abbildungen. Die Kinder machten verständige Gesichter und große kluge Augen; sie kniffen sich heimlich gegenseitig in die Beine. –

Herr Mehlenzell war ein Bekannter des Vaters; er hatte einen Kolonialwarenladen und schrieb an.

Man brauchte viel im Haushalt, und das Gehalt des Vaters war klein. Herr Mehlenzell bat eines Tages den Vater, er möchte ihm das prächtige Buch leihen. Der Vater erbleichte; er konnte nicht gut nein sagen.

»Auf ein paar Tage. – Bestimmt, selbstverständlich haben Sie es nächsten Sonntag zurück«, hatte Herr Mehlenzell gesagt.

Man sprach in der Familie nur über das Buch. Die Mutter meinte, man hätte es ihm nicht geben sollen. Der Vater war sehr ernst. »›Bestimmt haben Sie es Sonntag zurück‹, hat Herr Mehlenzell gesagt«, verteidigte sich der Vater. »Wir wollen sehen«, brummte die Mutter.

Wo das Buch in der guten Stube gelegen hatte, war ein viereckiger Fleck auf der Tischdecke; der Plüsch war da nicht so verschossen.

Der Sonntag kam, man war schon sehr früh aufgestanden. Es wurde Mittag; Herr Mehlenzell hatte das Buch nicht gebracht. Der Vater saß mit der Mutter in der guten Stube und war sehr ernst. Keinem hatte das Essen so recht geschmeckt. Um die Kinder kümmerte sich niemand. Man ließ sie im Garten über die Bleiche tollen und ungestört die unreifen Stachelbeeren essen. –

Der Vater trank eine halbe Flasche Rum. Die Mutter hatte verweinte Augen. Die gute Stube wurde abgeschlossen.

Der Vater musste Montag und Dienstag im Bett liegen. Die Mutter vernachlässigte den Haushalt. Die Kinder verwilderten.

Hundertundvierzig Mark bekam Herr Mehlenzell noch. Man durfte nicht wagen, ihn an das Buch zu erinnern.

Es war unheimlich im Hause, wie wenn jemand gestorben wäre. Den Vater sah man viel mit der Rumflasche hantieren. Die Familie ging zurück. –

Der dritte Sonntag kam, und das Buch war noch immer nicht da.

Es konnte so nicht mehr weitergehen.

Nach dem Mittagessen schrie der Vater nach seinem

schwarzen Rock und den Manschetten, rasierte sich und ging zu Mehlenzells.

Frau Mehlenzell öffnete selbst.

Er fragte nach Herrn Mehlenzell.

Frau Mehlenzell war mürrisch und fragte, was es sei. Ihr Mann wolle nach dem Essen nicht gestört sein; was es sei.

Es sei sehr dringend, er müsse mit Herrn Mehlenzell sprechen, beharrte der Vater.

Frau Mehlenzell ging brummend in ein Zimmer und ließ den Vater auf dem Korridor stehen.

Frau Mehlenzell hatte die Tür nicht fest hinter sich zugemacht. Herr Mehlenzell schimpfte, man solle ihn ungeschoren lassen.

Was denn der Hungerleider wolle? Dann wurde von innen die Tür zugeschlagen.

Nach einer Weile kam Frau Mehlenzell zurück; ihr Mann hätte nicht viel Zeit, er möge sich kurz fassen. –

Herr Mehlenzell lag auf dem Sofa und rauchte eine Zigarre. Er stöhnte den Vater an und blieb ruhig liegen.

Er wolle ihm auf die Rechnung etwas abbezahlen, fing der Vater schüchtern an.

Herr Mehlenzell richtete sich auf und bat den Vater, doch Platz zu nehmen; er schob ihm auch das Zigarrenetui hin.

»Über wie viel darf ich quittieren, bitte?«

»Über zwanzig Mark.«

Herr Mehlenzell nahm das Zigarrenetui wieder an sich.

Im Nebenzimmer übte jemand sehr auf dem Klavier.

»... und dann, was ich sagen wollte«, quetschte der Vater hervor, »ich möchte mal nach dem Buch fragen, ob es Ihnen gefallen hat und ob Sie es vielleicht aushaben?«

»Welches Buch?«

»Sie wissen doch – das Buch von mir, das schöne Buch, was ich Ihnen vor drei Wochen geliehen habe.«

»Ach so, ja, jetzt fällt es mir ein. – Ja, wo habe ich das?«

Dem Vater standen dicke Angstperlen auf der Stirn.

»Warten Sie einmal, da muss ich meine Frau fragen. Haben Sie denn das Buch so nötig?«

Herr Mehlenzell verließ murmelnd das Zimmer.

Im Nebenzimmer spielte man zum siebenten Male *Mädchen, warum weinest Du.*

Der Vater ging an die halbgeöffnete Tür und schaute hinein. Lenchen Mehlenzell saß am Klavier.

Man hatte auf einen Stuhl Bücher gelegt, damit Lenchen hoch genug saß.

Der Vater war einer Ohnmacht nahe; Lenchen saß auf dem prächtigen Buch!

Der Vater war sonst nicht roh. Er stürzte aus dem Hinterhalt auf das nichtsahnende Kind und warf es von seinem Sitz, ergriff das Buch und floh.

Zu Hause. – Das Buch wurde geprüft, es hatte gelitten. Man hatte auf dem Deckel etwas geschnitten, etwas Fettiges, scheinbar Wurst. Es musste häufig gefallen sein, die Ecken waren verbogen, und die Seiten saßen teilweise lose im Rücken.

Mit zitternder Hand blätterte der Vater in dem Buch.

Seite 1, 2, 3, 4, 5, 6, 7, 8, 9, 10, 11, 12, 40 – der Vater wurde stutzig… 41, 42, 43, 44, 13, 14, 15, 58, 59, 60, 61, 16 – der Vater wurde grün im Gesicht… 17, 18, 19, 20, 21, 22, 23, 24, 25, 105, 106, 107, 108 – dem Vater fiel sein Glasauge aus dem Kopf… 109, 110 – jetzt wurden die Seiten kleiner, sehr seltsam… 111,

112. Seite 110 schloss ›Wanderburschen, wandert zu in die weite Welt hinaus‹, und es ging weiter auf Seite 111 ›mit der weißen aristokratischen Hand durch das gewellte Haar und ging erregt auf Leonie zu‹. In Vaters Buch kam keine Leonie vor. Der Vater bekam einen eiförmigen Kopf.

Der Vater erschlug die Mutter.

Aus dem Buch fiel eine Ansichtskarte an Frau Mehlenzell aus Saarbrücken und ein Zettel mit den denkwürdigen Worten: ›2 Paar Socken, 3 Kragen, 1 Taschentuch, 1 Vorhemdchen, 1 Paar Manschetten.‹

Der Vater sprang zum Fenster hinaus und brach sich das Genick.

Die Kinder verdarben. –

Schauderhaft, höchst schauderhaft. –

Ray Bradbury

Fahrenheit 451

Am Morgen hatte Guy Montag Fieber.
»Du wirst doch nicht krank sein«, sagte Mildred.
Er schloss die Augen über der innern Hitze. »Doch.«
»Gestern Abend warst du noch gesund.«
»Nein, mir war nicht gut.« Er hörte die »Verwandtschaft« in der Stube lärmen.

Mildred trat neugierig an sein Bett. Er merkte, dass sie da stand, er sah sie über sich, ohne die Augen zu öffnen, ihr Haar von Chemikalien zu sprödem Stroh zerfressen, die Augen mit einer Art weißem Star, den man nicht sah, nur ahnte, weit hinter den Pupillen, die rotbemalten geschürzten Lippen, der von Abmagerungskuren ausgemergelte Leib, dünn wie eine Gottesanbeterin, das Fleisch weiß wie Kochspeck. Er konnte sie sich nicht anders vorstellen.

»Bring mir bitte ein Aspirin und Wasser.«
»Du musst aufstehen«, sagte sie. »Es ist Mittag. Du hast fünf Stunden länger geschlafen als sonst.«
»Stell bitte das Wohnzimmer ab«, bat er.
»Das ist doch meine Familie.«
»Willst du sie nicht einem Kranken zuliebe abstellen?«
»Ich werde sie leiser stellen.«

Sie ging hinaus, änderte nichts an der Lautstärke und kam wieder herein. »Ist es so besser?«

»Danke.«

»Es ist mein Lieblingsprogramm«, bemerkte sie.

»Wie ist es mit dem Aspirin?«

»Du warst bisher noch nie krank.« Sie entfernte sich.

»Jetzt bin ich es eben. Ich gehe heute nicht zum Dienst. Ruf Beatty an.«

»Du warst komisch gestern Abend.« Summend kam sie wieder herein.

»Wo ist das Aspirin?« Er warf einen Blick auf das Glas Wasser, das sie ihm reichte.

»Ach so.« Sie ging wieder ins Badezimmer. »Ist etwas vorgefallen?«

»Ein Brand, sonst nichts.«

»Ich hatte einen netten Abend«, sagte sie vom Badezimmer aus.

»Was war denn?«

»Das Wohnzimmer.«

»Was gab's?«

»Programme.«

»Was für Programme?«

»Die besten seit langem.«

»Wer?«

»Ach, du weißt doch, der ganze Verein.«

»Ja, der Verein, der Verein.« Er presste die Hand gegen die schmerzenden Augen, und plötzlich bewirkte der Geruch von Kerosin, dass er sich erbrechen musste.

Mildred kam summend herein und blieb verdattert stehen. »Was soll das denn?«

Angewidert besah er sich die Bescherung am Boden. »Wir haben eine alte Frau mitsamt ihren Büchern verbrannt.«

»Es ist nur gut, dass sich der Teppich waschen lässt.« Sie holte eine Bürste und bearbeitete den Teppich. »Ich war gestern Abend bei Helene.«

»Konntest du die Programme zu Hause nicht empfangen?«

»Doch, aber man geht gerne mal zu Besuch.«

Sie ging ins Wohnzimmer hinüber. Er hörte sie singen.

»Mildred?«, rief er.

Sie kam zurück, singend, im Takt mit den Fingern schnippend.

»Willst du nicht wissen, was gestern Nacht war?«, fragte er.

»Was denn?«

»Wir haben tausend Bücher verbrannt. Wir haben eine Frau verbrannt.«

»Na und?«

Die Stube dröhnte vor Lärm.

»Wir haben Werke von Dante und Swift und Mark Aurel verbrannt.«

»War das nicht ein Europäer?«

»Ja, so was Ähnliches.«

»War er nicht ein Radikaler?«

»Gelesen habe ich ihn nie.«

»Er war ein Radikaler.« Mildred machte sich am Telefon zu schaffen. »Du erwartest doch nicht, dass ich Hauptmann Beatty anrufe?«

»Du musst!«

»Schrei nicht so!«

»Ich habe nicht geschrien.« Er hatte sich im Bett aufgerichtet, plötzlich zitternd vor Wut. Das Wohnzimmer machte einen Heidenlärm. »Ich kann ihn nicht anrufen. Ich kann ihm nicht sagen, dass ich krank bin.«

»Warum nicht?«

Weil ich Angst habe, dachte er. Wie ein Kind, das simuliert und Angst hat anzurufen, weil nach einem kurzen Hin und Her das Gespräch so ausgehen würde: »Jawohl, Hauptmann Beatty, ich fühle mich bereits besser. Ich trete heute Abend um zehn Uhr an.«

»Du bist ja gar nicht krank«, sagte Mildred.

Montag fiel auf sein Kissen zurück. Er fuhr mit der Hand darunter. Das Buch war noch da.

»Mildred, wie wäre es, wenn ich mit dem Dienst eine Zeitlang aussetzen würde?«

»Du willst alles an den Nagel hängen? Nach all den Jahren, bloß weil einmal eine Frau und ihre Bücher…«

»Du hättest sie sehen sollen, Millie!«

»Sie geht mich nichts an, sie hätte keine Bücher haben dürfen. Es war ihre Sache, sie hätte sich das früher überlegen sollen. Ich hasse sie. Sie hat dich verrückt gemacht, und ehe wir uns versehen, stehen wir auf der Straße, kein Haus mehr, keine Arbeit, alles im Eimer.«

»Du warst nicht dort, du hast es nicht *erlebt*«, betonte er. »Es muss etwas dran sein an den Büchern, etwas, von dem wir uns keine Vorstellung machen, wenn eine Frau sich deswegen verbrennen lässt; es muss etwas dran sein. Für nichts und wieder nichts tut man das nicht.«

»Sie war dumm.«

»Sie war so gut bei Verstand wie du und ich, vielleicht sogar mehr, und wir haben sie verbrannt.«

»Das hattest du bereits erwähnt.«

»Hast du je ein niedergebranntes Haus gesehen? Es schwelt noch tagelang. Dieser Brand wird mich mein Leben lang verfolgen. Herrgott, ich wollte es löschen, in Gedanken, die ganze Nacht! Ich bin ganz außer mir.«

»Das hättest du dir überlegen sollen, bevor du zur Feuerwehr gegangen bist.«

»Überlegen! Was hatte ich denn für eine Wahl? Mein Vater und mein Großvater waren bei der Feuerwehr. Ich bin ihnen im Schlaf nachgelaufen.«

Das Wohnzimmer war von Tanzmusik erfüllt.

»Heute ist doch der Tag, wo du Frühdienst hast«, bemerkte Mildred. »Du hättest schon vor zwei Stunden gehen sollen. Ist mir eben eingefallen.«

»Es ist nicht nur wegen der Frau, die umkam«, erklärte Montag. »Letzte Nacht dachte ich an all das Kerosin, das ich in den letzten zehn Jahren verbraucht habe. Und an die Bücher habe ich gedacht. Zum ersten Mal wurde mir klar, dass hinter jedem Buch ein Mensch steht. Jedes einzelne musste erst von einem Menschen erdacht werden. Jemand hat vielleicht lange gebraucht, bis er es zu Papier gebracht hatte. Und nicht einmal dieser Gedanke war mir bisher gekommen.«

Er stieg aus dem Bett.

»Jemand hat vielleicht sein Leben lang daran gearbeitet, hat sich in der Welt umgetan und seine Erfahrungen, Gedanken und Erlebnisse aufgeschrieben, und dann komme ich, und in zwei Minuten ist das alles nie gewesen.«

»Verschone mich damit«, sagte Mildred. »Ich bin nicht schuld dran.«

»Dich schonen! Das sagst du so, aber wie kann ich mich

selber schonen? Wir sollten nicht verschont werden. Wir sollten von Zeit zu Zeit richtig aufgestört werden. Wie lange ist es her, seit du richtig verstört warst? Aus einem triftigen Grund, einem wesentlichen Grund?«

Er wandte sich ab.

Mildred sagte: »Jetzt haben wir den Salat. Draußen vor dem Haus. Sieh mal, wer da steht.«

»Ist mir doch egal.«

»Ein Phönixwagen ist vorgefahren, und einer in einem schwarzen Hemd mit einer feuergelben Schlange am Ärmel kommt auf das Haus zu.«

»Hauptmann Beatty?«

»Hauptmann Beatty.«

Montag rührte sich nicht, starrte nur auf die leere weiße Wand vor ihm.

»Bitte geh, mach ihm auf. Sag ihm, dass ich krank bin.«

»Sag's ihm selber!« Sie lief hierhin und dorthin und blieb dann mit aufgerissenen Augen stehen, als aus dem Türmelder leise ihr Name kam, »Mrs. Montag, Mrs. Montag, jemand hier, jemand hier, Mrs. Montag, Mrs. Montag, jemand ist hier«. Die Stimme des Türmelders verklang.

Montag vergewisserte sich, dass das Buch unter dem Kissen gut versteckt war, stieg unbeholfen wieder ins Bett, rückte die Decke über den Knien und dem Oberkörper zurecht, halb sitzend, und nach einer Weile entfernte sich Mildred, um aufzumachen, und Hauptmann Beatty schlenderte herein, die Hände in den Taschen.

»Stellen Sie die ›Verwandtschaft‹ ab«, sagte Beatty, während er sich alles im Zimmer ansah, außer Montag und seiner Frau.

Diesmal eilte Mildred. Die quäkenden Stimmen im Wohnzimmer erstarben.

Mit friedfertiger Miene ließ sich Hauptmann Beatty auf dem bequemsten Sessel nieder. Er ließ sich Zeit mit dem Stopfen der Messingpfeife, zündete sie umständlich an, stieß eine Rauchwolke aus. »Ich dachte, ich schau mal vorbei, wie es dem Kranken geht.«

Als Montag fragte, wieso er es erraten habe, lächelte Beatty sein Lächeln, das das süßliche Hellrot des Zahnfleisches und das zuckrige Weiß der Zähne entblößte. »Ich habe es kommen sehen. Du wolltest dich für eine Nacht abmelden.«

Montag saß im Bett, ohne etwas zu erwidern.

»Nun«, fuhr Beatty fort, »nimm eben frei für eine Nacht.« Er besah sich sein immerwährendes Feuerzeug, auf dessen Deckel stand GARANTIERT EINE MILLION MAL ZU GEBRAUCHEN, und begann, zerstreut damit zu spielen, die Flamme anzuknipsen, auszublasen, anzuknipsen, ein paar Worte zu sprechen, auszublasen. Er sah in die Flamme. Er blies sie aus, sah dem Rauch zu. »Wann bist du wieder auf dem Damm?«

»Morgen. Übermorgen vielleicht. Anfang nächster Woche.«

Beatty qualmte. »Jeder Feuerwehrmann macht das früher oder später einmal durch. Er braucht nur etwas Einsicht, er muss wissen, wie die Sache läuft, muss die Geschichte unseres Berufs kennen. Gehört heutzutage leider nicht mehr zur Ausbildung.« Paff, paff. »Nur noch der Kader weiß heute noch darüber Bescheid.« Paff, paff. »Ich will dich ins Vertrauen ziehen.«

Mildred verriet Unruhe.

Beatty brauchte eine volle Minute, um sich in das hineinzudenken, was er sagen wollte.

»Wann hat es eigentlich angefangen, möchtest du wissen, mit diesem unserem Beruf, wie ist es dazu gekommen, wo, wann? Nun, ich vermute, es fing an um die Zeit des sogenannten Sezessionskriegs. Im Dienstreglement heißt es zwar, die Gründung sei schon früher erfolgt. Es verhält sich wohl so, dass die Sache erst richtig ins Rollen geriet, als die Fotografie aufkam. Dann der Film zu Beginn des zwanzigsten Jahrhunderts. Der Rundfunk. Das Fernsehen. Als die Dinge einen Zug ins Massenhafte bekamen.«

Montag saß im Bett, ohne sich zu rühren.

»Mit diesem Zug ins Massenhafte wurde alles einfacher«, fuhr Beatty fort. »Einst hatten die Bücher nur zu wenigen gesprochen, die da und dort und überall verstreut waren. Sie konnten es sich leisten, voneinander abzuweichen. Die Welt war geräumig. Aber dann begann es in der Welt von Augen und Ellbogen und Mäulern zu wimmeln. Die Bevölkerung verdoppelte sich, sie verdreifachte und vervierfachte sich. Film und Rundfunk, Zeitschriften und Bücher mussten sich nach dem niedrigsten gemeinsamen Nenner richten, wenn du verstehst, was ich meine.«

»Ich glaube schon.«

Beatty sah dem Rauchgebilde zu, das er in die Luft gequalmt hatte. »Stell dir das vor. Der Mensch des neunzehnten Jahrhunderts mit seinen Pferden, Hunden, Fuhrwerken, im Zeitlupentempo. Dann im zwanzigsten Jahrhundert wird die Zeit gerafft. Bücher werden gekürzt. Abriss, Überblick, Zusammenfassung, das Beste in Bildern. Alles läuft auf das Überraschungsmoment, den Knalleffekt hinaus.«

»Knalleffekt.« Mildred nickte.

»Klassiker werden zu viertelstündigen Hörspielen zusammengestrichen, dann noch mal gekürzt, um in einem Buch eine Spalte von zwei Minuten Lesedauer zu füllen, und enden schließlich als Inhaltsangabe von zehn oder zwölf Zeilen in einem Lexikon. Ich übertreibe natürlich. Die Lexika waren Nachschlagewerke. Es gab aber viele Leute, die ihren *Hamlet* (dir dem Titel nach sicher bekannt, Montag; Sie, Mrs. Montag, kennen ihn wohl nur flüchtig vom Hörensagen) – Leute, sage ich, die ihren *Hamlet* lediglich aus einer einseitigen Zusammenfassung kannten, aus einem Buch, das mit den Worten angepriesen wurde: ›Jetzt können Sie endlich alle Klassiker lesen; lassen Sie sich nicht von Ihren Nachbarn überflügeln!‹ Verstehst du das? Aus der Kinderstube an die höhere Schule und wieder in die Kinderstube zurück, da hast du die geistige Entwicklung der letzten fünf Jahrhunderte oder so.«

Mildred stand auf und begann im Zimmer umherzugehen, Dinge anzufassen und sie wieder hinzustellen. Beatty achtete nicht auf sie und fuhr fort:

»Arbeite mit dem Zeitraffer, Montag, schnell. *Quick? Nimm, lies, schau! Jetzt, weiter, hier, dort, Tempo, auf, ab, rein, raus, warum, wie, wer, was, wo, eh? Uh?, Ruck, zuck, Bim, Bam, Bumm?* Zusammenfassungen von Zusammenfassungen, Zusammenfassungen der Zusammenfassungen von Zusammenfassungen. Politik? Eine Spalte, zwei Sätze, eine Schlagzeile! Und dann, mittendrin, ist plötzlich nichts mehr da. Wirble den Geist des Menschen herum im Betrieb der Verleger, Zwischenhändler, Ansager, dass das Teufelsrad alles überflüssige, zeitvergeudende Denken wegschleudert!«

Mildred strich das Bettzeug glatt. Montag gab es einen Stich, dann noch einen, als sie sein Kissen zurechtklopfte. Eben zog sie ihn an der Schulter, damit er wegrücke und sie das Kissen nehmen und in Ordnung bringen und wieder hinlegen konnte. Um dann vielleicht einen Schrei auszustoßen und die Augen aufzureißen oder auch bloß hinzulangen und zu sagen, ›was ist denn das?‹, und das verborgene Buch mit rührender Unschuld emporzuhalten.

»Weniger Schule, weniger Lernzwang, keine Philosophie mehr, keine Geschichte, keine Sprachen. Der Unterricht in der Muttersprache vernachlässigt, schließlich fast ganz aufgehoben. Das Leben drängt, der Beruf geht vor, für Vergnügungen ist später genügend Zeit. Wozu etwas lernen, wenn es genügt, auf den Knopf zu drücken, Schalter zu betätigen, Schrauben anzuziehen?«

»Lass mich das Kissen aufschütteln«, sagte Mildred.

»Nein«, wehrte Montag leise ab.

»Der Reißverschluss ersetzt die Knöpfe, und dem Menschen fehlt wieder ein Stück Zeit, um nachzudenken, während er sich ankleidet in der Früh, einer nachdenklichen Stunde und somit einer trübseligen.«

»Nun?«, setzte ihm Mildred erneut zu.

»Lass mich«, bat Montag.

»Das Leben wird zu einem großen lustigen Reinfall, Montag; alles krach, bums und juchhe!«

»He«, sagte Mildred und zerrte am Kissen.

»Lass mich doch endlich in Ruhe!«, rief Montag verzweifelt.

Beatty machte große Augen.

Mildreds Hand war hinter dem Kissen erstarrt. Sie befingerte den Gegenstand, und als sie erriet, was es war, machte sich Erstaunen auf ihren Zügen breit, dann Ratlosigkeit. Sie machte den Mund auf, um etwas zu fragen ...

»Man räume die Bühne bis auf den Clown, man statte die Lokale mit Glaswänden aus, über die hübsche Farbenspiele hinlaufen wie Konfetti oder Blut oder Sherry. Du bist doch für Baseball zu haben, Montag?«

»Schlagball ist ein schöner Sport.«

Beatty war jetzt fast unsichtbar, eine Stimme irgendwo hinter einer Rauchwand.

»Was ist denn das?«, fragte Mildred, beinahe erfreut.

Montag warf sich rückwärts gegen ihre Arme.

»Was ist denn das hier?«

»Setz dich hin!«, schrie Montag. Sie fuhr zurück, mit leerer Hand. »Du siehst doch, wir sind mitten im Gespräch!«

Beatty fuhr fort, als sei nichts geschehen. »Du bist doch fürs Kegeln zu haben, Montag?«

»Kegeln, sicher.«

»Billard, Fußball?«

»Alle sehr schön.«

»Mehr Sport für jedermann, Jubel, Trubel und Gemeinschaftsgefühl, und man braucht nicht mehr zu denken, wie? Veranstalte und veranstalte und überveranstalte immer mehr sportliche Großveranstaltungen. Immer mehr Cartoons in Buchform, immer mehr Filme. Der Geist nimmt immer weniger auf. Ratlosigkeit. Landstraßen verstopft mit Menschenmengen, die irgendwohin fahren, irgendwohin und nirgendwohin. Der Benzinflüchtling. Ganze Ortschaften werden zu Pensionen, die Leute branden heimatlos von Ort zu Ort, wie von inneren Gezeiten fortgespült, wohnen heute in dem Zimmer, wo du gestern geschlafen hast und ich vorgestern.«

Mildred ging hinaus und knallte die Tür zu. Die »Tanten« an der Wohnzimmerwand begannen, über die »Onkels« an der Wand zu lachen.

»Nehmen wir jetzt die Minderheiten unserer Zivilisation. Je größer die Bevölkerung, umso mehr Minderheiten. Sieh dich vor, dass du den Hundefreunden nicht zu nahe trittst, oder den Katzenfreunden, den Ärzten, Juristen, Kaufleuten, Geschäftsleitern, den Mormonen, Baptisten, Quäkern, den eingebürgerten Chinesen, Schweden, Italienern, Deutschen, Iren, den Bürgern von Texas oder Brooklyn, von Oregon oder Mexiko. Die Gestalten in diesem Buch, diesem Stück, dieser Fernsehserie sind frei erfunden; jede Ähnlichkeit mit lebenden Malern, Kartographen, Mechanikern ist reiner Zufall. Je größer der Markt, Montag, umso weniger darf man sich auf umstrittene Fragen einlassen, merk dir das! Auch die mindeste Minderheit muss geschont werden. Schriftsteller, voller boshafter Einfälle, schließt eure Schreibmaschinen ab! Und das *taten* sie dann auch. Die Zeitschriften brachten allerliebsten süßen Kitsch. Bücher, sagten die dünkelhaften Kritiker, seien Spülwasser; kein Wunder, dass sie keinen Absatz mehr fänden. Nur die Comics ließ eine Leserschaft, die auf ihrem Geschmack bestand, gnädig am Leben. Und die dreidimensionalen Sexmagazine, versteht sich. Da hast du's, Montag. Es kam nicht von oben, von der Regierung. Es fing nicht mit Verordnungen und Zensur an, nein! Technik, Massenkultur und Minderheitendruck brachten es gottlob ganz von allein fertig. Dem verdanken wir es, wenn unser Dauerglück heute ungetrübt bleibt, wenn wir Comics lesen dürfen, Lebensbeichten oder Fachzeitschriften.«

»Aber wie ist das nun mit der Feuerwehr?«, fragte Montag.

»Ah.« Beatty beugte sich vor in dem feinen Dunst seiner Pfeife. »Was wäre verständlicher und natürlicher? Wo doch die Schulen immer mehr Läufer, Springer, Rennfahrer, Bastler, Fänger, Flieger und Schwimmer ausbilden, statt Prüfer, Kritiker, Kenner und Schöpfer. Da ist leicht zu begreifen, dass das Wort ›intellektuell‹ verdientermaßen zu einem Schimpfwort wurde. Das Unvertraute flößt immer ein Grauen ein. Du erinnerst dich doch sicher an einen Mitschüler, der besonders ›hell‹ war und die meisten Antworten gab, während die andern wie Ölgötzen dasaßen und ihn hassten? War er nicht dazu ausersehen, nach der Schule drangsaliert zu werden? Klar, versteht sich. Wir müssen alle gleich sein. Nicht frei und gleich geboren, wie es in der Verfassung heißt, sondern gleich *gemacht*. Jeder ein Abklatsch des andern, dann sind alle glücklich, dann gibt es nichts Überragendes mehr, vor dem man den Kopf einziehen müsste, nichts, an dem man sich messen müsste. Also! Ein Buch im Haus nebenan ist wie eine scharf geladene Waffe. Man vernichte es. Man entlade die Waffe. Man reiße den Geist ab. Wer weiß, wen sich der Belesene als Zielscheibe aussuchen könnte! Mich vielleicht? Ich danke. Und so kam es, nachdem die Häuser überall auf der ganzen Welt feuerfest geworden waren (du hattest neulich recht mit deiner Vermutung), dass man der Feuerwehr entraten konnte. Sie erhielt eine neue Aufgabe, wurde zum Hüter unserer Seelenruhe, zum Sammelbecken gewissermaßen unserer begreiflichen und berechtigten Angst vor Minderwertigkeitsgefühlen; zur amtlichen Zensur, zur richtenden und ausführenden Gewalt in einem. Das bist du, Montag, und das bin ich.«

Die Tür zum Fernsehzimmer ging auf, und Mildred stand da und schaute herein, schaute Beatty an und dann Montag. Die Wohnzimmerwände hinter ihr waren mit grünem und gelbem Feuerwerk übersprüht, das zischte und knallte, begleitet von einer Musik, die fast ausschließlich aus Pauken, Tamtams und anderem Schlagzeug bestand. Mildreds Lippen bewegten sich, aber die Worte gingen in dem Getöse unter.

Beatty klopfte sich die Pfeife in seine rosige Handfläche aus und musterte die Asche, als sei sie ein Symbol, dessen Bedeutung es zu erforschen galt.

»Du musst begreifen, bei der Größe unserer Zivilisation kann keinerlei Beunruhigung der Minderheiten geduldet werden. Sag selbst, was ist unser aller Lebensziel? Die Menschen wollen doch glücklich sein, nicht? Hast du je etwas anderes gehört? Ich will glücklich sein, sagt ein jeder. Und ist er es nicht? Sorgen wir nicht ständig für Unterhaltung und Betrieb? Dazu sind wir doch da, nicht? Zum Vergnügen, für den Sinnenkitzel? Und du wirst zugeben, dass daran in unserer Kulturwelt kein Mangel herrscht.«

»Nein.«

Montag konnte es Mildred von den Lippen ablesen, was sie in der Tür stehend sagte. Er bemühte sich, nicht zu ihr hinzusehen, aus Angst, Beatty könnte sich sonst auch nach ihr umdrehen.

»Farbige nehmen Anstoß an *Sambo, das kleine Neger-*

lein. Verbrenn es. Den Weißen ist *Onkel Toms Hütte* ein Dorn im Auge. Verbrenn es. Jemand hat ein Buch über Rauchen und Lungenkrebs geschrieben? Den Tabakfritzen laufen die Tränen herunter? Verbrenn das Buch. Seelenfrieden, Montag. Gemütsruhe, Montag. Nur keinen Ärger. Lieber ins Feuer damit. Begräbnisse wirken störend? Also abschaffen. Fünf Minuten, nachdem einer gestorben ist, befindet er sich schon unterwegs zur großen Einäscherungsanstalt, durch den landesweiten Hubschrauberdienst. Zehn Minuten nach seinem Tod ist ein jeder nur noch ein schwarzes Stäubchen. Wir wollen keine Worte verlieren mit Nachrufen auf einzelne Menschen. Vergiss sie. Verbrenn sie, alles und jeden verbrennen. Das Feuer ist hell, das Feuer ist sauber.«

Das Feuerwerk im Wohnzimmer hinter Mildred erstarb. Gleichzeitig hatte sie auch zu sprechen aufgehört, ein erstaunlicher Zufall. Montag hielt den Atem an.

»Nebenan hat ein Mädchen gewohnt«, sagte er langsam. »Jetzt ist sie weg, gestorben, glaube ich. Ich weiß kaum mehr, wie sie aussah. Aber sie war anders. Wieso konnte das *geschehen?*«

Beatty lächelte. »Dergleichen lässt sich nicht vermeiden. Clarisse McClellan? Wir haben alle Unterlagen über die Familie. Stand unter scharfer Beobachtung. Es ist etwas Sonderbares mit Vererbung und Umwelt. Wir können all die Eigenbrötler nicht in ein paar Jahren ausschalten. Die häusliche Umwelt macht oft vieles wieder zunichte, was in der Schule eingetrichtert wird. Deshalb haben wir das kindergartenpflichtige Alter von Jahr zu Jahr herabgesetzt, bis wir die Kinder jetzt fast aus der Wiege an uns reißen. Über die McClellans gingen ein paar Falschmeldungen ein, als sie noch in Chicago wohnten. Es hat sich nie ein Buch bei ihnen gefunden. Mit dem Onkel stimmte auch etwas nicht, er galt als Einzelgänger. Das Mädchen? Eine Zeitbombe. Nach ihrem Betragen in der Schule zu schließen, müssen die Verhältnisse zu Hause auf das Kind abgefärbt haben. Sie wollte nicht wissen, *wie* etwas gemacht wird, sondern *warum*. Das kann ungemütlich werden. Wenn du ständig nach dem Warum fragst, bist du am Ende todunglücklich. Es ist besser für das arme Mädchen, dass sie tot ist.«

»Ja, tot.«

»Zum Glück gibt es diese ausgefallenen Dinger wie sie nicht oft. Wir wissen, wie man das im Keim erstickt. Ohne Nägel und Holz kann man kein Haus bauen. Will man den Bau eines Hauses verhindern, beseitige man die Nägel und das Holz. Will man verhindern, dass es politisch Unzufriedene gibt, sorge man dafür, dass der Mensch nicht beide Seiten einer Frage kennenlernt, nur die eine. Oder noch besser gar keine. Er soll vergessen, dass es etwas wie Krieg gibt. Ist die Obrigkeit unfähig, aufgebläht und steuersüchtig, ist es besser, die Leute machen sich darüber keine Gedanken. Seelenruhe, Montag. Man beschäftigt die Leute mit Wettbewerben – wer am meisten Liedtexte auswendig kennt oder Hauptstädte aufzählen kann und dergleichen, man stopft ihnen den Kopf voll unverbrennbarer Tatsachen, bis sie sich zwar überladen, aber doch als ›Fundgrube von Wissen‹ fühlen. Dann glauben sie, denkende Menschen zu sein und vorwärtszukommen, ohne sich im Geringsten zu bewegen. Und sie sind glücklich, weil derlei Tatsachen keinem Wandel unterworfen sind. Es wäre verfehlt, ihnen so glitschiges

Zeug wie Philosophie oder Soziologie zu vermitteln, um Zusammenhänge herzustellen. Das führt nur zu seelischem Elend. Wer eine Fernsehwand auseinandernehmen und wieder zusammensetzen kann – und wer kann das heute nicht? –, der ist glücklicher als der, der das Weltall ausmessen und auf eine Formel bringen will, was nun einmal nicht möglich ist, ohne dass der Mensch dabei unmenschlich vereinsamt. Ich weiß Bescheid, ich hab's auch versucht, zum Teufel damit. Her mit den Clubs und Festen, den Akrobaten und Zauberkünstlern, den Rennwagen und Hubschraubern, her mit Sex und Drogen, mit allem, was automatische Reflexe auslöst. Wenn das Theaterstück schlecht ist, der Film schwach, das Hörspiel nichtssagend, dreh die Lautstärke höher. Ich bilde mir dann ein, ich hätte was von dem Stück, wo ich doch bloß vom Schall erschüttert bin. Mir ist es egal, ich will einfach nur unterhalten werden.«

Beatty stand auf. »Ich muss gehen. Der Vortrag ist zu Ende. Hoffentlich habe ich mich verständlich gemacht. Vergiss vor allem nicht, Montag, wir sind die Glückshüter, du und ich und die andern. Wir stellen uns den wenigen entgegen, die mit ihrem widersprüchlichen Dichten und Denken die Leute ins Unglück stürzen wollen. Wir schützen den Deich. Halte durch. Lass es nicht zu, dass die Welt mit Tiefsinn und Trübsal überschwemmt wird. Wir sind auf dich angewiesen. Ich glaube, du bist dir gar nicht bewusst, wie wichtig *du* bist, wie wichtig *wir* sind, um das Glück der heutigen Welt zu wahren.«

Beatty schüttelte Montag die schlaffe Hand. Montag saß immer noch da, als sei das Haus am Einstürzen, als dürfe er sich nicht bewegen. Mildred war verschwunden.

»Noch etwas«, sagte Beatty. »Mindestens einmal kommt jeder Feuerwehrmann ins Straucheln. Was *steht* eigentlich in den Büchern drin, fragt er sich. Ach, wenn man dieser Versuchung nachgeben könnte, wie? Nun, Montag, lass dir gesagt sein, ich musste zu meiner Zeit ein paar dieser Schmöker lesen, um zu wissen, woran ich war, und es steht *nichts* drin! Nichts, was man glauben oder lehren könnte. Sie handeln von Leuten, die es nie gab, von bloßen Hirngespinsten, sofern sie zur schönen Literatur gehören. Und die Fachliteratur ist noch schlimmer, da schilt ein Wissenschaftler den andern einen Esel, und jeder versucht, den andern niederzuschreien. Alle rennen sie durcheinander, löschen die Sterne aus und verdunkeln die Sonne. Man weiß nachher weder aus noch ein.«

»Ja, wenn nun also ein Feuerwehrmann zufällig, ganz unabsichtlich ein Buch mit nach Hause nimmt?«

In Montags Gesicht zuckte es. Die offene Tür schaute ihn mit leerem Blick an.

»Ein begreifliches Versehen. Bloße Neugier«, erwiderte Beatty. »Das nehmen wir nicht allzu tragisch. Wir lassen dem Mann das Buch für vierundzwanzig Stunden. Hat er es bis dahin nicht verbrannt, kommen wir einfach und verbrennen es an seiner Stelle.«

»Natürlich.« Montag hatte ein trockenes Gefühl im Mund.

»Nun, Montag, übernimmst du heute einen andern, späteren Dienst? Sehen wir dich vielleicht heute Abend?«

»Ich weiß nicht«, erwiderte Montag.

»Wie?« Beatty sah leicht befremdet aus.

Montag schloss die Augen. »Ich trete dann später an. Vielleicht.«

»Wir würden dich sehr vermissen«, bemerkte Beatty und steckte nachdenklich seine Pfeife in die Tasche.

Ich trete überhaupt nie wieder an, dachte Montag.

»Gute Besserung«, sagte Beatty noch.

Er wandte sich ab und ging durch die offene Tür hinaus.

Montag verfolgte durchs Fenster, wie Beatty davonfuhr mit dem funkelnden feuergelben Wagen.

Montag begann sich anzuziehen, wobei er unruhig im Zimmer umherwanderte. »Hast du gehört, was Beatty gesagt hat? Hast du zugehört? Er weiß Bescheid. Er hat recht. Glücklich sein ist alles. Jubel, Trubel, Heiterkeit. Und dabei saß ich die ganze Zeit da und dachte mir, ich bin nicht glücklich, ich bin nicht glücklich.«

»*Ich* schon.« Mildred strahlte. »Bin stolz darauf.«

»Es muss etwas geschehen«, erklärte Montag. »Was, weiß ich noch nicht. Aber es muss etwas Gewaltiges geschehen.«

»Ich habe es satt, mir dieses Zeug anzuhören«, bemerkte Mildred.

»Millie?« Er stockte. »Das ist dein Haus so gut wie meines. Ich finde es nur recht und billig, dass ich dir jetzt etwas sage. Ich hätte es schon längst tun sollen, aber ich habe es sogar vor mir selbst verheimlicht. Es ist etwas da, das du sehen sollst, etwas, das ich im Laufe eines Jahres beiseitegeschafft und versteckt habe, von Zeit zu Zeit, immer mal wieder, ich weiß selbst nicht warum, aber ich habe es getan und dir nichts davon gesagt.«

Er nahm einen Stuhl und schob ihn bedächtig in den Flur, in die Nähe der Haustür, stieg hinauf und stand einen Augenblick da wie eine Statue auf einem Sockel, während seine

Frau unten wartete. Dann griff er hinauf und zog die Klappe der Klimaanlage weg und griff nach rechts tief hinein, schob eine zweite Klappe zur Seite und holte ein Buch hervor. Ohne es anzusehen, ließ er es auf den Boden fallen. Dann griff er abermals hinauf und holte zwei Bücher hervor und ließ sie zu Boden fallen. Immer wieder griff er hinein und ließ Bücher fallen, kleine, größere, gelbe, rote, grüne. Als er fertig war, lagen etwa zwanzig Bücher zu Füßen seiner Frau.

»Es tut mir leid«, sagte er. »Ich habe mir nichts dabei gedacht. Und jetzt stecken wir gemeinsam in der Tinte.«

Mildred wich zurück, als sei plötzlich ein Rudel Mäuse aus einem Loch hervorgekommen. Er hörte, wie sie schnaufte, sie war ganz blass und machte große Augen. Zwei-, dreimal sagte sie seinen Namen. Dann bückte sie sich stöhnend nach einem Buch und lief damit zum Verbrennungsofen in der Küche.

Er holte sie ein und hielt sie trotz ihres Geschreis fest und obwohl sie sich mit Händen und Füßen wehrte.

»Nein, Millie, nein! Warte! Bitte! Du ahnst nicht… halt!« Er ohrfeigte sie, packte sie erneut und schüttelte sie.

Sie sagte seinen Namen und begann zu weinen.

»Millie, hör zu«, bat er. »Wenigstens einen Augenblick. Wir können nichts tun. Wir dürfen sie nicht verbrennen. Ich will mir die Bücher ansehen, sie mindestens einmal ansehen. Und dann, wenn das wahr ist, was der Hauptmann gesagt hat, wollen wir sie gemeinsam verbrennen, glaube mir, dann verbrennen wir sie. Du musst mir helfen.«

Sie lasen den langen Nachmittag hindurch, während ein kalter Novemberregen auf das stille Haus herabrauschte. Sie saßen im Flur, weil das Wohnzimmer leer und grau wirkte, nachdem die Wand ringsum nicht mehr in allen Farben schillerte, mit Frauen in goldenem Flitter und Männern in schwarzem Samt, die aus Zylinderhüten überlebensgroße Kaninchen hervorzauberten. Das Wohnzimmer war tot, und Mildred guckte immer wieder mit stumpfen Augen hinein, während Montag auf und ab ging und sich wieder hinkauerte und eine Seite bis zu zehnmal laut vorlas.

»›Es lässt sich nicht genau sagen, in welchem Augenblick eine Freundschaft entsteht. Wenn ein Gefäß tropfenweise gefüllt wird, kommt zuletzt ein Tropfen, der es zum Überfließen bringt, und ähnlich verhält es sich bei einer Reihe von Freundlichkeiten, wo zuletzt eine kommt, die das Herz zum Überfließen bringt.‹«

Montag saß da und lauschte auf den Regen.

»Verhielt es sich so mit dem Mädchen von nebenan? Ich wurde einfach nicht klug daraus.«

»Sie ist tot. Sprechen wir doch um Himmels willen von jemandem, der am Leben ist.«

Ohne seine Frau anzusehen, schritt Montag erregt durch den Flur in die Küche, wo er lange am Fenster stand und dem Regengeriesel an der Scheibe zuschaute; erst als sich sein Zittern gelegt hatte, kehrte er wieder in den dämmrigen Flur zurück.

Er schlug ein anderes Buch auf.

»›Lieblingsthema: Ich.‹«

Er schielte zur Wand hinüber. »›Lieblingsthema: Ich.‹«

»*Das* kann ich zumindest verstehen«, meinte Mildred.

»Aber bei Clarisse war es nicht das Lieblingsthema. Sie befasste sich am liebsten mit allen andern und mit mir. Sie war seit vielen Jahren der erste Mensch, den ich wirklich gern hatte. Sie war der erste Mensch, der sich ernsthaft mit mir abgab.« Er hob die beiden Bücher empor. »Die Verfasser hier sind schon lange tot, aber für mich führen ihre Worte von dieser oder der anderen Seite zu Clarisse.«

Draußen vor der Haustür, im Regen, ein leises Kratzen.

Montag erstarrte. Er sah, wie Mildred sich gegen die Wand warf und nach Luft rang.

»Jemand – die Tür – warum meldet es die Türstimme nicht.«

»Ich habe sie abgestellt.«

Unter der Türschwelle ein behutsames Schnüffeln, ein elektrischer Hauch.

Mildred lachte erlöst. »Es ist ja nur ein Hund. Soll ich ihn verscheuchen?«

»Rühr dich nicht vom Fleck!«

Stille. Das Rauschen des kalten Regens. Und unter der Türschwelle der Geruch von blauem Strom.

»Machen wir uns wieder an die Arbeit«, sagte Montag ruhig.

Mildred stieß ein Buch mit dem Fuß weg. »Bücher sind keine Menschen. Du liest vor, aber wenn ich mich umschaue, ist *niemand* da!«

Er blickte zum Wohnzimmer, das tot und grau war wie die Gewässer eines Meeres, in dem es sofort von Lebewesen wimmeln würde, sobald man die elektronische Sonne einschaltete.

»Meine ›Familie‹ dagegen«, sagte Mildred, »besteht aus Leuten. Sie erzählen mir was, ich lache, *sie* lachen mit. Und dann die Farben!«

»Ja, ich weiß.«

»Und außerdem, wenn Hauptmann Beatty Wind bekäme von diesen Büchern –« Sie malte sich die Folgen aus. Erstaunen stand ihr auf die Stirn geschrieben und dann Entsetzen. »Er könnte kommen und das Haus niederbrennen und die ›Familie‹. Das wäre ja furchtbar. Denk doch, wie viel Geld wir da hineingesteckt haben. Warum soll ich Bücher lesen? *Wozu?*«

»Wozu! Warum!«, rief Montag. »Möchtest du nicht das Haus besichtigen, das vorige Nacht in Flammen aufging? Die Asche durchkämmen nach den Knochen der Frau, die ihr eigenes Haus in Brand steckte? Und Clarisse McClellan, wo finden wir sie? Im Leichenhaus! Horch!«

Die Bomber durchkreuzten den Luftraum über dem Haus, immer wieder, röchelnd, raunend, pfeifend, wie ein riesiger unsichtbarer Ventilator, in der Leere kreisend.

»Herrgott«, rief Montag. »Stunde um Stunde immer diese Dinger am Himmel. Wie zum Henker sind denn diese Bomber eigentlich dort hinaufgekommen, ohne dass jemand ein Wort darüber verliert? Nicht einen Augenblick ist Ruhe. Zwei Atomkriege haben wir entfesselt und gewonnen. Ist es, weil wir so viel Spaß haben in unserem Lande, dass wir nicht mehr an die Welt denken? Weil die übrige Welt so arm ist wie wir reich, und kein Mensch sich drum schert. Es gibt Gerüchte, die Welt sei am Verhungern, aber wir sind wohlgenährt. Ist es wahr, dass sich in der Welt draußen die Menschen abschuften, während wir für das Vergnügen leben? Ist das der Grund, warum wir so verhasst sind? Ich habe von Zeit zu Zeit von diesem Hass gehört, im Laufe der Jahre. Weißt *du* etwa, warum? *Ich* weiß es jedenfalls nicht. Vielleicht helfen die Bücher uns halbwegs aus dem Dunkel. Sie könnten verhindern, dass wir *immer wieder* dieselben unsinnigen Fehler machen. Die idiotischen Brüder auf deiner Wohnzimmerwand habe ich allerdings noch nie davon reden hören. Eine Stunde, zwei Stunden mit diesen Büchern, wer weiß ...«

Das Telefon klingelte. Mildred stürzte an den Apparat. »Anna!« Sie lachte. »Ja, heute Abend läuft der Weiße Clown!«

Montag ging in die Küche und warf das Buch hin. »Montag«, sagte er, »du bist wirklich dumm. Was fangen wir jetzt an? Liefern wir die Bücher ab, vergessen wir das Ganze?« Er schlug das Buch auf, um zu lesen, während Mildreds Gelächter an sein Ohr drang.

Arme Millie, dachte er. Armer Montag, du kannst damit auch nichts anfangen. Aber wo findest du Hilfe, wo findet sich jetzt noch ein Lehrer?

Halt. Er schloss die Augen. Ach ja, natürlich. Wieder fiel ihm unwillkürlich der grüne Park ein. In letzter Zeit war ihm oft der Gedanke daran gekommen, aber jetzt sah er deutlich vor sich, wie es zugegangen war damals vor einem Jahr im Stadtpark, als er den alten Mann im schwarzen Anzug dabei ertappt hatte, wie er rasch etwas wegsteckte.

... Der Alte sprang auf, als wollte er davonlaufen. Montag sagte: »Warten Sie!«

»Ich habe nichts getan!«, rief der Greis zitternd.

»Hat auch niemand behauptet.«

Ohne ein Wort zu sprechen, hatten sie eine Weile in dem sanften grünen Licht gesessen, und dann machte Montag eine Bemerkung über das Wetter, und der Alte gab leise

Antwort. Es war eine seltsam stille Begegnung. Der Greis machte kein Hehl daraus, früher Professor für englische Literatur gewesen zu sein, ehe er vor vierzig Jahren auf die Straße gesetzt wurde, als die letzte philosophische Fakultät mangels Zuspruch ihre Pforten schloss. Er hieß Faber, und als er schließlich seine Furcht vor Montag verlor, sprach er mit einer melodischen Stimme, den Blick auf den Himmel, die Bäume, den grünen Park gerichtet, und als eine Stunde verstrichen war, sagte er etwas zu Montag, und Montag ahnte, dass es ein reimloses Gedicht war. Dann wurde der alte Mann noch mutiger, und er sagte noch etwas, und wiederum war es ein Gedicht. Faber hielt die Hand über seine linke Jackentasche, als er behutsam die paar Worte sprach, und Montag wusste, wenn er die Hand ausstreckte, könnte er dem Mann einen Band Gedichte aus der Tasche ziehen.

Allein, er streckte die Hand nicht aus, er behielt sie auf den Knien, ganz klamm geworden und nutzlos. »Ich spreche nicht über Dinge«, erklärte Faber. »Ich spreche über den Sinn der Dinge. Ich sitze hier und *weiß*, dass ich am Leben bin.«

Das war alles, was es damit auf sich hatte. Eine Stunde einseitigen Gesprächs, ein Gedicht, eine Erklärung, und dann, ohne darauf anzuspielen, dass Montag bei der Feuerwehr war, schrieb ihm der Greis mit zittriger Hand seine Adresse auf. »Für Ihre Kartei«, bemerkte er, »falls Sie davon Gebrauch machen wollen.«

»Ich habe nichts gegen Sie«, sagte Montag verblüfft.

Mildred kam am Telefon aus dem Lachen nicht heraus.

Montag ging zum Schlafzimmerschrank und suchte in

seiner Kartei nach der Überschrift: KÜNFTIGE UNTERSUCHUNGEN. Fabers Name stand hier. Er hatte ihn nicht angezeigt und auch nicht gestrichen.

An einem Nebenanschluss wählte er Fabers Nummer. Der Apparat am andern Ende rief ein dutzendmal Fabers Namen, ehe der Professor sich mit dünner Stimme meldete. Montag nannte seinen Namen, und ein längeres Schweigen trat ein. »Ja, Mr. Montag?«

»Professor, ich habe eine etwas ausgefallene Frage an Sie. Wie viele Exemplare der Bibel gibt es noch im ganzen Lande?«

»Wovon reden Sie eigentlich?«

»Ich möchte wissen, ob überhaupt noch irgendwelche Exemplare vorhanden sind.«

»Sie wollen mir eine Falle stellen! Ich kann doch nicht irgendjemandem am Telefon Auskunft geben!«

»Wie viele Exemplare von Shakespeares Werken, von Plato?«

»Kein einziges! Sie wissen es so gut wie ich. Kein einziges!«

Faber hängte auf.

Montag legte den Hörer hin. Nicht ein einziges. Die Tatsache war ihm natürlich bekannt, es ging aus den Verzeichnissen auf der Feuerwache hervor. Aber aus irgendeinem Grund hatte er es von Faber selbst hören wollen.

Draußen im Flur stand Mildred in freudiger Erregung.

»Meine Freundinnen kommen herüber!«

Montag zeigte ihr ein Buch. »Das hier ist das Alte und Neue Testament, und –«

»Fang bloß nicht wieder damit an!«

»Es ist vielleicht das letzte Exemplar in unserem Erdteil.«

»Du musst es doch bis heute Abend abliefern? Beatty *weiß* doch, dass du es hast.«

»Ich glaube nicht, dass er weiß, welches Buch ich unterschlagen habe. Aber womit soll ich es ersetzen? Soll ich Jefferson abliefern? Oder lieber Thoreau? Welches ist am wenigsten wert? Wenn ich es durch ein anderes ersetze, und Beatty weiß, welches ich habe mitgehen lassen, dann kann er sich ausrechnen, dass wir hier eine ganze Bibliothek haben!«

In Mildreds Gesicht zuckte es. »Siehst du jetzt, was du angerichtet hast? Du wirst uns zugrunde richten! Was ist wichtiger, ich oder die Bibel da?« Ihre Stimme steigerte sich zu einem Kreischen; wie eine Wachspuppe saß sie da, die in ihrer eigenen Hitze zerschmilzt.

Er glaubte, Beattys Stimme zu hören. »Setz dich hin, Montag. Schau. Zart wie ein Blütenblatt. Zünde die erste Seite an, zünde die zweite Seite an. Jede wird zu einem schwarzen Schmetterling. Schön, wie? Zünde die dritte Seite an der zweiten an, und so fort, kettenrauchenderweise, Kapitel um Kapitel, all das abgeschmackte Zeug, was drinsteht, all die falschen Verheißungen, all die angelesenen Meinungen und abgedroschenen Weisheiten.« Da saß Beatty, leichten Schweiß auf der Stirn, am Boden verstreut ganze Schwärme schwarzer Falter, die in einem einzigen Gewitter umgekommen waren.

Mildred hörte ebenso rasch auf zu schreien, wie sie angefangen hatte. Montag hörte gar nicht hin. »Es bleibt uns nichts anderes übrig«, sagte er. »Bevor ich das Buch heute abliefere, muss ich irgendwie eine Abschrift machen lassen.«

»Du siehst dir doch den Weißen Clown an heute Abend, wenn Besuch kommt?«, rief Mildred.

Montag blieb unter der Tür stehen, mit dem Rücken gegen seine Frau. »Millie?«

Eine Pause. »Ja?«

»Millie? Liebt dich der Weiße Clown?«

Keine Antwort.

»Millie, liebt dich –« Er fuhr mit der Zunge über die Lippen. »Liebt dich deine ›Familie‹, liebt sie dich sehr, liebt sie dich von ganzem Herzen, Millie?«

Ihm war, als könne er sehen, wie verdutzt sie war.

»Was soll denn die alberne Frage?«

Am liebsten hätte er losgeheult, aber seine Augen blieben trocken.

»Wenn du draußen den Hund siehst«, sagte Millie, »gib ihm einen Tritt von mir.«

Er lauschte an der Tür und zögerte. Dann machte er auf und trat hinaus.

Es regnete nicht mehr; am klaren Abendhimmel ging eben die Sonne unter. Straße und Rasen und Vorbau waren verlassen. Er atmete auf und machte die Tür hinter sich zu.

Er fuhr mit der Untergrundbahn.

Ich bin ganz abgestumpft, dachte er. Wann hat dieses taube Gefühl eigentlich eingesetzt im Gesicht? Im Körper? Damals, als ich nachts gegen das Pillenfläschchen trat, als wäre es eine vergrabene Mine.

Diese Gefühllosigkeit wird sich geben, dachte er. Es wird einige Zeit dauern, aber ich schaffe es, oder Faber wird es für mich schaffen. Irgendjemand irgendwo wird mir wieder zu meinem früheren Gesicht und meinen früheren Händen verhelfen. Sogar das Lächeln, das alte eingebrannte Lächeln ist mir abhandengekommen. Es fehlt mir sehr.

Der Tunnel flog an ihm vorbei, gelbgekachelt, pechschwarz, gelbgekachelt, pechschwarz, Zahlen und Dunkelheit, noch mehr Dunkelheit, die sich immer weiter aufrechnete.

Als Kind hatte er einmal auf einer gelben Düne am Meer gesessen, mitten an einem blauen und heißen Sommertag, und hatte sich abgemüht, ein Sieb mit Sand zu füllen, weil irgendein grausamer Erwachsener gesagt hatte: »Füll dieses Sieb, und du kriegst einen Groschen!« Je schneller er einfüllte, umso schneller rann es mit heißem Gerieseln hinaus. Seine Hände waren müde, der Sand brannte, das Sieb war und blieb leer. Er saß da in der Sommerhitze und fühlte, wie ihm die Tränen lautlos übers Gesicht rannen.

Wie nun die U-Bahn ihn ruckweise durch die toten Keller der Stadt beförderte, kam ihm die furchtbare Erkenntnis jenes Sommertags wieder in den Sinn, und er senkte den Blick und bemerkte, dass er die Bibel aufgeschlagen in der Hand hielt. Es fuhren noch andere im selben Wagen, aber er hielt das Buch weiter in Händen und hatte plötzlich den törichten Einfall, wenn er schnell lese und alles lese, bliebe vielleicht etwas von dem Sand im Sieb. Er las, aber die Wörter rieselten durch, und er dachte, in ein paar Stunden stehst du vor Beatty und wirst das Ding aushändigen, kein Wort darf mir deshalb entgehen, jede Zeile muss im Gedächtnis haften. Ich will es selber schaffen.

Krampfhaft hielt er das Buch …

Posaunen schmetterten.

»Zanders Zahnpasta.«

Schweig, dachte Montag. Schauet die Lilien auf dem Felde.

»Zanders Zahnpasta.«

Sie arbeiten nicht –

»Zanders –«

Schauet die Lilien auf dem Felde, schweig doch, schweig!

»Zahnpasta!«

Er blätterte um, betastete die Seiten wie ein Blinder, fasste starren Blicks einzelne Buchstaben ins Auge.

»Zanders. Schreibt sich Z-A-N-«

Sie arbeiten nicht, auch spinnen sie nicht…

Ein Gerieseln heißen Sandes durch ein leeres Sieb.

»Zanders wirkt Wunder!«

Schauet die Lilien, die Lilien, die Lilien…

»Zanders Zahnpulver.«

»Schweig, schweig, schweig!« Es war ein so flehentlicher Schrei, dass die Mitfahrenden ihn entsetzt anstarrten und vor dem Mann zurückwichen, der aufgesprungen war, dem Mann mit dem irren, verquollenen Gesicht, der Sinnloses hervorstieß und ein flatterndes Buch in der Hand hielt. Die Mitfahrenden, die einen Augenblick vorher dagesessen und mit dem Fuß gewippt hatten, im Takt mit Zanders Zahnpasta, Zanders zauberhaftem Zahnpulver, Zanders Zahnpasta, Zahnpasta, Zahnpasta, eins zwei, eins zwei drei, eins zwei, eins zwei drei. Die Leute, denen das Zahnpasta Zahnpasta Zahnpasta um die Lippen gezuckt hatte. Als Vergeltung für Montags Gehaben spie nun der Lautsprecher tonnenweise Musik aus, Musik aus Blech, Kupfer, Silber, Chrom und Messing. Die Leute wurden zermalmt, sie muckten nicht auf, sie konnten nicht davonlaufen; der Zug sauste durch den Schacht unter der Erde.

»Lilien auf dem Felde.«

»Zanders.«

»*Lilien,* hab ich gesagt!«

Die Leute machten große Augen.

»Holt den Zugführer.«

»Der Mann ist wohl nicht ganz –«

Fauchend kam der Zug zum Stehen.

Montag bewegte kaum die Lippen. »Lilien…«

Die Wagentür öffnete sich zischend. Montag erhob sich. Die Tür keuchte, begann, sich zu schließen. Erst da drängte er sich mit einem Satz an den Mitfahrenden vorbei, innerlich laut schreiend, und zwängte sich im letzten Augenblick durch die fast geschlossene Schiebetür. Er lief durch die weißgekachelten Tunnel, ohne die Rolltreppe zu beachten; er wollte Bewegung spüren in den Füßen, den schwingenden Armen, der keuchenden Lunge, das Gefühl der rauhen Luft in der Kehle. Aus der Ferne hallte es »Zanders Zanders Zanders«, der Zug zischte wie eine Schlange und verschwand in seine Höhle.

»Wer ist da?«

»Montag.«

»Was wünschen Sie?«

»Lassen Sie mich rein.«

»Ich habe nichts getan!«

»Ich bin allein, verdammt noch mal!«

»Können Sie das beschwören?«

»Ich schwöre es!«

Langsam ging die Haustür auf. Faber spähte durch den Spalt; er wirkte greisenhaft in dem Licht und äußerst zerbrechlich und verängstigt. Man hätte meinen können, er habe das Haus seit Jahren nicht mehr verlassen; er hob sich kaum ab von den weißen Gipswänden. Er war weiß um den Mund und die Wangen herum, und seine Haare waren weiß und seine Augen verblasst, mit Weiß in dem undeutlichen Blau. Dann fiel sein Blick auf das Buch, das Montag unter den Arm geklemmt hatte, und er sah nicht mehr so alt aus und nicht ganz so zerbrechlich. Allmählich fiel die Furcht von ihm ab.

»Verzeihen Sie. Man muss vorsichtig sein.«

Er wandte den Blick nicht von dem Buch unter Montags Arm ab. »Es ist also doch wahr.«

Montag trat ein. Die Tür ging zu.

»Nehmen Sie Platz.« Faber bewegte sich rückwärts, als fürchte er, das Buch könne sich verflüchtigen, wenn er es aus den Augen lasse. Hinter ihm stand die Tür zu einer Schlafkammer offen, und in diesem Zimmer lag auf einem Schreibtisch ein Gewirr von Maschinenteilen und Werkzeug verstreut. Montag sah es nur flüchtig, ehe sich Faber, durch seinen Blick aufmerksam geworden, umwandte und die Tür rasch zuzog und mit der Klinke in der zittrigen Hand stehen blieb. Unsicher sah er wieder zu Montag, der mit dem Buch auf dem Schoß Platz genommen hatte. »Das Buch, wo haben Sie –?«

»Ich habe es gestohlen.«

Zum ersten Mal sah ihm Faber in die Augen. »Sie haben Mut.«

»Nein«, wehrte Montag ab. »Meine Frau lebt nicht mehr

lange. Eine Freundin von mir ist bereits tot. Jemand, mit dem ich mich hätte befreunden können, wurde verbrannt, seitdem sind noch keine vierundzwanzig Stunden vergangen. Sie sind der Einzige, der mir helfen kann. Zu sehen. Zu sehen...«

Faber zuckte es in den Händen. »Darf ich?«

»Entschuldigung, natürlich.« Montag reichte ihm das Buch.

»Es ist lange her. Ich bin kein religiöser Mensch. Aber es ist schon lange her.« Faber blätterte um und las da und dort eine Stelle. »Es ist so gut, wie ich es in Erinnerung hatte. Du meine Güte, was hat man im Fernsehen daraus gemacht! Christus gehört heute zur ›Familie‹. Ich frage mich oft, ob Gott seinen eigenen Sohn wiedererkennt in der heutigen Verkleidung. Er ist jetzt ein richtiger Zuckerbursche, lauter Süßholz und Sacharin, wenn er nicht gerade verschleierte Andeutungen macht auf gewisse Marken, die jeder Gläubige zu seinem Seelenheil unbedingt braucht.« Faber steckte die Nase ins Buch. »Wissen Sie, dass Bücher nach Muskatnuss oder anderen exotischen Gewürzen riechen? Als Junge habe ich immer gerne daran geschnuppert. Gott, was gab es früher schöne Bücher, ehe wir davon abkamen.« Faber blätterte weiter. »Mr. Montag, Sie haben einen Feigling vor sich. Ich habe es kommen sehen, damals, vor langer Zeit, ohne aufzubegehren. Ich bin einer der Unschuldigen, die das Wort hätten ergreifen können, als man auf die ›Schuldigen‹ längst nicht mehr hörte, aber ich habe geschwiegen und bin so selber schuldig geworden. Und als man schließlich die Bücherverbrennung durch die Feuerwehr einführte, da habe ich mich murrend damit abgefunden; damals gab es nämlich schon niemand mehr, der mitgemurrt oder gar mitgeschrien hätte. Jetzt ist es zu spät.« Faber klappte die Bibel zu. »Nun – wollen Sie mir nicht sagen, was Sie hergeführt hat?«

»Kein Mensch hört mehr auf den andern. Mit den Wänden kann ich nicht reden, denn sie schreien mich an. Mit meiner Frau kann ich nicht reden; sie hört den Wänden zu. Ich brauche einen Zuhörer für das, was ich zu sagen habe. Wenn ich lange genug rede, ergibt es vielleicht einen Sinn. Und ich möchte von Ihnen lernen, wie man mit Verständnis liest.«

Faber musterte Montags schmales, blaubackiges Gesicht. »Wie ist denn das gekommen? Was hat Ihnen die Feuerfackel aus der Hand geschlagen?«

»Ich weiß es nicht. Wir haben alles, was wir brauchen, um glücklich zu sein, aber wir sind es nicht. Etwas fehlt. Ich habe mich umgesehen. Das Einzige, von dem ich mit Bestimmtheit wusste, dass es uns abhandengekommen ist, das sind die Bücher, die ich in den letzten zehn, zwölf Jahren verbrannt habe. So kam ich auf den Gedanken, es seien vielleicht die Bücher, die uns fehlen.«

»Sie sind ein hoffnungsloser Schwärmer«, erwiderte Faber. »Es wäre komisch, wenn es nicht lebensgefährlich wäre. Was Sie brauchen, sind nicht Bücher, sondern einiges von dem, was einst in Büchern stand. Es könnte auch auf den Fernsehwänden stehen. Derselbe wache Sinn könnte sich auch durch Rundfunk und Fernsehen mitteilen, tut es aber nicht. Nein, nein, es sind nicht Bücher, was Sie suchen. Sie finden es ebenso gut in alten Schallplatten, alten Filmen und in alten Freunden, Sie finden es in der Natur und in Ihrem Innern. Bücher sind nicht die einzigen Behälter, in die wir Dinge eingelagert haben, die wir zu vergessen fürchteten. An sich haben sie gar nichts Magisches. Ihre Zauberkraft beruht auf dem, was darin steht, in der Art, wie darin aus Fetzen des Universums ein Gewand für uns genäht wurde. Natürlich konnten Sie das nicht wissen, natürlich verstehen Sie auch jetzt noch nicht, was ich damit meine. Gefühlsmäßig aber haben Sie recht, und darauf kommt es an. Es sind drei Dinge, die uns abhandengekommen sind. Erstens: Wissen Sie, warum Bücher wie dieses hier so wichtig sind? Weil sie Qualität haben. Und was heißt das? Für mich besteht sie im Gefüge eines Buches. Dieses Buch hier hat Poren. Es hat ein Gesicht, man kann es unter die Lupe nehmen und Leben in unendlicher Fülle darin entdecken. Je mehr Poren, je mehr wahrheitsgemäß festgehaltene, lebendige Einzelzüge man auf den Quadratzentimeter beschriebenen Papiers kriegt, umso mehr gehört man zur ›Literatur‹. Das ist jedenfalls meine Auffassung. Bedeutsame Details. Frische Beobachtungen. Die guten Schriftsteller rühren oft ans Leben. Die mittelmäßigen streifen es flüchtig. Die schlechten vergewaltigen es und überlassen es den Schmeißfliegen. Sehen Sie nun, warum Bücher gehasst und gefürchtet werden? Sie zeigen das Gesicht des Lebens mit all seinen Poren. Der Spießbürger will aber nur wächserne Mondgesichter ohne Poren, ohne Haare, ohne Ausdruck. Wir leben in einer Zeit, wo die Blumen sich von Blumen nähren wollen statt von gutem Regen und guter schwarzer Erde. Selbst ein Feuerwerk, so hübsch es ist, stammt aus der Chemie der Erde. Und da glauben wir, von Blumen und Feuerwerk leben zu können, ohne auf die Wirklichkeit zurückzukommen. Kennen Sie die Sage von Herakles und Anteus, dem riesigen Ringkämpfer, dessen Kraft unerhört war, solange er mit beiden Füßen auf der Erde stand. Erst als er von Herakles in die Luft gehoben wurde, kam er, entwurzelt, ums Leben. Wenn an dieser Sage nicht etwas ist, das uns angeht, hier und heute, dann weiß ich überhaupt nichts. Das wäre also das Erste, was uns fehlt. Qualität, gehaltvolle Aussagen.«

»Und das Zweite?«

»Muße.«

»Aber wir haben doch eine Menge Freizeit.«

»Freizeit, ja. Aber Zeit, um nachzudenken? Wenn man nicht mit hundertfünfzig an Klippen entlangrast und man an nichts als an die Lebensgefahr zu denken vermag, dann treibt man irgendeinen Sport oder sitzt in seinen vier Fernsehwänden, mit denen sich schlecht streiten lässt. Warum? Das Fernsehen ist ›Wirklichkeit‹, es drängt sich auf, es hat Dimensionen. Es bleut einem ein, was man zu denken hat. Es muss ja recht haben; denn es scheint richtig zu sein. Es reißt einen so unaufhaltsam mit, wohin immer es will, dass man gar nicht dazu kommt, gegen den traurigen Unsinn aufzubegehren.«

»Nur die ›Familie‹ gilt als ›Welt‹.«

»Wie bitte?«

»Meine Frau behauptet, Bücher hätten keine Wirklichkeit.«

»Gott sei Dank, man kann sie zumachen, kann sagen ›wart einen Augenblick‹. Man gebietet unumschränkt über sie. Wer hingegen hat sich je vom Fernsehzimmer losreißen können, wenn er einmal in seine Umklammerung geraten ist? Es macht aus einem, was ihm gefällt. Es ist eine Umwelt, so wirklich wie die Welt selbst. Sie wird und ist dann wahr. Bücher können verstandesmäßig widerlegt werden, aber bei all meinem Wissen und all meiner Skepsis war ich noch nie imstande, einem hundertköpfigen Symphonieorchester gegenüber zu Wort zu kommen, noch dazu in Farben und 3-D-Raumklang, und allem anderen in diesen unglaublichen vier Wänden. Wie Sie sehen, besteht mein Wohnzimmer nur aus vier Gipswänden. Und dem hier.« Er hielt zwei kleine Gummistöpsel hoch. »Für meine Ohren, wenn ich mit der U-Bahn fahre.«

»Zanders Zahnpasta; sie arbeiten nicht, auch spinnen sie nicht«, bemerkte Montag mit geschlossenen Augen. »Wie kommen wir da je wieder raus? Könnten uns Bücher nicht dabei helfen?«

»Nur wenn das dritte Erfordernis gegeben wäre. Das erste war, wie gesagt, Qualität der Aussage. Das zweite, Muße, sie innerlich zu verarbeiten. Und drittens: das Recht, nach dem zu handeln, was sich uns aus dem Zusammenwirken der ersten beiden Dinge erschließt. Und ich glaube kaum, dass ein Greis und ein abtrünniger Feuerwehrmann zu diesem vorgerückten Zeitpunkt noch viel ausrichten werden...«

»Ich kann Bücher beschaffen.«

»Sie bringen sich in Gefahr.«

»Das ist das Gute am Sterben; wenn man nichts mehr zu verlieren hat, scheut man keine Gefahr mehr.«

»Sehen Sie«, lachte Faber, »da haben Sie etwas Bemerkenswertes gesagt, ohne es irgendwo gelesen zu haben.«

»Steht so etwas in den Büchern? Es ist mir einfach in den Sinn gekommen.«

»Umso besser, dann ist es nicht aufgesetzt, weder für mich oder sonst jemanden, nicht einmal für Sie selber.«

Montag beugte sich vor. »Heute Nachmittag kam mir der Gedanke, wenn an den Büchern *wirklich* etwas dran sein sollte, könnten wir uns eine Druckerpresse besorgen und weitere Exemplare herstellen –«

»Wir?«

»Sie und ich.«

»Ohne mich!« Fabers Haltung versteifte sich.

»Hören Sie doch meinen Plan –«

»Noch ein Wort, und ich muss Sie bitten, mein Haus zu verlassen.«

»Wäre es denn nichts für *Sie*?«

»Nicht wenn Sie anfangen, Reden zu führen, die mich auf den Scheiterhaufen bringen können. Zuhören könnte ich Ihnen *höchstens*, wenn Sie mir eine Möglichkeit zeigen, die Feuerwehr überhaupt loszuwerden, wenn Sie zum Beispiel meinen, wir sollten Bücher drucken, um sie im ganzen Land in die Wohnungen der Feuerwehrleute einzuschmuggeln und unter den Brandstiftern Zwietracht zu säen, da würde ich Beifall klatschen!«

»Die Bücher einschmuggeln, Anzeige erstatten und die Häuser der Feuerwehrleute in Flammen aufgehen sehen, ist es das, was Ihnen vorschwebt?«

Faber machte erstaunte Augen, als sehe er einen ganz neuen Menschen vor sich. »Ich habe nur Spaß gemacht.«

»Wenn Sie finden, es lohne sich, müsste ich es Ihnen aufs Wort glauben.«

»Dass so etwas funktioniert, lässt sich nie garantieren! Schließlich *hatten* wir einst Bücher genug und mussten doch den Sprung in die Tiefe tun. Aber wir könnten eine Verschnaufpause brauchen. Wir könnten etwas Weisheit brauchen. Und dann, in tausend Jahren, springen wir vielleicht nicht mehr so tief. Die Bücher sind dazu da, uns in Erinnerung zu rufen, was für Esel und Dummköpfe wir sind; sie versehen bei uns den Dienst derjenigen, die Caesar auf einem Triumphzug zuraunen mussten: ›Vergiss nicht, Caesar, dass du sterblich bist.‹ Die wenigsten von uns können reisen, mit jedermann sprechen, alle Städte der Welt kennen, dazu haben wir weder Zeit, Geld noch Freunde genug. Was Sie suchen, Montag, findet sich auf der Welt, aber der Durchschnittsmensch bekommt neunundneunzig von hundert Dingen überhaupt nie zu sehen, höchstens in Büchern. Fragen Sie nicht nach Sicherheit. Und rechnen Sie nicht damit, Ihr Seelenheil in einer einzigen Sache, Person, Maschine oder Bibliothek zu finden. Machen Sie Ihr Seelenheil mit sich selber ab, und wenn Sie dabei untergehen, geschieht es wenigstens im Bewusstsein, den rettenden Strand angesteuert zu haben.«

Faber stand auf und begann, das Zimmer zu durchschreiten.

»Nun?«, fragte Montag.

»Ist es Ihnen ganz und gar ernst damit?«

»Ganz und gar.«

»Es ist ein heimtückischer Plan, ich muss schon sagen.« Faber warf einen ängstlichen Blick zum Schlafzimmer. »Die Häuser der Feuerwehrleute im ganzen Land in Flammen zu sehen, zerstört als Brutstätten des Hochverrats. Der Salamander beißt sich in den Schwanz. Herrgott noch mal!«

»Ich besitze ein Verzeichnis der Wohnungen sämtlicher Feuerwehrleute. Mit einer Art Untergrundbewegung –«

»Man kann niemandem mehr trauen, das ist es ja! Sie und ich, wir stecken die Häuser in Brand, und wer noch?«

»Gibt es denn keine Dozenten wie Sie, ehemalige Schriftsteller, Historiker, Sprachwissenschaftler …?«

»Tot oder uralt.«

»Je älter, desto besser, dann bleiben sie unbeachtet. Sie kennen doch Dutzende, geben Sie es nur zu!«

»Ach, es gäbe schon genügend Schauspieler, die seit Jahren in keinem Pirandello oder Shaw oder Shakespeare mehr aufgetreten sind, weil deren Stücke einen allzu wachen Sinn verraten. Wir könnten uns ihren Unmut zunutze machen. Und auch den ehrlichen Zorn der Historiker, die seit vierzig Jahren keine Zeile mehr geschrieben haben. Wir könnten anfangen, die Leute im Denken und Lesen zu schulen.«

»Ja!«

»Aber damit würde höchstens ein Rand angekratzt. Unsere ganze Kultur ist von innen heraus verseucht. Das Gerüst muss umgeschmolzen werden. Du lieber Himmel, es genügt nicht, ein Buch wieder aufzuheben, wo man es vor einem halben Jahrhundert hingelegt hat, so einfach ist die Sache nicht. Bedenken Sie doch, dass es der Feuerwehr kaum bedarf. Die Leute haben von selbst aufgehört zu lesen. Ihr von der Feuerwehr sorgt ab und zu für ein Volksspektakel, indem ihr Häuser in Brand steckt, aber das ist nur ein Flohzirkus. Es ginge wohl auch ohne euch. Die aufrührerischen Gemüter sind so gut wie ausgestorben. Und von den wenigen, die es noch gibt, sind die meisten Feiglinge wie ich. Können Sie besser tanzen als der Weiße

Clown, lauter schreien als Mr. Gimmick und die Fernsehfamilien? Nur wenn Sie das können, werden Sie sich durchsetzen, Montag. Ein Narr sind Sie auf jeden Fall. Die Leute haben doch ihr Vergnügen.«

»Als Mörder und Selbstmörder!«

Ein Bombengeschwader war nach Osten geflogen, während die beiden ihr Gespräch führten; erst jetzt hielten sie inne und horchten, aufgewühlt von dem Getöse.

»Geduld, Montag. Mag der Krieg die ›Familien‹ abstellen. Unsere Kultur reißt sich selbst in Stücke. Nur weg vom Teufelsrad!«

»Jemand muss bereitstehen, wenn alles in die Luft geht.«

»Wie? Menschen, die Milton zitieren? Menschen, die sagen, sie wüssten noch von Sophokles? Die die Überlebenden daran erinnern, dass der Mensch auch seine gute Seite hat? Die Leute werden sich nur gegenseitig mit Steinen den Schädel einwerfen. Montag, gehen Sie nach Hause. Gehen Sie zu Bett. Warum wollen Sie Ihre letzten Stunden im Käfig damit zubringen, dass Sie sich einreden, Sie seien kein Eichhörnchen?«

»Dann liegt Ihnen also nichts daran?«

»Mir liegt so viel daran, dass mir schon ganz elend ist.«

»Und da wollen Sie mir nicht helfen?«

»Gute Nacht, gute Nacht.«

Montags Hand griff nach der Bibel. Er merkte, was die Hand getan hatte und schien verblüfft.

»Würden Sie das hier gerne Ihr Eigen nennen?«

»Ich gäbe meinen rechten Arm dafür.«

Montag stand da und wartete darauf, was als Nächstes geschah. Seine Hände hatten sich selbständig gemacht und begannen, die Seiten aus dem Buch herauszureißen, zuerst das Vorsatzpapier und dann die erste Seite und dann die zweite.

»Was tun Sie denn, Sie Idiot!« Faber sprang auf, als hätte er eine Ohrfeige bekommen. Er stürzte sich auf Montag, doch dieser wehrte ihn ab und ließ seine Hände weitermachen. Noch sechs Seiten flatterten zu Boden. Er hob sie auf und zerknüllte sie unter Fabers Augen.

»Nicht, bitte nicht!«, flehte der Greis.

»Wer kann mich daran hindern? Ich bin von der Feuerwehr. Ich kann Sie verbrennen!«

Faber sah ihn an. »Das dürfen Sie nicht tun.«

»Ich könnte es.«

»Das Buch, meine ich. Reißen Sie nicht noch mehr heraus.« Faber sank auf einen Stuhl, kreideweiß im Gesicht, mit bebenden Lippen. »Ich ertrage nicht mehr viel. Was verlangen Sie von mir?«

»Ich brauche Sie als Lehrer.«

»Meinetwegen, meinetwegen.«

Montag legte das Buch nieder. Er fing an, das zerknüllte Papier auseinanderzuklauben und glattzustreichen, während der Alte ihm erschöpft zuschaute.

Faber schüttelte den Kopf, als erwache er aus einem Traum.

»Montag, haben Sie Geld?«

»Ein wenig. Vierhundert, fünfhundert Dollar. Warum?«

»Bringen Sie es mir. Ich kenne jemanden, der vor fünfzig Jahren unsere Universitätszeitung gedruckt hat. Das war damals, als ich zu Beginn des neuen Semesters nur einen Studenten vorfand in meiner Vorlesung über das Drama von Aischylos bis O'Neill. Sehen Sie? Es war, wie wenn eine schöne Statue aus Eis an der Sonne dahinschmilzt. Ein großes Zeitungssterben hatte damals eingesetzt. Niemand trauerte ihnen nach, niemand vermisste sie. Und dann merkte die Regierung, wie vorteilhaft es ist, wenn die Leute nichts anderes lesen als *Leidenschaftliche Lippen* und die *Faust in der Fresse*, und tat ein Übriges, indem sie die Feuerwehr umformte. Da wäre also dieser arbeitslose Buchdrucker. Wir könnten vorerst ein paar Bücher herstellen und darauf bauen, dass der Krieg alles aus dem Rahmen wirft und uns den nötigen Auftrieb gibt. Ein paar Bomben, und die ›Familien‹ an den Zimmerwänden werden sich verkriechen! In der Stille, die dann entsteht, könnte man unsere Stimme hören.«

Beide standen sie da und betrachteten das Buch auf dem Tisch.

»Ich wollte es mir einprägen«, bemerkte Montag. »Aber alles ist im Handumdrehen wieder weg. Herrgott, ich muss doch etwas haben, um dem Hauptmann die Stirn zu bieten. Er ist belesen und nie um eine Antwort verlegen. Seine Stimme ist sanft wie Butter. Ich fürchte, er wird mich wieder rumkriegen. Schließlich ist es noch keine Woche her, dass ich die Kerosinspritze in der Hand hatte und dachte: Was für ein Mordsspaß!«

Der Alte nickte. »Wer nicht aufbaut, muss niederbrennen. Das ist eine alte Geschichte, so alt wie die Menschheit und jugendliche Missetäter.«

»Ach, zu denen gehöre ich also.«

»Etwas davon steckt in jedem von uns.«

Montag wandte sich zum Gehen. »Können Sie mir irgendwie helfen, heute Abend beim Feuerwehrhauptmann? Ich brauche einen Schirm, um das Unwetter abzuhalten. Sonst ersaufe ich noch, wenn er mich wieder kriegt.«

Faber erwiderte nichts, er sah bloß wieder ängstlich nach der Schlafzimmertür. Montag fing den Blick auf.

»Also?«

Der Alte holte tief Atem, hielt ihn an und ließ ihn entweichen. Er schöpfte nochmals Atem, mit zusammengepressten Lidern und Lippen, und atmete zuletzt aus. »Montag...«

Schließlich wandte er sich um und sagte: »Kommen Sie. Beinahe hätte ich Sie gehen lassen. Ich bin und bleibe ein Feigling.«

Er machte die Tür zur Schlafkammer auf und führte Montag in eine kleine Werkstatt. Auf einem Tisch lagen Werkzeuge inmitten eines Durcheinanders von winzigen Haardrähten, Spulen und Kristallen.

»Was ist das?«, fragte Montag.

»Der Beweis meiner schrecklichen Feigheit. Ich bin so lange Jahre allein gewesen mit den Bildern, die meine Phantasie an die Wand warf. Kurzwellensender zu basteln ist mein Hobby. Meine Feigheit hat dermaßen von mir Besitz ergriffen, als Ergänzung zu dem aufrührerischen Geist, der in ihrem Schatten lebt, dass ich mich genötigt sah, *das* hier zu erfinden.«

Er hob einen kleinen metallisch-grünen Gegenstand auf, nicht größer als eine Revolverpatrone.

»Bezahlt habe ich das alles – womit? Indem ich an der Börse spekulierte, natürlich. Die letzte Zuflucht des gefährlichen Intellektuellen, der keine Arbeit hat. So habe ich denn all das zusammengebastelt und gewartet. Ein halbes Leben lang habe ich darauf gewartet, dass mich jemand anspricht. Selbst traute ich mich nicht, jemanden anzusprechen. Damals im Park, als wir beieinandersaßen, wusste ich, dass Sie eines Tages vorbeikommen würden, mit Feuer oder Freundschaft, je nachdem. Das kleine Ding da liegt seit Monaten bereit. Und doch hätte ich Sie beinahe gehen lassen, Angsthase, der ich bin.«

»Es sieht aus wie eine Radiomuschel.«

»Und noch mehr! Sender und Empfänger in einem! Wenn Sie es ins Ohr stecken, Montag, kann ich bequem zu Hause sitzen, meine morschen Knochen wärmen und ohne Gefahr abhören, was in der Welt der Feuerwehrleute geschieht, kann ihre Schwachpunkte herausfinden. Ich bin die Bienenkönigin im sicheren Stock. Sie werden die Arbeitsbiene sein, das wandernde Ohr. Zu guter Letzt kann ich Ohren in alle Stadtteile ausstrecken, in Gestalt verschiedener Träger, und verwerten, was mir zu Gehör kommt. Wenn den Arbeitsbienen etwas zustößt, sitze ich Feigling immer noch wohlbehalten zu Hause und verbinde ein Höchstmaß an Bequemlichkeit mit einem Mindestmaß an Gefahr. Sehen Sie, wie ich mich gesichert habe, wie verächtlich ich bin?«

Montag schob das grüne Zäpfchen ins Ohr. Der Greis steckte sich einen ähnlichen Gegenstand ins Ohr und bewegte die Lippen.

»Montag.«

Die Stimme tönte in Montags Kopf.

»Ich kann Sie *hören*!«

Faber lachte. »Ich empfange Sie ebenfalls tadellos!«,

sagte er leise, aber die Stimme in Montags Kopf war klar und deutlich. »Gehen Sie zur Feuerwache, wenn es Zeit ist. Ich werde bei Ihnen sein. Wir wollen uns diesen Hauptmann Beatty gemeinsam anhören. Vielleicht ist er einer der unsern, wer weiß. Ich flüstere Ihnen ein, was Sie entgegnen können. Wir werden ihm eine perfekte Show liefern. Hassen Sie mich wegen dieser elektronischen Feigheit? Da jage ich Sie nun in die Nacht hinaus, während ich in Deckung bleibe und mit meinen verfluchten Ohrkapseln horche, ob Ihnen der Kopf abgehauen wird.«

»Jeder tut das Seine«, meinte Montag. Er drückte dem alten Mann die Bibel in die Hand. »Da! Ich ersetze das Buch durch ein anderes und lasse es darauf ankommen. Morgen...«

»...spreche ich mit dem arbeitslosen Buchdrucker; *das* zumindest kann ich tun.«

»Gute Nacht, Professor.«

»Nicht gute Nacht. Ich bin die ganze Nacht bei Ihnen, als Mückengesums in Ihrem Ohr, wenn Sie mich brauchen. Aber trotzdem, gute Nacht und viel Glück!«

Die Tür ging auf und wieder zu. Montag stand auf der Straße und hatte abermals die dunkle Welt vor sich.

Man konnte es in jener Nacht am Himmel ablesen, wie sich der Krieg zusammenbraute. Die Art, wie die Wolken sich verschoben, und wie das Sternenheer zwischen ihnen schwebte wie feindliche Geschosse, und die Ahnung, der Himmel könnte auf die Stadt herabstürzen und sie in Staub verwandeln, und der Mond könnte in rotes Feuer zerspringen, so war einem in jener Nacht zumute.

Montag kam aus der Untergrundbahn, mit dem Geld in der Tasche (er war bei der 24-Stunden-Bank mit den Robotern am Schalter gewesen), und hörte im Gehen Nachrichten über die Radiomuschel im Ohr ... »Wir haben eine Million Mann an die Waffen gerufen. Ein schneller Sieg ist unser, wenn es zum Krieg kommt ...« Musik schwemmte die Stimme hinweg.

»Zehn Millionen Mann an den Waffen«, raunte Fabers Stimme in seinem andern Ohr. »Sprich eine Million. Die Leute hören es lieber.«

»Faber?«

»Ja?«

»Ich denke nicht selber, ich führe nur aus, was man mir sagt, wie immer. Sie sagten mir, dass ich das Geld holen soll, und ich hab's geholt. Selber wäre es mir nicht eingefallen. Wann fange ich an, mir selbst Gedanken zu machen?«

»Sie haben schon angefangen, indem Sie sagten, was Sie eben gesagt haben. Sie werden mir aufs Wort glauben müssen.«

»Den andern habe ich auch aufs Wort geglaubt!«

»Ja, und weit haben wir's dabei gebracht! Sie werden eine Zeitlang blind steuern müssen. Hier ist mein Arm, an dem Sie sich halten können.«

»Wenn ich zum Gegner überlaufe, will ich nicht nur tun, was man mir sagt. Sonst brauche ich gar nicht die Seiten zu wechseln.«

»Sie sind bereits weise!«

Wie von selbst bewegte sich Montag auf dem Gehsteig zu seinem Haus. »Reden Sie weiter.«

»Soll ich Ihnen etwas vorlesen? Ich lese Ihnen etwas, damit Sie es sich merken können. Ich brauche ohnehin nur fünf Stunden Schlaf und habe nichts zu tun. Wenn Sie wollen, lese ich Sie nachts in den Schlaf. Es heißt, Dinge blieben im Gedächtnis haften, wenn sie dem Schlafenden ins Ohr geflüstert werden.«

»Ja, bitte.«

»Also.« In weiter Ferne, vom andern Ende der Stadt her, das kaum hörbare Geräusch des Umblätterns. »Das Buch Hiob.«

Der Mond ging auf, während Montag dahinschritt, ein leises Zucken um die Lippen.

Nachweis

Jakob Arjouni (*8. Oktober 1964, Frankfurt a. M.)
»Das ist die Hölle!« (Titel von den Herausgebern). Aus: Jakob Arjouni, *Brudel Kemal*. Copyright © 2012 by Diogenes Verlag, Zürich

Honoré de Balzac (20. Mai 1799, Tours – 18. August 1850, Paris)
Verlorene Illusionen. Aus dem Französischen von Otto Flake. Auszug aus: Honoré de Balzac, *Verlorene Illusionen*. Copyright © 2007 by Diogenes Verlag, Zürich

Ray Bradbury (*22. August 1920, Waukegan/Illinois)
Der wunderbare Tod des Dudley Stone. Aus dem Amerikanischen von Jürgen Bauer und Alastair Ker. Aus: Ray Bradbury, *Familientreffen*. Copyright © 1986 by Diogenes Verlag, Zürich

Qualvolle Teilung. Aus dem Amerikanischen von Jürgen Bauer. Aus: Ray Bradbury, *Ausgewählte Erzählungen*. Copyright © 2008 by Diogenes Verlag, Zürich

Fahrenheit 451. Aus dem Amerikanischen von Fritz Güttinger. Aus: Ray Bradbury, *Fahrenheit 451*. Copyright © 1981, 2008 by Diogenes Verlag, Zürich

Anton Čechov (29. Januar 1860, Taganrog – 15. Juli 1904, Badenweiler)
Psst! Aus dem Russischen von Ada Knipper und Ger-

hard Dick. Die Übersetzungen erschienen erstmals im Rahmen der *Gesammelten Werke in Einzelbänden* bei Rütten & Loening, Berlin; Rütten & Loening ist eine Marke der Aufbau Verlag GmbH & Co. KG, Berlin. Copyright © 1965, 1966 Aufbau Verlag, Berlin

Miguel Cervantes (vermutlich 29. September 1547, Alcala de Henares –23. April 1616, Madrid)
Don Quixotes Bibliothek (Titel von den Herausgebern). Aus dem Spanischen von Ludwig Tieck. Auszug aus: Miguel Cervantes Saavedra, *Don Quixote von la Mancha*. Diogenes Verlag, Zürich 1987

Raymond Chandler (23. Juli 1888, Chicago –26. März 1959, La Jolla/Kalifornien)
Ein Schriftstellerpaar. Aus dem Amerikanischen von Hans Wollschläger. Aus: Raymond Chandler, *Die simple Kunst des Mordes*. Copyright © 1975 by Diogenes Verlag, Zürich

G. K. Chesterton (29. Mai 1874, London –14. Juni 1936, Beaconsfield)
Der Fluch des Buches. Aus dem Englischen von Kamilla Demmer. Aus: G. K. Chesterton, *Das schlimmste Verbrechen der Welt*. Diogenes Verlag, Zürich 2004

Paulo Coelho (*24. August 1947, Rio de Janeiro)
Von Büchern und Bibliotheken. Aus dem Brasilianischen von Maralde Meyer-Minnemann. Aus: Paul Coelho, *Sei wie ein Fluß, der still die Nacht durchströmt*. Copyright © 2006 by Diogenes Verlag, Zürich

Adam Davies (*1971, Louisville/Kentucky)
Unverlangt eingesandte Manuskripte (Titel von den Herausgebern). Aus dem Amerikanischen von Hans M.

Herzog. Auszug aus: Adam Davies, *Froschkönig*. Copyright © 2007 by Diogenes Verlag, Zürich

Andrea De Carlo (* 1. Dezember 1952, Mailand)
Zwei Exemplare derselben Gattung (Titel von den Herausgebern). Aus dem Italienischen von Renate Heimbucher. Auszug aus: Andrea De Carlo, *Techniken der Verführung*. Copyright © 1993 by Diogenes Verlag, Zürich

Philippe Djian (*3. Juni 1949, Paris)
Sechshundert Seiten. Aus dem Französischen von Michael Mosblech. Aus: Philippe Djian, *Krokodile*. Copyright © 1993 by Diogenes Verlag, Zürich

Doris Dörrie (*26. Mai 1955, Hannover)
Warum schreiben? Aus: Doris Dörrie, *Mitten ins Herz*. Copyright © 2004 by Diogenes Verlag, Zürich

Jessica Durlacher (*1961, Amsterdam)
Gute oder gewinnträchtige Bücher (Titel von den Herausgebern). Aus dem Niederländischen von Hanni Ehlers. Auszug aus: Jessica Durlacher, *Die Tochter*. Copyright © 2001 by Diogenes Verlag, Zürich

Friedrich Dürrenmatt (5. Januar 1921, Konolfingen – 14. Dezember 1990, Neuchâtel)
Nächtliches Gespräch mit einem verachteten Menschen. Aus: Friedrich Dürrenmatt, *Nächtliches Gespräch mit einem verachteten Menschen*. Copyright © 1998 by Diogenes Verlag, Zürich

F. Scott Fitzgerald (24. September 1896, St. Paul/Minnesota – 21. Dezember 1940, Hollywood)
Nachmittag eines Schriftstellers. Aus dem Amerikanischen von Melanie Walz. Aus: F. Scott Fitzgerald, *Der*

letzte Kuss. Copyright © 2009 by Diogenes Verlag, Zürich

Gustave Flaubert (12. Dezember 1821, Rouen – 8. Mai 1880, Canteleu)
Bibliomanie. Aus dem Französischen von Traugott König. Aus: Gustave Flaubert, *Leidenschaft und Tugend.* Copyright © 2005 by Diogenes Verlag, Zürich

René Goscinny (14. August 1926, Paris – 5. November 1977, ebenda)
Im Rampenlicht. Aus dem Französischen von Hans Georg Lenzen. Aus: René Goscinny, *Ruhe, ich esse!* Copyright © 2008 by Diogenes Verlag, Zürich

Arnon Grünberg (*22. Februar 1971)
46 verkaufte Exemplare (Titel von den Herausgebern). Aus dem Niederländischen von Rainer Kersten. Auszug aus: Arnon Grünberg, *Phantomschmerz.* Copyright © 2003 by Diogenes Verlag, Zürich

Erich Hackl (*26. Mai 1954, Steyr)
Alle Bücher meines Lebens. Aus: Erich Hackl, *In fester Umarmung.* Copyright © 1996 by Diogenes Verlag, Zürich

Jaroslav Hašek (30. April 1883, Prag – 3. Januar 1923, Lipnice nad Sazavou)
Unter Bibliophilen. Aus dem Tschechischen von Grete Reiner. Aus: *Das Hašek Lesebuch.* Diogenes Verlag, Zürich 2008

Yael Hedaya (*1964, Jerusalem)
Inspiration (Titel vom Herausgeber). Aus dem Hebräischen von Ruth Melcer. Auszug aus: Yael Hedaya, *Zusammenstöße.* Copyright © 2003 by Diogenes Verlag, Zürich

Patricia Highsmith (19. Januar 1921, Fort Worth/Texas – 4. Februar 1995, Locarno)
Der Mann, der seine Bücher im Kopf schrieb. Aus dem Amerikanischen von Werner Richter. Aus: Patricia Highsmith, *Leise, leise im Wind.* Copyright © 2004 by Diogenes Verlag, Zürich

John Irving (*2. März 1942, Exeter/New Hampshire)
Tagebuch einer Schriftstellerin (Titel von den Herausgebern). Aus dem Amerikanischen von Irene Rumler. Auszug aus: John Irving, *Witwe für ein Jahr.* Copyright © 1999 by Diogenes Verlag, Zürich
Die Vorleserin (Titel von den Herausgebern). Aus dem Amerikanischen von Nikolaus Stingl. Auszug aus: John Irving, *Die vierte Hand.* Copyright © 2002 by Diogenes Verlag, Zürich

Otto Jägersberg (*19. Mai 1942, Hiltrup)
Blut im Literaturverlies. Aus: Otto Jägersberg, *Vom Handel mit Ideen.* Copyright © 1984 by Diogenes Verlag, Zürich

Gottfried Keller (19. Juli 1819, Zürich – 15. Juli 1890, ebenda)
Die Vermehrung der Skribenten (Titel von den Herausgebern). Aus: Gottfried Keller, *Die missbrauchten Liebesbriefe* im Band *Die Leute von Seldwyla.* Diogenes Verlag, Zürich, 1993

Hans Werner Kettenbach (*20. April 1928, Bendorf)
Ein bisschen Plagiat. Zuerst erschienen im *Diogenes Magazin* Nr. 8. Abdruck mit freundlicher Genehmigung des Autors. Copyright © 2011 by Diogenes Verlag, Zürich

Hartmut Lange (*31. März 1937, Berlin)
Verstörung (Titel von den Herausgebern). Auszug aus:

Hartmut Lange, *Der Wanderer*. Copyright © 2005 by Diogenes Verlag, Zürich

Donna Leon (*28. September 1942, New Jersey)
Wunderbare Wörterwelt. Aus dem Amerikanischen von Christa E. Seibicke. Aus: *Wunderbare Wörterwelt*. Copyright © 2009 by Diogenes Verlag, Zürich

Hugo Loetscher (22. Dezember 1929, Zürich – 18. August 2009, ebenda)
Ein Waisenhaus für Bücher (Titel von den Herausgebern). Aus: Hugo Loetscher, *War meine Zeit meine Zeit*. Copyright © 2009 by Diogenes Verlag, Zürich

Loriot (12. November 1923, Brandenburg an der Havel – 22. August 2011, Ammerland)
Literatur, Literaturkritik. Aus: Loriot, *Gesammelte Prosa*. Copyright © 2006 by Diogenes Verlag, Zürich

Petros Markaris (*1. Januar 1937, Istanbul)
Kaffee Frappé. Aus dem Neugriechischen von Michaela Prinzinger. Aus: Petros Markaris, *Balkan Blues*. Copyright © 2005 by Diogenes Verlag, Zürich

W. Somerset Maugham (25. Januar 1874, Paris – 16. Dezember 1965, Cap Ferrat)
Der verkaufte Brief (Titel von den Herausgebern). Aus dem Englischen von Irene Muehlon und Simone Stölzel. Aus: W. Somerset Maugham, *Notizbuch eines Schriftstellers*. Copyright © by The Royal Literary Fund. Für die deutsche Übersetzung Copyright © 2004 by Diogenes Verlag, Zürich

Anthony McCarten (*1961, New Plymouth)
Bücherleidenschaft (Titel von den Herausgebern). Aus dem Englischen von Manfred Allié. Auszug aus: An-

thony McCarten, *Liebe am Ende der Welt*. Copyright © 2011 by Diogenes Verlag, Zürich

Carson McCullers, eigentlich Lula Carson Smith (19. Februar 1917, Columbus/Georgia–29. September 1967, Nyack/New York)
Wer hat den Wind gesehen? Aus dem Amerikanischen von Elisabeth Schnack. Aus: Carson McCullers, *Gesammelte Erzählungen*. Copyright © 2004 by Diogenes Verlag, Zürich

Sławomir Mrożek (*26. Juni 1930, Borzecin/Polen)
Brief nach Schweden. Aus dem Polnischen von Christa Vogel. Aus: Sławomir Mrożek, *Das Leben für Anfänger*. Copyright © 2004 by Diogenes Verlag, Zürich

Ingrid Noll (*29. September 1935, Shanghai)
Der Autogrammsammler. Aus: Ingrid Noll, *Falsche Zungen*. Copyright © 2004 by Diogenes Verlag, Zürich

Amélie Nothomb (*13. August 1967, Kobe)
Der Mann mit dem Buch (Titel von den Herausgebern). Aus dem Französischen von Brigitte Große. Auszug aus: Amélie Nothomb, *Winterreise*. Copyright © 2011 by Diogenes Verlag, Zürich

George Orwell (25. Juni 1903, Motihari/Indien–21. Januar 1950, London)
Erinnerungen an eine Buchhandlung. Aus dem Englischen von Tina Richter. Aus: *Das George Orwell Lesebuch*. Copyright © 1981 by Diogenes Verlag, Zürich

Connie Palmen (*25. November 1955, St. Odilienberg)
Das ungeschriebene Buch (Titel von den Herausgebern). Aus dem Niederländischen von Hanni Ehlers. Auszug

aus: Connie Palmen, *Die Erbschaft*. Copyright © 2001 Diogenes Verlag, Zürich

Joachim Ringelnatz, eigentlich Hans Gustav Bötticher (7. August 1883, Wurzen – 17. November 1934, Berlin)
Der Bücherfreund. Aus: Joachim Ringelnatz, *Gedichte und Prosa*. Diogenes Verlag, Zürich, 1995

Joseph Roth (2. September 1894, Brody – 27. Mai 1939, Paris)
Geschenk an meinen Onkel. Aus: Joseph Roth, *Werke*. Verlag Kiepenheuer & Witsch, Köln 1989

Saki (18. Dezember 1870, Sittwe/Burma – 14. November 1916, Frankreich)
Mark. Aus dem Englischen von Günter Eichel. Aus: Saki, *Meistererzählungen*. Copyright © 1993 by Diogenes Verlag, Zürich

Bernhard Schlink (*6. Juli 1944, Bielefeld)
Das Haus im Wald. Aus: Bernhard Schlink, *Sommerlügen*. Copyright © 2010 by Diogenes Verlag, Zürich
Der Vorleser. Auszug aus: Bernhard Schlink, *Der Vorleser*. Copyright © 1995 by Diogenes Verlag, Zürich

Hermann Harry Schmitz (12. Juli 1880, Düsseldorf – 8. August 1913, Bad Münster am Stein)
Das verliehene Buch. Aus: Hermann Harry Schmitz, *Buch der Katastrophen*. Diogenes Verlag, Zürich, 1972

Meir Shalev (*29. Juli 1948, Nahalal)
Eine Lektion in Literatur (Titel von den Herausgebern). Aus dem Hebräischen von Ruth Achlama. Auszug aus: Meir Shalev, *Meine russische Großmutter und ihr amerikanischer Staubsauger*. Copyright © 2011 by Diogenes Verlag, Zürich

Georges Simenon (12. Februar 1903, Lüttich – 4. September 1989, Lausanne)
Über Lektüre (Titel von den Herausgebern). Aus dem Französischen von Linde Birk. Aus: Georges Simenon, *Als ich alt war*. Copyright © 1977 by Diogenes Verlag, Zürich

Henry Slesar (12. Juni 1927, New York – 2. April 2002, ebenda)
Bücherliebe. Aus dem Amerikanischen von Thomas Schlück. Aus: Henry Slesar, *Schlimme Geschichten für schlaue Leser*. Copyright © 1980 by Diogenes Verlag, Zürich

Muriel Spark (1. Februar 1918, Edinburgh – 13. April 2006, Florenz)
Der letzte Schliff. Aus dem Englischen von Hans-Christian Oeser. Auszug aus: Muriel Spark, *Der letzte Schliff*. Copyright © 2005 by Diogenes Verlag, Zürich

Patrick Süskind (*26. März 1949, Ambach)
Amnesie in litteris. Aus: Patrick Süskind, *Drei Geschichten und eine Betrachtung*. Copyright © 2005 by Diogenes Verlag, Zürich

Martin Suter (*29. Februar 1948, Zürich)
Buchpremiere (Titel von den Herausgebern). Auszug aus: Martin Suter, *Lila, Lila*. Copyright © 2004 by Diogenes Verlag, Zürich

Henry David Thoreau (12. Juli 1817, Concord, Massachusetts – 6. Mai 1862, ebenda)
Lesen (Titel von den Herausgebern). Aus dem Amerikanischen von Emma Emmerich und Tatjana Fischer. Auszug aus: H.D. Thoreau, *Walden*. Copyright © 1979, 2004 by Diogenes Verlag, Zürich

Viktorija Tokarjewa (*1937, St. Petersburg)
Aus dem Leben der Millionäre. Aus dem Russischen von Angelika Schneider. Aus: Viktorija Torkarjewa, *Alle meine Feinde*. Copyright © 2011 by Diogenes Verlag, Zürich

Roland Topor (7. Januar 1938, Paris – 16. April 1997, ebenda)
Lesesucht. Aus dem Französischen von Brigitte Große. Aus: Roland Topor, *Tragikomödien*. Copyright © 2008 by Diogenes Verlag, Zürich

Kurt Tucholsky (9. Januar 1890, Berlin – 21. Dezember 1935, Göteborg)
Wo lesen wir unsere Bücher? Aus: *Das Tucholsky Lesebuch*. Diogenes Verlag, Zürich 2007

Barbara Vine (*17. Februar 1930, London)
Die Frau mit dem Buch (Titel von den Herausgebern). Aus dem Englischen von Renate Orth-Guttmann. Auszug aus: Barbara Vine, *Keine Nacht dir zu lang*. Copyright © 1995 by Diogenes Verlag, Zürich

Robert Walser (15. April 1878, Biel – 25. Dezember 1956 bei Herisau/Schweiz)
Die Buchhandlung. Aus: Robert Walser, *Der Spaziergang*. Diogenes Verlag, Zürich 1973. Copyright © Suhrkamp Verlag, Frankfurt am Main

Evelyn Waugh (28. Oktober 1903, London – 10. April 1966, Taunton)

Der Mann, der Dickens liebte. Aus dem Englischen von Lucy von Wangenheim. Aus: *Horror.* Herausgegeben von Mary Hottinger. Copyright © 1983 by Diogenes Verlag, Zürich

Benedict Wells (*1984, München)
Das erste Telefonbuch (Titel von den Herausgebern). Auszug aus: Benedict Wells, *Spinner.* Copyright © 2009 by Diogenes Verlag, Zürich

Urs Widmer (*21. Mai 1938, Basel)
Das Manuskript. Aus: Urs Widmer, *Das Paradies des Vergessens.* Copyright © 1990 by Diogenes Verlag, Zürich

Leon de Winter (*24. Februar 1954, 's-Hertogenbosch)
Der Schmetterlingsfänger (Titel von den Herausgebern). Aus dem Niederländischen von Hanni Ehlers. Auszug aus: Leon de Winter, *Leo Kaplan.* Copyright © 2001 by Diogenes Verlag, Zürich

*Bitte beachten Sie
auch die folgenden Seiten*

Bücher zur
Diogenes Verlagsgeschichte

Diogenes
Eine illustrierte Verlagsgeschichte
50 Jahre Diogenes Verlag 1952–2002, mit Bibliographie
Aufgezeichnet von Daniel Kampa

Vom ersten Buch und dem Verlag, der in einer Pappschachtel unter dem Bett eines möblierten Untermietzimmers Platz hatte, bis zum »größten rein belletristischen Verlag Europas« (*Le Monde, Paris*): eine Verlagsgeschichte in Bildern und Büchern. Mit über 250 Fotos und einer Gesamtbibliographie aller erschienenen Diogenes Bücher. »Aufschlussreich und unterhaltsam. Prächtig und wohlfeil« (*NZZ am Sonntag, Zürich*).

Dies und Das
zu Diogenes
Reminiszenzen und lobende Worte
aus 60 Verlagsjahren
Herausgegeben von Daniel Kampa

Fast eine Festschrift: Reminiszenzen und lobende Worte aus 60 Verlagsjahren von Autoren wie Paul Flora, Urs Widmer, Ingrid Noll, Martin Suter, Patrick Süskind, aber auch von Verlegerkollegen wie Siegfried Unseld, Michael Krüger, Robert Callasso und anderen Freunden des Hauses. Und außerdem Essays über das, was dem Verlag am wichtigsten ist: das Erzählen.

Lustig ist das Verlegerleben
Briefe von und an Daniel Keel
Herausgegeben von Nicola Steiner und Daniel Kampa

»Bücher sind nur dickere Briefe an Freunde« – dieser Satz von Jean Paul prangt seit Jahren auf dem Briefpapier von Daniel Keel, als ob er sich im Voraus für eine spärliche Korrespondenz entschuldigen wollte. Aber der Diogenes Verleger kam nicht umhin, sein Briefpapier trotzdem zu benutzen. Davon zeugen in den Archiven Tausende von Briefen, die viele Meter Regalfläche einnehmen. Allein die Briefwechsel mit Tomi Ungerer oder

Maurice Sendak füllen mehrere Ordner. Was Georges Simenon nicht davon abhielt, sich in einem Brief zu beklagen, Daniel Keel sei von seinen vielen Verlegern derjenige, von dem er am wenigsten Briefe besitze. Aus diesem Schatz von Briefen wurden nun zum 80. Geburtstag von Daniel Keel 136 Briefe ausgewählt – von Hermann Hesse, Loriot, Paul Flora, Alfred Andersch, Federico Fellini und Friedrich Dürrenmatt bis Patricia Highsmith, Bernhard Schlink oder Patrick Süskind. Eine Briefesammlung, die spannend zu lesen ist und dabei eine sehr persönliche Verlagsgeschichte erzählt, einen eigenwilligen Einblick in den Verlegerberuf gewährt und zugleich auch ein Charakterbild von Daniel Keel skizziert.

»Ein Briefband, der eine vergnügliche Lektüre garantiert. Daniel Keel, welcher den Verlag als ein Schlachtfeld bezeichnet, aber gleichwohl weitermachen will, gibt sich als Idealist zu erkennen, als liebevoller Freund, als neugieriger Mensch aus Passion und als eine der großen Verlegerpersönlichkeiten.« *(Neue Zürcher Zeitung)*

Zwei Freunde, ein Verlag
Herausgegeben von Daniel Kampa
und Winfried Stephan

Eine Festschrift zum 80. Geburtstag von Daniel Keel und Rudolf C. Bettschart, ohne deren Freundschaft es den Diogenes Verlag heute nicht geben würde. Eine Anthologie mit Texten aus der Weltliteratur, die die Freundschaft feiern.

Diogenes Autoren Album
Herausgegeben von Daniel Kampa,
Armin C. Kälin und Cornelia Künne
Aktualisierte und überarbeitete Neuausgabe

Ein Handbuch für alle Leserinnen und Leser: 250 Diogenes Autoren mit Porträt, Kurzbiographie und Bibliographie. »Ein Band zum Blättern, zum Sich-überraschen-lassen, zum Schmökern und Kennenlernen« *(Radio Brandenburg)*, »glänzend geschrieben« *(Marion Gräfin Dönhoff)*.

Diogenes Bücher Album
Herausgegeben von Cornelia Künne und Julia Stüssi

Angefangen hat alles mit Zeichnungen von Ronald Searle, die niemand außer Daniel Keel veröffentlichen wollte. Also machte er daraus ein Buch und damit seinen Diogenes Verlag auf. Und dann kamen sie alle, fast alle: Gott mit seiner Bibel, Homer mit seiner Odyssee, Montaigne mit seinen Essais, Balzac mit seiner menschlichen Komödie, Gogol mit Mantel und Nase, Melville mit Wal, Čechov mit seinen drei Schwestern, Joseph Roth mit Hiob, Fitzgerald mit Gatsby, Simenon mit Maigret, Dürrenmatt mit einer alten Dame und einigen Physikern, Widmer mit Mutter, Vater und Zwerg, Donna Leon mit Brunetti und zahllose Kriminalschriftsteller in zwielichtiger Begleitung. Die Antiken, die Klassiker, die Stürmer, die Dränger, die Romantiker, ja sogar die Avantgarde: Dieses Album erzählt von ihren Büchern und damit eine Geschichte des Diogenes Verlags.

Außerdem erschienen:

Leben des Diogenes von Sinope
erzählt von Diogenes Laertios
Herausgegeben, übersetzt und mit einem Vorwort von Kurt Steinmann

Zwei Szenen aus dem Leben des Diogenes kennt fast jeder: Am helllichten Tage sucht er mit der Lampe in der Hand nach einem wahren Menschen, und er sagt zu Alexander dem Großen, der ihm einen Wunsch erfüllen will: »Geh mir aus der Sonne!« Doch wer war Diogenes von Sinope, der dem Diogenes Verlag seinen Namen gegeben hat, wirklich?

Weil noch das Lämpchen glüht
Von Ronald Searle
Mit einem Vorwort von Friedrich Dürrenmatt

Die Faksimile-Ausgabe des ersten Diogenes Buchs aus dem Jahr 1952 zum 60. Verlagsjubiläum, ergänzt um ein Nachwort von Daniel Kampa.

60 Jahre Diogenes Verlag
Die Jubiläums-Edition

Jakob Arjouni
Magic Hoffmann
Roman

Doris Dörrie
Was machen wir jetzt?
Roman

Anthony McCarten
Englischer Harem
Roman. Aus dem Englischen von
Manfred Allié und Gabriele Kempf-Allié

Ian McEwan
Saturday
Roman. Aus dem Englischen von
Bernhard Robben

Ingrid Noll
Ladylike
Roman

Astrid Rosenfeld
Adams Erbe
Roman

Bernhard Schlink
Liebesfluchten
Geschichten

Patrick Süskind
*Die Geschichte von
Herrn Sommer*
Mit Bildern von Sempé

Martin Suter
*Die dunkle Seite
des Mondes*
Roman

Martin Walker
Bruno, Chef de police
Roman. Aus dem Englischen von
Michael Windgassen

Benedict Wells
Fast genial
Roman

Urs Widmer
Der Geliebte der Mutter
Roman

Jakob Arjouni
im Diogenes Verlag

»Ein großer, phantastischer Schriftsteller, der genau und planvoll und lesbar schreibt.«
Maxim Biller / Tempo, Hamburg

»Seine Virtuosität, sein Humor, sein Gespür für Spannung sind ein Lichtblick in der Literatur jenseits des Rheins, die seit langem in den eisigen Sphären von Peter Handke gefangen ist.« *Actuel, Paris*

»Seine Texte haben Qualität. Sie sind ambitioniert, unaufdringlich-provokativ, höchst politisch.«
Barbara Müller-Vahl / General-Anzeiger, Bonn

»Arjouni weiß als Dramatiker genauso wie als Krimiautor, wie er Spannung erzielt, ohne platt zu wirken.«
Christian Peiseler / Rheinische Post, Düsseldorf

Happy birthday, Türke!
Kayankayas erster Fall. Roman
Auch als Diogenes Hörbuch erschienen, gelesen von Rufus Beck

Mehr Bier
Kayankayas zweiter Fall. Roman

Ein Mann, ein Mord
Kayankayas dritter Fall. Roman
Auch als Diogenes Hörbuch erschienen, gelesen von Rufus Beck

Magic Hoffmann
Roman
Auch als Diogenes Hörbuch erschienen, gelesen von Jakob Arjouni

Ein Freund
Geschichten

Kismet
Kayankayas vierter Fall. Roman

Idioten. Fünf Märchen

Hausaufgaben
Roman

Chez Max
Roman
Auch als Diogenes Hörbuch erschienen, gelesen von Jakob Arjouni

Der heilige Eddy
Roman
Auch als Diogenes Hörbuch erschienen, gelesen von Jakob Arjouni

Cherryman jagt Mister White
Roman

Bruder Kemal
Ein Kayankaya-Roman

Doris Dörrie
im Diogenes Verlag

»Doris Dörrie ist als Erzählerin Spezialistin in diffizilen Angelegenheiten der kleinen Rache und gezielten Ohrfeigen zum Zwecke der Unterstützung des eigenen Selbstwertgefühles. Sie ist eine sehr gute Kurzgeschichten-Schreiberin mit der erforderlichen Prise Selbstironie und mit stilistischer Eleganz.«
Annemarie Stoltenberg/Die Zeit, Hamburg

»Es ist vollkommen gleichgültig, ob Sie Doris Dörrie in der Badewanne, im Intercity-Großraumwagen, im Lehnstuhl oder in der Straßenbahn lesen, nur: Lesen Sie sie!« *Deutschlandfunk, Köln*

Liebe, Schmerz und das ganze verdammte Zeug
Vier Geschichten
Daraus die Geschichte *Männer* auch als Diogenes Hörbuch erschienen, gelesen von Anna König

»Was wollen Sie von mir?«
Erzählungen. Mit Fotos von Helge Weindler

Der Mann meiner Träume
Erzählung
Auch als Diogenes Hörbuch erschienen, gelesen von Heike Makatsch

Für immer und ewig
Eine Art Reigen

Bin ich schön?
Erzählungen

Samsara
Erzählungen

Was machen wir jetzt?
Roman

Happy
Ein Drama

Das blaue Kleid
Roman

Mitten ins Herz
und andere Geschichten. Ausgewählt von Daniel Keel. Mit einem Nachwort der Autorin

Und was wird aus mir?
Roman
Auch als Diogenes Hörbuch erschienen, gelesen von Doris Dörrie

Kirschblüten – Hanami
Ein Filmbuch

Alles inklusive
Roman
Auch als Diogenes Hörbuch erschienen, gelesen von Maria Schrader, Petra Zieser, Maren Kroymann und Pierre Sanoussi-Bliss

Kinderbücher:

Mimi
Mit Bildern von Julia Kaergel

Mimi und Mozart
Mit Bildern von Julia Kaergel

*Jessica Durlacher
im Diogenes Verlag*

Jessica Durlacher, geboren 1961 in Amsterdam, veröffentlichte 1997 in den Niederlanden ihren ersten Roman, *Das Gewissen.* Für ihn sowie für ihren zweiten Roman, *Die Tochter,* wurde sie mit zahlreichen Preisen ausgezeichnet. Sie lebt mit ihrem Mann und ihren zwei Kindern in Bloemendaal und in Kalifornien.

»Eine Erzählerin, die Spannung mit Tiefgang zu paaren weiß.« *Buchkultur, Wien*

»Jessica Durlacher ist eine souveräne Erzählerin.«
Sabine Doering / Frankfurter Allgemeine Zeitung

Das Gewissen
Roman. Aus dem Niederländischen
von Hanni Ehlers

Die Tochter
Roman
Deutsch von Hanni Ehlers

Emoticon
Roman
Deutsch von Hanni Ehlers

Schriftsteller!
Deutsch von Hanni Ehlers

Der Sohn
Roman
Deutsch von Hanni Ehlers

Arnon Grünberg
im Diogenes Verlag

Arnon Grünberg, 1971 in Amsterdam geboren, lebt und schreibt in New York. Sein in vierzehn Sprachen übersetzter Erstling, *Blauer Montag*, wurde in Europa ein Bestseller. Neben allen großen niederländischen Literaturpreisen wie dem Anton-Wachter-Preis, dem AKO-Literaturpreis, dem Libripreis und dem Constantijn-Huygens-Preis für sein Gesamtwerk erhielt Arnon Grünberg 2002 den NRW-Literaturpreis.

»Arnon Grünberg, einer der erfolgreichsten niederländischen Autoren der jüngeren Generation, ist Spezialist für lädierte Männer und vertrackte Liebesfälle. Mit Witz, Tempo und Tiefgang seziert er Verklemmungen, Verdrängungen und Selbstbetrug seiner Helden, katapultiert sie aus friedlichem Stillstand ins Chaos. Grünbergs Sprache ist lakonisch, seine Ironie subtil und bissig. Versiert spielt er mit Klischees, verpackt Hilflosigkeit in Slapstick.«
Susanne Kunckel/Welt am Sonntag, Berlin

Statisten
Roman. Aus dem Niederländischen von Rainer Kersten

Amour fou
Roman. Deutsch von Rainer Kersten. Mit einem Vorwort von Daniel Kehlmann
(zuerst unter dem Pseudonym *Marek van der Jagt* erschienen)

Phantomschmerz
Roman. Deutsch von Rainer Kersten

Der Vogel ist krank
Roman. Deutsch von Rainer Kersten

Gnadenfrist
Deutsch von Rainer Kersten

Der Heilige des Unmöglichen
Deutsch von Rainer Kersten

Tirza
Roman. Deutsch von Rainer Kersten

Mitgenommen
Roman. Deutsch von Rainer Kersten

Mit Haut und Haaren
Roman. Deutsch von Rainer Kersten

John Irving
im Diogenes Verlag

»Jeder, der einmal versucht hat zu erklären, was in John Irvings Büchern ›passiert‹, ist wohl gescheitert. Das ist Teil ihrer Qualität.«
Holger Kreitling / Die Welt, Berlin

Das Hotel New Hampshire
Roman. Aus dem Amerikanischen von Hans Hermann

Laßt die Bären los!
Roman. Deutsch von Michael Walter

Eine Mittelgewichts-Ehe
Roman. Deutsch von Nikolaus Stingl

Gottes Werk und
Teufels Beitrag
Roman. Deutsch von Thomas Lindquist

Die wilde Geschichte
vom Wassertrinker
Roman. Deutsch von Edith Nerke und Jürgen Bauer

Owen Meany
Roman. Deutsch von Edith Nerke und Jürgen Bauer

Rettungsversuch
für Piggy Sneed
Sechs Erzählungen und ein Essay. Deutsch von Dirk van Gunsteren

Zirkuskind
Roman. Deutsch von Irene Rumler

Die imaginäre Freundin
Vom Ringen und Schreiben. Deutsch von Irene Rumler

Witwe für ein Jahr
Roman. Deutsch von Irene Rumler

My Movie Business
Mein Leben, meine Romane, meine Filme. Mit zahlreichen Fotos aus dem Film *Gottes Werk und Teufels Beitrag*. Deutsch von Irene Rumler

Die vierte Hand
Roman. Deutsch von Nikolaus Stingl

Bis ich dich finde
Roman. Deutsch von Dirk van Gunsteren und Nikolaus Stingl
Auch als Diogenes Hörbuch erschienen, gelesen von Rufus Beck

Die Pension Grillparzer
Eine Bärengeschichte. Deutsch von Irene Rumler
Auch als Diogenes Hörbuch erschienen, gelesen von Klaus Löwitsch

Letzte Nacht in
Twisted River
Roman. Deutsch von Hans M. Herzog

Garp und wie er die Welt
sah
Roman. Deutsch von Jürgen Abel

In einer Person
Roman. Deutsch von Hans M. Herzog und Astrid Arz

Außerdem erschienen:

Ein Geräusch, wie wenn
einer versucht, kein
Geräusch zu machen
Eine Geschichte von John Irving. Mit vielen Bildern von Tatjana Hauptmann. Deutsch von Irene Rumler

Anthony McCarten
im Diogenes Verlag

»Anthony McCarten hat die unglaubliche Gabe, Geschichten so aufzuschreiben, dass es einem das Herz zerreißt, während man über sein Einfälle, Sprüche und seinen unbesiegbaren Humor lacht.«
Hamburger Abendblatt

»McCarten pflegt den satirischen Ton, ohne waschechte Satiren zu schreiben. Er ist, wie man so sagt, ein geborener Erzähler. Ihm sitzt, wie bei Shakespeare, der Schalk im Nacken.« *Die Welt, Berlin*

»Anthony McCarten ist unter den literarischen Exporten aus Neuseeland einer der aufregendsten.«
International Herald Tribune, London

Superhero
Roman. Aus dem Englischen
von Manfred Allié und
Gabriele Kempf-Allié
Auch als Diogenes Hörbuch erschienen,
gelesen von Rufus Beck

Englischer Harem
Roman. Deutsch von Manfred Allié
und Gabriele Kempf-Allié

Hand aufs Herz
Roman. Deutsch von Manfred Allié
Auch als Diogenes Hörbuch erschienen,
gelesen von Rufus Beck

Liebe am Ende der Welt
Roman. Deutsch von Manfred Allié

Ganz normale Helden
Roman. Deutsch von Manfred Allié
und Gabriele Kempf-Allié
Auch als Diogenes Hörbuch erschienen,
gelesen von Rufus Beck und Jo Kern

Carson McCullers im Diogenes Verlag

»Heute streitet man sich auch in Deutschland nicht mehr um Rang und Ruhm von Carson McCullers, deren erster Roman *Das Herz ist ein einsamer Jäger* bereits 1940 von renommierten Kritikern des englischen Sprachgebiets gepriesen wurde. Er machte die Dreiundzwanzigjährige auf der Stelle berühmt und gewissermaßen zur Kollegin großer Schriftsteller wie Dostojewskij, Melville und Faulkner, der selber ihr Werk verehrt hat.« *Gabriele Wohmann*

Die Romane in vier Bänden in Kassette
In revidierten Übersetzungen und in der Lieblingsausstattung von Carson McCullers
Alle Bände auch als Einzelausgaben (Leinen) erhältlich:

Das Herz ist ein einsamer Jäger
Roman. Aus dem Amerikanischen von Susanna Rademacher. Mit einem Nachwort von Richard Wright
Auch als Diogenes Hörbuch erschienen, gelesen von Elke Heidenreich

Frankie
Roman. Deutsch von Richard Moering. Mit einem Nachwort von Marguerite Young

Spiegelbild im goldnen Auge
Roman. Deutsch von Richard Moering. Mit einem Nachwort von Tennessee Williams

Uhr ohne Zeiger
Roman. Deutsch von Elisabeth Schnack. Mit einem Nachwort von Siegfried Lenz

Außerdem lieferbar:

Die Ballade vom traurigen Café
Deutsch von Elisabeth Schnack
Auch als Diogenes Hörbuch erschienen, gelesen von Elke Heidenreich

Gesammelte Erzählungen
Deutsch von Elisabeth Schnack
Lieferbar als Schmuckausgabe (Leinen im Schuber) und als Taschenbuch
Daraus die Erzählungen ›Madame Zilensky und der König von Finnland‹ und ›Ein Baum, ein Felsen, eine Wolke‹ auch als Diogenes Hörbuch erschienen, gelesen von Elke Heidenreich

Wunderkind und andere Meistererzählungen
Deutsch von Elisabeth Schnack. Ausgewählt von Daniel Keel und Daniel Kampa. Mit einem Nachwort von Daniel Kampa
Ausgewählte Erzählungen daraus auch als Diogenes Hörbuch erschienen, gelesen von Elke Heidenreich

Die Autobiographie
Illumination and Night Glare
Herausgegeben von Darlos L. Dews. Deutsch von Brigitte Walitzek. Mit zahlreichen Abbildungen

Ingrid Noll
im Diogenes Verlag

»Sie ist voller Lebensklugheit, Menschenkenntnis und verarbeiteter Erfahrung. Sie will eine gute Geschichte gut erzählen, und das kann sie.«
Georg Hensel/Frankfurter Allgemeine Zeitung

Der Hahn ist tot
Roman

Die Häupter meiner Lieben
Roman

Die Apothekerin
Roman

Der Schweinepascha
in 15 Bildern. Illustriert von der Autorin

Kalt ist der Abendhauch
Roman

Röslein rot
Roman

Selige Witwen
Roman

Rabenbrüder
Roman

Falsche Zungen
Gesammelte Geschichten
Ausgewählte Geschichten auch als Diogenes Hörbücher erschienen:
Falsche Zungen, gelesen von Cordula Trantow, sowie *Fisherman's Friend*, gelesen von Uta Hallant, Ursula Illert, Jochen Nix und Cordula Trantow

Ladylike
Roman
Auch als Diogenes Hörbuch erschienen, gelesen von Maria Becker

Kuckuckskind
Roman
Auch als Diogenes Hörbuch erschienen, gelesen von Franziska Pigulla

Ehrenwort
Roman
Auch als Diogenes Hörbuch erschienen, gelesen von Peter Fricke

Über Bord
Roman
Auch als Diogenes Hörbuch erschienen, gelesen von Uta Hallant

Außerdem erschienen:
Die Rosemarie-Hirte-Romane
Der Hahn ist tot /
Die Apothekerin
Ungekürzt gelesen von Silvia Jost
2 MP3-CD, Gesamtspieldauer
15 Stunden

Weihnachten mit Ingrid Noll
Sechs Geschichten
Diogenes Hörbuch, 1 CD, gelesen von Uta Hallant

Bernhard Schlink
im Diogenes Verlag

»Makellos-schlichte Prosa. Schlink ist ein Meister der deutschen Sprache. Er schreibt verständlich, durchsichtig, intelligent. Wie beiläufig gelingt es ihm, Komplexität der Figuren, der Handlungskonstellation und des moralischen Diskurses zu erzeugen.«
Eckhard Fuhr / Die Welt, Berlin

»Bernhard Schlink gelingt das in der deutschen Literatur seltene Kunststück, so behutsam wie möglich, vor allem ohne moralische Bevormundung des Lesers, zu verfahren und dennoch durch die suggestive Präzision seiner Sprache ein Höchstmaß an Anschaulichkeit zu erreichen.« *Werner Fuld / Focus, München*

Die gordische Schleife
Roman

Selbs Betrug
Roman

Der Vorleser
Roman
Auch als Diogenes Hörbuch erschienen, gelesen von Hans Korte

Liebesfluchten
Geschichten
Die Geschichte *Der Seitensprung* auch als Diogenes Hörbuch erschienen, gelesen von Charles Brauer

Selbs Mord
Roman

Vergewisserungen
Über Politik, Recht, Schreiben und Glauben

Die Heimkehr
Roman
Auch als Diogenes Hörbuch erschienen, gelesen von Hans Korte

Vergangenheitsschuld
Beiträge zu einem deutschen Thema

Das Wochenende
Roman
Auch als Diogenes Hörbuch erschienen, gelesen von Hans Korte

Sommerlügen
Geschichten
Auch als Diogenes Hörbuch erschienen, gelesen von Hans Korte

Gedanken über das Schreiben
Heidelberger Poetikvorlesungen

Selb-Trilogie
Selbs Justiz · Selbs Betrug · Selbs Mord
Drei Bände im Schuber

Außerdem erschienen:
Bernhard Schlink & Walter Popp
Selbs Justiz
Roman
Auch als Diogenes Hörbuch erschienen, gelesen von Hans Korte

*Patrick Süskind
im Diogenes Verlag*

»Den Helden Patrick Süskinds gehört unser Herz. Wir leiden mit ihnen, wir klagen an mit ihren Worten, wir frieren mit ihnen vor Verlorenheit. Sogar, wenn man sie töten will, weil sie gemordet haben, sympathisieren wir mit ihrem Stolz. Denn sie verkörpern etwas, wonach wir uns im tiefen Innern sehnen: Freiheit, Fernsein von den Zwängen der Masse, von den gewöhnlichen Dingen, vom Lärm des üblichen Lebens.«
Friedrich Ani / Bayerischer Rundfunk, München

Der Kontrabaß
Auch als Hörspiel mit Walter Schmidinger erschienen (Diogenes Hörbuch)

Das Parfum
Die Geschichte eines Mörders
Auch als Diogenes Hörbuch auf Normal-CD sowie im MP3-Format erschienen, gelesen von Hans Korte

Die Taube
Auch als Diogenes Hörbuch erschienen, gelesen von Hans Korte

*Die Geschichte von
Herrn Sommer*
Mit Bildern von Sempé
Auch als Diogenes Hörbuch erschienen, gelesen von Hans Korte

Drei Geschichten
und eine Betrachtung
Daraus die Geschichte *Das Vermächtnis des Maître Mussard* auch als Diogenes Hörbuch erschienen, gelesen von Hans Korte

Über Liebe und Tod

Martin Suter
im Diogenes Verlag

»Martin Suter erreicht mit seinen Romanen ein Riesenpublikum. Er schreibt aufregende, gut und nahezu filmisch gebaute Geschichten; er fängt seine Leser mit schlanken, raffinierten Plots.«
Wolfgang Höbel / Der Spiegel, Hamburg

Small World
Roman
Auch als Diogenes Hörbuch erschienen, gelesen von Dietmar Mues

Die dunkle Seite des Mondes
Roman

Business Class
Geschichten aus der Welt des Managements

Ein perfekter Freund
Roman

Business Class
Neue Geschichten aus der Welt des Managements

Lila, Lila
Roman
Auch als Diogenes Hörbuch erschienen, gelesen von Daniel Brühl

Richtig leben mit Geri Weibel
Sämtliche Folgen

Huber spannt aus
und andere Geschichten aus der Business Class

Der Teufel von Mailand
Roman
Auch als Diogenes Hörbuch erschienen, gelesen von Julia Fischer

Unter Freunden
und andere Geschichten aus der Business Class

Der letzte Weynfeldt
Roman
Auch als Diogenes Hörbuch erschienen, gelesen von Gert Heidenreich

Das Bonus-Geheimnis
und andere Geschichten aus der Business Class

Der Koch
Roman
Auch als Diogenes Hörbuch erschienen, gelesen von Heikko Deutschmann

Allmen und die Libellen
Roman
Auch als Diogenes Hörbuch erschienen, gelesen von Gert Heidenreich

Allmen und der rosa Diamant
Roman
Auch als Diogenes Hörbuch erschienen, gelesen von Gert Heidenreich

Abschalten
Die Business Class macht Ferien

Die Zeit, die Zeit
Roman
Auch als Diogenes Hörbuch erschienen, gelesen von Gert Heidenreich